理为妙，神与物游。神居胸臆，而志气统其关键；物沿耳目，而辞令管其枢（shū）机[④]。枢机方通，则物无隐貌；关键将塞，则神有遁心[⑤]。（三）是以陶钧文思，贵在虚静，疏瀹（yuè）五藏，澡雪精神[⑥]。（四 a）积学以储宝，酌理以富才，研阅以穷照，驯致以绎（yì）辞[⑦]。然后使玄解之宰，寻声律而定墨；独照之匠，窥意象而运斤[⑧]。此盖驭文之首术，谋篇之大端[⑨]。（四 b）

【注释】

① 古人云："形在江海之上，心存魏阙之下。"：古人指魏牟，即战国时魏公子牟，封于中山，故亦作中山公子牟。道家学派中人，属杨朱一派。《汉书·艺文志》"道家"有《公子牟》四篇。这句话见于《庄子·让王》篇。魏牟的意思是说：身在江湖而心在朝廷。形指形体。魏阙是宫门外树立的一对高阙，古代常用作朝廷的象徵。

② 悄：静静地。焉：语气词。悄焉动容，视通万里：面容隐隐地起着变化，那是因为通过神思已经看到万里之外的景象的缘故。

③ 吐纳：吐出和吸入，"吐纳"是偏义复词，纳字无义。吐纳珠玉之声：吐出珠玉一般的声音。思理之致：思维活动取得的成效。致的本义是达到、获得，这里指取得的成效。

④ 神与物游：神与物结伴而游，是说二者结合在一起而活动。古人认为心是关连思维的器官。胸臆：臆也就是胸。神是比具体的心更玄妙的主宰者。志气：《孟子·公孙丑上》："夫志，气之帅也；气，体之充也。"赵岐注："志，心所念虑也；气，所以充满形体为喜怒也。志帅气而约，度其可否也。""志"指思想，"气"指意气，"志气"合为一词，有思想感情的意思。辞令：动听的言辞。管：控制，掌握。枢机：枢指门户的转轴；机指弩牙，控制弓发射的部件。枢机指控制运动的主件。《易·系辞上》："言行，君子之枢机。"《国语·国语下》："夫耳目，心之

枢机也。”

⑤ 枢机:指言语。关键:指志气。遁:逸去。

⑥ 钧:制造陶器的转轮。陶钧文思:比喻文思的蕴酿和提炼。疏瀹:疏通。五藏:藏即脏。五脏指肝、心、肺、肾、脾。澡雪:净涤。

⑦ 酌:斟酌,推敲。阅:经历。穷:深入探讨。照:观察。驯:顺服,调节。致:情志,情趣。绎:驾驭,整理。

⑧ 玄解之宰:指神。玄解,一种掌握外界事物本质的玄妙的洞察力。宰,主宰。这是道家使用的术语。《庄子·齐物论》:“若有真宰。”声律:指作品的音节。定墨:写下作品。独照:个人独到的观察力。匠:工匠,比喻作家。意象:意中之象,指思维时出现的形象。刘勰论“意”,有时指抽象思维,有时指伴随形象的形象思维,此处当指后者。参看《物色》篇之《解题》。斤:斧。

⑨ 驭文:驾驭文字,即掌握写作技巧。术:方法。谋篇:考虑作文。大端:首要条件。

【分析】这一段文字对“神思”问题作了总的介绍。中分四节:(一)解释“神思”名义,(二)描写“神思”状态,(三)分析“神思”原理,(四)解决“神思”关键。

虽然每一个作家对“神思”问题或多或少都有体会,但却不能指望他们都能科学地予以说明。因为人的思维活动极为复杂,古代自然科学发展水平尚低,无法对此作出全面而深入的解释。如上所言,像传说是司马相如等人的意见就不免流于玄虚。刘勰对“神思”问题作了某些分析,提出了若干解决的办法,虽然其中还有很多不足之处,但在当时讲来却是难能可贵的了。

刘勰在文章开端引用前人成语说明“神思”一词,并不符合引文原意。他不能像解释其他篇名一样,直接下一定义,而只能从旁点明思维的特殊现象。这样的介绍是不够的,因为在第(一)节中的说明仅是对一般思维现象的描述,它还没有指出形象思维的基本特徵，因此刘勰紧接着在第（二）节中作了补充。他说明创作时的思维活动除有不受时空限制的特点之外，还指出了在思维过程中作家脑海里浮现着鲜明的形象，这样也就掌握了创作构思的特点。

在讨论到“神思”问题的原理时，刘勰本着他的一贯作风，也是从主客观两方面加以研究的。他认为思维过程便是主观方面的“神”与客观方面的“物”沟通孕育的过程。对作者来说，刘勰又把抽象的“神”落实到“志”、“气”上面，“志”指思想感情而言，“气”指创作个性而言，它们受到外界事物的感召，激起创作要求，犹如门户的关键一样；客观的物则通过感觉器官而触动心神，然后通过语言文字表达出来。由此可见，上述论志气的四句指反映过程而言，论辞令的四句指表达过程而言。

为了克服“枢机”不通、“关键”闭塞的毛病，刘勰又提出了解决的办法。这又可分为两部分：a. “虚静”之说，乃培养情绪方面的问题；b. “积学”四项，乃创造条件方面的问题。神完气足，则文思滔滔汩汩；条件成熟，则用笔挥洒自如。刘勰认为若要写好文章，应该注意“秉心养术”，不断地为写作创造条件，因此他又称之为“驭文之首术，谋篇之大端。”

2. 夫神思方运，万涂竞萌；规矩虚位，刻镂（lòu）无形[①]。登山则情满于山，观海则意溢于海，我才之多少，将与风云而并驱矣[②]。（一）方其搦（nuò）翰，气倍辞前；暨乎篇成，半折心始。何则？意翻空而易奇，言徵实而难巧也[③]。是以意授于思，言授于意，密则无际，疏则千里[④]。或理在方寸，而求之域表；或义在咫尺，而思隔山河[⑤]。（二）是以秉心养术，无务若虑；含章司契，不必劳情也[⑥]。（三）

【注释】

① 万涂：万种途径，即想象中浮现的多种情况。萌：产生。规矩虚位，刻镂无形：这是描写作家通过形象思维而塑造形象的两个比喻。虚位、无形，指形象未形成前的状态，经过规矩的安排，虚位也就固定了；经过刻镂的加工，无形也就具体了。规，画圆形的工具。矩，画方形的工具。

② 登山则情满于山：想登山观景，则感情也就像是已倾注于山峰之中。观海则意溢于海：想到观察海景，则心意似乎已洋溢于波涛之上。

③ 搦：拿起。翰：羽毛，鸟羽做的笔。搦翰：指创作。暨：及。心：指构思。翻空：凭空的意思，指思维不受任何具体事物的约束而自由翱翔。徵：验证。徵实：言之有据的意思。

④ 意授于思，言授于意：这里是说文章得之于文思，文学语言又得之于文意。这也就是说：文思体现为文意，文意体现为文学语言。际：中间，指空隙。

⑤ 方寸：心。域表：疆界，疆界之外域。理在方寸，而求之域表：理已在心中形成，但用以表达的文辞则阻隔甚远。咫：八寸。义在咫尺，而思隔山河：义似在眼前，但想起来却像无法解决。这两句中的"义"相当于"意"，"理"相当于"思"，"文"字隐去。

⑥ 秉：持，执。秉心养术：指调冶心神的妙道。务：致力于。含章：包涵文采，指创作美文。司契：司为掌握，契为约券。含章司契：指创作美文的要领。

【分析】这一段文字着重发挥了培养情绪方面的问题。他从言、意之间的关系说起。言能否尽意，魏晋南北朝人持论不一。魏末嵇康著《言不尽意论》(《玉海》卷三十六)，晋初欧阳建著《言尽意论》(《艺文类聚》卷十九)，引起了针锋相对的争论，对后代文人发生过很大的影响。陆机写作《文赋》，试图逐步解决"言不尽意"的问题。刘勰在这里也提出了一些解决的办法。他分三层展开论点：（一）“气倍辞前”，说明“神思”之活跃；（二）引出“言不尽意”之说，并阐释其原理；（三）归结到“无务苦虑”，“不必劳情”，即虚静之说。唯虚静能使“神”无“遁心”、“关键”通畅，从而与外物相接触时“密则无际”，“物无隐貌”。

3. 人之禀才，迟速异分；文之制体，大小殊功。① 相如含笔而腐毫②，扬雄辍翰而惊梦③，桓谭疾感于苦思④，王充气竭于沈虑⑤，张衡研《京》以十年⑥，左思练《都》以一纪⑦：虽有巨文，亦思之缓也。淮南崇朝而赋《骚》⑧，枚皋应诏而成赋⑨，子建援牍如口诵⑩，仲宣举笔似宿构⑪，阮瑀（yǔ）据鞍而制书⑫，祢（mí）衡当食而草奏⑬：虽有短篇，亦思之速也⑭。（一）若夫骏发之士，心总要术，敏在虑前，应机立断；覃（tán）思之人，情饶歧路，鉴在疑后，研虑方定⑮。机敏故造次而成功，虑疑故愈久而致绩；难易虽殊，并资博练。若学浅而空迟，才疏而徒速，以斯成器，未之前闻⑯。（二）是以临篇缀虑，必有二患：理郁者苦贫，辞溺者伤乱。然则博见为馈（kuì）贫之粮，贯一为拯乱之药；博而能一，亦有助乎心力矣⑰。（三）

【注释】

① 禀：承受。分：界限。制体：即体制，指体裁和篇幅。殊：不同。功：成效。

② 相如含笔而腐毫：司马相如，西汉时的著名辞赋作家。他写作时速度很慢，含笔构思，连毫毛都腐烂了。这是夸张的说法。《汉书·枚皋传》、《西京杂记》卷二、《太平御览》卷八八引《汉代故事》等文中都有记叙。

③　扬雄辍翰而惊梦：扬雄是西汉末期的著名学者和文士，他在写作时构思很苦，曾为此而梦见五脏都流出来了。文见严可均《全后汉文》卷十四引桓谭《新论·祛蔽》。辍：停止。翰：笔。

④　桓谭疾感于苦思：桓谭是东汉初年的学者，他为了学习并赶上扬雄的作品，用心极苦，因而得疾。桓谭在《新论·祛蔽》篇中提到他因作赋伤精神而得病事。

⑤　王充气竭于沈虑：王充是东汉早期的著名学者。他苦思冥想地写作论文，精气耗竭。见《后汉书·王充传》。

⑥　张衡研《京》以十年：张衡是东汉时的著名文士和科学家，他花了十年的功夫，写成了《两京赋》。《京》指《两京赋》。见《后汉书·张衡传》。

⑦　左思练《都》以一纪：左思是西晋时的著名文士。他为了写作《三都赋》，花了十年的功夫，见《文选·三都赋序》李善注引臧荣绪《晋书》。这里说成一纪，一纪为十二年，应是变化笔法的缘故。煮缣（细绢）使之洁白，叫做练，这里比喻提高写作水平。

⑧　淮南崇朝而赋《骚》：淮南指西汉初年的淮南王刘安。汉武帝曾命令他为《离骚》作传，他在一个早上就完成了。崇：终。赋《骚》，即《辨骚》中说的淮南王为《离骚》作传，这篇作品已亡佚。见高诱《淮南子序》。参看孙诒让《札迻》卷十二。

⑨　枚皋应诏而成赋：枚皋是西汉初期的辞赋作家。他文思敏捷，常侍候在武帝左右，一奉诏令，能立即写成文章。见《汉书·枚皋传》。

⑩　子建援牍如口诵：子建，曹植的字。他是建安文学最杰出的代表。援，拿起。牍，木简，古时用以写字。曹植写作文章，像随口朗诵一样，拿起木简就可写出。见杨修《答临淄侯笺》，曹植曾封临淄侯。

⑪　仲宣举笔似宿构：王粲，字仲宣。建安七子之一，汉末著名文士。他提起笔来写文章，像打好腹稿了一样。宿构，事先已构思好。

魏晋南北朝人普遍认为文章之事微妙万分，特别是恍惚而难于捉摸的文思问题更是如此。刘勰的看法与此相近，所以这里以文事微妙难以言尽作结。也可以说(一)节中讲的是人力能及的问题，强调构思的首要意义。然而这里的一些文字仍易滋纷扰。“拙辞或孕于巧义，庸事或萌于新意。”如何解释，现有二说，分歧之点在于对“于”字的理解不同。“于”是一个用法极为多样的介词，一般表示前者从出于后者，“拙辞”乃从“巧义”中孕育而出，“庸事”乃从“新意”中萌生，此说似违反常情，然联系下面四句：“视布于麻，虽云未费，杼轴献功，焕然乃珍。”可知关键在于“杼轴”。如从“构思”着眼，说明运思之妙，“巧义”可使“拙辞”生辉，“新意”可使“庸事”增色，“神思”可变腐朽为神奇，使文章通体完美。此乃形容构思的妙用与重要。然“于”字有时仅用作铺垫，无实际作用，依此解释，则将麻加工成布，只是修饰之功而已。这就成了修辞的问题。二者各有所见。考虑到《神思》一文乃论创作思维妙用的专篇，则可认为要以第一说为胜。[①] (二)节中讲的是仍有不易言尽的问题。刘勰立论每照顾两面，避免把问题说得过死。

5. 赞曰：神用象通，情变所孕[①]。物以貌求，心以理应。(一)刻镂声律，萌芽比兴。结虑司契，垂帷(wéi)制胜[②]。

【注释】

① 用：以，凭借。象：事物的表象。情变所孕：意为复杂多样的情于是孕育而成。

② 萌芽比兴：比是比喻，以一物比喻另一物。兴是感兴，由于外物的激发而引起感触。文士在这样的情况下产生了创作的要求。萌

---

① 参看左东岭《文体意识、创作经验与〈文心雕龙〉研究》，载《文学遗产》2014 年第 2 期。

芽,产生的意思。结虑:与缀虑意思相同。垂帷:帷是帐幕。古人垂帷读书,表示不受外界干扰,一心向学。

【分析】(一)言构思时心物交融之理,近于后代意境之说;(二)言表达时"秉心养术"的重要。前者指"神与物游",后者指虚静与积学等项。

评刘勰文学观的双重标准

刘勰对文学的看法，既有其持论宽泛的一面，也有其抉择甚精的一面。用现在的话来说，前者可谓大文学观念（我不用“杂文学”这一名词，因为这有贬抑本国传统文化的倾向），后者可谓纯文学观念。这体现了魏晋南北朝时文学发展中的两股主流。前者体现了以文体论的形式表现出来的百舸争流态势，后者体现了以诗赋为主干向纯文学方向发展的趋势。刘勰观察问题向持折衷的态度，二者兼容并论，也是其通变观的具体表现。这方面的理论成果，可从各种不同角度加以考察。

一

罗根泽先生在《中国文学批评史》中特设“文体类”，考察魏晋南北朝人研究文体的种种心得，揭开了古代文学理论研究中的重要一页，博得了学术界的广泛称誉。朱自清指出：

> 这是一部值得细心研读的《中国文学批评史》。……罗先生这部书的确能够借了“文学批评”的意念的光，将我们的诗文评的本来面目看得更清楚了。他在《魏晋六朝文学批评史》里特立专章阐述“文体类”的理论。从前写文学史或文学批评史的人都觉得这种文体论琐屑而凌乱，没有给予充分的注意。可是读了罗先生的叙述和分析，我们能以看出那种种文体论正是作品的批评。不是个别的，而是综合的；这些理论指示人们如何创作，如何鉴赏各体文字。这不但见出人们如何开始了文学的自觉，并见出六朝时那新的“净化”的文学概念如何

形成。这是失掉的一环,现在才算找着了,连上了。[①]

罗先生指出,文体论在魏晋之前已兴起,汉安帝永宁中,尚书陈忠上疏荐周兴时论诏令之文体曰:

> 古者帝王有所号令,言必弘雅,辞必温丽,垂于后世,列于典经。故仲尼嘉唐虞之文章,从周室之郁郁。[②]

到了汉末,蔡邕在《独断》中将天子令群臣之文分为四类,“一曰策书,二曰制书,三曰诏书,四曰戒书”。“群臣上书于天子者有四名,一曰章,二曰奏,三曰表,四曰驳议”。[③] 可见文体论的产生,起于朝廷公文程式的需要。《文心雕龙·诏策》中说:“汉初定仪则,则命有四品:一曰策书,二曰制书,三曰诏书,四曰戒敕。”说明刘勰的文体论前有所承,还总结了汉代的写作经验。

封建社会中,帝王为了突出其独尊的地位,使用居高临下的口吻,发表指令。臣下为尊王计,也得采用诚惶诚恐的腔调,禀报所见所思。帝王的命令因内容的不同而风格有异,臣下的禀报亦因所奏内容不同而得采取不同的语气与程式。蔡邕论戒书曰:

> 戒书,戒敕刺史太守及三边营官,被敕文曰:“有诏敕某官”,是为戒敕也。世皆名此为策书,失之远矣。

时至魏晋,分述各种不同文体写作要求的文字不断出现,其后也就产生了挚虞《文章流别志论》、李充《翰林论》等名著。他们的著作,虽有残佚,仍不难看出所论文体之众多与要求的具体。

只是从文学理论的发展历程而言,自当以曹丕与陆机的立论为重要。他们论文体的意见虽仅寥寥数语,然因其所处的社会地

---

① 朱自清《诗文评的发展》,原载《语文零拾》,名山书局 1948 年版。今据《朱自清选集》第二卷《学术论著》,河北教育出版社 1989 年版。

② 见《后汉书·周荣传》。

③ 载《蔡中郎外集》卷四,《四部备要》本,中华书局据海原阁校刊本校刊。

位与文坛上所处的领导地位，所发生的影响，也就远超他人。

曹丕在《典论·论文》中说：

> 夫文本同而末异，盖奏议宜雅，书论宜理，铭诔尚实，诗赋欲丽。此四科不同，故能之者偏也。唯通才能备其体。

这种理论，植根于风行一时的哲学思潮才性论上。文士的才性各有不同，因此专擅的文体也有不同。曹丕把“诗、赋”二者归为一组，从而指出写作这两种文体时首先就得注意“丽”，这又是区别于其他文体的美学要求。

陆机在《文赋》中则进一步申述道：

> 诗缘情而绮靡，赋体物而浏亮，碑披文以相质，诔缠绵而凄怆，铭博约而温润，箴顿挫而清壮，颂优游以彬蔚，论精微而朗畅，奏平彻以闲雅，说炜烨而谲诳。

这里一共提出了八种文体，诗、赋二者置于前端。陆机对文体的要求规定得更明确了。他所总结的文体特点，意指文学发展中的新物，例如他所说的“赋”，当指其时的咏物小赋。

赋是汉代至魏晋南北朝时最为风行的文体之一。由于主题与题材不同，写作手法有异，篇幅上出入很大。后人一般都把赋作分为大赋与小赋两类。大赋气势恢宏，组织严密，所用手法非仅体物一端，呈现的风貌，也非浏亮所能概括。谢榛《四溟诗话》卷一曰：“夫‘绮靡’重六朝之弊，‘浏亮’非两汉之体。”按照李善对《文选·文赋》中“浏亮”一词的注释，云是“清明”之谓，体物而有清晰明朗的效果，应当是指咏物小赋而言。

陆机对诗的写作要求为“缘情”而“绮靡”，这也是魏晋南北朝时的文士对文学的普遍看法。他们认为“诗”的主要因素为抒情和富于形式美。与此类似的意见甚多，兹引述若干如下：

> 卞兰《赞述太子赋并上赋表》：“窃见所作《典论》及诸赋

颂，逸句烂然。沈思泉涌，华藻云浮，听之忘味，奉读无倦。”（《艺文类聚》卷十六）

范晔《后汉书·文苑传赞》：“情志既动，篇辞为贵，抽心呈貌，非雕非蔚。”

谢惠连《雪赋》托言梁王命司马相如曰：“抽子秘思，骋子妍辞，侔色揣称，为寡人赋之。”（《文选》卷十三）

刘勰在《文心雕龙·序志》篇中解释何以取此书名时说：“夫文心者，言为文之用心也”；又说“古来文章，以雕缛成体”，亦即以文思与华美的形式为文学的特徵。

他在《诠赋》中说：“赋自诗出，分歧异派。”说明诗赋同源，二者自可相提并论。他为“赋”下定义时说：“赋者，铺也；铺采摛文，体物写志也。”说明诗、赋这两种主要文体都要求文采之美。其他一些文体，却并不如此。李充在《翰林论》中说：“表宜以远大为本，不以华藻为先。若曹子建之表，可谓成文矣。诸葛亮之表刘主，裴公之辞侍中，羊公之让开府，可谓德音矣。驳不以华藻为先。世以傅长虞每奏驳事，为邦之司直矣。”[①]刘勰在《章表》等篇中的评论，与此一脉相承。可知一些应用性的文体，因为用途不同，并不一定要文采斐然。这就更突出了诗赋这两种重要文体的美学要求。

刘勰极为重视文体的研究。《文心雕龙》上篇之中，自《明诗》至《书记》，共讨论了几十种文体。他在《序志》篇中还提出，对每一种文体的研究都要做到“原始以表末，释名以章义，选文以定篇，敷理以举统”。这也就是说：一要介绍文体的源流演变，即从历史的发展中加以考察；二要解释文体的得名和涵义，使读者便于领会与把握；三要选取范文作为代表，因为范文最充分地表现出了这种文体的特点；四要阐明写作上的利弊得失，藉以揭示应该遵循的原

① 严可均《全晋文》卷五三引。

则，可见他的文体研究体系严密，规模宏大。

按挚虞的《文章流别志论》以“流别”命名，明示此书偏长于史的考索，与刘勰的“原始以表末”相近。刘善经《四声论》指出《翰林论》的特点是“褒贬古今，斟酌病利”，[1]其特点与刘勰的“选文以定篇”相近。《文心雕龙》之中包括了上述这些方面的长处，而其突出的贡献还在“敷理以举统”部分。

如上所言，刘勰之前的学者在分析各类文体的写作要求时，大都接触过这方面的问题，但不如《文心雕龙》中分析得那么深入。

下面举《颂赞》篇为例，说明刘勰“敷理以举统”时所取得的成绩。

> 至于秦政刻文，爰颂其德。汉之惠、景，亦有述容，沿世并作，相继于时矣。若夫子云之表充国，孟坚之序戴侯，武仲之美显宗，史岑之述熹后，或拟《清庙》，或范《駉》《那》，虽浅深不同，详略各异，其褒德显容，典章一也。至于班、傅之《北征》《西巡》，变为序引，岂不褒过而谬体哉！马融之《广成》《上林》，雅而似赋，何弄文而失质乎？又崔瑗《文学》，蔡邕《樊渠》，并致美于序，而简约乎篇。挚虞品藻，颇为精核；至云杂以风雅，而不变旨趣，徒张虚论，有似黄白之伪说矣。及魏晋辨颂，鲜有出辙，陈思所缀，以《皇子》为标；陆机积篇，惟《功臣》最显，其褒贬杂居，固末代之讹体也。原夫颂惟典雅，辞必清铄，敷写似赋，而不入华侈之区；敬慎如铭，而异乎规戒之域。揄扬以发藻，汪洋以树义，唯纤巧曲致，与情而变，其大体所弘，如斯而已。

刘勰在《铭箴》篇中评铭体的写作时说：“蔡邕铭思，独冠古今；桥公之钺，吐纳典谟；朱穆之鼎，全成碑文，溺所长也。至如敬通杂器，准矱戒铭，而事非其物，繁略违中。崔骃品物，赞多戒少；李尤

[1] 载《文镜秘府论》天卷。

积篇，义俭辞碎，蓍龟神物，而居博弈之中，衡斛嘉量，而在臼杵之末，曾名品之未暇，何事理之能闲哉。”可见刘勰在辨体上要求非常严格。每一种文体都有其特定的写作要求，各种文体之间不能相混或取代。

二

《文心雕龙》文体论中的文章论及的文体数量不同，《明诗》、《乐府》、《诠赋》、《史传》、《诸子》、《封禅》六篇各论一种文体；绝大多数篇章，如《论说》等，则合论两种文体；《杂文》、《书记》二文，则论及两种以上的文体。再从他对后面两篇文章中论及的文体的评价来看，则对前面六种文体应当是有意突出而作此安排的。

他之推崇封禅这一种特殊的文体，纯从政治功能着眼。《诸子》中所论及者，很难说是一种文体，最多说是一种文类吧。史传一体，也应当属于一种大的文类。

而在魏晋南北朝时最主要的几种文类中，最难与文分割清楚的，要以史传为最了。由于先秦时期的《左传》等书，两汉时期的《史记》、《汉书》等载籍，向来被人视作文之上品，因此衡文之士一直把史传视作文之一体。刘勰《文心雕龙》中特撰《史传》一篇，正是这一传统观念的表现。

前此一直有人在探索怎样将史传中的文字也加以区分，把某些表达个人才思的文字明确地纳入文学的范畴。范晔在《狱中与诸甥侄书》中说：“吾杂传论，皆有精意深旨，既有裁味，故约其词句。至于《循吏》以下，及《六夷》诸序论，笔势放纵，实天下之奇作，其中合者，往往不减《过秦》篇。……又欲因事就卷内发论，以正一代得失，意复未果。赞自是吾文之杰思，殆无一字空谈，奇变不穷，同合异体，乃自不知所以称之。此书行，故应有赏音者。”可见他对《后汉书》中的论赞等文字尤为看重，因为这是他的“杰思”之作，可以说明他行文时何等用心。

萧统主编《文选》，为中国文学史上影响最大的一部总集。他在选择各类文体的杰出之作时推敲再三，而于各类文体的源流演变也曾再三致意，其中又对史书与文学的关系特别作出说明。“至于记事之史，系年之书，所以褒贬是非，纪别异同，方之篇翰，亦已不同。”说明史传文字不应滥入文苑之中。但他随后又说：“若其赞论之综辑辞采，序述之错比文华，事出于沉思，义归乎翰藻，故与夫篇什，杂而集之。”这里他也和前人一样，以“沉思”、“翰藻”为文学作品的标志，从而将史籍中的赞论部分离析了出来。

应该说，萧统的这种观点，符合历史发展潮流，比之刘勰的文体论，已进了一步。

刘勰恪守儒家观点，在《史传》篇中发表了许多正统的趋于保守的观点。他在《史传》篇中不提范晔《后汉书》只字，当以范晔谋叛而受诛，故不屑提及所著史传。实则范晔《后汉书》以记叙详备文辞优美而受到时人的赏识，六朝之时一直有人传习。

他完全赞同班彪对司马迁的批评，所谓“尔其实录无隐之旨，博雅弘辩之才，爱奇反经之尤，条例踳落之失，叔皮论之详矣”。结合刘勰后举的事例，可知他对司马迁、班固、张衡等人在母后执政的问题上所持的态度，所作的记叙，都有不满。《史传》中说：“孝惠委机，吕后摄政，班史立纪，违经失实。何则？庖牺以来，未闻女帝者也。汉运所值，难为后法。牝鸡无晨，武王首誓；妇无与国，齐桓著盟。宣后乱秦，吕氏危汉，岂唯政事难假，亦名号宜慎矣。张衡司史，而惑同迁、固，元帝王后，欲为立纪，谬亦甚矣。”可见他在史实与名号之间，宁重名号而不重史实。

司马迁将项羽列入本纪，与班固为吕后撰写本纪情况相类。这大约就是刘勰要斥之为“条例踳驳之失”的原因吧。

刘勰批评司马迁“爱奇反经之尤”，用语与《辨骚》篇中对屈原的批评类同。他对屈原作品中的新创部分也作了细致的分析，但又嫌其不合正统而加以贬词，末复提出总结性的处理意见云：“若能凭轼以倚《雅》《颂》，悬辔以驭楚篇，酌奇而不失其贞，玩华而不坠其实，则顾盼可以驱辞力，咳唾可以穷文致，亦不复乞灵于长卿，假宠于子渊矣。”要求将文人的创造才能控制在经典的规范之中。

统观《史传》全文，可知他对史籍极为熟悉。可惜的是，他像对待文体论中的其他文章一样，仅作了“敷理以举统”的工作，而没有像萧统在《文选序》中那样，以“文”为准则而对其他文类进行剖析，将史传中符合文学准则的部分离析出来。他的工作，囿于大文学的成见，未能促进其时文坛向纯文学方向发展。因此刘勰的研究工作，可谓考古之功深，而趋新之力浅。

三

研究中国文学史的学者早就注意到，魏晋南北朝时的文人正在对文学的特徵进行积极的探索，努力将文学从整个学术领域中区分出来。

范晔首立《文苑传》，为文士这一社会上占独特地位的人物作了完整的记载。这类人物，既非帝王将相，又非豪门贵族，过去在史书中是不占任何位置的。仅因他们写下了传诵一时的篇章，才能在青史上留名。这也说明文学至此已有重大的发展，魏晋南北朝人已有这种眼光将之与“儒林”划清界线。

魏晋南北朝时还有所谓文笔之辨，学术界对此已有共识，认为即在进行文学特徵的探讨，希望把以诗赋为代表的纯文学从笔札杂名的大文学中区别开来。梁王朝的萧氏兄弟于此都曾发表过很好的意见。湘东王萧绎在《金楼子·立言》篇中说：

> 古人之学者有二，今人之学者有四。夫子门徒，转相师受，通圣人之经者，谓之儒。屈原、宋玉、枚乘、长卿之徒，止于辞赋，则谓之文。今之儒博穷子史，但能识其事，不能通其理者，谓之学。至如不便为诗如阎纂，善为章奏如伯松，若此之

流，泛谓之笔。吟咏风谣，流连哀思者，谓之文。而学者率多不便属辞，[①]守其章句，迟于通变，质于心用。学者不能定礼乐之是非，辩经教之宗旨，徒能杨榷前言，抵掌多识，然而挹源知流，亦足可贵。笔退则非谓成篇，进则不云取义，神其巧惠，笔端而已。至如文者，惟须绮縠纷披，宫徵靡曼，唇吻遒会，情灵摇荡。而古之文笔，今之文笔，其源又异。

萧绎对文化领域中的许多门类作了历史的考察，以为古代仅有儒、文两大门类。"儒"为孔门经术，"文"为屈宋等人的辞赋。其后学术分途，子、史也成了重要门类，故从儒中分化出"学"。有的文人不能写作"吟咏风谣，流连哀思"之文，仅能写作章奏等体，因而旁出于文而有"笔"称。萧绎以"文"为标准而对儒、学、笔作了评判，以为都有其不足之处。他在评述"文"时，独无贬抑之意，可见其对文之一体情有独钟。而萧绎描述文的特徵，所谓"绮縠纷披，宫徵靡曼，唇吻遒会，情灵摇荡"，也是分从感情与文采两方面加以考察的。但他把文学的特点说得更具体而生动，还注意到了声律论兴起之后出现的音调之美。

萧绎说到"古之文笔，今之文笔，其源又异"，显然，他是"今之文笔"的积极倡导者。刘勰在《序志》篇中明言，他曾"论文叙笔"而安排文体顺序，但他仅从声律着眼区分文笔，只能说是属于"古之文笔"论中的一员。

刘勰在《总术》篇中说："今之常言，有文有笔，以为无韵者笔也，有韵者文也。夫文以足言，理兼诗书，别目两名，自近代耳。"言下之意，颇不以文笔之分为然。[②] 因为他确认"文以足言，理兼诗

① "学者"当为"儒者"之误。前此郭绍虞主编的《中国历代文论选》上册中已提出疑问，中华书局上海编辑所 1962 年版。

② 参看罗宗强《魏者南北朝文学思想史》第七章《刘勰的文学思想（中）》第一节《刘勰的杂文学观念》，中华书局 1996 年版。

书”，首先应该看到儒家经典中的相同之处。他的文学观念，受到“宗经”观念的制约，似颇不以区分文笔而探讨文学特徵的努力为然。

我们这样说，并不是否定刘勰在文学特徵的探索中所作出的贡献。应该说，刘勰在下篇许多文章中，总结了创作中的许多经验和成果。他在这一方面也有许多精彩的论述。

学术界大都认为刘勰持“杂文学”的观点，《文心雕龙》是一部有关文章学的著作，此说自有所见，但又并不全面。刘勰的理论中，有的地方讨论的是纯文学的问题。

刘勰在《总术》篇中形容文的特点曰：“视之则锦绘，听之则丝簧，味之则甘腴，佩之则芬芳”，显然不是指一些日常应用的笔札而言。

刘勰在《神思》《情采》《比兴》《物色》等文中论述的内容，主要是从理论上对以诗赋为代表的纯文学所作的总结。但他恪守文学中的双重标准，持大文学与纯文学并重的观点，没有从理论上细作分辨，并在全书中加上一笔，提高纯文学的地位，并促使其独立发展。

从学术史的角度看，任何一种门类，如欲得到迅速的发展，必须充分显示其特色。人们能够明确将之与其他门类区别开来。萧统在《文选序》中提出：“若夫姬公之籍，孔父之书，与日月俱悬，鬼神争奥，孝敬之准式，人伦之师友，岂可重以芟夷，加之剪截？”就把目录学中的经部典籍请出了文苑。如以《金楼子・立言》篇而言，也就是与“儒”的部分划清了界线。萧统又说：“老、庄之作，管、孟之流，盖以立意为宗，不以能文为本，今之所撰，又以略诸。”从目录学而言，也就是把子部典籍请出了文苑，如与《金楼子・立言》篇并读，也就是与“学”的部分划清了界线。《文选序》中最后说：“至于记事之史，系年之书，所以褒贬是非，纪别异同，方之篇翰，亦已不同。”很明显，这是划清文、史之间界线的宣言，如以目录学而言，也就是要把“史”部的著作请出文苑。萧统的态度很明确，即使与“文”的关系较密，而与子、史相杂的文字，也不能让其滥入文苑。所以《序》中又说：“若贤人之美辞，忠臣之抗直，谋夫之话，辨士之端，冰释泉涌，金相玉振，所谓坐狙丘，议稷下，仲连之却秦军，食其之下齐国，留侯之发八难，曲逆之吐六奇，乃事美一时，语流千载，概见坟籍，旁出子史。若斯之流，又亦繁博，虽传之简牍，而事异篇章，今之所集，亦所不取。”这就把与子、史相杂的“辞”也逐出了文苑。

萧纲在《与湘东王书》中评述当时文坛上的两种主导倾向时说：“裴氏（子野）乃是良史之才，了无篇什之美。”可见萧纲也认为史属于笔，不宜滥入于文苑。

裴子野在《雕虫论》中则从史家的眼光考察文坛上的发展动向。他指出，自刘宋之时开始，文学界已兴起一股追求形式华美而抒发感情的潮流，文中说：“宋初迄于元嘉，多为经史。大明之代，实好斯文。高才逸韵，颇谢前哲；波流同尚，滋有笃焉。自是闾阎少年，贵游总角，罔不摈落六艺，吟咏情性。学者以博依为急务，谓章句为专鲁，淫文破典，斐尔为功。无被于管弦，非止乎礼义；深心主卉木，远致极风云。其兴浮，其志弱，巧而不要，隐而不深。讨其宗途，亦有宋之遗风也。”

这一汹涌澎湃的潮流，在王家的机构设置中也有所反映。宋文帝时，于儒学、玄学、史学三馆之外别立文学馆；宋明帝时立总明观，分儒、道、文、史、阴阳为五部。[①] 齐武帝永明三年，省总明观，而于王俭私宅开学士馆，悉以四部书充俭家。[②] 尽管后人不太清楚“文”馆之中研究的是哪些具体内容，但文与儒、子、史有别，正体现了文学已单独成为一个门类，于此学术界已有共识，王家也已采取

① 见《南史·宋本纪中》与《宋本纪下》。

② 见《南齐书·王俭传》。

分科讲学的措施，文学已经取得单独发展的有利条件。

作为一代理论大师，刘勰在文体论上取得了巨大的成就。他的成果，可以指导当代或后代文士写作各类文体，所谓立言得体，使内容与形式得到协调，取得成功。但文体本身也在发展之中，刘勰所定的准则，不能看得太绝对。或许他在区别各体异同时太重视其异的一面，而不太留意于同的一面；考察文与儒、子、史时则又太重视其同的一面，因而难于从大文学的观念中明确地提炼出纯文学的观念来吧。

四

前面已经说到，魏晋南北朝既是一个文体论取得高度成就的时代，又是一个纯文学从各种文类中脱颖而出正在迅猛发展的时代，刘勰在前一方面作出了巨大的贡献，而在后一方面则未能有大的作为，这是什么原因呢？

刘勰在个别地方曾透露出，各类文体之间有高下之分，《杂文》篇说："凡此三者（对问、七、连珠），文章之枝派，暇豫之末造也。"《书记》篇说："夫书记广大，衣被事体，笔札杂名，古今多品。……并述理于心，著言于翰，虽艺文之末品，而政事之先务也。"又《书记》一篇置于全部文体论之末，"笔札杂名"中的各体均属"艺文之末品"，按理来说，置于全部文体论之首的诗赋应当属于"艺文之上品"了吧。对于这一点，刘勰却始终没有明确的表态。

刘勰之所以不能在各种文体中把诗赋置于尤为突出的地位，看来受制于他的儒家观念。《通变》中说："夫设文之体有常，变文之数无方，何以明其然耶？凡诗赋书记，名理相因，此有常之体也；文辞气力，通变则久，此无方之数也。名理有常，体必资于故实；通变无方，数必酌于新声；故能骋无穷之路，饮不竭之源。"这段文字，应与《宗经》篇并读，《宗经》中说：

> 故论、说、辞、序，则《易》统其首；诏、策、章、奏，则《书》发其源；赋、颂、歌、赞，则《诗》立其本；铭、诔、箴、祝，则《礼》总其端；纪、传、盟、檄，则《春秋》为根：并穷高以树表，极远以启疆，所以百家腾跃，终入环内者也。

这就是说，各种文体都以“经”为源头。既然各种文体都有其来头，那又怎能从中细分高下？由《诗》衍化出来的文体，怎么可以说是定要比由《书》衍化出来的文体高上一筹呢？

总的看来，魏晋南北朝时的文学正处在独立发展的有利时期，刘勰在理论建设上取得了很多成就，而未能有力地推进这一趋势，这就不得不使人感到遗憾。读《文心雕龙》后，常是会起这么一种感想，此书的论证精密稳健，时而又不免流于保守。

（原载镇江《文心雕龙》国际学术研讨会论文专辑《论刘勰及其〈文心雕龙〉》，学苑出版社 2000 年 2 月版）

刘勰的文学观与中国文化传统

《文心雕龙》全书共有五十篇文章，前五篇为“枢纽”，是全书的总论；中间二十篇“论文叙笔”，今人称之为文体论；后二十五篇“剖情析采”，针对各种专题一一评说，涉及到文学的各个方面，其间又把《神思》列为第一篇，可见这一问题之重要。因为“神思”是在创作的开始阶段就会接触到的一种现象，其他问题由此而起，内容极为丰富，因此必须首先提出来讨论。

什么叫“神思”？有人称之为想象，有人称之为构思（或云艺术构思），这都合适；“思”有“想”的意思，加一“神”字，则又显得玄妙，解释起来有其难度，后人自可分从各种不同角度加以考察。

我用形象思维作解释，现在看来，仍有合适之处。因为刘勰多次提到思维活动中充满着形象，如云“眉睫之前，卷舒风云之色”；“枢机方通，则物无隐貌”；“独照之匠，窥意象而运斤”；“神用象通，情变所孕。物以貌求，心以理应。”这不就说明了思维活动中始终伴随着物体的形象么？

但我之所以首先着眼于此，却是受到时代的影响。因为我之着手编写《文心雕龙解析》讲义，还在上世纪六十年代，而我自入大学始，学习文艺理论，谈到文学的特徵，无不首从形象开始。1965年时，毛泽东给陈毅写信，谈诗的问题，到了 1977 年时，《人民日报》在 12 月 31 日第一版上以《给陈毅同志谈诗的一封信》的方式公开发表，其中提出“诗要用形象思维，不能如散文那样直说”。这时“文革”结束不久，华国锋执政，宣布“两个凡是”、“一切按既定方针办”，“最高指示”馀威依旧。现在的人恐怕难于想象，其声势之大，直有排山倒海之势。各种宣传机器，大小文教官员，无不全力以赴，贯彻到下属系统中去。作为一名正在讲授与此理论有关的教师，自当加深领会，忠实执行。

我于上世纪八十年代初期修订此稿时，自然要奉这种理论为准则，因此馀痕尚存。我在最近写的文章中常是提到习俗可以移人，也是有感而发。人是社会中的一员，这一时期，中国的社会组织至为严密，学人很难摆脱上面贯彻下来的正宗学说。因此现在的人如想了解建国初期的学术动向，自不应忽视上峰在各个方面的政治导向。

所喜者，《神思》篇中所讲的想象与构思，确与形象问题有关。用形象思维的理论考察刘勰的理论，看来还有合适之处，所以我在重新审读此稿时，也就保留了原来的文字，不作多少改动。

但也应指出，刘勰考察文学问题时遍及各种文体，有些实用性很强的文体，包括那些“笔札杂名”，临文之时可未必都会经历“神用象通”，“物以貌求”的阶段，因为有些文体所论述的对象无“象”无“貌”可言。

刘勰与萧统关系深切，《文心》与《文选》也有很多交相辉映的地方。《文选》是一部总集，编者如何选择范文，体现在《文选序》的说明中。萧统从事的是“文选”的工作，当然不能把经、史、子、集中的文字都纳入，刘勰从事的是“文心”的论证，经史子集中的文字，既然都在“文”中，作者都曾用“心”经营过，刘勰自当论及，于是二者观念上也就出现了差异。

萧统以为经、子、史、辞与“文”的性质有异，不能采入《文选》之中，然而“史”中的部分文字又有不同，“若其赞论之综切辞采，叙述之差比文华，事出于沉思，义归乎翰藻”，则又与“文”性质相通，也可采录在内。这种视角，似亦可以用来解释《文心》中的一些现象。

萧统之所以要举“史”来详加讨论，看来与中国向来重视史学的叙事传统有关。“孔子作《春秋》而乱臣贼子惧”，因此作史也是历代文士最为向往的一种名山事业，何况先秦之时即已出现《左传》等名著,汉代又有《史记》《汉书》两大巨著出现。这些著作之中,不乏形象生动的文字,如《史记》中的“鸿门宴”,比之任何一种小说中的描写都不逊色,萧统也不愿录入《文选》,可知他并不把“形象”问题放在首位。而他提出的例证,用以阐明观点的文体,则是史书中的“赞论”“序述”,这些确是彼时史学界的高手特别关注的地方。范晔《狱中与诸甥侄书》中自夸“赞自是吾文之杰思,殆无一字空设,奇变不穷,同合异体,乃自不知所以称之。此书行,故应有赏音者”,所以萧统把“赞”从史书中剔出,放入“文选”,与范晔所持的见解一致。

范晔对《后汉书》中之“论”也极自负,自云“吾杂传论,皆有精意深旨,既有裁味,故约其词句。至于《循吏》以下及《六夷》诸序论,笔势纵放,实天下之奇作。其中合者往往不减《过秦》篇”。众所周知,贾谊的《过秦论》在古今文士的心目中一直占有至高的地位。萧统从史书中抉择“文”时,自不能遗漏赞、论、序、述等文体。

这些文体,具有“综切辞彩”“错比文华”的特点。“综切”、“错比”牵涉到构思问题,作者要有一番组织材料的工夫。“辞彩”、“文华”则是形式美方面的问题,所以上述云云实际上也就是与“事出于沉思”与“议归于翰藻”同样的问题。

萧统举“事”代表文中的材料,与《文心雕龙》中着意讨论的“声律”“丽辞”“事类”一样,这是南朝文士崇尚骈文而首先关注的重要元素。可知刘勰与萧统对文学的看法,大体上是一致的。《梁书·刘勰传》中说萧统“深爱接之”,当与二人文学见解方面多一致之处有关。

《文选序》中还说:

> 箴兴于补阙,戒出于弼匡,论则析理精微,铭则序事清润,美终则诔发,图象则赞兴。又诏诰教令之流,表奏笺记之列,书誓符檄之品,吊祭悲哀之作,答客指事之制,三言八字之文,

篇辞引序，碑碣志状，众制锋起，源流间出。譬陶匏异器，并为入耳之娱，黼黻不同，俱为悦耳之玩，作者之致，盖云备矣。

这些文体，刘勰也都讨论过，《文心》之中也视之为文类，看法也是一致的。

萧统之弟，元帝萧绎在《金楼子·立言》篇中严格区分上述文体，这里已将上述绝大多数属于“笔”类的文体视为次品，以为与“文”无法相提并论，故云：

笔退则非谓成篇，进则不云取义，神其巧惠，笔端而已。至如文者，惟需绮縠纷披，宫徵靡曼，唇吻遒会，情灵摇荡。

这种见解，似与刘勰大异，实则相合之处亦多，目的也在强调文之感情成分与文词之需华美。《庄子·德充符》曰：“六合之内，自其异者视之，肝胆楚越也；自其同者视之，万物皆一也。”上述各家之差异，亦可作如是观。

然而萧绎之强调感情，重在其“摇荡”，语虽含混，似在追求一种回肠荡气的效果。这当然是在强调抒情诗的特有效果。然而文学的内容极为丰富，表达的感情极为多样，有的表现为慷慨激烈，有的表现为直捷痛快，这些都有名作传世，萧绎没有注意到文学内容的多样性，也就会把文学驱入狭隘的通道。

联系实际，萧绎对“文”的特点的概括，代表的是《玉台新咏》等总集首重男女之情的一种倾向。有的学者给予这一潮流很高评价，以为这一潮流之未能获得很好的发展，受到封建社会正统观念的阻压，从而影响到了中国文学的正常发展。

这种见解当然具有其合理的一面，只是我们也应看到，一种新生事物，如果确有强烈的生命力，那是什么阻力都难以扼杀的。有些人可以利用手边的权力发挥一时的阻挡作用，可还是无法扭转某一潮流的正常发展。萧绎等人的主张有其合理之处，但不能代表文学总的发展方向，后来的历史证明，刘勰、萧统等人的文学见解更符合国情,更切合实际,产生的影响也就更大。

到了唐代,诗歌不但在体裁方面更趋多样,手法更为成熟,随之又有新乐府运动等多种新的流派出现,说明诗歌的内在动力很活跃,成就也就更为多样,体现出了唐诗的丰富多彩。而在中唐之后,最堪注目的还在散文方面的发展。古文家吸收了前人的长处,又克服其流弊,所以散文的成就更为多样。唐宋古文的写作传统一直延续到近代。

现在看来,近人之所以对萧纲、萧绎的努力方向未能继续发展有惋惜之情,以为刘勰未将中国文学有力地推向纯文学的道路上去,恐怕与近代以来学界广泛接受西方的文学观念有关。自希腊起,西方文学就以诗歌、小说、戏剧为主,故重形象之说,中国文学一开始就诗文并重,而且前人对各种文体都有其要求,以为每一个文人下笔之时都应写得恰到好处。儒家礼教首重上下之序。人与人交往时,言谈举止都得符合礼制,见之于文辞,也就着重得“体”。此中高手,在文体的选择上符合要求,还能措词得当,大家就会给予“下笔能文”的好评,因此各种文体之中都会出现美文。《颜氏家训·文章》篇曰:“但使不失体裁,辞意可观,便称才士。”《文心雕龙·知音》篇中提出:“是以将阅文情,先标六体”,其中列在首位的就是“一观位体”,可见齐梁文士之重体制如此。自唐代起,也就重新回归到了这种传统。如从西方的文学观来观察,也就是中国文学中止了向纯文学方向发展的正确方向,重新回到了杂文学的歧路上去了。

我在过去也持这种看法,以为刘勰“考古之功深,趋新之力浅”,现在想来,趋新也未必就是好事。既然中国诗文并重的传统有其可取之处,各种文体均可产生美文,那又何必定要把抒情诗的重要性强调得如此突出,而且定要把向某一种情调发展的路子视为唯一的正道呢?

体性第二十七解析

【解题】战国之时，辩难之风盛行。在百家争鸣的推动下，人们提高了语言的表现能力，也提高了分析对方论点的能力。《孟子·公孙丑上》："(孟子)曰：'我知言。'……'何谓知言?'曰：'诐辞知其所蔽，淫辞知其所陷，邪辞知其所离，遁辞知其所穷。'"因为语言是思想的直接现实，所以孟子可以通过分析对方的言辞而挖掘其思想根源。

人们运用语言交流思想，达到相互了解的目的。古人懂得哪一种品格的人会说哪一种话。《易·系辞下》："将叛者其辞惭，中心疑者其辞枝，吉人之辞寡，躁人之辞多，诬善之人其辞游，失其守者其辞屈。"这也就是说，分析对方语言可以了解他的个性和道德品质。

扬雄著《法言》，进一步申述了这种理论，并且把它演绎到了文学领域中去。他在《问神》篇中说："言，心声也；书，心画也。声画形，君子小人见矣。声画者，君子小人之所以动情乎!"这是一种很可贵的学说。扬雄认为作品乃是作家心中产生的图画，这是对文学形象特点的粗浅说明。扬雄认为作家动"情"之后发而为文，显然也是指"情动而言形，理发而文见"的过程而言。

刘勰讨论文学问题时，常从主客观两方面考察。这篇文章的名字就表现出这种特点。"体"指作品的客观表现而言，其涵义约与现代文艺理论中的"风格""风貌"一词相当；"性"指作家内在的情性而言，它对作品的风格、风貌起决定性的作用。这种理论与上述各种学说显然有着紧密的联系。

在这之前，曹丕已有若干论点触及作家个性与作品风格的关系问题，例如他在《与吴质书》中说："观古今文人，类不护细行，鲜能以名节自立，而伟长独怀文抱质，恬淡寡欲，有箕山之志，可谓彬彬君子者矣。著《中论》二十馀篇，成一家之言，辞义典雅，足传于后，此子为不朽矣。"这种论证问题的方式，对刘勰当有启发作用。

不过《体性》中的论点与前相比已有本质上的不同。前人的研究大都偏于对作家的个人风格作分析；《典论·论文》中提出"诗赋欲丽"等四项要求，则是将许多不同作家的作品作了归纳研究，并非专指某一作家而言，它是根据某种文体的社会功能而提出的写作风格方面的要求。刘勰在《体性》篇中讨论的"八体"，则既不是指某一人物而言，也不是指某一文体而言，他是将所有的作品分析研究之后，归纳出来的八种风貌。这样的研究成果，具有更大的概括性，因而在文学领域中具有更广泛的指导意义。

按人们常说的"体"，一般指"文体"，如散体、骈体，即指散文与骈文。因为二者使用的语言中其基本要素的结构与组合方式不同，因此又称"体制"。二者呈现于外的面貌不同，于是又可称为"体貌"。给予读者的感受也有不同，差异很大，因此又可称为"风貌"。若用现代的名词术语表达，也就可称"风格"。"体"有"文体"、"体制"、"体貌"、"风貌"、"风格"等不同名称，内有脉络可循。中国古代文论的名词术语每多义，难以把握，实际上是由人们观察这种文学现象时所取的角度不同着重点有异而产生的。至于"体式"、"体裁"等等，则又与"体制"涵义相近，只是人们每强调其中某一方面的特点而已。一组组辞汇之中的基本要素有其脉络在流注，探寻其中的些小差异与共同之处，了解其本质，也是一大快事。

1. 夫情动而言形，理发而文见，盖沿隐以至显，因内而符外者也[①]。(一) 然才有庸隽(jùn)，气有刚柔，学有浅深，习有雅郑，并情性所铄(shuò)，陶染所凝，是以笔区云谲(jué)，文苑波诡者矣[②]。故辞理庸隽，莫能翻其才；风趣刚柔，宁或改其气？事义浅深，未闻乖其学；体式雅郑，鲜有反其习。各师成心，其异如面[③]。(二) 若总其归涂，则数穷八体：一曰典雅，二曰远奥，三曰精约，四曰显附，五曰繁缛(rù)，六曰壮丽，七曰新奇，八曰轻靡[④]。典雅者，镕式经诰，方轨儒门者也。远奥者，馥(fù)采典文，经理玄宗者也。精约者，核字省句，剖析毫厘者也。显附者，辞直义畅，切理厌心者也。繁缛者，博喻酿采，炜烨(wěi yè)枝派者也。壮丽者，高论宏裁，卓烁(shuò)异采者也。新奇者，摈古竞今，危侧趣诡者也。轻靡者，浮文弱植，缥缈(piāo miǎo)附俗者也[⑤]。故雅与奇反，奥与显殊，繁与约舛(chuǎn)，壮与轻乖。文辞根叶，苑囿(yòu)其中矣[⑥]。(三)

【注释】

① 见：同“现”。沿隐以至显，因内而符外：隐和内是同一范畴的概念，指情和理。显和外是同一范畴的概念，指言和文。情理未发之前，隐之于内；发表之后，显之于外。

② 庸：平凡。隽：杰出。气：气质。习：习气。雅郑：这里是用音乐作比喻。雅是正声，比喻正派；郑是俗乐，比喻邪僻。铄：冶铸，形成。陶染：熏陶浸染。笔区、文苑：这两个概念意思一样，都指文学领域，苑原是园林的意思。云谲：像云彩一样变化多姿。谲，变化。波谲：像波涛一样变幻不常。

③ 翻：转动，改变。风：文意所形成的感染力。趣：趣味，味道。

宁:怎能。或:有时。事义:典故或成语。乖:背离,不符。体:风格,风貌。式:格局。鲜:很少。成心:心意。指才、气、学、习。由心主宰而促成人的行动,故称成心。师:效法,继承,这里是“出于”的意思。

④ 总:综合。归涂:归束,结果。穷:尽于。远奥:深远奥妙。约:简练。附:贴近,捉摸得到的意思。缛:富丽。轻:力度小。靡:华美。

⑤ 镕式:在固定模子里镕化,脱胎、效法的意思。诰:《尚书》中有《酒诰》《康诰》等文。经诰:指经典中庄重的文体。方轨:并行,齐驱。馥:当作“复(複)”,深奥。典:疑为“曲”字之误。范文澜《注》已主“馥”“曲”二字应是“复”“曲”二字之误之说。传本《文心雕龙》“典”“曲”二字每互误。《总术》:“诡者亦典”,“典”亦“曲”之误。《明诗》:“清曲可味”,则“曲”为“典”之误。曲有隐微之意。经理:运用。玄宗:道家学说,指深奥的学理。核:简要。省:干净。剖析毫厘:分析极为细致的意思。切:切合。厌:满足。博喻:众多的比喻。酡:酒厚,浓厚。炜烨:光亮的样子。枝派:像树一样多枝条,像水一样多支流。派即支流。宏:大。裁:决断。宏裁:重大的结论。卓:突出。烁:光华。异:不平凡。摈:排除。竞:争趋于。危侧:险怪。植:根本,指文意。缥缈:恍惚,游移不定。

⑥ 舛:差错。文辞根叶:文章的根本和枝叶,指文章的主要部分和次要部分。苑囿:园林。这里用作动词,指文章的根本和枝叶,都在这块园地上生长。

【分析】这一段文字对“体”“性”两方面的问题作了详细的分析,中分三节:(一)说明“体”“性”之间的关系,(二)分析“性”的一面,(三)分析“体”的一面。

刘勰把创作过程理解成是一个从内容到形式的过程。情理没有表现出来之前,隐于心中,故称之为内;发为言文之后,因已显露在外,故称之为外。决定“情理”的根本,是“性”方面的问题;写成文章之后，也就成了“体”的问题。因内符外，性决定体，这是全文的基本观点，故而在文章开端就郑重提出。

“性”是什么东西决定的呢？刘勰又从两方面加以考察。他认为形成作家创作个性的原因，有先天的方面，也有后天的方面，前者可归结为“情性”问题，后者可归结为“陶染”问题。“情性”之中又可分为“才”“气”两项因素，“陶染”之中又可分为“学”“习”两项因素。“才”决定“辞理庸儁”，“气”决定“风趣刚柔”，“学”决定“事义浅深”，“习”决定“体式雅郑”；“辞理”、“风趣”、“事义”、“体式”等不同条件则决定了作家的不同风格。由于每一个作家先天、后天方面的条件千差万别，所以文章的风格也就极为多样。

刘勰把各种文章的不同风格又作了理论上的归纳，分为八类不同的风貌；他还根据风貌中的矛盾对立现象作了区分，归为四组。

为了帮助读者理清头绪，列表如下：

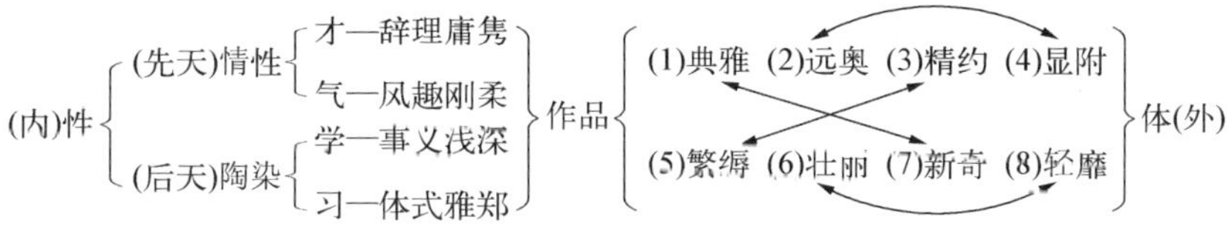

骤然看来，刘勰对“新奇”“轻靡”两种风貌态度上似有保留，然他随后即紧接着说“八体屡迁，功以学成；才力居中，肇自血气”，说明不同的“体”还是可由“才、气、学、习”数者的变化而作相应的调整。邓仕梁以为，“作者有个人风格之馀，仍须尊重各种体类对风格的要求。前面指出‘体性’之‘体’是风格的主观因素，‘位体’之体是风格的客观因素，那么作品的产生，自然是两种因素调协配合的结果。作者气质才性不同，因而形成个人风格，但个人风格必因写作对象而作适应，用《文心》的术语说，就是以‘体性’之‘体’服从于‘位体’之‘体’，个人风格因气质而不同，因此‘体性’之‘体’基本上没有优劣存乎其间，不能据以判别作品的优劣，即黄侃在《札记》

所言:'八体之成,兼因性习,不可指若者属辞理,若者属风趣也。又彦和之意,八体并陈,文状不同,而皆能成体,了无轻重之见存乎其间。''体性'之'体'既无所谓优劣,自不能用作衡量作品的标准"。[①] "新奇""轻靡"之中也有其合理因素。黄侃在《札记》中还举出例证,"新奇"者有潘岳的《射雉赋》、颜延之的《曲水诗序》,"轻靡"者有江淹《恨赋》、孔稚珪《北山移文》。读者对前面举的例证须作更多体察,后者则易于把握。像《恨赋》《别赋》等作,确如《札记》中所说:"辞须蒨秀,意取柔靡。"对于这类作品,刘勰也认为它是文坛新物。他的理想方案是:"八体虽殊,会通合数,得其环中,则辐辏相成。"应当将数者之间的可用因素加以会通,将某一"体"中与其相异"体"中的因素融合而得其"中",不要让其顺势发展尽展其弊就是了。[②]

这一问题,若与《定势》篇并读,而与"气"论结合起来考察,或更易于领会。

《定势》篇中说:"渊乎文者,并总群势。奇正虽反,必兼解以俱通;刚柔虽殊,必随时而适用。"这也说明,"体"之为用,不必全然肯定或绝对排斥,不能趋于极端而应持辨证的态度,"新奇""柔靡"之中自可汲取其有用成分而裨补另一方的不足。

刘勰理论的内涵至为丰富,可从各种不同角度进行考察,也可用多种不同方式加以表达,今将李湛渠制作的另一种表也附于下端,供参考。[③]

---

① 《〈文心知音〉篇"一观位体"辨》,载《文艺理论研究》1993年第2期。黄侃之说则见《文心雕龙札记·体性第二十七》。

② 参看杨明《刘勰"八体"中的"新奇"和"柔靡"》,载《欣然斋笔记》卷二《文论琐议》52,东方出版中心2010年5月版。

③ 李湛渠《读〈文心雕龙〉札记》内《读〈体性〉》一文附表,载《文科通讯》(淮阴教育学院)1985年第1期。

- 体性〔风格〕
  - 情性所铄——资性的(?)
    - 才——辞理
      - 庸——繁缛
      - 隽——精约
    - 气——风趣
      - 刚——壮丽
      - 柔——轻靡
  - 陶染所凝——功力的(?)
    - 学——事义
      - 浅——显附
      - 深——远奥
    - 习——体式
      - 雅——典雅
      - 郑——新奇

2. 若夫八体屡迁，功以学成；才力居中，肇(zhào)自血气[1]。气以实志，志以定言，吐纳英华，莫非情性[2]。(一)是以贾生俊发，故文洁而体清[3]；长(zhǎng)卿傲诞，故理侈而辞溢[4]；子云沈寂，故志隐而味深[5]；子政简易，故趣昭而事博[6]；孟坚雅懿(yì)，故裁密而思靡[7]；平子淹通，故虑周而藻密[8]；仲宣躁锐，故颖出而才果[9]；公幹气褊(biǎn)，故言壮而情骇[10]；嗣宗俶傥(tì tǎng)，故响逸而调远[11]；叔夜隽侠，故兴高而采烈[12]；安仁轻敏，故锋发而韵流[13]；士衡矜(jīn)重，故情繁而辞隐[14]。触类以推，表里必符。岂非自然之恒资，才气之大略哉！(二)

【注释】

① 若夫：至于。中：中间或内部。象徵关键所在。肇：开始，滋生。血气：生下时先天秉赋的气质。

② 实：充实。吐纳：吐出和吸入，这是偏义复词，倾吐的意思。英华：精华。

③ 贾生俊发：贾生即贾谊，西汉前期的文士。他很年轻，但政治上有见解，文学上很成熟，"俊"是智慧敏锐的意思。"发"是形容词的

词尾。体:风格、风貌。

④　长卿傲诞:长卿是司马相如的字。司马相如是西汉初期的著名词赋家。他秉性高傲放任,不拘守礼制。侈:夸大。溢:泛滥,过度铺张的意思。

⑤　子云沈寂:子云是西汉后期著名文士和学者扬雄的字。扬雄清静寡欲,喜欢作学术上的探讨。志:情志。

⑥　子政简易:子政是西汉时期著名学者和文士刘向的字。刘向为人很平易,不讲繁文缛节。趣昭:志趣很明白。事:著作中的典故。

⑦　孟坚雅懿:孟坚是东汉著名史学家和文士班固的字。他秉性温文尔雅,不以自己才高轻视他人。懿:温润。裁:判断,结论。靡:细致。

⑧　平子:张衡的字。张衡学问渊博,为东汉著名文士和科学家。淹:深。通:达。藻:文辞。

⑨　仲宣躁锐:仲宣是东汉末年著名文士王粲的字。王粲为人很急躁,但文思敏捷。颖出:颖是锥子的头。把锥子放在口袋里,锥头锋利,就会破囊而出。果:有决断。

⑩　公幹气褊:公幹是汉末著名文士刘桢的字。刘桢的气质很狭隘。骇:惊人。

⑪　嗣宗俶傥:嗣宗是魏代著名文士阮籍的字。俶,通"倜"。阮籍为人潇洒而不拘于礼俗。响:音响,指诗歌的声调。逸:飘逸。调:情调。

⑫　叔夜隽侠:叔夜是魏代著名思想家和文士嵇康的字。嵇康慷慨不群,意气风发而有侠气。兴:兴会。兴高:即意气高迈。采:指文辞。采烈:即文辞峻烈。

⑬　安仁轻敏:安仁是西晋著名文士潘岳的字。潘岳为人浮躁,追求世利,然而文思敏锐。锋发:锋芒显露。韵流:音节调畅。

⑭　士衡矜重:士衡是西晋著名文士陆机的字。陆机为人持重而有操守。情:文中宣泄的思想感情。

⑮ 表里：指体与性。自然：天然状态，天赋。恒资：不变的资质，秉赋。大略：一般情况。

【分析】这一段文字侧重论述情性对风格的决定作用，中分两节：（一）总结上段所言，说明“性”对“体”的决定作用。他在前四句中光提“学”、“才”、“气”三要素而不提“习”者，骈文重对偶之故，学实兼习而言；下四句言气实志而定言者，气乃兼才而言。这里偏重于论述情性的决定作用，故有“莫非情性”之语。

（二）乃举证性质。末四句作小结，与（一）节呼应。

3. 夫才有天资，学慎始习。斫（zhuó）梓（zǐ）染丝，功在初化；器成彩定，难可翻移[①]。故童子雕琢，必先雅制；沿根讨叶，思转自圆[②]。八体虽殊，会通合数，得其环中，则辐辏（fú còu）相成[③]。故宜摹体以定习，因性以练才；文之司南，用此道也[④]。

【注释】

① 才有天资：即“才气自天”。才兼气而言。天资：即“自然之恒资”。学慎始习：即“学习慎始”。斫：砍。梓：一种树木，木质坚硬。功：成效。

② 童子雕琢：比喻小孩子的学习文艺。雅制：典范的制作，指儒学经典。讨：追寻。圆：圆通。

③ 会通：融会贯通。数：方法规律。得其环中，则辐辏相成：这里用车轮作比喻。环中指车轴，辐是轮中的直木条。辏指辐积聚于轴上。这里是说制轮者如掌握好了车轴这一环，则车辐自会向之聚拢。这里是用制轮比喻学习。

④ 摹：仿效。因：根据。练：锻炼，培植。司南：古时利用磁石指

示南北方向的一种仪器。

【分析】这一段文字侧重论述学习的重要作用。刘勰认为先天的“情性”(才气)固有决定性的作用,但后天的陶染(学习)也可起到助成或阻碍的作用。如果学习的东西不对头,则适足以戕贼天性;如果学习的东西对头,则有助于培育天性。所以他认为写文章的要点在于“摹体以定习,因性以练才”,而这段文字也就反复强调了“学慎始习”“必先雅制”。

刘勰之所以能取得如此深入的认识,与魏晋南北朝时期文士创作取得的丰硕成果有关。其时一些著名的诗人已被他人视作仿效对象,从而有刘公幹体、阮步兵体、陶彭泽体、谢灵运体、吴均体等称。谢灵运《拟魏太子邺中集序八首》等作中,结合诗人的个性与践履,区分各人不同的风格。后人续有这类作品,由是“体性”问题曰益得到重视,吸引他人去进行探讨,这也是刘勰所以能够从事理论总结的基本条件。[①]

4. 赞曰:才性异区,文体繁诡[①]。辞为肌肤,志实骨髓[②]。(一)雅丽黼黻(fǔ fú),淫巧朱紫[③]。习亦凝真,功沿渐靡[④]。(二)

【注释】

① 异区:差异和区别。繁:多种多样。诡:变异无常。

② 肌肤:这里是说文辞是皮肤,即次要的、派生的东西。志实骨髓:情志确实是骨髓的部分。骨髓指主体、根本。

---

① 参看拙作《魏晋南北朝时文坛上的摹拟之风》,原载南开大学文学院中文系编《魏晋南北朝文学与文化论文集》,南开大学出版社 2002 年版;又收入《文史知新》,《周勋初文集》第三册,江苏古籍出版社 2000 年版。

③ 黼黻：古代礼服上绣的花纹。这里比喻雅丽之文。朱紫：这里比喻色彩杂错。朱是正色，紫乃青、朱调配而成，属间色。

④ 凝：凝结而成，即培养成。真：天性，指才和气。渐靡：慢慢地琢磨，即潜移默化。

【分析】结语可分上下两节。(一)言情性对文体的决定作用，文章开阖成势。一、四句言情性，二、三句言文体。这四句与第 2 段意思相似。(二)言陶染的作用，与第 3 段意思相似。

风骨第二十八解析

【解题】从古代起，术数中就有所谓相面一法。《汉书·艺文志》载《相人》二十四卷，《隋书·经籍志》载《相书》四十六卷，萧吉撰《相经要录》二卷；此外，同类的书遗佚的还不少，可知这项术数渊源之古和信徒之众了。

荀子著《非相》篇，批判这种习俗。他说："……相人之形状颜色而知其吉凶妖祥，世俗称之。古之人无有也，学者不道也。"他还正面提出："相形不如论心，论心不如择术。""术正而心顺之，则形相虽恶而心术善，无害为君子也；形相虽善而心术恶，无害为小人也。"这番言论，说明其时相面之风已很盛行，所以儒家中人觉得必须予以纠正了。

但相法是以人的形貌作为物质基础的，因而可能给人一种言之有据的感觉。有些先进的思想家也对此关注或推许。汉代的王充和王符都很相信它，并曾著文宣扬。

> 人命禀于天，则有表候于体。察表候以知命，犹察斗斛以知容矣。表候者，骨法之谓也。……非徒富贵贫贱有骨体也，而操行清浊亦有法理。贵贱贫富，命也；操行清浊，性也。非徒命有骨法，性亦有骨法。(《论衡·骨相》)
>
> 人身体形貌，皆有象类，骨法角肉，各有分部，以著性命之期，显贵贱之表。……人之相法，或在面部，或在手足，或在行

步,或在声响。(《潜夫论·相列》)

二王之信相法,与他们所处的时代尚早有关,自然科学的发展水平尚难作出合理的解释。实则人的长相属于生理问题,而富贵贫贱等等则是由社会制度所形成的不同条件决定的,二者之间没有必然的因果联系。二王所以混淆,还与他们方法论上的机械观点有关。

从上面一些言论中,可以了解到相人之法着重观察外形,而人的肌肤常随年龄的增加和体质的壮羸而消长,很难作为牢靠的根据,只有骨骼结构才相对地保持不变,因此相人之时也就自然地以"骨法"为主了。这种相法,直到魏晋南北朝时尚是如此。

《南史·吕僧珍传》:"一夜僧珍忽头痛壮热,及明而颡骨益大,其骨法盖有异焉。"

《北齐书·神武帝纪》:"刘贵尝得一白鹰,与神武及尉景、蔡儁、子如、贾显智等猎于沃野,见一赤兔,每搏辄逸,遂至迥泽。泽中有茅屋,将奔入,有狗自屋中出,噬之,鹰兔俱死。神武怒,以鸣镝射之。狗毙。房中有二人出,持神武襟甚急。其母盲,曳杖呵其二子曰:'何故触大家!'出瓮中酒,烹羊以饭客。因自言善暗相,遍扪诸人,皆贵,而指麾俱由神武。又曰:子如历位,显智不善终。"

大家知道,汉魏以后的政界和知识界还有品题人物的风气。当时的胜流名士,颇注意风度仪表。一些喜欢议论的人又不免常以容貌论人,于是这种作风和相人之法糅合在一起,学术界也有论列骨相的各种说法了。

《世说新语·赏誉》:"王右军目陈玄伯垒块有正骨。"

《世说新语·品藻》:"时人道阮思旷,骨气不及右军。"

不过当时的"名流"更多地注意风神气度的超凡,因而品藻人物之时常见“风神”、“风韵”等名词。

《世说新语·赏誉》:“张天锡世雄凉州,以力弱诣京师。虽远方殊类,亦边人之桀也。……王弥有隽才,美誉当时,闻而造焉。既至,天锡见其风神清令,言语如流,陈说古今,无不贯悉;又悉人物,氏族中来,皆有证据。天锡讶服。”刘孝标注引《续晋阳秋》:“珉风情秀发,才辞富赡。”

《世说新语·任诞》:“阮浑长成,风气韵度似父。”

嵇康评论赵至,说他“头小而锐,童子白黑分明,有白起之风”,也就说明了“风”是基于仪表而又超乎形迹的一种风度。风度好的人,自然会产生一种吸引力,犹如风之动物,使人欣羡景慕。

“风”是属于精神气质方面的东西,在很大程度上决定着一个人的风貌;但它不是驾空的抽象,它体现在人的形体上。因此品题人物的人也就将“风骨”结合起来,构成了一个专门的术语。

《世说新语·赏誉》:“殷中军道右军清誉贵要。”刘孝标注引《晋安帝纪》:“羲之风骨清举也。”

《世说新语·轻诋》:“旧目韩康伯将肘无风骨。”刘孝标注引《说林》曰:“范启云:韩康伯似肉鸭。”

论证至此,也就可以了解到“风骨”一词的涵义了。大约王羲之的相貌颇为不凡,呈露出的风神更见超拔,所以博得了“风骨清举”的美誉。《世说新语·容止》篇上说:“时目王右军飘如游云,矫若惊龙。”正是上述原委的最好说明。韩康伯的情况正相反。六朝之时品人以清癯为上,看来韩是一个大胖子,因而无法谈到骨相一项,风神云云自然也无从体现,这样也就只能称作无风骨的“肉鸭”了。《世说新语·品藻》篇上说:“蔡叔子云:‘韩康伯虽无骨干,然亦肤立。’”问题就在他的“肤立”影响到“风骨”。

魏晋南北朝时绘画大盛,尤以人物画为主要门类。处在上述风气之下，人们品评画中人物时，也就沿用了“风骨”等词。《历代名画记》卷五载顾恺之《论画》，就曾一再应用上述概念，例如他评《伏羲神农》图说：“虽不似今世人，有奇骨而兼美好，神属冥芒，居然有一得之想。”评《周本记》图说：“重叠弥纶有骨法。”评《汉本记》图说：“有天骨而少细美，至于龙颜一象，超豁高雅，览之若面也。”评《醉客》图说：“作人形骨成而制衣服慢之，亦以助醉神耳。”这里说的“骨”字，也当指人物的“骨相”而言；这里说的“神”字，即品藻人物时所谓“风神”、“风韵”等说，近于“风”的概念。此外顾恺之画人“或数年不点目精。人问其故，顾曰：‘四体妍蚩，本无关于妙处，传神写照，正在阿堵中。’”（《世说新语·巧艺》）他认为画家首先应该注意超乎形貌之外的风神。理论界大都持有相似的意见。

其后谢赫著《古画品录》，在评价前人作品的基础上，建立起了系统的绘画理论。其中一些主要论点也与上述品鉴人物的风气有关。

谢赫评江僧宝曰：“用笔骨梗，甚有师法，像人之外，非其所长也。”这是说江氏描绘人物形貌能够继承前人的技巧。他评张墨、荀勖曰：“风范气韵，极妙参神。但取精灵，遗其骨法。若拘以体物，则未见精粹；若取之象外，方厌膏腴，可谓微妙也。”大约张、荀画风与顾恺之相近，也是首先注意“风”的一面而相对地忽视了“骨”的一面。至于名列第一品的曹不兴，那就显得通体完美了。谢氏评之曰：“不兴之迹，殆莫复传，唯秘阁之内，一龙而已。观其风骨，名且虚成！”他所品评的对象，也已从人物画扩展到其他门类的画幅了。

根据上面这些画论资料，可以推测一些概念的内涵。我国古代的绘画主要依靠线条勾勒外形，因而用以体物的“骨法”当指使用精炼的线条刻划出来的外物形貌。“风范气韵”等说，则指整个形象体现出来的精神。二者结合，所谓“风骨”之说，与品评人物的概念一样，系指形相宛肖而又传神之作。

由此可见，“重叠弥纶”的“骨法”与所传之“神”属于画论中的首要部分，所以谢赫在他的著名的“六法”之中首列“气韵生动”与“骨法用笔”。这种理论是从品藻人物引申而来的，它是“风”、“骨”说的发展。

文学理论中使用“风骨”一词，则是比较后起的。江淹《杂体诗序》上说：“夫楚谣汉风，既非一骨；魏制晋造，固亦二体。”这个“骨”字也指体貌而言，当与作品中精炼的语言结构有关。《魏书·祖莹传》上说：“文章须自出机杼，成一家风骨。”则与上述几种说法大体一致。这里既指语言结构上的独特手法，也指由此体现出来的精神风貌。总的看来，祖氏的说法与刘勰的理论甚为接近，都受品藻人物和绘画理论的影响，因而都是时代风气的反映。有人认为刘勰使用“风骨”一词纯属独创，实则每一个文学术语的产生和使用都有它特定的历史条件，或许某个使用它的人曾在其中增添若干新的涵义，但从根本上看，这个概念之中必然反映出同一时代的人物的许多共同认识。“风骨”一词的产生和情况就是如此。

总结上言，可列表以明之。

品藻人物	风神、风姿、风韵、风气、风领、风清、韵度	骨法、骨相、形骨、骨气、毛骨
画论	神、气韵、风范、精灵	形骨、骨梗、(形似)(体物)
文论	风	骨

1. 《诗》总六义，风冠其首，斯乃化感之本源，志气之符契也[①]。(一)是以怊(chāo)怅述情，必始乎风；沈吟铺辞，莫先于骨[②]。故辞之待骨，如体之树骸(hái)；情之含风，犹形之包气[③]。结言端直，则文骨成焉；意气骏爽，则文风清焉[④]。(二)若丰藻克赡，风骨不飞，则振采失鲜，负声无

力[5]。（三）是以缀虑裁篇，务盈守气，刚健既实，辉光乃新。其为文用，譬征鸟之使翼也[6]。（四）

2. 故练于骨者，析辞必精；深乎风者，述情必显。捶字坚而难移，结响凝而不滞，此风骨之力也[7]。（一）若瘠义肥辞，繁杂失统，则无骨之徵也；思不环周，索莫乏气，则无风之验也。[8]（二）昔潘勖（xù）《锡魏》，思摹经典，群才韬（tāo）笔，乃其骨髓峻也[9]。相如赋《仙》，气号"凌云"，蔚（wèi）为辞宗，乃其风力遒（qiú）也[10]。（三）能鉴斯要，可以定文；兹术或违，无务繁采[11]。（四）

【注释】

① 总：包括有。六义：风、雅、颂、赋、比、兴。风、雅、颂是三种文体，赋、比、兴是三种写作方法。冠：古人戴的帽子，这里用作动词，有"置于首先"的意思。斯：这，指"风"。化感：感化。志：作者的思想感情。气：作者的气质、个性。符：凭证。契：约券，古代用竹木制成，中分为二，合之以验真伪。志气之符契：这里是说"风"与作者的思想感情和气质个性是完全一致的。

② 怊怅：惆怅，惆怅而有悲恨之意，泛指感情上受到的触动。沈吟：低声吟哦，形容沉思的状态。铺辞：用文辞来叙述。

③ 骸：骨骼，骨架。形之包气：这是基于古代一种生理观而提出的理论。它认为人体之内也有气在贯通，这样生命才能保持，人才有生气。这也就是说，当他写出文章时，气贯注于中，也就能像风的运行一样，给人以影响，起到感化的作用。

④ 结言：联结语言，即组织文辞。端直：庄重正直。骏爽：昂扬明快。清：高朗。丰藻：丰富的辞藻。克：本意为能够，这里是表现得很好的意思。赡：充分，繁密。

⑤ 不飞：这里是用飞鸟作比喻，意思是说不能上升到应有的高

度。振采、负声:“振”“负”二字和“飞”字相呼应,“采”“声”二字和“藻”字呼应。鲜:光泽。

⑥ 缀虑:联结思虑,构思的意思。裁篇:安排篇章,组织成文的意思。务:致力于。盈:充溢,充满,这里作副词,即满满地。务盈守气:注意保持充沛的生气,这里指培养“风”。刚健既实:这里指培养“骨”。辉光:指藻,即采声。

⑦ 练:精于推敲。捶:捶练,锻炼。捶字坚而难移:文辞经过反复捶练,则精确而难以改变。这里是对提高“骨”的水平所提出的要求。响:回声,指作品所引起的反应。结响:凝结的回声。结响凝而不滞:这里是对提高“风”的水平所提出的要求。要使文情所发生的影响,起到深入人心摇荡性灵的作用,专注而又不显得板滞。

⑧ 瘠:不丰满,贫乏。肥:臃肿的。统:头绪,条理。徵:兆象,现象。环周:全面,周密。索莫:枯寂。

⑨ 魏勖“锡魏”,思摹经典,群才韬笔,乃其骨髓峻也:潘勖是东汉末年的文士。当时曹操功业很高,汉献帝被迫给他特殊的待遇,让潘勖写作《册魏公九锡文》,潘勖摹仿经典,写得很有骨力,旁人都不敢再动笔。韬笔:即藏笔。韬的本义是放弓的袋子。峻:高。

⑩ 相如赋“仙”,气号凌云,蔚为辞宗,乃其风力遒也:司马相如是西汉初期的著名文士,《汉书》本传上记载,他曾写过一篇《大人赋》,描写神仙生活,汉武帝读后,觉得飘飘然有腾云驾雾的感觉。气:气概。气号凌云:即“飘飘有凌云之气”。句法上作了改动。蔚:丰富多采。辞宗:文学的宗师。遒:劲健。这个例子用来说明司马相如的作品命意不凡,故而风力劲健。

⑪ 鉴:看清,洞察。要:要旨,关键问题。定:写好。术:方法、规律。

【分析】这两段文字旨在“释名以章义”。二者结构紧密,文气一贯,实际上应该并成一段。第2段第(一)节,直承第1段第(二)

节，都是解释“风”“骨”二词的文字。可能刘氏为使文章起变化，故而中间插进了第1段（三）、（四）节，当然这些文字也起了提示的作用，与后面的文字相呼应。

第1段文字可分四节。（一）引出“风”字，总领全篇。（二）转入本题，分论“风”、“骨”二词。文字采用排比的句法，开阖成势。其间又分三层递进：首先叙明“风”与“情”有关，“骨”与“辞”有关；次则设譬以明之；再次则正面阐明“风”、“骨”的具体要求：“骨”非一般文辞，惟“结言端直”者可称有“骨”；“风”非一般文情，惟“意气骏爽”者可称有“风”。第（三）段文字指出了“丰藻”与“风骨”的关系，也就是后文“采乏风骨”的意思。“藻”指“采”、“声”而言，正是当时文人最为重视的一些形式要素。（四）则叙明“气”与“风骨”的关系。“气”蕴蓄于作者胸中，积之愈厚，发之于外愈显得有力，这种学说当与孟子的养气说有着继承的关系。

第2段文字也可分为（四）节。（一）、（二）两节直承上段第（二）节，深入阐发“风”、“骨”的涵义。（一）乃正面立论，进一步说明了“风”应落实在“情”上，“骨”应落实在“辞”上；（二）乃反面立论，说明意气不骏爽者为无“风”，结言不端直者为无“骨”。（三）为举例。（四）总结上文，指出了解“风骨”学说的重要；此外还说明了只有在了解“风骨”之后才能注意藻采，“风骨”应置“藻采”之先，文亦一正一反，翻腾有致。

《文心雕龙》用骈文写成，文字开阖成势，自然形成对句。这篇文章，底下加一道横线的句子论述“风”，底下加两道横线的句子论述“骨”。今将可确定者逐一标示，以便阅读。

3. 故魏文称“文以气为主。气之清浊有体，不可力强而致”①。故其论孔融，则云“体气高妙”②。论徐幹，则云“时有齐气”③。论刘桢，则云“有逸气”④。公幹亦云“孔氏卓卓，信含异气，笔墨之性，殆不可胜”⑤。并重气之旨也⑥。（一）夫翚翟（huī zhāi）备色而翾翥（xuān zhù）百步，肌丰而力沈也。鹰隼（sǔn）乏采而翰飞戾（lì）天，骨劲而气猛也⑦。文章才力，有似于此。若风骨乏采，则鸷（zhì）集翰林；采乏风骨，则雉窜文囿（yǒu）。唯藻耀而高翔，固文章之鸣凤也⑧。（二）

【注释】

① 魏文：曹丕代汉建立魏朝，殁后谥“文”，后代称之为魏文帝。他是一位著名的文士和评论家，所著《典论》一书中有《论文》一文，是我国文学批评史上第一篇专门讨论文学问题的论文。“文以气为主，气之清浊有体，不可力强而致”：这是引用《典论·论文》中的原文。下面论孔融，徐幹的话，也都是在这篇文章里提出的。气，是曹丕提出的一个新概念，指作家的气质，而这又是他先天的才性所决定的。当他写出作品时，气质体现于内容之中，则表现为意气，这属于风的问题；体现在形式中，则反映为气势，则属于骨的问题。清、浊，是古代哲学中常用的两个概念，清与阳刚的概念相通，浊与阴柔的概念相通。体：即主体，核心部分。强，勉强。致，获得。

② 故其论孔融，则云“体气高妙”：孔融，东汉末期的著名文士，建安七子之一。体气高妙，古人认为每个人的躯体内有气在流动。曹丕认为，孔融之秉气不同寻常，所以他的文章的意气、气势均称高妙。

③ 论徐幹，则云“时有齐气”：徐幹，字伟长。东汉末期的著名文士，建安七子之一。齐气，古代以为齐地的人秉受的气有特殊性，比较舒缓。

④ 论刘桢，则云“有逸气”：刘桢，字公幹，东汉末期的著名文士，建安七子之一。逸气，飘逸之气。这话见于曹丕的《与吴质书》。

⑤ 公幹亦云：“孔氏卓卓，信含异气，笔墨之性，殆不可胜”：刘桢评论孔融的话全文已佚。卓卓，不同寻常的意思。信，确实。异气，不

平凡的气。性，指天性。殆，几乎，怕是，表示不肯定的副词，实际上却是在肯定下面提出的结论。

⑥ 旨：意旨，宗旨。

⑦ 翚：羽毛呈五彩的野鸡。翟：长尾巴的野鸡。备色：颜色完备，即羽毛的颜色很多样。翾翥：小飞。肌丰而力沈：肌体过于丰满，力量反而不振。隼：鹰类，躯体略小。翰：高。戾：抵达。

⑧ 鸷：猛禽。翰：笔。翰林：即文坛。雉：野鸡。囿：园林。文囿：即文坛。鸣凤：飞鸣翱翔的凤凰，比喻风骨俱佳又有文彩的作品。

【分析】这一段文字叙述气、风骨、采之间的关系，可分两节：（一）论气，（二）论风骨与采的关系。

（一）节文字引用了曹丕的《典论·论文》和《与吴质书》，刘桢评孔融之语则已佚。按曹丕所说的“气”，主要指才性而言；用于评论作家，则又引申到气势、语气等项。刘勰加以引用，只在说明气与“风”的关系。气是道家提出的重要概念。它是万物滋生的本根。魏晋南北朝学人引入文学理论的领域，探讨不断深入。可知气是作家内在的东西，发之于外始成为“风”。

这两节文字之间，如果插入第1段第（四）节文字，则文意上下贯通。气决定风骨，而文章之风骨，犹如飞鸟之羽翼。紧接着下面的第（二）节文字讨论了风骨与采的关系，也以飞鸟为喻说明问题。“风骨乏采”，则如“骨劲而气猛”之鹰隼集于“翰林”；“采乏风骨”，则如“肌丰而力沈”之翚翟窜于“文囿”。二者都还不能算是完美的理想之作。显然，只有那些风骨备采的佳作，才可称为“文笔之鸣凤”。这一节文字又与第1段第（三）节文字呼应。

这里牵涉到了好些概念。气决定风骨，而与风的关系尤其密切；风骨须待采来补足，而采与骨的关系更为紧密。四者之间的关系可列表以明之。

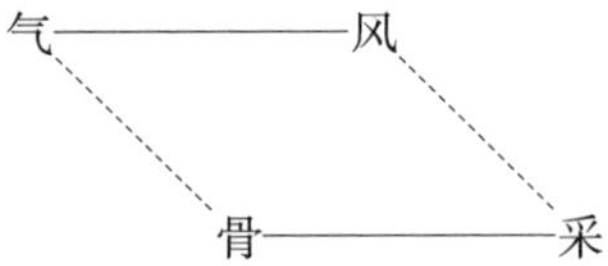

4. 若夫镕铸经典之范，翔集子史之术，洞晓情变，曲昭文体，然后能孚甲新意，雕画奇辞[1]。昭体故意新而不乱，晓变故辞奇而不黩(dú)[2]。(一)若骨采未圆，风辞未练，而跨略旧规，驰骛(wù)新作，虽获巧意，危败亦多；岂空结奇字，纰缪(pī miù)而成经矣[3]。(二)《周书》云："辞尚体要，弗惟好异。"盖防文滥也[4]。然文术多门，各适所好：明者弗授，学者弗师，于是习华随侈，流遁忘反[5]。(三)若能确乎正式，使文明以健，则风清骨峻，篇体光华。能研诸虑，何远之有哉[6]！(四)

【注释】

① 若夫：至于。镕铸经典之范：这里用冶金作比喻，以经典为典范，镕铸而制作新器，亦即学习经典产生新作品的意思。翔集子史之术：这里用飞鸟的活动作比喻。把子书和史书之写作方法作为树林，或在上面翱翔，或栖息其中，即从中采掇择取，也就是参考、吸收的意思。洞：深入，透彻。曲：曲折，多方面。昭：明白，了解。文体：文章体裁。孚甲：萌芽。雕画：刻划、修饰。

② 黩：污染。

③ 圆：圆满，周密。未练：没有提练得很精粹。跨：超越。略：抹去。骛：快快奔跑。岂：难道不是。空：徒然。结：联结，组织。纰缪：错误。经：常规，正规。

④ 《周书》云："辞尚体要，弗惟好异。"：《周书》，指《尚书·毕命》。实际上这篇文章是后人写作的，所谓伪古文《尚书》中的一篇。

《尚书》是我国最早出现的一部历史文献典籍。体,体实,充实。要,要点,精要。弗,不要。惟,只是的意思。好,喜好。这句是说,文辞应该抓住要点,不要只是追求新异。滥:浮滥。

⑤ 明者:明于文术的人。弗师:不能学习他人。侈:过度的华美。习华随侈:即随习华侈。流遁:没有目的地到处流窜。

⑥ 确:确定,坚定。文明以健:文章明而健。这里是借用《易·同人·彖辞》的成语。峻:高,高超。能研诸虑,何远之有哉:这是补足一句的写法。风骨问题比较抽象,似难把握,但只要研究以上谈到的各种必须思考到的问题,那么也就距离"风清骨峻,篇体光华"的境界不远了。"诸"指本段文字中提到的各种问题。

【分析】这一段文字阐明掌握风骨之法。可分四节:(一)从正面立论,说明继承经典,参考子、史,才能正确解决掌握风骨的问题。这里牵涉到了"通变"之说,只有"通"而求"变"才有风骨可言;(二)从反面立论,说明有"变"无"通"则无法解决风骨问题。文章也取排比的手法,层层递进。(三)联系当前创作,点明了提倡"风骨"说的现实意义,(四)与(一)节呼应,目的也在说明"通"而求"变"则能做到"风清骨峻"(风骨),"篇体光华"(采)。

5. 赞曰:情与气偕,辞共体并。文明以健,珪璋(guī zhāng)乃聘[①]。(一)蔚(wèi)彼风力,严此骨鲠(gěng)。才锋峻立,符采克炳[②]。(二)

【注释】

① 偕:伴同,这里是结合在一起的意思。体:体裁。珪璋:古代进行国事访问时使臣所持的玉器。珪,方形的玉器;璋,圆形的玉器。聘:国事访问。珪璋乃聘:这句是用外交作比喻,意思是说明健的文章,就像使臣持有的珪璋一样,可使用于外交活动。"情与气偕"与"情

之含风，犹形之包气”；“怊怅述情，必始乎风”；“深乎风者，述情必显”等句呼应。“情”与“气”紧密结合，则“意气骏爽，则文风清焉”。“辞共体并”与“沈吟铺辞，莫先于骨；故辞之待骨，为体之树骸”；“练于骨者，析辞必精”等句呼应。辞与体（主体，即骨）相并，也就“结言端直，则文骨成焉”。

② 风力：文意有强烈的感染力量，则可称风力。骨鲠：同“骨髓”。鲠为鱼骨，比喻刚直。骨髓即骨力。才锋：锋，锋芒。才锋指杰出的才华，犹如刀有锐利的锋芒。符采：玉的横纹。克：能。炳：光采辉发。

【分析】赞语四句为一节。（一）仍着重在点明风骨与情辞的关系，说明有风骨的文章始有大用；（二）则点明风骨与采的关系，只有有风骨的文章才能讲求藻采。

认真辨析每一组对应概念之义涵

我在讲授《文心雕龙》时，常是引导学生多注意刘勰写作的骈文的一些特点，因此在一些讲义中，常是在句子下面用线条标示，特别是在一些阐述两种对应的术语或对立的概念时运用尤多。例如在《风骨》、《通变》、《镕裁》等文中即如此。

这种分析方法，在古典文学研究者中少见运用，因此或许有人会认为，这种做法不免有些花里胡哨，是否有些故弄玄虚的用意？我想利用解释"风""骨"的机会，说明这种阅读方法的实效，藉此加以澄清。

"风""骨"这对文学术语，本由涵义各别的"风""骨"二词构成。"风"与"骨"既具体，又抽象。二者的特点如何把握？值得探讨。

刘勰表达复杂的范畴时，充分利用了骈文开合成势的特点，二者上下交叉展开，说明"风"是什么？"骨"是什么？读者如能掌握刘勰的行文特点顺次读去，则对作者的思路容易厘清，不致在哪一句讲"风"哪一句讲"骨"的问题上陷入迷惑。

这里可将《风骨》篇内集中说明"风""骨"涵义的一段文字引用于下：

> 故练于骨者，析辞必精；深乎风者，述情必显。捶字坚而难移，结响凝而不滞，此风骨之力也。若瘠义肥辞，繁杂失统，则无骨之徵也；思不环周，牵莫乏气，则无风之验也。昔潘勖锡魏，思摹经典，群才韬笔，乃其骨髓峻也；相如赋仙，气号凌云，蔚为辞宗，乃其风力遒也。

黄侃《文心雕龙札记》"释'结响凝而不滞'"句云：

此缘意义充足，故声律畅调，凝者不可转移。声律以凝为贵，犹捶字以坚为贵也。不滞者，由思理圆周，天机骏利，所以免于滞涩之病也。①

后起的一些《文心雕龙》白话译本均从这种思路加以转译。

郭晋稀译作：

……捶炼得字字停当而不可改易，推敲得声调韵协而又文气流利，这就由于文气激荡文骨突出的缘故呵。②

周振甫译作：

……文字捶练得确切而难于更换，声调有力而不沾滞，这是文章有风骨的表现。③

赵仲邑在《文心雕龙译注》中翻译"声"与"响"时均作声律解④，王礼卿释"声"与"响"时则均作"声调"解⑤。赵说沿袭黄说而将"声"字一并纳入，王说则改用"声调"一词，这些都遭到了牟世金的诘难。牟氏以为无论律与"声调"，在"风骨"篇中都属与"风骨"相对应的"采"的范畴。"声律"或"声调"的"凝而不滞"，是不可能构成"风骨之力"的。牟氏进而指出"王礼卿斥'《札记》中此篇为最误'，自己却沿用《札记》此篇之说，岂非'误'中之误?"

牟氏之说诚是，然而他的分析仍有未尽精到之处。他对"风""骨"这一对范畴分别作了细致的辨析与阐释，首先将刘勰论"风"与"骨"的文字集中起来，分置于前，然后进行分析、比对与检核。但他将"捶字坚而难移，结响凝而不滞，此风骨之力也"也归入论

① 《文心雕龙札记》，中华书局 1962 年版。
② 《文心雕龙注释》，甘肃人民出版社 1986 年版。
③ 《文心雕龙今译》，中华书局 1986 年版。
④ 《文心雕龙译注》，漓江出版社 1982 年版。
⑤ 《文心雕龙通解》，台湾文化事业股份有限公司 1986 年版。

“风”的行列之中，这就显得欠妥了。“捶字坚而难移”明明讲的是“字”的问题，属于“骨”的范畴，若与下句中的“响”字相对，则“响”属于“风”的范畴。先论及“骨”，次论及“风”，合而论之，这才可以说是“此风骨之力也”。骈文中常用这种笔法。如果用排比句一路写下来，虽有整齐对称之美，但用得太多，却也会显得呆板，因此骈文作者常是将一组概念错开，分析一番之后，宕开一笔，或径作一小结，以破呆板之病，也可显示文章的摇曳多姿。刘勰在第一段中分论“风”“骨”之后，加上一段“若丰藻克赡，风骨不飞，则振采失鲜，负声无力”，第二段中分析“风”“骨”之后，也就加上“捶字坚而难移，结响凝而不滞，此风骨之力也”，这也可以说是点穴的文字了。只有这样读，才可领会刘勰行文之妙，才可显出《文心》中的文字有开有合，跌宕多姿。

于此可知，大家在阅读骈文的时候，首先得注意其写作上的特点，把握住作者行文的要领，才能避免迷乱。“捶字坚而难移”，犹如说“结言端直，则文骨成焉”；“结响凝而不滞”，则可从他所举的例子“相如赋《仙》”上去体察，司马相如之《大人赋》对汉武帝发生了强烈的刺激，发生了深刻的影响，故此“响”字与“影之随形”、“响之随声”同义，乃言文学作品所发生的感染力，也就可以知道这必定属于“风”的范畴了。

牟世金虽在破除误说方面取得了成功，可惜分析工作未能贯彻始终，因而在阐述“风骨”的过程中还留下一些缺陷。

由此可见，读者阅读《文心雕龙》时，如果采用不同符号标示一组组对应的不同概念，可以帮助大家简捷而明确地把握二者的涵义，在教学上说，或许还不失为一种有效的方法。

通变第二十九解析

【解题】“通变”一词，原出《易·系辞》。一则曰：“一阖一辟谓之变，往来不穷谓之通。”二则曰：“化而裁之谓之变，推而行之谓之通。”（《易·系辞上》）三则曰：“易穷则变，变则通，通则久。”韩康伯注：“通变则无穷，故可久也。”（《易·系辞下》）这种学说体现了《易经》的基本思想，即变易的观点。它首先强调的是一个“变”字，说明事物在不得不变的形势下，只有在变了之后才能适应新的情况，从而维持永久。它叫人用发展的眼光观察外物，反对一切保守的、停滞的观点。

魏晋南北时动乱特甚，社会上的一切事物都在发生巨大的变化。如何顺应时势，变而求通，也就成了人们关心的重要问题，由是“通变”之说甚为学术界所重视。

> 任昉《百辟劝进今上笺》：“某等不达通变，实有愚诚，不任悾款，悉心重谒。伏愿时膺典册，式副民望。”
>
> 萧绎《金楼子·立言》篇：“学者率多不便属辞，守其章句，迟于通变，质于心用。”
>
> 颜之推《颜氏家训·书证》篇：“吾昔初看《说文》，蚩薄世字。从正，则惧人不识；随俗，则意嫌其非，略是不得下笔也。所见渐广，更知通变，救前之执，将欲半焉。若文章著述，犹择微相影响者行之；官曹文书，世间尺牍，幸不违俗也。”

姚最《续画品录》:“(解蒨)全法章、蘧,笔力不逮。通变巧捷,寺壁最长。”

这些说法,仍然首先着重“变”字。刘勰在《文心雕龙》的其他篇章中也曾用过“通变”一词,如《议对》篇曰“采故实于前代,观通变于当今”,与上述诸人的用法一致。本篇中的某些用法,也还侧重“变”字,如“通变则久”、“通变无方”等语即如此。这些地方可以认为是袭用成语而保持着学术界的习惯用法。

但刘勰以“通变”名篇,将“通”、“变”二字分别阐释,如“凭情以会通,负气以适变”,“变则堪久,通则不乏”等语,则与前人的用法有所不同。他已在“通变”的旧概念中灌输进新内容。所谓“通”,指“诗赋书记”“名理相因”的“有常之体”而言,它要求“参古定法”,“体必资于故实”;所谓“变”,指“文辞气力”“通变则久”的“无方之数”而言,它要求“望今制奇”,“数必酌于新声”。“通”、“变”二字对举成文,“通”字实际上指思想内容方面的继承问题,“变”字实际上指形式技巧方面的发展问题。《通变》篇中讨论的是文学中的继承发展问题。刘勰论文每取左提右携之势,此文重点到底突出“通”呢,还是突出“变”?各家看法颇有出入,各自可以举出大量例证证成己说。这类问题颇难截然论定。假如我们放眼全局,将齐梁文坛的动向加以全面考察,则似可以认为,刘勰的“通变”,不同于裴子野、刘之遴等人守旧,也不像徐陵、庾信等人的趋新。比之前者,更为重视“变”;比之前者,更为重视“通”。[①] 这样也就显示出了刘勰论文重“折衷”的特点,而这又可与《序志》篇中标示的“擘肌分理,唯务折衷”之说相呼应。

刘勰应用《易·系辞》中的变易观点研究文学,只汲取其基本精神,而且由于前后之间历史条件不同,二者的重点实际上不一样:

---

① 参看拙作《梁代文论三派述要》,原载《中华文史论丛》第五辑,1964 年 5 月。后收入《周勋初文集》第三册《文史探微》,江苏古籍出版社 2000 年版。

《易·系辞》中强调的是变而求通,《通变》篇中强调的是通而求变。

1. 夫设文之体有常,变文之数无方,何以明其然耶①?凡诗赋书记,名理相因,此有常之体也;文辞气力,通变则久,此无方之数也②。名理有常,体必资于故实;通变无方,数必酌于新声:故能骋无穷之路,饮不竭之源③。(一)然绠(gěng)短者衔渴,足疲者辍涂;非文理之数尽,乃通变之术疏耳④。(二)故论文之方,譬诸草木:根干丽土而同性,臭味晞(xī)阳而异品矣⑤。(三)

【注释】

① 设:设置,安排。体:体裁。数:方法,规律。无方:没有一定程式。然:如此。耶:表示疑问的语尾副词。

② 诗赋书记:指《文心雕龙》上篇中所论述到的各种文体。书:信件,尺牍。记,下级对上级的奏记、笺记之类作品。名理:名称和道理。这里是指这种文体写作上的一些原则。因:承袭。气:文章的气势。通变:这里论述的是"变",骈文追求整齐对称之美,常用偏义复词的手法,"通"字就是为此而补入的。

③ 资:通"咨";凭借,借鉴。故实:典故,这里指过去的作品。酌:斟酌,吸收。新声:新的音乐,这里指新产生的作品。骋:奔驰。

④ 绠:汲水用的绳子。衔渴:衔,把东西含在嘴里。衔渴,即口渴。辍涂:辍,停止;辍涂,在路上停下来。理:写作的道理。疏:不周密,不熟悉。

⑤ 丽:附着。臭味:气味。晞:晒。品:品种。根干丽土而同性,臭味晞阳而异品:这里是用树木为譬喻。上句是说树木的根和主干都附着于土地,有他们共同的本性;下句则是拿枝叶为例,与根干对举而言。各种树的枝叶在阳光的照射下各发出不同气味,表现为不同的品

种。曹丕《典论·论文》曰:“夫文本同而末异。”

【分析】这一段文字,采用排比句法,分释“通”“变”二字及其原理。底下加单线的句子释“通”,底下加双线的句子释“变”,一开一阖,对举成文。整段文字的结构又取一波三折之势,(一)为正写,(二)为反写,(三)为合写,以譬喻作结,与(一)节呼应。

2. 是以九代咏歌,志合文则①。黄歌“断竹”,质之至也②;唐歌“在昔”,则广于黄世③;虞歌《卿云》,则文于唐时④;夏歌“雕墙”,缛(rù)于虞代⑤;商周篇什,丽于夏年⑥:至于序志述时,其揆(kuí)一也⑦。(一 a)暨楚之骚文,矩式周人;汉之赋颂,影写楚世;魏之篇制,顾慕汉风;晋之辞章,瞻望魏采⑧。(一 b)榷(què)而论之,则黄唐淳(chún)而质,虞夏质而辨,商周丽而雅,楚汉侈而艳,魏晋浅而绮,宋初讹(é)而新⑨。从质及讹,弥近弥淡。何则?竞今疏古,风末气衰也⑩。(二)今才颖之士,刻意学文,多略汉篇,师范宋集。虽古今备阅,然近附而远疏矣⑪。(三)夫青生于蓝,绛(jiàng)生于蒨(qiàn),虽逾本色,不能复化⑫。桓君山云:“予见新进丽文,美而无采;及见刘、扬言辞,常辄有得。”此其验也⑬。故练青濯(zhuó)绛,必归蓝蒨;矫讹翻浅,还宗经诰。斯斟酌乎质文之间,而檃(yǐn)括乎雅俗之际,可与言通变矣⑭。(四)

【注释】

① 九代:指黄帝、唐、虞、夏、商、周(包括楚)、汉、魏、晋(包括宋初),也可理解为很多世代。

② 黄歌“断竹”：黄指黄帝。我国传说中第一个出现的帝王。“断竹”，相传为黄帝时产生的一首歌谣，词曰：“断竹续竹，飞土逐宍（肉）。”见《吴越春秋·勾践阴谋外传》。质：质朴。

③ 唐歌《在昔》：唐指唐尧，我国古史系统中的一位圣王。《在昔》之歌，传世典籍不见记载。广：扩大，发展。

④ 虞歌《卿云》：虞指虞舜，古史系统中继承尧的职位的一位圣王。《卿云》歌云：“卿云烂兮，纠缦缦兮，日月光华，旦复旦兮。”见《尚书大传》。“卿云”是指光彩焕发的云。文：文采好的意思。

⑤ 夏歌“雕墙”：夏指夏朝，我国古代所谓三代中的第一个王朝，有较多可信的文献记载。伪古文《尚书·五子之歌》中记载着夏代的“五子之歌”，内有“峻宇雕墙”之语。五子是夏君太康之弟。《五子之歌》二：“内作色荒，外作禽荒，甘酒嗜音，峻宇雕墙，有一于此，未或不亡。”缛：文采丰富。

⑥ 篇什：《诗经》中的“雅”“颂”部分把十篇诗编成一个单位，称××之什，后代遂以篇什作为诗歌的代称。

⑦ 序志述时：叙述情志介绍时世。揆：宗旨，道理。

⑧ 暨：及。骚文：即以《离骚》为代表的楚辞。矩式周人：即以周人为钜式。矩式用作动词，效法、学习的意思。影写：照原样复写，模拟的意思。篇制：作品。顾慕：羡慕，欣赏。顾的本意是回头看。瞻望：眺望，这里带有钦佩而愿意追随的意思。

⑨ 榷：考量，衡量。淳：淳朴，厚实。辨：明析，灵活。侈：铺张，浮夸。绮：一种有花纹的丝织品，比喻缛丽。讹：错误，“正”的反面。这里指诡诞的文风。新：新奇。

⑩ 弥：愈。澹：通“淡”，味道淡薄。竞：争着，趋向于。疏：简慢，不重视。风末气衰：即风气末衰，文风与文气趋向衰落。

⑪ 才颖之士：有杰出才能的文士。颖，稻谷的芒，比喻突出。多略汉篇：略，忽视。这里有忽视汉以前文章的意思。师范宋集：宋集，宋代文集。这里有效法宋代以来作品的意思。备：全部。附：靠近，重

视的意思。

⑫　蓝:一种可以染青色的草。绛生于蒨:绛是赤色,蒨是一种可以染赤色的草。逾:超越。不能复化:不能再有变化。这里是说蓝、蒨颜色虽不如青、绛,然而它们是根本,可以化出青、绛色来。青、绛色本是派生而出的,自身不能再变化出什么色来了。

⑬　桓君山:即桓谭,君山是他的字。桓谭是东汉初期的著名思想家和文士,著有《新论》一书。下面一段话可能就是《新论》中的文字,今已佚。刘:指刘向,西汉末年的著名学者和文士。扬:指扬雄。西汉末年的著名学者和文士。常辄:经常。验:效验,证明。

⑭　练:提练。练青濯绛:即提练青、绛。濯,通"擢",提练出。矫:矫正,纠正。翻:改正。诰:指《尚书》中《酒诰》等作,原是古代的文告。经诰并称,即指经典。檃括:矫正曲木的工具,这里是纠正的意思。际:中间。

【分析】这一段文字乃举证性质。刘勰以文学发展史为例,说明讲求通变的原则。文章可分四节:(一)从正面立论,(二)从反面立论,(三)叙及当时文风,(四)阐明通变原则。

(一)刘勰根据古代传统的历史观,认为时代的发展由黄至唐至虞至夏至商至周,文学也相应地由质趋文趋缛趋丽,这样的演变过程符合通变原则。因为总的说来,形式技巧方面固然起了很大的变化,但是思想内容方面仍然符合序志述时的要求,所以这样的变化非但不会误入歧途,反而具有解决通变问题的典范意义。这是文学有"变"有"通"的正例。自楚至汉至魏至晋,则只在部分文体中步趋前人,因而局部地解决了通变问题。刘氏认为上述"九代(黄、唐、虞、夏、商、周[楚]、汉、魏、晋)咏歌",都"志合文则",因而都值得肯定;但词气抑扬之间,楚代以后的文章显然已与周代以前的文章不能相比。

(二)与(一)相反,刘勰泛论历代文风,认为其间有每下愈况的倾向。因为后代文学大都随着时代的不良风气而流宕，没有从古代的优秀传统中汲取养料，所以刘氏评之曰：“竞今疏古”，“弥近弥淡”。这是只重“变”不重“通”的反例。

（三）引出当前文学问题，点明其流弊亦为“近附远疏”，只重“变”而不重“通”，可见通变之说也为纠正自宋以后的不良文风而发。

（四）提出通变原则。一般地说，文学既要继承又要发展，那就应当“斟酌质文”，“檃括雅俗”，视文体之所宜，不偏于一端，这是刘勰“唯务折衷”的具体表现。就当时来说，发展方面问题较多，特别需要注意继承，因此他一则以颜色为喻，二则举桓谭之语为证，目的都在说明“矫讹翻浅，还宗经诰”。这种说法可与《宗经》篇中的论点互证。

3. 夫夸张声貌，则汉初已极。自兹厥后，循环相因，虽轩翥（zhù）出辙，而终入笼内①。枚乘《七发》云：“通望兮东海，虹洞兮苍天。”②相如《上林》云：“视之无端，察之无涯；日出东沼，月生西陂（pí）。”③马融《广成》云：“天地虹洞，固无端涯；大明出东，月生西陂。”④扬雄《校猎》云：“出入日月，天与地沓（tà）。”⑤张衡《西京》云：“日月于是乎出入，象扶桑于濛汜（sì）。”⑥此并广寓极状，而五家如一⑦。诸如此类，莫不相循，参（sān）伍因革，通变之数也⑧。

【注释】

① 声貌：声音和外貌。极：趋于规范。厥：其。因：袭，沿袭。轩翥：高飞。轩，高；翥，飞翔。辙：车辙，轨道，这里是规范的意思。笼：这里是用飞鸟作比喻，鸟虽高飞，似已脱出规范，然而最后还是要入笼中。

② 枚乘《七发》：枚乘是西汉初年的著名辞赋家，《七发》是他的

一篇著名作品，描写楚太子和吴客的对答，文辞描写上很铺张。通望兮东海，虹洞兮苍天：这是吴客形容广陵潮的一段描写。虹洞，连结，联绵一片。

③　相如《上林》：司马相如是西汉初年著名的辞赋家。《上林赋》假托亡是公与子虚和乌有先生的一番话，对上林苑的景物作了夸张的描写。端：开头。无涯：即无涯岸，无边无际的意思。沼：水池。陂：山旁。

④　马融《广成》：马融是东汉末期的著名学者和文士。《广成赋》描写广成宫的建筑和规模，很夸张。固：确实，本来。大明：日。

⑤　扬雄《校猎》：扬雄是西汉末期的著名学者和文士。《校猎》，即《羽猎赋》，描写的是皇帝出猎时的盛况。沓：合，重叠。

⑥　张衡《西京》：张衡是东汉中期的著名学者、文士和科学家。《西京赋》描写长安的繁华和兴衰。扶桑：神话中说，早晨太阳从扶桑这棵神树上升起。濛汜：日落之处。《西京赋》中这两句形容昆明湖之广大。

⑦　寓：寓意，托喻。状：形容，描绘。

⑧　循：沿袭。参伍：错综变化。数：方法，规律。

【分析】这一段文字旨在说明对待形式技巧的原则。上两段文字强调思想内容方面应该继承前代典范之作，形式技巧方面应该注意发展问题，这一段文字则作了进一步的发挥，认为即在形式技巧方面也可以有因袭的地方。如果前代某些描写技巧已达高度水平，后人自难越其樊篱，并且这些地方后人也不必尽变前人，只须略作因革即可。

4. 是以规略文统，宜宏大体[①]。先博览以精阅，总纲纪而摄契；然后拓衢路，置关键，长辔远驭，从容按节[②]。凭情以会通，负气以适变，采如宛虹之奋鬐(qí)，光若长离之振翼，乃颖脱之文矣[③]。(一)若乃龌龊于偏解，矜(jìn)激乎一

致，此庭间之回骤，岂万里之逸步哉[4]！（二）

【注释】

① 规略：规划，设计。统：总体。宏：扩大，总揽。大体：全局，主体。

② 总：抓起，归纳出。纲纪：纲领。摄：持取，掌握。契：约券，即操胜算的算。把握住此券，即可使构思中的作品有把握地实现。衢：四通八达的大路。辔：马缰绳。驭：驾驭。节：节拍。这里是用驾驭马比喻作文。驾驭有方，则马在行进时从容而有节奏，等于作文时可按照计划从容写就。

③ 会通：沟通，指与前人沟通，即在“序志”方面与古人合符节。负：担负，依仗。气：气势，这里指有关文风方面的问题。适：适应。宛：弯曲。宛虹之奋鬐：鬐指虹上端的彩色之霓。奋是放射的意思。长离：凰凰。颖脱：颖指锥子的尖头部分。把锥子放在口袋里，锥头锐利刺破袋子而自行脱出，叫“脱颖”，比喻杰出不羁。

④ 龌龊：局促，拘泥。矜激：自以为是，自夸。一致：一得之见。回：回旋。骤：奔跑的马。逸步：指不平凡的快马。

【分析】这一段文字说明解决通变的关键在于提高识见。中分二节：(一)说明博览精阅之人，识见既高，自然能掌握通变的原则，写出成功的作品；(二)识见偏狭的人，成就必低。

5. 赞曰：文律运周，日新其业。变则堪久，通则不乏。[1]趋时必果，乘机无怯。望今制奇，参古定法。[2]

【注释】

① 运：运行。周：圆转。乏：贫乏，荒废。

② 趋时：适应时代。果：果断，有决断。乘机：抓住时机。怯：胆

怯,软弱无能。制:制作,创造。

【分析】赞语很好地综述了“通”“变”两方面的原理。作者的态度在这几句话中表现得很明显。上下二节的最后一句(“通则不乏”、“参古定法”)言“通”,其馀六句均言“变”。刘勰在正文中很强调“通”的一面,此处则似颇为强调“变”的一面。所以如此,或者正是为了防止读者误解正文而发。

定势第三十解析

【解题】“势”是一个常用词，它既可单独运用，也常与其他的词结合而组成一个新的词汇，如形势、情势、气势等等。这种新词的涵义，往往体现在前端的词上。如“形势”，可以理解为“形”所形成的“势”。由“势”构成的复合词为数甚多，甚至可以说是层出不穷，大体上都呈现为这种构词方式。

这些新词反映的是一种状态。如“情势”，乃指外界环境各种因素的复杂关系所形成的一种态势，“情”字本有情状这一涵义。又如“气势”，则体现为一种动态的“势”，它的动向，人们往往称之为“趋势”。再说“形势”，如果动感不明显，处在稳定阶段，也就可以称之为“态势”。

由此可见，“势”的内涵既抽象，又具体。单独看来，似难把握，然而玩味由此组合的新词，则又可以说是很具体，不难把握。

不论“态势”还是“趋势”，都呈现为一种力，于是“势”字加此后缀，又形成了“势力”一词。这一词汇用在社会生活中，呈现为一种影响力，或轻或重，都能让对方有所感受。与此相通，作品也经常能给读者带来一种由“势”形成的“力”，人们常是称之为“感染力”。文艺作品都能产生感染力。

六朝时期，各种艺术门类均呈蓬勃发展之势，人们将鉴赏成果上升为理论，于是画论与书法理论中都出现了相关的“势”论。书法本以线条的流动表现其特有的情致，于是东汉后期即有崔瑗《草书势》[①]、蔡邕《篆势》《隶势》等著作问世。

刘勰撰《定势》篇，对文学中“势”的问题作了深入的阐发。文学是感情的产物，刘勰于是提出了“情势”之说。《定势》开头说道：“夫情致异区，文变殊术，莫不因情立体，即体成势也。”这也就是说，由于作者反映的情况不同，感情的表现方式也就有其不同；由于每一个人的文章中“情”的内容差异甚大，确定相应的体裁也应有所不同。不同文体呈现出不同的“势”，此即所谓“循体而成势”。只有那些“渊乎文者”的高手，可以“并总群势”。

由此可知，“势”与“体”“密切相关，《定势》应与《体性》并读。

刘勰论文奉儒家为宗，雅俗就是一种儒家常用的价值判断。刘勰论文重雅贬俗，因而提醒大家不能趋向于“讹势”。

各种“势”的情状毕竟抽象，难于把握，于是刘勰又各举证加以说明，所谓“机发矢直，涧曲湍回”：一些气势盛的文字，犹如弩机射出的疾箭，呈强势；一些潺潺小溪，水势舒缓，虽呈弱势之态，也能给予读者一种柔美的感受。总的说来，“文之任势，势有刚柔，不必壮言慷慨，乃称势也”。这就可以破除学界的拘执，以为只有那些气势盛的作品才可称为有“势”；相反，那些气势和缓的作品也有其特有的“势”。

再从常见词汇中所用的“势力”一词来说，“势”虽有强弱之分，但都有其影响力。人们常说的“势力”，每由政治、经济、军事等方面的形势产生，文学上也可用此作说明。一些刚性的文字，“势”之力度容易呈现；一些柔性的文字，“势”之力度不易呈现，然而读者却会感到有不同的“势”存在，从而会被其中的“势”所触动。文艺方面的“势”，乃是一种艺术感染力，不论“刚”“柔”，都能产生特有的感染力。柔情的作品，沁人心脾，也能给人以刻骨铭心的感受。

---

① 参看冯翠儿《崔瑗〈草书势〉与文论关系探微》，载南京大学古典文献研究所主办《古典文献研究》第十七辑下卷，凤凰出版社 2015 年 6 月版。

每一种文体都有其合适的“势”，如“章”“表”“奏”“议”，因系进呈皇上之词，这类文体的措词应该很谨饬，表现出来的“势”，力求“典雅”。作者“循体而成势”，不违背应有的规范，可以说是找到了一种正确的方式，这也就是“定势”。假如作者刻意求新，不按原有的规范写作；违背应有的规范，也就成了一种“讹势”。

由此可知，定势的前提是要按事理与感情上的要求确定一种合适的文体，充分发展其感染力，“势”也就是这一文体的张力。

“自近代辞人”以下的文字，都在提醒作家不能“厌黩旧式，故穿凿取新”，以致“失体成怪”，这里他又将之提升到“奇正”这一范畴中去讨论，这也可与《体性》与其他文章中的论述并读。

1. 夫情致异区，文变殊术，莫不因情立体，即体成势也[①]。（一）势者，乘利而为制也[②]。（二）如机发矢直，涧曲湍(tuān)回，自然之趣也[③]。圆者规体，其势也自转；方者矩形，其势也自安；文章体势，如斯而已[④]。是以模经为式者，自入典雅之懿[⑤]；效《骚》命篇者，必归艳逸之华[⑥]；综意浅切者，类乏酝藉；断辞辨约者，率乖繁缛[⑦]。譬激水不漪(yī)，槁木无阴，自然之势也[⑧]。（三）

【注释】

① 情致：情志，思想、感情。区：区别。术：方法。刘勰所谓“势”，不应单纯归结为由体裁而形成的“风格”及其变化，而是一个包括风格、力量、趋势在内的复杂概念，是由作者的思想感情、所采用的文体决定的表现力和感染力的综合。作者的思想感情有所不同，文章变化的方法则多种多样。这里是说，创作都因不同的“情”而确定相应的体制，不同的文体最终呈现出不同的“势”。

② 乘利：凭借有利因素。制：制作。

③ 机发矢直：弩机射出的箭笔直向前。涧曲湍回：纡曲的涧水湍急回旋。自然之趣：指自然条件所形成的“势”。

④ 圆者规体：圆是因为规而产生的。规，圆规。方者矩形：方是由于矩而形成的。矩，曲尺，即直角尺。这里是说：圆形由圆规决定，“势”就表现为转动；方形由曲尺产生，“势”就表现为稳定；文章的不同体制决定不同的“势”，如此而已。

⑤ 模：仿效。经：经典。懿：美。

⑥ 《骚》：《离骚》或骚体，即楚辞。命篇：撰写诗文。这里是说：仿效楚辞的作品，必具华艳之美。

⑦ 综意浅切：内涵浅近。酝藉：含蓄深厚。断辞辩约：用辞明白简要。繁缛：繁琐枝蔓。这句的意思是：意旨简单浅显，每每缺乏含蓄深厚；措辞明白简要，常与繁富之作异趣。

⑧ 譬：比如。激水：湍急的流水。漪：涟漪。槁木：枯死的树。阴：遮掩。

【分析】这一段文字，包含三层意思：（一）是全篇的总纲，点明了刘勰所提出的“势”这一概念的内涵：作品所要表达的情致，决定了采用的文“体”；而不同的文“体”，则决定了文学作品所具有的风格、感染力、影响力所合成的某种内在趋势——“势”。（二）从创作的角度阐释“势”的本质：利用不同文体在表现方面的优点，生成“势”，创作出优秀的文学作品。（三）先用了两个比喻说明文“体”所以决定文“势”的道理，又举儒家经典和楚辞作品两个事例进行验证。最后强调“势”的自然，以为天然如此。

2. 是以绘事图色，文辞尽情，色糅而犬马殊形，情交而雅俗异势，熔范所拟，各有司匠，虽无严郛（fú），难得逾越①。然渊乎文者，并总群势。奇正虽反，必兼解以俱通；刚柔虽殊，必随时而适用②。（一）若爱典而恶华，则兼通之理偏，似夏人争弓矢，执一不可以独射也[3]；若雅、郑而共篇，则总一之势离，是楚人鬻矛誉楯（dùn），两难得而俱售也[4]。（二）是以括囊杂体，功在铨别，宫商朱紫，随势各配[5]。章表奏议，则准的乎典雅[6]；赋颂歌诗，则羽仪乎清丽[7]；符檄（xí）书移，则楷式于明断[8]；史论序注，则师范于核要[9]；箴（zhēn）铭碑诔，则体制于弘深[10]；连珠七辞，则从事于巧艳[11]。此循体而成势，随变而立功者也[12]。虽复契会相参，节文互杂，譬五色之锦，各以本采为地矣[13]。（三）

【注释】

① 绘事：绘画之事。图色：描绘色彩。色糅：指颜色调配。此与“绘事图色”句呼应。情交：情感交融。此与“文辞尽情”句呼应。熔范：古时铸器，熔化金属后注入模范之中；此指熔化金属和制作模范两种工作。司匠：负责之匠。郛：外城。此指界限。

② 渊：深，深厚。奇正：原为古代兵法术语，指正面交锋和伏击掩袭，这里是指完全相反的体势。刚柔：原指阴阳、昼夜、强弱等二元对立，这里与上句“奇正”同义。这句的意思是：深得文章之道者，要能够总揽各种“势”，即使是像“奇”、“正”那样截然相反，也须理解而无不通晓；纵然如“刚”“柔”那样差别巨大，也定要根据情况合适运用。

③ 兼通：与上句“兼解以俱通”呼应。夏人争弓矢：《太平御览》卷三四七引《胡非子》：“一人曰：‘吾弓良，无所用矢。’一人曰：‘吾矢善，无所用弓。’羿闻之曰：‘非弓，何以往矢；非矢，何以中的？’令合弓矢而教之射。”这个故事是说弓、箭相合，才能发挥作用。

④ 雅郑：雅乐和郑声，即典正之声和淫邪之音，指高雅、低劣两种不同的“势”。总一：统一。离：割裂。楚人鬻楯：《韩非子・难一》：“楚人有鬻楯与矛者，誉之曰：‘吾楯之坚，物莫能陷也。’又誉其矛曰：‘吾矛之利，于物无不陷也。’或曰：‘以子之矛，陷子之楯，何如？’其人

弗能应也。”楯:同“盾”。

⑤ 括囊:包罗。铨别:衡量鉴别。宫商朱紫:宫商泛指音声,朱紫泛指辞采。这里是说应当要熟知各种文“体”,更能铨别其不同特质;犹如音声还是辞采,必须随文“势”安排合适。

⑥ 章表奏议:四种文体。准的:标准。与下文“羽仪”、“楷式”、“师范”、“体制”、“从事”相同,都用作动词,意思是“以……为标准(准则、师法、规制、追求)”。

⑦ 赋颂歌诗:四种文体。羽仪:《易·渐》:“鸿渐于陆,其羽可用为仪。”后以“羽仪”比喻有才德而被人尊为楷模,这里用作动词,以……为楷模。清丽:清新美丽。

⑧ 符檄书移:四种文体。明断:明辨、果断。

⑨ 史论序注:四种文体。核要:准确扼要。

⑩ 箴铭碑诔:四种文体。弘深:博大精深。

⑪ 连珠七辞:两种文体。从事:致力于某事,此用作动词,以……为追求目标。巧艳:奇巧艳丽。

⑫ 立功:取得成效。

⑬ 虽复:纵使。契会相参:就前文“括囊杂体”而言,指会通各种体制而相互参资。节文互杂:就前文“宫商朱紫”而言,指综合运用不同手法以实现丰富多彩;这里“节文”的意思不是指具体的节奏、文采,实指“宫商朱紫”行之有度的动作。本采:本来颜色。地:质地,基础。这句的意思是:纵然各种体制可以相通,不同修辞可以杂用,但就像编织五色锦缎之斑斓多彩,仍必须以各种颜色的本色为基础。

【分析】本段重在论述文“体”和文“势”的多样性统一。(一)首先,文“体”毕竟是有区别的,所以文“势”各有不同。在融会贯通所有势的基础上,需要进行多样性的统一:在同一作品中,有些“势”是可以兼融的,比如典雅和华采;有些“势”则不可以并存,如雅正和淫邪。(二)对此既要铨别,又需要根据情况随时变通。(三)重要的是，每一文体毕竟又有其本质属性，无论是参资它势还是杂用它体，都必须以自身的本色为基础。

3. 桓谭称："文家各有所慕，或好浮华而不知实核，或美众多而不见要约。"① 陈思亦云："世之作者，或好烦文博采，深沈其旨者；或好离言辨句，分毫析厘者；所习不同，所务各异。"② 言势殊也。(一) 刘桢云："文之体势，虚实强弱；使其辞已尽而势有馀，天下一人耳，不可得也。"③ 公幹所谈，颇亦兼气④。然文之任势，势有刚柔，不必壮言慷慨，乃称势也⑤。(二) 又陆云自称："往日论文，先辞而后情，尚势而不取悦泽，及张公论文，则欲宗其言。"⑥ 夫情固先辞，势实须泽，可谓先迷后能从善矣⑦。(三)

【注释】

① 桓谭：字君山，东汉人，著有《新论》，已残佚，此处引文无考。实核：即核实，审核查实。要约：扼要简练。

② 陈思：即曹植，字子建，三国魏人，魏文帝曹丕之弟，封陈王，谥思。此处引文已无考。烦文博采：文字冗杂、材料众多。深沉：此处用作动词，使……深刻周密。离言辨句：清楚地辨析每字每句。分毫析厘：指分解剖析极为精细；毫、厘，指细小之处。曹植的意思是：各人习尚不同，追求也就有别。

③ 刘桢：三国魏人，字公幹，"建安七子"之一。文之体势，虚实强弱：文章的体和势，有虚有实，有强有弱。

④ 兼气：兼及"气"的内容。"气"是中国古代思想的重要范畴之一，自曹丕《典论·论文》提出"文以气为主"后，又成为一个重要的文学批评概念。《文心雕龙》论"气"之处甚多，可参阅《养气》篇题解。这里是说：刘桢所谈，在"体"、"势"之外，兼有"气"的内容。

⑤ 任势:此指顺应“势”的自然趋向。壮言慷慨:文辞豪迈激昂。

⑥ 陆云:字士龙,西晋人,陆机之弟。辞:文辞。情:文章所体现的旨趣和情感。悦泽:悦目之色泽,此指文辞美丽。张公:即张华,字茂先,西晋人。陆云此语见《与兄平原书》:“往日论文,先辞而后情,尚洁(势)而不取悦泽。尝忆兄道张公文父子论文,实欲自得,今日便欲宗其言。”意思是说自己从前常有偏颇之失,或重视文辞而忽视情志,或注重文章之“势”而又不求文辞之美;直到听说了张华的议论,才改变了想法,并打算信从他的主张。

⑦ 泽:润色。从善:依从善道或正确之道。这里的意思是:情志当然应该先于文辞,但“势”也需要有辞采润泽,陆云可以说先迷失了方向,此后才遵从了正道。

【分析】本段分别引用桓谭、曹植、刘桢、陆云四家之论,进一步阐明了三点主张:(一)文章之“势”有所不同,是因为作家好尚各异,结果也就存在差别。(二)文章固然需要顺应其“势”,但文章之“势”有强有弱,并不是一定要慷慨任气才能称得上是有“势”。(三)“势”也需要有文辞方面的润色修饰。这三点与前文“循体而成势”、“随变而立功”的核心观念一脉相承,而又广徵前人之说,作了进一步的发挥。

4. 自近代辞人,率好诡巧,原其为体,讹(é)势所变,厌黩(dú)旧式,故穿凿取新;察其讹意,似难而实无他术也,反正而已[①]。故文反正为乏,辞反正为奇[②]。效奇之法,必颠倒文句,上字而抑下,中辞而出外,回互不常,则新色耳[③]。夫通衢夷坦,而多行捷径者,趋近故也;正文明白,而常务反言者,适俗故也[④]。然密会者以意新得巧,苟异者以失体成怪[⑤]。旧练之才,则执正以驭奇;新学之锐,则逐奇而失正[⑥]。势流不反,则文体遂弊。秉兹情术,可无思耶[⑦]!

【注释】

① 近代:指东晋以来。率:大都。辞人:文士。诡巧:怪异奇巧。原:推究。讹势:错误的"势"。厌黩:厌恨轻视。穿凿:牵强附会。反正:故意与常道相反。这一句的意思是:刘勰首先指出,近来文人大都爱好怪异奇巧,这实际上是一种错误的"势"(讹势)。刘勰以为"势"循"体"而生,"随变而立功",因而必须探讨这些作品的"体"是什么,才能知道错误的"势"所从何来,即"原其为体"后才能知道"讹势所变"。抛弃旧式而一味求新的造作之体,造成了"讹势"。刘勰进而考察其错误的"意",则可认为似难实易,不过就是故意违反常规而已。

② 反正为乏:语出《左传》宣公十五年:"故文反'正'为'乏'。"先秦古文"正"字的反写为"乏"。奇:新奇。这句意思是:文字上的"正"反过来写就成了"乏",文章上正、反颠倒便成了新奇。

③ 上字而抑下,中辞而出外:将本应写在上面的字写到下面去,把本应放在句中的字改放到句的前后去。回互不常:颠倒交错,不合常规。

④ 通衢:四通八达的大路。夷坦:平坦。趋近:追求时尚。反言:违反常规的文辞。适俗:迎合俗流。

⑤ 密会:"密切结合"的意思。这句意思是:与旧式紧密相合的人,又出以新意而臻致巧妙;一味求异的人,因不合文体而成为怪诞。

⑥ 旧练:熟练。执:持守。驭:驾驭,掌控。新学之锐:汲汲求新的激进之士。这句意思是:创作方面娴熟的才士,能够依据正道而向新奇的方向开拓;汲汲求新的激进之徒,则因一味崇尚新异而失去了正道。

⑦ 这一句的意思是:"讹势"形成后不思回头,文章的风格也就弊病丛生。掌握了"情术"方面的上述两种情况,能不多加考虑么?

【分析】这一段文字是对好尚怪巧一味求新的文风与违反常规的手法的批判,强调文体须正的重要。但刘勰并非绝对反对新奇,只是坚持恪守正道才能实现恰当的新创，即“执正以驭奇”。他最后指出：不能求新逐俗而导致错误的“势”，让文章之道遭致破坏。

5. 赞曰：形生势成，始末相承[①]。（一）湍回似规，矢激如绳。（二）因利骋节，情采自凝[②]。枉辔（pèi）学步，力止寿陵[③]。（三）

【注释】

① 形生势成：这里指由“情”择“体”、由“体”成“势”“始末相承”的过程。

② 因利骋节：骋，驾马；节：马鞭。这里用驾马比喻从容而有节奏。凝：凝结形成。

③ 枉辔：驾马走了弯路。学步：典出《庄子·秋水》“邯郸学步”：寿陵馀子去邯郸学习走路的步法，结果不仅没有学到，反而连自己原来步法也忘记了，只好爬着回来。寿陵：地名，燕国城市。这里指去邯郸学步的寿陵馀子。

【分析】（一）是对“因情立体”“即体”成“势”的概括；（二）用形象的比喻说明“势”由“体”定之理；（三）进一步说明顺应“体”的特性而发挥，才能创作出优秀的文学作品；否则不仅要走弯路，甚至会彻底失败。

情采第三十一解析

【解题】大家知道,《文心雕龙·情采》篇是讨论内容、形式问题的一篇名著。其实这话并不十分恰切,还应作些补充。因为现代文艺理论中"内容"、"形式"这两个概念的内涵要比"情"、"采"二词丰富得多。文学作品的内容指经过作家艺术概括的社会生活,并不单是作者个人感情的问题;作品的形式包括体裁、结构、情节等要素,并不仅仅限于辞采问题。刘勰在其他一些篇章中倒是讨论过内容、形式中的许多重要方面,例如《章句》篇中讨论了章法问题,《附会》篇中讨论了结构问题,自《明诗》至《书记》二十篇中,分别讨论了体裁问题,这些东西在《情采》篇中也就不再重提了。因此,刘勰在这篇文章中只是讨论了内容与形式二者之间的部分问题,主要目的是在阐明文情与辞采的关系。这是我们首先应该明确的。

刘勰为什么要在内容部分中特别提出"情"字呢?

这里可以简单地回顾一下诗文理论的发展情况。众所周知,我国最早产生的一部诗歌集子是《诗经》,许多分属不同社会阶层的人都在其中倾吐了心声,后人总结《诗经》的创作经验,研究诗歌作者的创作目的,得出了"诗言志"这一具有普遍概括意义的结论。这是我国早期产生的有关抒情诗的一种理论。

"志"的涵义是很广阔的。"饥者歌其食,劳者歌其事",无非各言其志而已。但后来的说诗者却慢慢地给"志"订出一个界限来了。自孔子起，就在极力把《诗经》的作用引导到为政教服务上去。他一方面主观地说："《诗三百》，一言以蔽之，曰'思无邪'。"一方面客观地认为诗有兴、观、群、怨的功能，但随即又强调指出它可起"迩之事父，远之事君"的作用。这种利用诗的作风随着中央集权封建政体的确立而益趋严重，例如代表汉代正统思想的《毛诗序》中就说："国史明乎得失之迹，伤人伦之废，哀刑政之苛，吟咏情性，以风其上，达于事变而怀其旧俗者也。故变风发乎情，止乎礼义。发乎情，民之性也；止乎礼义，先王之泽也。"这里就给"情"的倾吐明确地规定了为统治者服务的方向。

汉人尊《诗》为"经"，视作神圣的宝典；一些经师作出的解释，往往流于牵强附会。他们极力强调诗的美刺作用，于是汉代的作家也纷纷写作颂扬或讽谕的四言诗。这种作品大都流于呆板贫乏，因为他们忽视了抒情诗的艺术特点。

经过汉末的大乱，儒家的正统思想有所削弱，作家们也不再遵循那种受到歪曲的"言志"说的束缚了。他们经历过兵荒马乱，有许多深刻的印象紧压心头，有许多郁勃的感情要倾吐，于是魏晋南北朝的诗歌从内容到形式都起了巨大的变化，其后在文学理论中也相应地出现了新的观点。

从东汉起，五言诗逐渐成熟，得到发展；魏晋之时，创作界已经积累下了丰富的成果。这种新兴文体富有生命力。锺嵘在《诗品序》中说："五言居文词之要，是众作之有滋味者也，故云会于流俗。岂不以指事造形，穷情写物，最为详切者邪！"正由于五言诗在抒发情感方面有着显著的优点，作家们纷纷采用它来创作，于是陆机才在《文赋》中提出了"诗缘情而绮靡"的创作要求。

魏晋南北朝的文学理论家都注意文学作品的抒情作用。就在他们应用"言志"一词时，也把"志"的内涵理解成是感情问题。刘勰在《明诗》篇中说："人禀七情，应物斯感，感物吟志，莫非自然。"就是一个例子。可见刘勰在内容部分中特别提出"情"字，富有时代意义。

刘勰在形式部分中特别提出“采”字，也是时代风气的反映。魏晋南北朝人注意文学的采色之美，《文心雕龙》中分论各种文体的篇章中，也多这方面的论述。

综上所言，可知刘勰在讨论内容、形式问题时以“情采”名篇，带有时代的特点。阅读《文心雕龙》时，理解这一特点甚为必要，因为其他一些篇章中讨论到内容、形式问题时，也常以“情”、“采”二字为代表。《镕裁》篇中说：“万趋会文，不离辞（采）情。”他是紧紧抓住辞采、情志两方面而展开论证的。

至于刘氏写作这篇文章的目的，当然不脱反对浮靡文风这项目标。关于这方面的分析论述，详见下端。

1. 圣贤书辞，总称“文章”，非采而何[①]？（一）夫水性虚而沦漪（lún yī）结，木体实而花萼（è）振：文附质也[②]。虎豹无文，则鞟（kuò）同犬羊[③]；犀兕（xì sì）有皮，而色资丹漆：质待文也[④]。（二）若乃综述性灵，敷写器象，镂（lòu）心鸟迹之中，织辞鱼网之上，其为彪炳，缛（rù）采名矣[⑤]。（三）故立文之道，其理有三[⑥]：一曰形文，五色是也[⑦]；二曰声文，五音是也[⑧]；三曰情文，五性是也[⑨]。五色杂而成黼黻（fǔ fú），五音比而成《韶（sháo）》、《夏》，五情发而为辞章，神理之数也[⑩]。（四）

【注释】

① 圣贤书辞，总称“文章”：《论语·公冶长》记子贡的话说：“夫子之文章，可得而闻也。”这里说的文章当指经过孔子整理过的文献。刘勰据此而言，古代圣贤的著述，总称之为文章。书辞：指著述，这里指《诗经》等典籍。文章：原指绘画时使用的色采。《考工记》说青与赤混

合叫做文，赤与白混合叫做章。所以刘勰后面接着说“非采而何”。

② 性：本性，性质。虚：不实，不固定。沦漪：波纹。结：汇集。体：本体，实质。花萼：原指花朵外面一轮叶状薄片，今指花。振：兴起，发生。文附质也：文采依附于本体。质：本质，本体。水的本性是无定形的，所以能汇集而形成波纹；树木的躯干是一种实体，所以能生长出花朵。沦漪为水之文，花萼为木之文，它们依附于水、木的本体而生。

③ 文：同“纹”，花纹。鞟：去掉了毛的皮。《论语·颜渊》：“子贡曰：‘……文犹质也，质犹文也；虎豹之鞟，犹犬羊之鞟。’”这里是说不同性质的兽皮借助于花纹的不同才能区别。刘勰藉此说明：质有待于文才能得到表现，所以文也有其重要意义。

④ 犀兕有皮，而色资丹漆：犀和兕虽然具有优质的皮革，但要制成完美的甲盾，还得借助于硃红的漆。犀兕，一种像牛的野兽。雄的叫犀，雌的叫兕。皮坚韧，可制甲盾。《左传》宣公二年记宋国筑城，将领华元监工，筑城的役夫唱歌讥笑他跟郑国打仗时弃甲逃归，华元派车夫申辩，说是犀兕的皮革还有很多，丢掉些又怕什么？役夫说：“纵其有皮，丹漆若何？”也就是说，只有犀兕之皮而没有丹漆为之文饰，仍然不能制成好甲盾。

⑤ 若乃：至于，表示进一层说的连接词。综述性灵：即抒情。性灵：指心灵，情思。敷写器象：即状物。敷：铺陈。写：描绘。器：指万物。《易·系辞上》：“形而下者谓之器。”意思是说：一切具体的东西都叫做器。镂：刻划，提炼。心：古人认为心是思维的器官，这里指思想感情。鸟迹：指文字。许慎《说文解字序》说：“黄帝之史仓颉，见鸟兽蹄迒之迹，知分理之可相别异也，初造书契。”是说仓颉看到鸟兽的脚印受到启发而创造了文字。织辞：组织文辞。鱼网：指纸。《后汉书·宦者·蔡伦传》说：“伦乃造意用树肤、麻头及敝布、鱼网以为纸。”蔡伦为和帝、安帝时人。其为彪炳，缛采名矣：作品之所以文采斐然，是由于辞采繁富的缘故。其：指写下的东西。彪炳：文采斑烂的样子。缛

采:繁富的辞章采色。名:明,鲜明。

⑥ 立文之道:创作的途径。道,途径,方法。理:与“道”的意思相近。一般指具体事物内含的道。

⑦ 形文:有外形可见的文,即诉之于视觉的文。五色:青、黄、赤、白、黑。

⑧ 声文:通过声音而体现的文,即诉之于听觉的文。五声:宫、商、角、徵(zhǐ)、羽,这是古代音乐中的五个音阶。

⑨ 情文:通过感情而表现出来的文。五性:静、躁、力、坚、智。见《汉书·翼奉传》颜师古注引《汉书音义》晋灼注。又《大戴礼记·文王官人》以喜、怒、欲、惧、忧为五性。晋灼曰:翼氏五性,肝性静,静行仁,甲己主之;心性躁,躁行礼,丙辛主之;脾性力,力行信,戊癸主之;肺性坚,坚行义,乙庚主之;肾性智,智行敬,丁壬主之也。

⑩ 杂:交错。黼黻:泛指彩色花纹。古代礼服上绣的花纹,白与黑相间的斧形花纹叫黼,黑与青相间的亚形花纹叫黻。这是指形文。比:排列,组合。韶:舜时的乐章。夏:禹时的乐章。韶夏:泛指音乐,这是指声文。五情:喜、怒、哀、乐、怨。神理之数:合乎自然之道的法则。数:必然的理,自然的情势。

【分析】这一段文字从文、质的关系论证文章应重采色之美,中分四节:(一)提出问题。刘勰根据字义,说明文章应重采色。《考工记》:“青与赤谓之文,赤与白谓之章。”“文章”二字原来就是采色的名称。这种论证方法的说服力当然嫌不够。古人喜欢引经据典,增加气势。(二)以自然界的具体事物为例,说明文、质之间有着同一的关系,内容与形式乃是每一个具体事物内部对立而又互为依存的两个方面。“文附质”,所以“质”占主导地位;“质”待“文”,后者也不是可有可无的部分,“质”必须通过“文”才能表现。这种观点含有很多辩证的因素。(三)紧接上段,从一般推论个别,联系到作家作品,从创作过程说明质待文之理。(四)紧接上段,说明作品中文的内涵，可分形文、声文、情文三部分。刘氏认为文学作品应有彩色之美、声律之美、情性之美。

2.《孝经》垂典："丧言不文。"故知君子常言，未尝质也①。老子疾伪，故称"美言不信"，而五千精妙，则非弃美矣②。（一）庄周云"辩雕万物"，谓藻饰也③；韩非云"艳采辩说"，谓绮丽也④。绮丽以艳说，藻饰以辩雕；文辞之变，于斯极矣⑤。（二）

【注释】

① 《孝经》：儒家经典之一，内容重在论述伦理道德和宗法思想。相传为孔子的孙子子思所作。垂：垂示。典：典范，准则。丧言不文：父母死后，子女在居丧期间说话不讲求文采。原文见《孝经·丧言》章："子曰：孝子之丧亲也，哭不偯（yǐ，馀音委曲。这是说丧亲之后子女极度哀伤，号陶痛哭，不作委转之声。），礼无容，言不文。"常言：日常的语言。质：质朴。

② 老子：道家的创始者老聃（dān），春秋时人。《老子》则是道家的一部著作，相传是老聃所作。据现代学者考证，现存的《老子》当成书于战国时期。疾：憎恶。美言不信：修饰很多的语言并不真实。原文见《老子》八十一章："美言不信，信言不美。"刘勰认为这是老聃说的话。五千精妙：《老子》一书共五千字左右，这里用"五千"一词代替书名。《老子》全书用韵文写成，措词华美，故称"精妙"。

③ 庄周：战国前期道家学派的代表人物之一，著有《庄子》一书。据现代学者考证，书中"外篇""杂篇"中的一些文章，是他的后学所作。辩：巧言。辩雕万物：美妙的言词细致地刻划外物，原文见《庄子·天道》："故古之王天下者……辩虽雕万物，不自说也。"庄子主张无为而治，认为君主不应亲自运用巧妙的言词，刘勰借用这个典故说明文学语言不应修饰过甚。藻：水草的一种。水藻的形状很美丽，所以文辞

亦称词藻。谓藻饰也：所以说是用词藻来修饰。

④　韩非：战国后期法家的代表人物，著有《韩非子》一书。艳采辩说：这句的意思是，漂亮的文采装饰着美妙的说辞。原文见《韩非子·外储说左上》："范且、虞庆之言，皆文辩辞胜而反事之情。……夫不谋治强之功，而艳乎辩说文丽之声，是却有术之士，而任'坏屋''折弓'也。"韩非的文艺观点是注重实用，反对艳丽的文采和巧妙的言辞，也就是反对文辞"绮丽"。范文澜《文心雕龙注》以为原文当作"艳乎辩说"，不确。刘勰以"艳采"对"辩雕"，已改动《韩非子》原文。

⑤　绮丽以艳说，藻饰以辩雕；文辞之变，于斯极矣：精美的形式用来打扮说辞，华美的修饰用来刻划外物，辞章的变化，发展至此已达极点了。这里"绮丽以艳说"一句与韩非之语呼应，"藻饰以辩雕"一语与庄子之语呼应。

【分析】这一段文字引证经子中的言论说明文章应有采色之美。其中(一)《孝》、《老》两种意见系反面立论，(二)庄、韩两种意见系正面立论。

3. 研味《孝》、《老》，则知文质附乎性情[①]；详览《庄》、《韩》，则见华实过乎淫侈[②]。若择源于泾(jīng)渭之流，按辔于邪正之路，亦可以驭文采矣[③]。(一)夫铅黛(dài)所以饰容，而盼倩(qiàn)生于淑姿；文采所以饰言，而辩丽本于情性[④]。故情者，文之经；辞者，理之纬。经正而后纬成，理定而后辞畅，此立文之本源也[⑤]。(二)

【注释】

①　研：探究。味：体会。文质附乎性情：文章的华美或质朴依附

于性情，即随作者性情之差异而定。

② 华实过乎淫侈：形式或内容失败于过度的修饰。刘勰的意思是说文章过分重视修饰则会损害文章的内容和形式。

③ 泾渭之流：泾、渭，两条水名，位于今陕西省境内。古时有“泾浊渭清”的说法，现时则已不然。泾水较清，渭水较浊。按辔：控制马的缰绳，有辨清方向的意思。这句意思是说，在一清一浊的水流前择别其源头，一邪一正的道路前辨别其趋向，也就可以驾驭文采了。“文质附于性情”，就是清、正；“华实过乎淫侈”，就是浊、邪。

④ 铅黛：泛指妇女的化妆用品。铅指铅粉，黛为画眉用的青黑色颜料。盼倩：形容女子容貌妩媚。《诗经・卫风・硕人》：“巧笑倩兮，美目盼兮。”盼，眼睛黑白分明。倩，口颊含笑的样子。淑姿：美好的姿容。辩丽：言辞巧妙而有文采。

⑤ 情者，文之经；辞者，理之纬：情、理为经，文、辞为纬。情指思想感情，理指作品内容；文指文章，辞指辞采。织物中的直线叫经，织物中的横线叫纬。以纬辅经，始成织物。立文之本源：写作的根本。

【分析】刘勰在这一段文字中提出了总结性的意见。（一）紧接上2段，他从分析经、子论点着手，阐述处理文质问题的原则。从《孝》、《老》的意见中，可知形式应依内容为转移；从庄、韩的意见中，可知讲求形式不能太过分。刘勰认为临文应多斟酌，务使情文相称。（二）补足上1段，提出情理为经，文辞为纬，经正纬成、理定辞畅的根本原则。

4．昔诗人什篇，为情而造文；辞人赋颂，为文而造情①。何以明其然②？盖《风》《雅》之兴，志思蓄愤，而吟咏情性，以讽其上，此为情而造文也③；诸子之徒，心非郁陶（yáo），苟驰夸饰，鬻（yù）声钓世，此为文而造情也④。故为情者要约而写真，为文者淫丽而烦滥⑤。而后之作者，采滥忽真，远弃《风》《雅》，近师辞赋，故体情之制日疏，逐文之篇愈盛[⑥]。故有志深轩冕(miǎn)而泛咏皋(gāo)壤，心缠几务而虚述人外，真宰弗存，翩(piān)其反矣[⑦]。夫桃李不言而成蹊(xī)，有实存也[⑧]；男子树兰而不芳，无其情也[⑨]。夫以草木之微，依情待实；况乎文章，述志为本，言与志反，文岂足徵[⑩]！

【注释】

① 诗人：指《诗经》的作者。什篇：也作“篇什”。《诗经》中的“雅”“颂”部分以十篇为单位，称为“什”，所以后人又称诗篇为篇什。辞人：指汉代的辞赋家。

② 何以明其然：用什么来说明它是这样的呢？

③ 《风》《雅》：《诗经》中的《国风》和《小雅》。兴：产生，激发。志思蓄愤：内心的情志充满着愤懑。《毛诗序》曰：“诗者，志之所之也，在心为志，发言为诗。”司马迁《报任安书》曰：“《诗三百篇》，大抵贤圣发愤之所为作也。”吟咏情性，以讽其上：《毛诗序》：“上以风化下，下以风刺上。”诗人通过吟咏情性而向君主进行讽谏。

④ 诸子之徒：指辞赋家。郁陶：精神郁结。苟驰夸饰：胡乱而草率地写下了一些浮夸粉饰的文辞。鬻声钓世：沽名钓誉的意思。鬻：贩卖。钓世：指用声名作钓饵，勾引世人上钩。

⑤ 要约：扼要而简练。写真：明白真实。烦滥：烦琐浮泛。

⑥ 体情之制：表现出真实的思想感情的作品。体：体现。制：作品。疏：稀少。逐文之篇：追求浮艳的文采的篇章。

⑦ 志深轩冕而泛咏皋壤：志趣沉溺于官爵禄位却浮泛地吟咏山林。志：志趣。深：沉潜于。轩：古代大夫以上贵族所乘的车。冕：古代大夫以上贵族所戴的礼帽。皋壤：隐士居住的地方。皋，水泽。壤，原野。心缠几务而虚述人外：内心牵惹在政务上，却空洞地去说些超

脱于世俗的话。缠：绕，束缚。几：同“机”。几务：国家事关机要的政务。人外：尘世之外。真宰：指真性情。宰的本义为主宰。翩其反矣：这句话出于《诗经·小雅·角弓》：“骍骍角弓，翩其反矣。”翩：翩然，形容迅疾。这句意思是：文章缺乏真的性情，结果只能适得其反。

⑧ 桃李不言而成蹊：这话出于《史记·李将军列传》：“桃李不言，下自成蹊。”意思是说：桃树李树本不会说话，然而人们还是为它们的果实所吸引，接踵而至，下面踏成了小路。蹊：小路。

⑨ 男子树兰而不芳：这话出于《淮南子·缪称》篇：“男子树兰，美而不芳。”意思是说：男人种植兰草，因为缺乏真诚的感情，所以没有香气。这是缺乏科学根据的说法。树：种植。兰：一种香草。芳：芬芳，芬香。

⑩ 待：有待于，依靠。依情待实：即依于情，待于实。述志为本：抒写情志为根本要务。这里的“志”与“情”同义。文岂足徵：文章岂能全然作为凭信。徵，凭信。

【分析】这一段文字着重阐述“情者，文之经”的原理。《法言·吾子》篇中说：“诗人之赋丽以则，辞人之赋丽以淫。”刘勰的论点有类于此，也把创作分为诗人、辞人两大传统。他反对为文造情的辞人作风，赞成为情造文的诗人作风。这种理论，对当时文坛上虚假的浮靡的文学作了有力的揭发。刘勰极其重视作家感情的真挚，《章表》篇中说：“恳恻者辞为心使，浮侈者情为文屈”，亦即此意。

5. 是以联辞结采，将欲明理，采滥辞诡，则心理愈翳(yì)①。固知翠纶桂饵(ěr)，反所以失鱼；“言稳荣华”，殆谓此也②。是以“衣锦褧(jiǒng)衣”，恶文太章③；《贲(bì)》象穷白，贵乎反本④。夫能设模以位理，拟地以置心，心定而后结音，理正而后摛(chī)藻，使文不灭质，博不溺心，正采耀乎朱兰，间色屏于红紫，乃可谓雕琢其章，彬彬君子矣⑤。

【注释】

① 联辞结采：联结辞采，即编排辞藻。采滥辞诡，则心理愈翳：文采浮华，言辞诡异，那么思想和道理愈发被隐没了。

② 翠纶桂饵，反所以失鱼：这个典故出于《阙子》(《太平御览》卷八三八引)，上面说："鲁人有好钓者，以桂为饵，黄金之钩，错(镀)以银碧，垂翡翠之纶，其持竿处位即是，然其得鱼不几(缺少机会)矣。故曰：'钓之务不在芳饰，事之急不在辩言。'"纶：丝线。翠纶：钓鱼用的丝线，用翡翠作装饰品。桂饵：用肉桂作钓鱼的饵。言隐荣华：这话出于《庄子·齐物论》："言隐于荣华。"意思是说言语的本意反而为华美的辞藻所隐蔽了。荣：草的花。华：树的花。殆：大概。

③ 衣锦褧衣，恶文太章：这个典故出于《诗经·王风·硕人》："硕人颀颀(身材高)，衣锦褧衣。"衣：穿上。锦：锦衣，用有彩色花纹的丝织品裁制的衣服。褧：麻布衣服。章：同"彰"，显明。这句意思是：锦衣外面罩上麻布制的衣服，为的是怕文采过于显明了。

④ 《贲》象穷白，贵乎反本：《易·贲卦》卦象的最后一爻(上九)表明白色的重要，说明万物之所贵者在于复归本原。贲的本义是文饰，这里用作卦名。象：象辞。穷：究极，推到最后。上九为贲卦的最后一爻，卦的每一行横划作一爻。《易·贲卦》上说："上九，白贲无咎。"王弼注："处饰之终，饰终反素，故其在质素，不劳文饰，而无咎也。"

⑤ 模：模式，规范。位：位置，安排。地：地位，格局。设模以位理，拟地以置心：树立规范，安排文章中的道理；拟制格局，注入作者的情志。结音：用音乐做比喻，即组织辞句而成篇章。摛藻：铺陈辞藻。文不灭质，情不溺心：《庄子·缮性》上说："文灭质，博溺心。"刘勰反用其意，是说辞采不隐没文章中的实质，铺排的材料不致把作者的思想感情都淹没掉。句中的"质""心"与"情"相应，"文""情"与"采"相应，要求"情采"相称。正采：即正色。古代以赤、黄、青、白、黑为正色，朱即赤，蓝即青，都是正色。间色：杂色。古代以红、紫为间色，因为赤白相间成红(指粉红色)，赤、青相间为紫，所以都不算是正色。屏：排除，

抛弃。正采耀乎朱兰，间色屏于红紫：等于说“耀朱、兰之正采，屏红、紫之间色”。雕琢其章：修饰文章。彬彬君子：原文出于《论语·雍也》：“文质彬彬，然后君子。”彬彬，文质各半的样子。这里用来赞美华美的形式和质实的内容相称的文章。

【分析】这一段文字着重阐述“辞者，理之纬”的原理。辞既然是为理服务的，那它就不能无目的地虚加华饰，而是应该注意“理定而后辞畅”。

6. 赞曰：言以文远，诚哉斯验[①]。（一 a）心术既形，英华乃赡[②]。（一 b）吴锦好渝（yú），舜英徒艳。繁采寡情，味之必厌[③]。（二）

【注释】

① 言以文远：《左传》襄公二十五年记子产用美妙的言词处理外交事务，取得很大的成功，所以孔子称赞说：“志有之，言以足志，文以足言。不言，谁知其志？言之无文，行而不远。”诚，确实。斯验：指子产的文词之功，由此得到了验证。

② 心术：运用心思的法门，即作文构思的方法。既：已。形：表现。英华：文采。赡：富足。

③ 吴锦：吴地出产的锦。渝：变色。舜：即“蕣”（shùn），木槿。英：花。徒：白白地，空有。舜英徒艳：木槿花朝开暮落，只有一时的美丽，而不结果实，缺乏永久价值，所以说是“徒艳”。厌：厌烦，烦腻。

【分析】赞语可分上下两节。上节即（一）内，如作详细分析，还可再分两层来讲：a. 总结1、2、3段，点明“文附质”、“质待文”的原理；b. 总结4段，指出“若乃综述性灵，敷写器象……其为彪炳，缛采名矣”；（二）总结5段，说明“采滥辞诡，则心理愈翳”。

镕裁第三十二解析

【解题】“镕”、“裁”二字，都是用的譬喻。“镕”本指工业上的冶铸，这里比作文意方面的锤炼；“裁”本指缝制上的剪裁，这里比作文辞方面的敷删。魏晋南北朝时的文人大都喜欢采用譬喻，将抽象的道理表达得具体形象，刘勰也有这种作风，这篇文章的命名就是一个很好的例子。

这里所以不用“内容”、“形式”等名词解释“镕”、“裁”二字，因为这种说法与刘勰的原意还有一些出入。刘勰所说的“镕”字，主要指命意谋篇，而文“意”的具体内容又落实在“情、理”二字；他所说的“裁”字，主要指研讨辞采，而文“辞”的具体内容又落实在字、句二字。这里所讨论的问题没有牵涉到“内容”、“形式”的其他方面，因此不能将内涵广狭不一的概念混为一谈。

1. 情理设位，文采行乎其中[①]。刚柔以立本，变通以趋时[②]。立本有体，意或偏长；趋时无方，辞或繁杂[③]。蹊(xī)要所司，职在镕裁[④]。(一)檃(yǐn)括情理，矫揉文采也[⑤]。规范本体谓之镕，剪截浮辞谓之裁[⑥]。裁则芜秽不生，镕则纲领昭畅，譬绳墨之审分，斧斤之斫(zhuó)削矣[⑦]。骈(piān)拇枝指，由侈于性；附赘(zhuì)悬肬(yóu)，实侈于形[⑧]。一意两出，义之骈枝也；同辞重句，文之肬赘也。(二)

【注释】

① 情理设位，文采行乎其中：情理经过部署，在这布局的基础上运用文采。设：布局，筹划。

② 刚柔以立本：作者的个性有刚柔之分，应该根据自己的特点作为写作的根本。变通以趋时：文辞应该随时代的推衍而有变通，才能合乎时宜。

③ 立本有体，意或偏长：树立的根本虽有其主体，但太偏于刚或太偏于柔，文意就不免时有偏长之弊。或，有时。无方：没有正确而固定的方法。

④ 蹊要：比喻写作的关键。蹊，道路。要，要冲。司：主管者。职：主要。这句意思是：解决上述问题的关键所在，主要在于镕裁。

⑤ 檃括：矫正歪曲所用的工具，这里作矫正解释。檃括情理：对情理加以矫正。矫：把曲的加工成直的。揉：把直的加工成曲的。矫揉文采：把文采上出现的偏向加以纠正。

⑥ 本体：指文意，即情理方面的内容。规范本体谓之镕：镕就是把情理等属于文意方面的部分加以提炼，使之合乎规范。浮词：虚饰浮华的言词。

⑦ 芜秽：农田中的杂草，比喻文章中多馀而夹杂的词句。昭畅：明白畅达。绳墨：木匠用的墨线。审：确定。分：界限。绳墨之审分：指木匠用墨线定出界线，决定那些材料该取，那些该弃。斤：即斧。

⑧ 骈拇枝指，由侈于性；附赘悬肬，实侈于形：这句话原出《庄子·骈拇》："骈拇枝指，出乎性哉，而侈于德；附赘县（悬）疣，出乎形哉，而侈于性。"骈拇：脚的大拇指和第二个指头连在一起。枝指：手的大拇指旁枝生一指。侈：多馀。性：天生的。赘：赘肉，多馀的肉。悬肬：旁生的肉疙瘩，好像悬在身上一样。这句是说手和脚上多馀的肢体，都是先天生长的，所以是本性上的多馀；附着于形体上的赘肬，是后天生出来的，所以是形体上的多馀。

【分析】这一段文字旨在“释名以章义”，前后可以分两节：（一）说明“镕裁”当讲，（二）阐释“镕裁”名义。

文意与文辞的关系密不可分，但彼此又保持着相应的独立地位。刘勰讨论文学问题时，每以二者对举而言，这段文字就是很好的例子。底下加一道横线的句子阐释“镕”，底下加两道横线的句子阐释“裁”，两两相对，开阖成势。阮元《书昭明太子〈文选序〉后》有云“彦和《雕龙》，渐开四六之体”，于此可见一斑。

2. 凡思绪初发，辞采苦杂，心非权衡，势必轻重①。是以草创鸿笔，先标三准②：履端于始，则设情以位体③；举正于中，则酌事以取类④；归馀于终，则撮（cuō）辞以举要⑤。（一）然后舒华布实，献替节文，绳墨以外，美材既斫，故能首尾圆合，条贯统序⑥。（二）若术不素定，而委心逐辞，异端丛至，骈赘必多⑦。（三）

【注释】

① 思绪：思想的头绪。权衡：秤。轻重：或轻或重，缺乏定准。

② 草创：草拟，起草。鸿笔：鸿文，大文章。标：提出。准：准则。

③ 履：走。端：开始，开头。履端：开始第一步。设情以位体：根据所要表达的思想感情而安排一种相应的文体。

④ 举：取，用。中：位于始终之间，犹言第二步。酌事以取类：根据表达的需要，酌取与叙述的内容有类同之点的典故与成语。《文心雕龙》中有《事类》篇，对典故和成语的使用有专门的阐述。

⑤ 归馀于终：归为馀下之事，即最后。撮辞以举要：提炼辞句而突出关键之处。上面谈的三准，是写作之前准备工作中的重要方法。《左传》文公元年：“先王之正时也，履端于始，举正于中，归馀于终。”讲的是历法的制订过程，和《文心雕龙》中讲的内容不一样，刘勰这里只

是借用其成语，表明写作中的三个步骤。

⑥ 舒：敷陈。华：华采，指文辞。布：铺叙。实：实质，指内容。献：进，突出。替：退，去除。节：节制，调节。这句是说三准已定，就可铺演成文。舒华布实：指写作成文。献替节文：亦即献可替否，规范文辞。美材既斫：用木匠制作器具为比喻。不是器具所需的东西，不管什么好材料，凡在绳墨以外者，都要丢弃。既：尽，全。首尾圆合：文章开头和结尾结构圆满而有呼应。条贯统序：条理既有系统，又有次序。

⑦ 术：方法。素：预先。委心：任心，随心所欲。逐辞：追求辞采。这是说作者如不按上述方法写作，写作路子不预先确定，而任意为之，一味追求辞藻。异端：不正规的文意，即邪僻的情理。丛：丛集。骈赘：骈拇赘枝，指繁杂的文意。

【分析】这一段文字讨论“镕”的问题。在命意谋篇的过程中，包含着(一)准备和(二)表达两个阶段。为做好创作前的准备，刘勰提出了三准说：(1)根据文情，选择适当的文体；(2)采择适当的材料；(3)列出写作重点。这些工作完成之后，正式动笔，因为文意已经得到锤炼，中心思想已很明确，表达之时必然左右逢源，条理井然。《总术》篇中说：“凡精虑造文，各竞新丽，多欲练辞，莫肯研术。”又说：“是以执术驭篇，似善弈之穷数；弃术任心，如博塞之邀遇。故博塞之文，借巧傥来，虽前驱有功，而后援难继；少既无以相接，多亦不知所删，乃多少之并惑，何妍蚩之能制乎！”可见他对“秉心养术”问题的重视。“三准”等项，即是“术”的一种。刘勰在结束语中再次强调，说明文意必须置于文辞之先。

纪昀眉批“此一段论镕，犹今人所谓炼意”。

3. 故三准既定，次讨字句[①]：句有可削，足见其疏，字不得减，乃知其密。精论要语，极略之体；游心窜(cuàn)句，极繁之体：谓繁与略，随分所好[②]。引而申之，则两句敷为一章；约以贯之，则一章删成两句[③]。思赡者善敷，才核（hé）者善删；善删者字去而意留，善敷者辞殊而意显[④]。字删而意阙，则短乏而非核；辞核而言重，则芜秽而非赡[⑤]。

【注释】

① 讨：探究，研究。

② 疏：松散，不紧凑。精论要语，极略之体：精论要语即论精语要。论点精当语言扼要，是极简练的风貌。游心：心思放荡。窜句：文句穿凿。《庄子·骈拇》上说："骈于辩者，垒瓦结绳，窜句游心于坚白同异之间。"刘勰借用这句成语，并不含有贬意，只是说明文学作品中有此一格。随分所好：随作者各别性分之所好。分即天分，亦即天性。这是说繁与略之间并无高下之分，作者性分有异，可随各人喜好而定。

③ 约：紧缩，提练。

④ 思赡：思想丰富。敷：铺陈。

⑤ 核：谨严。才核：秉性谨严。辞殊而义显：辞句与众不同，意思反更显豁。阙：短缺。重：重复。

【分析】这一段文字讨论"裁"的问题。由于作家创作个性的不同，在遣辞造句方面势必会有多种变化，而在章节字句的安排上，又存在着向繁、略两端发展的可能。"思赡者善敷"，他们的作品必然会向"繁"的方向发展；"才核者善删"，他们的作品必然会向"略"的方向发展。刘勰认为：文章不论繁略，只要文意明晰而非短乏，文辞丰赡而非芜秽，都有可取之处。不过当时文风趋向于繁，所以刘勰在下段文字中着重反对的是"趋时无方"的不良倾向。

这段文字也是采用两两相对的手法写成的。底下加一道横线的句子论"繁"，底下加两道横线的句子论"略"，底下加曲线的句子则发表了总结性的意见。和第1段比较，文句较为错落一些。

纪昀于本段开端处眉批曰："以下论裁，犹今人所谓炼词。"

4. 昔谢艾、王济，西河文士[①]；张骏以为艾繁而不可删，济略而不可益[②]。若二子者，可谓练镕裁而晓繁略矣[③]。（一）至如士衡才优，而缀辞尤繁[④]；士龙思劣，而雅好清省[⑤]。及云之论机，亟（qì）恨其多，而称清新相接，不以为病，盖崇友于耳[⑥]。夫美锦制衣，修短有度，虽玩其采，不倍领袖[⑦]。巧犹难繁，况在乎拙[⑧]？而《文赋》以为榛楛（zhēn hù）勿剪，庸音足曲，其识非不鉴，乃情苦芟（shān）繁也[⑨]。（二）夫百节成体，共资荣卫；万趣会文，不离辞情。若情周而不繁，辞运而不滥，非夫镕裁，何以行之乎[⑩]？（三）

【注释】

① 谢艾、王济：都是晋代陇西地区的文人。谢艾是东晋凉州牧张重华的僚属，有文才与武略，事迹见《晋书·张重华传》。王济也是同时的一位文人，事迹不详。西河：黄河以西的某一地区，在今河西走廊一段。《隋书·经籍志》卷二“霸史”类有《西河记》二卷，原注：“记张重华事，晋侍御史喻归撰。”

② 张骏：字公庭，东晋人，曾任凉州牧，是张重华的父亲。《晋书》卷八十六有传。

③ 练：熟练，熟悉。晓：懂得。

④ 士衡：陆机的字。西晋著名文士。吴郡（今江苏苏州）人，与弟云俱有才名。武帝末，兄弟二人到洛阳，受到时人的尊重。后事成都王颖，出任军职，在八王之乱中失败，为人谗害，与弟云同时被杀。缀辞：连结辞句，组织文辞。

⑤ 士龙：陆云的字。思劣：文思较差。雅：很。清省：清淡省净。陆云《与兄平原（陆机曾任平原内史，故称）书》曰：“云今意视文，乃好清省。”

⑥ 亟：屡次。云之论机，亟恨其多，而称清新相接，不以为病：陆

云《与兄平原书》曰:“兄文章之高远绝异,不可复称言,然犹皆欲微多,但清新相接,不以此为病耳。”崇:尊重。友于:兄弟的代称。原出于《尚书·君陈》:“惟孝友于兄弟。”后人摘取“友于”一词连用,成了习惯性的用语。

⑦ 修短有度:或长或短都有准则。修:长。度:法度,准则。玩:欣赏。虽玩其采,不倍领袖:即使欣赏锦的色彩,也不能在领子和袖子等地方把尺寸加倍。

⑧ 巧犹难繁,况在乎拙:灵巧的作者都难于安排好繁的文章,何况那些钝拙的作者呢?

⑨ 《文赋》:陆机总结创作经验的一篇文章,用赋体写成。榛楛:两种不好的树。庸音足曲:用平凡的音调来补足一支好的乐曲。《文赋》中说到榛楛勿剪,庸音足曲,原文是:“彼榛楛之勿剪,亦蒙荣于集翠。”意思是说芜秽的枝木不被剪除,是由于上面停留着翠鸟。其后又说:“放庸者以足曲。”陆机认为文章难得有通篇完美的,如果有精采之处,那么差一些的地方也可带过去了。刘勰不赞成这种说法。识:见识。鉴:高明。苦:苦于。芟:删。情苦芟繁:意中本是苦于删改繁秽。

⑩ 节:关节。资:凭借。荣卫:荣通“营”。荣卫,指血脉。《黄帝内经》:“营卫不行,五藏(脏)不通。”百节成体,共资荣卫:许多关节构成躯体,都凭借于血脉的运行。万趣:万种意趣。周:周密。运:运行,舒展。何以行之乎:如何能行得通呢?如何能办得到呢?

【分析】这一段文字乃举例性质。刘氏共举二例:(一)谢艾、王济,(二)陆机、陆云。他对前一例持无保留的赞许态度,对后一例持有保留的批判态度。这是因为六朝文风普遍趋于繁缛,此风实由陆机发端,在《文赋》中还有为此辩护的理论,所以刘氏特别提出加以批判。可见刘勰进行理论研究工作时不忘针砭时弊。(三)节再次强调镕裁当讲,与1段(一)节呼应,首尾开阖成势。这里也特别强调了文意的主导作用。

5. 赞曰：篇章户牖（yǒu），左右相瞰（kàn）[1]。（一 a）辞如川流，溢则泛滥。（一 b）权衡损益，斟酌浓淡[2]。（二 a）芟繁剪秽，弛于负担[3]。（二 b）

【注释】

① 牖：窗。瞰：窥看。篇章户牖，左右相瞰：文章犹如门窗一样，左右互相对照，视觉上要协调适当。

② 权衡：衡量。损益：删削增补。浓淡：等于说繁略、详简。

③ 弛：减轻，解除。负担：指文章中的多馀部分。

【分析】赞语的结构近于第1段文字，也可分成上下两节，上（一）节言讲求镕裁的必要性，下（二）节言讲求镕裁的要则。文章也取对称的形式：（一 a）、（二 a）言镕，（一 b）、（二 b）言裁。刘勰以“户牖”“左右相瞰”比喻篇章首尾圆合，亦即“镕则纲领昭畅”之意。

西河王济非王武子辨

《镕裁》篇中讨论文辞繁略问题时，曾举两位后人不太熟悉的作家为例，文曰：

> 昔谢艾、王济，西河文士。张骏以为艾繁而不可删，济略而不可益，若二子者，可谓练镕裁而晓繁略矣。

谢艾是谁？问题还比较容易解决。《晋书》卷八六《张轨传》附载《子寔、寔弟茂、寔子骏、骏子重华传》，名下曾记谢艾事迹，云是石季龙使王擢、麻秋等率兵侵寇不辍，牧府相司马张耽言于重华曰："主簿谢艾，兼资文武，明识兵略，若授以斧钺，委以专征，必能折冲御侮，歼殄凶类。"谢艾果然不负众望，大破后赵进犯之师。随后张重华命谢艾率步骑三万临河，"艾乘轺车，冠白帢，鸣鼓而行。秋望而怒曰：'艾年少书生，冠服如此，轻我也。'"足以显示谢艾年少风流，真是"兼资文武"，不可多得的人才。其后麻秋又遣王擢拥兵大举进犯，重华属下别驾从事索遐进曰："左长史谢艾，文武兼资，国之方、邵，宜委以推毂之任。"于是谢艾又破王擢之师。可知谢艾其人，确是凉地杰出的文武全才。

王济情况不明，只是后人自然会想起那位字武子的王济，张立斋《文心雕龙注订》引《晋书·王浑传》附《子济传》曰："济字武子，少有逸才，风姿英爽，气盖一时。好弓马，勇力绝人。善《易》及《庄》、《老》，文词俊茂，技艺过人，有名当世。"[①]其作风有与谢艾一致之处，故而容易引起大家的联想。詹锳《文心雕龙义证》同意此

---

① 台湾正中书局 1967 年版。

说，即云："'西河'，郡名，在今山西中部。"[1]则是以为地当太原晋阳一带。

不过上述二人的年代相距太远了，王济为西晋人，谢艾为东晋早期人。按王济享年四十六岁，卒于其父王浑之前，王浑殁于晋武帝元康七年(297)；又谢艾、王济二人的主子凉州牧张骏，在位之时则为公元 324 年至 346 年，计算起来，谢、王中间距隔超过半个世纪，刘勰不应相提并论，所以这个王济不可能是西晋初年的那位王武子。

再从二人生活的地域来看，更无可能合为一人。王济为太原晋阳人，那是指他的郡望，不是指他生活的地方。王济家世显贵，主要活动即在京城当大官，其他活动过的地区也都与太原晋阳无关。太原晋阳一地也从无西河郡之称。

按史籍中屡见西河这一地名。汉代有西河郡的设置，《后汉书·郡国志五》记其地望，辖区在离石等地，东为太原郡，郡治在晋阳，二者虽为邻近之区，然为二地则甚明。考此名既与"河"有关，那自可联系到山西的许多地名而加以考虑。史籍中也记下了许多发生在西河之事，但凡涉及晋阳之地时，却从未有人称之为发生在西河地区。

《资治通鉴》卷三四汉哀帝建平四年记匈奴单于上书愿朝；五年，黄门郎扬雄上书谏曰："以秦始皇之强，蒙恬之威，然不敢窥西河，乃筑长城以界之。"[2]胡三省注：

> 蒙恬斥逐匈奴，以北河为竟，漠朔方郡地是也。若西河，则汉武威、张掖、敦煌、酒泉县是也。秦不能取，筑长城，起临洮以界之。

---

① 载此书中册第 1202、1203 页，上海古籍出版社 1989 年版。

② 扬雄上书之事及其《谏勿许匈奴朝》文，详见《汉书》卷九四《匈奴传下》。

这就与张骏的身份完全切合了。张骏为张轨之孙。晋代爆发八王之乱,引起五胡乱华,张轨见机先觉,遂请回到远离洛阳的故乡任职。他是安定乌市人,晋武帝乃任命他为凉州刺史。张轨很有才干,处置得宜,不久就威著西州。二子张寔、张茂继承他的事业,保土一方,不断培殖力量。时值天下分崩,西河之地却能成为一方较为平静的土地,避免异族与其他军阀的入侵。张骏继起,仍能维持这一局面。史称士马强盛,尽有陇西之地,然仍没有什么可能去向河东发展。

《资治通鉴》卷一二三宋文帝元嘉十六年载:"凉州自张氏以来,号称多士。"胡三省注:

> 永嘉之乱,中州之士避地河西,张氏礼而用之。子孙相承,衣冠不坠,故凉州号为多士。

自张轨始,至张天赐为苻秦所破,归附东晋,凡九世,历时七十六年。《晋书·张轨传》上倍加赞誉,《赞》曰:"三象构氛,九土瓜分。鼎迁江介,地绝河渍。归诚晋室,美哉张君。内抚遗黎,外攘逋寇。世既绵远,国亦完富。杖顺为基,盖天所祐。"这是中原南北两大文化中心之外的又一小型文化中心,为保存华夏文明作出了很大的贡献,博得了陈寅恪等史家的赞誉。①

《晋书·张骏传》上就详细记载了凉地与东晋王朝之间的交往。其后沮渠蒙逊在此建立北凉政权,李暠建立西凉政权,也都通过祁连山两侧的西山道或南山道与东晋王朝和刘宋王朝保持着联系,文化交流之事不断②,西河文士的文字,自然会不断流向南方王朝。

---

① 参看《隋唐制度渊源略论稿》二《礼仪》等部分,三联书店 1982 年版。

② 参看拙作《李白的晋代情结》,载《中国社会科学院文学研究所学刊2007》,中国社会科学出版社 2007 年版。

《宋书·氐胡列传》载元嘉十四年大且渠茂虔奉表献《谢艾集》八卷,合其他众多著作共一百五十四卷;《隋书·经籍志》集部别集类载《张重华酒泉太守谢艾集七卷(梁八卷)》,其他人的著作亦有,可知谢艾此人颇著时誉,刘勰完全可以读到西河文士的许多著作。

《文心雕龙·章表》篇中说:"张骏自序,文致耿介,并陈事之表美也。"说明张骏亦有文才,诗文均有传世者。谢艾、王济为张骏属下的文士。张骏所以有此衡文之语,也就可以得到合理的解释。

由此可知,刘勰对魏晋以降的文坛动态能有全面的掌握和了解,因此他的论述,还总结了西河地区文士的成果。

周振甫已注意到了以晋初王济释西河王济之不妥,所以在注释中说:"王济未详。西河,西晋并州有西河国,在山西西北部及内蒙古自治区南部地。晋时张骏任凉州牧,子重华继任。张骏语未详。"[①]其后他在另一处注释中说:"谢艾:东晋凉州牧张重华的属官。王济:当也是凉州牧属下的文士。西河:在山西西北部。"[②]这样注释,于史无据,徒然增加混乱。按汉武帝于元朔四年置西河郡,治所在富昌,其地确是在山西西北部与内蒙古自治区南部,但到东汉时,郡治已迁至离石,其地在今山西省西部。晋代于此建西河国,仅辖四县:离石、隰城、中阳、介休,更与山西西北部远不相涉。牟世金则注曰:"王济,未详。西河,今山西中部地区。"[③]隐然仍想把西河一地与王武子的郡望联系起来,其他注者亦多采取同一做法,大家始终摆脱不了名人王济的影响。他们却是没有去考虑刘勰决不会把陇西与并州的人物笼而统之地都放在西河名下。西河王济事迹固不详,然就当时的情况而言,他的活动地区不大可

---

① 周振甫《文心雕龙注释》内《镕裁》第三十二注(11),人民文学出版社1981年版。

② 《文心雕龙今译》内《镕裁》32·4下注(16),中华书局1986年版。

③ 陆侃如、牟世金《文心雕龙译注》下册,齐鲁书社1982年版。

能会出陇西地区，张骏也决无可能去评论并州地区的另一文士。周、牟等人的注释，只能陷于进退失据。

总结上言，可证“西河”实即“河西”之谓，今日则习称之曰“河西走廊”，然在古今辞书中却无这一义项，以致“龙学”界人一直为此而困扰，从而导致王武子的阴魂不散，大家始终纠缠在山西一地而不能自拔。由此我又想到，今人在研究《文心雕龙》时，竞趋理论阐发，然而在是书提到的史实方面是否尚有进一步探索的必要？

（原载南京大学古典文献研究所主办《古典文献研究》第十三辑，凤凰出版社2010年6月版）

声律第三十三解析

【解题】佛教于汉代传入中国，汉末即有关于译经的记载。由于佛经大都由梵文撰写，转译成汉语，两种不同系统的语言的特点也就突现出来。在语音方面，人们对本国语言特有的声调问题的认识也就日渐明晰，于是产生了许多有关四声的记叙。梁释慧皎《高僧传》十三《经师·论》中提到曹植“深爱声律”，受到佛教经音的影响，且有所著述。这种传闻可信与否，颇难断言，只是从其创作来看，有些句子确已平仄谐和，似乎已经接触到了此中诀窍，在向律句方向发展。时至魏晋南北朝时，精通此道的人也就更多了。《南齐书·陆厥传》上记载周颙、沈约善识声韵，以平、上、去、入为四声。世呼为永明体。陆厥《与沈约书》与沈约《答陆厥书》中都有关于这一问题的深入探讨，反映了前此积累下来的问题和研究的成果业已进展到了新的阶段，学术界对中国语言的音韵系统理解更深刻了。①

《隋书·经籍志》卷一“小学”部分录有刘善经撰《四声指归》一卷，梁太子少傅沈约撰《四声》一卷，夏侯咏撰《四声韵略》十三卷，可知其时学界对此问题的重视，已有多种著述传世。只是这些著作均已亡佚，只在日僧遍照金刚《文镜秘府论》的《天卷·四声论》

① 参看陈寅恪《四声三问》，原载《清华学报》第9卷第2期，1934年4月；今据《金明馆丛稿初编》本，上海古籍出版社1980年8月第一版。

中尚有引用，其中提到洛阳王斌撰《五格四声论》，以及甄琛对沈约四声说的攻难，说明这一时期地不分南北，均已掌握声调规律，且在学理上多所探讨。

《梁书·庾肩吾传》："齐永明中，王融、谢朓、沈约文章始用四声，以为新变。至是转拘声韵，弥为丽靡。"上述三人都是齐梁时期的著名作家，其中谢朓成就尤高，然无相关理论传世。沈约就不同了，既是高官，又是著名的文士与史家，在理论上也多所创获，发明了四声八病等说，对后世诗歌发生了巨大的影响。

在此近体诗发展的重要阶段，对待这项文坛新物，有些人表示难以理解。梁武帝萧衍即云不谙四声（见《文镜秘府论》天卷《四声论》，又见《梁书·沈约传》），锺嵘在《诗品·序》中也说"平上去入，则余病未能"。刘勰与此不同，在《声律》篇中作了深入的阐发。既对其中许多新的成果表示接受，在应用方面也提出了许多可取见解，而对当时已出现的许多细碎追求则表示反对。

《声律》篇中"凡声有飞沈，响有双叠"一段，与沈约在《宋书·谢灵运传论》中说的"欲使宫羽相变，低昂互节，若前有浮声，则后须切响"之说一致，应当就是指平仄的协调而言。其中"宫、羽"之说本是中国古代音乐中的专用名词，五音中的宫、商、角、徵、羽，相当于现在简谱中的1、2、3、5、6；律指十二律，等于音乐中的C调、D调、E调、F调等。因为"声律"本就指音乐而言。刘宋之后，随着四声的发明，诗歌与骈文中广泛应用，增加了文字的音乐性，这些本是中国文学史上的一大进步，然而有的作家过度追求声律的新奇怪异，又陷入了另一歧途，所以刘勰在文章开头就说："音律所始，本于人声者也。声含宫商，肇自血气，先王因之，以制乐歌。故知器写人声，声非学器者也。"要求声律的运用合乎语言的自然，这又是一种很可取的见解。

沈约在《宋书·谢灵运传论》与《答陆厥书》中对此问题再三阐发，可知他在声律问题上确有首创之功，而他提出的四声八病等说，目的也在增加诗歌、骈文中的音乐性。他的贡献，偏于实践中的创辟与运用。刘勰是一位理论家，考察这一问题时，视野更为开阔；阐述这一问题时，从人身的自然结构着眼，再来考察声律问题。从语言的角度，联系到音乐与声律。以人为本，追求自然，反对人为的过度雕琢。

刘勰推崇“黄锺之正响”，以《诗经》中的作品为“正”，反对“《楚辞》辞楚，故讹韵实繁”。这一问题很复杂。从原则上来说，文学作品中确是不宜多用方言，但以《楚辞》而言，下至齐、梁历时已近千年，其中的地方特色早为大众所接受，已成中国文学中不可或缺的部分，刘勰从其标榜的“正”“变”说出发，严加拒斥，也就不见得合适。

1. 夫音律所始，本于人声者也。声含宫商，肇(zhào)自血气①，先王因之，以制乐歌。故知器写人声，声非学器者也②。故言语者，文章关键，神明枢机③，吐纳律吕，唇吻而已④。古之教歌，先揆(kuí)以法⑤，使疾呼中(zhòng)宫，徐呼中徵(zhǐ)⑥。夫徵羽响高，宫商声下⑦；抗喉矫舌之差，攒(zǎn)唇激齿之异⑧，廉肉相准⑨，皎然可分。今操琴不调，必知改张⑩，摛(chī)文乖张⑪，而不识所调。响在彼弦，乃得克谐，声萌我心，更失和律⑫，其故何哉？良由外听易为察，而内听难为聪也⑬。故外听之易，弦以手定；内听之难，声与心纷⑭，可以数求，难以辞逐⑮。(一) 凡声有飞沈，响有双叠⑯，双声隔字而每舛(chuǎn)，叠韵杂句而必睽(kuí)⑰；沈则响发而断，飞则声飏(yáng)不还⑱：并辘轳(lù lú)交往，逆鳞相比⑲，迂其际会，则往蹇(jiǎn)来连(niǎn)⑳，其为疾病，亦文家之吃也㉑。夫吃文为患，生于好诡，逐新趣异，故喉唇纠纷[22]；将欲解结，务在刚断。左碍而寻右，末滞而讨前[23]，则声转于吻，玲玲如振玉；辞靡于耳，累累如贯珠矣。是以声画妍蚩(chī)，寄在吟咏；吟咏滋味，流于字句，风力穷于和韵。异音相从谓之和[24]，同声相应谓之韵[25]。韵气一定，则馀声易遣[26]；和体抑扬，故遗响难契[27]。属笔易巧，选和至难，缀文难精，而作韵甚易。虽纤意曲变，非可缕言，然振其大纲[28]，不出兹论。（二）

【注释】

① 宫商：宫、商、角、徵(zhǐ)、羽五音(相当于简谱的 1、2、3、5、6 五个音)中的两个音，这里实为五音的简称，代指语言的声调。肇自血气：始于血气。肇，始。血气，指人天赋的生理基础。

② 器写人声：乐器摹仿人的声音。器，乐器。写，摹拟。学器：仿效乐器。学，仿效。这两句是说音乐是对人的声音的摹仿，而人的声音的发生则基于人的生理基础。

③ 神明：指人的心智。《庄子·齐物论》“劳神明为一而不知其同也”，成玄英疏：“夫玄道妙一，常湛凝然，非由心智谋度而后不二。”枢机：亦即关键。这是指文章为表达思想的重要方式。

④ 吐纳：即呼唤，指发音。律吕：古代的六律(黄锺、大簇、姑洗、蕤宾、夷则、无射)、六吕(林钟、南吕、应钟、大吕、夹钟、中吕)，合称十二律。这里指声韵。唇吻而已：是说人发出和谐的声韵，无非是靠唇吻的调节而已。

⑤ 古之教歌，先揆以法：古代教人唱歌，先用发音的方法来检测受教者。《韩非子·外储说右上》：“夫教歌者，使先呼而诎之，其声反清徵者乃教之。一曰：教歌者先揆以法，疾呼中宫，徐呼中徵。疾不中宫，徐不中徵，不可谓(为)教。”

⑥ 疾呼中宫：急速呼出的声音合乎宫声。疾，急速。中，合乎、

符合。徐呼中徵：缓慢呼出的声音合乎徵声。徐：缓慢、舒缓。

⑦　徵羽响高，宫商声下：指徵羽的音细而高，宫商的音大而不尖。响高，指徵羽（即简谱中的5、6）音的振幅小而振动频率高，次数多，声细而尖。声下，指宫商（即简谱中的1、2）音的振幅大而振动频率低、次数小，声大而不尖。

⑧　抗喉：喉音上扬。矫舌：转舌发音。攒唇：蹙唇。激齿：发齿音。这两句是在说明喉、舌、唇、齿四个部位的发音方法各不相同。

⑨　廉肉相准：指声音的细弱、声调的抑扬相对照而各有准则，合乎音律。廉肉：声音的尖锐和圆满。《礼记・乐记》："使其曲直繁瘠，廉肉节奏，足以感动人之善心而已矣。"郑玄注："曲直，歌之曲折也；繁瘠、廉肉，声之鸿杀也；节奏，阕作进止所应也。"

⑩　操琴不调，必知改张：弹琴音调不和谐，一定懂得要调整琴弦。操：弹奏。改张：改弦更张，指调整琴弦。

⑪　摛文：铺陈文辞，指写文章。摛，铺陈、铺叙。乖张：指文章的声律不和谐。

⑫　萌：萌生。声萌我心：即声音萌发于我的内心。也就是《礼记・乐记》"凡音之起，由人心生也"的意思。和律：和声律相合，指声调和谐。失和律：声调不和谐。

⑬　外听：指由耳朵听到的外在音乐。内听：指由内心体会到的音乐，即感受到的音乐节奏的飞沉。

⑭　声与心纷：语言与心情纷乱而不一致。

⑮　可以数求：可以凭技巧调弦而求得。数，术数，此指音乐技巧。难以辞逐：难以在文字上解决声与心纷的问题。

⑯　声有飞沉：声音有飞扬和沉抑，这里指字在声调（平、上、去、入）上分飞扬和沉抑。飞，飞扬，当指字的平声；抑，沉抑，当指字的仄声（上、去、入）。响有双叠：两个字的发音有双声和叠韵之分。双叠，双声和叠韵。两个字的声母相同叫双声，两个字的韵母相同叫叠韵。

⑰　双声隔字而每舛：双声字的两个字是连在一起的，如果中隔

了字，把这两个字分开了，一定会读起来不顺。舛：差错，交错，这里指音节不顺。叠韵杂句而必睽：叠韵字在一句中也是在一起的，如果中间被短句隔开了，读起来也一定不顺。睽：违背，不合，这里也是音节不顺的意思。

⑱ 沉则响发而断：一句如果都用仄声字，发出的声音就会断断续续，不连贯。沉，声沉的字，当指仄声字（上、去、入）。而断，即如断。飞则声飏而不还：一句之中如果都用平声字，声音就像飞飏出去而不能回环。飞，声飞的字，当指平声字。

⑲ 辘轳交往：音节像辘轳上下圆转一样回环。辘轳：井上汲取井水的工具，通过左右旋转伸缩井绳提起井水。逆鳞相比：声调的飞（当指平声）和沉（当指仄声）像鳞片那样依次排列，相互衔接。逆鳞，倒长的鳞片，比喻平声字和仄声字像鳞片一样交错排列。

⑳ 迂其际会：指违背了音节、声调交往、相比的关系。迂，《说文解字·辵部》："迂，避也。"段玉裁注："迂曲、回避，其义一也。"这里引申为违背。一说"迂"当作"连"，亦可通。际会，指文章中音节、声调交往、相比的关系。往蹇来连：《周易·蹇卦》："往蹇来连。"王弼注："往则无应，来则乘刚，往来皆难，故曰'往蹇'、'来连'。"这里指违背了音节、声调的交往、相比关系，破坏了文章的抑扬、回环之美，造成阅读上的困难。

㉑ 文家之吃：文章家的口吃。文家，指文章的作者。吃，口吃，结巴病。这里指文章阅读起来不顺畅。

㉒ 喉唇纠纷：发音纠缠不清、不和谐。喉唇：本是人的发音器官，这里指发音，即阅读。纠纷：纷乱，不和谐。

㉓ 解结：指解决上文所说的"喉唇纠纷"的问题。刚断：坚决地了断，指解决由"生于好诡，逐新趋异"而引起的"吃文之患"。

㉔ 异音相从谓之和：不同声调互相配合就叫做和谐。这是就一句之内用字声调的关系而言的。异音相从，当指平声和仄声两种不同声调的字交错相配。和，和谐。

㉕ 同声相应谓之韵：相同韵母的字相互呼应就叫押韵。这是就两句之间各句最后一字韵母的关系而言的。同声：收声相同的字，即韵母相同。相应：相呼应。韵：指押韵。

㉖ 韵气：指韵部。韵气一定：押的韵部一旦确定。馀声：别的韵脚，指跟着押韵的韵脚。馀声易遣：别的韵脚就容易安排了。

㉗ 和体：指平仄配合和谐的文体。和体抑扬：是说平仄配合和谐的文体，还只是一句之内的声调协调了，还有一个上下句抑扬协调的问题。遗响：指遣词造句。遗响难契：意即写文章时要使下句在遣词造句时与上句声调相互配合的“和体”也抑扬协调，是很难契合的。

㉘ 属笔：即下文的“缀文”，都指写文章。选和：选择不同声调的字，使文章实现声调和谐。作韵：押韵。纤意曲变：指押韵上纤细处的曲折变化。振其大纲：指概括用韵的要点。振，举。其，指代押韵，用韵。大纲，要点、要领。

【分析】这一段是对声律问题的理论分析，可分为两节：（一）说明声律的形成机制，以及文章中声律的不易协调；（二）说明声律和谐体现在声、韵两方面的要求，列举声律失调之病，然后说明调和声律的原理和方法，特别指出了和谐配合声调的困难。

刘勰认为文章的声律和音乐乐律的产生一样，都本之于人自然的身体机理，声律形成的关键是唇吻的调利。因为音乐和谐可借“操琴”等演奏乐器的方式来实现，而文章的声律则全靠文章的作者用心体会，所以刘勰将听音乐称为“外听”、感受文章的声律为“内听”，并说“外听易为察，而内听难为聪”。刘勰把调配文章的声律看得难于音乐的和谐，有些比拟于不伦，但却反映了在南朝声律说刚出现时人们的普遍认识。

刘勰实际是从声、韵两方面来谈声律问题的。他先根据“声有飞沈，响有双叠”的原则，提出“双声隔字而每舛，叠韵杂句而必睽”。说明双声、叠韵字的使用方法；然后论述在文章写作中声调和谐配合和押韵两方面的道理和方法，并认为“选和至难”，“而作韵甚易”，因为“韵气一定，故馀声易遣；和体抑扬，故遗响难契”。这就是说，押韵只要确定了韵脚，别的韵脚就容易安排了；但“选和”不仅有本句中上下字音之间的抑扬（平仄）的协调问题，还有一个上下句的抑扬（平仄）的协调问题，所以说“至难”。刘勰认识到格律制定的关键和困难在于声调的抑扬或平仄的调配，这是很有见地的；也与齐梁时期“四声八病”说刚刚出现，中国的格律诗还没有很好地解决平仄调配问题的实际情况正相吻合。

2. 若夫宫商大和，譬诸吹籥（yuē）①；翻回取均（yùn），颇似调瑟②。瑟资移柱，故有时而乖贰③；籥含定管，故无往而不壹④。陈思、潘岳，吹籥之调也⑤；陆机、左思，瑟柱之和也⑥。概举而推，可以类见。

【注释】

① 宫商大和：依乐器上固定的音位而获得的和谐，它们不会发生变化，故称为“宫商大和”。籥：一种管器，如笛，有孔而短小。这是以吹籥比喻“宫商大和”，乃由籥上固定音位而获得，说明这是一种自然合节的声律。

② 翻回：指旋动瑟柱，调整琴弦松紧。取均：获得和谐的琴声。均即“韵”字。瑟：一种拨弦乐器，似琴，但无徽位，二十五弦，每弦有一柱。调瑟：亦即“翻回取均”。这里是用瑟柱上琴弦的松紧而获得和谐的乐声，比喻非自然合节的声律。

③ 瑟资移柱：瑟要依赖旋动瑟柱，才能获得和谐的乐声。资，依赖。移柱：指旋动瑟柱，即调弦。乖贰：不协调，指乐声不和谐。

④ 籥含定管：籥的乐声是包含在籥管上的固定音孔的。定管，指籥管上的固定的音孔。壹：一致，即协调、和谐。

⑤ 陈思：陈思王曹植。潘岳：字安仁，西晋文学家。吹籥之调：

比喻曹植和潘乐的文章，声律自然合节，无不协调。

⑥ 陆机、左思：二人都是西晋文学家。瑟柱之和：比喻陆机、左思的文章，音调不能自然合节，要加以调整。

【分析】这一段举例说明自然合节的声律和非自然合节声律的区别，也可见出诗文声律和谐之不易。

3. 又诗人综韵，率多清切①，《楚辞》辞楚，故讹(é)韵实繁②。及张华论韵，谓士衡多楚③，《文赋》亦称取足不易，可谓衔灵均之声馀，失黄锺之正响也④。(一)凡切韵之动，势若转圜(huán)⑤，讹音之作，甚于枘(ruì)方⑥，免乎枘方，则无大过矣。(二)练才洞鉴，剖字钻响⑦，疏识阔略，随音所遇⑧，若长风之过籁(lài)，东郭之吹竽(yú)耳⑨。古之佩玉，左宫右徵(zhǐ)⑩，以节其步，声不失序。音以律文，其可忽哉！(三)

【注释】

① 诗人：指《诗经》的作者。综韵：即用韵，前后用韵。清切：用韵清晰准确，合乎标准音。

② 《楚辞》辞楚：指《楚辞》措辞使用楚方言。讹韵实繁：指《楚辞》中不相协的韵、即不合标准音的韵很多。这是因为《楚辞》用方言所押的韵，距刘勰时年代已很久远，刘勰以齐梁时代的标准来看待《楚辞》的用韵，所以得出了"讹韵实繁"的结论。

③ 张华论韵，谓士衡多楚：张华评论陆机的文章，称陆机的文章多用楚语。陆云《与兄平原书》："张公语云云：兄文故自楚，须作文，为思昔所识文。"但这里张华仅论及陆机的文章，没有涉及陆机文章的用韵，可能刘勰的话另有所本。士衡：陆机字士衡。

④ 《文赋》:陆机论文章写作的著名赋作。取足不易:陆机《文赋》称“立片言而居要”,“亮功多而累寡,故取足而不易”。这里借指用标准音来完篇不容易。灵均:屈原字灵均。声馀:相当于“馀声”,馀响,指陆机继承了屈原用楚音押韵的传统。黄锺:音律名。黄锺正响:即正声,指标准音。

⑤ 切韵之动,势若转圜:押标准韵像转圜一样运转自如。切韵:即押韵。圜:同“圆”。

⑥ 讹音之作:指用不合标准音的韵。枘方:方形的楔子。这里应是“圆凿方枘”的省略和变化说法,比喻使用方言押韵与文章内容不合。枘:楔子。圆凿:指圆形的孔。

⑦ 练才:文才练达。洞鉴:识鉴洞达,指精通声律之术。剖字钻响:剖析文字、钻研音韵,指懂得协调声韵。

⑧ 疏识阔略:识见疏略,指不懂声律。随音所遇:遇到什么字就用它作为韵脚,指不懂协调声律,随便用韵。

⑨ 长风之过籁:长风吹过孔窍所发出的声音。籁:箫。这里应是指地上的各种孔窍,即《庄子》所谓“地籁”。《庄子·齐物论》曰:“地籁则众窍是也。”成玄英疏:“地籁则窍穴之徒。”这里与上文“随音所遇”意思相同,都是指不懂协调声律。东郭之吹竽:指不懂装懂。《韩非子·内储说上》:“齐宣王使人吹竽,必三百人。南郭处士请为王吹竽,宣王说之,廪食以数百人。宣王死,湣王立,好一一听之,处士逃。”东郭,当作“南郭”。

⑩ 古之佩玉,左宫右徵:古代人佩玉发出的声音,左边的合乎宫声,右边的合乎徵声。《礼记·玉藻》:“古之君子必佩玉,右徵角,左宫羽。”

【分析】这段文字举具体作家为例,以示用韵上存在讹韵与正声之别,说明用韵应以“练才洞鉴”的“黄锺正响”为准,而不应如南郭吹竽,“随音所遇”。这一段可分三节:(一) 以《诗经》和《楚辞》为例，说明用韵上存在“清切”和“讹韵”的区别。（二）用韵应明协调声律，圜转自如，拒绝“讹音”。（三）说明要有“练才洞鉴”，才能协调声律，而文章必须声律调谐。

4. 赞曰：标情务远，比音则近①。吹律胸臆，调锺唇吻②。声得盐梅，响滑榆槿③。（一）割弃支离，宫商难隐。（二）

【注释】

① 标情务远，比音则近：标举情思务求深远，协调声律就会切近。比音，协调音律。比，比次，协调。

② 吹律胸臆，调锺唇吻：在胸臆间发出音乐，在锺管间协调声律。因为上文有“声萌我心”之说，所以这里就有“吹律胸臆”之语。调锺：协调声律。因为上文说“吐纳律吕，唇吻而已”，所以这里说“调锺唇吻”。这也表明本篇所言声律，实际只是借音乐的律吕为喻，论文章写作中的声调和用韵。

③ 盐梅：都是调味品。榆槿：两种植物。这两种植物的皮里含有滑性的汁液，故古人烧菜时常用作调味品，使菜滑润。这两句以做菜用调味品为喻，说明文章写作协调声律的意义。

【分析】赞语可分两节：（一）协调声律的原则和方法。既然文章声律都“声萌我心”，那么首先则应“标情务远”，在胸臆间协调声律；犹如借助一些调味品在唇吻间协调。（二）协调声律的根本目的是割舍抛弃支离不正的声病，使“宫商大和”之“正响”自然腾跃而出。

章句第三十四解析

【解题】章句，指章节与句读。这是构成文章的基本要素。汉人解经，每从离章辨句始，流传至今者尚有赵岐的《孟子章句》，王逸的《楚辞章句》。刘勰此文，从文学的角度分析分章造句。他的视角，多从分析《诗经》着眼。

阅读《诗经》文本，“章”“句”的离析甚为明白。“章”是音乐中的一小段落，在文章中也就成了意义完整的一小节。看来这一名词的产生确与音乐有关。因为《诗三百》原来都是可以演奏或演唱的。字，古称“言”，《诗经》中有“二言”至“九言”等不同句式。刘勰所举“二言”为句的例子，就是《祈父》中的“肇禋”短句，而他又说“至于诗颂大体，以四言为正”，正可看出他宗经的立场，似乎一切都得以此为准。

刘勰又说“四字密而不促，六字格而非缓。或变之以三五，盖应机之权节也”。这里是就骈文的写作而言的。六朝之时骈文大盛，刘勰此书就以骈文写成，后代的一些骈文作者更趋形式化，世称“骈四骊六”，于是又有“四六文”一目。

清代桐城文派的作家刘大櫆在《论文偶记》中说：“积字成句，积句成章，积章成篇，合而读之，音节见矣；歌而咏之，神气出矣。”不论散文或是骈文，都是这样组织成文的。刘勰从分析“字”始，由“句”到“章”，再分析音韵，后又论及虚词的运用，提出了一系列可取的见解，所以《章句》为论证结撰成文的专篇。

阅读前人作品，不能停留在“章句”方面的解释上。《汉书·夏侯胜传》就曾讥讽那些只从小处着眼而不能通大义的人为“章句小儒”。文学创作也是如此，《章句·赞》中强调文章要写得“环情草调，宛转相腾”，亦即作者的感情表达体现在文字中时，不能流于字句篇章的呆板排列，而是应该掌握高超的技巧，生动灵便，不可端倪，这样的章句才算完美。

刘勰论“章句”，可称胜义迭出。他首先强调的是一个“情”字，因为“情”乃文之根本。他还强调一件作品的整体观，不能光着眼在个别字、句、章及声韵等问题上，不能只见树木不见森林。而在掌握此中关键时，则又强调“中和”之美，追求谐和，以此衡量措词造句，避免过趋极端，陷于不自然。

1. 夫设情有宅，置言有位；宅情曰章，位言曰句①。故章者，明也；句者，局也②。局言者，联字以分疆；明情者，总义以包体，区畛（zhěn）相异，而衢路交通矣③。（一）夫人之立言，因字而生句，积句而为章，积章而成篇④。篇之彪炳，章无疵也；章之明靡，句无玷（diàn）也；句之清英，字不妄也；振本而末从，知一而万毕矣⑤。（二）

【注释】

① 设情有宅：安排情理有一定的处所。宅，《说文解字·宀部》：“宅，所寄也。”指处所，地方。置言有位：放置言辞有一定的位置。空海《文镜秘府论·定位》：“凡制于文，先布其位，犹夫行阵之有次，阶梯之有依也。先看将作之文，体有大小（若作碑、志、颂、论、赋、檄等，体法大；启、表、铭、赞等，体法小也）；又看所为之事，理或多少（叙人事、物类等事，理有多者，有少者）：体大而理多者，定制宜弘；体小而理少者，置辞必局。须以此义，用意准之，随所作文，量为定限（谓各准其文

体事理,量定其篇句多少也)。既已定限,次乃分位,位之所据,义别为科(虽主一事为文,皆须次第陈叙,就理分配,义别成科,其若夫、至如、于是、所以等,皆是科之际会也),众义相因,厥功乃就(科别所陈之义,各相准望连接,以成一文也)。故须以心揆事,以事配辞(谓人以心揆所为之事,又以此事分配于将作之辞)。总取一篇之理,折成众科之义(谓以所为作篇之大理,分为科别小义)。"宅情曰章:安排情理于一定的处所叫做章。宅,作动词,犹安排。章,《说文解字·音部》:"乐竟为一章。"在古代的演奏中,一次小停顿就是一章;在文章中指意义完整的一小节。位言曰句:连接几个字来表达一个意义就是一句。位,作动词,指连接,放置。言,即字。

② 章:《尚书·尧典》"平章百姓",郑玄注:"明也。"本处指说明一个段落的大意。句:《说文解字·句部》:"曲也。"是安排语言的单位。区分文意,就需要断句。局:指分界限。

③ 联字以分疆:指积字成句以与其他文字分清疆界。总义以包体:指按表达的思想情感将各句的内容汇成一个整体。《诗·周南·关雎》孔颖达《正义》:"句必联字而言。句者,局也;联字分疆,所以局言者也。章者,明也;总义包体,所以明情者也。"范文澜《文心雕龙注》认为"即本彦和为说"。区畛相异:指句与章区域各有不同。区畛,界限。畛,田界。衢路交通:指章与句互相沟通。衢路,四通八达的道路。交通,相通。

④ 夫人之立言,因字而生句,积句而为章,积章而成篇:这里谈字、句、章、篇内在的联系。王充《论衡·正说》:"夫经之有篇也,犹有章句;有章句也,犹有文字也。文字有意以立句,句有数以连章,章有体以成篇,篇则章句之大者也。谓篇有所法,是谓章句复有所法也。"刘知幾《史通·叙事》:"夫饰言者为文,编文者为句,句积而章立,章积而篇成。篇目既分,而一家之言备矣。"刘勰之说与二家义近。

⑤ 彪炳:文采焕发。疵:毛病。明靡:明白细致。玷:玉上斑点,指毛病。清英:清新秀丽。妄:妄用,随便轻率。振本:振动根本。本,

指字为句的根本，句为章的根本，章为篇的根本。知一而万毕：语本《庄子·天地》："记曰：'通于一而万事毕。'"成玄英疏："一，道也。夫事从理生，理必包事，本能摄末，故知一万事毕。"

【分析】这一段文字包括两层：（一）解释章句的名称和作用。强调"情"为"文"之根本。此处所讲的"章"，相当于后世文章中的片段。所讲的"句"，也与现代语法中的句不同，是指说话时一个停顿的单位。（二）说明篇、章、句、字之间的关系，强调其内在的联系。

2. 夫裁文匠笔，篇有小大；离章合句，调有缓急；随变适会，莫见定准①。句司数字，待相接以为用；章总一义，须意穷而成体②。（一）其控引情理，送迎际会，譬舞容回环，而有缀兆之位；歌声靡曼，而有抗坠之节也③。（二）寻诗人拟喻，虽断章取义，然章句在篇，如茧之抽绪，原始要（yāo）终，体必鳞次④。启行之辞，逆萌中篇之意；绝笔之言，追媵（yìng）前句之旨⑤。故能外文绮（qǐ）交，内义脉注，跗萼（è）相衔，首尾一体⑥。（三）若辞失其朋，则羁旅而无友；事乖其次，则飘寓而不安。⑦是以搜句忌于颠倒，裁章贵于顺序，斯固情趣之指归，文笔之同致也⑧。（四）

【注释】

① 裁文匠句：指写作过程。文：韵文。笔：无韵之文。离章：一篇分为数章。合句：合数句成一章。定准：定规。张立斋《文心雕龙注订》曰："小大指巨细长短言，缓急指情采声律言。盖思本多方，义有广狭，随分所定，假以辞章，笔无馀沈，意竟所怀，则篇成矣。故大小随施之所宜，而缓急由兴之所运，故云'随变适会，莫见定准'者，此也。"

② 章总一义：每章总束一完整的意义。意穷而成体：意义完整了才构成一章。体，同上文“包体”之“体”，整体之意，指一章。

③ 控引：指抒写的手法。控谓控制，即促合其理，使归于约：引谓引申，即引之使长，成为繁富。送迎际会：或迎接上文，或泻送下文，使上下文义相接呼应。际会，交接会合，指行文安排得当。舞容：舞蹈的姿态。回环：回旋。缀兆：指舞蹈的行列与舞步的进退，语本《礼记·乐记》：“行其缀兆，要其节奏，行列得正焉。”郑玄注：“缀，表也，所以表行列也。兆，域也，舞者进退所至也。”靡曼：柔弱细长。《列子·周穆王》：“简郑卫之处子娥媌靡曼者，施芳泽，正蛾眉，设笄珥……以满之。”张湛注：“靡曼，柔弱也。”抗坠：指音调的高低清浊。语本《礼记·乐记》：“故歌者上如抗，下如队。”孙希旦《集解》引方悫曰：“抗，言声之发扬；队，言声之重浊。”队，古坠字。“抗坠”古为常用词。

④ 寻：推求，寻究。诗人：指《诗经》的作者。喻，晓喻，说明。断章取义：原指赋诗言志时多截取《诗》的一章，不顾《诗》的原意，而给予新的解释。这里就作诗而言，指《诗经》分章，各写一相对独立的内容。原始要终：《易·系辞下》：“《易》之为书也，原始要终，以为质也。”孔颖达《正义》：“言《易》之为书，原穷其事之初始……又要会其事之终末。”本文指写作的从头到尾。此处举《诗经》为例，说明文中的“章”、“句”等大小构成单位必须首尾呼应。体必鳞次：指在体制上像鳞片那样依次排列。

⑤ 启行：指开头。《诗·小雅·六月》：“元戎十乘，以先启行。”逆萌：预先萌发，事先考虑，指启下。绝笔：指结尾。追媵：承接。媵，紧承。《释名·释亲属》：“侄娣曰媵。媵，承也，承事嫡也。”

⑥ 外文绮交：外表上辞采相互交错。绮，有花纹的丝织品。内义脉注：内中的义脉彼此贯注。跗：通“坿”，花萼。萼：指花。

⑦ 若辞失其朋，则羁旅而无友：指如辞句失去关联配合，则如寄居外乡之客又无友朋。羁旅，滞留外乡。宋玉《九辩》：“廓落兮，羁旅而无友生。”事乖其次，则飘寓而不安：指事理的叙述违背其次序，则似

飘荡寄寓而不能安定。乖：不合，违背。

③ 指归：旨意归属，指必然要求。语本郭璞《尔雅序》："夫《尔雅》者，所以通训诂之指归。"同致：相同趋向。

【分析】以上为第二段，论章句组织之法。又可分为四层，（一）首论章法，指出章句的安排，必须随从事物之变迁，适应情理之际会，因时制宜，没有一定的准式；（二）次以歌舞来比写作，写作分章节好比歌舞讲究节奏与进退；（三）再次说明文章形式上要有适当的联络，意义上要能够贯串，首尾相应；（四）后谈安章之法，大要在辞句关联，内容贯注，首尾周密，表里一体。

3. 若夫章句无常，而字有条数：四字密而不促，六字格而非缓①。或变之以三五，盖应机之权节也②。（一）至于诗颂大体，以四言为正，唯"祈父"、"肇禋（zhào yīn）"，以二言为句③。寻二言肇于黄世，"竹弹"之谣是也④；三言兴于虞时，《元首》之诗是也⑤；四言广于夏年，《洛汭（ruì）之歌》是也⑥；五言见于周代，《行露》之章是也⑦。六言、七言，杂出《诗》《骚》⑧；两体之篇，成于西汉⑨：情数运周，随时代用矣⑩。（二）

【注释】

① 条数：指一定的规则。密：紧密。促：短促，指语调。格：指长。范文澜《文心雕龙注》："《说文》：'格，木长貌。'是格有宽长之义。"缓：舒缓，也指语调。关于四六文，孙梅《四六丛话·凡例》云："四六之名，何自昉乎？……考《文心雕龙·章句》篇有云：'笔句无常，而字有常数；四字密而不促，六字格而非缓；或变之以三五，盖应机之权节也。'则梁时文笔，已多用四字六字矣。"

② 应机:适应情形变化。权节:权宜节度,为变通的法度。

③ 诗颂:指《诗》中雅、颂一类作品。大体:指正体。与本书《明诗》篇“若夫四言正体,则雅润为本”义同。挚虞《文章流别论》:“夫诗虽以情志为本,而以成声为节;然则雅音之韵,四言为正,其馀虽备曲折之体,而非音之正也。”黄侃《文心雕龙札记》:“此彦和说所本。”唯“祈父”、“肇禋”,以二言为句:《诗·小雅·祈父》共三章,每章第一句皆以“祈父”二字为句。祈父,官名,职掌王畿内兵马。《诗·周颂·维清》有“肇禋”句,意为受命始祭天。肇:开始。禋:祭天之礼。

④ 黄世:指黄帝时代。“竹弹”之谣:指传说中黄帝时歌谣《弹歌》。《吴越春秋》卷五《勾践阴谋外传》载其辞为:“断竹,续竹,飞土,逐宍(肉)。”每句二字,为二言句式。

⑤ 虞时:虞舜时代。“元首”之诗:《尚书·益稷》篇载舜帝作歌有“股肱喜哉,元首起哉,百工熙哉”、“元首明哉,股肱良哉,庶事康哉”等句。“哉”为语助词,以喜、起、熙,明、良、康为韵,此歌为三言句式。

⑥ 广:丰富,发展。夏年:夏代。《洛汭之歌》:即《五子之歌》。《史记·夏本纪》载:“帝启崩,子帝太康立。帝太康失国,昆弟五人,须(耽)于洛汭,作《五子之歌》。”今存《五子之歌》是后人伪造的,歌辞以四字句为主。洛:洛水。汭:水流的弯曲处。

⑦ 《行露》之章:指《诗·召南·行露》篇,诗凡三章十五句,有七句为五言。如:“谁谓雀无角?何以穿我屋?谁谓女无家?何以速我狱?”《明诗》篇有言:“按《召南·行露》,始肇半章。”指全诗之半为五言。

⑧ 《骚》:指楚辞。《离骚》为楚辞中最重要的篇章,故自汉代起,即以“骚”指称楚辞。参看本书《辨骚》“解题”。

⑨ 两体:指六言七言。成于两汉:成形于两汉。汉代六言、七言作品,现存不多。然当时不仅作者不少,并已出现了“六言”、“七言”的文体名称。如《后汉书·文苑传上》说杜笃著有“赋、诔、弔、书、赞、七言、女诫及杂文凡十八篇”,崔琦著有“赋、颂、铭、诔、箴、弔、论、九咨、

七言凡十五篇”,《班固传》说班固著有“典引、宾戏……论、议、六言,在者凡四十一篇”等。

⑩ 情数:指作品内容的多种多样。运周:运转不停,指不断发展。代:替代。

【分析】以上为第三段,论句的字数。又可分为两层:(一)说明文章以运用四言、六言为多,有时运用三言、五言加以调节,正可反映当时骈文流行的实际情况;(二)尽管当时五言诗已成诗坛主流,而刘勰仍以四言为正体,表现出推重《诗经》体式、宗经的立场。

4. 若乃改韵徙调,所以节文辞气,贾谊、枚乘,两韵辄易;刘歆(xīn)、桓谭,百句不迁:亦各有其志也①。昔魏武论赋,嫌于积韵,而善于贸代②。陆云亦称“四言转句,以四句为佳”③。观彼制韵,志同枚、贾④。然两韵辄易,则声韵微躁;百句不迁,则唇吻告劳⑤。妙才激扬,虽触思利贞,曷若折之中和,庶保无咎⑥。

【注释】

① 若乃:至于。徙韵:即换韵。徙,改变。节文:调节修饰。辞气:言辞语气。《论语·泰伯》:“君子所贵乎道者三:动容貌,其远暴慢矣;正颜色,斯近信矣;出辞气,斯远鄙倍矣。”朱熹《四书集注》:“辞,言语;气,声气也。”贾谊:西汉思想家、文学家。《史记》有传。其政论文《过秦论》、《论积贮疏》、《治安策》等,在历史上有很大影响。枚乘:西汉辞赋家。《汉书·艺文志》著录“枚乘赋九篇”,今仅存《七发》、《柳赋》、《菟园赋》三篇,后两篇疑为伪托之作。黄侃《文心雕龙札记》:“观贾生《吊屈原》及《鵩赋》,诚哉两韵辄易,《惜誓》(《惜誓》伪托贾谊,不可信)及枚乘《七发》乃不尽然。彦和又谓刘歆、桓谭百韵不迁,子骏赋

完篇存者惟《遂初赋》,固亦四句一转也。"易:改变。刘歆:西汉末经学家、文献学家、作家。撰《七略》。桓谭:东汉经学家、作家。《后汉书》有传。撰《新论》,有《仙赋》、《陈时政疏》、《抑谶重赏疏》等传世。迁:变化,转移。

② 魏武:魏武帝曹操。其论赋语今不可考。曹操《短歌行》"对酒当歌"为四句一转韵。积韵:重复用韵,指不转韵。善:赞赏。贸代:变化,改变,指换韵。

③ 陆云:西晋作家,《晋书》有传。四言转句,以四言为佳:意谓四言韵文,以四句一换韵为好。四句为两韵。

④ 枚、贾:指枚乘、贾谊。

⑤ 微躁:稍稍急躁,指音节急促。告劳:显得疲劳,指百句用一韵,则缺乏抑扬顿挫。

⑥ 激扬:指情感高昂。触思:运用情思。利贞:顺利通畅,语出《易·乾·文言》:"利者义之和也,贞者事之干也。""利物足以和义,贞固足以干事。"曷:何。中和:中正平和。《中庸》:"喜怒哀乐之未发谓之中,发而皆中节谓之和。"折之中和:指用韵折中,既不换得太急,也不一韵到底。庶:庶几,差不多。无咎:没有差错,语出《易·乾》:"君子终日乾乾,夕惕若,厉,无咎。"

【分析】以上为第四段,论诗赋等韵文变换韵脚的问题。刘勰认为,两韵一转,显得急促,百韵不变,使人厌倦,均不妥。主张折中:要转韵,但不要转得太急。

5. 又诗人以"兮"字入于句限,《楚辞》用之,字出句外[①]。寻"兮"字成句,乃语助馀声,舜咏《南风》,用之久矣,而魏武弗好,岂不以无益文义耶[②]!(一)至于夫、惟、盖、故者,发端之首唱;之、而、于、以者,乃札句之旧体;乎、哉、矣、也者,亦送末之常科[③]。(二)据事似闲,在用实切[④]。

巧者回运，弥缝文体，将令数句之外，得一字之助矣⑤。外字难谬，况章句欤⑥？（三）

【注释】

① 诗人：指《诗经》中的作者。兮：《说文解字·兮部》："语所稽也。"段玉裁注："语于此少驻也。"句限：指句内、句中。句外：指句末、句尾。如《楚辞·橘颂》："深固难徙，廓其无求兮。苏世独立，横而不流兮。"韵脚是"求"和"流"，"兮"字在韵脚后，所以说"句外"。

② 成句：构成句子。成，多本作"承"，张立斋《文心雕龙考异》说："'承'字固通。凡语句馀声，用'兮'承句，而指归有未竟，气韵有未结，不得言成也。从承为是。"郭晋稀《文心雕龙注译》："承谓承上启下。"可备一说。舜咏《南风》，用之久矣：《礼记·乐记》："昔者舜作五弦之琴以歌《南风》。"本书《明诗》篇云："舜造《南风》之诗。"《孔子家语·辨乐解》载其诗曰："南风之薰兮，可以解吾民之愠兮；南风之时兮，可以阜吾民之财兮。"今人认为《南风》诗为后人伪作。

③ 夫、惟、盖、故：句首语气词。夫、盖，张文炳《虚字注释》："'夫'亦发端字，与'盖'相似，但'夫'字是为将指此事此物此理而发，与'盖'字作推原者不同，'夫人幼而学之'是也。"发端：开头，指句首。首唱：指句首语气词。札句：夹在句中。送末：句末。常科：常见用法，即通例。马建忠《马氏文通·自序》据此言说："虚字所助，盖不外此三端。"杨树达《高等国文法》中，亦据此而将虚字分为语首助辞、语中助辞、语末助辞三种。

④ 据事似闲：处于句子中看似闲散多馀。闲，空，指没有实际意义。在用实切：作用却很切实，指在表达各种语气和语意转折等方面有切实作用。

⑤ 回运：回环运用。弥缝文体：指虚词将文句的本体弥缝连系起来。

⑥ 外字:指实词以外的虚词。这是刘勰所创设的一个词汇,汉代以来多用"语助",如《尚书·微子》:"予颠跻若之何其。"郑玄注:"其,语助也。"《礼记·檀弓》:"何居,我未之前闻也。"郑玄注:"居读如姬姓之姬,齐鲁之间语助也。"难谬:患其谬误。

【分析】第五段论虚词及其用法。又可分为三层:(一)概括出了"兮"字的性质、作用、使用方式以及使用的历史变化;(二)列举十二个字,它们分别用于句首、句中和卷末;(三)揭示"外字"的特点"据事似闲,在用实切",体现出对虚词的确切认识。

6. 赞曰:断章有检,积句不恒①。理资配主,辞忌失朋②。环情草调,宛转相腾③。离合同异,以尽厥能④。

【注释】

① 断章:分章,指对章节的处理。检:即检式,有法度之意。《荀子·儒效》:"礼者所以为群臣尺寸寻文检式也。"积句不恒:积句成章没有一定的法式。与前文"笔句无常"义近。恒:法式,恒例。

② 理资配主:情理之陈述用以配合作品的主旨。配主,对事物主体的配合。辞忌失朋:辞句忌讳没有关联。此本篇中"辞失其朋,则羁旅而无友"为说。

③ 环情草调:围绕文章情理起草辞句。草:或疑作"革",革调,指变革声律,即篇中"改韵徙调"之意。可备一说。宛转:婉曲随顺。本书《明诗》篇说"宛转附物"、《物色》篇说"随物之宛转",都指情理与物象的密切结合。此处指情理与音韵相结合。腾:腾跃,飞腾,比喻得到很好的表达。

④ 离合同异:与篇中"离章合句"义同,指分章造句。厥:其,指章句。能:功能。

【分析】本篇是论证结撰成文的专篇，赞语又回到“章”“句”，提出“断章有检，积句不恒”的标准。要章有法度，句无定式，以情感的表达为主；分章造句，句既清英，而章又明靡，做到“环情草调，宛转相腾”。

丽辞第三十五解析

【解题】《说文解字》卷十上“鹿部”有“麗”字，许慎曰：“旅行也。”段玉裁《说文解字注》云：“此麗之本义。其字本作‘丽’，旅行之象也。后乃加‘鹿’耳。”又《说文》“麗”字下还有作“[illegible]”形的籀文，有的学者认为“丽”的俗体“儷”即由此演变而成，象徵两个士兵持武器在一起行进。二说虽似不同，内容却相同。“旅”行即结伴而行，鹿喜结伴而行，士兵则列队行进。词语联缀，乃成“丽辞”，亦即“俪辞”。

文字的组合形式不同，句子的表现形态有异，人们往往将此分为“散文”和“骈文”两大类别。魏晋南北朝是骈文的全盛时期。构成骈文的要素之一，即“丽辞”。这种风气的形成，原因很多。总的看来，当与人们对文学的特点有了比之前人更为明晰的认识，大家普遍认识到中国的语言文字之美。过去的人于此已有发现，创作中也有所运用，但往往是自发的，魏晋南北朝时人们对语言要素的掌握愈成熟，也就更为自觉地向美文方面发展。只是有的作者于此过趋极端，人工破坏了天巧，陷于人为的雕琢，又加社会风气浮靡，文坛上的风气日益沉溺于浮华，这又引起了刘勰的不满。于是他要写作《丽辞》一文，从学理上进行辨析，希望纠正偏向，将此引上正途。

“丽辞”的问题不光存在于广义的骈文之中，作为一种手段，诗歌创作中也有这方面的问题，而且随着众多诗体的形成，开合成势的近体诗创作更需注意丽辞的技巧。如何掌握这方面的本领，文人都要经过一段时间的艰苦锻炼。这方面的窍门，是由我国语言文字的特点所决定的。方块汉字一字一音。魏晋南北朝时，人们已能分辨出四声，于是文字的组合更显得多样，又加上汉字的形态千变万化，又有偏旁等特点，将之组织成文，字体直是变化无穷。这一时期所以兴起“丽辞”问题，即与彼时的社会环境有关。

《隋书·经籍志》卷三子部“杂家”类著录《语对》十卷、《语丽》十卷，均署朱澹远撰。宋代陈振孙《直斋书录解题》卷十四“类书”类载《语丽》十卷，曰：“梁湘东王功曹参军朱澹远撰。采摭书语之丽者，为四十门。案：前《志》但有杂家而无类书，新、旧《志》始别出为一类，此书乃犹列杂家，要之实类书也，但其分门类无伦理。澹远又有《语对》一卷，不传。”按萧绎《金楼子·著书篇》有《语对》三秩，三十卷，看来也是讲求对偶的著作，于此也可看到当时讲求对偶的风气之盛。日人藤原佐世撰《日本国见在书目》，载《语丽》十一卷，朱澹远撰，可知这一文坛新物还曾远播海外，引起东亚文化圈内业者的共同关注。唐时旅华日僧弘法大师撰《文镜秘府论》，内有《论对》等文，于此更有细致的辨析，只是偏于形式方面的考察，而在理论上无所发明了。今从唐初徐坚编纂的类书《初学记》等典籍中，还可看到这种提供丽辞“事对”的种种参考用例。

1. 造化赋形，支体必双；神理为用，事不孤立[①]。（一）夫心生文辞，运裁百虑，高下相须，自然成对[②]。（二）唐虞之世，辞未极文，而皋陶（gāo yáo）赞云：“罪疑惟轻，功疑惟重。”益陈谟（mó）云：“满招损，谦受益。”岂营丽辞，率然对尔[③]。（三 a）《易》之《文》、《系》，圣人之妙思也[④]。序《乾》四德，则句句相衔；龙虎类感，则字字相俪；乾坤易简，则宛转相承；日月往来，则隔行悬合[⑤]。虽字句或殊，而偶意一也。(三 b)至于诗人偶章,大夫联辞,奇(jī)偶适变,不劳经营⑥。(三 c)自扬、马、张、蔡,崇盛丽辞,如宋画吴冶,刻形镂法,丽句与深采并流,偶意共逸韵俱发⑦。(三 d)至魏晋群才,析句弥密,联字合趣,剖毫析厘⑧。然契机者入巧,浮假者无功⑨。(三 e)

【注释】

① 造化:大自然。《庄子·大宗师》:"今一以天地为大炉,以造化为大冶。"于是后人又以造化为道的别称,寓有孕育化生之意。支:"肢"的本字。神理:神妙之理。事:既指具体事物,也指抽象的事务。

② 运裁:运用裁断。须:对待,依侍。

③ 唐虞:唐尧虞舜。皋陶:舜时主刑法的官。下面两句见《尚书·大禹谟》,意思是说定罪的时候还有疑问,从轻处理;嘉奖的时候没有把握,加重赏赐。"赞"有帮助的意思。据近人考证,《大禹谟》是后出的书,不可能是舜的臣子皋陶所作。益:舜的臣子,下面两句也见于《大禹谟》,意思是说自满的人容易招来伤害,谦虚的人反而受益。"谟"有谋略的意思。率然:不加思索。

④ 《易》之《文》、《系》:《易》为儒家经典。在开头的《乾》《坤》两卦之后,各有《文言》,又有《系辞》,阐述其中的义理。

⑤ 四德:《乾》卦的《文言》中阐述君子的元、亨、利、贞四德,"元者,善之长也;亨者,嘉之会也;利者,义之和也;贞者,事之干也。"元体现仁,亨体现礼,利体现义,贞体现坚定。衔:衔接,相称。龙虎类感:物类相感之意。《文言》中说:"子曰:同声相应,同气相求。水流湿,火就燥。云从龙,风从虎……则各从其类也。"俪:骈俪,对偶。乾坤易简:《易·系辞上》曰:"乾以易知,坤以简能;易则易知,简则易从;易知则有亲,易从则有功;有亲则可久,有功则可大;可久则贤人之德,有大则贤人之业,易简则天下之理得矣。"日月往来:《易·系辞下》曰:"日

往则月来，月往则日来，日月相推而明生焉。寒往则暑来，暑往则寒来，寒暑相推而岁成焉。"这里显示日月与寒暑之间又隔行而遥相对偶。

⑥ 诗人偶章：诗人指《诗经》的作者。《诗经》中对偶句甚多，包括各种骈句形式。大夫联辞：春秋时各诸侯国内的大夫在交往时使用的言辞内常用偶句，这些在《左传》《国语》中常见记载。奇偶：单数和双数。

⑦ 扬：西汉作家扬雄。马：西汉作家司马相如。张：东汉作家张衡。蔡：东汉作家蔡邕。宋画：《庄子·田子方》中记载的一则故事，宋国君主让众画师创作图画，有一人"解衣般礴，裸"。宋君称赞他是真画者。刘勰这里并非在宣扬道家哲理，而是用其结论。吴冶：吴人干将冶铸宝剑的故事，见《吴越春秋·阖闾内传》。刻形镂法：语出《淮南子·修务》篇："夫宋画吴冶，刻形镂法，乱修曲出，其为微妙，尧舜之圣不能及。"高诱注："宋人之画，吴人之冶，刻镂刑（型）法，乱理之文，修饰之巧，曲出于不意也。"

⑧ 析句：把文意分开表达，即组织成对偶句。

⑨ 契机者入巧，浮假者无功：这里是说俪辞组织得精微者巧合天工，泛泛而对者一无效能。

【分析】这一段文字包括三层意思。"造化赋形"至"事不孤立"为第一层，"夫心生文辞"至"自然成对"为第二层。表达采取递进的方式，从理论上说明了万事万物都以对称的方式呈现。其中最为具体的，也是人们日常容易感受到的，就是人身的肢体。由此推断，"心生文辞"也就"自然成对"。这也就是说，人们看重文学中的对称之美，追求对偶的工致，出于自然需求，具有天然的合理性。自此之下为第三层，则以历史的眼光加以考察，其中又可分为五段：唐虞之世，辞尚质朴，自然成对；a.《易经》阶段，衔俪相承，字句变化实由意起。b. 诗人、大夫，言辞篇章，奇偶变异，随意抒发，均有所宜。c. 自汉代起，始有意于此；d. 魏晋以后，流弊滋生。e. 上述考察，呈现出一种辩证的态度。刘勰认为上古文辞质朴，处于自然状态，中间阶段的发展趋势甚为正常，人工的成分增加，但非有意经营，故未见其弊端。汉代之文可称协调，既推崇，又不刻意，自此之后，则弊端日趋严重，不言而喻，到了刘勰生活的齐梁时期，问题就更严重了。可知刘勰的文学观点，每举汉代为高水平的盛世。

2. 故丽辞之体，凡有四对：言对为易，事对为难；反对为优，正对为劣[①]。言对者，双比空辞者也；事对者，并举人验者也；反对者，理殊趣合者也；正对者，事异义同者也[②]。(一)长(zhǎng)卿《上林赋》云："修容乎礼园，翱翔乎书圃。"此言对之类也。宋玉《神女赋》云："毛嫱(qiáng)鄣袂(zhàng mèi)，不足程式；西施掩面，比之无色。"此事对之类也。仲宣《登楼赋》云："钟仪幽而楚奏，庄舄(xì)显而越吟。"此反对之类也。孟阳《七哀》云："汉祖想枌(fēn)榆，光武思白水。"此正对之类也[③]。凡偶辞胸臆，言对所以为易也；徵人之学，事对所以为难也；幽显同志，反对所以为优也；并贵共心，正对所以为劣也[④]。又言对事对，各有反正，指类而求，万条自昭然矣[⑤]。(二)张华诗称"游雁比翼翔，归鸿知接翮(hē)"。刘琨诗言"宣尼悲获麟，西狩泣孔丘"。若斯重出，即对句之骈枝也[⑥]。(三)

【注释】

① 言对：文字方面的对偶。事对：使用典故而组成的对偶。反对：涵义相反的对偶。正对：涵义相同的对偶。

② 空辞：光凭语词表达的文辞。人验：人们(包括古人)体察过

的。理殊趣合：事理不同而旨趣相合。事异：使用的典故不同。

③ 长卿：司马相如的字。修容乎礼园，翱翔乎书圃：司马相如作《长林赋》，载《文选》卷八，李善注引郭璞曰："礼所以整威仪，自修饰也。""《尚书》所以疏通知远者，故游涉之。"圃，园地。宋玉：战国时辞赋作家。毛嫱鄣袂：毛嫱，古代的美女。鄣，同"障"，遮挡。袂，袖子。宋玉形容神女之美，即使毛嫱见到也要用袖子掩面，不敢与之比量。程式，即较量。西施：春秋时越国的美女。仲宣：三国时王粲的字。《登楼赋》：载《文选》卷十一。钟仪幽而楚奏：见《左传》成公九年，说是楚国人钟仪在囚禁时演奏的还是本国的乐调。庄舄显而越吟：见《史记·陈轸列传》，越国人庄舄仕楚，显贵之后生病之时还是表现出喜爱越地的音调。孟阳：西晋时张载的字。《七哀》：这里的两句诗已不见于存世的《七哀》诗。汉祖思枌榆：汉高祖刘邦称王后不忘家乡丰县的地方守护神枌榆社，将之列入祀典。光武思白水：东汉光武帝不忘家乡的白水。白水在今湖北枣阳县南，与光武的家乡南阳靠近。

④ 偶辞胸臆：胸臆指内心。这里是说对偶之辞出于内心情意的自然抒发。徵人之学：徵引前人的有关学识，即引用典故。幽显同志：指上引的王粲诗句"钟仪幽而楚奏，庄舄显而越吟"，志指情志。并贵共心：杨明照《文心雕龙校注》："意即高祖、光武，俱为帝王，故云并贵；想枌榆，思白水，同是念乡，故云共心。"

⑤ 类：类别，如言对、事对、正对、反对。

⑥ 张华：字茂先，西晋文学家。下面两句诗见《玉台新咏》卷二所引《杂诗》。大鸿小雁同类，故云"重出"。翮，鸟的翅膀。

⑦ 刘琨：字越石，西晋文学家。下面两句诗载《文选》卷二五《重赠卢谌(chén)》。宣尼：即孔子。汉平帝时追尊孔子为褒成宣尼公。获麟：李善注引《公羊传》哀公十四年曰："春，西狩获麟。何以书，记异也。孔子曰：'孰谓来哉，孰谓来哉！'反袂拭面，涕泣沾袍。"这里是说鲁哀公去都城西边打猎，获得一头死去的麒麟。古时以麒麟为神异之仁物，孔子年老，预感不祥，因而悲泣。骈枝：即骈拇枝肢，大拇指与第

二指相连，称骈拇；大拇指旁又生出一指，称枝指，人均视之为畸形。

【分析】这一段可分三节。开头文字紧承上文，对丽辞进行分析，将对偶分为四种，即言对、事对、正对、反对。言对、事对为内容方面的不同，正对、反对为表达方式的不同。这是第一节。《文心雕龙》之可贵，正在刘勰分析能力之超拔，前此固未见有这样细致的论断，后来也难见到这样透辟的论述。四对之义既明，随后各举例证以明之。这是第二节。末尾又引张华与刘琨之诗为证，说明“对句之骈枝”首当避免。这是第三节。这也是诗中最容易出现的败笔，因为其中只见事义的重叠而不见内涵之开拓，后人所谓“合掌”之病。魏晋南北朝时还很多见，唐宋之后就已成为诗人的低级错误而不大出现于诗坛了。《丽辞》篇中，这种宕开一笔的表达方式也常是起到了与文章开端呼应的作用。

3. 是以言对为美，贵在精巧；事对所先，务在允当。若两事相配，而优劣不均，是骥（jì）在左骖（cān），驽为右服也[①]。若夫事或孤立，莫与相偶，是夔（kuí）之一足，趻踔（chěn chuō）而行也[②]。若气无奇类，文乏异采，碌碌丽辞，则昏睡耳目[③]。必使理圆事密，联璧其章。迭用奇偶，节以杂佩，乃其贵耳[④]。类此而思，理自见也。

【注释】

① 骥：良马。驽：劣马。骖：古代马车常用三匹马或四匹马驾驭，左右两边的马为骖，紧靠车身，辕旁的一匹或两匹为服。

② 夔之一足，趻踔而行：传说中的一种独脚神兽，见《庄子·秋水》篇，文内夔谓蚿曰“吾以一足趻踔而行”。趻踔，跳跃状。

③ 气无奇类：《易·乾卦·文言》：“同声相应，同气相求……则

各从其类也。”孔颖达《正义》：“各从其类者，言天地之间，共相类应，各从其气类。”气为万物滋生之本源。碌碌：平庸。

④ 联璧：一双璧玉。迭：交叉，交替。杂佩：佩指佩玉。古人经常佩带各种玉佩，显示威仪，行走时有节奏感。《诗经・郑风・女曰鸡鸣》：“知子之来之，杂佩以赠之。”毛《传》：“杂佩者，珩、璜、琚、瑀、冲牙之类。”

【分析】这一段文字紧承上一段文字，起到推导的作用，指出不管是言对还是事对，贵在“精巧”和“允当”。这里用的也是骈文的表达方式，互文见义，言对也要“允当”，事对也要“精巧”。如果达不到这种要求，则是“碌碌”之流，不值一提。这里提到“气”字和“理”字，可知对偶的运用，也要在文气的贯通下完成，自然合“理”而不能勉强凑合。从这个“气”字来看，刘勰“丽辞”说的建构，也与道家之说有关，从《文心雕龙》而言，又与《养气》篇相呼应。

4. 赞曰：体植必两，辞动有配。左提右挈（qiè），精味兼载[①]。（一）炳烁（shuò）联华，镜静含态。玉润双流，如彼珩珮（héng pèi）[②]。（二）

【注释】

① 植：树立。体植必两：与全文首四句“造化赋形，支体必双；神理为用，事不孤立”呼应。辞动有配：与上四句的下面四句“夫心生文辞，远裁百虑，高下相须，自然成对”呼应。挈：举。左提右挈：此指对偶内部结构而言，工者应相得益彰，不得偏颇不协。精味：精到且富馀味。

② 炳烁：光彩辉发。联华：并列开放的花。华，通“花”。镜静：如镜之静。静，通“净”，净洁无瑕。这里是说人形与镜中之影相映成双。玉润双流，如彼珩珮：与正文结束时“必使理圆事密，联璧其章。

迭用奇偶，节以杂佩”四句相呼应。双流，双行流光溢彩之玉。珩，置于佩顶端之横玉。珮：通“佩”。

【分析】赞语可分上下两段，前四句为上段，概括性地介绍了理论方面的要求，“辞动有配”追求“精味兼载”。（一）后四句为下段，用一连串比喻说明“丽辞”的完美效果，说明这种写作方法之应当讲求，避免读者误解，以为他对“丽辞”本身有微辞。（二）

比兴第三十六解析

【解题】《周礼·春官宗伯》中说：大师“教六诗，曰风，曰赋，曰比，曰兴，曰雅，曰颂”。《毛诗·国风·关雎序》中也说：“诗有六义焉：一曰风，二曰赋，三曰比，四曰兴，五曰雅，六曰颂。”六者性质各不相同，孔颖达在《毛诗正义》中作了区分，云是风、雅、颂为诗之体，赋、比、兴为诗之用。这也就是说，风、雅、颂是三种不同的体裁，赋、比、兴是三种不同的表现手法，后人大都据此解读《诗经》。

“赋”这种写作手法，容易理解，刘勰在《诠赋》篇中说：“赋者，铺也。铺采摛文，体物写志也。”《比兴》篇中也就不再提出讨论。《神思·赞》中说“萌芽比兴”，说明作家往往由于比、兴触发才萌生创作意愿。

“比”“兴”之间的区别，历代文人提出种种不同的说明，郑玄可作汉儒的代表。他注《周礼·春官宗伯》“六诗”时说：“比，见今之失，不敢斥言，取比类以言之；兴，见今之美，嫌于媚谀，取善事以喻劝之。”这是汉代经师的常用手法，联系政教，以美刺说诗。宋学兴起，摆脱汉人成说，所作说明比较平实，更趋于实际，朱熹在《诗集传》中释之曰：“兴，先言他物，以引起所咏之辞也。”（《关雎传》）又云：“比者，以彼物比此物也。”（《螽斯传》）就事论事，简明核要。而在宋学之中，要以胡寅《致李叔易书》中引河南李仲蒙之说最为明晰，云是“索物以托情谓之比，情附物者也；触物以起情谓之兴，物动情者也”（《斐然集》卷十八）。作者本有创作的要求，利用比喻的手法细致描摹外物，这就是“比”；作者隐伏着创作的情绪，由于外物的激发，通过联想，促使作品产生，这就是“兴”。前者由内至外，后者由外至内；一出于有意，一出于无心，所以有隐显的区别。这样的区分，可谓突过前人。

魏晋南北朝人的解释又有其特点。时处汉、宋之间，学术界处在文学的自觉时期，一些理论家对比、兴的阐释，每从文学的特有情趣着眼，不再依傍前人成说。挚虞《文章流别论》曰：“比者，喻类之言也；兴者，有感之言也。”（《艺文类聚》卷五六引）锺嵘《诗品序》则曰：“文已尽而意有馀，兴也；因物喻志，比也。”则是把“兴”视作“味之者无穷”的一种特有情趣了。刘勰也曾提到“味”说，可不在“比兴”之间讨论。

刘勰在《比兴》篇中对这两种修辞手法作了全面的考察，分析更为细致而全面，新见很多，其中也有继承前人的地方，如在释“比”、“兴”时曰：“比则蓄愤以斥言，兴则环譬以托讽。”仍然与政教、善恶联系起来，即可看到汉儒诗说的遗痕。而他又曰：“比者，附也；兴者，起也。附理者切类以指事，起情者依微以拟议。”这样区划，下开宋人的诗说。可知刘勰对“比兴”的辨析，具有重要的历史价值。

哪些诗句属于比，哪些属于兴，见仁见智，难有定说。阅读王先谦的《诗三家义集疏》，即可发现各种流派的解说每有歧异。刘勰采《毛诗》说。齐梁之时，《毛诗》已经占有独尊地位。

《比兴·赞》中还说：“拟容取心，断辞必敢。”作家掌握高超的文学手法固然重要，然而其中必须富有可取的内在精神，不能仅以比喻用得贴切为能事。

1.《诗》文弘奥，包韫（yùn）六义①，毛公述《传》，独标兴体②，岂不以风通而赋同，比显而兴隐哉③！故比者，附也；兴者，起也。附理者切类以指事，起情者依微以拟议。起情故兴体以立，附理故比例以生[④]。比则蓄愤以斥言，兴则环譬以托讽。盖随时之义不一，故诗人之志有二也[⑤]。（一）

【注释】

① 《诗》：《诗经》。《诗》文：《诗经》中的篇章。弘奥：博大精深。包韫：包含蕴藏。六义：指风、雅、颂、赋、比、兴。《诗大序》曰："诗有六义焉：一曰风，二曰赋，三曰比，四曰兴，五曰雅，六曰颂。"

② 毛公：指毛亨，西汉学者。传：指《毛诗故训传》，简称《毛传》，为《诗经》传世最早的一种注本，相传为毛亨所作。《汉书·艺文志》著录"《毛诗故训传》三十卷"，又曰："毛公之学，自谓子夏所传。"独标兴体：《毛传》只注明其认为是"兴"的诗句，约一百二十处，其中十五国风中标注七十一处，雅颂四十九处。如《周南·关雎》"关关雎鸠，在河之洲"下，《毛传》曰："兴也。"

③ 风：代指《诗经》。同书《宗经》云《诗》"摛风裁兴"。风通：《诗经》通用赋、比、兴手法。赋同：赋的直陈手法处处相同。比显：比的表现手法明显。兴隐：兴的表现手法隐晦。这两句解释何以《毛传》独标兴体。

④ 附理：比附事理。切类：切合类似的特徵。指事：指明事物。起情：引发情感。依微：凭借深隐微妙的情感。拟议：比拟。

⑤ 蓄愤：蓄积愤激的情感。斥言：指斥而言，直言。环譬：委婉的譬喻。托讽：寄托讽喻。随时之义不一：（比和兴）顺应情境的方式不同。《易·随卦·彖辞》"随时之义大矣"，王弼注："随之所施，唯在于时也，时异而不随，否之道也，故随时之义大矣哉。"志：情志。

【分析】这一段从多种角度阐释比兴的不同。作者从《毛传》独举兴体谈起，指出比显而兴隐的不同，进而从创作者的角度阐发比兴不同的认知模式和情感表达模式。刘勰指出：比产生（"比例以生"）的认知模式，是将相似的东西（"切类"）看成是同一个东西来指明别的事物（“附理”），兴建立（“兴体以立”）的认知模式，是将事物之间因创作者当下情感的渗透而产生联系视为必然联系（依微）。最后，作者指出比蓄愤而直言和兴委婉而托讽的不同情感模式和表现模式。

2. 观夫兴之托谕，婉而成章，称名也小，取类也大[①]。关雎(jū)有别，故后妃方德；尸鸠贞一，故夫人象义。义取其贞，无从于夷禽；德贵其别，不嫌于鸷(zhì)鸟，明而未融，故发注而后见也[②]。（一）且何谓为比？盖写物以附意，飏(yáng)言以切事者也[③]。故金锡以喻明德[④]，珪璋(guī zhāng)以譬秀民[⑤]，螟蛉(míng líng)以类教诲[⑥]，蜩螗(tiáo táng)以写号呼[⑦]，浣(huàn)衣以拟心忧[⑧]，卷席以方志固[⑨]：凡斯切象，皆比义也[⑩]。至如“麻衣如雪”，“两骖(cān)如舞”，若斯之类，皆比类者也[⑪]。（二）楚襄信谗，而三闾忠烈，依《诗》制《骚》，讽兼比兴[⑫]。炎汉虽盛，而辞人夸毗(pí)，诗刺道丧，故兴义销亡。于是赋颂先鸣，比体云构，纷纭杂遝(tà)，倍旧章矣[⑬]。（三）

【注释】

① 观夫兴之托谕，婉而成章，称名也小，取类也大：托谕，借助他物寄托要表明的意思。婉，婉曲。章，篇章。婉而成章，语出《左传》成公十四年：“君子曰：《春秋》之称，微而显，志而晦，婉而成章。”杜预注：“婉，曲也。谓曲屈其辞，有所辟讳，以示大顺，而成篇章。”称名也小，称说细小之物。取类也大，取其义类广大。语出《易·系辞下》：“子曰：乾坤，其《易》之门邪？……其称名也小，其取类也大，其旨远，其辞文，其言曲而中，其事肆而隐，因贰以济民行，以明失得之报。”又《史记·屈原列传》司马迁称《离骚》：“其文约，其辞微，其志洁，其行廉，其

称文小而其指极大，举类迩而见义远。”

② 关雎有别，故后妃方德；尸鸠贞一，故夫人象义。义取其贞，无从于夷禽；德贵其别，不嫌于鸷鸟，明而未融，故发注而后见也：关雎，指《诗经·周南·关雎》所咏的雎鸠。《关雎》首二句为“关关雎鸠，在河之洲”，《毛传》：“兴也。关关，和声也。雎鸠，王雎也。鸟挚而有别。”陆德明《经典释文》卷五曰：“挚，本亦作鸷。”有别，雎鸠雌雄不同群，故称。方，比方。后妃方德，《毛诗序》曰：“《关雎》，后妃之德也。”尸鸠，指《诗经·周南·鹊巢》“维鹊有巢，维鸠居之”中的鸠。贞一，贞洁专一。夫人象义，《毛诗序》：“《鹊巢》，夫人之德也。国君积行累功以致爵位，夫人起家而居有之，德如鸤鸠，乃可以配焉。”郑玄《笺》：“鸤鸠因鹊成巢而居有之，而有均一之德，犹国君夫人来嫁，居君子之室。德亦然。”从，取。夷禽，常禽。鸷鸟，凶猛之鸟。明，明确、明澈。融，圆融、融通。

③ 写物：描写物象。附意：比附要表达的意思。飏言：宣扬言语，倾吐心声。切事：切合事物的特徵。

④ 金锡以喻明德：用金锡来比喻君子的美德。语出《诗经·卫风·淇澳》：“有匪君子，如金如锡，如圭如璧。”毛《传》：“金锡练而精，圭璧性有质。”郑玄《笺》进一步解释道：“圭璧亦琢磨，四者亦道其学而成也。”

⑤ 珪璋以譬秀民：珪璋，两种贵重的玉制礼器。《礼记·礼器》“珪璋特”孔颖达《疏》：“珪璋，玉中之贵也……诸侯朝王以珪，朝后执璋，表德特达不加物也。”秀民，出类拔萃之人。语出《诗经·大雅·卷阿》：“颙颙卬卬，如珪如璋，令闻令望。”郑玄《笺》：“王有贤臣，与之以礼义相切磋，体貌则颙颙然敬顺，志气则卬卬然高朗，如玉之珪璋也，人闻之则有善声誉，人望之则有善威仪，德行相副。”这里用珪璋比喻出类拔萃之人。

⑥ 螟蛉以类教诲：螟蛉，粉蝶或蛾的幼虫。语出《诗经·小雅·小宛》：“螟蛉有子，蜾蠃负之。教诲尔子，式穀似之。”蜾蠃（guǒ luǒ）为

细腰蜂。《毛传》:“螟蛉,桑虫也;蜾蠃,蒲卢也;负,持也。”郑《笺》进一步解释:“蒲卢取桑虫之子负持而去,煦妪养之以成其子。喻有万民不能治,则能治者将得之。”这里将螟蛉与教诲比类。现代生物学指出蜾蠃是一种寄生蜂,它捕捉螟蛉,产卵其中,卵孵化后就以螟蛉为食物,古人误认为蜾蠃不产子,喂养螟蛉为子。

⑦ 蜩螗以写号呼:蜩,蝉。螗,一种较小的蝉。语出《诗经·大雅·荡》:“文王曰咨,咨女殷商。如蜩如螗,如沸如羹。”郑《笺》:“饮酒号呼之声,如蜩螗之鸣;其笑语沓沓,又如汤之沸,羹之方熟。”用蝉声比喻饮酒时的大呼小叫。

⑧ 浣衣以拟心忧:浣,洗。拟,比拟。语出《诗经·邶风·柏舟》:“心之忧矣,如匪浣衣。”匪,同“非”。

⑨ 卷席以方志固:卷席,可卷曲的席子。方,比方。语出《诗经·邶风·柏舟》:“我心匪石,不可转也;我心匪席,不可卷也。”毛《传》:“石虽坚尚可转,席虽平尚可卷。”郑玄《笺》云:“言己心志坚平过于石席。”

⑩ 凡斯切象,皆比义也:切象:切合物象。比义:比的含义。

⑪ “麻衣如雪”,“两骖如舞”,若斯之类,皆比类者也:麻衣如雪,麻衣像雪一样鲜明、洁白。语出《诗经·曹风·蜉蝣(fú yóu)》:“蜉蝣掘阅,麻衣如雪。”骖,驾车时两旁的马称骖,中间的马称服。两骖如舞,语出《诗经·郑风·大叔于田》:“大叔于田,乘乘马。执辔如组,两骖如舞。骖之与服,和谐中节。”比类,属于比的类型。

⑫ 楚襄信谗,而三闾忠烈,依《诗》制《骚》,讽兼比兴:楚襄,指战国时楚国的顷襄王。三闾,指屈原,屈原曾为楚国三闾大夫,故称。诗,指《诗经》。骚,指《离骚》。讽兼比兴,讽喻兼用比、兴手法。屈原《离骚》曰:“荃不察余之中情兮,反信谗而齌怒。”《史记·屈原列传》曰:“屈平疾王听之不聪也,谗谄之蔽明也,邪曲之害公也,方正之不容也,故忧愁幽思而作《离骚》。屈平正道直行,竭忠尽智以事其君,谗人间之,可谓穷矣,信而见疑,忠而被谤,能无怨乎?屈平之作《离骚》,盖

自怨生也。《国风》好色而不淫,《小雅》怨诽而不乱,若离骚者,可谓兼之矣。”

⑬　炎汉虽盛,而辞人夸毗,诗刺道丧,故兴义销亡。于是赋颂先鸣,比体云构,纷纭杂遝,倍旧章矣:炎汉,即汉代。中国古代以金木水火土五行相生相克来解释朝代的更迭,汉属火德,故称。辞人,与“诗人”对举,指写作文辞侈丽而缺乏讽喻之作的作者。夸毗,谄媚、卑曲取媚于人。《诗经·大雅·板》:“天之方侪,无为夸毗。”毛《传》:“侪,怒也。夸毗,体柔人也。”杂遝:杂乱。倍,通“背”,违背。旧章,古代法则,这里指《诗经》美刺传统。《汉书·艺文志》曰:“大儒孙卿及楚臣屈原离谗忧国,皆作赋以风,咸有恻隐古诗之义。其后宋玉、唐勒,汉兴,枚乘、司马相如下及扬子云,竞为侈丽闳衍之词,没其风谕之义,是以扬子悔之曰:诗人之赋丽以则,辞人之赋丽以淫。”

【分析】这一段以《诗经》的比兴例句说明比兴的特徵,指出两汉辞人用“兴”少用“比”多的现象及其原因。可分三节:(一)强调“兴”能托谕。即借助于细碎小物,婉转而成篇章,寄寓广大深刻的义理。刘勰举《关雎》、《鹊巢》中雎鸠、鸤鸠为例,指出诗歌抓住雎鸠雌雄有别的生活习性,以之起兴,婉转成篇,使整首诗寄寓后妃之德。《鹊巢》抓住鸤鸠守一不乱的特点使整首诗寄托夫人之德。因为起兴之物本身有许多其他的特点,如雎鸠为猛禽,但诗人不取其猛的一面,而取其有别的一面,所以刘勰认为“兴”的使用会有作者的明确意旨和事物诸特徵不能交融和谐的可能性,所以《毛传》解诗特别注明“兴也”,这里进一步对上文“毛公述《传》,独标兴体”作了解释。(二)指出“比”主要是用鲜明的语言来表现事理,来描写事物,刘勰以《诗经》中大量的“比”例,讨论了“比”切合物象和语言生动的特点。(三)褒扬屈原依《诗》制《骚》、兼用比兴,批评两汉辞人不能美刺从而使两汉文学中“兴”义消亡。在刘勰看来,“比”只属于篇章局部的修辞,他更看重文学的美刺讽喻的社会功能,所以对“兴”体日衰、“比”体云构的两汉文学走向和两汉辞人提出批评。

3. 夫比之为义，取类不常：或喻于声，或方于貌，或拟于心，或譬于事①。宋玉《高唐》云：“纤条悲鸣，声似竽籁。”此比声之类也②；枚乘《菟（tú）园》云：“猋猋（yàn）纷纷，若尘埃之间白云。”此比貌之类也③；贾生《鵩（fú）鸟》云：“祸之与福，何异纠纆（mò）。”此以物比理者也④；王褒《洞箫》云：“优柔温润”，“如慈父之爱子也”。此以声比心者也⑤；马融《长笛》云：“繁缛络绎，范、蔡之说也。”此以响比辩者也⑥；张衡《南都》云：“起郑舞，茧曳绪。”此以容比物者也⑦。若斯之类，辞赋所先，日用乎比，月忘乎兴，习小而弃大，所以文谢于周人也⑧。（一）至于扬、班之伦，曹、刘以下，图状山川，影写云物，莫不织综比义，以敷其华，惊听回视，资此效绩⑨。又安仁《萤赋》云“流金在沙”，季鹰《杂诗》云“青条若总翠”，皆其义者也⑩。故比类虽繁，以切至为贵，若刻鹄（hú）类鹜（wù），则无所取焉⑪。（二）

【注释】

① 义：方法，手法。不常：不定，变化多端。或：有的。貌：形貌。

② 宋玉：战国时楚国辞赋家。《高唐》：即《高唐赋》。见《文选》卷十九。纤条：纤细的枝条。竽：簧管乐器，似笙而更大。籁：从孔窍中发出的声音。

③ 枚乘：西汉初著名辞赋家。《菟园》：即《梁王菟园赋》，传世者已非完帙，残篇见《艺文类聚》卷六十五、《古文苑》卷三。猋猋：众犬乱奔貌。《古文苑》作“急急”。

④ 贾生：指贾谊。鵩鸟：指《鵩鸟赋》，见《文选》卷十三。鵩为像

鸮的一种鸟，俗以为不祥之物。纠纆：几股扭在一起的绳索。《文选》李善注引《字林》曰："纠，两合绳；纆，三合绳。"又引应劭曰："祸福相与为表里，如纠纆索相附会也。"

⑤ 王褒：西汉末辞赋家。洞箫：即《洞箫赋》，见《文选》卷十七。王褒《洞箫赋》曰："听其巨音，则周流泛滥，并包吐含，若慈父之畜子也；其妙声，则清静厌瘱，顺叙卑达，若孝子之事父也。科条譬类，诚应义理。澎濞慷慨，一何壮士；优柔温润，又似君子。"刘勰兼综取义，与原文有些不同。

⑥ 马融：东汉著名学者、辞赋家。长笛：指《长笛赋》，见《文选》卷十七。范、蔡：指范睢、蔡泽，战国时著名辩士。说：游说，游说之辞。

⑦ 张衡：东汉中期著名文学家、思想家和科学家。南都：指《南都赋》，见《文选》卷四。郑：郑国。茧：蚕茧。曳：抽出。绪：头绪，端绪。起郑舞，茧曳绪：《南都赋》原句为："坐南歌兮起郑儛，白鹤飞兮茧曳绪。"李善注："白鹤飞兮茧曳绪，皆舞人之容。"

⑧ 小：指比。大：指兴。谢：逊色，不及。周人：指《诗经》中诸作者。

⑨ 扬：指扬雄。班：指班固。伦：类。曹：指曹植。刘：指刘桢。综：织布机上带着经线上下分开形成梭口的装置。这里有引领意。织综比义：用"比"法组织引领。敷：敷陈，展演。惊听回视：惊耳骇目，让人侧目。资：凭借。此：指用"比"法。效绩：取得成功。

⑩ 安仁：潘岳字，西晋著名文学家，著有《秋兴赋》、《河阳诗》等。萤赋：指《萤火赋》，传世者已非完帙，残篇见《初学记》卷三十、《艺文类聚》卷九七。流金在沙：形容萤火之美妙。原句作："熠熠荧荧，若丹英之照葩；飘飘颎颎，若流金之在沙。"季鹰：张翰字，西晋文学家。杂诗：见《文选》卷二十九。总：集。翠：指翡翠鸟。《六臣注文选》刘良注曰："总，集也，言木之青条蒙密，若集翡翠之鸟也。"

⑪ 切至：切合恰当。鹄：天鹅。鹜：鸭子。刻鹄类鹜：形容描摹、刻画不太逼真。语出马援《与兄子书》："效伯高不得，犹为谨厚之士，所谓刻鹄不成，尚类鹜者也。"马援云仿效得虽然不太逼真，但还相似，

尚有可取,刘勰认为已不可取。

【分析】这一段举汉赋用“比”之例说明比类虽繁而以切至为贵。可分两节:(一)列举汉赋中比声、比貌、比心、比事等“比”类,说明比类甚繁,由于诸例皆出自汉赋,刘勰再次将汉代文学纳入《诗经》用“兴”、汉赋用“比”的批评框架中,批评汉代辞人习小弃大,认为这是汉代文学不及《诗经》的原因。(二)指出汉魏诗人多用“比”法,以西晋一诗、一赋之例说明汉魏以来文学也是借助于比法取得了成就。最后指出比法以切当为贵,如果比喻不恰当,就完全没有可取之处了。

4. 赞曰:诗人比兴,触物圆览。物虽胡越,合则肝胆①。拟容取心,断辞必敢。攒(zǎn)杂咏歌,如川之澹②。(一)

【注释】

① 触物:受事物的触发。圆览:全面、圆融地观察。胡越:北胡和南越,形容两物互不相关或很不同。《北堂书钞》卷一三七引《孔丛子》:“胡越之人,同舟济江,遇风波,其相救如左右手,所患同也。”《庄子·德充符》:“自其异者视之,肝胆楚越也。”这两句总结“兴”。

② 拟容:呼应上文“比貌”与“以容比物”。取心:摄取其内在精神。断辞必敢:出自《大戴礼记·文王官人》:“质不断,辞不至。”云“比”首先要对事物有确定的判断,然后比辞才会切合。必敢:果断。《史记·李斯列传》:“狐疑犹豫,后必有悔,断而敢行,鬼神避之,后有成功。”攒杂:聚集,凑合。澹:清淡,形容易见。

【分析】这一段总结比兴,再次指出作者的创作过程,比兴乃触物生情,通过圆融观察,将本不相干之物建立了亲密的联系,而又识见果断,取途多方,具明晰易见的特点。

夸饰第三十七解析

【解题】“夸”有夸张、夸大的意思，古今词义变化不大。“饰”可释为“修饰”，但在这里不是指一般用作描写手段的修辞，而是“夸饰”。结合汉代王充的用语，也就可以解释为“增饰”。

夸张本是文学上的一种基本修辞方法。先秦两汉时期的文史类著作中，都不乏生动的事例，而对这一文学现象进行深入探讨，则可先举王充为例再来观察刘勰在《夸饰》篇中作出的贡献。

王充《论衡》中有《语增》、《儒增》、《艺增》三文，分从词语、文献、创作手法三个方面考察夸张手法的运用。对此他有很深刻的认识。《艺增》篇曰：“世俗所患，患言事增其实，著文垂辞，辞出溢其真，称美过其善，进恶没其罪。何则？俗人好奇；不奇，言不用也。故誉人不增其美，则闻者不快其意；毁人不益其恶，则听者不惬于心。闻一增以为十，见百益以为千，夫使纯朴之事，十剖百判；审然之语，千反万畔。”王充结合一般人的心理进行分析，有说得在理的地方，但他身处东汉思想领域中谶纬之说风行之时，着力提出“疾虚妄”来加以破解，要求一切诉诸理性，用事实去检验真相，认为一切夸张的言词，都应回归本来面目。这种理论，实际上也就是反对夸张手法的运用，所以黄侃在《文心雕龙札记》的《夸饰》篇中评之曰：“汉世王充好为辨诘，琐碎米盐，著为《书虚》《语增》《儒增》《艺增》之篇，凡经传饰词，一概加以抨击，世或喜其谛实，而实不达词言之情。”

刘勰之论“夸饰”，就要辩证与深刻得多。

《夸饰》篇中首先指出：“虽《诗》《书》雅言，风格训世，事必宜广，文亦过焉。”例如“言峻则嵩高极天”之类，“辞虽已甚，其义无害也”。又如《鲁颂·泮水》中说的“翩彼飞鸮，集于泮林，食我桑黮，怀我好音”之类，“并意深褒赞，故义成矫饰”，这也可作垂之后世的范例。最后刘勰又引《孟子·万章》中之说，“说诗者不以文害辞，不以辞害意”，这就为阅读文艺作品的人指明了方向，不能像王充那样机械地去观察文学现象，应该注意夸饰这种文学手法的特点，从而得出正确的结论。

刘勰对一些辞赋作者的滥用“夸饰”也提出了批评，例如司马相如在《上林赋》中说上林苑的宫馆中流星和长虹进入了窗户，等到扬雄作《甘泉赋》，便说高殿之高连鬼神也无法上去而只能掉下来。这样的夸饰，“验理则理无可验，穷饰则饰犹未穷矣”。说明夸饰也得掌握分寸，不能过分超越常情，使人无法想象。

刘勰对扬雄在《羽猎赋》中说的“鞭洛水之宓妃，饷屈原于彭、胥”，更批判其为“虚用滥形，不其疏乎”！因为宓妃本是神话传说中的美好形象，“既非魑魅”，扬雄这种写法，实际上是在颠覆人类头脑中早已固定下来的美丑标准，势难为读者所接受。

刘勰最后提出忠告，云是“饰穷其要，则心声锋起；夸过其理，则名实两乖”。一切都得有合适的尺度。作者如能到做夸而有节，饰而不诬，才能算是正确运用了夸饰。刘勰崇经，他从经典中举出的例证，都很确当；从辞赋中举出的例证，确是过度夸张而不合事理。这些都能给人以合适的指导。

1. 夫形而上者谓之道，形而下者谓之器①。神道难摹，精言不能追其极②；形器易写，壮辞可得喻其真③；才非短长，理自难易耳④。故自天地以降，豫入声貌，文辞所被，夸饰恒存[5]。虽《诗》《书》雅言，风格训世，事必宜广，文亦过焉[6]。是以言峻则嵩高极天，论狭则河不容舠(dāo)，说多则子孙千亿，称少则民靡孑遗；襄陵举滔天之目，倒戈立漂杵之论：辞虽已甚，其义无害也[7]。且夫鸮音之丑，岂有泮(pàn)林而变好[8]；荼味之苦，宁以周原而成饴[9]；并意深褒赞，故义成矫饰[10]，大圣所录，以垂宪章[11]。孟轲所云"说诗者不以文害辞，不以辞害意"也[12]。

【注释】

① 夫形而上者谓之道，形而下者谓之器：超越具体形象之上的叫做道，有具体形象的叫做器。《易·系辞上》："是故形而上者谓之道，形而下者谓之器。"孔颖达《正义》："道是无体之名，形是有质之称。凡有从无而生，形由道而立，是先道而后形，是道在形之上，形在道之下。故自形外已上者谓之道也，自形内而下者谓之器也。"

② 神道难摹，精言不能追其极：神妙的道理难以描摹，再精妙的语言也难以写出其最高境界。极，顶点，极致，比喻最高境界。王弼《老子注》："可道之道，可名之名，指事造形，非其常也，故不可道不可名也。"又曰："至真之极不可得名，无名则是其名也。"

③ 形器易写，壮辞可得喻其真：形器容易描绘，有力的文辞可以逼真地表现形器。《西京杂记》卷二"百日成赋"条："相如曰：'合綦组以成文，列锦绣而为质，一经一纬，一宫一商，此赋之迹也；赋家之心，苞括宇宙，总览人物，斯乃得之于内，不可得而传。'"《艺文类聚》卷七十七载梁邵陵王萧纶《答皇太子示大法颂启》："虽复长卿壮辞，曾何足数！"

④ 才非短长，理自难易耳：不是作者的才华有高低，而是从道理上讲本来有难易的区别。

⑤ 豫入：涉及。

⑥ 雅言：雅正之言。风：教化。《毛诗大序》："风，教也。"格：规范。《礼记·缁衣》："言有物而行有格。"郑玄注："格，旧法也。"事：事例。

⑦ 言峻则嵩高极天：说高便云"山高得顶到了天"。《诗经·大雅·崧高》："崧高维岳，骏极于天。"毛《传》曰："崧，高貌，山大而高曰崧。岳，四岳也。……骏，大；极，至也。"论狭则河不容舠：说狭窄便云"黄河里装不下一条小船"。《诗经·卫风·河广》："谁谓河广，曾不容刀。"郑玄《笺》曰："不容刀亦喻狭。小船曰刀。""刀"为"舠"的通假字。说多则子孙千亿：说多便云"子孙成千上亿"。《诗经·大雅·假乐》："干禄百福，子孙千亿；穆穆皇皇，宜君宜王。"郑玄《笺》曰："干，求也。十万曰亿。天子穆穆，诸侯皇皇，成王行显显之令德，求禄得百福，其子孙亦勤行而求之，得禄千亿。"称少则民靡孑遗：说少便云"民众没有一个幸存"。《诗经·大雅·云汉》："周馀黎民，靡有孑遗。"郑玄《笺》曰："黎，众也。……周之众民，多有死亡者矣，今其馀无有孑遗者，言又饿病也。"襄陵举滔天之目：说洪水上山便称"淹没天空"。《尚书·尧典》："帝曰：咨，四岳！汤汤洪水方割，荡荡怀山襄陵，浩浩滔天！"伪孔安国《传》曰："汤汤，流貌。洪，大。割，害也。怀，包。襄，上也。包山上陵，浩浩盛大若漫天。"倒戈立漂杵之论：讲前军倒戈便说流血把木杵漂走。《尚书·武成》："罔有敌于我师，前徒倒戈，攻于后以北，血流漂杵。"杵为舂米的木棰。辞虽已甚，其义无害也：言辞虽然过分，在表达意义上并没妨碍。《武成》为古文伪篇。

⑧ 且夫鸮音之丑，岂有泮林而变好：鸮，猫头鹰。泮林，学宫的树林。《诗经·鲁颂·泮水》："翩彼飞鸮，集于泮林，食我桑黮，怀我好音。"郑玄《笺》曰："怀，归也。言鸮恒恶鸣，今来止于泮水之木上，食其桑黮，为此之故，故改其鸣，归就我以善音，喻人感于恩则化也。"

⑨ 荼味之苦，宁以周原而成饴：荼，苦菜。周原，周地的原野。饴，麦芽糖。《诗经·大雅·绵》："周原膴膴，堇荼如饴。"郑玄《笺》云："广平曰原。周之原地，在岐山之南。膴膴然肥美，其所生菜，虽有性

苦者，甘如饴也。”

⑩ 褒赞：表扬赞美。矫饰：即夸饰。

⑪ 大圣所录，以垂宪章：它们都是孔子这样的大圣人采录，用作传世典范的。垂，流传。宪章，典章制度。

⑫ 孟轲：孟子名。说诗者不以文害辞，不以辞害意：讲解诗歌的不能因为过于拘泥文字而损害辞义，不能因为拘泥辞义而违背作者的用意。语出《孟子·万章上》。

【分析】这一段论述夸饰是诗文中的普遍现象，即使是《诗经》、《尚书》这样经过圣人整理的经典，也采用了广博的事例和夸饰的言辞。为了加强文字中的赞美意味，夸饰是有必要的，是故解读诗文者应遵循孟子“不以文害辞，不以辞害意”的方法。

2. 自宋玉、景差，夸饰始盛①。相如凭风，诡滥愈甚②：故上林之馆，奔星与宛虹入轩；从禽之盛，飞廉与焦明俱获③。及扬雄《甘泉》，酌其馀波，语瑰奇，则假珍于玉树，言峻极，则颠坠于鬼神④。至东都之比目⑤，西京之海若⑥，验理则理无可验，穷饰则饰犹未穷矣⑦。又子云《校猎》，鞭宓(fú)妃以饟(xiāng)屈原⑧；张衡《羽猎》，困玄冥于朔野⑨。娈彼洛神，既非魑魅(chī mèi)；惟此水师，亦非魍魉(wǎng liǎng)；而虚用滥形，不其疏乎⑩！此欲夸其威而饰其事，义睽(kuí)剌(là)也⑪。(一) 至如气貌山海，体势宫殿⑫，嵯峨揭业，熠(yì)耀焜煌之状⑬，光采炜炜而欲然，声貌岌岌其将动矣⑭。莫不因夸以成状，沿饰而得奇也⑮。于是后进之才，奖气挟声⑯，轩翥(zhù)而欲奋飞，腾掷而羞局步⑰，辞入炜烨，春藻不能程其艳；言在萎绝，寒谷未足成其凋⑱；谈欢则字与笑并，论戚则声共泣偕⑲，信可以发蕴而飞滞，披瞽而骇聋矣⑳。(二)

【注释】

① 自宋玉、景差，夸饰始盛：宋玉：战国楚鄢人，或说为屈原弟子。曾为楚顷襄王大夫，《汉书·艺文志》著录宋玉赋十六篇。景差：战国楚人，曾任楚顷襄王大夫，善为赋，与宋玉、唐勒齐名。扬雄《法言·吾子篇》："或问：'景差、唐勒、宋玉、枚乘之赋也益乎？'曰：'必也淫。''淫则奈何？'曰：'诗人之赋丽以则，辞人之赋丽以淫。'"

② 相如凭风，诡滥愈甚：司马相如驾空立说，夸张不实的程度更严重。《汉书·司马相如传》："相如既奏《大人赋》，天子大悦，飘飘有凌云气游天地之间意。"

③ 故上林之馆，奔星与宛虹入轩；从禽之盛，飞廉与焦明俱获：司马相如《上林赋》中，描写上林苑的宫馆之高，流星和长虹都进入了窗户；写跟从的飞禽之多，神鸟飞廉和凤凰都被捕获。奔星，流星。宛虹，弧形的虹。飞廉，传说中的神禽名。郭璞曰："飞廉，龙雀也，鸟身鹿头。"焦明，鸟名。《文选》李善注曰："《乐汁图》曰：焦明状似凤皇。"《文选》卷八《上林赋》："于是乎离宫别馆，弥山跨谷。……奔星更于闺闼，宛虹扡于楯轩。"又："于是乎背秋涉冬，天子校猎。……椎蜚廉，弄獬豸……捷鹓雏，掩焦明。"

④ 及扬雄《甘泉》，酌其馀波，语瑰奇，则假珍于玉树，言峻极，则颠坠于鬼神：扬雄《甘泉赋》承司马相如的流风馀绪，描写树木的珍奇，便借用玉树；表现宫殿极其高峻，便写鬼神攀到半途掉下来。《文选》载扬雄《甘泉赋》："翠玉树之青葱兮。"李善注曰："《汉武帝故事》曰：上起神屋，前庭植玉树，珊瑚为枝，碧玉为叶。"又《甘泉赋》："鬼魅不能自逮兮，半长途而下颠。"李善注曰："逮，及也。尔雅曰：颠，陨也。"

⑤ 东都之比目：班固《两都赋》中的《西都赋》写到比目鱼。《文选》录班固《西都赋》："揄文竿，出比目。"李善注："《尔雅》曰：东方有比目鱼焉，不比不行，其名谓之鲽。"此云《东都》，盖误记。

⑥ 西京之海若：张衡《二京赋》中的《西京赋》写到海若。海若，

海神名。《文选》录张衡《西京赋》:"海若游于玄渚。"

⑦　验理则理无可验,穷饰则饰犹未穷矣:既无从检验其中的事理,也算不上夸张的极致。

⑧　子云《校猎》,鞭宓妃以饟屈原:扬雄《羽猎赋》有鞭打洛水宓妃、让她给屈原送饭的内容。子云:扬雄的字。宓妃,传说中的洛水女神。饟,饷馈,运送。屈原,名平,字原,战国楚人,创作《离骚》、《九歌》等楚辞名篇。《文选》载扬雄《羽猎赋》:"鞭洛水之宓妃,饷屈原与彭胥。"

⑨　张衡《羽猎》,困玄冥于朔野:张衡《羽猎赋》写道"把水神玄冥囚禁在北方原野"。张衡:字平子,东汉南阳西鄂人,《文选》收其《西京赋》、《东京赋》、《南都赋》、《思玄赋》等。玄冥:水神。《左传》昭公十八年杜预注:"玄冥,水神。"朔野,北方原野。严可均辑《全后汉文》,有张衡《羽猎赋》残文,无"困玄冥于朔野"语。

⑩　娈彼洛神,既非魑魅;惟此水师,亦非魍魉;而虚用滥形,不其疏乎:那美好的洛神和这水神不是鬼怪,作者却加以无根无据的形容,岂不是太疏忽了?娈,美好的样子。魑魅,山神。魍魉,水神。《左传》宣公三年杜预注:"螭,山神,兽形。魅,怪物。罔两,水神。"

⑪　此欲夸其威而饰其事,义睽剌也:意欲夸大声威和事状,却违背了事理。睽剌,违背。

⑫　至如气貌山海,体势宫殿:至于像描写山海的气势形状,宫殿的格局形势。

⑬　嵯峨揭业,熠耀焜煌之状:巍峨高耸、富丽堂皇的样子。嵯峨揭业,山高峻貌。熠耀焜煌:光彩鲜明。

⑭　光采炜炜而欲然,声貌岌岌其将动矣:光彩夺目似乎要燃烧起来,形势巍峨像是要飞动起来。炜炜,光彩鲜明貌。然,"燃"的本字,燃烧。岌岌,高耸貌。

⑮　莫不因夸以成状,沿饰而得奇也:无不通过夸张、修饰来构成奇特的状貌。

⑯ 于是后进之才，奖气挟声：于是后起之秀仗着才气，凭着声势。奖，辅助。挟，倚仗。

⑰ 轩翥，飞举。腾掷，跳跃。局步，曲身弯腰地走小步。

⑱ 炜烨：光明。春藻：春草。程其艳：效法它的鲜艳。萎绝：枯谢。寒谷：深山溪谷，为日光所不及，故称寒谷。凋：草木枯败，衰败。

⑲ 并：一齐，连同。偕：共同，一起。

⑳ 信可以发蕴而飞滞，披瞽而骇聋矣：确实可以展露内心蕴涵、郁积的情志，有披瞽见明、振聋发聩的效用。

【分析】这一段论述宋玉、景差以来夸饰之风的兴盛。可分为两个层次：其一，以司马相如《上林赋》、扬雄《甘泉赋》、班固《两都赋》、张衡《二京赋》、扬雄《羽猎赋》、张衡《羽猎赋》等为代表的作品，有过分夸饰乃至违背事理的弊端。其二，恰当地运用夸饰来描绘事物，确实可以收到动人心弦的效果。

3. 然饰穷其要，则心声锋起[①]；夸过其理，则名实两乖[②]。若能酌诗书之旷旨，翦扬马之甚泰，使夸而有节，饰而不诬，亦可谓之懿也[③]。

【注释】

① 然饰穷其要，则心声锋起：如果夸饰能够抓住事物的要点，那么读者心中会产生强烈的共鸣。锋起：齐起，势猛而群聚。

② 夸过其理，则名实两乖：夸饰违背了事理，就会名实都不符合了。

③ 若能酌诗书之旷旨，翦扬马之甚泰，使夸而有节，饰而不诬，亦可谓之懿也：如果吸取《诗经》、《尚书》的深远旨意，除去扬雄、司马相如的过分夸张，使得夸张而有节制，增饰而不虚假，也可以说是美好的。酌，吸取。翦，灭除，消灭。甚泰，过分。《老子》："君子去甚，去

奢，去泰。”懿，美好。

【分析】这一节阐述夸饰的要点有二：一是有节制，二是不违背事理。

4. 赞曰：夸饰在用，文岂循检①。言必鹏运，气靡鸿渐②。倒海探珠，倾昆取琰（yǎn）③。旷而不溢，奢而无玷④。

【注释】

① 夸饰在用，文岂循检：夸饰的得失，在于运用是否得当，文章哪有固定的法式？检，法式。

② 言必鹏运，气靡鸿渐：言辞要像大鹏那样飞腾，气势不能像鸿那样迂缓地上升。鹏运：大鹏飞翔。《庄子·逍遥游》：“鹏之背，不知其几千里也；怒而飞，其翼若垂天之云。”郭象注：“非冥海不足以运其身，非九万里不足以负其翼。”鸿渐：《易·渐卦》初六爻辞：“鸿渐于干。”王弼注：“渐者，渐进之卦也。”又曰：“鸿，水鸟也。适进之义，始于下而生者也，故以鸿为喻之。”

③ 倒海探珠，倾昆取琰：倒干海水来探寻珍珠，翻转昆仑山来采取宝玉。昆，昆仑山。《吕氏春秋·重己》有“人不爱昆山之玉”之说。琰，琰圭，上端锐的玉制礼器。

④ 旷而不溢，奢而无玷：含义深远而不过度，夸张而没有失误。旷，空间辽阔，引伸为意义深远。溢，过度。奢，张大，夸大。玷，过失。

【分析】赞语总结夸饰的要点在于运用得当。文辞应当如大鹏高飞而不是如鸿鸟缓步，要探求山川的所有宝藏，因此夸饰是必须的。夸饰要避免过度和失误。

事类第三十八解析

【解题】《事类》篇中开宗明义地说："事类者，盖文章之外，据字以类义，援古以证今者也。"因此他在有些文章中就称之为"事义"，作者用此则称之为"用事"。

"事类"之内又含两层意思，一是"略举成辞以徵义"，一是"全引成辞以明理"，可知"事类""事义"或"用事"的内容为用典与徵引成语。

中国古代史学很发达。儒家信而好古，由是形成了一种民族共通心理，所谓以古为鉴。文人引用前代典实说明今日之事，容易取得共识，因此文章之中多用典实，不但可以增加说服力，还可显示自己博古通今，取得文约意广的良好效果。

六朝骈文大盛，比起散文来，骈文更宜使用典实。文家运用典实，檃括变化，可以取得不可端倪的效果，更能显示水平，于是群趋于是，加上声律的调配等项，也就出现了永明体等新流派。

文章本宜直抒性灵，然因中国自有重视博学的传统，以为如此始能提升作者的修养。作者除了必须展示过人的才华外，还应表现其渊博的学识。此风愈演愈烈，骈文作者往往卖弄才华，感情要素日益遭到忽视，于是骈文成了显示博学和玩弄技巧者的一块重要阵地。

萧子显在《南齐书·文学传论》中把当时的文章分为三体，"次则缉事比类，非对不发，博物可嘉，转成拘制。或全借古语，用伸今情，崎岖牵引，直为偶说。唯睹事例，顿失清采”。说明作者运用典实过趋极端，也会走向反面。

文章写作中滥用典实尚且出现这样大的流弊，用在抒情诗上，更为不妥了。锺嵘《诗品》对此作了分析，以为“经国文符，应资博古，撰德驳奏，宜穷往烈。至于吟咏情性，亦何贵于用事！”认为那些用于朝廷的议政文字，应该引经据典，写作抒情诗时，则不必如此。这种意见，切中时弊。切实可行。

刘勰在《事类》中对当时文坛上普遍重视的“事类”问题作了深入探讨，既从学理上予以剖析，说明作者如何处置构成事类的几项重要原素，又从历史上考察，说明其发展的过程，以及后来又怎样出现弊端。他以为文学水平的高下与作者的才与学二者相关，他的论证偏于强调后天的学一边，而对如何锻炼提高才的方面，缺乏有力的论证，是其不足之处。

时至齐梁，骈文的写作更趋繁富，一些作者急于显示博学，不但文章趋于芜杂，而且对用典的正确与否也不再经心，这又出现了很多流弊。刘勰举例抉发，要求纠正这种不良风气，而且提出了如下处理意见：“综学在博，取事贵约，校练务精，捃理须核。”这种看法就很辨证。比之其他关注此事的人来说，在理论的阐发与意见的完善上都要高上一筹。

1. 事类者，盖文章之外，据事以类义，援古以证今者也[①]。（一）昔文王繇（zhòu）《易》，剖判爻位，《既济》九三，远引高宗之伐，《明夷》六五，近书箕子之贞：斯略举人事，以徵义者也[②]。至若胤（yìn）征羲和，陈《政典》之训；盘庚诰民，叙迟任之言：此全引成辞，以明理者也[③]。（二）然则明理引乎成辞，徵义举乎人事，乃圣贤之鸿谟（mó），经籍之通矩也[④]。《大畜》之象：“君子以多识（zhì）前言往行。”[⑤]亦

有包于文矣⑥。(三)

【注释】

① 事类:指类似的事实或言辞,这比一般所说“典故”的范围要大。李曰刚《文心雕龙斠诠》:“‘事类’一词,原谓隶事以类相从也。……彦和用之,盖论文章之徵引古事成辞,以类推事理,所谓‘据事以类义,援古以证今’,亦修辞之一法,即常言‘用典’(或曰“引用”)是也。用典其所以必证之于史实先例,或诉之于权威舆论者,乃利用世人对史实先例之尊重,及对权威舆论之崇奉心理,以加强自己言论之说服力耳。而其要在能以片言数字,阐明比较繁复或隐微之寓意。用典与比兴不同,后者纯系作者创意联想,自行取事作譬;而前者则是借用现成之古事成辞,以引证或比喻当前之实况,如此,自可增益文章之典赡气氛。”据事以类义:根据类似的往事来说明意义。援古以证今:引用古典来验证现在。刘永济《文心雕龙校释》:“文家用典,亦修辞之一法。用典之要,不出以少字明多意。其大别有二:一用古事,二用成辞。用古事者,援古事以证今情也;用成辞者,引彼语以明此义也。”

② 文王:周文王。繇《易》:作《易》的卦爻辞。繇指卜兆的卦爻辞。《易》有六十四卦,每卦有六爻,六爻中阳爻以九称之,阴爻以六称之,说明卦义的文字称为卦辞,说明爻义的文字称为爻辞。相传《卦辞》、《爻辞》并是文王所作,见孔颖达《周易正义·论卦辞爻辞谁作》。剖判爻位:辨析每卦六爻的位置。《既济》九三,远引高宗之伐:《既济》为六十四卦之一,“离下坎上,定也”。九三即倒数第三爻为阳爻,其爻辞是:“高宗伐鬼方(北方国名),三年克之。”卦象为水在火上,水火相交为用,事无不济,即无不安定。孔颖达《周易正义》:“高宗者,殷王武丁之号也。九三处既济之时,居文明之终,履得其位,是居衰末而能济者也。高宗伐鬼方,以中兴殷道,事同此爻,故取譬焉。”高宗即商王武丁,距周文王时代颇远,故称“远引”。《明夷》六五,近书箕子之贞:《明

夷》为六十四卦之一，离下坤上。六五即倒数第五爻是阴爻，其爻辞是："箕子之明夷（伤），利贞（正）。"此卦象徵人事。暗主在上，明臣在下，不敢显其明智。利贞喻箕子执志不回，暗不能没，明不可息，正不忧危，故曰利贞。商纣王无道，贵族箕子谏而不听，装疯为奴仆。贞：正。箕子与文王同时，故称"近书"。人事：前人的故事。

③ 胤：国名。胤征羲和：《尚书序》："羲和湎淫，废时乱日，胤往征之，作《胤征》。"伪孔安国传："羲氏和氏，世掌天地四时之官，自唐虞至三代，世职不绝，承太康之后，沈湎于酒，过差非度，废天时，乱甲乙，胤国之君，受王命往征之。奉辞伐罪曰征。"陈《政典》之训：引述《政典》的教训。据《尚书·胤征》，胤侯出征前引《政典》"先时者杀无赦，不及时者杀无赦"之语。《政典》：伪孔安国传，云指"夏后为政之典籍，若《周官》六卿之治典"。盘庚诰民，叙迟任之言：《尚书序》："盘庚五迁，将治亳，殷民咨胥怨，作《盘庚》三篇。"伪孔安国传："盘庚，殷王名。……迟任，古贤人。言人贵旧，器贵新，汝不徙，是不贵旧。"诰：告，告诫。据《尚书·盘庚上》引迟任语："人惟求旧，器非求旧，惟新。"用来劝说人民听从迁都。此全引成辞，以明理者也：完全引用现成的话来证明某种事理。

④ 鸿：大。谟：谋议，指用意。通矩：通用的规矩法则。

⑤ 《大畜》之象：《大畜》为六十四卦之一，乾下艮上。象指解释《大畜》的《象辞》。《易·大畜》："象曰：君子以多识前言往行，以畜其德。"孔颖达《正义》："君子则此大畜，物既大畜，德亦大畜，故多记识前代之言，往贤之行，使多闻多见以畜积己德。"这句是说"君子"为提高自己的道德修养，要多多地记住古人的美言善行作为准则。

⑥ 亦有包于文：写文章的道理也包括在内，就是说积累资料也要"多识前言往行"，以备写文章时引用。

【分析】第一段文字包括三层意思：（一）解释事类在文章中的作用，引用往事、前言以说明意义，起到援古证今的作用。（二）接着举经书《易》《书》举人事、引成辞以徵义明理为例，以证其说。（三）最后说明这是圣贤的宏大用意，经典的通用法则。挚虞《文章流别论》说："古诗之赋以情义为主，以事类为佐。今之赋，以事形为本，以义正为助。情义为本，则言省而文有例矣。事形为本，则言富而辞无常矣。文之繁省，辞之险易，盖由于此。夫假象过大，则与类相远；逸辞过壮，则与事相违；辩言过理，则与义相失；丽靡过美，则与情相悖。此四过者，所以背大体而害政教，是以司马迁割相如之浮说，扬雄疾词人之赋丽以淫也。"（《艺文类聚》卷五十六引）强调"情义"，避免"过大"、"过壮"、"过理"、"过美"。可与本文相参照。

2. 观夫屈、宋属篇，号依诗人，虽引古事而莫取旧辞[①]。唯贾谊《鹏(fú)赋》，始用《鹖(hé)冠》之说，相如《上林》，撮引李斯之书，此万分之一会也[②]。及扬雄《百官箴(zhēn)》，颇酌于《诗》《书》，刘歆(xīn)《遂初赋》，历叙于纪传，渐渐综采矣[③]。至于崔、班、张、蔡，遂捃摭(jùn zhí)经史，华实布濩(hù)，因书立功，皆后人之范式也[④]。

【注释】

① 屈、宋：指战国时代楚国作家屈原、宋玉。属：撰写。诗人：指《诗经》作者。

② 贾谊：汉初作家。《汉书·艺文志》道家中有《鹖冠子》一篇，自注："楚人，居深山，以鹖为冠。"传宋陆佃注本凡十九篇，其中《世兵》篇与贾谊《鹏鸟赋》文辞多同，今人疑《鹖冠子》或出伪托，贾谊引用之说亦可疑。相如：指西汉作家司马相如，有《上林赋》等多篇名作。撮引：摘引。李斯之书：指李斯的《谏逐客书》。《上林赋》中有句"建翠华之旗，树灵鼍之鼓"。与李斯《谏逐客书》中"建翠凤之旗，树灵鼍之鼓"相

近。万分之一会：指极偶然的会合。

③ 扬雄：西汉作家。《百官箴》：据《后汉书·胡广传》载："初，扬雄依《虞箴》作《十二州二十五官箴》，其九箴亡阙。后涿郡崔骃及子瑗，又临邑侯刘騊駼增补十六篇，广复继作四篇，文甚典美。乃悉撰次首目，为之解释，名曰《百官箴》，凡四十八篇。"可知"百"为虚数。本书《铭箴》篇称："至扬雄稽古，始范《虞箴》，作卿尹、州牧二十五篇。及崔、胡补缀，总称《百官》。"可参。酌：酌取。刘歆：西汉作家。《遂初赋序》略曰："歆好《左氏春秋》，欲立于学官，时诸儒不听，歆乃移书太常，责让深切，为朝廷大臣所非，求出补吏，后徙为五原太守，志意不得，经历故晋之域，感今思古，遂作斯赋。"(《艺文类聚》卷二十七)历叙于纪传：指《遂初赋》叙述时依据《左传》所记周、晋史事较多。纪传，泛指史书，本书《谐隐》篇"隐语之用，被于纪传"，与此义同。综采：综合采用各书。

④ 崔、班、张、蔡：范文澜注："《后汉书·崔骃传》：'骃字亭伯，少游太学，与班固、傅毅同时齐名。'后汉崔氏文学甚盛，此崔与班同称，则崔骃也。班谓班固，张谓张衡，蔡谓蔡邕。"捃摭：采摘。华实：华采与事实。本书《明诗》篇："华实异用，唯才所安。"与此义同。布濩：散布。张衡《东京赋》"声教布濩"，《文选》薛综注："布濩，犹散被也。"因书立功：凭借引书获得功效。

【分析】以上为第二段，列举屈原至两汉文人引用古书之例，说明称引古事、旧辞已成后人仿效的模式。此处论文章运用典故始于扬、刘。与本书《才略》篇："然自卿、渊以前，多役才而不课学；雄、向以后，颇引书以助文，此取与之大际，其分不可乱者也。"可以参阅。

3. 夫姜桂因地，辛在本性，文章由学，能在天资①。才自内发，学以外成，有学饱而才馁，有才富而学贫②。学贫者，迍邅（zhūn zhān）于事义；才馁者，劬劳于辞情：此内外之殊分也[3]。是以属意立文，心与笔谋，才为盟主，学为辅佐，主佐合德，文采必霸；才学褊狭，虽美少功[4]。夫以子云之才，而自奏不学，及观书石室，乃成鸿采[5]。表里相资，古今一也[6]。故魏武称张子之文为拙，然学问肤浅，所见不博，专拾掇（duō）崔杜小文，所作不可悉难，难便不知所出，斯则寡闻之病也[7]。夫经典沈深，载籍浩瀚，实群言之奥区，而才思之神皋也[8]。扬班以下，莫不取资，任力耕耨（nòu），纵意渔猎，操刀能割，必裂膏腴；是以将赡才力，务在博见，狐腋非一皮能温，鸡蹠（zhí）必数千而饱矣[9]。（一）是以综学在博，取事贵约，校练务精，捃（jùn）理须核，众美辐辏（fú còu），表里发挥[10]。刘劭（shào）《赵都赋》云："公子之客，叱劲楚令歃（shà）盟；管库隶臣，呵强秦使鼓缶（fǒu）。"[11]用事如斯，可称理得而义要矣[12]。（二）故事得其要，虽小成绩，譬寸辖制轮，尺枢运关也[13]。或微言美事，置于闲散，是缀金翠于足胫，靓（jìng）粉黛于胸臆也[14]。（三）

【注释】

① 姜桂因地，辛在本性：指姜与桂因地而生长，但辛味不因地而由其本性决定。语本《韩诗外传》七："宋玉因其友见楚襄王，襄王待之无以异，乃让其友。友曰，夫姜桂因地而生，不因地而辛。"亦见《新序》。

② 馁：饥饿，欠缺之意。

③ 迍邅：难行不进的样子。这句是说在用典时就会发生困难。劬劳：劳苦，劳累。《诗经·邶风·凯风》："母氏劬劳。"毛传："劬劳，病苦也。"关于才与学的关系，范文澜《注》有阐释："《南齐书·文学传论》

云：'缉事比类，非对不发，博物可嘉，职成拘制，或全借古语，用申今情，崎岖牵引，直为偶说，唯睹事例，顿失精彩。'此即所云学饱才馁之人。郎廷槐《师友诗传录》……述张历友之说曰：'严沧浪有云：诗有别才，非关书也。诗有别趣，非关理也。此得于先天者，才性也。读书破万卷，下笔如有神；贯穿百万众，出入由咫尺。此得力于后天者，学力也。非才无以广学，非学无以运才，两者均不可废。有才而无学，是绝代佳人唱《莲花落》也；有学而无才，是长安乞儿着宫锦袍也。'"内外之殊分：指内在才力与外在学问的不同。

④　属意立文：指构思成文。合德：指才学二者兼备并相配合。霸：谓称雄一时，指出众。褊狭：狭窄，指欠缺。

⑤　夫以子云之才，而自奏不学，及观书石室，乃成鸿采：子云，指扬雄，《答刘歆书》称"雄为郎之岁，自奏少不得学，而心好沈博绝丽之文，愿不受三岁之奉，且休脱直事之繇，得肆心广意以自克就。有诏可，不夺奉，令尚书赐笔墨钱六万，得观书于石渠……如是后一岁，作《绣补》《灵节》《龙骨之铭》诗三章。成帝好之，遂得尽意"。石室，即石渠阁，汉代皇家的藏书室。

⑥　表里：指学与才，与上文言"内外"相同。资：依靠，这里指配合。

⑦　魏武：指魏武帝曹操。《三国志·魏书·邴原传》裴松之注引《邴原别传》："河内张范，名公之子也。其志行有与（邴）原符，甚相亲近。（曹操）令曰：'邴原名高德大，清规邈世，魁然而峙，不为孤用。闻张子颇欲学之。吾恐造之者富，随之者贫也。'"拾掇：采摘，拾取。崔杜：当指崔骃、杜笃，二人均为东汉作家，其杂文见严可均《全后汉文》卷二八又卷四四至卷四七。悉：全，都。难：问难，指追究。"难便不知所出"句为刘勰总结之语。

⑧　浩瀚：形容水之广大，这里比拟言论众多。奥区、神皋：张衡《西京赋》："尔乃广衍沃野，厥田上上，实惟地之奥区、神皋。"《文选》李善注："《广雅》曰：'皋，局也。'谓神明之界局也。"五臣刘铣注："神者，

美言也。泽畔曰皋。”奥区，指深奥的地方，神皋，指神明的区域。

⑨ 扬、班：指扬雄、班固。取资：取用。耕耨：耕种，喻指学习。耨，锄草。渔猎：获取之谓。《抱朴子·外篇·钧世》：“然古书虽多，未必尽美，要当以为学者之山渊，使属笔者得采伐渔猎其中。”操刀能割，必裂膏腴：能拿刀割肉，必然割取丰腴的肉，比喻提笔写文章，必然运用成语典故来使文章优美。博见：增广知识。《神思》篇称“博见为馈贫之粮”。狐腋非一皮能温：一张狐腋皮不能做成取暖的裘衣。《慎子·知忠》：“粹白之裘，盖非一狐之皮也。”温，取暖。鸡蹠必数千而饱：吃鸡脚掌必定要数千只而后才饱。《淮南子·说山》：“天下无粹白狐，而有粹白之裘，掇之众白也。善学者，若齐王之食鸡，必食其蹠，数十而后足。”高诱注：“蹠，鸡足踵也，喻学取道众多然后优。”

⑩ 综学在博，取事贵约：祖保泉《解说》：“博学是前提，所见不博，则没有多少典故可出之于笔下。在文中用典要简约；堆垛典故，则文章必然流于滞涩。”校练：考校选择。《三国志·魏书·钟会传》裴松之注：“（王）弼与钟会善，会论议以校练为家。”捃：摘取。辐辏：本为车轮上之车辐聚合于车轴之谓，此指聚集，汇集。

⑪ 刘劭《赵都赋》：《三国志·魏书·刘劭传》：“尝作《赵都赋》，明帝美之。”公子之客，叱劲楚令歃盟：《史记·平原君虞卿列传》：“平原君与楚合从，言其利害，日出而言之，日中不决。……毛遂按剑历阶而上，谓平原君曰：‘从之利害，两言而决耳。今日出而言从，日中不决，何也？’楚王谓平原君曰：‘客何为者也？’平原君曰：‘是胜之舍人也。’楚王叱曰：‘胡不下！吾乃与而君言，汝何为者也！’毛遂按剑而前曰：‘王之所以叱遂者，以楚国之众也，今十步之内，王不得恃楚国之众也。……合从者为楚，非为赵也。吾君在前，叱者何也？’……谓楚王之左右曰：‘取鸡狗马之血来！’毛遂奉铜盘而跪进之楚王曰：‘王当歃血而定从，次者吾君，次者遂。’遂定从于殿上。”歃血，指订盟者饮牲口之血以示诚意。管库隶臣，呵强秦使鼓缶：管库小臣指地位低下的小臣蔺相如，曾是宦者缪贤的舍人。《史记·廉颇蔺相如列传》：“秦王使

使者告赵王，欲与王为好会于西河外渑池……赵王遂行。相如从……遂与秦王会渑池。秦王饮酒酣，曰：'寡人窃闻赵王好音，请奏瑟。'赵王鼓瑟。秦御史前书曰：'某年月日，秦王与赵王会饮，令赵王鼓瑟。'蔺相如前曰：'赵王窃闻秦王善为秦声，请奉盆缶秦王，以相娱乐。'秦王怒，不许。于是相如前进缶，因跪请秦王，秦王不肯击缶。相如曰：'五步之内，相如请得颈血溅大王矣！'左右欲刃相如，相如张目叱之，左右皆靡。于是秦王不怿，为一击缶。相如顾召赵御史书曰：'某年月日，秦王为赵王击缶。'"鼓：敲打。缶：瓦制的一种乐器。

⑫ 理得：得其神理。义要：合乎要义。

⑬ 成绩：获得好效果。寸辖制轮，尺枢运关：《淮南子·缪称训》："终年为车，无三寸之辖，不可以驱驰；匠人斫户，无一尺之楗，不可以闭藏。"辖，轴端之键。枢，门上的转轴。枢轴为机关运转的中轴，所以说"尺枢运关"。运关，转动门板。

⑭ 微言：精微之言。置于闲散：安排在无关紧要的地方。缀：装饰，点缀。金翠：黄金和翠玉制成的饰物。曹植《洛神赋》："戴金翠之首饰，缀明珠以耀躯。"胫：小腿。靓：妆饰。黛：画眉的颜料。

【分析】以上为第三段文字，讨论"才"、"学"和用"事"的关系。又可分为三层，（一）强调"才为盟主，学为辅佐"，才与学必须"表里相资"，进而论述博见、博学的必要性。（二）指出积累要广博，行文要"贵约"、"务精"、"须核"，处理好平时准备与临文运用的关系。（三）最后阐述用事的"理得而义要"，用对地方，则起好的作用。

4. 凡用旧合机，不啻自其口出；引事乖谬，虽千载而为瑕①。陈思，群才之英也②。《报孔璋书》云："葛天氏之乐，千人唱，万人和，听者因以蔑《韶》《夏》矣。"③此引事之实谬也④。按葛天之歌，唱和三人而已⑤。相如《上林》云："奏陶唐之舞，听葛天之歌，千人唱，万人和。"⑥唱和千万人，乃相如推之，然而滥侈葛天，推三成万者，信赋妄书，致斯谬也[⑦]。陆机《园葵》诗云："庇足同一智，生理合异端。"[⑧]夫葵能卫足，事讥鲍庄；葛藟庇根，辞自乐豫；若譬葛为葵，则引事为谬；若谓庇胜卫，则改事失真；斯又不精之患[⑨]。夫以子建明练，士衡沈密，而不免于谬[⑩]。曹洪之谬高唐，又曷足以嘲哉[⑪]！夫山木为良匠所度（duó），经书为文士所择，木美而定于斧斤，事美而制于刀笔，研思之士，无惭匠石矣[⑫]。

【注释】

① 用旧：用成辞旧事。合机：合适，不失真。不啻：无异于。瑕：疵病。

② 陈思：即陈思王曹植。

③ 《报孔璋书》：今已不存。孔璋是三国魏作家陈琳的字。葛天氏：传说中的上古帝王。《韶》：舜乐。《夏》：禹乐。

④ 引事：引用旧例。

⑤ 按葛天之歌，唱和三人而已：语本《吕氏春秋·古乐》篇："昔葛天氏之乐，三人操牛尾，投足以歌八阕。"

⑥ 相如《上林》：指司马相如《上林赋》。《文选》司马相如《上林赋》有："奏陶唐氏之舞，听葛天氏之歌，千人唱，万人和，山陵为之震动，川谷为之荡波。"陶唐氏即唐尧。

⑦ 推：推想。滥：不实。侈：夸大。信赋妄书：指曹植相信《上林赋》的夸大说法而随意写下"千人唱，万人和"这样的文字。牟世金《文心雕龙译注》："这里，刘勰不论《上林赋》之误，而评曹植之论，当与文学描写与论述文不同有关。曹植的'信赋妄书'，正是忽略了这种区别。"

⑧ 庇：保护。足：指根茎。生理合异端：此句有二说，丁福保辑

《全晋诗》卷三云：一本作“生理各万端”。生理，生存之理。

⑨ 葵能卫足，事讥鲍庄：《左传》成公十七年：“秋七月壬寅，（齐灵公）刖鲍牵而逐高无咎。……仲尼曰：‘鲍庄子之知不如葵，葵犹能卫其足。’”杜预注：“葵倾叶向日，以蔽其根，言鲍牵居乱，不能危行言孙。”鲍庄，名牵，谥庄子，齐大夫。葛藟庇根，辞自乐豫：《左传》文公七年：“宋昭公将去群公子。乐豫曰：‘不可。公族，公室之枝叶也，若去之，则本根无所庇荫矣。葛藟犹能庇其本根，故君子以为比，况国君乎！此谚所谓庇焉而纵寻斧焉者也，必不可，君其图之。’”杜预注：“葛之能藟蔓繁滋者，以本枝荫庥之多。”乐豫，宋国司马。葛藟，葛藤类植物。牟世金《文心雕龙译注》：“指《园葵》诗是咏葵，不应误用葛的典故。”故云引事为谬。

⑩ 子建：曹植的字。明练：精明老练。士衡：陆机的字。沈密：深沉细密。

⑪ 曹洪之谬高唐：陈琳《为曹洪与魏文帝书》：“盖闻过高唐者，效王豹之讴。”《文选》李善注引《孟子》，淳于髡曰：“昔王豹处淇，而河西善讴；绵驹处高唐，而齐右善歌。”刘勰讥曹洪之谬高唐，因为他把绵驹误作王豹。淳于髡语见《告子》下。《与魏文帝书》虽是陈琳所作，因是以曹洪的名义写的，所以刘勰说是“曹洪之谬高唐”。曹洪，字子廉，曹操从弟，官至骠骑将军。

⑫ 度：量度。《左传》隐公十一年：“山有木，工则度之。”刀笔：书写工具，指构思创作。古时书写于简册，谬误者用刀削去重写，故云刀笔。研思之士：指构思创作的文人。匠石：指技巧高超的工匠。《庄子·徐无鬼》：“郢人垩(è)墁其鼻端，若蝇翼，使匠石斫之，匠石运斤成风，听而斫之，尽垩而鼻不伤，郢人立不失容。”石：匠人名。

【分析】第四段举曹植、陆机用典之误，说明虽名家亦有误用时，要求用事引文必须审核，准确运用。

5. 赞曰:经籍深富,辞理遐亘(gèn)[①]。皓如江海,郁若昆邓[②]。文梓(zǐ)共采,琼珠交赠[③]。用人若己,古来无懵(měng)[④]。

【注释】

① 遐亘:源远流长,谓永远流传。亘,绵亘,连绵不断。

② 皓:通"浩",浩瀚。《孟子·滕文公上》:"江海以濯之,秋阳以暴之,皓皓乎不可尚已。"郁:指蕴藏丰富。昆邓:指昆冈与邓林。昆冈,昆仑山别名。邓林,夸父之杖化生之林。一说即桃林,在楚之北境。参看《山海经·大荒北经》和《海外北经》中有关记载。

③ 文梓:文理细密美观的梓树。梓最耐朽,故用以制器,古以为木王。琼:美玉。

④ 用人若己:《尚书·仲虺之诰》:"用人唯己。""用人若己"之语出此,与上文"用旧合机,不啻自其口出"相通。懵:无知。

【分析】赞语概括指出:古代经典丰富,文辞富美,义理深远,传播广而影响久,需要多闻博见作积累,行文时则应选择得当,"用人若己",出神入化。

练字第三十九解析

【解题】中国学术起于先秦。自东周起，战乱不断。春秋五霸，战国七雄，大小诸侯都在其封国内建立独立的小朝廷。年代一久，原先统一的文字也就慢慢发生了歧异，像齐、楚等大国，更是产生了很多本土化的文字。秦始皇统一六国，采取强制手段统一文字，然而秦朝立国不久，又陷于动乱。直到刘邦建立汉朝之后，政治上慢慢趋于正常，文字规范化的问题才提上议事日程。

汉代初期，继前时遗绪，先秦各大学派的学术均有人传习，文、景之时，崇黄老，到了武帝之后，逐渐趋向独尊儒术，儒家的几种基本典籍均被尊之为经，士人开始重点钻研儒家学术。

经过秦火之后，各种典籍或多或少都有残损，因而诵习之时大都有人做过整理的工作。可以说，先秦典籍之传流，都是由汉代的人整理出来的。魏晋南北朝人接受的遗产，都是汉人整理的结果。

汉初政界面临文字仍然混乱的局面，朝廷乃用法律的形式公布，要求士子与官吏必须熟习各种字体，以免贻误政事。《练字》篇中说："汉初草律，明著厥法，太史学童，教试六体；又吏民上书，字谬辄劾。"处在这样的社会气氛下，知识界必须对字体的认识加倍注重。

汉代又是辞赋创作的高峰时期，一些赋家在对外物加以形容时，使用反映其各种形态的字词，这就必须深悉文字的涵义，以免使用错误。因此，汉代那些大赋名家大都是著名的文字学家，像司马相如，著有《凡将篇》；扬雄，著有《训纂篇》，均可见其水平之高。但到东汉之时，辞赋的写作更为风行，各式人等竞相投入，其中有些人的小学水平就未必很高，这就产生了很多用字不当的现象。魏晋南北朝时承此馀风，一方面学界仍然重视文字的是正，一方面用字不当的情况更趋普遍，这也就是刘勰在《练字》篇中需要解决的问题。既要用字精当，还要避免误用。

文字的形体一直处在演变之中。到了晋代，逐渐成了今草，后来慢慢定形而成了行书。这种字体，使用方便，于是书法成了一种艺术，成了士大夫阶层的一种修养。其时产生了很多书论，列举众多书法名家，可知其时成果的丰硕。《世说新语》等书中常见形容书法造诣之高的文字，于是人们在字体的搭配上也加以注意。刘勰提出文士应该注意避免"联边"等项，也反映了书法上精益求精的一些要求。

由此可见，《练字》一文的产生，与中国文字的演变有关。

由此可知，"练"字用作篇名，有"拣择""精练"等多种内涵。

1. 夫文象列而结绳移，鸟迹明而书契作，斯乃言语之体貌，而文章之宅宇也①。苍颉造之，鬼哭粟飞；黄帝用之，官治民察②。先王声教，书必同文；輶(yóu)轩之使，纪言殊俗，所以一字体，总异音③。(一)《周礼》保氏，掌教六书④。秦灭旧章，以吏为师⑤。及李斯删籀(zhòu)而秦篆兴，程邈(miǎo)造隶而古文废⑥。汉初草律，明著厥法，太史学童，教试六体；又吏民上书，字谬辄劾⑦。是以马字缺画，而石建惧死，虽云性慎，亦时重文也⑧。至孝武之世，则相如撰篇⑨。及宣成二帝，徵集小学，张敞以正读传业，扬雄以奇字纂训，并贯练雅颂，总阅音义，鸿笔之徒，莫不洞晓⑩。且多赋京苑，假借形声；是以前汉小学，率多玮字，非独制异，乃共晓难也[11]。暨乎后汉，小学转疏，复文隐训，臧否（pǐ）大半[12]。及魏代缀藻，则字有常检，追观汉作，翻成阻奥[13]。故陈思称："扬马之作，趣幽旨深，读者非师传不能析其辞，非博学不能综其理。"[14]岂直才悬，抑亦字隐[15]。自晋来用字，率从简易，时并习易，人谁取难[16]？今一字诡异，则群句震惊，三人弗识，则将成字妖矣[17]。（二）后世所同晓者，虽难斯易；时所共废，虽易斯难：趣舍之间，不可不察[18]。（三）

【注释】

① 文象：文字形象，即最初之象形文字。列：布，陈。结绳：指结绳记事。《易·系辞下》："上古结绳而治，后世圣人易之以书契，百官以治，万民以察，盖取诸夬。"移：改变。鸟迹明而书契作：许慎《说文解字叙》："黄帝之史仓颉见鸟兽蹄迒之迹，知分理之可相别异也，初造书契。"指受鸟兽之迹的启发而造文字。《尚书序》："古者伏羲氏之王天下也，始画八卦，造书契，以代结绳之政，由是文籍生焉。"《经典释文》："书者，文字；契者，刻木而书其侧，故曰书契也。"斯乃言语之体貌，而文字之宅宇也：张立斋《文心雕龙注订》："体貌即语言之形成，宅宇即文章之寄寓，皆字句之功用也，故语言文章全托于字。"体貌即形貌，谓文字将无形的语言形象化了。宅宇指住所，这里指寄托，谓文章通过文字得以记录。

② 苍颉造之，鬼哭粟飞：《淮南子·本经》篇："昔者苍颉作书，而天雨粟，鬼夜哭。"高诱注："苍颉始视鸟迹之文造书契，则诈伪萌生。诈伪萌生，则去本趋末，弃耕作之业，而务锥刀之利。天知其将饿，故为雨粟。鬼恐为书文所劾，故夜哭也。"苍颉，相传是黄帝的史官，文字的创造者。古代多有记载，如《吕氏春秋·君守》篇："苍颉作书。"高诱注："苍颉生而知书，写仿鸟迹以造文章。"官治民察：官吏可以治理，百姓能够明察。语本《易·系辞下》："百官以治，万民以察。"

③ 声教：声威文教。语本《尚书·禹贡》：“朔南暨声教，讫于四海。”书必同文：书写必定用统一的文字。《礼记·中庸》：“非天子不议礼，不制度，不考文。今天下车同轨，书同文，行同伦。”輶轩之使：指帝王派往各地搜集言语的使者。輶轩，轻车。古代帝王使臣多乘之，后因称使臣为“輶轩使”。《风俗通义·序》称：“周秦常以岁八月，遣輶轩之使，采异代方言，藏之秘府。”纪言殊俗：到不同习俗的地方记录语言。一：统一。总异音：总汇各地的不同方言。《说文解字叙》：“言语异声，文字异形。秦始皇帝初兼天下，丞相李斯乃奏同之，罢其不与秦文合者。”

④ 《周礼》保氏，掌教六书：《周礼·地官司徒》：“保氏掌谏王恶，而养国子以道，乃教之六艺。……五曰六书。”郑众注：“六书：象形、会意、转注、处事、假借、谐声。”保氏为官名。六书：《说文解字叙》：“《周礼》八岁入学，保氏教国子，先以六书：一曰指事……二曰象形……三曰形声……四曰会意……五曰转注……六曰假借。”这里代指文字。

⑤ 秦灭旧章：秦朝毁灭旧有的典籍。《史记·秦始皇本纪》记载：三十四年，丞相李斯“请史官非秦记皆烧之。非博士官所职，天下敢有藏《诗》、《书》、百家语者，悉诣守、尉杂烧之”。《说文解字叙》称“是时秦烧灭经书，涤除旧典”指此。以吏为师：此说也出于李斯的建议：“若欲有学法令，以吏为师”。

⑥ 及李斯删籀而秦篆兴：等到李斯简化籀文而秦朝的小篆就兴起了。《说文解字叙》：“秦始皇帝初兼天下，丞相李斯乃奏同之，罢其不与秦文合者。斯作《仓颉篇》，中车府令赵高作《爰历篇》，太史令胡毋敬作《博学篇》，皆取史籀大篆，或颇省改，所谓小篆者也。”秦篆，指小篆，由李斯等简化大篆而成，是秦朝通行的字体。程邈造隶而古文废：《说文解字叙》：“是时秦烧灭经书，涤除旧典，废史卒，兴戍役，官狱职务繁，初有隶书，以趣约易，而古文由此绝矣。”又称：“四曰左书，即秦隶书。秦始皇帝使下杜人程邈所作也。”程邈，原为狱吏，因事下狱，在狱中将民间习用的字体整理成隶书。古文，指大篆。

⑦ 汉初草律，明著厥法，太史学童，教试六体；又吏民上书，字谬辄劾：《汉书·艺文志》载："汉兴，萧何草律，亦著其法，曰：'太史试学童，能讽书九千字以上，乃得为史。又以六体试之，课最者以为尚书、御史、史书令史。吏民上书，字或不正，辄举劾。'"草，起草，草拟。太史，官名，汉代掌天文、历法、修史等。六体，六种字体，即古文、奇字、篆书（谓小篆）、隶书、缪篆、虫书。或云"六"为"八"之误，《说文解字叙》载"自尔秦书有八体，一曰大篆，二曰小篆，三曰刻符，四曰虫书，五曰摹印，六曰署书，七曰殳书，八曰隶书"，可备一说。

⑧ 是以马字缺画，而石建惧死，虽云性慎，亦时重文也：《史记·万石张叔列传》载："（石）建为郎中令，书奏事，事下，建读之，曰：'误书。马者与尾当五，今乃四，不足一。上谴死矣。'甚惶恐。其为谨慎，虽他皆如是。"缺画，漏写一笔画。石建，西汉大臣，为人谨慎。重文，重视文字。

⑨ 孝武：指汉武帝。相如：指司马相如。《汉书·艺文志》载，武帝时，司马相如作《凡将篇》，无复字。《凡将篇》，七字一句，属字书。

⑩ 宣、平二帝：指汉宣帝、汉平帝二帝，也概指汉宣到汉平这一时段。小学：原指文字音韵训诂之学，这里指精通此学的学者。张敞以正读传业：《汉书·艺文志》载："《仓颉》多古字，俗师失其读。宣帝时徵齐人能正读者，张敞从受之，传至外孙之子杜林，为作训故。"《汉书·杜邺传》："邺少孤，其母张敞女。邺壮，从敞子吉学问。得其家书。吉子竦又幼孤，从邺学问。亦著于世，尤长小学。邺子林，清静好古，亦有雅材……其正文字过于邺、竦，故世言小学者由杜公。"正读，指为《苍颉》正音释义。扬雄以奇字纂训：《汉书·艺文志》载："至元始（汉平帝年号）中，徵天下通小学者以百数，各令记字于庭中。扬雄取其有用者以作《训纂篇》，顺续《苍颉》，又易《苍颉》中重复之字，凡八十九章。"奇字，王莽时六书之一，大抵根据战国时通行于六国的文字加以改变而成。《汉书·扬雄传》记载刘棻曾向扬雄学奇字。纂训，指扬雄所为训释字义的《训纂》。关于汉宣、汉平时期的文字情况，《说文解

字叙》记载为:“孝宣皇帝时,召通《仓颉》读者,张敞从受之。凉州刺史杜业,沛人爰礼,讲学大夫秦近,亦能言之。孝平皇帝时,徵礼等百馀人,令说文字未央廷中,以礼为小学元士。黄门侍郎扬雄采以作《训纂篇》。”贯练:贯通熟练。雅颂:后人对此有不同解读,范文澜《注》:“‘并贯练雅颂’,‘颂’是‘颉’字之误。下文云:‘《雅》以渊源诂训,《颉》以苑囿奇文。’”张立斋《注订》:“雅颂为三百篇略词,贯练雅颂者,犹言熟习而上本雅颂。且雅颂为通辞,范注云:‘颂’是‘颉’之误。以下文‘雅以’‘颉以’为说,是误解下文也。‘雅以’者,指《尔雅》而言,‘颉以’者,指《苍颉》一篇而言,与此无涉。”认为作“雅颂”不误,指代《诗经》。总阅音义:全面考察读音与义训。鸿笔之徒:指创作鸿篇巨制的作家。洞晓:指深通文字。

⑪ 多赋京苑:指多以京都、宫苑为作赋对象。假借形声:指凭借精通文字而以奇字来描绘形象声音。率:大都。玮:珍奇不通俗,即上文所谓奇字。晓:明白。

⑫ 复文:复杂的字形。隐训:隐晦的字义。臧否大半:不正确的理解占多数。

⑬ 缀藻:装饰文采,指创作。常检:一定规格。追观:反观。翻:反。阻奥:艰难深奥。

⑭ 陈思:指三国魏陈思王曹植。其语无考。扬马:指扬雄、司马相如。综:指理解、掌握。

⑮ 岂直:岂但。才悬:谓才学悬殊。字隐:谓用字隐僻。

⑯ 人谁取难:哪个人会采用难字呢?《颜氏家训·文章》篇:“沈隐侯曰:文章当从三易:易见事,一也;易识字,二也;易读诵,三也。”沈隐侯即沈约,南朝作家。

⑰ 群句震惊:指很多句子都受其影响。《易·震卦》:“震惊百里。”震惊,震动,惊动,这里指影响。字妖:字中妖怪。张立斋《文心雕龙注订》:“简易为难免,字隐则弊重。隐之极,则高深莫测,便成妖矣。”

⑱ 斯：实，其实。下文“虽易斯难”同。趣舍：同“取舍”，指对“世所同晓”与“时所共废”的取舍。

【分析】以上为第一段，可分为三层：（一）论文字的起源、作用与先秦到汉代的流变，而归结到用字难易的取舍问题；（二）论前汉文人精通文字学，他们的作品里往往有古文奇字，非常难认，而后汉以来文人重视文字学，作品中文字趋简易；（三）最后提出对“世所同晓”与“时所共废”的取舍“不可不察”。

“练”字训简，训选，训择，用字而出于简择精切，则文句自然会清英。范文澜《注》概括说：“本篇首段教人贯练雅颂，总阅音义，此探本之论也。又恐作者好怪，若樊宗师、宋子京之流，用字艰僻，义背随时，则告之曰：‘趣舍之间，不可不察。’‘义训古今，兴废殊用。’太史公撰史，凡用《尚书》之文，必以训诂字代之，诚千古文章之准绳矣。”可供参考。

2. 夫《尔雅》者，孔徒之所纂，而《诗》《书》之襟带也[①]；《仓颉》者，李斯之所辑，而鸟籀之遗体也[②]；《雅》以渊源诂训，《颉》以苑囿奇文，异体相资，如左右肩股，该旧而知新，亦可以属文[③]。（一）若夫义训古今，兴废殊用，字形单复，妍蚩（chī）异体，心既托声于言，言亦寄形于字，讽诵则绩在宫商，临文则能归字形矣[④]。（二）

【注释】

① 《尔雅》者，孔徒之所纂，而《诗》《书》之襟带也：郑玄驳《五经异义》曰：“玄之闻也，《尔雅》者，孔子门人所作，以释六艺之旨，盖不误也。”孔徒指孔子门人。《论衡·是应》：“《尔雅》之书，《五经》之训诂。”说明《尔雅》是中国最早解释词义的专著。今本十九篇。后世经学家

常用以解释儒家经义,至唐宋时遂为“十三经”之一。郭璞《序》说:“夫《尔雅》者,所以通诂训之指归,叙诗人之兴咏,总绝代之离词,辨同实而殊号者也。诚九流之津涉,《六艺》之钤键,学览者之潭奥,摛翰者之华苑也。若乃可以博物不惑,多识于鸟兽草木之名者,莫近于《尔雅》。”襟带,指必备的辅助物,好比衣服有领、带。

② 鸟籀:指鸟迹与籀书。《说文解字叙》称“时有六书……六曰鸟虫书”。本书《情采》篇“镂心鸟迹之中”,亦以“鸟迹”代替文字。遗体:指保留的古文字体。《礼记·祭义》:“身也者,父母之遗体也。”说明《仓颉篇》是在《史籀篇》的基础上发展而成的。

③ 《雅》:即《尔雅》。渊源诂训:诂训的渊源。诂训:即训诂,解释古书中词句的意义。《颉》:即《仓颉》。苑囿:聚养禽兽的园地,这里指汇集。奇文:即奇字。异体相资,如左右肩股:谓训释字义的《尔雅》与汇总字形的《仓颉》,两者体制不同,而彼此相互为用,如同左右肩股相辅相成,才能恢弘其效用。该旧而知新:兼通旧字形体变迁而又知道新字新义。《论语·为政》:“子曰:温故而知新,可以为师矣。”意思相同。该:兼备。属文:创作。

④ 义训古今:字义的解释有古今的差异。妍蚩:美丑。讽诵:指吟诵。绩在宫商:效果决定于音调和谐。此指听觉而言。临文:面对作品文字。能归字形:效果决定于字形美观。此指视觉而言。李曰刚《文心雕龙斠诠》说:“言讽诵之功绩,在求唇吻之间,吐纳律吕,而可辨别夫声韵之飞沉强弱;临文之能事,欲使胸臆之际,卷舒风云,则必归依于字形之难易妍媸。”

【分析】以上为第二段,论作家在文字学方面的修养。(一)先评说《尔雅》重释义,《苍颉》重形体,各有作用。(二)后评说作家要善于练字,兼通古今字形,还要兼顾音义。其“心既托声于言,言亦寄形于字”的论点,扼要说明了语言文字和思想感情的关系。

3. 是以缀字属篇，必须练择：一避诡异，二省联边，三权重出，四调单复[①]。（一）诡异者，字体瑰（guī）怪者也[②]。曹摅（shū）诗称："岂不愿斯游，褊心恶哅呶（náo）。"[③]两字诡异，大疵美篇；况乃过此，其可观乎[④]！联边者，半字同文者也[⑤]。状貌山川，古今咸用，施于常文，则龃龉为瑕，如不获免，可至三接，三接之外，其字林乎[⑥]！重出者，同字相犯者也[⑦]。《诗》《骚》适会，而近世忌同，若两字俱要，则宁在相犯[⑧]。故善为文者，富于万篇，贫于一字；一字非少，相避为难也[⑨]。单复者，字形肥瘠者也[⑩]。瘠字累句，则纤疏而行（háng）劣；肥字积文，则黯黮（àn dǎn）而篇闇；善酌字者，参（sān）伍单复，磊落如珠矣[⑪]。（二）凡此四条，虽文不必有，而体例不无[⑫]。若值而莫悟，则非精解[⑬]。（三）

【注释】

① 缀字属篇：指运用文字连缀成篇，指写作文章。练择：选择。诡异：指稀奇古怪的字。联边：指相连的字的半边相同。权：权衡。调：协调。

② 瑰：奇特。

③ 曹摅：西晋作家。文中引诗无考。《三国志·魏书·曹休传》裴松之注引《文士传》曰："（曹）肇孙摅与齐人左思俱为记室督从中郎。"丁福保《全晋诗》卷四据《文选》及《文馆词林》辑得七首，漏此二句。褊心：心地狭窄。《诗经·魏风·葛屦》："维是褊心，是以为刺。"郑玄笺："魏俗所以然者，是君心褊急，无德教使之耳。"恶：厌恶，讨厌。哅呶：喧哗声。

④ 疵：瑕疵，这里指损害。

⑤ 半字：刘向《别录》中"战国策书录"条云："本字多脱误为半字。以赵为肖，以齐为立。"指字的一半。王利器《文心雕龙新书序

录》:“梁僧祐《梵汉译经音义同异记》(见《释藏》卷一)说:‘梵书制文,有半字满字:所以名半字者,义未具足,故字体半偏,犹汉文“月”字,亏其傍也。所以名满字者,理既究竟,故字体圆满,犹汉文“日”字,盈其形也。故半字恶义,以譬烦恼;满字善意,以譬常往。又半字为体,如汉文“言”字;满字为体,如汉文“诸”字,以“者”配“言”,方成“诸”字。“诸”字两合,即满之例也。“言”字单立,即半之类也。’”以为刘勰借用了梵文的术语,可备一说。

⑥ 施:运用。常文:常见的文章,如“状貌山川”一类的文章。龃龉:牙齿上下对不上,比喻不协调。黄叔琳注:“按三接者,如张景阳《杂诗》‘洪潦浩方割’,沈休文《和谢宣城诗》‘别羽泛清源’之类。三接之外,则曹子建《杂诗》‘绮缟何缤纷’,陆士衡《日出东南隅行》‘璚珮结瑶璠’,五字而联边者四,宜有字林之讥也。若赋则更有十接二十接不止者矣。”三接:偏旁相同的字三个连用。

⑦ 重出:重复出现的字。重出之病所造成的修辞缺陷,一是叠床架屋,二是破坏声律美感。

⑧ 《诗》《骚》适会,而两字忌同:李曰刚《文心雕龙斠诠》:“言《诗经》、骚辞之行文,适应当时情境,用字不嫌重出,而魏晋南北朝尚骈俪,则忌同犯。但若两字俱属必要,宁可听其相犯,毋庸勉强避免也。俞樾《诸子平议》于《荀子·乐论》云:‘古人用韵不避重复。如《采薇》(《诗·小雅》),首章连用二‘猃狁之故’句,《正月》(《小雅》)一章连用二‘自口’字,《十月之交》(《小雅》)首章连用二‘有声’字,《召曼》(《大雅》)卒章连用二‘百里’字,并其例也。”范文澜《文心雕龙注》:“曹子建《弃妇》篇二十四语中,重二庭韵,二灵韵,二鸣韵,二成韵。潘岳《秋兴赋》用二省字。唐人诗亦多有重押韵者,殆所谓‘两字俱要,则宁相犯’也。”适会,适应际会,指根据情况而适当运用重复的字。

⑨ 一字非少:指用好一个字不简单。

⑩ 单复:指字形有肥有瘦。

⑪ 瘠字:指笔画少的字。累句:积累成句。纤疏:稀疏。行劣:

指字行不美观。黯黕：暗淡，黑暗。磊落如珠：比喻字行疏密有致，相互连贯。磊落，同“磊磊”，圆转的样子。参伍：犹言错杂。

⑫ 文不必有：每篇文章不一定都有上述四种情况。体例不无：作为用字体例则不能没有。

⑬ 值：遇到。刘永济《文心雕龙校释》：“至此篇所举‘四忌’，虽似无关大体，然在诗家亦为要务。特其所论乃在形体之间，初无关于意义，当合《章句》、《丽辞》、《指瑕》、《物色》等篇观之，而后文家字句之精蕴始得也。”

【分析】以上为第三段，可分为三层：（一）先叙述有关练字法的心得，从字形角度提出四条注意事项；（二）接着举例并详细讨论四种问题，即避诡异、省联边、权重出、调单复；（三）最后小结：运用之际，虽非要求每篇文章都如此，但须作为用字体例。

4. 至于经典隐暧，方册纷纶，简蠹帛裂，三写易字，或以音讹（é），或以文变①。（一）子思弟子，“於穆不似”，音讹之异也②。晋之史记，“三豕渡河”，文变之谬也③。《尚书大传》有“别风淮雨”，《帝王世纪》云“列风淫雨”。“别”“列”“淮”“淫”，字似潜移，“淫”、“列”义当而不奇，“淮”、“别”理乖而新异④。傅毅制诔，已用“淮雨”；元长作序，亦用“别风”，固知爱奇之心，古今一也⑤。（二）史之阙文，圣人所慎，若依义弃奇，则可与正文字矣⑥。（三）

【注释】

① 隐暧：草木浓盛茂密，这里指文义隐晦。方册：典籍。《礼记·中庸》：“文武之政，布在方册。”程大昌《演繁露》卷七：“方册云者，书之于版，亦或书之竹简也；通版为方，联简为册。”纷纶：指繁多。《后

汉书·井丹传》："井丹，字大春……通五经，善说论，故京师为之语曰：'五经纷纶井大春。'"李贤注："纷纶，犹浩博也。"蠹：蛀蚀。三写易字：谓多次传抄就变了字。《抱朴子·遐览》篇："故谚曰：书三写，'鱼'成'鲁'，'虚'成'虎'。"以音讹：因读音相同或相近而出错。以文变：因字形相似而写错。

② 子思弟子，"於穆不似"，音讹之异也：《诗·周颂·维天之命》"於穆不已"，毛《传》引孟仲子又一说，孔颖达《正义》引《郑谱》云："子思论《诗》'於穆不已'，孟仲子曰'於穆不似'。"为刘勰所本。子思：孔子之孙孔伋的字。子思弟子：指孟仲子。於穆：赞叹之辞。《诗·周颂·清庙》"於穆清庙"，毛《传》："於，叹辞也；穆，美。"不已：犹言无穷。异：变异。

③ 晋之史记，"三豕渡河"，文变之谬也：《吕氏春秋·察传》篇载："子夏之晋，过卫，有读史记者，曰：'晋师三豕涉河。'子夏曰：'非也，是己亥也。夫己与三相近，豕与亥相似。'至于晋而问之，则曰'晋师己亥渡河'也。辞多类非而是，多类是而非，是非之经，不可不分。"后"三豕"成为典故，如《风俗通义·正失》篇："晋师己亥渡河，有'三豕'之文。"刘勰《灭惑论》也有相关阐释："汉明之世，佛经始过，故汉译言，音字未正。'浮'音似'佛'，'桑'音似'沙'，声之误也。以'图'为'屠'，字之误也。（鸠摩）罗什语通华戎，识兼音义，改正三豕，固其宜矣。《五经》世典，学不因译，而马、郑注说，音字互改。是以'於穆不祀'，谬师资于《周颂》；允塞安安，乖圣德于《尧典》。"史记：泛指历史记载。

④ 《尚书大传》：旧题伏胜撰，郑玄注。实为伏胜弟子辑录的伏胜遗说。梁章钜《退庵随笔》曰："其文或说《尚书》或不说《尚书》，大抵如《易乾凿度》、《春秋繁露》，与《尚书》经义在离合之间，而古训旧注，往往而在。"其书久已残阙，清人陈寿祺有辑本八卷。有：与"云"互文，义同"云"。《广雅·释诂一》："云，有也。"《帝王世纪》：西晋皇甫谧撰。列风：即"烈风"。淫雨：即"霪雨"，过量之雨。潜移：无形中变化。《颜

氏家训·慕贤》篇:"潜移暗化,自然似之。"理乖:于理不合。卢文弨《钟山札记》卷一对此有详细考证:"《尚书大传》:'越裳以三象重九译而献白雉,其使请曰:吾受命吾国之黄耉曰:久矣天之无别风淮雨,意者中国有圣人乎。'郑康成注:'淮,暴雨之名也。'自后诸书所引皆作'烈风淫雨'。若《说苑·辨物》篇、《书·舜典·正义》、《诗·蓼萧》《臣工》及《周颂·谱·正义》所引,皆无有作'别风淮雨'者。刘彦和《雕龙·练字》篇有云:'《尚书大传》有别风淮雨,《帝王世纪》云列风淫雨。别、列、淮、淫,字似潜移。淫、列义当而不奇,淮、别理乖而新异。傅毅制诔,已用淮雨;元长作序,亦用别风。'(今本脱此二句,宋本有之。)案《古文苑》载傅毅《靖王兴诔》云:'白日幽光,淮雨杳冥。'但其文不全。今《雕龙·诔碑》篇所载,为后人易以'氛雾杳冥'矣。《蔡中郎集》中有《太尉杨赐碑》云:'烈风淮雨,不易其趣。'今俗间本'淮雨'改作'虽变',余所见者宋本。安知'烈风'不亦出后人所改乎!元长序无考。惟陆士龙《九愍》有'思振袂于别风'(按见《士龙集》卷七)之语,于彦和所举之外,又得此二证。"

⑤ 傅毅制诔,已用"淮雨":傅毅作《北海靖王兴诔》云:"白日幽光,淮雨杳冥。"可参本书《诔碑》篇。傅毅,东汉作家。元长作序,亦用"别风":《文心雕龙》明、清诸本原无此二句,今人据卢文弨说补。刘永济《文心雕龙校释》:"卢文弨《文心雕龙辑注书后》曰:'此下有"元长作序,亦用别风"八字。'按卢氏系据吴仲伊校本。《书后》谓吴仲伊本出钱惟善,其字句异同胜卢氏自有本者,录出为书后,但不知卢氏所有为何本。……又按李慈铭《日记》曰:'别者,烈字形近之误;淮者,淫字音近之借也。'又曰:'《文心雕龙》谓淮、别字新异,引傅毅用淮雨,王融用别风为证。'是李所见本亦有'元长作序,亦用别风'八字,参《诔碑》篇。"牟世金《文心雕龙译注》肯定有此"八字",文字始全,但也提出三点可疑之处:"亦用别风:查《文选》、《王宁朔集》(《汉魏六朝百三家集》)和《全齐文》卷十三所载王融的《曲水诗序》,均无'别风'二字。'元长作序,亦用别风'八字,《文心雕龙》明清诸本均无。范文澜注,刘

永济、王利器校，均以卢文弨说为主（卢以为宋本《文心雕龙》有此二句），或注或补。按此处文意似应有此二句始全，但可疑有三：一、卢文弨所见是何宋本？二、今存王融的序文，并无‘别风’二字；三、刘勰所论作家，止于晋末宋初，宋以后作者，他认为‘世近易明，无劳甄序’（《才略》），王融（468—494）是比刘勰生年略晚的同时人，恐难论及。”元长：齐梁作家王融的字。所作含“别风”二字的序文无考。

⑥ 史之阙文：语本《论语·卫灵公》：“子曰：吾犹及史之阙文也，有马者借人乘之，今亡矣夫！”《集解》引包咸曰：“古之良史，于书字有疑则阙之，以待知者。”《汉书·艺文志》亦有阐释：“古制书必同文，不知则阙，问诸故老。至于衰世，是非无正，人用其私，故孔子曰：‘吾犹及史之阙文也，今亡矣夫！’盖伤其寖不正。”圣人所慎：语本《论语·为政》：“多闻阙疑，慎言其馀，则寡尤。”若依义弃奇，则可与正文字矣：依据文义安排用字而摈弃爱奇之病，即可参与订正文字了。

【分析】以上为第四段，可分为三层：（一）先指出古书文字有音讹、形变等，形成别字；（二）接例分别举“音讹”、“文变”例，并说明古人写作有沿讹习奇之弊；（三）最后提出用字要有谨慎态度，应“依义弃奇”。

5. 赞曰：篆隶相熔，《苍》《雅》品训①。古今殊迹，妍媸异分②。字靡异流，文阻难运③。声画昭精，墨采腾奋④。

【注释】

① 熔：镕化铸造，这里指字体演进。李曰刚《文心雕龙斠诠》：“篆隶相熔，谓我国文字，自苍颉初造之鸟篆，进而为史籀之大篆，再进而为李斯之小篆，复进而为程邈之隶书，皆由前者之镕化，而成后者之铸造，彼此相因不断演变，而始有今日完型之楷书也。彦和曰：‘李斯删籀而秦篆兴，程邈造隶而古文废。’《说文序》所谓‘或颇省改，以趣约

易’是也。”《苍》《雅》品训：李曰刚《文心雕龙斠诠》：“谓《苍颉》品字形，《尔雅》训字义，前文所谓‘《雅》以渊源诂训，《颉》以苑囿奇文，异体相资，如左右肩股’是也。”品：品量，品评。

② 古今殊迹：指古今字体不同。妍媸异分：承前文“字形单复，妍媸异体”而来，指美丑之别。

③ 字靡异流，文阻难运：指用字顺时则易流行，用字艰深则难通行，是对上文所论“世所共晓”和“时所共废”等的总结。靡，顺时俗。《荀子·儒效》：“积靡使然也。”杨倞注：“靡，顺也。”异，黄侃《文心雕龙札记》：“当作‘易’。”张立斋《文心雕龙考异》：“从‘易’是，据下‘难’字为偶，于义亦通。”就本篇“同字相犯”的观点来看，若作“异流”，则与上句“异分”相犯，作“易”近是。

④ 声画：合指文字。“声”谓字音，“画”谓字形。扬雄《法言·问神》：“故言，心声也；书，心画也；声画形，君子小人见矣。昭精：昭明精当。墨采：墨迹文采。腾奋：腾跃奋飞，这里指生动地呈现。《礼记·曲礼上》：“行，前朱鸟而后玄武，左青龙而右白虎。”《正义》引何胤云：“如鸟之翔，如蛇之毒，龙腾虎奋，无能敌此四物。”

【分析】赞语从字体流变、字形美丑、字义深浅、表达准确等角度进行了总结。“练”主“拣择”“精练”，“练字”就是从形、义、音及其相配合等角度选用适当的文字；这和唐宋以后诗话文评中所讲的炼字既有关联，但也不尽相同。黄侃《札记》说：“今欲明于练字之术，以驭文质诸体，上之宜明正名之学，下亦宜略知《说文》《尔雅》之书，然后从古从今，略无蔽固，依人自撰，皆有权衡，厘正文体，不致陷于卤莽，传译外籍，不致失其本来，由此可知练字之功，在文家为首要，非若锻句炼字之徒，苟以矜奇炫博为能也。”

刘勰对“练字”的必要性和“练字”之不易多次论及。《风骨》篇有“锤字坚而难移”，《镕裁》篇有“善删者字去而意留，善敷者辞殊而意显”，十分重视文字的洗炼作用，但也深知为文练字之不易，《附会》有“易字艰于代句”之语，本篇则指出：“善为文者，富于万篇，贫于一字。”本篇只讨论用字，提出了“缀字属篇，必须练择”。如欲了解刘勰全面的文学语言观，则还须结合相关篇章的论述。

隐秀第四十解析

【解题】在《文心雕龙》全书五十篇文章中,《隐秀》篇是唯一一篇原文文字问题较多的文章。中间部分,自"始正而末奇"至"此闺房之悲极也"四百多字原缺,现有者应是明人补上去的。清人对此提出疑问,可以纪昀之说为代表,他在多处申述过否定其为原文的理由,《四库全书总目》卷一九五《文心雕龙》提要中更有系统的论述。民国之后,黄侃、刘永济、范文澜等人又揭举了不少疑点,以为这些地方都与刘勰在全书中的宗旨不符。黄侃还"仰窥刘旨,旁辑旧闻",作一补文,供读者采择,弟子徐复又撰《黄补〈文心雕龙·隐秀篇〉笺注》,为之揄扬。[①] 建国之后,有人认为这些文字是可信的,不必怀疑,这可以詹瑛、周汝昌二人的意见为代表,从而又引起了新一轮的论战。仍主此为伪文的学者,有杨明照、周振甫、王利器、王达津、祖保泉等人。双方意见的分歧,集中在版本与内容的不同看法上。下面略作介绍。

一、主张版本传承有自的人认为,这段文字首由钱允治(功甫)从阮华山处得宋本抄补,其后又有数人据此传钞且刻出,又朱谋垏(孝穆)也说曾见宋本,且据之抄补,其后又有人据之过录。这种说法虽然言之成理,但说服力仍不够。因为这里说的宋本,到底是怎

---

① 载《金陵学报》第8卷1、2期合刊,1936年,后收入《徐复语言文字学论稿》,江苏教育出版社1995年12月第一版。

样的本子，语焉不详，颇嫌突兀。明代公私书目众多，像宋本《文心雕龙》这样的善本，照例总会有所记录，如今却是不见任何书目记载，仅凭钱、朱等人几句话，遽难让人信从。明初修《永乐大典》，其时上距宋代不久，如有完本，馆臣应当能够看到，而《永乐大典》中著录之《文心雕龙·隐秀》篇已残缺。目下传世最古之版本为元至正十五年嘉兴郡学刻本，《隐秀》篇中佚去一版，自“澜表方圆”至“朔风动秋草”之“朔”字已缺，共四百多字。因此，从版本来说，钱、朱等人之说未必可信。又有人说，明清之际的钱谦益、何焯等人也见过此书。这些人学问好，见多识广，对补文并未提出怀疑。实则这种理由也不见得很充分。因为这些人并不以辨伪见长，或未致力于此，因而没有留下相关文字，也可理解。

二、内容方面的问题。纪昀、黄侃等人以为补文中有苦心为文之说，与刘勰自然为文之见不合。有些典故，出于唐宋，其中还有标举陶渊明为例证之处，在《文心雕龙》中也不见有第二处出现。詹、周二人一一作了反驳，且举多处与此相似而年代更古的文字作为刘勰所用典实的出处，然而他们所举的例证不很妥贴，也有曲解正文之处，说服力不够。因此，他们对内容方面的分析与辩解，也还不够有力。①

总的看来，《隐秀》篇中的四百多字存在着不少问题，大家引用时以郑重为是。有的学者从字数上统计，证明其伪，亦可说明这四百多字中疑点甚多，遽难信以为真。②

---

① 参看周振甫主编《文心雕龙辞典》内《各家争论说介绍》中的“隐秀篇补文真伪”部分，中华书局 1996 年 8 月版。张少康等著《文心雕龙研究史》第四章《当代的〈文心雕龙〉研究（下）》③“《隐秀》篇补文的真伪”，北京大学出版社 2003 年 9 月版。

② 参看祖保泉《文心雕龙解说》卷八《隐秀·解说》，安徽教育出版社 1994 年 8 月版。周明《文心雕龙校释评译》中的《隐秀》“述评”，南京大学出版社 2007 年 4 月版。

本书中仍然载入这些可疑的文字，外加【　】号表示。所用版本，则为清代前期的养素堂本《文心雕龙辑注》。

黄侃在《文心雕龙札记》中引宋张戒《岁寒堂诗话》卷上中文，内有刘勰佚文二句："情在词外曰隐，状溢目前曰秀。"明为"隐""秀"二者的定义，而不见于《隐秀》篇中，也不见于补文中，此亦可证补文之不可信。张戒书中引梅圣俞说，云是"含不尽之意见于言外，状难写之景如在目前"，以为二者之论其实相通，此说亦可参考。

梅圣俞之说尚载于欧阳修的《六一诗话》，可见此说颇为宋人所称道，有助后人对"隐秀"含义之了解。

我们还可对刘勰的用意作些分析。刘勰解说"隐"之涵义曰："文外之重旨"，"隐以复意为工"，"义生文外，秘响旁通，伏采潜发"，"情在词外"；解说"秀"之涵义曰："篇中之独拔"，"卓绝为巧"，"状溢目前"……可知"隐""秀"为文学作品中独有的那种内涵丰富含蓄不尽之美与篇章内若干词句的耀眼之美。

"隐秀"这一对文学中的美学范畴，往往只能诉之于读者的感受，很难用言语说清。从目下遗存的文字看，刘勰只能用《易》中的互爻之说作比喻。由此可知，读者接触到文学作品中抒写的情景之后，可以由此申发，联想到更多深层的内涵。这种"隐"，呈现的是含蓄不尽之妙，而非故作艰深的晦涩之词。"秀"的情况相反，指的是文章中的秀句与警策之词，这里包括形象的鲜明夺目与文意文词给人的集中刺激。"隐秀"二者又相互融合，相互映发，体现出一种文学特有的情趣。

《隐秀·赞》曰"深文隐蔚，馀味曲包"，这又与刘勰提出的另一美学范畴"味"联系了起来。刘勰论文重味。因为文学作品需要品味，阅读好的作品，堪称馀味无穷，因此六朝之时学术界纷纷提出以味论诗。锺嵘《诗品序》曰："五言居文词之要，是众作之有滋味者也。"又论玄言诗曰："永嘉时，贵黄老，稍尚虚谈。于时篇什，淡乎寡味。”因为文学作品必须情韵悠长，追求含蓄不尽之美。《文心雕龙·宗经》篇曰：“辞约而旨丰，事近而喻远。是以往者虽旧，馀味日新。”《体性》篇曰：“子云沈寂，故志隐而味深。”《声律》篇曰：“声画妍蚩，寄在吟咏；吟咏滋味，流于字句。”《情采·赞》曰：“繁采寡情，味之必厌。”《总术》篇曰：“视之则锦绘，听之则丝簧，味之则甘腴，佩之则芬芳，断章之功，于斯盛矣。”可见刘勰对此问题的重视。这一问题，罗宗强有很好的陈述与阐发，说明刘勰的这一学说曾对后代产生过深远的影响。①

1. 夫心术之动远矣，文情之变深矣，源奥而派生，根盛而颖峻，是以文之英蕤(ruí)，有隐有秀①。隐也者，文外之重旨者也；秀也者，篇中之独拔者也②。隐以复意为工，秀以卓绝为巧，斯乃旧章之懿绩，才情之嘉会也③。夫隐之为体，义生文外，秘响傍通，伏采潜发，譬爻象之变互体，川渎(dú)之韫(yùn)珠玉也④。故互体变爻，而化成四象；珠玉潜水，而澜表方圆⑤。【始正而末奇，内明而外润，使玩之者无穷，味之者不厌矣⑥。彼波起辞间，是谓之秀⑦。纤手丽音，宛乎逸态，若远山之浮烟霭(ǎi)，娈(luán)女之靓(jìng)容华⑧。然烟霭天成，不劳于妆点；容华格定，无待于裁熔；深浅而各奇，秾纤而俱妙，若挥之则有馀，而揽之则不足矣⑨。

【注释】

① 心术：运用心思的法门，即作文构思的方法。文情：文学作品的情思。奥：深邃。派：支流。颖：禾苗末端，果实。英蕤：艳丽之花，

① 罗宗强《魏晋南北朝文学思想史》第八章《刘勰的文学思想(下)——刘勰的文学成就》第五节《味论》，中华书局1996年10月版。

此比喻文学作品的高华。

② 文外:犹言外,文字表面意思之外。重旨:另外一层意旨,即“文外”之旨。独拔:出类拔萃。

③ 复意:即“重旨”,文字表面意义以外的又一层含意。卓绝:突出超拔。旧章:过去的篇章。懿绩:佳绩。嘉会:美好的聚会。

④ 秘响:隐秘、深藏的意义。“秘响”和下文的“伏采”、上文的“重旨”“复意”相通,均指“文外之旨”。傍通:即“旁通”,语出《易·文言》:“六爻发挥,旁通情也。”东汉虞翻由此发展出“旁通”之说,主要思想是:六十四卦各为六爻,爻分阴阳,若六爻互为交变,则成另一六爻卦。两个六爻卦,爻体此阴彼阳,两两交相通,故谓之“旁通”,如“比”与“大有”等。六十四卦有三十二对“旁通”之卦,本卦与“旁通”之卦涵义内在关联。刘勰此处取其“互通、遍通”之义,下文方以“爻象之变互体”举例。爻象:此指六爻相交而成之卦象。互体:《左传》已见此说,汉代《易》学屡有言及,大旨为:六十四卦各有六爻,二至四爻、三至五爻相合又各成一三画卦,此即所谓“互体”,又称“互卦”。“互体”原仅限二至四爻、三至五爻两种,虞翻滋衍引申,所得卦象更多。川渎:河流。韫:蕴藏。

⑤ 变爻:本指爻之阴阳互变,这里泛指易象的变化。四象:指实象、假象、义象、用象,见《易·系辞上》:“《易》有四象”,孔颖达《正义》。这里的意思是:阴阳互通变化,生出易之四象;珠玉潜藏水中,波澜表现出方和圆的不同。

⑥ 正、奇:“奇、正”为刘勰论文的常用语。刘勰认为,两个不同的方面应兼解俱通。《定势》篇中曾畅论“执正以驭奇”,否定“逐奇而失正”,这里的寓意有所不同,重在对“互体变爻,而化成四象”的阐发。润:润泽,光润。玩:欣赏、研讨。味:品味、玩味。这句意思是:本始为“正”末流为“奇”,内里光明外表则显现出润泽,所以欣赏者兴味无穷,品味者永不厌倦。

⑦ 彼波起辞间,是谓之秀:这句意思是:生于文辞而泛于其表的

波澜,这就是“秀”。此与上句“珠玉潜水,而澜表方圆”呼应。

⑧ 纤手:女子柔细的手;丽音:美丽的声音。逸态:潇洒的姿态。烟霭:云雾。娈女:美女。靓:妆饰,打扮。容华:美丽容颜。

⑨ 天成:自然而成。格定:品性所定。“格”含后天提高修养的因素。裁熔:裁剪熔铸,这里是修饰的意思。秾纤:丰腴和纤细。挥:甩去。揽:收取。这句意思是:远山云雾自然天成,并不出于装饰;美人风貌由品性所凝就,本不依赖于打扮。“秀”也是这样,或深或浅各有其出众之处,或肥或瘦俱臻美妙,想要甩去则挥散不尽,想要收揽则无法周全。

【分析】《隐秀》篇因脱页而阙文,然幸存首尾,所以二者的定义和结论得以保留,中心思想大抵可见。文章开端首先提出“隐”、“秀”这一对范畴,且为之定性:“隐”是文字之外深长不尽之意味,“秀”是文字之中的秀句与警策之词。其后连用几个比喻加以说明:文外之义,肇自于文章内在之体,从而阐述了“隐”所产生的机制。补文部分接续谈“隐”,“始正而末奇”“内明而外润”分别阐发上面“互体变爻,而化成四象”“珠玉潜水,而澜表方圆”,正确与否有待推敲。然“使玩之者无穷,味之者不厌”一句,已接触到“隐”之本质。补文谈“秀”,重点有二:一是强调了“秀”之自然天成,不劳妆点;二是指出“秀”之深浅浓淡各臻其妙,不待增减。这两点固为“秀”的重要禀性,然似难看作“秀”之为“秀”的内在缘由。就此而言,读者对补文确应持存怀疑的态度。

2. 夫立意之士,务欲造奇,每驰心于玄默之表;工辞之人,必欲臻(zhēn)美,恒溺思于佳丽之乡①。呕心吐胆,不足语穷;煅岁炼年,奚能喻苦②?故能藏颖词间,昏迷于庸目;露锋文外,惊绝乎妙心③。使酝藉者蓄隐而意愉,英锐者抱秀而心悦，譬诸裁云制霞，不让乎天工，斫卉刻葩，有同乎神匠矣④。（一）若篇中乏隐，等宿儒之无学，或一叩而语穷；句间鲜秀，如巨室之少珍，若百诘而色沮：斯并不足于才思，而亦有愧于文辞矣⑤。（二）将欲徵隐，聊可指篇⑥：《古诗》之“离别”，乐府之“长城”，词怨旨深，而复兼乎比兴⑦；陈思之《黄雀》，公幹之《青松》，格刚才劲，而并长于讽谕⑧；叔夜之□□（阙二字），嗣宗之□□（阙二字），境玄思澹，而独得乎优闲⑨；士衡之□□（阙二字），彭泽之□□（阙二字。以上四句，功甫本阙八字。一本增入“疏放豪逸”四字），心密语澄，而俱适乎□□（阙二字）⑩。如欲辨秀，亦惟摘句⑪：“常恐秋节至，凉飙（biāo）夺炎热”，意凄而词婉，此匹妇之无聊也⑫；“临河濯长缨，念子怅悠悠”，志高而言壮，此丈夫之不遂也⑬；“东西安所之，徘徊以旁皇”，心孤而情惧，此闺房之悲极也⑭；】“朔风动秋草，边马有归心”，气寒而事伤，此羁旅之怨曲也⑮。（三）

【注释】

① 驰心：急切向往之心，此指向往、追求。玄默之表：指不需要借助语言的境界。玄默，默然不语，语出《淮南子·主术》：“天道玄默，无容无则。”臻：至，达到。溺思：形容极其用心。佳丽之乡：美好秀丽的地方，借指华美文辞。

② 呕心吐胆、煅岁炼年：《四库全书总目》提要曰：“如‘呕心吐胆’似摭《李贺小传》语；‘锻岁炼年’似摭《六一诗话》论周朴语。”按李商隐《李贺小传》：“（李贺）恒从小奚奴骑距驴，背一古破锦囊，遇有所得，即书投囊中。及暮归，太夫人使婢受囊出之，见所书多，辄曰：‘是儿要当呕出心始已耳。’”（《李义山文集笺注》卷十）《六一诗话》：“如周朴者，构思尤艰，每有所得，必极其雕琢。故时人称朴诗‘月锻季炼，未

及成篇,已播人口。'其名重当时如此,而今不复传矣。"此说可信。这句意思是:呕心沥血一类的故事,不足以形容创作时的艰困;推敲字句经年累月的传说,也不能比喻创作中的辛苦。这种说法与刘勰主张自然的思想不合。

③ 藏颖:藏起尖端。露锋:露出锋芒。庸目:俗人之眼。这句意思是:由于"呕心吐胆"、"锻岁炼年"的刻意经营,所以能够把妙意藏在言辞之中,凡俗之辈对此莫名所以;又能突出闪光之点,妙解之人惊叹称绝。这句补文也未见贴切:"藏颖词间"或许可称含蓄,但含蓄是不说破,不能等同于"义生文外"的"隐"。

④ 酝藉:内涵深厚。英锐:才华杰出。裁云制霞:与下句"斫卉刻葩"同义。裁、制、斫、刻,乃人工之巧。此句意为人工之巧可追天然之美。

⑤ 宿儒:学养深厚的儒者。叩:询问,提问。语穷:说不出话。巨室:大富之家。珍:珍宝。诘:诘难。色沮:神情颓丧。

⑥ 将欲徵隐,聊可指篇:这句意思是:若要验证什么是"隐",只有举出篇目来说明。

⑦ 《古诗》之"离别":指《古诗十九首》中"行行重行行,与君生别离。相去万余里,各在天一涯。道路阻且长,会面安可知。胡马依北风,越鸟巢南枝。相去日已远,衣带日已缓。浮云蔽白日,游子不顾返。思君令人老,岁月忽已晚。弃捐勿复道,努力加餐饭"一首。乐府之"长城":指乐府古辞《饮马长城窟行》:"青青河畔草,绵绵思远道,远道不可思,宿昔梦见之。梦见在我傍,忽觉在他乡,他乡各异县,展转不相见。枯桑知天风,海水知天寒,入门各自媚,谁肯相为言。客从远方来,遗我双鲤鱼,呼儿烹鲤鱼,中有尺素书。长跪读素书,书中竟何如,上言加餐食,下言长相忆。"词怨旨深:文辞哀婉,意旨深长。比兴:两种写作手法,参见《比兴》篇解题。

⑧ 陈思之《黄雀》:曹植封于陈,谥曰思。此指曹植的拟乐府诗《野田黄雀行》,诗云:"高树多悲风,海水扬其波。利剑不在掌,结友何须多。不见篱间雀,见鹞自投罗。罗家得雀喜,少年见雀悲。拔剑捎

罗网，黄雀得飞飞。飞飞磨苍天，来下谢少年。”公幹之《青松》：刘桢，字公幹，此指刘桢诗《赠从弟三首》第二首，诗云：“亭亭山上松，瑟瑟谷中风。风声一何盛，松枝一何劲。冰霜正惨凄，终岁常端正。岂不罹凝寒，松柏有本性。”格刚才劲：格调刚劲雄浑。讽谕：委婉劝说，此指用文学来传达自己对世事的看法，并教化世人。

⑨ 叔夜：嵇康的字。嗣宗：阮籍的字。境玄思澹：境界玄远，意味恬静。优闲：优游闲淡。本句阙四字，所指作品不明。

⑩ 士衡：陆机的字。彭泽：陶渊明曾任彭泽令，后代以此指称。心密语澄：心思细密，出语澄净。本句阙字甚多，他本所补皆有未当之处，故所指不明。

⑪ 摘句：从诗文作品中摘出某些句子。

⑫ “常恐秋节至，凉飙夺炎热”：班婕妤《怨歌行》中句。班婕妤为汉成帝时人，婕妤为女官之名。秋节，《文选》卷二十七作“秋霜”。飙：暴风。匹妇：平民妇女。

⑬ “临河濯长缨，念子怅悠悠”：汉人伪托李陵《与苏武》诗中句。不遂：不得成功或未能如愿。

⑭ “东西安所之，徘徊以旁皇”：乐府古辞《伤歌行》中句，载《文选》卷二十七。心孤：心情孤单。闺房：女子卧室，借指妻室。

⑮ “朔风动秋草，边马有归心”：西晋诗人王赞《杂诗》中句。气寒而事伤：作品的意味寒峻，所道之事令人悲伤。羁旅：寄居异乡之人。怨曲：怨艾悲伤之深致。

【分析】本段除最后一句举例兼说明外，全为补文，内含三方面的内容：（一）旨在说明如何在创作上实现“隐”、“秀”。强调“呕心吐胆”“煅岁炼年”才能“立意造奇”、“工辞臻美”，从而等同于“天工”“神匠”，达到“蓄隐”、“抱秀”的效果。黄侃批评说：“（补亡之文）原文明云‘思合自逢，非由研虑’，即补亡者亦知不劳妆点、无待裁镕，乃中篇忽羼入‘驰心’、‘溺思’、‘呕心’、‘煅炼’诸语，此之矛盾，令人笑诧，岂以彦和而至于斯?”(《文心雕龙札记》)周振甫指出，“呕心吐胆”“煅岁炼年”等与《神思》篇“养心秉术，无务苦虑，含章司契，不必劳情”的观点相左(《文心雕龙注释》)。(二)指出“隐”“秀”不可或缺，符合刘勰原文“文之英蕤，有隐有秀”的主张，然所用比喻未见高明。(三)分别就“隐”、“秀”举例，其原则是“隐”举作品全篇(“将欲徵隐，聊可指篇”)，“秀”举作品佳句(“如欲辨秀，亦惟摘句”)。“隐”乃“文外复意”，以作品全篇为表现单位；“秀”为“篇中独拔”，以篇中秀句和警策之词为代表，可以无疑。然“隐”之与“篇”，“秀”之与“句”，完全排他对应关系，则不一定符合刘勰原意，因一句亦可有其“文外之旨”，全篇亦可尽是“卓绝之巧”。“情在词外曰隐，状溢目前为秀”，一在“意”，一在“状”，或非一在“篇”一在“句”所能说明。此段保存的“朔风动秋草，边马有归心”一句，是否为“秀句”所发，因前文已失，不能确知；刘勰原文末段说“凡文集胜篇，不盈十一；篇章秀句，裁可百二”，乃分述“篇”“句”，亦并非析论“隐”、“秀”；最后一句“隐篇所以照文苑，秀句所以侈翰林”是否为刘勰原文，也有可疑(是句诸本原作“秀句所以照文苑”，詹锳据天启二年曹学佺批梅定生六次校定本改)。即便不伪，也不过是互文之辞，并非将“隐”和“篇”、“秀”和“句”完全等同。所以黄侃所拟补文中有云：“大则成篇，小则片语，皆可为隐；或状物色，或附情理，皆可为秀。”(《文心雕龙札记》)见解可取，然黄氏措辞已趋直白，与刘勰文风亦已不同。

3. 凡文集胜篇，不盈十一；篇章秀句，裁可百二，并思合而自逢，非研虑之所求也①。或有晦塞为深，虽奥非隐，雕削取巧，虽美非秀矣②。故自然会妙，譬卉木之耀英华；润色取美，譬缯(zēng)帛之染朱绿③。朱绿染缯，深而繁鲜；英华耀树，浅而炜烨(wěi yè)④。隐篇所以照文苑，秀句所以侈翰林，盖以此也⑤。

【注释】

① 盈:满,达到。十一:十分之一。裁:通"才",仅仅。百二:百分之二。并思合而自逢,非研虑之所求也:构思与描写对象完全契合,故自然天成,非刻意研寻所能求得。

② 晦塞:晦涩不通。雕削:比喻刻意追求形式巧妙。

③ 英华:秀美,指花木之美。润色:增饰文采。缯帛:丝绸。朱绿:红色和绿色,较为鲜艳的颜色。

④ 炜烨:盛美。这句意思是:丝绸染上红绿,颜色深重但并不鲜明丰富;草木生长的花朵,颜色浅淡却美丽异常。

⑤ 文苑、翰林:都指文坛艺苑。侈:显扬,张大。此句诸本原作"秀句所以照文苑",詹锳《文心雕龙义证》据天启二年曹学佺批梅定生六次校定本改,文辞、文意似较通顺圆满,然元至正本以下皆作"秀句所以照文苑",按刘勰行文通例,此处应是总性的骈句,故此仅存之句实有可疑。"澜表方圆"以下佚文假如在此处移入"隐篇所以照文苑,秀句所以侈翰林"为是,那么四百馀字佚文是否明人伪作,或又滋疑问。由此可见,《隐秀》确有待解之处。

【分析】这一段文字强调的是"隐"、"秀"之所以难得,必须出于"思合而自逢",亦即构思、命笔深契于表现对象从而自然天成。极研深虑所能达到的只是僻奥或华美,而不是"隐"和"秀"。

4. 赞曰:深文隐蔚(wèi),馀味曲包①。(一 a)辞生互体,有似变爻②。(一 b)言之秀矣,万虑一交③。(二 a)动心惊耳,逸响笙匏(páo)④。(二 b)

【注释】

① 深文:意味深长的文辞。隐:隐含。蔚:此指文采繁富。馀味:回味不尽的意味。曲包:婉转与内含。

② 辞生互体,有似变爻:与第一段"爻象之变互体"呼应。与上句同指"隐"。

③ 言之秀矣,万虑一交:文辞之所以呈现出"秀",是因为万千思虑融会于此而集中表现。

④ 逸响:潇洒超凡的音乐。笙匏:两种管乐器。这句的意思是:宛如不同凡响的音乐,惊心动听。

【分析】刘勰提出"隐秀",实际就是"意味深长"和"秀拔夺目"两个美学范畴。赞辞"深文隐蔚,馀味曲包"、"动心惊耳,逸响笙匏"分别对"隐"、"秀"的审美效果作了高度概括,而"辞生互体,有似变爻"、"言之秀矣,万虑一交"则分别对二者的发生机制进行了深刻总结。更可注意的是,"言之秀矣,万虑一交"所对应的正文部分已经佚失。由此赞辞来看,刘勰认为"秀"的发生在于作者集聚了极为丰富深刻的思想情感且交互激荡,自然而然喷薄而出。

指瑕第四十一解析

【解题】“瑕”，玉上的疵病。这里以玉比喻精美的文学作品。“指瑕”，即指出文学作品中的疵病。

自汉代后期至魏晋南北朝时，文人辈出，文学集团也纷纷出现，曹丕等人组成邺下集团，一方面大量写作文学作品，一方面兴起了评点之风。曹植《与杨德祖书》中说：“世人著述，不能无病，仆常好人讥弹其文，有不善者应时改定。”颜之推在《颜氏家训·文章》篇中也说：“江南文制，欲人弹射，知有病累，随即改之。陈王（曹植封号）得之于丁廙（yì）也。”刘勰的《指瑕》一文，就是在这种学术环境中产生的一篇理论著作。

刘勰的《文心雕龙·指瑕》篇和颜之推的《颜氏家训·文章》篇是这一时期出现的两篇著名文字。二者的观察之点有很多共通之处，但《指瑕》中的理论深度更高一筹。刘勰从语言与感情的关系，以及文字与义理和人情、世态等多种角度观察，指出前人写作中的种种疵病。黄侃在《文心雕龙札记》中归结为六类，云是：“此篇所指之瑕，凡为六类：一、文义失当之瑕；二、比拟不类之瑕；三、字义依稀之瑕；四、语音犯忌之瑕；五、掠人美辞之瑕；六、注解谬误之瑕。”但也有一些专家持不同看法，如刘永济在《文心雕龙校释》中就以为刘勰所举的例子也还可以再商讨，如“以锡赉作心解之意，用执握指情理为言，乃文家引申本义而用之法，初不必为疵累”。其他如换字等等，文士为求文字之美，“或因熟厌而取新，或因通今而易古”，都属文学上的正常现象，不得称之为瑕。二者各有所见，《札记》重在概括，《校释》重在探讨。盖批评之事，批评者也有他本人的角度，不一定处处都能得到他人赞同。这就说明指瑕固属必要，然操作时也要尽可能地全面考量，客观公正。

《指瑕》篇中说：“陈思之文，群才之俊也，而《武帝诔》云‘尊灵永蛰’，《明帝颂》云‘圣体浮轻’，‘浮轻’有似于蝴蝶，‘永蛰’颇疑于昆虫，施之尊极，岂其当乎？”这一段话，梁元帝萧绎径引入《金楼子·立言（下）》中，颜之推径引入《颜氏家训·文章》篇中，均可看到《指瑕》篇的影响之大，受到当代学人普遍关注，而这类有关君父人伦的用语，使用是否合适，首先为贵族阶层中人所重视。

刘勰最后举出“注释谬误之瑕”，现代的人不太好理解，因为注释与创作本是两回事，似不宜相提并论。范文澜释之曰：“案《论说》篇云：‘若夫注释为词，解散论体，离文虽异，总会是同。’据此，注解为文，所以明正事理，尤不可疏忽从事，贻误后学。何晏见王弼《老子注》，乃以所注作《道》、《德》二论，郭象注《庄子》，亦即以意阐发，无异单篇之论，注与论本可通也。彦和于本篇特为指说，殊存微意。”范说可信，录之供参考。[①]

1. 管仲有言：“无翼而飞者声也，无根而固者情也[①]。”然则声不假翼，其飞甚易；情不待根，其固匪难；以之垂文，可不慎欤[②]！古来文才，异世争驱；或逸才以爽迅，或精思以纤密，而虑动难圆，鲜无瑕病[③]。（一）陈思之文，群才之俊也，而《武帝诔》云“尊灵永蛰（zhé）”，《明帝颂》云“圣体浮轻”，“浮轻”有似于胡蝶，“永蛰”颇疑于昆虫，施之尊极，岂其当

① 范文澜《文心雕龙注》卷九《指瑕第四十一》注（十一），人民文学出版社1960年4月第一版第二次印刷。

乎④！左思《七讽》，说孝而不从，反道若斯，馀不足观矣⑤。潘岳为才，善于哀文，然悲内兄，则云感口泽，伤弱子，则云心如疑⑥。《礼》文在尊极，而施之下流，辞虽足哀，义斯替矣⑦。若夫君子拟人，必于其伦，而崔瑗(yuàn)之诔李公，比行于黄虞，向秀之赋嵇生，方罪于李斯⑧；与其失也，虽宁僭(jiàn)无滥，然高厚之诗，不类甚矣⑨。凡巧言易标，拙辞难隐，斯言之玷(diàn)，实深白圭，繁例难载，故略举四条⑩。(二)

【注释】

① 无翼而飞者声也，无根而固者情也：语出《管子·戒》篇。管仲是春秋齐国大夫，《史记》有《管晏列传》。黄侃《文心雕龙札记》："案《管子·戒》篇文曰：'管仲复于桓公曰：无翼而飞者声也(注：出言门庭，千里必应，故曰无翼而飞)，无根而固者情也(注：同舟而济，胡越不患异心，故曰无根而固)，无方而富者生也。公亦固情谨声，以严尊生，此谓道之荣。'案彦和引此，断章取义，盖以无翼而飞、无根而固，喻文之传于久远，易为人所记识，即后文'文章岁久而弥光，若能檃括一朝，可以无惭千载'之意。亦即《赞》'斯言一玷，千载弗化'意。"

② 假：凭借。匪：通"非"，《广雅·释诂四》："匪，非也。"之：指声与情。垂文：留下文章。《楚辞·刘向〈九叹·逢纷〉》"遭纷逢凶蹇离尤兮，垂文扬采遗将来兮"王逸注："将垂典雅之文，扬美藻之采，以遗将采贤君，使知己志也。"

③ 文才：《金楼子·立言下》篇作"文士"。按"才"字与下第二句"逸才"重复，作"士"义长。萧绎《金楼子》转录《指暇》部分，文字大同，可参。逸才：指出众的才能。汉荀悦《汉纪·宣帝纪四》："益州刺史因奏王褒有逸才，能为文。"爽迅：爽朗迅捷。精思：思虑精纯。纤密：细密。虑动难圆，鲜无瑕病：文思运用难以周全，所以很少没有毛病的。

④ 陈思：指三国魏曹植，封陈王，谥思。尊灵永蛰：曹植为其父

魏武帝曹操作《武帝诔》，其中有“幽闼（指墓门）一扃，尊灵永蛰”句。幽闼指墓门，扃为关闭义。尊灵永蛰，尊贵的神灵永远蛰伏。曹植用“蛰”以喻死者（曹操）如蛰伏。圣体浮轻：曹植献给魏明帝的《冬至献袜颂》，其中有“翱翔万域，圣体浮轻”句。圣体指魏明帝曹睿。对刘勰的观点，前人有不同看法，此录其一，如明董斯张《吹影集》卷三“子建未可轻诋”条：“刘彦和《文心雕龙》，摘陈思瑕语，谓其诔武帝云‘圣体浮轻’，诔明帝云‘尊灵永蛰’，至以蝴蝶昆虫讥之。案《广雅》曰：‘二气相接，轻清为天。’《宣夜》曰：‘天无质，日月众星自然浮生虚空之中。’以天拟父，苍苍者亦韩凭所化乎？《系辞》云：‘龙蛇之蛰，以存身也。’蛰龙不可以喻死君，则飞龙独可以喻生君乎？文人相轻，直是不度德，不量力。今枵然其腹，而侈东莞之讥弹者，亦榆枋之笑也。”疑：通“拟”，《金楼子》改用“拟”字，《汉书·何武王嘉师丹传赞》“董贤之爱，疑于亲戚”颜师古注：“疑，读曰拟；拟，比也。”尊极：至尊，至高无上，这里指君。君位曰极，取至高无上之意。

⑤ 左思《七讽》，说孝而不从：左思《七讽》谈到孝道却不遵从。左思：西晋作家。范文澜《注》：“左思《七讽》文已残佚，说孝语无可考见。”按“七”体通例，当是说七事以讽。馀不足观：语本《论语·泰伯》：“子曰：如有周公之才之美，使骄且吝，其馀不足观也矣。”

⑥ 潘岳：西晋作家。《晋书·潘岳传》说潘岳“尤善为哀诔之文”。内兄：指妻兄。潘岳悲内兄文，今已无考。口泽：谓口饮润泽。《礼记·玉藻》：“父没而不能读父之书，手泽存焉尔。母没而杯圈不能饮焉，口泽之气存焉尔。”孔颖达《正义》：“谓母平生口饮润泽之气存在焉，故不忍用之。”伤弱子，则云心如疑：指潘岳为幼子金鹿所作《金鹿哀辞》有“将反如疑，回首长顾”句，见《全晋文》卷九十三。《礼记·檀弓》记孔子观送葬者，“曰：善哉为丧乎，足以为德矣……其往也如慕，其反也如疑。”郑玄注：“慕，谓小儿随父母啼呼；疑者，哀亲之在彼，如不欲还然。”孔颖达疏：“疑者，谓凡人意有所疑，则彷徨不进，今孝则哀亲在外，不知神之来否，如不欲还然，故如疑。”如疑：指不敢相信。潘

文或指将反时疑心金鹿还没有死，只是引用《礼记》中语作典故。

⑦ 《礼》：指《礼记》。尊极：至尊，这里指父母。下流：指子孙、后辈，如《三国志·魏志·乐陵王茂传》："今封茂为聊城王，以慰太皇太后下流之念。"或指地位微贱，如《管子·立政》："金玉货材之说胜，则爵服下流；观乐玩好之说胜，则奸民在上位。"这里是指子孙。替：废弃，丧失。

⑧ 若夫君子拟人，必于其伦：若夫，至于。二句语本《礼记·曲礼下》："拟人必于其伦。"郑玄注："拟犹比也。"伦：同辈，同类。而崔瑗之诔李公，比行于黄虞：《后汉书·崔瑗传》："时李固为太山太守，美瑗文雅，奉书礼致殷勤。"杨明照《校注》："子玉诔文已佚。"以其时考之，'李公'未审为李固否？固曾为太尉，且有盛名，对瑗亦极推崇；见诛后，瑗为之作诔，谅合情理。"黄虞：指黄帝、虞舜。向秀之赋嵇生，方罪于李斯：《晋书·向秀传》："嵇康被诛，秀作《思旧赋》云：'昔李斯之受罪兮，叹黄犬而长吟。悼嵇生之永辞兮，顾日影而弹琴。'"此处用典，《文选·思旧赋》李善注可参："《史记》曰：'赵高治斯，榜掠千馀，不胜痛，自诬服。……乃具斯五刑，论要斩咸阳。斯出狱与其中子三川守由俱执，顾谓其中子曰："吾欲与若复取黄犬出上蔡东门逐狡兔，岂可得乎？"遂父子相哭，夷三族。'《文士传》云：'嵇康临死，颜色不变，谓兄曰："向以琴来不？"兄曰："已来。"康取调之，为《太平引》。曲成，叹息曰："《太平引》绝于今日邪？"'"对刘勰的评论，今人骆鸿凯有异议，《文选学·馀论》二《指瑕》："按《思旧赋》云：'昔李斯之受罪兮，叹黄犬而长吟。悼嵇生之永辞兮，顾日影而弹琴。'此以李相之临死张皇，反形叔夜之从容就戮。正言叔夜胜于李相，非以叹黄犬媲顾影弹琴也。彦和说误。"此说可供参考。

⑨ 与其失也，虽宁僭无滥：意谓与其不得已而失当，则宁可比得过好，不可比得过坏。《左传》襄公二十六年："蔡声子曰：归生闻之，善为国者，赏不僭而刑不滥。赏僭则惧及淫人，刑滥则惧及善人。若不幸而过，宁僭无滥。与其失善，宁其利淫。"高厚之诗，不类甚矣：意谓

像高厚歌诗之类，就非常不伦不类了。《左传》襄公十六年载："晋侯与诸侯宴于温，使诸大夫舞，曰：'诗歌必类。'齐高厚之诗不类。荀偃怒且曰：'诸侯有异志矣。'使诸大夫盟高厚，高厚逃归。"杜预注："齐有二心故。"孔颖达《正义》："歌古诗，各从其恩好之义类，高厚所歌之诗，独不取恩好之义类，故杜云齐有二心。刘炫云：'歌诗不类，知有二心者，不服晋，故违其令。违其令，是有二心也。'"

⑩ 标：木末，树梢，引申为显露，显明。斯言之玷，实深白圭：语本《诗·大雅·抑》："白圭之玷，尚可磨也；斯言之玷，不可为也。"毛《传》："玷，缺也。"圭，即珪，一种玉器。借指作品一经写定，其毛病就无法更改。

【分析】以上为第一段，分为两层：（一）先说文章影响颇大，瑕疵为常见现象，应当谨慎避免。（二）接着例举魏晋著作文人作品中的四条毛病：一是比尊于微，二是论孝反道，三是称卑如尊，四是比拟不伦。

2. 若夫立文之道，惟字与义①。字以训正，义以理宣。而晋末篇章，依希其旨，始有赏际奇至之言，终有抚叩酬即之语，每单举一字，指以为情②。夫赏训锡赉（jī），岂关心解；抚训执握，何预情理；《雅》《颂》未闻，汉魏莫用，悬领似如可辩，课文了不成义，斯实情讹（é）之所变，文浇之致弊③。而宋来才英，未之或改，旧染成俗，非一朝也④。（一）近代辞人，率多猜忌，至乃比语求蚩（chī），反音取瑕，虽不屑于古，而有择于今焉⑤。（二）又制同他文，理宜删革，若排人美辞，以为己力，宝玉大弓，终非其有⑥。全写则揭箧（qiè），傍采则探囊，然世远者太轻，时同者为尤矣⑦。（三）

【注释】

① 道:门径,方法。

② 字以训正,义以理宣:用字以训顺得其正解,立意以合理获得显示。义,立意。宣,显示。依希其旨:指语意模糊不清。希,通“稀”。始有赏际奇至之言,终有抚叩酬即之语:黄侃《札记》:“‘赏际奇至’‘抚叩酬即’二语,今不知所出。”各家注释纷呈,此取一说,李曰刚《斠诠》:“赏际奇至,犹言‘赏会奇致’,亦即‘欣赏领会奇异情致’之意也。际,《说文》:‘壁会也。’段注:‘两墙相合之缝也。’《广雅·释诂》四:‘际,会也。’赏际,犹言赏会,《宋书·谢弘微传》:‘唯与族子灵运、瞻、曜、弘微,并以文义赏会。’‘至’与‘致’通。《庄子·外物》:‘然则厕足而垫之致黄泉。’《释文》:‘致,至也,本亦作至。’《礼记·礼器》:‘礼也者,物之致也。’郑注:‘致之言至也。’奇致,犹言奇趣。《字汇》:‘致,趣也。’《南史·萧范传》:‘招集文士,率意题章,亦时有奇致。’谢朓《敬亭山》诗:‘要欲追奇趣,即此陵丹梯。’”抚叩酬即:李曰刚《斠诠》校作“抚叩即酬”,解释说:“抚叩即酬,犹言随机叩问,即口酬答也。抚,读如‘抚今思昔’之抚。《说文》:‘抚,一曰揗也。’《说文》‘揗’字段注:‘《广雅·释诂》曰:“循,顺也。”今人抚循字,古盖作揗。’《说文通训定声》:‘揗,假借为循。’揗、顺皆随义。酬即酬酢,有应对之义。《苍颉篇》:‘主答客曰酬,客酬主人曰酢。’《易·系辞上》:‘是故与酬酢。’注:‘酬酢,犹应对也。’”本书《明诗》篇有:“酬酢以为宾荣。”每单举一字,指以为情:指常常用一个字,来表达两个字所包含的意义,如不说“赏际”而单说“赏”,不说“抚叩”而单说“抚”,致使意思不清。按祖保泉《文心雕龙解说》对“赏际奇至”、“抚叩酬即”二语有详细讨论,以为“赏、际、奇、至、抚、叩、酬、即”八个字在晋宋人的诗文中是时髦的词,刘勰这里要求的是运用妥当,否则便会“依希其旨”。此说可参考,详见《〈文心雕龙·指瑕〉疑难句试解》,载曹顺庆编庆贺杨明照教授八十寿辰《文心同雕集》,成都出版社 1990 年 6 月版。

③ 夫赏训锡赉,岂关心解:赏,《说文解字·贝部》:“赐有功也。”

后引申为欣赏、鉴赏等。《尔雅·释诂》:“锡,赐也。”“赉,予也。”赉,《说文解字》亦训赐。心解:内心领会。《礼记·学记》:“虽终业,其去之必速。”郑玄注:“学不心解,则亡之易。”岂关心解:怎么会与内心领会相关?刘勰此说忽视了文字本义与引申义的关系,今人有所纠正,如杨明照《校注》:“《文选》谢灵运《游南亭》诗‘赏心唯良知’,又《邺中集诗序》‘赏心乐事’,谢朓《之宣城出新林浦向板桥》诗‘赏心于此遇’,沈约《游沈道士馆》诗‘寄言赏心客’,任昉《王文宪集序》‘缀赏无地’,并用赏字关心解之例。又按《汉书·酷吏·尹赏传》:‘尹赏,字子心。’古人立字,展名取同义。是赏关心解,汉人已用矣。”抚训执握,何预情理:抚,本义为抚摩,有执持、掌握义,引申义有安抚、抚慰等。情理,谓情趣理会。何预情理,与情感事理有什么关系?刘勰此说忽视了字义的变化,今人有所纠正,如杨明照《校注》:“《文选》傅亮《为宋公修张良庙教》‘微管之叹,抚事弥深’,又‘抚事怀人’,谢灵运《从游京口北固应诏》诗‘抚志惭场苗’,颜延之《宋文皇帝元皇后哀策文》‘抚存悼亡’,并用‘抚’字预情理之例。”悬领:凭空领会,指猜测。辩:辨识。课文:推敲文字。课,考核,有推求之义。了不:全不,绝不。情讹:指情意不正。文浇:文风浅薄。

④ 才英:指才华杰出的文人。本书《时序》篇有“今圣历方兴,文思光被,海岳降神,才英秀发”之句。未之或改:没有人能改。或,有的。旧染:往昔沾染的恶习。

⑤ 比语:和字音相同或相近的字并列。求蚩:挑缺点。关于挑毛病的问题,《颜氏家训·文章》篇有较好的阐释:“梁世费旭诗云:‘不知是耶非?’殷沄诗云:‘飖飏云母舟。’简文曰:‘旭既不识其父,沄又飖飏其母。’此虽悉古事,不可用也。世人或有文章引《诗》‘伐鼓渊渊’者,《宋书》已有屡游之诮;如此流比,幸须避之。”王利器《颜氏家训集解》:“‘是耶’之‘耶’为父,‘云母’之‘母’为母,即比语求蚩之证;下文‘伐鼓’又反音取瑕之证也,此皆所谓‘讳避精详’者也。”反音:指反切,一种传统的注音方法,用两个字拼合成另一个字的音,上字取声,下字

取韵和调。范文澜《注》:“反音取瑕,如‘高厚’、‘伐鼓’之类是。比语求蚩,如‘是耶非’、‘云母舟’之类是。《金楼子·捷对》篇云:‘羊戎好为双声,江夏王设斋使戎铺坐。戎曰:“官教前床,可开八尺。”王曰:“开床小狭。”戎复曰:“官家恨狭,更广八分。”又对文帝曰:“金沟清泚,铜池摇漾,既佳光景,当得剧基。”《洛阳伽蓝记》载郭氏婢对人曰:‘郭冠军家。’其人曰:‘此婢双声。’婢曰:‘儜奴慢骂。’此即周颙体语之类。亦与反语同为言语声变之法;而六朝南北皆有此风习矣。”《校释》认为:“切语求蚩,反音取瑕,实当时之习尚。盖音韵之学初兴,文人多习反切之语,至用相戏谑,有因而生隙者,故舍人举以为戒。观《金楼子》所记数事可知也。”虽不屑于古,而有择于今焉:意谓虽然古人习俗为是,不屑于挑毛病,但今人应当有所选择,以免猜忌。不屑,轻视,不重要。择,挑剔。

⑥ 制同他人:指创作与他人作品雷同。删革:删节改变。掠:夺,抢夺。以为己力:将功劳说成是自己的力量。语本《左传》僖公二十四年:“窃人之财,犹谓之盗;况贪天之功,以为己力乎?”宝玉大弓,终非其有:语本《左传》定公八年:“阳虎劫公与武叔,以伐孟氏。……阳氏败。阳虎脱甲,如公宫,取宝玉大弓以出。”九年:“夏,阳虎归宝玉大弓。”杜预注:“无益近用,而只为名,故归之。”

⑦ 全写:全文抄袭。揭箧:把箱子扛走,比喻全文剽窃。语本《庄子·胠箧》:“将为胠箧、探囊、发匮之盗而为守备,则必摄缄縢,固扃鐍,此世俗之所谓知也……然而巨盗至,则负匮揭箧担囊而趋。”揭,举,负。傍采:即旁采,部分、不正面采取,指部分抄袭。探囊:到袋中摸取,比喻偷窃、剽窃。然世远者太轻,时同者为尤矣:范文澜《注》:“谓窃取古辞,是轻薄无行;掠取时说,将自招咎尤。”

【分析】以上为第二段,先指出“字以训正,义以理宣”,然后分别举出宋齐以来文章方面的毛病,(一)字义依稀,举“赏”“抚”为例(这一批评未必正确,因为字义可以引申发展);(二)语音犯忌,喜用比语、反音，是当时人猜忌心理的一种表现；(三) 指出掠人美辞之弊，强调避免重复。

3. 若夫注解为书，所以明正事理，然谬于研求，或率意而断①。《西京赋》称中黄、育、获之俦，而薛综谬注，谓之阉(yān)尹，是不闻执雕虎之人也②。又《周礼》井赋，旧有“匹马”，而应劭(shào)释“匹”，或量首数蹄，斯岂辩物之要哉③！原夫古之正名，车“两”而马“匹”，“匹”“两”称目，以并耦为用④。盖车贰佐乘，马俪骖(cān)服，服乘不只，故名号必双，名号一正，则虽单为匹矣⑤。匹夫匹妇，亦配义矣⑥。夫车马小义，而历代莫悟；辞赋近事，而千里致差；况钻灼经典，能不谬哉⑦！夫辩“匹”而数首蹄，选勇而驱阉尹，失理太甚，故举以为戒⑧。丹青初炳而后渝，文章岁久而弥光，若能檃(yǐn)括于一朝，可以无惭于千载也⑨。

【注释】

① 注解为书：本书《论说》篇说：“若夫注释为词，解散论体，杂文虽异，总会是同。”说明刘勰认为注解也是论著的一种形态。研求：研究探索。《世说新语·赏誉》“(阮)咸子瞻，虚夷有远志”刘孝标注引晋袁宏《名士传》：“(阮瞻)不修名行，自得于怀，读书不甚研求而识其要。”率意：随意，轻率。

② 《西京赋》：东汉作家张衡所撰，为《二京赋》之一。中黄、育、获之俦：《文选·西京赋》“乃使中黄之士，育获之俦”李善注：“《尸子》曰：‘中黄伯曰：余左执太行之獿(náo)而右搏雕虎。’《战国策》：‘范雎说秦王曰：乌获之力焉而死，夏育之勇焉而死。’”中黄：国名，多出勇力之士。育、获：指夏育、乌获，古代大力士。薛综谬注，谓之阉尹：薛综：三国时吴人，曾最早注《西京赋》，刘勰所指误注今已不见，当为李善删

去。李曰刚《斠诠》:"薛综之注'中黄之士'为'阉尹',盖涉中黄门而误。《汉书·百官公卿表》:'诸仆射署长,中黄门皆属焉。'注:'中黄门,奄人,居禁中,在黄门之内给事者也。'而不知中黄为人名,中黄门为少府之属官,一字之差,谬以千里焉。"阉尹,也作奄尹,指宦官的首领。《吕氏春秋·仲冬纪》"命阉尹"注:"阉,宫官。尹,正也。"执雕虎之人:指上述《尸子》中说"余左执太行之獶而右搏雕虎"的中黄伯。雕虎,《文选·思玄赋》:"执雕虎而试象兮。"李善注:"雕虎、象,兽名也。"

③ 又《周礼》井赋,旧有"匹马":《周礼·地官·小司徒》载:"乃经土地,而井牧其田野。九夫为井,四井为邑,四邑为丘,四丘为甸,四甸为县,四县为都,以任地事,而令贡赋。凡税敛之事。"郑玄注引《司马法》说:"六尺为步,步百为亩,亩百为夫,夫三为屋,屋三为井,井十为通,通为匹马。"贾公彦《正义》曰:"三十家使出马一匹,故曰通为匹马。"井赋:按井田徵收赋税。而应劭释"匹",或量首数蹄:范文澜《注》:"今存《风俗通》无释匹之文。《艺文类聚》九十三引《风俗通》云:'马一匹,俗说相马比君子,与人相匹。或曰,马夜行,目明照前四丈,故曰一匹。或曰度马纵横,适得一匹。或说马死卖得一匹帛。或云《春秋》左氏说,诸侯相赠乘马束帛,束帛为匹,与马相匹耳。'按此皆与量首数蹄说未合。《说文》:'匹,四丈也。'《汉书·食货志》:'布广二尺二寸为幅,长四丈为匹。'"今本《风俗通》并非全本,"量首数蹄"之说或已佚。应劭:字仲远,东汉作家。量:计量,计算。辩:通"辨",指辨明。

④ 原:推求。正名:辨正名称、名分。车"两"马"匹":车称"两",马称"匹",都见于《尚书》。如《牧誓》"武王戎车三百两",《文侯之命》"马四匹"等。称目:犹称谓,称呼。并耦:双数。《艺文类聚》卷七十一引《风俗通义》:"车一两,谓两两相与体也。原其所以言'两'者,箱装及轮,两两而耦,故称'两'耳。"

⑤ 车贰佐乘:车有正副,数目为偶数。《礼记·少仪》:"乘贰车则式,佐车则否。贰车者,诸侯七乘,上大夫五乘,下大夫三乘。"郑玄注:"贰车、佐车,皆副车也。朝祀之副曰贰,戎猎之副曰佐。"俪:成双,

对偶。骖服:《诗经·郑风·大叔于田》:"叔于田,乘乘黄,两服上襄,两骖雁行。"郑玄注:"两服,中央夹辕者。襄,驾也。上驾者,言为众马之最良也。雁行者,言与中服相次序。"孔颖达《正义》:"《小戎》云:'骐骝是中,䯄骊是骖。'骖中对文,则骖在外;外者为骖,则知内者为服。"《荀子·哀公》:"两骖列,两服入厩。"杨倞注:"两服马在中,两骖,两服之外马。"只:单。虽单为匹:即使是单数也称为匹。如《论语·子罕》"匹夫不可夺志也",刘宝楠《正义》:"匹夫者,《尔雅·释诂》:'匹,合也。'《书·尧典》孔颖达疏:'士大夫已上,则有妾媵,庶人无妾媵,惟夫妻相匹,其名既定,虽单亦通谓之匹夫匹妇。'"与刘勰之义正同。

⑥ 配义:取配偶义。

⑦ 悟:明白,领悟。千里致差:相差千里。指薛综注《西京赋》,字义理解相差很远。钻灼:古代占卜方法,钻灼龟甲,视其裂纹以定吉凶。引申为钻研、注解。这里借指探讨经典的深意而为之作注。

⑧ 选勇而驱阉尹:推选勇士却推出了太监头子。这是对薛综误注的嘲讽说法。勇:勇士,指中黄伯。

⑨ 丹青初炳而后渝,文章虽久而弥光:化用《法言·君子》篇中语,文曰:"或问圣人之言炳若丹青,有诸?曰:'吁,是何言与!丹青初则炳,久则渝。'"李轨注:"丹青初则炳然,久则渝变;圣人之书,久而益明。"丹青:绘画作品。炳:鲜明。渝:变。弥:更加。檃括:《荀子·大略》"示诸檃栝",杨倞注:"檃栝,矫揉木之器也。"引申为纠正。

【分析】此段论注解方面存在的问题,主要以薛综注《西京赋》和应劭解释"匹"字二例作为鉴戒。

4. 赞曰:羿(yì)氏舛(chuǎn)射,东野败驾①。虽有俊才,谬则多谢②。斯言一玷,千载弗化③。令章靡疚,亦善之亚④。

【注释】

① 羿氏舛射:《太平御览》卷八十二引《帝王世纪》:"羿有穷氏,未闻其姓,其先帝喾以世掌射……羿与吴贺北游,(贺)使羿射雀左目,羿引弓射之,误中左(右)目,羿俯首而愧,终身不忘。"羿:传说中古代善射的人,常称"后羿"。舛:错误。东野败驾:《庄子·达生》载:"东野稷以御见庄公,进退中绳,左右旋中规;庄公以为文弗过也。(成玄英疏:"庄公以为组绣织文不能过此之妙也。")使之钩百而反。(成疏:"任马旋回如钩之曲,百度反之,皆复其迹。")颜阖(鲁国贤人)遇之,入见曰:'稷之马将败。'公密而不应。少焉,果败而反。公曰:'子何以知之?'曰:'其马力竭矣,而犹求焉,故曰败。'"东野:古代传说中善驾车的人,姓东野,名稷。

② 谬则多谢:出错就多有惭愧。牟世金《译注》:"谢,惭愧。颜延年《赠王太常》:'属美谢繁翰。'《文选》李善注:'谢,犹愧也。'上文说没有瑕病的文章,'可以无愧于千载',这里反过来说,有了谬误,就是'千载弗化'的惭愧。"

③ 斯言一玷,千载弗化:李曰刚《斟诠》:"言著述立言,一有瑕疵,虽千载而后,亦不能改变其缺失也。化,变化也。《荀子·正名》:'状变而实无别,而为异者,谓之化。'"

④ 令章靡疚,亦善之亚:好文章没有毛病,也可以算次善一等了。《颜氏家训·文章》篇:"学为文章,先谋亲友,得其评论者,然后出手,慎勿师心自任,取笑傍人也。自古执笔为文者,何可胜言?至于宏丽精华,不过数十篇耳。但使不失体裁,辞意可观,遂称才士。要须动俗盖世,亦俟河之清乎!"靡:没有。疚:病,毛病。善:指善于写作的人。亚:稍次。

【分析】本篇论述写作上的种种毛病,在文学创作中具有一定普遍性,"举以为戒",大有必要。赞语中一再强调作品一有毛病,"千载弗化"。对于此篇的评述,黄侃《札记》可代表当代学人的看法，甚为精当："窃谓文章之瑕，大分五族，而注谬之瑕不与焉。一曰体瑕；二曰事瑕；三曰语瑕；四曰字瑕；五曰剿袭之瑕。体瑕者，王朗《杂箴》，乃置巾履；陈思《文诔》，旨言自陈是也。事瑕者，相如述葛天之歌，千唱万和；曹洪谬高唐之事，不记绵驹是也。语瑕者，陈思之圣体浮轻，潘岳之将反如疑是也。字瑕者，诡异则若讻呶，依稀则若赏抚是也（以上举例，皆本原书）。剿袭之瑕，苏绰拟《周书》而作《大诰》，扬雄拟《易》而作《太玄》是也（此本颜君说）。总之，古人之瑕，不可不知，己文之瑕，亦不可不检。元遗山诗曰：'撼树蚍蜉自觉狂，书生技痒爱论量。老来留得诗千首，却被何人较短长。'今之人欲指斥前瑕者，岂可不知斯旨哉！"

养气第四十二解析

【解题】人类对外界事物的认识，从具体到抽象，不断深化，然后才会去探讨宇宙生成等问题。儒家不喜欢探讨抽象的东西，《论语·公冶长》载子贡语，说是："夫子之文章，可得而闻也；夫子之言性与天道，不可得而闻也。"因此，后来有关宇宙的生成与结构等问题的探讨，大都自道家出。

道家论宇宙之始及其构成，曾经提出过两个重要的概念，一直影响到后来，这就是"气"与"道"。

应该认为，"气"论的提出，要比"道"的观念更早，因为"道"的内涵更为抽象，难于捉摸，一般人不太容易先去想到。

相比之下，"气"之为物就比较具体，犹如冬天人在哈气时看得到阵阵白气一样。因此，有关"气"的种种说法一直沿用至今。

《庄子·知北游》中说："人之生也，气之聚也，聚则为生，散而为死。……故曰通天下一气耳。"依此类推，世上万物也应当是由气之聚散而产生的。但人为万物之灵，具有其他物类无法比拟的智慧，对此也应作出另一假设。或许就是这一原因，稷下黄老学派中人提出了"精气"之说，《管子·心术下》曰："气者，身之充也。思之思之……其精气之极也。一气能变曰精。"又曰："凡人之生也，天出其精，地出其形，合此以为人。"这也就是说，人之所以成为万物之灵，因为他所秉受之气特异于他物，乃是"精气"。

根据中国哲学史家的研究，战国时期的齐国稷下学派林立，又相互影响，对各个学派的发展都起到了促进的作用。孟子也曾在稷下活动过，看来也受到了这一潮流的影响。

孟子好辩，在与梁惠王、齐宣王会见时，一当对方提问，就滔滔不绝，发表他的政治主张。他就引用“气”论为其理论提供根据。《孟子·公孙丑上》自述其修养，云是“我善养吾浩然之气”，而在解释“气”之内涵时则又曰：

> 其为气也，至大至刚，以直养而无害，则塞于天地之间。其为气也，配义与道；无是，馁也。是集义所生者，非义袭而取之也。行又不慊于心，则馁矣。

这种“气”论，体现出了儒家重视政治参予与道德修养的本色。他还对此多作阐发，曰：“夫志，气之帅也；气，体之充也。夫志至焉，气次焉。故曰：持其志，无暴其气。”由是又组成了后世常用的“志气”一说。

《文心雕龙》中多用“志气”一词，而在《养气》篇中，也曾提到“精气”之说，可知这篇文章的中心乃从道家中衍生而出，其中也有儒家注重人事与道德的特点，因而也是南朝玄学色彩浓厚的一篇文学理论作品。

刘勰在《养气》篇中一开头就以王充为例，说明“养气”说之成效，这在《文心雕龙》中是罕见现象。刘勰尊儒，引经据典时首重孔门哲人，王充处在东汉政权极力推尊儒家之时，撰写《问孔》、《刺孟》等文予以挑战，这在古代思想领域中是难得一见的怪事，可见王充异端思想之突出。刘勰对于这类人物并不预设成见，可见其文学思想实重兼收并蓄。大凡儒家学说中缺少的东西，古人每从道家学说中去寻找，刘勰是这样，其他学者也大体如此，此亦可见先秦学术的沾溉之深，也可看到中国学术资源之丰富，在文学领域内，也常呈现儒道互补的现象。

王充在《论衡·自纪》篇中自云晚年“养气自守，适食节酒，闭明塞聪，爱精自保。适辅服药引导，庶冀性命可延，斯须不老。”这种颐养天年的方式，汉代人普遍运用。

汉代的人养生时，大都从服食与养气两方面着手。服食中的重要内容，即“服药”，这在《黄帝内经》等书中多有探讨。刘勰对此不太重视，他所关注的，只是“养气”方面的问题。他把“文心”之“心”与“养气”之“气”联系起来加以探讨，认为文学之士临文之前应该“清和其心，调畅其气，烦而即舍，勿使壅滞”，亦即培养起良好的创作情绪。“养气”篇的主旨，不在“养气”本身，而在如何让文气顺畅与旺盛。

刘勰还说这种调适“心”“气”的措施“虽非胎息之迈术，斯亦卫气之一方”，可知他也熟悉“胎息”等说。这种养生的方法，倒也不一定与道家有关，当是早期民间保养身体的一套经验总结。西汉初期的马王堆汉墓中即出土了关于导引的图像。后来道家将其纳入自己的思想体系，成了“养生”中的“内丹”一派。其中当然含有许多玄妙的说法，但也有其合理的内核，后代“气功”等健身法，即由此而来。刘勰承前人之馀绪，用以论文，这种移用的现象，理论领域中很常见，后人自不必多所惊怪。

刘勰的上代，有刘穆之、刘秀之等多人名字中含有“之”字，这是信从江南神仙道教中人的特有标志。六朝严家讳，然而信从神仙道教的世族却是上下数代都取“之”为后缀，琅玡王氏情况如此，东莞刘氏也呈现出了同样的特点。刘勰的祖父灵真，“灵”“真”二字也是江南神仙道教的习惯用词，可知刘氏家族与道教本有很深的渊源。后代中人偶然用上一些道教养生的学说，也是正常现象。这时道教的养生之术大体上已分化为“外丹”与“内丹”两派，二者又往往兼容。葛洪是“外丹”派的代表人物，《抱朴子》“内篇”中专论烧丹炼汞之术，而在“外篇”的《至理》一文中也说：“身劳则神散，气竭则命终。”与刘勰的看法一致。南朝后期的人多玄佛双修。刘勰在《文心》中特重玄理而不用佛说，于“养生”之说中则不用“外丹"之说而从"内丹"理论中酌取一二,也可说明刘勰的理论兼容并包,凡事不抱成见。

《文心雕龙》一书中,气论的观点多处可见,而与《神思》、《体性》二文联系尤密。《神思》强调的是思维在创作中的首要作用,故对如何运用"神思"尤为关注,只是钻砺过分,则神弊气衰,反而会产生不良效果,因此他要补上这篇《养气》,以免大家趋于极端,走上歧路。《风骨》篇中介绍曹丕在《典论·论文》中的说法,所谓"文以气为主。气之清浊有体,不可力强而致"。讨论的是作者才性与风格的关系。气有阴阳,亦即刚柔之说,也是古代已有的理论。刘勰在《体性》篇中用两分法来分析"性"与"体"的关系,也可看出其与"气"论密切相关。

《养气》篇中的一些复合词也值得注意。《书记》、《神思》、《风骨》中的"志气",偏于性情方面的修养;《体性》、《声律》中的"血气",则指先天的禀赋;而书中多次出现的"辞气"、"才气"等词,已与现代人的用法一系相承,无大差别。至于本篇《赞》语中说的"玄神宜宝,素气资养",则指人体中处于自然状态的"气",亦即颜延之在《吊张茂度书》中称道的"清风素气,得之天然"。刘勰在《养气》、《史传》中两次提到"素心"一词,也与陶渊明在《移居》之一中说的"昔欲居南村,非惟卜其宅。闻多素心人,乐与数晨夕"一样,均指处在自然状态下的"心"。南朝人最为看重的,是保持一种不受尘俗干扰的自然状态,即"素心"和"素气"。

1. 昔王充著述,制《养气》之篇,验己而作,岂虚造哉①!(一)夫耳目鼻口,生之役也;心虑言辞,神之用也②。率志委和,则理融而情畅;钻砺过分,则神疲而气衰:此性情之数也③。(二)夫三皇辞质,心绝于道华;帝世始文,言贵于敷奏④;三代、春秋,虽沿世弥缛(rù),并适分胸臆,非牵课才外也⑤。战代枝诈，攻奇饰说；汉世迄今，辞务日新，争光鬻（yù）采，虑亦竭矣⑥。（三）故淳言以比浇辞，文质悬乎千载；率志以方竭情，劳逸差于万里⑦。古人所以馀裕，后进所以莫遑也⑧。（四）

【注释】

① 王充：东汉人，著有《论衡》与《养气》十一篇，后者已不传。验己：亲身检验。《论衡·自纪》曰："庚辛（公元90—91）域际，虽惧终徂，愚犹沛沛，乃作《养性》之书，凡十六篇。养气自守，适食则酒，闭明塞聪，爱精自保，适辅服药引导，庶冀性命可延，斯须不老。"

② 这句出自《吕氏春秋·贵生》篇。心虑言辞：心虑，神思；言辞，言语，文章。神：人的神明主宰。这句意思是：人的耳、目、口、鼻，是生命的仆役，思想、文辞，则是精神之体的外用。

③ 率志：顺应个人意志。委和：顺应自然。理融而情畅：思想之理融会而和洽，情感贯通而无滞碍。钻砺：极研深究。性情：人之体性方面的禀赋和情感方面的气质。数：关键，规律。

④ 三皇：传说中的上古帝王。说法不一，有说是伏羲、神农、黄帝，有说是伏羲、神农、女娲，等等。辞质：文辞质朴。道华：华丽盛美之思。帝世：原指五帝之世，此指尧舜之时。敷奏：向君王陈奏，《尚书·舜典》："敷奏以言。"

⑤ 三代：夏、商、周三代。春秋：春秋时期。沿世弥缛：沿世，顺世代而下。弥，更加；缛，文采繁密。适分胸臆：随着自己的本性和心意。适分，恰切适合。牵课：勉强。才外：才性之外。

⑥ 战代：战国时代。枝诈：巧诈。攻奇饰说：专治奇异，修饰言说。辞务日新：文辞方面追求新奇日甚一日。争光鬻采：较量辞藻、炫耀文采。

⑦ 淳言：朴素的言辞。浇辞：浮薄的文辞。文质：华美与朴质。竭情：耗尽情志；与上句"辞务日新，争光鬻采，虑亦竭矣"呼应。劳逸：

劳苦与安逸。

⑧ 馀裕：写作文章时精神气力宽绰有馀，构思命笔应付从容。莫遑：无暇。此指忙于应付。

【分析】第一部分以王充《养气》发端，为全篇点题文字。第二部分说明精神活动不能违背生理规律的道理，从人体的物质基础说明养气之自然需求。第三部分分析四个历史阶段的文学特徵，总结历史教训，认为过分用心用力会导致神疲气衰，不利于文学创作。第四部分提出鉴诫，认为近世以来的文学创作之所以不能像古人那样从容裕如，出于竭虑而害气之故。

2. 凡童少鉴浅而志盛，长艾识坚而气衰，志盛者思锐以胜劳，气衰者虑密以伤神，斯实中人之常资，岁时之大较也[①]。或夫器分有限，智用无涯，或惭凫(fú)企鹤，沥辞镌(juān)思，于是精气内销，有似尾闾之波；神志外伤，同乎牛山之木，怛惕(dá tì)之盛疾，亦可推矣[②]。至如仲任置砚以综述，叔通怀笔以专业，既暄(xuān)之以岁序，又煎之以日时，是以曹公惧为文之伤命，陆云叹用思之困神，非虚谈也[③]。

【注释】

① 童少：青少年。鉴：见识。长艾：老年。识坚：认知能力强大。思锐：思维敏锐。胜劳：胜任劳累。虑密：思虑繁密深入。中人：常人。常资：平常的资质。岁时：此指人的一生。

② 器分：资质和才能。智用：才智的施用。惭凫企鹤：凫，野鸭；鹤，白鹤。野鸭羞惭自己腿短而羡慕白鹤的腿长。《庄子·骈拇》："长者不为有馀，短者不为不足。是故凫胫虽短，续之则忧；鹤胫虽长，断之则悲。"沥辞镌思：精心修饰文辞，刻意雕凿巧构。沥，滤去

杂质；镌，雕凿。尾闾之波：海水在尾闾这个地方泄出，典出《庄子·秋水》："天下之水，莫大于海，万川归之，不知何时止而不盈；尾闾泄之，不知何时已而不虚。"这里比喻精气正在不断漏泄。牛山：齐国东南部的一座山。木：树。典出《孟子·告子上》："孟子曰：牛山之木尝美矣，以其郊于大国也，斧斤伐之，可以为美乎？"怛惕：恐惧不安。盛：通"成"。

③ 仲任置砚以综述：仲任，东汉王充字。据《初学记》卷二一引谢承《后汉书》载，王充平时无论身处何地，始终在写作《论衡》。综述，全面系统论述。叔通怀笔以专业：叔通，东汉曹褒字。据《后汉书·曹褒传》载，曹褒有感于朝廷制度未备，效仿汉初叔孙通制礼，昼夜思考钻研，笔不离身，勤于撰作。专业，专力于某事。暄：通"煊"，干涸、销耗的意思。煎：煎熬，折磨。曹公惧为文之伤命：曹公应指曹操，其语原出何处不详。陆云叹用思之困神：陆云语出《与兄平原书》："兄文章已自行天下，多少无所在，且用思困人，亦不事复及，以此自劳役。"

【分析】这一段首先说明人处不同年龄阶段具有不同的生理机制，不可强求一致；又指出各人资质有限，不能追求无度，自寻苦恼。随即举例以明之。刘勰旨在强调：文学创作上不顺应自然，将会走向反面导致失败。

3. 夫学业在勤，故有锥股自厉；志于文也，则申写郁滞，故宜从容率情，优柔适会①。若销铄（shuò）精胆，蹙（cù）迫和气，秉牍以驱龄，洒翰以伐性，岂圣贤之素心，会文之直理哉②！且夫思有利钝，时有通塞，沐则心覆，且或反常，神之方昏，再三愈黩（dú）③。是以吐纳文艺，务在节宣，清和其心，调畅其气，烦而即舍，勿使壅滞④。意得则舒怀以命笔，理伏则投笔以卷怀，逍遥以针劳，谈笑以药倦⑤。

常弄闲于才锋，贾（gǔ）馀于文勇，使刃发如新，凑（còu）理无滞，虽非胎息之万术，斯亦卫气之一方也[6]。

【注释】

① 锥股自厉：战国时苏秦夜晚读书困倦欲睡时，用锥刺股以激醒自己，事载《战国策·秦策一》。申写：抒发。郁滞：心中郁积烦闷。率情：顺应性情。优柔：从容。适会：恰巧相合。

② 销铄：熔化。西汉枚乘《七发》："虽有金石之坚，犹将销铄而挺解也，况其在筋骨之间乎哉？"精胆：即精气，骈文为避重复而换用另一词汇。蹙迫：损伤。牍：简牍。驱龄：催促寿命。洒翰：挥笔，与"秉牍"同义，都借指写作。伐性：残害身心。素心：本心。会文：指文学创作。直理：正道。

③ 利钝：刀刃锋利或不锋利，这里比喻文思的敏捷或迟钝。通塞：通畅或壅塞。沐则心覆：《左传》僖公二十四年载，春秋时晋国的一位小使吏求见，晋公正在洗头，没有接见他。这位小使吏对仆人说："人在洗头的时候心脏位置颠倒，考虑问题与常理相反，所以不见我是一点都不奇怪的。"此处指身体有变，会影响到心意失常。再三愈黩：黩，通"渎"，《易·蒙》："初筮告，再三渎，渎则不告。"后世易学理解为对某事反复进行筮占，则神灵就不会降示结果。这里刘勰用其字面意义，意为一而再、再而三，会越来越混乱。

④ 吐纳：吐故纳新、不断酝酿。文艺：指写作。节宣：节制，调适。《左传》昭公元年："君子有四时：朝以听政，昼以访问，夕以修令，夜以安身。于是乎节宣其气，勿使有所壅闭湫底以露其体。"烦而即舍：思虑过度便舍弃，语出《左传》昭公元年："公曰：'女不可近乎？'对曰：'节之。先王之乐，所以节百事也……物亦如之。至于烦，乃舍也已，无以生疾。'"壅滞：堵塞。

⑤ 理伏：文理隐而不显。卷怀：藏而不用之意。语出《论语·卫灵公》："邦有道则仕，邦无道则可卷而怀之。"针：针灸，借指治疗。药：

用作动词，治疗。

⑥ 弄闲于才锋：于轻松中显出才华。贾馀：出售剩馀，引申为显现出超过一般的能力。贾馀于文勇：语出《左传》成公二年："齐高固入晋师，桀石以投人。禽之，而乘其车，系桑本焉，以徇齐垒，曰：'欲勇者，贾余馀勇。'"刃发如新：语出《庄子·养生主》，庖丁谓梁惠王："今臣之刀十九年矣，所解数千牛矣，而刀刃若新发于硎。"此处喻指身体始终像新磨的刀刃一般锋利。凑理：同"腠理"，古代医学所指皮肉之间的空隙以及皮肉之中的纹理，乃渗泄管道及气血流通之处。胎息：胞胎之中闭气不息，古代道家认为这是修炼的最高境界，《抱朴子·内篇·释滞》："得胎息者，能不以鼻口嘘吸，如在胞胎之中，则道成矣。"万术：万全之术。卫气：原指古代医学所云人饮食水谷所化生之精气，可以卫护体表不受外邪之侵。此指养成卫气。

【分析】这一段文字表明刘勰认为钻研学问必须勤奋努力，创作则与之有别，因为文学旨在抒发郁闷，不能反过来戕害心性，所以应该采取"从容率情，优柔适会"之道，顺其自然，注意清心养气。刘勰的这一观念与魏晋南北朝时的主流思潮深相一致。

4. 赞曰：纷哉万象，劳矣千想①。（一）玄神宜宝，素气资养②。（三）水停以鉴，火静而朗。无扰文虑，郁此精爽③。

【注释】

① 纷：众多。万象：世间万事万物之景象。千想：万千思虑。

② 玄神：精神。素气：自然状态下之气。

③ 鉴：指明洁如镜。朗：明亮、澄静。郁：聚积。精爽：精神。这句的意思是：水止而不流，则如明镜般可以照人；火焰静而不摇动，则尤为明朗光亮。郁：积储。

【分析】赞辞可分三层意思：(一)文学创作是一种精神活动；(二)作家的神、气必须保护、资养；(三)保护、资养神气的原则是以沉静为本，不受外部干扰，保持精神的纯粹。

附会第四十三解析

【解题】什么叫“附会”？文中说道：“是以附辞会义，务总纲领，驱万涂于同归，贞百虑于一致。使众理虽繁，而无倒置之乖；群言虽多，而无棼丝之乱。”说明的是“附会”的含义及其重要性，以及由此可以取得的效果。

作家又应如何操作呢？《附会》开头就说：“何谓附会？谓总文理，统首尾，定与夺，合涯际，弥纶一篇，使杂而不越者也。”综合上述二说一起考察，可知“附”是“辞”方面的问题，“会”是“义”方面的问题。这一篇文字中讨论的是文辞与文义如何组织有序，去取合适，混然一体，取得完美的写作效果。用古时文章家的话来说，就是谋篇布局的问题。而用古人的文学术语来说，就是所谓章法，即安章宅句的问题。如用现代文学术语来表达，也就是通过完美的结构突出主题的问题。

这篇文章的内容，其他文章从不同角度均已提出过。《神思》篇曰：“若夫骏发之士，心总要术，敏在虑前，应机立断；覃思之人，情饶歧路，鉴在疑后，研虑方定。”这是作者临文之时的情况。如何解决，使“要术”得以贯彻落实？《附会》等文中讨论的就是这方面的问题。

《镕裁》篇曰：“草创鸿笔，先标三准：履端于始，则设情以位体；举正于中，则酌事以取类；归馀于终，则撮辞以举要。……故能首尾圆合，条贯统序。若术不素定，而委心逐辞，异端丛至，骈赘必多。”这里强调的也是一个“术”字。《附会》则是对这行文之术的进一步论证与落实。

《章句》篇曰:“夫设情有宅,置言有位;宅情曰章,位言曰句。”从抒情文而言,可谓“设情”;从理论文而言,则是“述义”。《附会》中讨论“义辞”的关系与安排,《章句》中则从另一角度讨论“义(情)”与“辞”问题,因此《章句》亦可与《附会》互参。

刘勰写作《文心雕龙》,有统一的安排。某一问题,在某一篇文章中阐述;另一问题,在另一篇文章中解决。写作中该谈的问题很多,刘勰特设《附会》篇加以综论,既与上面一些文章呼应,又就谋篇布局斟酌去取等问题统一起来深入探讨。读者阅读此文,亦应时时联系其他篇章中的文字一起考虑。

1. 何谓附会?谓总文理,统首尾,定与夺,合涯际,弥纶一篇,使杂而不越者也①。若筑室之须基构,裁衣之待缝缉矣②。夫才童学文,宜正体制,必以情志为神明,事义为骨髓,辞采为肌肤,宫商为声气,然后品藻玄黄,摛(chī)振金玉,献可替否,以裁厥中。斯缀思之恒数也③。凡大体文章,类多枝派,整派者依源,理枝者循干④。是以附辞会义,务总纲领,驱万涂于同归,贞百虑于一致。使众理虽繁,而无倒置之乖;群言虽多,而无棼(fén)丝之乱。扶阳而出条,顺阴而藏迹,首尾周密,表里一体,此附会之术也⑤。夫画者谨发而易貌,射者仪毫而失墙,锐精细巧,必疏体统。故宜诎(qū)寸以信(shēn)尺,枉尺以直寻,弃偏善之巧,学具美之绩,此命篇之经略也⑥。

【注释】

① 总:汇合。文理:文章条理。《礼记·中庸》:“文理密察。”朱

熹注:“文,文章也。理,条理也。”统:统领。首尾:开篇与结尾。定:决定。与夺:取舍。合:承接。涯际:边际、缝隙,指各个部分。弥纶:综合整理,系统评述。《易·系辞上》:“弥纶天地之道。”孔颖达《正义》:“弥谓弥缝补合,纶谓经纶牵引。”一篇:指一个整体或完整的体系。杂:繁多复杂。越:散漫纷乱。《易·系辞下》:“其称名也,杂而不越。”韩康伯注:“备物极变,故其名杂也。各得其序,不相逾越。”

② 基构:基础的构造。缝缉:缝合。

③ 才童:具有天才的童子。体制:文学体裁,包括下文提及的情志、事义、辞采、宫商等方面的要求。情志:情感与志趣。神明:指作品的精神主导。事义:事例的意义,指作品中的材料,特指典故与成语。辞采:辞句的文采。宫商:以宫商概括五音(宫、商、角、徵、羽),此指作品的声律。声气:声音与气息。品藻:品评藻饰。玄黄:指天地的颜色。《周易·坤·文言》:“天玄而地黄。”天色玄,地色黄,衍申为作品辞采的色泽藻饰。摛振:传播,激扬。金玉:钟磬之类的乐器,此指声律。意谓作品应当讲求声律之美,诵读之际有如金玉铿锵般播扬开来。献可:荐选合适的。替否:舍弃不合适的。裁:裁断,裁定。厥中:适中。《尚书·大禹谟》:“惟精惟一,允执厥中。”伪孔安国注:“危则难安,微则难明,故戒以精一,信执其中。”这里是刘勰对“附辞会义”的要求,无论情志、事义、辞采、宫商等方面,都应“以裁厥中”。缀思:构思。恒数:固定的方法。

④ 大体文章:篇幅较长的文章。枝派:分枝与支流。依源:依循源头。循干:顺着主干。这两句为上下互文,意指长篇文章所表达的思想与内容较为丰富,犹如繁茂的树木枝干,错综的江水支流,读者必须充分掌握源头与主干,才能得其文章要旨。

⑤ 辞:文辞。义:内容。这里是说应将文辞与内容严密连缀,混然一体,完成一篇上乘的佳作。务总纲领:务必掌握文章的纲领。此与“统首尾”文义相近,前后呼应。驱:驱使。万涂:千万条道路。同归:意谓归结于同一目标。贞:整合。百虑:众多的概念与想法。一

致:统合为同一个主旨。《易·系辞下》“天下同归而殊涂,一致而百虑。”众理:各种义理。与“百虑”之义近。倒置:前后颠倒。乖:乖离,差错。群言:各种文辞,指通篇文章中繁多的文辞。棼丝:纷乱的蚕丝。《左传》隐公四年:“臣闻以德和民,不闻以乱。以乱,犹治丝而棼之也。”扶阳:意谓明确表达。出条:条理清晰。顺阴:含蓄不露。藏迹:婉转隐约。前句典出东汉崔骃《达旨》:“扶阳以出,顺阴而入,春发其华,秋收其实。”刘勰化用,认为文中表达的内容就该说得明确而条理清晰。后句典出《庄子·渔父》“不知处阴以休影,处静以息迹”,刘勰化用,认为文中内容,就该“顺阴藏迹”,说得含蓄不露婉转隐约。“扶阳”“顺阴”二句以阴阳变化说明顺应自然之理,刘勰用之于附辞会义,强调为文必须顺应谋篇布局之要求。术:方法。

⑥ 谨发:细心描绘毛发。易貌:忽略整体的形貌。仪:凝注,凝望。毫:毫毛。失墙:迷失整堵的墙壁。此句源出《吕氏春秋·似顺·处方》:“今夫射者仪毫而失墙,画者仪发而易貌,言审本也。”锐精:聚精会神。细巧:精细微巧,指前句的发毫之属。疏:疏忽。体统:整体,大局。诎:屈服,折服。信:通“伸”,意即伸直、伸张。此句源出《太平御览》卷八三〇引《尸子》:“孔子曰:‘诎寸而信尺,小枉而大直,吾为之者也。’”枉:弯屈。直:伸直。寻:古制,八尺为一寻。此句源出《孟子·滕文公下》:“且《志》曰‘枉尺而直寻’,宜若可为也。”两句文意同义,都说应该放弃局部以确保一个完整的整体。偏善:局部的优点。巧:细巧,精细。学:学习,掌握。具美:大美,整体的完美。绩:绩效,佳绩。命篇:谋篇布局。经略:大略,概要。

【分析】这一段论述“附会”的定义、原则和方法,及其在整篇文章结构中的重要性。附会的要旨在于总领文章条理,统筹大局,取舍合宜,前后呼应,内外一致,篇长亦不乱,写成具有完整理念的文学作品。刘勰一再从“缀思之恒数”、“附会之术”、“命篇之经略”三个方面阐明这个道理。

2. 夫文变多方，意见浮杂，约则义孤，博则辞叛，率故多尤，需为事贼[①]。且才分不同，思绪各异，或制首以通尾，或尺接以寸附；然通制者盖寡，接附者甚众[②]。若统绪失宗，辞味必乱，义脉不流，则偏枯文体[③]。夫能悬识腠(còu)理，然后节文自会，如胶之粘木，石之合玉矣[④]。是以驷(sì)牡异力，而六辔(pèi)如琴，并驾齐驱，而一毂(gǔ)统辐，驭文之法，有似于此[⑤]。去留随心，修短在手，齐其步骤，总辔而已[⑥]。

【注释】

① 文变：文章的变化。多方：无常，多变化，没有一定的规格。意见：作者的见解。浮杂：浮泛纷杂。其意与上句"多方"之义相近，前指客观之文，后指主观之意。约：简约，单调。义孤：内容薄弱、空疏。博：广博，繁芜。辞叛：文辞散乱、失序。率：草率，匆促。尤：过失，失误。需：迟疑，斟酌失当。《左传》哀公六年"需，事之下也。"杜预注："需，疑也。"又十四年："需，事之贼。"杜预注："言需疑则害事。"事贼：对事情产生妨碍作用。这里是说文章变化多方，作者见解纷杂，必须取舍得当，以免产生"约、博、率、需"等偏于一隅的弊端。

② 才分：指作者的才性与天赋。思绪：指作者的思维统绪。制首以通尾：设制开篇，贯通篇末。尺接以寸附：一段接续一段，一句依附一句。这里是说作者之中，以才分低者居多，思绪接附，不善"附会"；才分高者较少，他们善于"附会"，首尾连贯，前后呼应，遂有佳作。范文澜《文心雕龙注》云："尺接寸附，由于体统之疏，苟能总挈纲领，颠末合序，则无此累矣。"

③ 失宗：偏离题旨。辞味：文章的辞采。义脉：义理的脉络。不流：不能畅通。偏枯：枯干，缺乏生气。

④ 悬识：高明、深刻的认识。腠理：皮肤、表皮的纹理。这里喻

作文章的主旨与条理。节文：音节文采。自会：自然会合。胶之粘木，石之合玉：胶木相粘，石玉相合，比喻“腠理”与“节文”紧密结合，自然无隙。

⑤ 驷牡：四匹公马。古代以马驭车，一车四马。异力：力度大小不一。此指驭车时四马力度不均，驾车者必须掌控得当。六辔：六根驭马的缰绳。如琴：宛如乐师弹琴般和谐。《诗经·小雅·车辖》：“四牡騑騑（fēi），六辔如琴。”一毂统辐：一个车毂统摄全部的车辐。《老子》第十一章“三十辐共一毂”。驭文之法：写作文章的方法。此指行文遣辞之道。

⑥ 去留随心：文字取舍依随作者的心意。修短在手：文章短长根据作者的手笔。齐其步骤：节制驷马的步调，使整齐一致。总辔：操持缰绳。《孔子家语·执辔》：“善御马者，正身以总辔。”

【分析】这一段指出文章写作的通病。文章的变化丰富多样，作用不同，作者的才华与情性也不一样，写作时都应掌握纲领，着眼全局，不偏离文章中心题旨，而舒展得宜，即可避免“偏枯文体”的弊端。

3. 故善附者异旨如肝胆，拙会者同音如胡越；改章难于造篇，易字艰于代句，此已然之验也[①]。昔张汤拟奏而再却，虞松草表而屡谴，并事理之不明，而词旨之失调也。及兒（ní）宽更草，锺会易字，而汉武叹奇，晋景称善者，乃理得而事明，心敏而辞富也。以此而观，则知附会巧拙，相去远哉[②]！若夫绝笔断章，譬乘舟之振楫；克终底（zhǐ）绩，寄深写远。若首唱荣华，而媵（yìng）句憔悴，则遗势郁湮（yān），馀风不畅，此《周易》所谓“臀无肤，其行次且（zī jū）”也[③]。惟首尾相援，则附会之体，固亦无以加于此矣[④]。

【注释】

① 善附者:善于附会之道的作者。异旨如肝胆:将题旨各异的文章材料处理得像肝胆那样紧密结合。拙会者:拙于附会之道的作者。同音如胡越:将题旨相关的文章材料处理得像胡越二地那样关系疏远。《庄子·德充符》:“自其异者视之,肝胆楚越也。”成玄英疏:“肝胆生本同一体也,楚越迢递相去数千。”刘勰反用其意。改章:修改文章。造篇:撰写文章。易字:改动文字。代句:替换句子。参看详本书《练字》“善为文者,富于万篇,贫于一字。一字非少,相避为难也”。

② 张汤:西汉杜陵人,武帝时任廷尉。拟奏:草拟奏疏。张汤曾草拟奏疏,两次被武帝退回,后经倪宽代拟,遂得称奇。事见《汉书·倪宽传》。虞松:虞松,字叔茂,陈留人,三国时曹魏官吏,生卒年不详。谴:责备。虞松为司马师起草章表,屡次遭受责备,后经钟会改定数字,便获赞好。事见《三国志·魏书·锺会传》注引《世语》。事理:事情和道理。词旨:文辞和意旨。兒宽:即倪宽,字仲文,西汉千乘人,精通经学和历法,且善文辞。锺会:字士季,颍川长社人,三国魏重臣锺毓之弟,屡建军功而迁任要职,后因谋乱死于军中。汉武:汉武帝刘彻,前140—前87在位。晋景:司马师,字子元,三国魏权臣,司马炎篡魏建晋,追尊为景帝。理得:道理得当。事明:事情明白。心敏:心思敏捷。辞富:文辞富瞻。

③ 若夫:至于。绝笔断章:停笔结尾。振楫:收整桨楫。二者文意相近,皆指文章结尾为难,不可苟且为之,必如乘船收桨般凝聚精神,才能符合撰文要旨。克终:有始有终,坚持到底。底绩:获得成绩。寄深:寄托深意。写远:抒写悠远,借指委婉未尽之情。首唱:文章起笔。荣华:繁富华美,指文章写得很有光彩。媵句:文末结句。憔悴:疲靡不振,枯槁乏力。班固《答宾戏》:“朝为荣华,夕为顦顇。”顦顇同“憔悴”。遗势:文章结尾的气势。郁湮:郁滞阻塞。馀风:馀音回响。臀无肤,其行次且:语出《易·夬卦》九四爻辞。次且:步伐难行。张载《剑阁铭》:“一人荷戟,万夫趑趄。”《文选》李善注:“趑趄,难行也。”趑

趄同“次且”。刘勰将此爻辞涵义引申，以为文章缺乏辞采，首尾不能相应，气势不免滞塞，难以流传久远。

④ 相援：相互呼应。无以加于此：不能超过于此。

【分析】这一段举例说明善于运用附会者的功能与作用，以及文章结尾的重要性。历代作者有“附会巧拙”的例子，撰写文章时应该对比观照，引以为鉴。如果能够写好文章结尾，便能达到“首尾相援”之旨，使通篇文章生色增辉。

4. 赞曰：篇统间关，情数稠叠。原始要终，疏条布叶[①]。道味相附，悬绪自接。如乐之和，心声克协[②]。

【注释】

① 篇统：篇章的整体统筹。间关：崎岖艰难。《汉书·王莽传下》“间关至渐台”，颜师古注：“间关，犹言崎岖展（辗）转也。”情数：内容情理。稠叠：繁多复杂。原始要终：推原起始，会合终结，前后呼应，有始有终。《易·系辞下》：“原始要终，以为质也。”疏：梳理。条：枝条。布：分布。叶：树叶。此句意谓像树木枝条梳理树叶般舒展开来，枝叶相连，始终有序。

② 道：道理，指文章的内容。味：滋味，指文章的韵味。相附：相互结合。悬：悬隔，断开。绪：头绪，思路。自接：自动连接。和：和谐，像音乐般和谐。心声：指言辞，文章的语言文辞。协：谐和协调。

【分析】赞辞总结了统筹文章的重要意义。既要考虑文章的内容情理，也要兼顾文章的言辞韵味，推原起始，会合终结，才能达到“五音和谐”的作用。

总术第四十四解析

【解题】刘勰认为写好文章是有“术”的。他在许多篇章中分从各种不同角度提到术的问题。《风骨》篇中说：“文术多门，各适所好。”《情采·赞》中说：“心术既形，英华乃赡。”《定势》中说：“旧练之才，则执正以驭奇；新学之锐，则逐奇而失正。势流不反，则文体遂弊。秉兹情术，可无思耶！”因此，《文心雕龙》之中“心术”、“文术”、“情术”、“智术”、“要术”、“首术”等词，层见叠出，可知刘勰对此的重视。

本文之前，《附会》篇的“解析”中就讨论到了行文之术的问题。《总术》篇是讨论创作问题的最后一篇，集中提出“术”来讨论，或因上述文章中虽然已经讨论到了诸多“术”的专题，仍然需要统而观之，在一篇文章中再集中讨论一下，由此可见《总术》一文在创作论中的重要地位。

刘勰将《神思》篇与《总术》篇分置首尾，正好起到前后呼应的作用。

“总”在文学理论用语中常是寓有总持、驾驭、把握、掌握之意。“总术”，即把握住写好文章的法则，或云掌握写文章的方法。

刘勰在讨论行文之“术”时，先要从理论上解决一个新出现的问题，即“文笔之辨”。

“文笔”之分也是从探索文学的特徵这一角度提出的。这种学说的发展反映了文学上的几次变革。

早期文笔的区分着眼于文体的不同应用。文指诗赋之类的作品，犹如后代所谓艺术文，一般不用它解决实际事务问题；笔指诏、策、章、奏之类的公文，犹如后代所谓应用文，大都用于朝廷官府的公事。二者写作要求不同，文人往往各有专长，《南史·颜延之传》："（宋文）帝尝问以诸子才能，延之曰：'竣得臣笔，测得臣文。'"可以代表这一阶段的认识。

其后声律论起，文人把它运用到了诗赋等文体中去，于是这类作品的声韵安排显得更妥帖了。一些应用的文体，却大抵仍依散行的方式写作，受声律的影响较小，这时大家更从声律的运用上来区分文笔。《文心雕龙·总术》篇中说："今之常言，有文有笔，以为无韵者笔也，有韵者文也。"可以作为这一阶段文笔论者的代表。他们认为"文"（即文学）应有声韵之美。

其后梁元帝萧绎在《金楼子·立言》篇中作了更详细的区分。他认为文学的特点在于词藻华美，声律谐合，富有感染力量，这种学说代表着魏晋南北朝人后期的看法，表明时人对文学特徵有了进一步的认识，但也反映了他们过于重视形式华艳的偏向。

这种情况，自刘宋之时就已出现，《文心雕龙》中不时提出批判。这些地方，刘勰也持"折衷"的态度。

颜延之还曾提出过另一种不同意见，认为中间还有一个"言"的问题。《总术》篇中介绍说："笔之为体，言之文也；经典则言而非笔，传记则笔而非言。"刘勰认为此说有欠周密。因为绝大多数的经典并非只是停滞在"言"的阶段。在他看来，像《诗经》，明为有韵之文；像《尚书》，其中有些是圣贤的实录，可也不是什么真的谈话记录，都已经过后人的加工与结撰，这也就是无韵之"笔"。其他经典亦非用"言"可以概括。因此，颜延之的"言"说不合事实，难以成立。由于颜延之的理论未见完整的文字表述，只是见于刘勰的转述，仅能略知其一二，究竟怎样，难以作出确切的判断。综合上述颜延之的言论加以考察，似乎他把早期的文学发展分为三个阶段，亦即三个层次：一是“言”的阶段，二是“笔”的阶段，三是“文”的阶段。刘勰认为“言”中即有“文”“笔”的内涵，这里没有三个阶段的问题，不必分为三个层次。

刘勰提出了一个特例，以为《易》中的《文言》一名就足以破颜氏之说。此名表示“文”“言”本为一体，“言”中即有“文”。《文言》出于孔子，本属经典，又为宣扬《易经》的记传，按颜氏定义，应是笔类，因此《文言》一身具有言、笔、文的三种特质。“六经以典奥为不刊，非以言笔为优劣也。”可知他的批驳颜氏，也是从他的“宗经”立场出发，他不从《文言》的内部结构上考察，看文词中是否多偶语，声律是否调谐？在理论上也是不彻底的。《章表》篇中说：“周监二代，文理弥盛，再拜稽首，对扬休命，承文受册，敢当丕显，虽言笔未分，而陈谢可见。”则是又以言笔来区分文体了。

有的学者则从《文言》的性质上着眼，批评刘勰之说不当。他们认为《文言》不属《易》之正文，而是《易》“传”，正属“笔”类。然而正如上面所说，《文言》之在当时学者眼中，出于圣人之手，属于“经”类，这是没有疑义的。《丽辞》中说：“《易》之《文》、《系》，圣人之妙思也。”从刘勰的思想体系而言，此说没有什么不妥。

刘勰在《总术》结束时说：“文体多术，共相弥纶，一物携贰，莫不解体。所以列在一篇，备总情变，譬三十之辐，共成一毂，虽未足观，亦鄙夫之见也。”说明他的创作论奠基于文体论之上。自《明诗》至《书记》，分论各种文体；自《神思》至《总术》，则分论创作中的各种问题，于此也可看到《文心》一书结构之周密与完整。

1. 今之常言，有文有笔，以为无韵者笔也，有韵者文也[①]。夫文以足言，理兼诗书，别目两名，自近代耳[②]。(一)颜延年以为“笔之为体，言之文也；经典则言而非笔，传记则笔而非言”。请夺彼矛，还攻其盾矣[③]。何者？《易》之

《文言》，岂非言文？若笔不言文，不得云经典非笔矣。将以立论，未见其论立也④。（二）予以为发口为言，属笔曰翰，常道曰经，述经曰传。经传之体，出言入笔，笔为言使，可强可弱。六经以典奥为不刊，非以言笔为优劣也⑤。（三）

【注释】

① 常言：一般、流行的说法。以为无韵者笔也，有韵者文也：萧绎《金楼子·立言》则曰："至如不便为诗如阎纂，善为章奏如伯松，若此之流，泛谓之笔。吟咏风谣，流连哀思者，谓之文。"阎纂为晋人。伯松为张竦字，西汉末人。萧绎也将文笔对举，在颜氏之说的基础上又有发展，对文学的特点更为强调。

② 文以足言：足，成。言文用在记录、修饰、成就言语。语出《左传·襄公二十五年》："仲尼曰：志有之，言以足志，文以足言，不言，谁知其志，言之无文，行而不远。"诗书：指《诗经》和《尚书》，这里借指有韵、无韵者，将有韵之文和无韵之笔都包含在内。别目两名：指区别之后称为文、笔。近代：指晋宋以来。

③ 颜延年：名延之，南朝宋时著名作家，与谢灵运并称"颜谢"。撰有《北使洛》、《还至梁城作》、《阳给事诔》等。笔之为体，言之文也；经典则言而非笔，传记则笔而非言：颜延之语不详所出。颜延之将言与经典（经书，如《诗经》、《尚书》、《礼》、《春秋》等）、笔与传记（解释经书者，如《左传》、《礼记》等）相联系并对举。请夺彼矛，还攻其盾：请用他的矛来攻他的盾吧。语本《韩非子·难一》："楚人有鬻楯与矛者，誉之曰：'楯之坚，莫能陷也。'又誉其矛曰：'吾矛之利于物，无不陷也。'或曰：'以子之矛，陷子之楯，何如？'其人弗能应也。"有关颜延之语，范文澜《文心雕龙注》曰："颜延年语，未知所出，当为《庭诰》逸文。……颜延年谓'经典则言而非笔，传记则笔而非言'，此'言'字与'笔'字对举，意谓直言事理、不加修饰者为言，如《礼经》、《尚书》之类是；言之有

文饰者为笔，如《左传》、《礼记》之类是，其有文饰而又有韵者为文。颜氏分为三类，未始不善，惟约举经典传记，则似嫌笼统。盖《文言》，经典也，而实有文饰，是经典不必皆‘言’矣；况《诗三百篇》，又为‘韵文’之祖耳。”

④ 《文言》：篇名。《易》之“十翼”中的一篇，专门对《乾》《坤》两卦进行解释。孔颖达《周易正义》曰：“《文言》者，是夫子第七翼。”又引庄氏云：“文谓文饰，以乾坤德大，故特文饰以为《文言》。”《易》之《文言》，岂非言文：这一句是说，《周易》的《文言》，难道不是“言”的“文饰”吗？《文言》为孔子之作，刘勰《原道》曰：“幽赞神明，《易》象惟先。庖牺画其始，仲尼翼其终。”《文言》属颜延之所说的“经典”，是“言而非笔”，但《文言》又称为“文”之“言”。刘勰以此驳颜延之“经典则言而非笔”。若笔不言文，不得云经典非笔：这两句是说：如果“笔”不是“言”的“文饰”，也就不能说经典（是“言”）不是“笔”。依颜延之的说法，传记是笔，而笔是言的文饰，如果笔亦有文饰，那么与文又难以区分，因此否定文笔分类。将以立论，未见其论立：（颜延之）想要立论，但没能看到他的论说被建立起来。

⑤ 言：言语。属笔：执笔撰写。常道曰经：指称恒久不变之理叫经书。本书《宗经》：“三极彝训，其书曰‘经’。‘经’也者，恒久之至道，不刊之鸿教也。”述经曰传：解释经义的文字叫传。经传之体：经传的性质。出言入笔：出自言语入于笔翰。笔为言使，可强可弱：笔翰文字为言语所驱使，驱动力可强可弱。典奥：典范而深刻。不刊：不可更改，不可磨灭。

【分析】这一段指出近代以来文笔之分，并论证言笔之分的自相矛盾。可分三节：（一）指出近代以来产生文笔之分以及文笔之分的标准。（二）介绍颜延之的言笔说，并论证其说不能成立。颜延之将经典看作言，将解经传记看作笔，又用有无文饰来划分笔和言。刘勰举《易・文言》为例加以驳斥，指出言笔分类、经典与传记分类不是探本之论，为接下来自己的分类和下文总论文术张本。（三）对言、笔、经、传作出解释。刘勰从言语和书写角度解释言笔，将经、传回归经学系统，确定其内涵和相互关系，摆脱了近代以来建立的文笔、言笔的桎梏，为在更广阔的“文”的基础上讨论“文术”扫清了障碍。

2. 昔陆氏《文赋》，号为曲尽，然泛论纤悉，而实体未该①。故知九变之贯匪穷，知言之选难备矣②。

【注释】

① 昔陆氏《文赋》，号为曲尽，然泛论纤悉，而实体未该：陆氏，指陆机，西晋著名文学家。文赋：篇名。见《文选》卷十七。《文赋》序云：“故作《文赋》以述先士之盛藻，因论作文之利害所由，佗日殆可谓曲尽其妙。”纤悉：细致详尽。实体：真正的主体，这里指对文术重要性的认识。未该：不完备。

② 知九变之贯匪穷，知言之选难备：前句承“泛论纤悉”，后句承“实体未该”。九变，多变。匪穷，不穷。语出《汉书·武帝纪》武帝诏所引逸诗：“朕闻天地不变，不成施化；阴阳不变，物不畅茂……诗云：‘九变复贯，知言之选。’”颜师古注：“贯，事也。选，择也……此言文质不同，宽猛殊用，循环复旧，择善而从之。”

【分析】这一段举陆机为例，说明文学理论领域都还未能重视研治文术。

3. 凡精虑造文，各竞新丽，多欲练辞，莫肯研术①。（一）落落之玉，或乱乎石；碌碌之石，时似乎玉②。精者要约，匮者亦鲜；博者该赡，芜者亦繁；辩者昭晰，浅者亦露；

奥者复隐，诡者亦曲[③]。（二）或义华而声悴，或理拙而文泽[④]。知夫调钟未易，张琴实难[⑤]。伶人告和，不必尽窕槬(huà)之中；动角挥羽，何必穷初终之韵[⑥]：魏文比篇章于音乐，盖有徵矣[⑦]。夫不截盘根，无以验利器；不剖文奥，无以辨通才[⑧]。才之能通，必资晓术，自非圆鉴区域，大判条例，岂能控引情源，制胜文苑哉[⑨]！（三）

【注释】

① 精虑：殚精竭虑，用尽心思。练辞：修练辞藻或字句。上文“泛论”、“实体”对举，此处“练辞”、“研术”对举，可见“总术”重在文章内在和主体的方面。

② 落落之玉，或乱乎石；碌碌之石，时似乎玉：语本《老子》第三十九章：“不欲琭琭如玉，落落如石。”河上公注：“琭琭，喻少；落落，喻多。玉少故见贵，石多故见贱。”刘勰借用《老子》玉见贵而石见轻之意，意谓即使贵重之玉非常多，但不研究文术，亦使众多之玉沦为乱石，相反，虽然是不多的石头，但文章有术，有时也能使其看起来如玉般贵重。以此说明文术的重要。杨明照说：“疑此处‘玉’、‘石’二字淆次。”王利器云：“此文‘碌碌’‘落落’，疑当互易。”诸说亦可通，后有《文心雕龙》注本或径改之，则似不必。

③ 精者要约，匮者亦鲜；博者该赡，芜者亦繁；辩者昭晰，浅者亦露；奥者复隐，诡者亦曲：要约，简明扼要。匮，空乏。鲜，鲜少。该赡，完善丰富。芜，繁芜，多而乱。辩，明白。昭晰，昭畅明白。奥，含义深邃。复隐，包蕴深隐。本书《原道》曰：“文王患忧，《繇辞》炳曜，符采复隐，精义坚深。”诡，诡秘。曲，曲折。这几句将有共通性但褒贬各异的文章特点对举，用《老子》第三十九章“故贵以贱为本，高以下为基”的思路，说明好坏之间距离甚近；又用“昔之得一者，天得一以清，地得一以宁，神得一以灵，谷得一以盈，万物得一以生，候王得一以为天下正”的得“一”思路，说明研求文术的重要。

④　义华：含义华美。声悴：声韵不协。理拙：义理不周。文泽：文辞润泽。

⑤　调钟：测试编钟音准。调钟未易：事见《吕氏春秋·仲冬纪·长见》："晋平公铸为大钟，使工听之，皆以为调矣。师旷曰不调，请更铸之。平公曰：'工皆为调矣。'师旷曰：'后世有知音者，将知钟之不调也。臣窃为君耻之。'至于师涓，而果知钟之不调也。"张琴：将弦安在琴上。张琴实难：事见刘向《说苑·政理》："夫治国譬若张琴，大弦急，则小弦绝矣。"故刘勰说张琴实难。

⑥　伶人告和，不必尽窕槬之中：伶人，乐人。窕，极细的声音。槬，极宏大的声音。中，恰到好处。《国语·周语》载周景王二十三年，王将铸无射，"二十四年，钟成，伶人告和，王谓伶州鸠曰：'钟果和矣。'对曰：'未可知也。'"韦昭注："伶州鸠以为钟实不和，伶人媚王，谓之和耳，故曰未可知也。"周景王二十四年，即鲁昭公二十一年。《左传》昭公二十一年载伶州鸠有关铸无射钟的议论："王其以心疾死乎？夫乐，天子之职也。夫音，乐之舆也；而钟，音之器也。天子省风以作乐，器以钟之，舆以行之，小者不窕，大者不槬，则和于物，物和则嘉成。"动角挥羽，何必穷初终之韵：何必，不必。穷，穷尽。初终，始终。《文选》陆机《豪士赋》"孟尝遭雍门而泣，而琴之感以末"，李善注引桓子《新论》："雍门周以琴见孟尝君，孟尝君曰：'先生鼓琴亦能令文悲乎？'对曰：'臣窃为足下有所悲，千秋万岁后，坟墓生荆棘，游童牧竖，踯躅其足而歌其上曰：孟尝君之尊贵，亦犹若是乎？'于是孟尝喟然太息，涕承睫而未下，雍门周引琴而鼓之，徐动宫徵，挥角羽，初终而成曲。孟尝君遂歔欷而就之，是琴之感以末也。"以上四句是说：表面上钟律、音律和谐而实际未必，以见文章写作的微妙，所以需要研究文术。

⑦　魏文比篇章于音乐，盖有徵矣：魏文，魏文帝曹丕，三国魏时重要文学家，有《典论·论文》与诗歌《燕歌行》等。徵：检验而得到证实。《典论·论文》曰："文以气为主，气之清浊有体，不可力强而致，譬诸音乐，曲度虽均，节奏同检，至于引气不齐，巧拙有素，虽在父兄，不

能以移子弟。”

⑧ 不截盘根，无以验利器：截，截断。盘根，盘曲交错的老树根节，形容事物力量强大、关系复杂。验，检验。不剖文奥，无以辨通才：剖，剖析。文奥，文章奥秘。辨，辨别。通才，这里指能贯通把握文章者。《后汉书·安帝纪》载虞诩迁朝歌长，当时朝歌多盗贼，连年不解，亲旧都为虞诩担忧。虞诩说：“难者不避，易者必从，臣之节也。不遇盘根错节，无以别坚利，此乃吾立功之秋。”

⑨ 资：凭借。晓术，通晓文术。圆鉴：全面、圆融地观察。区域：指包括文笔的各种文章领域。本书《序志》亦云“论文叙笔，则囿别区分”。大判条例：此处指高度地概括出驭文之术。控引情源：掌控、引导情感。制胜：取得成功。

【分析】这一段强调研究文术的重要。可分二节：(一) 论证研求文术的重要性。可分为二层：1. 以贵重之玉与普通之石对举，指出不研文术，则贵重之玉沦为乱石；若能研究文术，则普通之石可与贵重之玉相似。2. 将文章“精”“博”“辨”“奥”之美与“匮”“芜”“浅”“诡”文病对举，以见出两者实有共性，如果不研究文术，或可差之毫厘而失之千里，故下文以“缨牵忌长，以万分一累，且废千里”作比，相互呼应。(二) 指出文章写作不易，写作通才需通过研求文术取得。可分三层：1. 指出义理、文辞兼美的文章难得一见，并以调钟、张琴作比证明写作完美文章之不易。2. 以音乐作比，肯定魏文帝以音乐比喻写作的有据，指出写作才能的微妙。3. 指出洞晓文章写作奥秘的通才必借助于研求文术。

4. 是以执术驭篇，似善弈之穷数；弃术任心，如博塞之邀遇①。故博塞之文，借巧傥来，虽前驱有功，而后援难继；少既无以相接，多亦不知所删，乃多少之并惑，何妍蚩之能制乎②！(一) 若夫善弈之文，则术有恒数，按部整伍，以待情会，因时顺机，动不失正③。数逢其极，机入其巧，则义味腾跃而生，辞气丛杂而至④。视之则锦绘，听之则丝簧，味之则甘腴，佩之则芬芳，断章之功，于斯盛矣⑤。（二）夫骥足虽骏，纆（mò）牵忌长，以万分一累，且废千里⑤。况文体多术，共相弥纶，一物携贰，莫不解体⑥。所以列在一篇，备总情变，譬三十之辐，共成一毂，虽未足观，亦鄙夫之见也⑦。（三）

【注释】

① 驭篇：驾驭篇章，指写作。弈：围棋。《汉书·游侠传》"相随博弈"颜师古注："博，六博；弈，围棋也。"穷数：穷究围棋招数。任心：随心所欲。博塞：博戏，赌输赢、争胜负的游戏。许慎《说文解字》卷五："博，局戏也，六箸十二棋也。"又曰："行棋相塞谓之簺。"邀：遇见。《庄子·徐无鬼》"吴与之邀乐于天"郭象注："邀，遇也。"

② 借巧：借助于巧合。倘来：无意中得来。《庄子·缮性》："轩冕在身，非性命也，物之倘来寄也。寄之，其来不可圉，其去不可止。"妍蚩：美丑。制：控制、确定。陆机《文赋》"序"："夫放言遣辞，良多变矣，妍蚩好恶，可得而言。"这一段涉及创作灵感。陆机《文赋》以为创作灵感来不可遏，去不可留。《文赋》曰："若夫应感之会，通塞之纪，来不可遏，去不可止，藏若景灭，行犹响起，方天机之骏利，夫何纷而不理。思，风发于胸臆；言，泉流于唇齿。纷葳蕤而以馺遝，唯毫素之所拟，文徽徽而溢目，音泠泠而盈耳。及其六情底滞，志往神留。兀若枯木，豁若涸流。揽营魂以探赜，顿精爽而自求。理翳翳而愈伏，思轧轧其若抽。是以或竭情而多悔，或率意而寡尤。虽兹物之在我，非余力之所戮。时抚空怀而自惋，吾未识夫开塞之所由也。"刘勰所论与之相似，但更强调只靠灵感的创作是很不够的。

③ 恒数：指一定的创作规律。按部整伍：按部就班。陆机《文赋》："选义按部，考辞就班。"情会：情感兴会。因时顺机：顺应时机。这里指灵感到来的时机。正：中正。

④　数:指上文“术有恒数”之数。逢其极:达到极致。机:指上文“情会”之机。义味:意义和韵味。辞气:辞彩和文气。这几句所写颇似本书《神思》“神思方运,万途竞萌”的状态。

⑤　视之则锦绘,听之则丝簧,味之则甘腴,佩之则芬芳:这几句形容“术”数逢其极、情会入其巧而创作出来的作品的美好和完美:看它,就如锦绣的图绘;听它,就如丝竹笙簧演奏出的和谐音乐;品味它,则味道甘美;佩戴它,则气味芬芳。断章:作文成篇。

⑥　骥足虽骏,纆牵忌长,以万分一累,且废千里:骥,良马。骏,矫健,跑得快。纆牵,马缰绳。累,拖累。语出《战国策·韩策》:“段干越人谓新城君曰:‘王良之弟子驾,云取千里马,遇造父之弟子。造父之弟子曰:‘马不千里。’王良弟子曰:‘马,千里之马也;服,千里之服也。而不能取千里,何也?’曰:‘子纆牵长。’故纆牵于事,万分之一也,而难千里之行。”张华《励志诗》:“纆牵之长,实累千里。”《文选》卷十九李善注:“千里之马,系以长索,则为累矣。”

⑦　弥纶:统括,贯通。携贰:判离,背离。备总情变:完备地总结文术的情理和变化。譬三十之辐,共成一毂:辐,连接车轮外圈与车轴之间的辐条。毂,车轴。《周礼·考工记·辀人》:“轮辐三十,以象日月也。”鄙夫:自谦之词。

【分析】这一段从正反两方面讨论执术写作的重要。可分三节:(一)论述不能执术的写作即使有灵感的到来也不能写出好文章。刘勰以穷究路数的善弈者和碰运气的赌徒比喻能否执术驭篇的创作者,形象生动。(二)描绘执术写作者灵感到来时的写作及其文章的美妙。(三)指出总术之意。可分两层:1. 以骏马日行千里与合适的缰绳长度作比,指出文章多术,且相互关联,需建构合理,方能写出好文章。2. 指出设总术篇的用意。黄侃《文心雕龙札记》曰:“此篇乃总会《神思》以至《附会》之旨,而丁宁郑重以言之,非别有所谓总术也。……彦和之撰斯文,意在提契纲维、指陈枢要明矣。”刘勰将《神思》以至《附会》诸术比作车辐，将《总术》比作车轴，强调以文术而待情会、神思，共同构造圆满的车轮，诸篇成为《文心雕龙》中相对完整的一部分，也就是《序志》篇所言的“剖情析采，笼圈条贯，摛神性，图风势，苞会通，阅声字”的部分。言语而能成为“文章”，士之所以能被称为“文士”，“文术”是内在的主体和核心，刘勰是在这一本体意义上来讨论和强调文术的，这是他需要在开篇打破文笔和言笔区分的原因。

5. 赞曰：文场笔苑，有术有门①。务先大体，鉴必穷源②。乘一总万，举要治繁③。思无定契，理有恒存④。

【注释】

① 文场笔苑：以“文场”、“笔苑”对举，指所有文章，与本文开头呼应。门：指各种文、笔都有各自的写作路数，此处就各种文体与具体的文术而言。

② 务先大体：大体，指本文所论本体意义上的文术。这句是说：务必首先要清楚文章有术。鉴：观察，审察。穷：探究，穷尽。源：指本体意义上的文术。

③ 乘：因。一：这里指大体。总万：统帅万端。举要：抓住要领。治繁：治理纷繁杂乱。

④ 契：法则。理：这里指文之所以为文之理，即文术。恒存：永久存在。

【分析】总结全篇，强调研求文术是文章写作的大体和源头，是总万之“一”、治繁之“要”。黄侃《文心雕龙札记》曰：“八字最要。不知‘思无定契’，则谓文有定格；不知‘理有恒存’，则谓文可妄为。救此二流，咨惟舍人矣！”

时序第四十五解析

【解题】“时序”一词，曾有几种解释。扬雄《河东赋》“灵祇既飨，五位时序”，这里的“时”字作指示代名词用，与“是”字相通；陆机《赠尚书郎顾彦先》诗“凄风迕时序”，这里的“时”字作季节解释，即春、夏、秋、冬等时令。刘勰的用法与上二说不同，“时”字作“时代”解。他根据时代的程序讨论了历代文学的演变情况，因此这篇文章可作古代文学小史看待。

刘勰讨论文学问题时注意考察历史演变，他在讨论各种文体时就曾着眼于“原始以表末”，这是做好“敷理以举统”即理论总结工作的前提。他要尽可能地掌握丰富资料，然后从中汲取经验教训。

这种历史观点的形成，也是魏晋南北朝文学理论界的一大贡献。与刘勰同时的人，如作《宋书·谢灵运传论》的沈约，《诗品序》的锺嵘，都有介绍历代文学发展的文字，可见刘勰的认识也不是凭空产生的，他不过比当时的人注意力更为集中，因而水平更高一些罢了。

这篇文章可与《明诗》、《才略》篇并读。《时序》篇讨论历代文学风气的演变，《明诗》篇叙述历代诗风的递嬗，《才略》篇讨论历代作家成就的不同方面，三者相辅相成，有不少论点可以彼此补充，相互映发。

1. 时运交移,质文代变,古今情理,如可言乎?[①]昔在陶唐,德盛化钧,野老吐“何力”之谈,郊童含“不识”之歌[②];有虞继作,政阜(fù)民暇,“薰风”诗于元后,“烂云”歌于列臣:尽其美者,何乃心乐而声泰也[③]!至大禹敷土,“九序”咏功[④];成汤圣敬,“猗欤(yī yú)”作颂[⑤]。逮姬(jī)文之德盛,《周南》勤而不怨[⑥];太王之化淳(chún),《邠(bīn)风》乐而不淫[⑦]。幽、厉昏而《板》、《荡》怒,平王微而《黍离》哀[⑧]。故知歌谣文理,与世推移,风动于上,而波震于下者也[⑨]。

【注释】

① 时运:时代气运。交移:交替推移。质:质朴,有内容之美的意思。文:华美,有形式之美的意思。如:于是,承上的虚词。

② 陶唐:尧的氏姓。化:教化。钧:通“均”,平等,普遍。野老吐“何力”之谈:《论衡·艺增》曰:“有年五十击壤于路者。观者曰:‘大哉,尧之德乎!’击壤者曰:‘吾日出而作,日入而息,凿井而饮,耕田而食,尧何等力?”后世《帝王世纪》等书均有类似记载。“壤”为木制的一种像鞋的玩具。郊童含“不识”之歌:《列子·仲尼》载尧时童谣曰:“立我蒸民(民众),莫匪(不是)尔极,不识不知,顺帝之则(准则)。”

③ 有虞:即舜。有是语首助词,虞是舜的姓。作:起。阜:盛。暇:闲。《薰风》诗于元后:《孔子家语·辩乐解》:“舜弹五弦之琴,造《南风》之歌。其诗曰:‘南风之薰(暖和)兮,可以解吾民之愠(烦恼)兮。’”元后:开国君主。“烂云”歌于列臣:《尚书大传》上记载舜与群臣作歌,舜歌曰:“卿云烂兮,纠缦缦兮!”臣子作歌曰:“明明上天,烂然自陈。”尽:完全,全部。泰:安宁。

④ 大禹:即夏禹,大是美词。敷土:分布治理国土。九序:《尚书·大禹谟》上记载着禹各种建国的程序,称为“九叙”,叙即序。《大禹谟》是后出的伪《古文尚书》,刘勰不了解,故作为信史援用。

⑤　成汤：即汤，成是美词。商代的开国君主。“猗欤”作颂：《诗经·商颂·那》中有“猗欤那欤”之句，“猗欤”是感叹词。

⑥　逮：等到。姬文：即周文王，姬是周的姓。《周南》勤而不怨：《诗经》“风”诗中的一部分，叫《周南》，古代以为里面反映了王化自北而南的情况，表现出勤劳而无怨言的特点。

⑦　太王：周文王的祖父。淳：淳厚。《邠风》乐而不淫：“邠”即“豳”(bīn)，是太王居住的地方，在今陕西省栒(xún)邑。《豳风》是《诗经》中“风”诗的一部分，里面相传有周公所作的《东山》诗，歌颂太王的德化，表现出快乐而不过分的特点。

⑧　幽、厉：周幽王和周厉王。西周末期两个昏乱的君主。《板》《荡》：《诗经》“大雅”中的两首诗，批评厉王时政治腐败的作品。这里提到幽王，是连类而叙及的。平王：周平王，西周覆灭后，迁往东周的第一个君主。微：衰落。《黍离》：《诗经》“王风”中的一篇，相传是东周人悼叹西周故都的作品。

⑨　文理：写作的道理。

【分析】此文结构较简单，纯依历史程序叙述。除开端四句乃开场白，总领全篇外，下面即转入本题。这段文字叙述春秋以前的文风，内分唐尧、虞舜与夏、商、周三代两大阶段。刘勰先介绍各个朝代的政治情况和文学情况，然后差不多逐段作了小结。这种小结有的光指某一朝代而言，有的则作了更广泛意义的概括。像这一段“故知”以下的结语便具有总结性质。

2. 春秋以后，角战英雄，六经泥蟠(pán)，百家飙(biāo)骇[①]。方是时也，韩、魏力政，燕、赵任权[②]；五蠹、六虱，严于秦令，唯齐、楚两国，颇有文学[③]。齐开庄衢之第，楚广兰台之宫[④]。孟轲(kē)宾馆，荀卿宰邑，故稷下扇其清风，兰陵郁其茂俗[⑤]。邹(zōu)子以谈天飞誉，驺奭(shì)以雕龙驰响⑥，屈平联藻于日月，宋玉交彩于风云⑦：观其艳说，则笼罩《雅》、《颂》，故知炜烨（wěi yè）之奇意，出乎纵横之诡（guǐ）俗也⑧。

【注释】

① 角：竞争。角战：角逐战斗。角战英雄：即角战称雄。六经：《易》、《诗》、《书》、《礼》、《乐》、《春秋》。泥蟠：像龙蟠伏在泥中，得不到尊重。飙：暴风。骇：惊叹。

② 方：当。韩、魏：战国时从晋国分裂出去的两个诸侯国。力：武力，实力。燕、赵：燕为战国时处在北方的一个诸侯国，赵是从晋国分裂出去的一个诸侯国。任：听凭，倚仗。权：随机应变，灵活。

③ 五蠹：法家韩非在《韩非子·五蠹》篇中提出的名词，蠹指蠹蚀国家的害虫，即学者、言谈者、带剑者、串御者（逃避兵役的人）和工商之民。六虱：法家商鞅在《商君书·靳令》篇中提出的名词，即礼乐、诗书、修善、孝弟、诚信、贞廉、仁义、非兵、羞战。秦国以"六"为虚数，泛指多数。参看拙文《〈靳令〉与〈饬令〉的关系》，载拙著《〈韩非子〉札记》。六虱的内容和五蠹基本相同。文学：文化学术。

④ 庄衢：四通八达的大路。第：高大的住宅。广：扩大。兰台之宫：相传在今湖北钟祥，曾用以招待文士。

⑤ 孟轲：即孟子，战国时儒家的著名思想家。稷下：齐国国都临淄城西端的一个地区，学者讨论学问的地方。孟子到齐国时，受到尊重，在稷下讲学，住在宾馆里。荀卿：即荀子，战国时由儒家向法家演变的著名思想家。兰陵：楚国的城邑。在今山东枣庄峄（yì）城区，荀子曾任兰陵令。扇：扇动，簸扬。郁：积聚。茂：美。

⑥ 邹子以谈天飞誉：邹子，即邹衍，战国时阴阳家的代表人物，稷下学者之一，喜欢构拟一些有关天体构造的学说。驺奭以雕龙驰响：驺奭也是齐国稷下学者之一，喜欢修饰文辞，像雕刻龙纹一样。响：响亮的名声。

⑦ 屈平：屈原的名。联藻：媲美，并美。宋玉：战国时楚国的文士，屈原的弟子。交彩：交相辉映。

⑧ 笼罩：盖住。雅颂：指《诗经》。炜烨：灿烂，富艳。诡：非常，不正规。

【分析】这一段文字叙述战国时的文学情况。刘勰对文学概念的理解很宽泛，仍将历史、哲学等学术论文保留在文苑内，这从上面二十篇讨论各种文体的文章中可以看出。这里他仍将哲学与文学放在一起讨论。战国之时齐、楚两国学术最为发达，刘勰指出这种历史现象，眼光甚为敏锐，但两国的贡献实际上是不同的。齐国学者对哲学贡献很大，楚国文士对文学贡献很大，刘勰介绍至此，还不能作进一步的区分。

3. 爰(yuán)至有汉，运接燔(fán)书，高祖尚武，戏儒简学，虽礼律草创，《诗》《书》未遑，然《大风》、《鸿鹄(hú)》之歌，亦天纵之英作也[①]。施(yì)及孝惠，迄于文、景，经术颇兴，而辞人勿用，贾谊抑而邹、枚沈，亦可知已[②]。逮孝武崇儒，润色鸿业，礼乐争辉，辞藻竞骛(wù)，柏梁展朝讌(yàn)之诗，金堤制恤民之咏[③]，徵枚乘以蒲轮，申主父以鼎食[④]，擢(zhuó)公孙之对策，叹倪宽之拟奏[⑤]，买臣负薪而衣锦，相如涤(dí)器而被绣[⑥]；于是史迁、寿王之徒，严、终、枚皋之属，应对固无方，篇章亦不匮(kuì)，遗风馀采，莫与比盛[⑦]。越昭及宣，实继武绩[⑧]，驰骋石渠，暇豫文会，集雕篆之轶材，发绮縠(hú)之高喻，于是王褒(bāo)之伦，底(zhǐ)禄待诏[⑨]。自元暨成，降意图籍，美玉屑之谈，清金马之路[⑩]，子云锐思于千首，子政雠(chóu)校于六艺，亦已美矣[⑪]。爰自汉室，迄至成、哀，虽世渐百龄，辞人九变，而大抵所归，祖述《楚辞》，灵均馀影，于是乎在[12]。

【注释】

① 爰：发语词。有：语首助词。燔书：焚书，指秦始皇的焚书一事。高祖：指汉高祖刘邦，西汉王朝的奠立者。戏儒简学：刘邦以为他是马上得天下的，看不起儒生，常加以嘲弄。简，忽视。未遑：无暇顾及。《大风》：刘邦统一天下，回故乡时作《大风歌》曰："大风起兮尘飞扬，威加海内兮思故乡，安得猛士兮守四方。"《鸿鹄》：刘邦想另立戚夫人之子赵王如意为太子，未能如愿，因而作《鸿鹄歌》，歌曰："……虽有矰缴（系有丝绳的短箭），尚安所施。"见《史记·留侯世家》。天纵：天所助益的。英：突出。

② 施：延。孝惠：刘邦的儿子惠帝，孝是美称。迄：至。文、景：西汉初年的君主文帝和景帝。经术：研究儒学经典的经学。辞人：辞赋家。贾谊：西汉初期的文士，著有《鹏鸟赋》等文。邹、枚：指邹阳和枚乘，都是西汉初期的著名文士。沈：沉沦。

③ 逮：等到。孝武：汉武帝，景帝之子。孝是美称。润色：增色。鸿：大。骛：奔驰。柏梁展朝讌之诗：相传汉武帝曾和群臣在柏梁台上联句作诗。展：展出。讌：同"宴"。按现存《柏梁台》联句诗，据考证，是后人伪作的。金堤制恤民之咏：当时黄河在瓠（hù）子决口，瓠子在今河北濮阳，汉武帝亲自去督促臣下筑堤，这堤就叫金堤。汉武帝作《瓠子歌》，表示对灾民的同情。

④ 徵枚乘以蒲轮：武帝召枚乘到长安时，以其年老，故而在车轮上裹以蒲草，减轻颠簸，表示尊重。申：致。申主父以鼎食：主父偃是汉武帝时有权术的文士，得志后，尽情享受，自称一定要五鼎食。鼎是存食品的铜器，以此表示享用阔绰。

⑤ 擢：提拔。擢公孙之对策：公孙弘在回答有关国事的提问时，受到武帝的赏识，后提拔为丞相。对策即回答君主的策问。叹倪宽之拟奏：倪宽是廷尉张汤的僚属，曾为主子草拟和修改奏本，武帝叹赏，

受到提拔。

⑥ 买臣负薪而衣锦:朱买臣卖柴为生,仍勤苦学习楚辞,后得到武帝赏识,任为太守,穿上了锦袍。相如涤器而被绣:司马相如落拓时,曾在开设的酒店里亲自洗涤食器,后以辞赋优异受到提拔,披上绣袍,任为官员。被,即"披"。

⑦ 史迁:即司马迁。曾任太史令,故称史迁。寿王:虞丘寿王。严:严助。终:终军。枚皋:枚乘的儿子。上述五人都是武帝时的文士。属:辈,与"徒"同义。无方:没有固定格式,多变化。匮;缺乏,贫乏。

⑧ 昭:汉昭帝。武帝之子。宣:汉宣帝,武帝曾孙。越:经过。武:汉武帝。绩:成绩,成就。实继武绩:文章下面即历叙宣帝时之成绩。

⑨ 石渠:石渠阁,汉代宫庭中藏书的地方,宣帝曾经命令学者在此讲学。暇豫:优游闲暇。雕篆:雕,雕虫,指书写虫书;篆,篆刻,指书写刻符。虫书和刻符是流传在西汉时期的两种古字,字体曲折如绘画,当时规定学童必须学习它。扬雄在《法言·吾子》篇中说:"雕虫篆刻,壮夫不为。"这里拿雕虫篆刻比喻辞赋。轶材:才华出众的人才。轶有超越的意思。绮縠:两种丝织品,绮是有花纹的织物,縠是薄的纱,这里比喻文辞华美。高喻:喻是譬喻,古代文士都很重视运用比喻,用喻水平的高下被视为智慧高下的表现。高是形容词,有高明、水平高的意思。王褒:西汉元帝时的作家。伦:辈。底禄:获得爵禄。底原作"底",当为误写。《左传》昭公元年"底禄以德",杜预注:"底,致也。"待诏:等待皇帝的命令,即听从皇帝的差遣。

⑩ 元:汉元帝刘奭(shì),宣帝之子。暨:及。成:汉成帝刘骜(ào),元帝之子。降意:垂意,留念。图籍:图书。玉屑:玉的碎末子。美玉屑之谈:即欣赏珍贵的议论。金马:官署的门,旁边铸有铜马。清金马之路:即畅开通向金马门的道路。

⑪ 子云:扬雄的字。锐思:敏锐地思考。千首:桓谭《新论·道

赋》篇中记载，扬雄提出过“能读千赋则善赋”之说。子政：西汉后期学者刘向的字，曾经负责过整理宫廷内图书的事。雠校：校对。六艺：原指礼、乐、射、御、书、数，这里用指儒家典籍。

⑫ 汉室：汉朝。哀：汉哀帝刘欣，汉元帝之孙。渐：进至。百龄：百年。九变：多次变化。九泛指多数。大抵：大致，大概。归：归宿，溯源。祖述：继承。灵均：屈原的字。馀影：遗留下来的身影。

【分析】这一段文字叙述西汉时的文学情况。他认为武帝之时乃是学风转变的一大枢纽。这里应该指出的是：刘勰主张“徵圣”“宗经”，正统思想相当严重，因此他在叙述几代文学情况时，着眼点也放在正统的朝廷上，例如他对汉初情况的介绍就是如此。其实自高祖至文、景，朝廷之上虽不重文士，但地方诸侯如淮南王刘安、楚元王交、吴王濞(bì)、梁孝王武等，都很爱好文学，门下文士甚多，刘勰略而不论，殊嫌片面。

4. 自哀、平陵替，光武中兴，深怀图谶(chèn)，颇略文华①，然杜笃献诔(lěi)以免刑，班彪参奏以补令，虽非旁求，亦不遐(xiá)弃②。及明、章叠耀，崇爱儒术，肄礼璧堂，讲文虎观③，孟坚珥(ěr)笔于国史，贾逵(kuí)给札于瑞颂④，东平擅其懿文，沛王振其《通论》⑤：帝则藩仪，辉光相照矣⑥。自和、安已下，迄至顺、桓，则有班、傅、三崔，王、马、张、蔡，磊落鸿儒，才不时乏，而文章之选，存而不论⑦。然中兴之后，群才稍改前辙，华实所附，斟酌经辞，盖历政讲聚，故渐靡儒风者也⑧。降及灵帝，时好辞制，造《羲皇》之书，开鸿都之赋，而乐松之徒，招集浅陋，故杨赐号为驩兜(huān dōu)，蔡邕(yōng)比之俳优，其馀风遗文，盖蔑如也⑨。

【注释】

① 平:汉平帝刘衎(kàn),哀帝的弟弟。陵替:衰微。光武:汉光武帝刘秀。中兴:指刘秀建立了东汉王朝。刘秀是刘邦的后裔,因此他在西汉末年天下大乱的政局中取得皇位被认为是汉王朝的中兴。深怀图谶,颇略文华:图谶是从西汉早期兴起的迷信之作,是一些带有预言性质的韵语或图画人像。光武帝信从图谶而忽视文学创作。

② 杜笃献诔以免刑:杜笃是东汉初年的作者,他曾因罪送京师,但在狱中作了一篇大司马吴汉的诔,得到光武帝赏识,被免罪出狱。诔是哀吊亡者的一种文体。班彪参奏以补令:班彪是班固的父亲,东汉初年的史学家和文士。他曾为凉州的地方割据势力窦融起草奏文,受到光武帝的赏识,被任为徐令。参奏是参加起草奏章,补是补缺、补上。旁求:他求,广泛搜求。遐弃:远弃,完全丢开。

③ 明:汉明帝刘庄,光武帝之子。章:汉章帝刘炟(dá),明帝之子。叠耀:像两个太阳一样前后都放射光耀。肄:学习。璧堂:辟雍,古代讲学的地方。虎观:白虎观,汉章帝曾经在这里召集学者讨论经学学术。

④ 孟坚:班固的字,东汉著名的史学家和文学家。《汉书》的作者。珥笔:古代史官把笔插在冠侧,以备随时记录。珥笔即插于耳侧。贾逵:东汉著名的文士和经学家。明帝时有神雀集于宫殿官府,贾逵以为是祥瑞的徵兆,帝下令给他笔札,使作《神雀颂》。札是小木简。

⑤ 东平:东平王刘苍,东汉宗室,有文才。擅:专长。懿:美。沛王:刘辅,也是有文才的宗室。《通论》指他的作品《五经论》。

⑥ 帝则:帝指明帝、章帝。则,榜样。藩仪:藩,藩王,指东平王刘苍和沛王刘辅。仪,表率。

⑦ 安:汉安帝刘祜(hù),章帝之孙。和:汉和帝刘肇(zhào),章帝之子。已:以。迄:及。顺:汉顺帝刘保,安帝之子。桓:汉桓帝刘志,章帝曾孙。班、傅、三崔,王、马、张、蔡:班固、傅毅、崔骃、崔瑗、崔实、王延寿、马融、张衡、蔡邕,都是东汉著名的文士。磊落:光辉灿烂。

鸿儒:大的儒者。才不时乏:人才并不有时缺乏。存而不论:先保留一下不加讨论。

⑧ 前辙:以前的轨道。华实所附:或重形式华美或重内容质实,它们的趋向。历政讲聚:历代朝政都有讲学和聚众讨论的事。渐靡:渐渐地受到侵蚀,即受到影响的意思。

⑨ 降:再往下。灵帝:汉灵帝刘宏,章帝玄孙。制:制作,作品。《羲皇》之书:汉灵帝曾作《羲皇篇》五十章。鸿都之赋:汉灵帝在鸿都门下召集了一批文士,创作各种艺术作品,也写作辞赋。

⑩ 乐松:鸿都门学士之一。杨赐:灵帝时任司空。驩兜:唐尧时四凶之一。杨赐曾上书将鸿都门学士比作驩兜。蔡邕比之俳优:蔡邕把鸿都门学士比作俳优。俳优是以伎艺娱乐人的侍从。蔑如:不足道。

【分析】这一段文字叙述东汉时的文学情况。末尾对鸿都门学深致贬议,其实灵帝的政治措施固属昏庸,但他提倡文学艺术,却为建安一代开了先河。从文学史的发展观点来说,恐怕还不应贬斥过甚。

5. 自献帝播迁,文学蓬转,建安之末,区宇方辑[①]。魏武以相王之尊,雅爱诗章;文帝以副君之重,妙善辞赋;陈思以公子之豪,下笔琳琅(lín láng):并体貌英逸,故俊才云蒸[②]。仲宣委质于汉南,孔璋归命于河北[③],伟长从宦于青土,公干徇(xún)质于海隅[④];德琏(lián)综其斐然之思,元瑜展其翩翩之乐[⑤];文蔚(wèi)、休伯之俦(chóu),子叔、德祖之侣,傲雅觞(shāng)豆之前,雍容衽(rèn)席之上,洒笔以成酣歌,和墨以藉谈笑[⑥]。观其时文,雅好慷慨,良由世积乱离,风衰俗怨,并志深而笔长,故梗概而多气也[⑦]。至明帝纂戎，制诗度曲，徵篇章之士，置崇文之观，何、刘群才，迭相照耀[⑧]。少主相仍，唯高贵英雅，顾盼含章，动言成论[⑨]。于是正始馀风，篇体轻澹，而嵇、阮、应、缪(miào)，并驰文路矣[⑩]。

【注释】

① 献帝：汉献帝刘协，灵帝之子。播迁：皇帝不能稳坐朝廷而颠沛流离，指刘协被董卓逼迁长安，后又为曹操迁之于许昌。蓬转：像飞蓬一样飘旋，动摇不安的意思。建安：汉献帝年号，自公元 196 至 220 年。区宇：天下。辑：安和。

② 魏武：曹操的谥号。曹丕篡汉后，建国号为魏，追谥曹操为武帝。相王：公元 208 年，曹操进爵魏王，封于邺(yè)。邺即相地(在今河南安阳市)，故也称相王。雅：时常，一直。文帝：魏文帝曹丕(pī)，曹操次子，后代汉称帝。副君：太子。曹丕于 217 年立为魏王，嗣立为太子。陈思：指曹操的儿子曹植。曹植生前封为陈王，谥曰思。琳琅：琳是美玉，琅即琅玕(gān)，石子，像珠子一样。这里把琳琅比喻美好的作品。体貌：礼貌，尊重。英逸：杰出人物。云蒸：像云一样凝聚，形容人才之众。

③ 仲宣：王粲的字。建安七子之一，著名文士。委质：归顺的意思。质是玉帛等物，先秦时，臣下向贵族行质礼，即表示确立臣属关系。委是交出的意思。仲宣委质于汉南：王粲原来依附刘表而居住在荆州，后来投奔曹操。荆州地处汉水之南。孔璋：陈琳的字。建安七子之一，著名文士。孔璋归命于河北：陈琳原是袁绍属下的文士，后投降曹操。袁绍的势力在河北一带。

④ 伟长：徐幹的字。建安七子之一，著名文士。从宦：附从做官。宦，出仕。青土：即青州，指徐幹的原籍北海，在今山东寿光。公幹：刘桢的字，建安七子之一，著名文士。徇质：同“委质”。徇，依从。海隅：刘桢原籍东平，在今山东，接近东海。

⑤ 德琏：应玚(yáng)的字。建安七子之一，著名文士。斐然：富

于文采。元瑜:阮瑀的字。建安七子之一,著名文士。翩翩:鸟飞翔的样子,引申为文思活跃。

⑥ 文蔚:路粹的字。休伯:繁(pó)钦的字。于叔:邯郸淳的字。德祖:杨修的字。他们都是当时的著名文士。俦、侣:同辈和同伴的意思。雅:仪态儒雅。觞豆:酒筵。觞是酒杯,豆是盛肉的器具。雍容:威仪的姿态。衽席:酒筵。酣歌:痛快淋漓的诗歌。藉:寄托。

⑦ 时文:当时的作品。雅好:特别崇尚。良:确是,加重语气的说法。笔长:文笔意味深长。梗概:饶有气骨而多感慨。多气:气势旺盛。

⑧ 明帝:魏明帝曹叡(ruì),文帝之子。纂戎:继承帝位。度曲:制作乐章。篇章之士:文学之士。崇文之观:崇文观,魏文帝时建立,文士于此讨论学术问题。何:何桢,有《许都赋》等作。刘:刘劭(shào),有《赵都赋》等作。迭:一个接一个。

⑨ 少主:指明帝以后的齐王曹芳、高贵乡公曹髦、陈留王曹奂。这几个人都在年幼时继位,在位年代都很短。相仍:接连如此。高贵:高贵乡公曹髦。含章:蕴有内美。富有文才的意思。

⑩ 正始:齐王芳的年号,公元240—249年。篇体:文章风格。轻澹:飘逸恬淡。嵇:嵇康。阮:阮籍。应:应璩(qú)。缪:缪袭。他们都是魏末著名的文士。

【分析】这一段文字叙述了曹魏一代的文学情况。三国时的文学固以曹魏为盛,但如蜀国的诸葛亮等也有几篇好文章传世,这里为什么一笔不提?乐毅《报燕昭王书》,李斯《答秦王谏逐客书》,两人仅各有一篇好文章传世,刘勰尚且在《才略》篇中郑重提出;诸葛亮的政治成就自不必说,即文章的成就亦不下前人,刘勰仅在《章表》篇中略一示及,大约也是正统思想在起作用。他在一代文学之中只录正统皇朝体系内的文人。

6. 逮晋宣始基，景、文克构，并迹沈儒雅，而务深方术[①]。至武帝惟新，承平受命，而胶序、篇章，弗简皇虑[②]。降及怀、愍（mǐn），缀旒（liú）而已[③]。然晋虽不文，人才实盛：茂先摇笔而散珠[④]，太冲动墨而横锦[⑤]，岳、湛（zhàn）曜“联璧”之华[⑥]，机、云标“二俊”之采[⑦]，应、傅、三张之徒[⑧]，孙、挚、成公之属[⑨]，并结藻清英，流韵绮靡[⑩]。前史以为运涉季世，人未尽才，诚哉斯谈，可为叹息[⑪]！

【注释】

① 晋宣：司马懿。他的儿子司马昭篡位建立晋朝后，追封他为宣帝。始基：开始打下基业。景：晋景帝司马师，宣帝之子，文帝之兄。文：晋文帝司马昭，宣帝次子。克构：能继承父业。迹：经历。沈：深。务：致力于。方术：技巧，引申为政治上的权术。

② 武帝：晋武帝司马炎，文帝之子。惟新：指建立晋王朝。承平：相继出现太平之世。受命：接受天帝之命而兴。胶序：学校。简：注视。弗简皇虑：没有引起皇帝的重视。

③ 怀：晋怀帝司马炽，武帝之子。愍：晋愍帝司马邺，武帝之孙。缀旒：皇帝所戴冕上下垂的珠子，容易动荡，象徵为臣下所执持。

④ 茂先：张华的字。太冲：左思的字。他们都是西晋的著名文士。散珠、横锦：这里用珠子和锦缎比喻美文。

⑤ 岳：潘岳。湛：夏侯湛。曜“联璧”之华：璧是圆形的玉。潘、夏侯二人是好友，都是西晋著名文士，长得都很美，时人称为“联璧”，见《晋书·夏侯湛传》。华是光彩。

⑥ 机、云：陆机和陆云，兄弟二人都是西晋著名文士，时人称之为“二俊”。《晋书·陆机传》载张华曰：“伐吴之役，利获二俊。”

⑦ 应、傅、三张：应贞、傅玄、张载、张协、张亢，都是西晋文士。徒：辈，等人。

⑧ 孙、挚、成公：孙楚、挚虞、成公绥，都是西晋著名文士。属：辈，等人。

⑨ 结藻：组织华美的文章。流韵：顺畅华美的韵语。绮靡：华美。

⑩ 前史：指前人撰写的晋代史书。运：时运。涉：沦入。季世：末代。

【分析】这一段文字叙述西晋时的文学情况。刘勰指出了政治与文学不一致的现象，但在理论上没有作出解释。

7. 元皇中兴，披文建学，刘、刁（diāo）礼吏而宠荣，景纯文敏而优擢[①]。逮明帝秉哲，雅好文会，升储御极，孳（zì）孳讲艺，练情于诰策，振采于辞赋[②]；庾以笔才逾亲，温以文思益厚，揄扬风流，亦彼时之汉武也[③]。及成、康促龄，穆、哀短祚，简文勃兴，渊乎清峻，微言精理，函满玄席；澹思浓采，时洒文囿（yǒu）[④]。至孝武不嗣，安、恭已矣，其文史则有袁、殷之曹，孙、干之辈，虽才或浅深，珪璋足用[⑤]。自中朝贵玄，江左称盛，因谈馀气，流成文体，是以世极迍邅（zhūn zhān），而辞意夷泰，诗必柱下之旨归，赋乃漆园之义疏[⑥]。故知文变染乎世情，兴废系乎时序，原始以要终，虽百世可知也[⑦]。

【注释】

① 元皇：指晋元帝司马睿（ruì）。中兴：西晋覆灭，晋元帝在建康（今江苏南京）建立东晋王朝，继承晋朝的皇统，故美称中兴。披：开辟。刘：指刘隗（kuí）。刁：指刁协。礼吏：懂得礼制的官吏。景纯：郭璞的字。西晋至东晋间著名的学者和文人。优擢：择优提拔。

② 明帝：晋明帝司马绍，元帝之子。秉：持有，享有。哲：高度智慧。升储：升为储君，即立为太子。御极：登基，即位为皇帝。孳孳：不倦。艺：六艺。练情、振采：情采分别代表内容与形式。练是提练的意思，振是发扬的意思。诰策：君主对下用的文件。

③ 庾：庾亮。温：温峤。二人都是东晋政治家，也是文人。逾亲：越发得到亲近。益厚：更受重视。揄扬：提倡。

④ 成：晋成帝司马衍，明帝之子。康：晋康帝司马岳，也是明帝之子。促龄：短命。穆：晋穆帝司马聃（dān），康帝之子。哀：晋哀帝司马丕，成帝之子。短祚：在位年代短。简文：晋简文帝司马昱（yù），元帝之子。勃兴：猛然兴起，指接位。渊：深沉。峻：高。微言：微妙的理论。函满玄席：简文帝喜欢钻研道家的学说，而不以居处为意，坐的席上常满布灰尘。“函满”就是储满的意思，“玄席”是利用喜好玄学和尘、席而构成的新词。澹思：恬淡的文思，指道家学说，即当时的玄学理论。囿：园林。

⑤ 孝武：晋孝武帝司马曜（yào），简文帝之子。不嗣：皇位不再能传流下去。安：晋安帝司马德宗，孝武帝之子。恭：晋安帝司马德宗，孝武帝之子。已矣：罢了。指晋代至此结束，安、恭二君是亡国之主。袁：袁宏。殷：殷仲文。曹：一辈。孙：孙盛。干：干宝。孙、干二人都是东晋的文人和史学家。珪璋：玉器，古代外交往来时作礼品用，这里用作美好文才的比喻。

⑥ 中朝：指西晋。玄：玄学。当时一种综合儒、道的学说。江左：指东晋，东晋立国于长江左方。谈：谈玄。馀气：馀风。体：风格，风貌。迍邅：艰难。夷泰：平和舒泰。柱下：指老子，老子曾为柱下史。周代祕书一类的史官，侍于朝堂柱下。旨归：旨趣，宗旨。漆园：指庄子，庄子曾为漆园吏。漆园为地名，地当今何处，有山东、河南、安徽等多说。疏：阐述。

⑦ 世情：世上情况。原始：探究开始之时。要终：追踪结束之时。百世：百代。古代以三十年为一世。

【分析】这一段文字叙述东晋时的文学情况。末尾所作的结语，也有总结的性质，具有普遍意义。

8. 自宋武爱文，文帝彬雅，秉文之德，孝武多才，英采云构[①]。自明帝以下，文理替矣[②]。尔其缙绅之林，霞蔚（wèi）而飙起[③]；王、袁联宗以龙章，颜、谢重叶以凤采，何、范、张、沈之徒，亦不可胜也。盖闻之于世，故略举大较[④]。

9. 暨皇齐驭宝，运集休明[⑤]。太祖以圣武膺箓（lù），高祖以睿文纂业，文帝以贰离含章，中宗以上哲兴运：并文明自天，缉（jí）熙景祚[⑥]。今圣历方兴，文思光被，海岳降神，才英秀发，驭飞龙于天衢，驾骐骥于万里[⑦]。经典礼章，跨周轹（lì）汉，唐虞之文，其鼎盛乎[⑧]！鸿风懿采，短笔敢陈？飏（yáng）言赞时，请寄明哲[⑨]。

【注释】

① 宋武：宋武帝刘裕。文帝：宋文帝刘义隆，武帝之子。彬：文质相称。孝武：宋孝武帝刘骏，文帝之子。云构：像云的构积，形容文采之盛。

② 明帝：宋明帝刘彧（yù），文帝之子。替：衰殆。

③ 尔：当时。缙绅：士大夫。林：比喻人才之多。蔚：盛。飙：风暴。

④ 王、袁联宗：王家有王僧达、王微等人，袁家有袁淑、袁粲等人。联宗是说他们两家宗族都以文采著称。龙章：龙的花纹，比喻美文。颜谢重叶：颜家有颜延之和儿子颜竣、颜测，谢家有谢灵运和族弟谢惠连、谢庄等人。叶，世代。何、范、张、沈之徒：指何承天、范晔（yè）、张敷、沈怀文等一辈人物，都是宋代文士。大较：大概。

⑤ 皇齐：指齐朝代替宋朝。皇是美大，形容词。驭宝：控制了宝

器，即登帝位的意思。休：美。

⑥ 太祖：指齐高帝萧道成。膺：受。箓：图箓，符命。膺箓：接受天命而建立了王朝，表示皇权神授。高祖：当作世祖，指齐武帝萧赜(zé)，高帝之子。文帝：指文惠太子萧长懋，武帝长子，死后追尊为文帝。贰离：贰指副位。离指离卦，此卦即由八卦中的上下两个"离"卦形☲组成。贰离含章：先帝与副位叠耀的意思。中宗：中应作"高"，指齐明帝萧鸾(luán)。缉熙：光明，辉煌，《诗经·周颂·维清》："维清缉熙，文王之典。"景：大。

⑦ 圣历：指在位的皇帝，当是指东昏侯萧宝卷，或是和帝萧宝融，都是明帝之子。被：覆盖。岳：高山。秀发：突出。"发"为形容词的词尾。驭飞龙于天衢，驾骐骥于万里：都是形容的话，意思是像在天上驾驭飞龙而翱翔，在地上驾驭骏马而奔驰万里。衢，四通八达的大路。骐骥：骏马。

⑧ 跨：越。轹：践踏，超过。鼎盛：极盛。

⑨ 风：文意，指文中的内容部分。短笔：谦词。敢陈：放胆陈述，谦词。飏：飞扬。飏言：发表高明的言论。时：当时，指作者所处的齐代。

【分析】文章介绍到宋代时，作了概括性的陈述；介绍到齐代时，或许对同时的文士尚难作出定论，也有可能为了避忌，不便详加评判，因此这一段文字只泛泛地对萧齐皇朝作了歌颂。

10. 赞曰：蔚映十代，辞采九变。枢中所动，环流无倦[①]。质文沿时，崇替在选。终古虽远，旷焉如面[②]。

【注释】

① 十代：指唐、虞、夏、商、周、汉、魏、晋、宋、齐。九变：多次变化。枢中：户枢，指中心，即时序之"时"。环流无倦：说明文学风貌围

绕着时代而变化。

② 崇替在选：这里是刘勰的自白，表示一个时期文学的兴盛与衰退，其间代表人物均已在选。终：极。旷：久远。旷焉如面：虽很久远，却也像自己看到的一样。

【分析】前四句言政治影响文学，后四句言依此原理进行考察，则古今文学变迁之势不难了然。

刘勰是站在汉代经学“古文学派”立场上的信徒么?

自从西方的诠释学传入之后,时见有人援用“误读”之说以衡文。所谓“误读”,不光指个别训诂方面的误解,而是指研究者对研究对象的解读有误,有的正是理解方面的全盘错误。《文心雕龙》内容丰富,文辞艰深,更易造成误读。所谓刘勰专主古文学派,就是学术界广泛传播的一种误读。

考此说首由范文澜先生所提出。他在《中国通史简编》中说:

> 刘勰撰《文心雕龙》,立论完全站在儒学古文学派的立场上。《序志篇》说,本来想注儒经,但马融、郑玄已经注得很精当,自己即使有些独到的见解,也难得自成一家;因为文章是经典的枝条,追溯本源,莫非经典,所以改注经为论文。①

范氏为早期注释《文心雕龙》的权威学者,故此说一出,随即得到各种不同类型的学者的赞同。杨明照先生国学基础湛深,治学恪遵传统规范,对此深表同意,他在《从文心雕龙原道序志两篇看刘勰的思想》一文中总结道:

> 总之,刘勰在《文心雕龙》中所表现的思想为儒家思想,而且是古文学派的儒家思想。②

① 该书修订本第二编第五章《长江流域经济文化发展时期——东晋和南朝》第三节《南朝文化的发展》,人民出版社 1964 年 8 月第四版。

② 《文学遗产增刊》第十一辑,中华书局 1962 年版。其后又收入《学不已斋杂著》,上海古籍出版社 1985 年版。

王元化先生熟谙马恩原著,精于西方思辨哲学,因此他的研究《文心雕龙》,属于新派,但也认为刘勰的主要倾向应属儒家古文学派。他在《刘勰的文学起源论与文学创作论》中说:

> 刘勰撰《文心雕龙》,基本上是站在儒学古文派的立场上。这一点他在《序志篇》中说得很明白:"敷赞圣旨,莫若注经,而马、郑诸儒,弘之已精,就有深解,未足立家。唯文章之用,实经典枝条。"马融、郑玄是汉末儒学古文派大师,刘勰不仅对他们极为称道,而且对于刘歆、扬雄、桓谭等也表示赞美,说明了他对儒学(尤其是古文派)的尊崇。①

杨、王二氏是龙学界有代表性的学者。他们对此意见一致,可以认为刘勰站在古文学派立场的这一观点已经得到学术界的一致认可。应该说,他们对此也作出过很多分析,例如杨明照先生曾经举出六条证据,"再拿全书来考查,也无不吻合"。因为这些论证文字篇幅过大,无法一一列举。但我对此仍有疑问。这里我只想指出如下一点,杨、王等人论证问题时,只是单方面地举证,排除了刘勰在其他方面的一些论述,例如他对汉代今文学派的赞语与对玄学的称颂,这样的研究方法,也就不见得全面与公正,得出的结论,不免显得偏颇。

早在二十世纪八十年代,就有一些专家对此提出不同意见,马宏山先生提出《刘勰的儒家思想并非古文一派》,陶礼天先生作《〈文心雕龙〉与经今古文学述略》,都曾进行过细致的论证。陶文后出转精,论述尤为具体,足资采信。我则曾作《〈易〉学中的两大流派对〈文心雕龙〉的不同影响》,提出刘勰兼崇玄学的问题,也是

---

①《文心雕龙创作论》,上海古籍出版社 1979 年版。此书其后多次修订重印,仍主此说。

从刘勰并不固守古文学派立场着眼而进行考察的①。而我觉得这一问题还有深入探讨的必要，如欲彻底解决，则尚需将其置于中国经学发展史的背景下加以透视，考察刘勰生活年代的学术环境，再对刘勰的行文脉络进行分析，才能正确把握其原意。今即遵循上述途径试作探讨。

刘勰重视汉代两次经学会议所起的作用

魏晋南北朝时上承汉代，学术界亦深受其影响。自汉武帝时朝廷开始实行"罢黜百家，独尊儒术"的国策，经学成为左右士子动向的法定准则。经学之中又分今文与古文两大学派，西汉主今文，东汉古文崛起，逐渐取得优势。两大流派之间的竞争，因与仕途有关，故论战不断，冲突不歇。经师之间为了争取不同学派的独尊地位，又有师法、家法之分。西汉重师法，东汉重家法，目的都在保持倡始者对某一经典的解释权。

汉代学术界洋溢着传承儒家经典的热忱，士子通经者即可入仕，经师以此作为私有财产，逐渐形成了一些经学世家，并在政治上取得重要地位。只是由于社会的发展与变动，统治者在政治上也会提出新的要求，学术界则必须作出相应的调整，于是又有新的学派崛起，力求取得统治者的认可，而去分割部分政治利益。

由此可见，汉代士人热衷于经学，不光是一个学术上的问题，经学的传承也不只是教育层面的问题，这些都与仕途有关，反映了时代的发展与政治的动向。前人也已注意到了这些方面的复杂情况，但对经学之影响于文学，则还缺乏系统而深入的探讨。

---

① 马文载《文心雕龙学刊》第二辑，齐鲁书社 1984 年版。陶文载《中国文化研究》1997 年秋之卷，中国语言大学出版社 1997 年版。拙作载《文心雕龙研究荟萃》，上海书店 1992 年版；后收入《周勋初文集 · 文史探微》，江苏古籍出版社 2000 年版。

《文心雕龙》是一部研究文学问题的专著。刘勰重视政治与文学的关系,《时序》篇中顺次叙述历代文学的变化与发展,自然会把王家的政治措施作为影响文学发展的重要因素加以考察,文中历叙汉代帝王之推重儒术,影响文风,如云"高祖尚武,戏儒简学,虽礼律草创,《诗》《书》未遑";"施及孝惠,迄于文、景,经术颇兴,而辞人勿用";"逮孝武崇儒,润色鸿业,礼乐争辉,词藻竞骛";"越昭及宣,实继武绩,驰骋石渠,暇豫文会";到了东汉时期,情况有了更大变化,"及明、章叠耀,崇爱儒术,肄礼璧堂,讲文虎观",末后他又总结道:

> 然中兴之后,群才稍改前辙,华实所附,斟酌经辞,盖历政讲聚,故渐靡儒风者也。

如上所示,刘勰认为汉代的文学创作受到儒家学术的很大影响,而经学的发生作用,则与汉代的"历政讲聚"有关。其中两次重要的经学会议,即西汉宣帝时的"石渠"会议与东汉章帝时的"白虎"会议,二者发生的影响尤为深远。

这两次会议,史书上有完整的记载,后代研究经学的专家也无不叙及,《后汉书·肃宗孝章帝纪》云:

> (建初四年)十一月壬戌,诏曰:"盖三代导人,教学为本。汉承暴秦,褒显儒术,建立《五经》,为置博士。……孝宣皇帝以为去圣久远,学不厌博,故遂立大、小夏侯《尚书》,后又立《京氏易》。至建武中,复置颜氏、严氏《春秋》,大、小戴《礼》博士。……中元元年诏书,《五经》章句烦多,议欲减省。至永平元年,长水校尉儵奏言,先帝大业,当以时施行。欲使诸儒共正经义……"于是下太常,将、大夫、博士、议郎、郎官及诸生、诸儒会白虎观,讲议《五经》同异,使五官中郎将魏应承制问,侍中淳于恭奏,帝亲称制临决,如孝宣甘露石渠故事,作《白虎议奏》。

这里首先介绍的，是有关《五经》博士的设置。每一种经典往往有博士数人分别传授，这就不可避免地会滋生异同，于是汉宣帝在甘露三年召开石渠阁会议，讨论如何统一思想。《汉书·宣帝纪》云："诏诸儒讲《五经》同异，太子太傅萧望之等平奏其议，上亲称制临决焉。乃立梁丘《易》，大、小夏侯《尚书》，穀梁《春秋》博士。"①

有关记载，尚见于《汉书·施雠传》等文献，可知参与讨论者有韦玄成、梁丘贺等人。这些都是著名的今文学者。西汉之时本来就是今文经学垄断一切的年代。

白虎观会议的情况有所不同。会议规模宏大，仅据《后汉书》中的记载，参加者有四十多人，其中也有主古文经学的学者，但多数学者仍主今文家说。二者之间虽有争论，然而今文经学仍占尽上风，故近代经学大师皮锡瑞在《经学历史》中说：

> 惟汉宣帝博徵群儒，论定《五经》于石渠阁，章帝大会诸儒于白虎观，考详同异，连月乃罢；亲临称制，如石渠故事。顾命史臣，著为《通义》，为旷世一见之典。《石渠议奏》今亡，仅略见于杜佑《通典》。《白虎通义》犹存四卷，集今学之大成。十四博士所传，赖此一书稍窥崖略。国朝陈立为作《疏证》，治今学者当奉为瑰宝矣。章帝时，已诏高才生受《古文尚书》、《毛诗》、《穀梁》、《左氏春秋》，而《白虎通义》采古文说绝少，以诸儒杨终、鲁恭、李育、魏应皆今学大师也。②

刘勰在《时序》篇中首先强调"时运交移，质文代变"，以汉代而论，自文帝、景帝之时兴起经术后，一直延续至东汉之末，中间产生

① 参看徐兴无《石渠阁会议与汉代经学的变局》，载南京大学古典文献研究所编《古典文献研究》总第六辑，江苏古籍出版社 2007 年版。

② 《经学历史》四《经学极盛时代》，周予同注释本，中华书局 2004 年版。

的不少杰出作家,他们的作品"华实所附,斟酌经辞",文学上受到经学的影响越来越明显,越来越巨大。这段文字从头到尾,刘勰都是以赞颂的口吻叙述的。《时序·赞》曰:"蔚映十代,辞采九变。"刘永济释之曰:"东汉中兴以后,顺、桓以前,稍改西京之风,渐靡经生之习,由丽辞而为儒文,此四变也。"①这一总结符合刘勰原意。

行文至此,似可作出如下概括:刘勰纵论两汉文学,着重考虑武帝之后历代帝王倡导儒家学术所起的作用,而又关注这一学派的核心——经学所发生的影响。情况表明,两汉文人之所以取得优异成绩,与"历政讲聚"密切相关,而其中的两次重要会议——石渠、白虎,正是今文经学占尽上风的主要场合。刘勰大力宣扬今文经学的效应,后人又怎能视而不见,把他看作完全站在古文学派的立场上呢?

白虎观会议中出现的新变

先秦两汉时期,尚还处在历史的早期阶段,迷信之风甚为浓厚。西汉之初,刘邦起而抗秦,就有赤帝子斩白帝子的传说;东汉之初,刘秀起兵时,又获赤伏符,而大增成功的信心。光武信谶,明帝、章帝继起,情况类同,这些必然会在学术上有所反映。

今文经学好言灾异,如京房之言《易》,夏侯胜之言《尚书》,董仲舒之言《春秋》,都有凭托天人感应之说而议政的作风,于是孔子逐渐被人神化,学术界就有一些配"经"而行的纬书出现。东汉之世,学者以通七纬(《易纬》、《书纬》、《诗纬》、《礼纬》、《乐纬》、《春秋纬》、《孝经纬》)为内学,以通五经为外学,谶纬地位的重要,由此可见。白虎观会议中,必然会有图纬之说掺入。这种以纬配经,乃至发生其独特作用的情况,一直延续到魏晋南北朝。

---

① 刘永济《文心雕龙校释》卷下《时序》第四十五,中华书局上海编辑所1962年版。

皮锡瑞在介绍白虎观会议中的情况时，认为“《白虎通义》采古文说绝少”，实际上也承认其中已有古文经学的掺入。

自西汉后期起，古文经学就在慢慢地传播与发展。哀帝之时，刘歆请立《左氏》博士，说明古文经学已有起而抗衡今文经学之势。这是因为今文经学取得垄断地位之后，大家视之为利禄之所在，于是学术上的求真与探索精神迅速消退，随之转变成了一种庸俗神学与烦琐哲学的杂烩，这就不可避免地会遭到学术界的鄙弃。刘勰在《论说》篇中也说：“秦延君之注《尧典》，十馀万字；朱普之解《尚书》，三十万言，所以通人恶烦，羞学章句。”古文经学有古代典籍为依据，有传为先圣周公拟制的礼乐文化为号召，又有周代体系完整的政制为理想，自然也会引起统治者的关注，因而东汉之后，古文经学迅速崛起，且在政治上和学术界取得重要地位。学者队伍中也就出现了一些兼治二者的人物。

参加白虎观会议的学者中，班固、贾逵二人声誉甚高。班固为奉旨撰写《白虎通义》的作者，他主今文经学，但也通古文经学；贾逵之在后代，以古文经学大师的面目出现，但也通今文经学[①]。《后汉书·贾逵传》曰：“肃宗立，降意儒术，特好《古文尚书》、《左氏传》。建初元年，诏逵入讲北宫白虎观，南宫云台。帝善逵说，使发出《左氏传》大义长于二传者，逵于是具条奏之曰：‘臣谨擿出《左氏》三十事尤著明者，斯皆君臣之正义，父子之纪纲。其馀同《公羊》者什有七八，或文简小异，无害大体。至如祭仲、纪季、伍子胥、叔术之属，《左氏》义深于君父，《公羊》多任于权变，其相殊绝，固以甚远，而冤抑积久，莫肯分明。’”与此相应，东汉帝王开始正式接受古文经学，东汉学者的著述中也就经常出现今古经学上的杂糅现象，从而古文经学也就慢慢地取得了与今文经学并列的地位。

---

① 参看黄彰健《经今古文学问题新论》内“七、贾逵与古文经学”与“九、班固与古文经学”，台湾“中央研究院”历史语言研究所专刊之七十九。

魏晋南北朝时经学界的动态

东汉之后，经学已与士子的仕途没有太多的直接关系，因此经学上的门户之见大为减少，学术界已少见古文经学与今文经学之间的尖锐冲突。相反，二者兼容的情况更为常见。况且知识界受时风的影响，其他系统的学术正在不断渗入儒家的经学。

一般认为，南方王朝初建时，经学较为沉寂，北方王朝因与中原文化有着直接的传承关系，经学较受重视。其时的经师，大都不再专主一经，而是继承郑玄等人的传统，广习众经。

早在晋代，儒者已经开始摆脱两汉学风，着重兼综，《晋书·儒林·虞喜传》曰：“喜专心经传，兼览谶纬，乃著《安天论》以难浑、盖，又释《毛诗略》，注《孝经》，为《志林》三十篇。凡所著述数十万言，行于世。”《刘兆传》曰：“以《春秋》一经而三家殊途，诸儒是非之议纷然，互为仇敌，乃思三家之异，合而通之。……又为《春秋左氏》解，名曰《全综》，《公羊》、《穀梁》解诂皆纳经传中，朱书以别之。”《氾毓传》曰：“合《三传》为之解注，撰《春秋释疑》、《肉刑论》，凡所述造七万馀言。”《徐苗传》曰：“作《五经同异评》，又依道家著《玄微论》，前后所造数万言，皆有义味。”《杜夷传》曰：“博览经籍百家之书，算历图纬靡不毕究。”《董景道传》曰：“明《春秋三传》、《京氏易》、《马氏尚书》、《韩诗》，皆精究大义。《三礼》之义，专遵郑氏，著《礼通论》非驳诸儒，演广郑旨。”于此可见晋代经学已经出现了新的面貌，不专一家一派之说，重在博综沟通，独创新说。

时至南朝，儒林中人除了直承前代学风外，又出现了新的特点，一是更多吸纳了玄学的成果，形成二者之间的交融。三“玄”中的《易》经本为儒家经典，此时更扩及其他几种经典，与《老》《庄》综合起来研究；二是《三礼》之学得到了更为广泛的重视。

南朝篡弑相寻，人伦颠倒，统治阶层乃思通过礼学的倡导，重建社会秩序。而且南朝文士沐浴玄风，行为不检，礼学之盛也是应对时代风气的一种反拨。

下面可从《南史·儒林传》中徵引一些材料以说明之。《伏曼容传》曰："曼容多伎术，善音律，射驭、风角、医算，莫不闲了。为《周易》、《毛诗》、《丧服集解》、《老》、《庄》、《论语义》。"《严植之传》："少善《庄》、《老》，能玄言，精解《丧服》、《孝经》、《论语》。及长，遍习郑氏《礼》、《周易》、《毛诗》、《左氏春秋》。"《崔灵恩传》："灵恩集注《毛诗》二十二卷，集注《周礼》四十卷，制《三礼义宗》三十卷，《左传经传义》二十二卷，《左氏条例》十卷，《公羊、穀梁文句义》十卷。"《太史叔明传》："少善《庄》、《老》，兼通《孝经》、《论语》、《礼记》，尤精三玄。"其他讲授《五经》与《三礼》的儒者不一而足，兹不赘述。

其时南北之间还有一些儒者在流动，如崔灵恩，本仕北魏，后于梁时入南，遂把兼习今、古文的学风也带到了江南。刘芳则把南学带到了北方，《魏书·刘芳传》曰："芳撰郑玄所注《周官·仪礼音》，干宝所注《周官音》，王肃所注《尚书音》，何休所注《公羊音》，范宁所注《穀梁音》……《毛诗笺音义证》十卷，《礼记义证》十卷，《周官》、《仪礼义证》各五卷。"可见这一时期的两地学者早已不再拘守一家一派之分了。

众所周知，皇侃的《论语义疏》是流传至今的一部六朝著名经注，研究玄学的人无不重视，因为皇氏承何晏之馀风，好以玄理解释孔门义理。《南史·儒林·皇侃传》上还说："尤明《三礼》、《孝经》、《论语》。""侃性至孝，常日限诵《孝经》二十遍，以拟《观世音经》。……所撰《论语义》、《礼记义》，见重于世，学者传焉。"今按《论语·先进》第十一"季路问事鬼神"，皇侃疏曰：

> 外教无三世之义，见乎此句也。周孔之教，唯说现在，不明过去、未来，而子路此问事鬼神，政言鬼神在幽冥之中，其法云何也？此是问过去也。

这是南朝士人承用佛教中的一种说法。他们称佛教为内教，儒学为外教,内外之称,还有一些扬佛抑儒之意。作为儒者的皇侃引用此说,与刘勰在《文心雕龙·论说》篇中提出“般若之绝境”而压抑本土的有无之辨情况有些相类。这也可以说明,南朝学者对各种学说往往兼容并蓄,并不拘守一家一派。足见其时学者不太讲究“立场”问题。

刘勰精通内教,但在《文心雕龙》中则努力排除其影响,这正是他治学的一大特点,值得深思。他在宣讲经学时,重兼综,不专一家一派,而在追溯学术渊源时,则恪遵古来传统的脉络,不羼入其他外来教派的义理,至少他在主观上是如此做的。

这里还得多加关注他与玄学的关系。南朝学者沐浴玄风,思想上较为洒脱,不大会被某种戒律所拘束,皇侃注释《论语》时的态度就是如此。由此可知南朝经学界的宽松情景。刘勰在经学上的态度,亦当作如是观。

《文心雕龙》中对今文与谶纬诸说的吸纳

由上可知,刘勰对古文经学与今文经学并无门户之见,对谶纬之说也不全然排斥,理论上如此,实践中也加以贯彻,这在《文心雕龙》中也可得到徵验。下面可以徵引若干事例以明之。

《论说》篇中再次叙及汉代的两次经学会议,云是:

> 论也者,弥纶群言,而研精一理者也。是以庄周《齐物》,以论为名;不韦《春秋》,六论昭列;至石渠论艺,白虎讲聚,述圣通经,论家之正体也。

足以见其对于这两次会议中的经说评价之高。他之所以一而再地提到“讲聚”之事,意在突出前后两次会议所起的巨大作用。而白虎观会议中的儒家经说,比之石渠会议中的理论,有所发展变化,如古文经学的掺入,谶纬的更受重视,刘勰认为都属“述圣通经”之作,后代文士应当用作文化资源。《文心雕龙·明诗》篇云:

> 大舜云:"诗言志,歌永言。"圣谟所析,义已明矣。是以"在心为志,发言为诗",舒文载实,其在兹乎?故诗者,持也,持人情性;三百之蔽,义归无邪,持之为训,有符焉尔。

这一段话,前后用了四个典实。第一句话,引自《尚书·舜典》,刘勰以为这是大舜的垂训,所以尊之曰"圣谟"。第二句话出于《诗大序》,第三句话出自《诗纬·含神雾》,其后紧接《论语·为政》中语,用"诗无邪"之说作一小结。上述四说,当然是儒家系统中最具经典意义的言论,然而中间却加入了《诗纬》中语,可知刘勰眼中,谶纬中说虽与经典有所区别,然而其中的若干论点,却与圣人之说相"符",因而也具指导意义。"诗者,持也"之说,与《论语》中的精神一致。

刘勰在《文心雕龙·正纬》篇中全面地阐述了立论的宗旨,纪昀评曰:"此在后世为不足辩论之事,而在当日则为特识。康成千古通儒,尚不免以纬注经,无论文士也。"说明刘勰引用谶纬之说,依其产生的年代而言,完全可以得到合理的解释,因为其中"真虽存矣,伪亦凭焉",其中"诗者,持也"等说,就是可以当"真"对待的了。由此也可明白,刘勰并非严格的古文学者,他在经学上的见解,具有南朝儒学的共同特点。

《文心雕龙·封禅》篇中说:

> ……及光武勒碑,则文自张纯,首胤典谟,末同祝辞,引钩谶,叙离乱,计武功,述文德,事核理举,华不足而实有馀矣。

《后汉书·张纯传》叙此事曰:"中元元年,帝乃东巡岱宗,以纯视御史大夫从,并上元封旧仪及刻石文。"此事尚见《续汉书·祭祀志》上,又见《通典》卷五四《封禅》。《泰山刻石文》中引用了《河图赤伏符》、《河图会昌符》、《河图合古篇》、《河图提刘予》、《洛书甄曜度》、《孝经钩命决》等"经谶"多种。刘勰以为此文继承了经典遗训,在"理"与"实"上均有足称,于此亦可见其对于谶纬之说颇有首肯的地方。

由此可知,刘勰虽嫌张纯《泰山刻石文》"美"中尚有不足,然仍举此作为封禅大典的范文,说明他还是甚为重视纬书的运用。《正纬》篇中还说:

……若乃羲、农、轩、皞之源,山渎钟律之要,白鱼赤乌之符,黄银紫玉之瑞,事丰奇伟,辞富膏腴,无益经典而有助文章。是以后来辞人,采摭英华。平子恐其迷学,奏令禁绝;仲豫惜其杂真,未许煨燔。前代配经,故详论焉。

总的说来,纬候之说很多地方出于经生的编造,但也夹杂进了很多古代的神话传说,故有其绚烂奇幻的特点,古代文人墨客一直用在创作中,并深深地吸引着读者。即以《正纬》篇中所举的这些例证而言,后代文士亦多用作故实,纪昀评点《文心雕龙·正纬》篇,于此"有助文章"句上眉批曰:"至今引用不废,为此故也。"也可知其在中国文学史上一直产生着深远的影响。

刘勰主古文说者致误之由

今日再论刘勰对待汉代经学的态度,是否可作进一步的申述,刘勰兼崇古文经学与今文经学,实属当时知识界的常态,这里没有什么个人的特点。因为魏晋南北朝时的经学界本已没有什么严格的经学界限,经师亦多兼治古文经学与今文经学。刘勰既非经师,也不墨守,因而不必也不会去拘守某一学派的立场。南朝之时今文经学已甚衰微,刘勰引用经说时,自然会少引今文经说,多引古文经说了。

焦桂美先生认为:

如从注疏数量、传习者多寡、帝王重视程度等角度对儒家经典在南北朝的流传情况进行统计、考察,我们会比较清楚地看到该时期诸经传播的不平衡现象:《公羊》、《穀梁》浸微,

《易》、《礼》、《论》、《孝》兴盛。①

《公羊传》本以其政治哲学见长，但如“大一统”、“张三世”等论述，与六朝时期的政治现实距离过远，自然会遭到统治者与知识界的忽视。《左传》本为史学著作，叙事完整，而又文笔优美，转折多姿，刘勰在介绍春秋之时的史实时，自然会多加徵引。

《议对》篇曰：“《春秋》释宋，鲁桓务议。”杨明照引多种文本与学人之说，补正之曰：“按当作‘鲁僖预议’，始与《公羊传》僖公二十二年合。惠栋《九曜斋笔记》卷一、钱大昕《十驾斋养新录》卷十四、陈鳣手校本《文心》并有说。”②刘勰此处径采《公羊》家说，也可用以说明他的经史之学并无固定立场，而这与晋宋以来学术界群趋调和《春秋》三《传》的风气正相一致。

刘勰在《史传》篇中曾言及《春秋》三《传》，文曰：

> 昔者夫子闵王道之缺，伤斯文之坠，静居以叹凤，临衢而泣麟，于是就太师以正《雅》《颂》，因鲁史以修《春秋》，举得失以表黜陟，徵存亡以标劝戒。褒见一字，贵逾轩冕，贬在片言，诛深斧钺。然睿旨幽隐，《经》文婉约，丘明同时，实得微言，乃原始要终，创为传体。

这里给予《左传》高度评价，而前面的一大段文字，乃据范宁《穀梁传序》而立论③，其后则又引及公羊高“传闻异辞”之说，刘勰这样处理，给予《左传》全面好评，不没《公》、《穀》在理论上的贡献，他在

① 《南北朝经学史》第一章《关于南北朝经学的宏观考察》第八节《诸经传播的不平衡现象及其原因》，上海古籍出版社 2009 年版。

② 《文心雕龙校注拾遗补正》卷五《议对》第二十四，江苏古籍出版社 2001 年版。

③ 参看金毓黻《〈文心雕龙·史传篇〉疏证(上、下)》，原载《中国学报》第 1 卷第 2 期、第 3 期(1944 年 10 月、1945 年 5 月，重庆出版)，后又发表在《中华文史论丛》1979 年第 1 辑。

《文心雕龙》中的这种态度,体现了其时史学界竞趋融通的气象。

由上可知,刘勰在史学方面的一些论述,与南朝学术界的现状大体相合,这里没有呈现出有什么特异之处。

刘勰在《文心雕龙·序志》篇中说:

> 自生民以来,未有如夫子者也。敷赞圣旨,莫若注经,而马、郑诸儒,弘之已精,就有深解,未足立家。

所以他要转而研究文学,改从文学入手而弘扬儒家学说。显然,他在这里提出"马、郑诸儒",只是举例性质,以马、郑为汉代经学的代表。因为郑玄遍注群经,尤精《三礼》,六朝时期的学人都以他为经学方面的代表。马融为其师,成就亦卓著,师徒合称,也是学术界的常见做法。

马融、郑玄在六朝人的眼中,形象是明晰的。郑玄注经,或可说是以古文为主,但他遍注群经,兼采纬候,不再专主古、今,后代经师大都就是沿着这条道路向前发展的。因此,后人一直把他视作汉代经学的集大成者。马融生活汰侈,依附权门,而又自称"学无常师",时或引用老庄思想以自我辩解。刘勰博学,对马、郑的为人与学风当深有所知,那他又怎会把二人视作古文学派的代表人物来看待?当代学人根据"马、郑"一词立论,将刘勰视为儒家经学古文学派的忠实信徒,只能视为一种误读。

前人早已指出,六朝之时礼学大盛。郑玄遍注《三礼》,后人一直据此研究礼学。《梁书·刘勰传》上说:"时七庙飨荐已用蔬果,而二郊农社犹有牺牲,勰乃表言二郊宜与七庙同改,诏付尚书议,依刘勰所陈。"可见他对礼制的关注。按照郑玄在当时的学术地位,大家对郑学的关注,刘勰对礼学的热忱,那么他之所以举郑玄为经学家的代表,实属必然之事。

这里还可探究的是:以范文澜为代表的这些知名学者为什么会有这种误读呢?

这里先得对范文澜的学术背景作些考察。范氏为《文心雕龙》作注，笃实周详，符合现代学术规范，故影响后人甚巨。考其研治之由，起于民国二年至六年(1913—1917)就读北京大学文科国学门时。民国三年(1914)，黄侃进入北京大学任教，讲授《文心雕龙》。他是章太炎的高座第子，而章氏则为近代力主古文经学的代表人物。黄侃之治经，与他的两位老师章太炎、刘师培一致，亦主古文。

自清代中期起，经学上又兴起了一阵今古文之争。清末康有为等人倡言今文经学，为其变法主张寻找理论根据，学界则视章太炎为清代朴学的最后一人。他早年投身种族革命，不论在政治上抑或在学术上，与康氏全然对立。因为古文经学重视通训诂，举大义，治学以小学为基础，强调无徵不信，因而时人普遍认为古文经学的研究方法比较科学。黄侃亦为这一学派的代表人物，人称章黄学派。而他在《正纬》篇的《札记》中也说："谶纬之隆，始于阴阳家，以明谶术之说经，始于道听途说之今文学；以谶为纬，淆乱经文，始于哀、平以来曲学阿世之儒。""近世今文学者于谶纬亦不能钩潜发隐，徒依阿旧说而已。"[①]亦可见其力辟今文经学的立场。

范文澜也治经学，当年即从世传《左氏》学的刘师培治经。范氏后有《群经概论》一书行世，此书第一章第五节《今古文家法》下，则明示出于"陈伯弢先生"，这或许是因为当年他在北京大学学习时从陈氏治史学之故，陈氏则为承袭清代朴学的一名年长学者。而清代经学争论的焦点之一，集中在对《左传》的真伪与价值的判断上，范氏在该书第九章第廿四节下引"黄季刚先生"说，云是："抑知《春秋》无《左传》，则《春秋》之本旨不见；《左传》不附经，则《左

① 黄侃《文心雕龙札记》，北京文化学社 1927 年版，收入二十篇讲义；中华书局 1962 年版，收入三十一篇讲义。

传》竟为谁而发乎?"[①]足以说明范氏治经恪守师说、信从古文的态度。

范文澜早年的《文心雕龙讲疏》一书,则在当年跟随黄侃学习《文心雕龙》的基础上继续钻研而撰就,自然带有章黄学派笃守古文学派的馀风[②]。其后范氏投身革命,学习马克思列宁主义,在哲学上自然推崇唯物论,从而与经学中的今文经学距离益远。自今文经学中衍生的谶纬等说,更会遭到彻底的否定。

杨明照与王元化的年辈有差,与范氏的学术道路均有差异,但杨、王二人的主要学术活动均在建国之后,其时学习哲学,首先得分清唯心论与唯物论的界线。如上所言,清代朴学仍被认为具有一些唯物主义的因素,因而古文经学占有比较高的位置;今文经学,当然是必须严加批判,且予以抛弃的了。其中的谶纬等说,虽然内中杂有一些古代的神话传说,但总系汉代的官方学术,迷信色彩浓厚,故在强调阶级分析的情势下,也要彻底予以唾弃。

由此可知,范、杨、王等《文心雕龙》权威学者作出的这一结论,有学术传承方面的原因,也有时代风气的影响。考察一种学说,乃至追随首创者而起的一些学者对此所作出的阐释,往往也与各人的学术传承与其时的时代风气有关。

赘　语

刘勰志在研治文学,奉儒家学术为最高准则,故对经学的影响甚为关注。汉代帝王采取了哪些重大措施,决定经学的动向,影响文学的发展,自然成了他的关注之点。《文心雕龙》许多篇章涉及这一问题时,都把西汉、东汉两次经学会议置于承前启后的重要地位,分析其对文学的巨大影响,且撰《正纬》一篇,区别出其"有助文

① 范文澜《群经概论》,朴社1933年版。

② 范文澜《文心雕龙讲疏》,天津新懋印书馆1925年版。

章”的一面，从而主张有选择地从中汲取滋养。刘勰不但在《时序》篇中纵论两汉经学，还在其他许多篇章中叙及经学界的许多重要人物，对刘歆、扬雄、桓谭等人固有赞美之辞，然对董仲舒、公孙弘、刘向也表示推崇，这里看不出有什么固定的立场，只能视作南朝学术界的一般常见情况，后人从事《文心雕龙》的研究，也就不必太多地去关心他在经学方面的“立场”问题。须知“立场”也是中国步入二十世纪下半期起才广泛流行的一种用语，刘勰生活的年代，正在经学趋于融通的南朝，刘勰与当时的文士一样，对此似乎并不固守，因而谈不上有什么“基本”“立场”的问题。

（原载《文学遗产》2011 年第 2 期）

物色第四十六解析

【解题】《礼记·乐记》上说:“凡音之起,由人心生也。人心之动,物使之然也。感于物而动,故形于声;声相应,故生变;变成方,谓之音;比音而乐之,及干戚羽旄,谓之乐。乐者,音之所由生也,其本在人心之感于物也。”这种学说深具启发意义。《乐记》作者在论证音乐的产生时,不把它归结为音乐家灵感的突发,也不纯是音乐家主观情志的抒发,而是强调了客观环境的影响。这种学说对后代文学中的感物传统起过巨大的推动作用。

自汉代起,文学术语中产生了“感物”一词。这与《乐记》中的说法有着密切的关系 。

王延寿《灵光殿赋序》:“诗人之兴,感物而作。”
古诗:“感物怀所思。”
阮籍《咏怀》:“感物怀殷忧。”
陆机《拟庭中有奇树》:“感物恋所欢。”
　　《赠尚书郎顾彦先》:“感物百忧生。”
张协《杂诗》:“感物多所怀。”“感物多思情。”
卢谌《时兴》:“神感因物作。”
谢灵运《南楼中望所迟客》:“感物方凄戚。”
任昉《奉和登景阳山》:“物色感神游,升高怅有阅。”

诗人感情上的波动,不是无缘无故发生的,它是受到外物影响的结果。魏晋南北朝人在这种情景下指称的“物”，主要指自然景物而言。自然景物随着季节的变化呈现出各种不同的形态，诗人则受到影响而相应地产生各种不同的感情。这样的认识，不但在刘勰的这篇文章中反映出来，同时的许多作家，也有极为类似的论述。

陆机《文赋》：“遵四时以叹逝，瞻万物而思纷，悲落叶于劲秋，喜柔条于芳春。”

萧子显《自序》：“若乃登高目极，临水送归，风动春朝，月明秋夜，早雁初莺，开花落叶，有来斯应，每不能已也。”

锺嵘《诗品序》：“气之动物，物之感人，故摇荡性情，形诸舞咏。”“若乃春风春鸟，秋月秋蝉，夏云暑雨，冬月祁寒，斯四候之感诸诗者也。”

萧统（昭明太子）《答湘东王求文集及〈诗苑英华〉书》：“或日因春阳，其物韶丽，树花发，莺鸣和，春泉生，暄风至，陶嘉月而熙游，藉芳草而眺瞩；或朱炎受谢，白藏纪时，玉露夕流，金风时扇，悟秋山之心，登高而远托；或夏条可结，倦于邑而属词，冬雪千里，睹纷霏而兴咏。”

萧纲（简文帝）《答张缵谢示集书》：“至如春庭落景，转蕙承风，秋雨且晴，檐梧初下，浮云生野，明月入楼，时命亲宾，乍动严驾……是以沉吟短翰，补缀庸音，寓目写心，因事而作。”

陈叔宝（后主）《与詹事江总书》：“每清风朗月，美景良辰，对群山之参差，望巨波之滉瀁，或玩新花，时观落叶，既听春鸟，又聆秋雁，未尝不促膝举觞，连情发藻。”

可见《物色》篇中阐述的理论，具有鲜明的时代意义。

萧统在《文选》赋类中列有“物色”一门，也是这种现象的表现。

1. 春秋代序，阴阳惨舒，物色之动，心亦摇焉。①（一）盖阳气萌而玄驹(jū)步,阴律凝而丹鸟羞;微虫犹或入感,四时之动物深矣。[2](二)若夫珪璋(guī zhāng)挺其惠心,英华秀其清气,物色相召,人谁获安?[3](三)是以献岁发春,悦豫之情畅;滔滔孟夏,郁陶(yáo)之心凝;天高气清,阴沈之志远;霰(xiàn)雪无垠(yín),矜(jīn)肃之虑深。[4](四)岁有其物,物有其容,情以物迁,辞以情发。一叶且或迎意,虫声有足引心,况清风与明月同夜,白日与春林共朝哉！[5](五)

【注释】

① 春秋:代表四时。代序:依次相代。阴阳惨舒:即阴惨阳舒。阴指秋冬寒冷之时,阳指春夏温暖之时。惨,凄凉。舒,舒畅。物色之动:景物的变动。

② 盖阳气萌而玄驹步,阴律凝而丹鸟羞:旧说冬至阳气始生,夏至阴气始生。律,音律,古代把乐律分别配在十二个月里。阴律凝,就是阴气凝聚。这里用律字,避免和上句的"气"重复。玄驹步、丹鸟羞二者见于《大戴礼记》的《夏小正》篇。上面说:"十有二月,玄驹贲。"玄驹,蚂蚁。贲,在地中行走。又说:"八月,丹鸟羞白鸟。"丹鸟,一说是萤,一说是螳螂。当以萤说为是。羞,通"馐",食物,这里指进食,即丹鸟以白鸟为馐。白鸟,蚊蚋(ruì)。入感:指受到四时变化的感召。动物:影响万物。

③ 若夫:和下文的"至如"、"若乃"都相当于"至于",表示承接上文论述的事物,转而论述相关的其他事物。珪璋:都是玉。珪,上尖下方;璋,半珪。挺:挺拔,突出。惠:通"慧"。英华:指花。这里是说品格高贵的人心灵如珪璋,气质如英华。召:感受。

④ 献岁:进入新岁。献,进。发春:春气发扬。这句出自《楚辞》的《招魂》。豫:舒适。滔滔:阳气旺盛的样子。孟夏:初夏。这句出自《楚辞》的《怀沙》。郁陶:烦闷。天高气清:秋天的景象。志:指人的思

虑。霰雪无垠：冬天的景象。霰，雪珠。垠，边际。矜：矜持。肃：肃杀。上面四句里的“清”、“心”、“志”、“虑”意思都相近，作者为避免重复，所以用了不同的词汇。

⑤　一叶且或迎意：一片树叶有时也能触动人的心意。《淮南子·说山》篇说：“见一叶落而知岁之将暮。”清风与明月同夜：指秋夜。白日与春林共朝：指春晨。秋夜、春晨指代一年中最美好的景色。

【分析】这一段文字从学理上说明了景物对人心的影响。内分五节：(一) 乃破题，总领全篇；(二) 乃深入一层写法，言四时变化感动物类；(三) 指出人为万物之灵，故尤受物色之影响；(四) 为举例，说明四时景物之变迁引起人心相应的感情变化；(五) 总结以上所言，归结到“情以物迁，辞以情发”。

2. 是以诗人感物，联类不穷，流连万象之际，沈吟视听之区。①写气图貌，既随物以宛转；属(zhǔ)采附声，亦与心而徘徊。②(一 a)故“灼(zhuó)灼”状桃花之鲜，“依依”尽杨柳之貌。“杲(gǎo)杲”为出日之容，“瀌(biāo)瀌”拟雨雪之状，“喈(jiē)喈”逐黄鸟之声，“喓(yāo)喓”学草虫之韵。③“皎(jiǎo)日”、“嘒(huì)星”，一言穷理；“参差”、“沃若”，两字连形。并以少总多，情貌无遗矣。④虽复思经千载，将何易夺？⑤(一 b)及《离骚》代兴，触类而长，物貌难尽，故重沓(tà)舒状，于是嵯峨(cuó é)之类聚，葳蕤(wēi ruí)之群积矣。⑥(二)及长(zhǎng)卿之徒，诡势瑰(guī)声，模山范水，字必鱼贯；所谓诗人丽则而约言，辞人丽淫而繁句也。⑦(三)

【注释】

①　诗人：指《诗经》所收诗篇的作者。联类：以类相联。流连：徘

徊不忍离去。万象:指各种自然现象。沈吟:有所感触而低声吟味,即研究、思虑的意思。

② 气:指事物的神气。图:描绘,刻画。宛转:指细致贴切的描写。属:连缀。声:指外界的音响。

③ 灼灼:花卉盛开的样子。这句见《诗经·周南·桃夭》:“桃之夭夭,灼灼其华。”状:形容。依依:枝条轻柔的样子。这句见《诗经·小雅·采薇》:“昔我往矣,杨柳依依。”尽:写尽,说尽。杲杲:光明的样子。这句见《诗经·卫风·伯兮》:“其雨其雨,杲杲出日。”瀌瀌:雪多的样子。这句见《诗经·小雅·角弓》:“雨雪瀌瀌。”喈喈:众鸟和鸣的声音。这句见《诗经·周南·葛覃》:“黄鸟于飞,集于灌木,其鸣喈喈。”逐:追逐,追求。喓喓:虫叫的声音。这句见《诗经·召南·草虫》:“喓喓草虫,趯(tì)趯阜螽(zhōng)。”韵:节奏。

④ 皎:同“皦”(jiǎo),白而亮。“皦日”见《诗经·王风·大车》:“谓予不信,有如皦日。”嘒:微小的样子。“嘒星”见《诗经·召南·小星》:“嘒彼小星,维参(shēn)与昴(mǎo)。”一言:一个字,指“皎”、“嘒”。参差:不齐。“参差”见《诗经·周南·关雎》:“参差荇(xìng)菜,左右流之。”荇是一种水草,梗叶嫩时可食。沃若:肥厚的样子。“沃若”见《诗经·卫风·氓》:“桑之未落,其叶沃若。”连:“参差”、“沃若”,今人称为联绵词,所以称“连”。总:综合的意思。

⑤ 将何易夺:用什么来改换?易、夺,都有改换的意思。

⑥ 《离骚》:战国时楚国诗人屈原的代表作,这里用来代表楚辞。代兴:代《诗经》而兴起。触类而长:接触到同类的事物,在描写手法上又有所伸发。意思是说,楚辞比《诗经》更进了一步。重沓舒状:重复类似的字(指用双声叠韵的词)去描写景物。下文“嵯峨”、“葳蕤”就是例子。舒:铺陈。嵯峨:山峰高峻的样子。葳蕤:草木叶垂的样子。

⑦ 长卿之徒:指汉代的一些辞赋家。长卿,司马相如的字。司马相如是汉武帝时人,以辞赋著称。诡势瑰声:夸饰形貌声音。瑰,奇异。字必鱼贯:用一连串的字去形容一种事物,如司马相如《上林赋》:

“汹涌澎湃，滭弗宓（mì）汩，逼侧泌㳁（zè）……崇山矗矗，茏嵸（lóng sǒng）崔巍，深林巨木，崭岩㟥（cēn）嵯，九嵕（zōng）巀嶭（zá è），南山峨峨。”鱼贯，像鱼一样，一个接着一个地连着。诗人丽则而约言，辞人丽淫而繁句：扬雄《法言·吾子》篇说：“诗人之赋丽以则，辞人之赋丽以淫。”则，有法度。约言，用语简约。辞人，辞赋作者。淫，过度。

【分析】这一段文字说明文学作品中刻划外物的技巧的发展。刘勰按照历史顺序，顺次介绍了（一）诗、（二）骚、（三）赋在文学语言上的成就。由于“宗经”思想的支配，他极力推崇《诗》中的描写技巧，并且作了充分的阐述。a. 首先他从主客观两方面着眼，说明了“感物”的原理，这种意见曾在其他篇中一再申述，例如《明诗》篇中说：“人禀七情，应物斯感，感物吟志，莫非自然。”《诠赋》篇中说：“原夫登高之旨，盖睹物兴情。情以物兴，故义必明雅；物以情观，故词必巧丽。”《神思》篇中说：“思理为妙，神与物游。神居胸臆，而志气统其关键；物沿耳目，而辞令管其枢机。枢机方通，则物无隐貌；关键将塞，则神有遁心。”“神用象通，情变所孕。物以貌求，心以理应。”刘勰认为文学作品乃是作家内心与外境接触后的产物，“物”在二者发生感应关系的过程中起了主导的作用。b. 其次他从语言的角度说明诗人刻划外物技巧之高，能够运用精练的笔墨充分描绘出外物的情貌。这种认识是很可贵的，他指出《诗》的语言具有高度的概括力，“以少总多”云云，说明文学作品能有一以当十的特点。

随着人类文化知识的提高，作家对外物的观察益趋细致，于是文学作品中刻划外物的技巧也有了变化。在文学语言上，总的趋势是向繁的方面发展。楚辞中已有这种倾向，但尚不失体要；赋家又向前进了一步，并且喜欢使用双声、叠韵、连语等联绵字，结果也就难免蹈入淫繁之病了。

3. 至如《雅》咏棠华,“或黄或白”;《骚》述秋兰,“绿叶”、“紫茎”。[1]凡摛(chī)表五色,贵在时见,若青黄屡出,则繁而不珍。[2]

【注释】

① 《雅》咏棠华,或黄或白:棠,通“裳”,《诗经·小雅·裳裳者华》中有“裳裳者华,或黄或白”的句子。裳,盛开的样子。华,同“花”。《骚》述秋兰,“绿叶”、“紫茎”:《楚辞·九歌·少司命》中有“秋兰兮青青,绿叶兮紫茎”的句子。

② 摛表五色,贵在时见:描画颜色,适时出现,才显得可贵。摛,发布。表,表露。青黄屡出:指不合时宜地乱加藻色。

【分析】这一段文字只是上一段文字的补充。六朝文学注重彩色之美,作家喜用华艳的词汇,这种作风如果不加节制,也就形成了另一种淫繁之病。

4. 自近代以来,文贵形似,窥情风景之上,钻貌草木之中。[1]吟咏所发,志惟深远;体物为妙,功在密附。[2]故巧言切状,如印之印泥,不加雕削,而曲写毫芥(jiè),故能瞻言而见貌,即字而知时也。[3](一)然物有恒姿,而思无定检,或率尔造极,或精思愈疏。[4]且《诗》《骚》所标,并据要害,故后进锐笔,怯(qiè)于争锋。莫不因方以借巧,即势以会奇,善于适要,则虽旧弥新矣。[5](二 a)是以四序纷回,而入兴贵闲;物色虽繁,而析辞尚简;使味飘飘而轻举,情晔(yè)晔而更新。[6]古来辞人,异代接武,莫不参(sān)伍以相变,因革以为功;物色尽而情有馀者,晓会通也。[7](二 b)若乃山林皋(gāo)壤,实文思之奥府;略语则阙(què),详说则繁。[8]然

屈平所以能洞监“风”“骚”之情者，抑亦江山之助乎？[⑨]（三）

【注释】

① 自近代以来，文贵形似：近代，指宋代。《文心雕龙·明诗》篇说：“宋初文咏，体有因革，庄老告退，而山水方滋。……情必极貌以写物，辞必穷力而追新，此近世之所竞也。”所谓“山水方滋”，是指以谢灵运为代表的描写自然景物的诗。所谓“情必极貌以写物”，就是“文贵形似”。窥情风景之上，钻貌草木之中：即窥风景之情，钻草木之貌。钻，探究。

② 志：情意。惟：只是在……。体物：具体细致地刻画外物。密附：密切相合。

③ 切：切合。曲：曲折，详尽。芥：小草。即字而知时：就所用的字而知道所说的季节。

④ 定检：一成不变的法度。率尔造极：不经意地写文章，而成就达到了顶峰。率尔，随便的样子。疏：远。

⑤ 标：显示，突出之点。据：控制，掌握。要害：要点，指客观事物的特徵。因方以借巧，即势以会奇：就着诗人的描写方法而袭用其巧妙之处，就着诗人所写的情状以期有合于新创。这两句都是说取法于前人的意思。方：文术。会：合。适要：合乎要点。

⑥ 四序纷回，而入兴贵闲：四时变化纷纭，诗人的心情不要跟着忙乱。四序，四时。兴，感触。闲，闲静，从容淡定。析：分解，引申为提炼，择用。晔：光辉的样子。

⑦ 接武：接踵。武，步。参伍以相变：错杂地运用以求变化；参伍，互相错杂的意思。因革：因，照旧。革，改变。晓会通：懂得领会古今文章写作的奥妙而融会贯通。

⑧ 山林皋壤，实文思之奥府：泛言大自然为触发文思的源头。皋，水边地。壤，平地。

⑨ 屈平：即屈原，“平”为本名。洞监：深察。监同“鉴”。“风”

"骚":《国风》和《离骚》,是古代成就最高的两部文学作品,这里用作文学的代称。抑:可能是,恐怕是。抑……乎:文言里常用句式之一,形式上是疑问句,实际上对所说的并不怀疑,相当于现代语的"恐怕是……吧"。

【分析】这一段文字内分三节:(一)提出了写好描写自然景物的文章的要求;(二)提出了写好这种文章的法则,前者重点放在景物方面,后者重点放在情思方面;(三)则总结上文,指出物色有助于文思。

沈约在《宋书·谢灵运传论》中论述文风演变时说:"自汉至魏,四百馀年,辞人才子,文体三变。相如工为形似之言,班固长于情理之说,子建、仲宣,以气质为体,并标能擅美,独映当时,是以一世之士,各相慕习。"这是"形似"一词用于论文的开始。司马相如所以会开这种创作风气,正因赋家善于刻画事物形貌的缘故。其后小赋继起,更发展了这种文体"体物"的特殊功能。刘勰在《诠赋》篇中总结小赋的创作经验时说:"至于草区禽族,庶品杂类,则触兴致情,因变取会。拟诸形容,则言务纤密;象其物宜,则理贵侧附。斯又小制之区畛,奇巧之机要也。"可见这类作品的特点在于描写细致,形象鲜明。作家在掌握写作技巧上需要下一番人为的功夫。

"文贵形似"的作品之中还应包括山水诗在内。刘勰在《明诗》篇中曾经提到:"宋初文咏,体有因革,庄老告退,而山水方滋;俪采百字之偶,争价一句之奇,情必极貌以写物,辞必穷力而追新:此近世之所竞也。"显然,这种作品也会具有形似的特点。此外还可提到性质相近的咏物诗,这从下面一则有趣的史书记载上也可看出。《梁书·王筠传》:"(沈)约于郊居宅造阁斋,筠为草木十咏,书之于壁,皆直写文词,不加篇题。约谓人云:'此诗指物呈形,无假题署。'"这就说明了当时一些优秀的咏物诗在形象塑造上取得了可观的成绩。

综上所言,可知"近代以来"的诗赋作品确是都有重视"形似"的倾向。刘勰为此作了理论上的总结,认为描写景物的作品应该笔触细致,以期逼真地复写出事物的形貌。他已经注意到了塑造鲜明的形象的问题。这也就是《诠赋·赞》中所说的"写物图貌,蔚似雕画。"

这一节文字主要讨论了有固定形态(有恒姿)的"物"的一面。

第(二)节文字则讨论了灵活的(无定形)的"思"的一面,而这又可分两层来讲。a是提出难点,b是提出解决困难的办法。

描写景物,存在着两种困难:一是文思无法控制,"或率尔造极,或精思愈疏",成败得失难操胜算。实则这种困难不仅存在于写作有关物色的文章之时,就是写作其他性质的文章也会碰到。陆机在《文赋》中早就提出过"或竭情而多悔,而率意而寡尤",因此刘勰在这里提出的是一个古人常感困惑的老问题。二是《诗》《骚》在这方面成就极高,后人难以逾越。这种提法又与第2段文字呼应。

刘勰在b中提出了解决问题的办法。为了克服"思无定检",他首先强调一个"闲"字,这也就是《神思》、《养气》等篇中再三申述的"虚静"之说。这是属于内心修养方面的问题。《养气》篇上说:"率志委和,则理融而情畅;钻砺过分,则神疲而气衰:此性情之数也。"又说:"且夫思有利钝,时有通塞,沐则心覆,且或反常,神之方昏,再三愈黩。是以吐纳文艺,务在节宣,清和其心,调畅其气,烦而即舍,勿使壅滞。意得则舒怀以命笔,理伏则投笔以卷怀,逍遥以针劳,谈笑以药倦。常弄闲于才锋,贾馀于文勇。"这样就能使"刃发如新,凑理无滞",思维活动永远保持新鲜活泼。一待内心接触外境时,就能像"水停以鉴"一样,虽然"四序纷回",却能摄取无遗。

显然,这样的创作过程充满着顺乎自然的意味,就是使用细致的笔触也贵在能取巧劲;反映在语言上,则表现为"析辞尚简",而这也就是前面所说的"以少总多,情貌无遗"。这是属于写作技巧方面的问题。"简"与"略"不同,"简"是精炼,"略"是简单。

从理论上来说,刘勰并不反对"繁"的文章,也并不反对"略"的文章,正如他在《镕裁》篇中所说的:"谓繁与略,随分所好。"对描写自然景物的作品来说,也应注意"略语则阙,详说则繁",务求恰到好处。不过从实际上来说,当时文风趋于繁芜,而这在一些描写景物的笔触细致的诗赋中尤为严重,所以他的批判矛头主要还是指向繁的一面,并追本溯源进而否定辞人之作。

"晓会通"之说,寓有正确处理继承革新关系之意。这在《通变》篇中曾有详细的讨论。刘氏认为:后代作家一方面应该向诗骚学习写作技巧,一方面也应该随着时代的不同而相应地有所变化。在描写了精致的事物形象之外,还要体现出作者丰富的感情,这样才能算是懂得了"会通"的道理。

文章末尾提出屈原之作得江山之助,则是补足上文的写法,目的在于说明物色有助于文思,这恐怕也是从山水诗中得到的启发。《诠赋》篇中说"灵均唱《骚》,始广声貌",于此贡献最大,故举以结束全文。

5. 赞曰:山沓水匝(zā),树杂云合;目既往还,心亦吐纳。[①]春日迟迟,秋风飒(sà)飒;情往似赠,兴来如答。[②]

【注释】

① 山沓水匝,树杂云合:这两句总写自然景物。匝,环绕。目既往还,心亦吐纳:这两句承接前两句,说人的心情必然因为看到的景物而感动。往还,吐纳,都是往复出入的意思。

② 迟迟:温暖熹和的样子,《诗经·豳风·七月》说:"春日迟迟,

采繁祁祁。”飒飒：飘零凄清的样子，《楚辞·九歌·山鬼》：“风飒飒兮木萧萧。”情往似赠，兴来如答：这两句是说，作者既寄情于景物，景物就会激发作者的灵感。“兴”实指起兴的外界景物。

【分析】前后四句分论物色四时对人的影响，这种影响又表现为心物的交融。

“登高能赋”说的演变和刘勰创作论的形成

刘勰在《文心雕龙·诠赋》篇中曾叙及“登高能赋”之说对形成赋体的作用，而《韩诗外传》中也有“登高必赋”之说。近代以来，不少学者根据《韩诗外传》中的记载叙述赋体的形成，而论证颇不充分。今特再作考释，说明“登高能赋”说与刘勰文学理论之间曲折的传承关系。

这里先从近代学者的论述说起。

章炳麟在《检论》卷二《六诗说》中说：“《艺文志》曰：‘不歌而诵谓之赋。’《韩诗外传》说孔子游景山上，曰‘君子登高必赋’，子路、子贡、颜渊各为谐语，其句读参差不齐；次有屈原、荀卿诸赋，篇章闳肆：此则赋之为名，文繁而不可被管弦也。”章氏是把《韩诗外传》中的这段文字作为后世辞赋之祖看待的。“登高必赋”之说中有一个“赋”字，孔门弟子的豪言壮语颇有铺张扬厉之势，章氏以此作为后世辞赋之祖看待，论证尚嫌不足。

彭仲铎撰《汉赋探源》一文，援引章炳麟之说，以为“此论赋名之由来与赋诗之分界，皆不可易”。[①] 随后他又摘录了《论语》中的两段文字，与《韩诗外传》中的记载作比较，说：“由此而推论，《论语》的《公冶长》、《先进》二篇所载圣贤述志之言，与《外传》七所载三子登高之赋实无二致。”这样论证的目的，是在章氏的基础上作进一步的申述，说明《论语》“所载圣贤述志之言，即赋之开体”。[②]

鉴于“登高能赋”之说对后代文论发生过很大的影响，对此首

---

①② 载《国文月刊》第22期，1943年7月版。

先得作些论证。

《诗经·定之方中》毛《传》“登高能赋”说正解

《汉书·艺文志》“诗赋略序”曰：

> 《传》曰：“不歌而诵谓之赋，登高能赋，可以为大夫。”言感物造耑，材知深美，可与图事，故可以为列大夫也。古者诸侯卿大夫交接邻国，以微言相感。当揖让之时，必称诗以谕其志，盖以别贤不肖而观盛衰焉。故孔子曰“不学诗，无以言”也。

这里提到的《传》，即《诗经》毛《传》。《诗经·鄘风·定之方中》曰：“定之方中，作于楚宫，揆之以日，作于楚室。树之榛栗，椅桐梓漆，爰伐琴瑟。升彼虚矣，以望楚矣。望楚与堂，景山与京。降观于桑，卜云其吉，终然允臧。”毛《传》：

> 建国必卜之，故建邦能命龟，田能施命，作器能铭，使能造命，升高能赋，师旅能誓，山川能说，丧纪能诔，祭祀能语。君子能此九者，可谓有德音，可以为大夫。

《传》中提到大夫应当具备的九种修养：“命龟”、“施命”、“能铭”、“造命”、“能赋”、“能誓”、“能说”、“能诔”、“能语”，这个“赋”字，只能用春秋之时的赋诗风气来作解释。正如班固所说的，“古者诸侯卿大夫交接邻国，以微言相感。当揖让之时，必称诗以谕其志。”因为古代诸侯卿大夫的宫室中以位居正中的堂为最主要的活动场所，“古者诸侯卿大夫交接邻国”，当然是在堂上进行的了。《礼记·礼器》曰：“有以高为贵者，天子之堂九尺，诸侯七尺，大夫五尺，士三尺。天子、诸侯台门，此以高为贵也。”可证登“高”而赋，也就是登“堂”而赋。

诸侯卿大夫在堂上赋诗的事，屡见记载。《国语·晋语四》：

秦伯将享公子，公子使子犯从。子犯曰："吾不如衰之文也，请使衰从。"乃使子馀从。秦伯享公子如享国君之礼。子馀相如宾。……明日宴，秦伯赋《采菽》，子馀使公子降拜，（韦昭注："降，下堂也。"）秦伯降辞。子馀曰："君以天子之命服命重耳，重耳敢有安志？敢不降拜。"成拜卒，登。子馀使公子赋《黍苗》。子馀曰："重耳之仰君也，若黍苗之仰阴雨也。"……秦伯赋《鸠飞》，公子赋《河水》，秦伯赋《六月》，子馀使公子降拜，秦伯降辞。子馀曰："君称所以佐天子、匡王国者以命重耳，重耳敢有惰心？敢不从德。"

这是诸侯之间登堂（高）赋诗的佳例。登堂、降阶的礼仪叙述得很清楚。赋诗之事是在诸侯七尺高的堂上进行的。《左传》襄公二十八年：

〔庆封〕来奔，献车于季武子，美泽可以鉴。展庄叔见之，曰："车甚泽，人必瘁，宜其亡也。"叔孙穆子食庆封，庆封汜祭。穆子不悦，使工为之诵《茅鸱》，亦不知。既而齐人来让，奔。

叔孙穆子食庆封，使工为之赋《茅鸱》，当然是在私家五尺高的堂上进行的。

检阅史籍，可知赋诗之事有时并不在堂上进行，但也有"登高"之举。这也可以举出例子。《左传》文公三年：

晋人惧其无礼于公也，请改盟。〔文〕公如晋，及晋侯盟。晋侯飨公，赋《菁菁者莪》，庄叔以公降拜，曰："小国受命于大国，敢不慎仪？君贶之以大礼，何乐如之。抑小国之乐，大国之惠也。"晋侯降辞，（杜预注："降阶辞让公。"）登，成拜。（杜预注："俱还上，成拜礼。"）公赋《嘉乐》。

盟会之时，按照当时的制度，定要辟土为场，筑土为坛。《左传》昭公十三年曰："〔八月〕甲戌，同盟于平丘，齐服也。令诸侯日中造于除。”杜预注：“除地为坛，盟会处。”因为坛也具有一定的高度，必须由阶上下，所以盟会之时随着礼仪的开展还有上阶、下阶的举止。《公羊传》庄公十三年“庄公升坛”，何休注：“土基三尺、土阶三等曰坛。会必有坛者，为升降揖让。”上阶则登坛，亦即登高。

这项制度，子书中也有记载。《韩非子·外储说下（六微）》曰：“郑桓公将欲袭郐，先问郐之豪杰、良臣、辨智果敢之士，尽与姓名，择郐之良田赂之，为官爵之名而书之。因为设坛场郭门之外而埋之，衅之以鸡猳，若盟状。郐君以为内难也而尽杀其良臣。桓公袭郐，遂取之。”

由上可知，“升高能赋”的“升高”一词包含着两方面的内容，一是登堂，二是登坛。不论诸侯、卿、大夫参与的是堂上的酬酢或坛上的盟会，都要具有赋诗的能力，才能应付裕如。

《韩诗外传》“登高必赋”说中的疑点

《韩诗外传》卷七第二十五章中有“登高必赋”之说，今将全文徵引如下：

> 孔子游于景山之上，子路、子贡、颜渊从。孔子曰：“君子登高必赋。小子愿者，何言其愿。丘将启汝。”子路曰：“由愿奋长戟，荡三军，乳虎在后，仇敌在前，蠡跃蛟奋，进救两国之患。”孔子曰：“勇士哉！”子贡曰：“两国构难，壮士列阵，尘埃涨天，赐不持一尺之兵，一斗之粮，解两国之难。用赐者存，不用赐者亡。”孔子曰：“辩士哉！”颜回不愿。孔子曰：“回何不愿？”颜渊曰：“二子已愿，故不敢愿。”孔子曰：“不同，意各有事焉。回其愿，丘将启汝。”颜渊曰：“愿得小国而相之。主以道制，臣以德化，君臣同心，外内相应。列国诸侯莫不从义响风，壮者趋而进，老者扶而至，教行乎百姓，德施乎四蛮，莫不释兵，辐辏乎四门。天下咸获永宁，蝖飞蠕动，各乐其性。进贤使能，

各任其事。于是君绥于上，臣和于下，垂拱无为，动作中道，从容得礼。言仁义者赏，言战斗者死，则由何进而救，赐何难之解?”孔子曰:“圣士哉！大人出，小子匿。圣者起，贤者伏。回与执政，则由、赐焉施其能哉!”

章炳麟等人认为孔子诱导学生自抒怀抱即是赋诗言志，从而依据上述文字断言赋这种文体出于孔子诸弟子的言志，这既无其他文献可作旁证，而且与有关孔子的一些真实记录也不合。

众所周知，记录孔子言行的文字，最为可信的文献，首推《论语》。《论语》的《公冶长》和《先进》中各有一段文字与《韩诗外传》中的上述文字类同，而后者尤为相似，今不嫌烦絮，徵引于下：

子路、曾皙、冉有、公西华侍坐。子曰:“以吾一日长乎尔，毋吾以也。居则曰不吾知也。如或知尔，则何以哉?”子路率尔而对曰:“千乘之国，摄乎大国之间，加之以师旅，因之以饥馑，由也为之，比及三年，可使有勇，且知方也。”夫子哂之。“求！尔何如?”对曰:“方六七十，如五六十，求也为之，比及三年，可使足民。如其礼乐，以俟君子。”“赤！尔何如?”对曰:“非曰能之，愿学焉。宗庙之事，如会同，端章甫，愿为小相焉。”“点！尔何如?”鼓瑟希，铿尔，舍瑟而作，对曰:“异乎三子者之撰。”子曰:“何伤乎！亦各言其志也。”曰:“暮春者，春服既成，冠者五六人，童子六七人，浴乎沂，风乎舞雩，咏而归。”夫子喟然叹曰:“吾与点也。”三子者出，曾皙后。曾皙曰:“夫三子者之言何如?”子曰:“亦各言其志也已矣。”曰:“夫子何哂由也?”曰:“为国以礼，其言不让，是故哂之。”“唯求则非邦也与?”“安见方六七十，如五六十，而非邦也者?”“唯赤则非邦也与?”“宗庙会同，非诸侯而何？赤也为之小，孰能为之大?”

两相比较，可觇古今文风之不同。《韩诗外传》中的上述文字铺张扬厉，已似战国纵横家的说词，近于汉初辞赋家《七发》一类的文风，章炳麟、彭仲铎等人或许就是据此将其作为辞赋之祖看待的。但《韩诗外传》中的文字规仿《论语·先进》而成，产生的年代较后，这是稍有文学知识的人不难看出的。

《韩诗外传》的主旨不在阐发《诗经》的微言奥义，学术界已有共识。即如上面这一段文字，引《诗》"雨雪麃麃，见晛聿消"为证，颇为不伦。而文中颜渊自述生平志趣的这番话，也与他的本来面目不合。颜渊为人安雅静穆，不像《韩诗外传》中描写的那样锋芒毕露，但孔子听他发言后，再三称赞道："圣士哉！"这与孔子对"圣"字的理解也不合。"圣"是一种近于理想化的至高无上的道德规范，《论语·雍也》："子贡曰：'如有博施于民而能济众，何如？可谓仁乎？'子曰：'何事于仁，必也圣乎！尧、舜其犹病诸！'"可见尧、舜也还不能完全达到"圣"的标准。《论语·述而》："子曰：'若圣与仁，则吾岂敢！'"说明孔子自己也不敢担当"圣"的高名。那他又怎能一而再地称赞颜渊为圣者呢？

《韩诗外传》的内容很复杂，其中已经夹杂进一些后代才能出现的观念。

此书卷九第十三章叙孔子出游少源之野，有妇人刈蓍薪而亡蓍簪，因而哭于中泽，《外传》末引"《诗》曰：'代马依北风，飞鸟扬故巢。'皆不忘故之谓也"。此十九字原脱，许维遹《韩诗外传集释》引许瀚说，据宋薛据《孔子集语》引文补。许瀚还引用了《文选·古诗十九首》李善注与《盐铁论》十五《未通》篇文，《宣德皇后令》李善注，《后汉书·班超传》李贤注，证明《韩诗外传》中确有此十九字，援据详明，可证《韩诗外传》中确有这两句与《古诗十九首》中文字类似的五言诗。[①] 赵善诒《韩诗外传补正》则考之曰："此诗非经文，后人妄增也。……盖《外传》诗辞早佚，唐前有人以古诗妄补之，迄

① 汉韩婴撰、许维遹校释《韩诗外传集释》，中华书局 1980 年版。

宋尚存,洎后有知其误者,复删之也。"①

根据近代学者的研究,《古诗十九首》当是东汉后期的作品,梁启超说:"我据此中消息以估定十九首之年代,大概在西纪一二〇至一七〇约五十年间,比建安、黄初略先一期而紧相衔接,所以风格和建安体格相近,而其中一部分锺仲伟且疑为曹、王所制也。"②

上述事实说明:《韩诗外传》卷九第十三章末引用的"代马依北风,飞鸟扬故巢"两句古诗,应当出现于东汉之末或稍后;《韩诗外传》该章之末原来引用的《诗经》中句偶脱,所以魏晋南北朝时有人援用这两句古诗作替代。

中华书局编辑部在为许维遹《韩诗外传集释》写的《出版说明》中也说:"《汉书·儒林传》说,'婴推诗人之意而作内外传数万言',《内传》在两宋之间就亡失了。只有《外传》还留存着。但现在我们所看到的《韩诗外传》,据考证已不是原书之旧,非但卷数不同(《汉志》作六卷,今本及隋唐《志》均作十卷),即内容可能也有一部分经过后人的修改了。"

上述《韩诗外传》卷七第二十五章中的文字,可能即为后人所羼入者。

按《韩诗外传》卷七中的这条文字,其他地方也有类似文字出现。卷九第十五章首云:"孔子与子路、子贡、颜渊游于戎山之上。孔子喟然叹曰:'二三子各言尔志,予将览焉。'"随后子路、子贡、颜渊即顺次各言其志。比之上述卷七中的一段,文字较为质朴,更为切合三人面貌,而且其中没有出现什么与孔门观念不合的词汇。比较起来,卷九中的这条文字出现的年代早些,而卷七中的这条文字出现的年代显然较后。

---

① 赵善诒《韩诗外传补正》,商务印书馆1938年版。

② 载《中国之美文及其历史》内《汉魏时代之美文》第一章《建安以前汉诗》,中华书局1936年版。

先秦两汉的典籍中，在同一篇文章内往往会出现许多类同的文字，尤其是一些故事，往往杂然并存，例如《韩非子》的内外储说中就集合了许多同一故事的诸多异说。[①]《韩诗外传》的情况也一样。卷七云孔子与子路、子贡、颜渊游于景山，卷九则云游于戎山。《说苑·指武》篇与《孔子家语·致思》篇也有类似文字，则云游于农山。“农”、“戎”一声之转，可知二者与《韩诗外传》卷九中的文字同源，而与卷七中的文字无涉，此亦可证卷七中的文字后出。且卷七云孔子与三徒游于景山，《商颂·殷武》中有“陟彼景山”之说，许瀚等人即依此立说，然景山在卫地，故又疑为传闻异辞。实则“景山”云云即因《鄘风·定之方中》中有“景山与京”一语而起，诸家诗说均言此处乃泛指大山，《韩诗外传》卷七中为附会《定之方中》文字而改称“景山”，也就透露出了此文着意牵合的迹象。

《定之方中》毛《传》中有“升高能赋”之说，《韩诗外传》卷七中也就着意附会而增加了“登高必赋”之说。

魏晋南北朝人对“登高必赋”说的继承与发展

《三国志·魏书·武帝纪》裴松之注引《魏书》曰：

> 创造大业，文武并施。御军三十馀年，手不舍书，昼则讲武策，夜则思经传。登高必赋，及造新诗，被之管弦，皆成乐章。

王沈《魏书》上说曹操“登高必赋”，可用他的创作实践来证明。例如《苦寒行》中有句云：“北上太行山，艰哉何巍巍。羊肠坂诘屈，车轮为之摧。”《秋胡行》中有句云：“晨上散关山，此道当何难。晨上散关山，此道当何难。牛顿不起，车堕谷间。坐磐石之山，弹五

① 参看拙著《〈韩非子〉札记》中的《禅让与儒法之争》一文，江苏人民出版社 1980 年版。

弦之琴,作为青角韵。意中迷烦,歌以言志。"《步出夏门行》中有句云:"东临碣石,以观沧海。水何澹澹,山岛竦峙,树木丛生,百草丰茂。秋风萧瑟,洪波涌起。日月之行,若出其中;星汉灿烂,若出其里。幸甚至哉,歌以咏志。"

《韩诗外传》与王沈《魏书》同时提出了"登高必赋"之说,是一种含义丰富而有趣的文学现象。此说出现在东汉时期,则又预示着文学的自觉时代即将到来。

大家知道,魏晋南北朝时学风起了巨大的变化。汉末大乱之后,接着又是五胡十六国的大乱,南北朝时,政权更迭频繁,直到唐代,始告稳定。这一时期社会秩序混乱,儒学随之衰落,道家思想也就风行一时。文士在政治动乱中惨遭不幸者甚多,于是他们往往在事功之外寻求寄托,或退隐于山林,或寄情于山水,由是兴起了山水文学这一思潮。如上所云,儒家人物热中于从政与教育,他们登高眺览外物时,大都联想起国家的兴衰与道德的感悟。道家人物则异于是,他们往往着眼于个人心情与大自然的融合。《庄子・知北游》曰:"山林与,皋壤与,使我欣欣然而乐与。"这里就内含着审美的自然情趣。

观赏外景的人,如果站于高处,则视野更加开阔,对大自然的美好风光更能饱览无遗。《老子》二十章中形容道:"众人熙熙,如享太牢,如登春台。"可见登高亦为人生快事。

就是这样地,"登高"一词于汉末进入了文学领域,魏晋之后更成了社会上的一种习俗,宗懔《荆楚岁时记》于"正月七日"下曰:

> 《老子》云:"众人熙熙,如登春台。"《楚词》曰:"目极千里伤春心。"则春日登临,自古为适,但不知七日竟起何代?晋代桓温参军张望亦有《正月七日登高》诗。近代以来,南北同耳。

又于"九月九日"下引《续齐谐记》曰:

> 汝南桓景随费长房游学,长房谓之曰:"九月九日,汝南当

有大灾厄，急令家人缝囊，盛茱萸，系臂上，登山饮菊花酒，此祸可消。”桓景如言，举家登山。夕还，见鸡犬牛羊一时暴死。长房闻之，曰：“此可代也。”今世人九日登高饮酒，妇人带茱萸囊，盖始于此。

文人笔下，则常用“登高”一词说明个人之创作意愿何以萌生。陶渊明《移居》之二曰：

春秋多佳日，登高赋新诗。

萧子显《自序》曰：

若乃登高目极，临水送归，风动春朝，月明秋夜，早雁初莺，开花落叶，有来斯应，每不能已也。

萧统《答湘东王求文集及〈诗苑英华〉书》曰：

或日因春阳，其物韶丽，树花发，莺鸣和，春泉生，暄风至，陶嘉月而嬉游，藉芳草而眺矚；或朱炎受谢，白藏纪时，玉露夕流，金风多扇，悟秋山之心，登高而远托；或夏条可结，倦于邑而属词；冬雪千里，睹纷霏而兴咏。

由此可见，“登高”之说反映了文士个人情趣与自然景观的结合，创作欲望的冲动与灵感的萌生，因此受到众多文士的青睐，不断出现于他们的笔下，并赋予理论意味。《南齐书·文学传论》曰：

卿、云巨丽，升堂冠冕；张、左恢廓，登高不继。赋贵披陈，未或加矣。

萧子显的这一番话，正可用以说明后起的“登高赋新诗”之说与春秋时期赋诗风气之间的紧密关系。看来萧氏已经不太了解“登高”一词原出春秋时期的“登高能赋，可以为大夫”之说，“登高”一词已经成了文学创作的代名词。

由于时代隔得太远，萧子显已不太了解这一名词先后之间的联系和差别，就是唐代的经学家孔颖达也已不太清楚"登高"之说内涵的演变。他为《毛诗·定之方中》作疏时说："升高能赋者，谓升高有所见，能为诗，赋其形状，铺陈其事势也。"这也就是说：作为一种文体的赋，作为一种手法的赋，以及登高"赋"新诗之赋，与《定之方中》毛《传》中的"升高能赋"之说一致。这种不顾各种学说之间质的不同而强行组合成文的说法，与刘勰在《文心雕龙·诠赋》中"原始以表末"的手法一致。

按孔颖达对"升高能赋"说的解释，实际上是沿用了魏晋南北朝文士的赋说。左思《三都赋序》曰："余既思慕《二京》而赋《三都》，其山川城邑，则稽之地图；鸟兽草木，则验之方志；风谣歌舞，各附其俗；魁梧长者，莫非其旧。何则？发言为诗者，咏其所志也；升高能赋者，颂其所见也。美物者，贵依其本；赞事者，宜本其实。匪本匪实，览者奚信？"可见自魏晋南北朝起，到唐初《毛诗正义》的制订，已用后起的赋说替代了汉初的经说。

《文心雕龙·诠赋》篇在开端就引用了毛《传》中的"登高能赋，可〔以〕为大夫"之说，而并不深究其原意。这样做，也是他在《宗经》篇中提出的"禀经以制式"的具体实践。我国学术领域中向来具有"信而好古"的传统，任何事情都喜欢在儒家经典中找到立论根据，于是在有关"赋"体的阐述中，在"登高赋新诗"的创作中，都要依傍春秋时期的"赋诗言志"之说而立论了。因为经学中曾有"登高能赋，可以为大夫"之说，因而这也就是最好的立论根据。

"登高"之说符合作家观赏外景时心物交融的实际，古时像《乐记》等典籍中就曾提出了这一现象。《乐记》中说："乐者，音之所由生也，其本在人心之感于物也。"这种学说，似与魏晋南北朝时文学理论中的"感物吟志"之说一致。但《乐记》后出，是传非经，其地位非《诗经》可比，所以魏晋南北朝的文学理论家言及诗人感物时，无人言及《乐记》，大都直接归之于"登高"之说。《诠赋》篇曰："原夫登高之旨，盖睹物兴情。情以物兴，故义必明雅；物以情观，故词必巧丽。丽词雅义，符采相胜，如组织之品朱紫，画绘之著玄黄，文虽新而有质，色虽糅而有本，此立赋之大体也。”刘勰的这一赋论，与上述萧子显、萧统等人之说类同，实际上是六朝时期最有代表意义的一种创作论。

刘勰在《物色》篇中还说：“若乃山林皋壤，实文思之奥府，略语则阙，详说则繁。然则屈平所以能洞监风骚之情者，抑亦江山之助乎！”从中可见《庄子》学说所发生的影响，其中也总结了《楚辞》作者屈原等人的创作经验。

刘勰在《神思》篇中描述创作时的思维活动时说：

> 夫神思方运，万涂竞萌，规矩虚位，刻镂无形。登山则情满于山，观海则意溢于海，我才之多少，将与风云而并驱矣。

这种理论，也是对曹操以来创作实践的总结。《魏书》中曾说曹操“登高必赋”，这在《苦寒行》等诗篇的创作中可以找到佐证。刘勰对于曹操的这些乐府诗歌，印象甚为深刻，《乐府》篇中说：“至于魏之三祖，气爽才丽，宰割辞调，音靡节平。观其《北上》众引，《秋风》列篇，或述酣宴，或伤羁戍，志不出于滔荡，辞不离于哀思，虽三调之正声，实韶夏之郑曲也。”这里虽以“韶响难追”而出之以感慨，然举此作为乐府的代表，则也表示出了欣赏之意。

南朝士风，大都柔弱，因此他们的“登高”之作，难得称为“与风云而并驱矣”。尤其是这一时期的诗人少有观海之作，因而难以说有“意溢于海”的情致。只有曹操的《步出夏门行》中“东临碣石，以观沧海”等诗，谢灵运《游赤石进帆海》诗中“溟涨无端倪，虚舟有超越”等句，才称得上“观海则意溢于海”的评语。因此，刘勰的“感物吟志”之说，直承“登高必赋”之说而来。用刘勰的话来说，“登高之时义大矣哉”！

结 论

《汉书·艺文志》"登高能赋,可以为大夫"之说,对后世文学影响甚大。此说乃承《诗经·定之方中》毛《传》而来。由于《诗经》这一儒家经典向为古时学者所宗奉,而前人又有依傍儒家经典立论的作风,所以刘勰在《文心雕龙·诠赋》篇中引此作为赋论的根据。

《韩诗外传》中有"登高必赋"之说,乃仿《论语·先进》写成。此说假托孔子而立论,实则与"登高能赋"之说有很大的不同:毛《传》中说的"登高",乃指"登堂"或"登坛",《韩诗外传》中说的"登高",则指"登山"。登"山"必赋,如依春秋时期贵族的活动而言,于理亦不合。章炳麟等人以为这一条文字乃后世辞赋之祖,不可信从。

《三国志·魏书·武帝纪》裴松之注引《魏书》中提到曹操"登高必赋",可与《苦寒行》、《秋胡行》、《步出夏门行》等诗中的内容相印证。刘勰在《神思》篇中提出"登山则情满于山,观海则意溢于海",总结了曹操等人的创作经验,可与《魏书》中的"登高必赋"之说呼应。因此,《诠赋》中援引的"登高能赋"之说,只是作为理论本源而受重视,实质上已为东汉时期产生的"登高必赋"之说所替代。

近人大都以为魏晋南北朝的"感物吟志"之说受到《乐记》的影响。实则《乐记》后出,刘勰等人从未在文章中有所徵引。他们所援引的,主要是"登高能赋"之说,而他们所阐发的理论,已经总结进了山水文学的创作经验,与先秦时期的情况大不相同。

吾人若作横向比较,则可发现"登高能赋"说与"登高必赋"说之间并无实质关系,前者为一种经说,后者为一种创作经验的表述;若作纵向比较,则又可见"登高必赋"之说实为附会先秦经说而下开魏晋南北朝时创作理论的一个重要环节。魏晋南北朝时文人普遍采用"登高"之说,远承东汉后期的"登高必赋"之说,但理论家们大都讳其所出,而以"登高能赋"说为理论根源。刘勰宗经,在

《诠赋》、《物色》、《神思》诸文中对“登高能赋”（实为“登高必赋”）之说多方阐发，成了六朝时期最有代表意义的一种创作理论。

（原载《文心雕龙研究》第二辑，北京大学出版社 1996 年 9 月版）

才略第四十七解析

【解题】“才略”是一个古词，出现甚早。《后汉书·胡广传》载史敞等荐之于朝，曰：“广才略深茂，堪能拨烦。”《晋书·明帝纪》：“太子性至孝，有文武才略，钦贤爱客，雅好文辞。”说明文人、武将都可拥有才略的美誉。魏刘劭《人物志·流业》篇曰：“胆力绝众，材略过人，是谓骁雄。”指的是武将方面应该具备的才略。《文心雕龙》是一部论文的专著，讨论的自然是文士的才略。

现代词语中还有雄才大略之说。这似乎是对政治家、军事家而言。从政治家来说，形容其谋略识见过人；从军事家而言，则指其韬略胆识过人。文士之中，似乎没有见到有以雄才大略来称颂者，如果有一位文士成就超卓，那么大家就会称他的文笔美妙，情思超拔，在文体上有创新之功，体现了文学发展的方向等等。作为一名文学理论家，刘勰在文才与见识方面也表现突出，应该说是才略过人。

《才略》开头就说：“九代之文，富矣盛矣；其辞令华采，可略而详也。”其后他就顺着朝代的兴替，一一评述。

多家统计，文中有代表性的作家共九十八家，其中虞夏五家，商周三家，春秋六家，战国七家，两汉三十三家，魏晋四十四家。刘勰一一评述，语皆精到，足以显示其理论修养与思辨水平之高。其间一些突出的事例，可以提出来讨论一下。

骈文本是两两相对开合成势组织成文的。刘勰组成骈句时，常将两位同时享盛名的作家并列而抑扬其词，这就自然地形成了对比，如云“嵇康师心以遣论，阮籍使气以命诗”，就能予人以启发。嵇、阮是著名的竹林七贤中人，又是正始文人的代表。嵇康在哲学上有很大的贡献，其《声无哀乐论》《养生论》等论文，产生过巨大影响。阮籍的《咏怀诗》中深藏郁结不平之气，足以作为这一时期的代表之作。刘勰此评，可谓“片言居要”。评论西晋作家时，则云：“刘琨雅壮而多风，卢谌情发而理昭，亦遇之于时势也。”则是联系时代演变分析二人诗风的形成，视角可称独到。

曹氏一门济济多才。一般认为，曹丕在文学上的成就远逊于其弟曹植，刘勰不然，申论之曰：“子建思捷而才俊，诗丽而表逸；子桓虑详而力缓，故不竞于先鸣，而乐府清越，《典论》辨要，迭用短长，亦无懵焉。”这里是从二人才性不同着眼，论述其建树之不同。这样的评价，全面公正，很有说服力。刘勰随后又说：“但俗情抑扬，雷同一响，遂令文帝以位尊减才，思王以势窘益价，未为笃论也。”人们总是同情那些政治上的失败者，往往影响到考虑问题时的客观公正，这些确实也是实情。

刘勰对曹氏兄弟的评价，可称为翻案文章，但刘勰的翻案令人信服，说明其成功之处不在故作高论，而是识见过人。

刘勰在《序志》篇中批评前代之“论文者”“各照隅隙，鲜观衢路”，挚虞的《文章流别论》也在其中。骤看此等文字，似乎有些文人相轻的味道，而《才略》篇中则曰“挚虞述怀，必循规以温雅，其品藻流别，有条理焉”。合而观之，就可发现刘勰持论之公，既不没人之长，亦能明示其人之短。

刘勰论郭璞则曰：“景纯艳逸，足冠中兴，《郊赋》既穆穆以大观，《仙诗》亦飘飘而凌云矣。”其论西汉创作风气之流变曰：“卿、渊已前，多役才而不课学；雄、向以后，颇引书以助文，此取与之大际，其分不可乱者也。”这是纵观文坛演变的大势而得出的结论，非深造有得者无法提出的这样的阅读心得。

后人还常指责《才略》篇中不提曹操、陶潜二人，实则这是时代不同而观点自然有异。锺嵘《诗品》中即将曹操列入下品，陶潜列入中品。因为曹操之诗纯以气胜，而文采殊嫌不足。陶潜之诗恬淡，故沈约《宋书》将其列入《隐逸传》，即可了解当时人的看法普遍如此。刘勰毕竟是齐梁时期的人，故重丽文，《文心雕龙》就是用华美的骈文写成的。《序志》篇中说"古来文章，以雕缛成体"，黄侃《文心雕龙札记》评曰："此与后章'文绣鞶帨，离本弥甚'之说似有差违，实则彦和之意，以为文章本贵修饰，特去甚去泰耳。"《才略》中之不取曹操、陶潜，即以此故。

文章结束时说："观夫后汉才林，可参西京；晋世文苑，足俪邺都；然而魏时话言，必以元封为称首；宋来美谈，亦以建安为口实。何也？岂非崇文之盛世，招才之嘉会哉！嗟夫，此古人所以贵乎时也！"文学的兴衰关涉时代风尚的变化，历朝历代，都与统治者倡导的方向有关，后代的文学又往往倾心于前代的盛世，这也是文学上的一种常见现象。像盛唐时的诗歌，成就远超前古，而目空四海的千古奇才如李白还是低首于谢朓，也是一种似乎反常的现象，此中微妙之处，又牵涉到继承与发展等方面的问题，可探讨处正多。

1. 九代之文[①]，富矣盛矣；其辞令华采，可略而详也。虞、夏文章，则有皋陶（yáo）六德[②]，夔（kuí）序八音[③]，益则有赞[④]，五子作歌[⑤]，辞义温雅，万代之仪表也。商、周之世，则仲虺（huǐ）垂诰[⑥]，伊尹敷训[⑦]，吉甫之徒，并述《诗》《颂》[⑧]，义固为经，文亦足师矣[⑨]。

【注释】

① 九代：《时序》称十代，《通变》称九代。九代所指，说法不一。祖

保泉《文心雕龙解说》以为指虞、夏、商、西周、春秋、战国、汉、魏、晋，郭晋稀《文心雕龙注译》以为指唐、虞、夏、商、周、汉、魏、晋、宋，参看本书《时序》“十代”一词之注。十代当为唐、虞、夏、商、周、汉、魏、晋、宋、齐，此处九代只去陶唐，自虞夏说起，为虞、夏、商、周、春秋、战国、汉、魏、晋。宋以年代过近，文士多存世者、未至盖棺定论之时，故不论。郝懿行于本篇批注云：“《时序》篇‘蔚映十代’，并数萧齐而言也。兹篇及于刘宋而止，故云九代而已。”张立斋《文心雕龙注订》则云：“篇中首称虞夏，继述商周，春秋属周，秦列战代，汉魏晋而下，迄于刘宋，共九代也。”说法不一，当以郝说为是。或云九代乃取其盛多之意，非为只九而已，正如《九歌》不必但有九篇。辞令：语言文辞，文学作品。略：简略，概括。详：审议，细说。

② 皋陶六德：皋陶，舜、禹时刑官，有德，后世以为狱神。六德，即《尚书·皋陶谟》中九德之六，曰：“皋陶曰：‘都！亦行有九德。’……皋陶曰：‘宽而栗，柔而立，愿而恭，乱而敬，扰而毅，直而温，简而廉，刚而塞，强而义。彰厥有常，吉哉！……日严祗敬六德，亮采有邦。’”孔颖达《正义》云：“皋陶曰：‘人性有宽弘而能庄栗也，和柔而能立事也，悫愿而能恭恪也，治理而能谨敬也，和顺而能果毅也，正直而能温和也，简大而有廉隅也，刚断而能实塞也，强劲而合道义也。人性不同，有此九德。人君明其九德所有之常，以此择人而官之，则为政之善哉！’”

③ 夔序八音：夔，传说为舜时乐官。序，使之有次序。《尚书·舜典》曰：“三载，四海遏密八音。”又曰：“帝曰：‘夔，命汝典乐，教胄子……八音克谐，无相夺伦，神人以和。’”孔颖达《正义》引郑玄云：“金，锺镈也；石，磬也；土，埙也；革，鼓鼗也；丝，琴瑟也；木，柷敔也；匏，笙也；竹，管箫也。”

④ 益则有赞：益，传说与大禹一起治水，走遍九州，作《山海经》。禹本想禅让与他，为启所夺。《尚书·大禹谟》：“益赞于禹曰：‘惟德动天，无远弗届。满招损，谦受益，时乃天道。’”《大禹谟》为后人伪作。

⑤ 五子作歌：夏后太康失国，五位公子作五子之歌以示哀悼。《尚

书·五子之歌》:“太康尸位以逸豫,灭厥德,黎民咸贰。乃盘游无度……五子咸怨,述大禹之戒以作歌。”其下即引其全文。此亦后人伪作。

⑥ 仲虺垂诰:仲虺,商汤之臣,《尚书·商书》有《仲虺之诰》,序曰:“汤归自夏,至于大坰,仲虺作诰。”郑玄注:“为汤左相,奚仲之后。”《左传·定公元年》:“薛宰曰:‘薛之皇祖奚仲,居薛,以为夏车正。奚仲迁于邳,仲虺居薛,以为汤左相。’”垂诰:仲虺留下训诫成汤的话。

⑦ 伊尹敷训:伊尹,亦名伊挚。生于空桑,为商汤相,后佐汤灭夏。屈原《天问》:“成汤东巡,有莘爰极?何乞彼小臣,而吉妃是得?”《尚书·伊训》:“成汤既没,太甲元年,伊尹作《伊训》、《肆命》、《徂后》。”孔颖达《正义》:“成汤既没,其岁即太甲元年。伊尹以太甲承汤之后,恐其不能纂修祖业,作书以戒之。史叙其事,作《伊训》、《肆命》、《徂后》三篇。”后太甲不听,伊尹乃放太甲,三年后迎归。一说太甲杀伊尹。《伊训》为后人伪作。敷训:陈述解释。

⑧ 吉甫之徒,并述《诗》《颂》:吉甫,指周宣王之贤臣尹吉甫。又称兮伯吉父。姓兮,名甲,字伯吉甫,尹是官名,曾率师北伐猃狁至太原。《诗·小雅·六月》:“文武吉甫,万邦为献。”后世诗文中多以为贤能宰辅的典型。《诗·大雅》有《嵩高》、《烝民》、《韩奕》、《江汉》,四篇《序》皆曰美宣王也。宣王为中兴之主,故吉甫为之颂美。《嵩高》:“吉甫作颂,其诗孔硕。”《烝民》:“吉甫作颂,穆如清风。”

⑨ 义固为经,文亦足师:上述诸文,其意义既已合于常道,则足以为后人所学习效法。

【分析】

本节论述上古文辞,称其“文亦足师”,足见刘勰重视文章之源。

2. 及乎春秋大夫,则修辞聘会①,磊落如琅玕(láng

gān)之圃，焜耀似缛锦之肆[②]，薳(wěi)敖择楚国之令典[③]，随会讲晋国之礼法[④]，赵衰(cuī)以文胜从飨[⑤]，国侨以修辞捍郑[⑥]，子太叔美秀而文[⑦]，公孙翚(huī)善于辞令[⑧]，皆文名之标者也[⑨]。战代任武，而文士不绝：诸子以道术取资，屈宋以楚辞发采[⑩]。乐毅报书辨以义[⑪]，范雎(jū)上疏密而至[⑫]，苏秦历说壮而中[⑬]，李斯自奏丽而动[⑭]，若在文世，则扬、班俦矣[⑮]。荀况学宗，而象物名赋，文质相称，固巨儒之情也[⑯]。

【注释】

① 修辞聘会：修辞，修饰辞令。聘会：聘问集会。《礼记・曲礼下》："诸侯使大夫问于诸侯曰聘。"《诗经・小雅・车攻》："赤芾金舄，会同有绎。"会同，即集合。

② 磊落：众多貌。琅玕：美石。《尚书・夏书・禹贡》："厥贡惟球、琳、琅玕。"焜耀：辉煌。《左传》昭公三年"焜燿寡人之望"，服虔注："燿，照也；焜，明也。"缛锦：锦缎。肆：店铺。

③ 薳敖：即孙叔敖，楚国相。《左传》宣公十二年："芳敖为宰，择楚国之令典……百官象物而动，军政不戒而备，能用典矣。""芳敖"即"薳敖"。

④ 随会：即士会，春秋晋国大夫，封于随，故称随会。《左传》宣公十六年："冬，晋侯使士会平王室。定王享之，原襄公相礼。殽烝。武子私问其故。王闻之，召武子曰：'季氏，而弗闻乎？王享有体荐，宴有折俎。公当享，卿当宴，王室之礼也。'武子归而讲求典礼，以修晋国之法。"

⑤ 赵衰：春秋晋国大夫。文胜：有文采。飨：飨宴。这里指从公子重耳赴宴。事见《左传》僖公二十三年，秦穆享公子重耳，"子犯曰：'吾不如衰之文也。请使衰从。'公子赋《河水》。公赋《六月》。赵衰曰：

'重耳拜赐!'公子降,拜,稽首。公降一级而辞焉。衰曰:'君称所以佐天子者命重耳,重耳敢不拜?'"

⑥ 国侨:公孙侨,即郑国大夫子产,博洽多闻,柄郑四十馀年,推行多项改革,故称国侨。《左传》襄公三十一年:"子产之从政也,择能而使之。冯简子能断大事,子大叔美秀而文……"

⑦ 子太叔:即游吉。亦春秋郑国大夫,继子产而为政,善于辞令,多次出使楚国、晋国。《左传》襄公三十一年:"冯简子能断大事,子大叔美秀而文。"杜注:"其貌美,其才秀。"

⑧ 公孙翚:字子羽。郑简公行人。亦作"公孙挥"。《左传》襄公三十一年:"公孙挥能知四国之为,而辨于其大夫之族姓、班位、贵贱、能否,而又善为辞令;裨谌能谋,谋于野则获,谋于邑则否。"

⑨ 标:以……而著称。

⑩ 屈宋:屈原、宋玉。战代任武:指战国时代,崇尚武力。任有凭借、注重的意思。道术:学术思想。取资:取得一定社会地位和声望。发采:发扬光彩。

⑪ 乐毅报书辨以义:乐毅,燕上将军,曾下齐七十城,后遭谗去国。报书:指《报燕惠王书》。《战国策·燕策二》载:"昌国君乐毅为燕昭王合五国之兵而攻齐,下七十馀城,尽郡县之以属燕。三城未下,而燕昭王死。惠王即位,用齐人反间,疑乐毅,而使骑劫代之将。乐毅奔赴赵,赵封以为望诸君。齐田单欺诈骑劫,卒败燕军,复收七十城以复齐。燕王悔,惧赵用乐毅,承燕之弊以伐燕。燕王乃使人让乐毅,且谢之曰……望诸君乃使人献书报燕王曰:'臣不佞,不能奉承先王之教,以顺左右之心,恐抵斧质之罪,以伤先王之明,而又害于足下之义,故遁逃奔赵。自负以不肖之罪,故不敢为辞说。今王使使者数之罪,臣恐侍御者之不察先王之所以畜幸臣之理,而又不白于臣之所以事先王之心,故敢以书对。'"以,与"而"同义。

⑫ 范雎上疏密而至:范雎:战国时魏国人,入秦相昭王。上疏:指《献昭王书》。《战国策·秦策三》载:"范子因王稽入秦,献书昭王曰:

'臣闻明主莅正，有功者不得不赏，有能者不得不官；劳大者其禄厚，功多者其爵尊，能治众者其官大。故不能者不敢当其职焉，能者亦不得蔽隐。使以臣之言为可，则行而益利其道；若将弗行，则久留臣无为也。'"密而至：深密而到位。

⑬ 苏秦历说壮而中：苏秦，战国纵横家，以合纵说六国，挂六国相印。《战国策》、《史记》旧说为苏代之兄，与张仪同时。马王堆出土《战国纵横家书》证苏秦后于苏代、张仪。历说：游历说服六国。壮而中：善雄辩而切合时势。《战国策》载苏秦部分游说之辞。

⑭ 李斯自奏丽而动：李斯，楚国上蔡人。与韩非同为荀卿弟子，法家思想的实践者，为秦始皇相，曾有建议焚书坑儒之举。二世即位，为赵高谗死。自奏为《谏逐客书》，历数秦代四君"皆以客之功。由此观之，客何负于秦哉！向使四君却客而不内，疏士而不用，是使国无富利之实而秦无强大之名也"。丽而动：有文采而又有感人之力。

⑮ 文世：文明昌盛之世。扬、班：扬雄、班固。俦：同辈，同类。

⑯ 学宗：大儒，学界宗师。《汉书·艺文志·诗赋略序》："大儒孙卿及楚臣屈原，离谗忧国，皆作赋以讽。"象物名赋：摹写物象，称之为赋。《荀子》书《赋篇》，包括《礼》、《智》、《云》、《蚕》、《箴》、《佹诗》。巨儒：即大儒。情：内在的情性，本质。

【分析】

本节论述春秋战国时期文辞之盛，并称赞"战代任武，而文士不绝"，足见其对辞令作为文体之一种的看法。

3. 汉室陆贾，首发奇采，赋《孟春》而选典诰，其辩之富矣①。贾谊才颖，陵轶飞兔，议惬而赋清，岂虚至哉②？枚乘之《七发》，邹阳之上书，膏润于笔，气形于言矣③。仲舒专儒，子长纯史，而丽缛成文，亦诗人之告哀焉④。相如好书，师范屈、宋，洞入夸艳，致名辞宗⑤。然覆蔽精意，理不胜辞，故扬子以为“文丽用寡者长（zhǒng）卿”，诚哉是言也[6]！王褒构采，以密巧为致，附声测貌，泠（líng）然可观[7]。子云属意，辞义最深，观其涯度幽远，搜选诡丽，而竭才以钻思，故能理赡而辞坚矣[8]。

【注释】

① 陆贾：西汉初政论家，辞赋家。《史记》、《汉书》有传。奇采：奇异的文采。赋《孟春》而选典诰：《孟春》，即《孟春赋》，陆贾作，已佚。选典诰：从典诰中酌取言辞。辩：辩巧，辩丽。

② 贾谊：汉初政论家、辞赋家。仕文帝朝，后为长沙王太傅。有《新书》五十八篇。《史》、《汉》有传。《史记·屈原贾生列传》：“贾生名谊，洛阳人也。年十八，以能诵诗属书闻于郡中。吴廷尉为河南守，闻其秀才，召置门下，甚幸爱。孝文皇帝初立，闻河南守吴公治平为天下第一，故与李斯同邑而常事焉，乃徵为廷尉。廷尉乃言贾生年少，颇通诸子百家之书。文帝召以为博士。”后任长沙王太傅、梁怀王傅，世称“贾傅”，亦称长沙。因怀王坠马，哀伤而死。颖：锋芒。陵轶飞兔：骏马飞驰，速度逾于飞兔。惬：恰当。清：清新。

③ 枚乘：字叔，淮阴人，西汉辞赋家。梁孝王门客。《七发》：枚乘代表作，开汉大赋之先，创“七体”之文。邹阳：西汉文士。上书：邹阳有《上书吴王》、《狱中上书自明》。膏润于笔：膏，油脂。意谓长于韵文，词采丰富。

④ 仲舒：董仲舒。西汉经学家，有《天人三策》，著《春秋繁露》。《史记·儒林·董仲舒传》：“董仲舒，广川人也。以治《春秋》，孝景时为博士。下帷讲诵，弟子传以久次相受业，或莫见其面，盖三年董仲舒不观于舍园，其精如此。……居舍，著灾异之记。”《汉书》本传记其“天人三策，仲舒所著，皆明经术之意，及上疏条教，凡百二十三篇。而说《春秋》事得失”。子长：即司马迁。事见《史记·太史公自序》、《报任安书》及《汉书·司马迁传》。诗人之告哀：《诗·小雅·四月》：“君子

作歌，唯以告哀。”郑玄笺：“告哀，言劳病而想之。”此指司马迁《悲士不遇赋》与董仲舒《士不遇赋》。他们与王逸、桓谭之所以不同，在于他们能用丽缛的文辞来抒发悲哀之情。

⑤ 相如：即司马相如，西汉辞赋家。字长卿，蜀郡成都人。《史》、《汉》皆有传。其辞赋及《封禅书》、《难蜀父老书》，《汉书》本传皆有记载，其馀文章，有《遗平陵侯书》、《与五公子相难》、《草木书篇》，已不传。好书：好读书。洞入：进入，渗透。夸艳：夸张艳丽。致名辞宗：以写赋赢得名声，成为汉代辞赋之宗。

⑥ 覆蔽精意，理不胜辞：掩盖了精意，实由文辞胜过情理。“覆蔽”二字从刘永济《文心雕龙校释》改。扬子以为文丽用寡者长卿：扬雄《法言·君子》：“文丽用寡，长卿也。”

⑦ 王褒：西汉辞赋家。《汉书·王褒传》：“王褒，字子渊，蜀人也。宣帝时修武帝故事，讲论六艺群书，博尽奇异之好……上乃徵褒。既至，诏褒为圣主得贤臣颂其意。……太子喜褒所为《甘泉》及《洞箫》颂，令后宫贵人左右皆诵读之。”密巧：语言细密。骈俪始于王褒《圣主得圣臣颂》，故云以密巧为致。附声测貌：比附声音，揣摩形象而进行描写。泠然：轻妙之貌。

⑧ 子云：即扬雄。汉代文学家。《汉书·扬雄传》：“扬雄字子云，蜀郡成都人也。……默而好深湛之思，清静亡为。”属意：留意。涯度：内容深广。诡丽：奇特艳丽。竭才：竭尽才力。钻思：钻研思考。理赡：内容富赡。辞坚：文辞确切。

【分析】

本节论评西汉辞赋作家及其作品的特点及成就，能够抓住要点，相互映衬。

4. 桓谭著论，富号猗(yī)顿①，宋弘称荐，爰比相如②，而《集灵》诸赋，偏浅无才③，故知长于讽论，不及丽文也。

敬通雅好辞说，而坎壈盛世，《显志》、《自序》，亦蚌病成珠矣[4]。二班、两刘，奕叶继采[5]，旧说以为固文优彪，歆学精向，然《王命》清辩，《新序》该练，璇（xuán）璧产于昆冈[6]，亦难得而逾本矣。傅毅、崔骃（yīn），光采比肩[7]，瑗（yuàn）、寔（shí）踵武，能世厥风者矣[8]。杜笃、贾逵，亦有声于文，迹其为才，崔、傅之末流也[9]。李尤赋铭，志慕鸿裁，而才力沉腿（zhuì），垂翼不飞[10]。马融鸿儒，思洽识高，吐纳经范，华实相扶[11]。王逸博识有功，而绚采无力[12]；延寿继志，瑰（guī）颖独标，其善图物写貌，岂枚乘之遗术欤[13]？张衡通赡，蔡邕精雅，文史彬彬，隔世相望[14]。是则竹柏异心而同贞，金玉殊质而皆宝也。刘向之奏议，旨切而调缓[15]；赵壹之辞赋，意繁而体疏[16]；孔融气盛于为笔，祢衡思锐于为文，有偏美焉[17]。潘勖（xù）凭经以骋才，故绝群于《锡命》[18]；王朗发愤以托志，亦致美于序铭[19]。然自卿、渊已前，多役才而不课学；雄、向以后，颇引书以助文，此取与之大际，其分不可乱者也[20]。

【注释】

① 桓谭：字君山，两汉之际学者。博学多闻，遍习六经，诂训大义，不为章句，能文章，尤好古学。事见《后汉书》本传。著论：桓谭著书言当时形势二十九篇，号曰《新论》。《琴道》一篇未成，汉章帝使班固续之。所著赋、诔、书、奏，凡二十六篇。猗顿：春秋时鲁国商人，巨富，与陶朱并称，事见《史记·货殖列传》。王充《论衡·佚文》："挟君山之书，富于积猗顿之财。"

② 宋弘：字仲子，后汉初人，尝于光武面前举荐桓谭。《后汉书·宋弘传》："宋弘，字仲子，京兆长安人也。……帝尝问弘通博之士，弘

乃荐沛国桓谭才学洽闻，几能及杨雄、刘向父子。于是召谭拜议郎、给事中。”爰：几乎能够。

③《集灵》：汉武帝于华阴造集灵宫，桓谭从成帝出祠，至集灵宫，作《集灵宫赋》，一名《仙赋》。偏浅：偏颇浅近。

④ 敬通：冯衍字，东汉初文学家，长于辞赋，《后汉书·冯衍传》：“冯衍字敬通，京兆杜陵人也。祖野王，元帝时为大鸿胪。衍幼有奇才，年九岁，能诵诗。……所著赋、诔、铭、说、问交、德诰、慎情、书记说、自序、官录说、策五十篇，肃宗甚重其文。”衍《集》见有二十八篇。坎壈：不得志貌。《显志》：“（衍）乃作赋自厉，命其篇曰《显志》。显志者，言光明风化之情，昭章玄妙之思也。”《自序》：“衍不得志，退而作赋，又自论曰：‘冯子以为夫人之德，不碌碌如玉，落落如石’……”蚌病成珠：《淮南子·说林训》：“明月之珠，蚌之病而我之利。”意谓诗家不幸，穷而益工。

⑤ 二班：班彪、班固父子。均为史学家，两代完成《汉书》。见《汉书叙传》、《后汉书·班固传》。两刘：刘向、刘歆父子。刘向为西汉末古文经学家、目录学家。刘歆继其父之遗绪，在学术上也有很大贡献。刘向有《别录》，刘歆有《七略》。奕叶：累代，一般指父子二代。继采：相继发出光彩。

⑥《王命》：班彪撰《王命论》，见《汉书·叙传》。清辩：清通明辨。《文心雕龙·论说》篇云“班彪《王命》……敷述昭情”。《新序》：刘向著，采录传记行事而作。今本十卷。该练：完备而精炼。璇璧：美玉。昆冈：传说产玉石的昆仑山。逾本：超越本根。

⑦ 傅毅：东汉文学家，《后汉书·文苑传》：“傅毅，字武仲，扶风茂陵人也。少博学。永平中，于平陵习章句，因作《迪志诗》……毅以显宗求贤不笃，士多隐处，故作《七激》以为讽。建初中，肃宗博召文学之士，以毅为兰台令史，拜郎中，与班固、贾逵共典校书。毅追美孝明皇帝功德最盛，而庙颂未立，乃依《清庙》作《显宗颂》十篇奏之，由是文雅显于朝廷。……永元元年，车骑将军窦宪复请毅为主记室，崔骃为主

簿。及宪迁大将军,复以毅为司马,班固为中护军。宪府文章之盛,冠于当世。毅早卒,著诗、赋、诔、颂、祝文、《七激》、连珠凡二十八篇。”崔骃:东汉文学家,《后汉书·崔骃传》:“崔骃,字亭伯,涿郡安平人也。……年十三能通《诗》、《易》、《春秋》,博学有伟才,尽通古今训诂百家之言,善属文。少游太学,与班固、傅毅同时齐名。常以典籍为业,未遑仕进之事。时人或讥其太玄静,将以后名失实。骃拟扬雄《解嘲》,作《达旨》以答。……永元四年,卒于家。所著诗、赋、铭、颂、书、记、表、《七依》、《婚礼结言》、《达旨》、《酒警合》二十一篇。”

⑧ 瑗:崔瑗,崔骃中子,《后汉书·崔骃传》附:“瑗字子玉,早孤,锐志好学,尽能传其父业。年十八,至京师,从侍中贾逵质正大义,逵善待之,瑗因留游学,遂明天官、历数、京房《易传》、六日七分。诸儒宗之。与扶风马融、南阳张衡特相友好。……瑗高于文辞,尤善为书、记、箴、铭,所著赋、碑、铭、箴、颂、《七苏》、《南阳文学官志》、《叹辞》、《移社文》、《悔祈》、《草书埶》、七言,凡五十七篇。”崔寔:崔骃孙,事迹亦附见《后汉书·崔骃传》:“寔,字子真,一名台,字元始。少沉静,好典籍。……明于政体,吏才有馀,论当世便事数十条,名曰《政论》。指切时要,言辩而确,当世称之。……所著碑、论、箴、铭、答、七言、祠、文、表、记、书凡十五篇。”踵武:跟着前人的脚步走,意谓继承前人。能世厥风者:能够继承傅毅、崔骃的风格。

⑨ 杜笃:字季雅,京兆杜陵人,著有《论都赋》。事见《后汉书·文苑传》。贾逵:字景伯,扶风平陵(今陕西咸阳西北)人,贾谊之后。《后汉书·贾逵传》:“逵所著经传义诂及论难百馀万言,又作诗、颂、诔、书、连珠、酒令凡九篇,学者宗之,后世称为通儒。”迹:考察。崔、傅之末流:崔氏、傅氏之下等。

⑩ 李尤:后汉文学家,字伯仁,广汉雒人。少以文章显。安帝时为谏议大夫,年八十三卒。所著诗、赋、铭、诔、颂、《七叹》、哀典凡二十八篇。事见《后汉书·文苑传》。腿:脚肿。这里指李尤为文,仰慕宏大体制,而才力沉滞版重,如鸟之患风湿足肿,不克奋飞。

⑪ 马融：东汉经学家、辞赋家。《后汉书·马融传》："字季长，扶风茂陵人也，将作大匠严之子。为人美辞貌，有俊才。初，京兆挚恂以儒术教授，隐于南山，不应征聘，名重关西，融从其游学，博通经籍。……融才高博洽，为世通儒，教养诸生，常有千数。涿郡卢植、北海郑玄，皆其弟子。"作有《长笛赋》、《围棋赋》、《琴赋》等，善于描绘乐器游艺之属。著三传异同说，注《孝经》、《论语》、《诗》、《易》、三礼、《尚书》、《列女传》、《老子》、《淮南子》、《离骚》，所著赋、颂、碑、诔、书、记、表、奏、七言、琴歌、对策、遗令，凡二十一篇。经范：合于《五经》规范。思洽：思想通达广博。经范：经之典范。相扶：相互支撑协调。

⑫ 王逸：字叔师，《后汉书·文苑传》："南郡宜城人也。元初中，举上计吏，为校书郎。顺帝时，为侍中。著《楚辞章句》行于世。其赋、诔、书、论及杂文凡二十一篇。又作汉诗百二十三篇。"绚：美丽。

⑬ 延寿：王延寿，王逸子，字文考。少游鲁国，作《鲁灵光殿赋》。瑰颖：喻美才。枚乘之遗术：沿袭枚乘《七发》传下之写作手法。

⑭ 张衡：西汉文学家、科学家。《汉书·张衡传》："字平子，南阳西鄂人也。世为著姓。……时天下承平日久，自王侯以下，莫不逾侈。衡乃拟班固《两都》，作《二京赋》，因以讽谏。……衡善机巧，尤致思于天文、阴阳、历算。常耽好玄经……"所著诗、赋、铭、七言、《灵宪》、《应间》、《七辩》、训诰、悬图凡三十二篇。通赡：才通而学富。蔡邕：字伯喈，陈留圉人，汉末文学家。曾事董卓，后为王允杀害。《后汉书·蔡邕传》："其撰集汉事，未见录以继后史。适作《灵纪》及十意，又补诸列传四十二篇，因李傕之乱，湮没多不存。所著诗、赋、碑、诔、铭、赞、连珠、箴、吊、论议、《独断》、《劝学》、《释诲》、《叙乐》、《女训》、《篆执》、祝文、章表、书记，凡百四篇，传于世。"精雅：文律纯粹而细致，音节调适而和缓。隔世相望：张衡为西汉人，蔡邕为东汉人，故二人隔世相望，意谓可以比肩。

⑮ 刘向之奏议：《汉书·刘向传》载其奏议五通：《使外亲上变事》、《条灾异封事》、《极谏用外戚封事》、《谏营昌陵疏》、《复上奏灾异》。旨

切而调缓：旨意深切而语调和温。《汉书·刘向传》："向自见得信于上，故常显讼宗室，讥刺王氏及在位大臣，其言多痛切，发于至诚。"

⑯ 赵壹：《后汉书·赵壹传》："赵壹，字元叔，汉阳西县人也。体貌魁梧，身长九尺，美须豪眉，望之甚伟。而恃才倨傲，为乡党所摈，乃作《解摈》。……著赋、颂、箴、诔、书、论及杂文十六篇。"辞赋：赵壹有《穷鸟赋》、《刺世嫉邪赋》两篇赋作，本传皆收。意繁：内容繁密。体疏：所为赋作，《穷鸟》、《刺世》体制不密致，益见疏放。

⑰ 孔融：字文举，又称"孔北海"，《后汉书·孔融传》："孔融字文举，鲁国人，孔子二十世孙也。……魏文帝深好融文辞，每叹曰：'扬、班俦也。'募天下有上融文章者，辄赏以金帛。所著诗、颂、碑文、论议、六言、策文、表、檄、教令、书记凡二十五篇。"为建安七子之一，为曹操所杀。笔：无韵之文。《文心雕龙·总术》："今之常言，有文有笔，以为无韵者笔也，有韵者文也。"祢衡：字正平，建安时人。为人傲慢，先后事曹操、刘表、黄祖，为黄祖所杀。善辞赋，作《鹦鹉赋》，为汉赋代表作之一。《隋书·经籍志》有《祢衡集》二卷，今佚。事见《后汉书·祢衡传》。

⑱ 潘勖：挚虞《文章志》："潘勖，字元茂……献帝时为尚书郎，迁右丞。……迁东海相。未发，留拜尚书左丞。其年病卒，时年五十馀。"(《三国志》卷二一《卫觊传》注引)凭经：潘勖《策魏公九锡文》拟《尚书》之文风。绝群：超越群才。锡命：《文心雕龙·风骨》篇："潘勖《锡魏》，思摹经典，群才韬笔。"《锡魏》指《策魏公九锡文》，属于策命文。

⑲ 王朗：字景兴，仕太祖、文帝、明帝三朝，《三国志·魏志》有传。序铭：王朗著《易》、《春秋》、《孝经》、《周官》、传、奏议、论记等，传于世。序铭等文均已不传。

⑳ 卿、渊：指司马长卿(相如)、王子渊(褒)。役：驱使，驱遣。课：凭借。

㉑ 取与：即取予。大际：大分野。分：界限，区别。

【分析】

本节从文体的角度论评东汉辞赋作家的作品成就及其优缺点。

5. 魏文之才，洋洋清绮，旧谈抑之，谓去植千里①，然子建思捷而才俊，诗丽而表逸②；子桓虑详而力缓，故不竞于先鸣，而乐府清越，《典论》辩要，迭用短长，亦无懵(méng)焉③。但俗情抑扬，雷同一响，遂令文帝以位尊减才，思王以势窘益价，未为笃论也④。仲宣溢才，捷而能密，文多兼善，辞少瑕累，摘其诗赋，则七子之冠冕乎⑤！琳、瑀以符檄擅声⑥，徐幹以赋论标美⑦，刘桢情高以会采⑧，应玚(chàng)学优以得文⑨；路粹、杨修，颇怀笔记之工⑩；丁仪、邯郸，亦含论述之美，有足算焉⑪。刘劭(shào)《赵都》，能攀于前修⑫；何晏《景福》，克光于后进⑬；休琏风情，则《百壹》标其志⑭；吉甫文理，则《临丹》成其采⑮；嵇康师心以遣论，阮籍使气以命诗⑯，殊声而合响，异翮(hé)而同飞⑰。

【注释】

① 魏文：即曹丕。《三国志·魏书·文帝纪》："文皇帝讳丕，字子桓，武帝太子也。中平四年冬，生于谯。……黄初七年五月，崩。……初帝好文学，以著述为务，自所勒成垂百篇。……评曰：'文帝天资文藻，下笔成章，博闻强识，才艺兼该。'"有《魏文帝集》。洋洋：状盛而美。清绮：清峻绮丽。旧谈抑之，谓去植千里：过去的人对曹丕多有贬抑，如锺嵘《诗品》将曹植列于上品，将曹丕列于中品，评曰："所计百许篇，率皆鄙直如偶语，唯'西北有浮云'十馀首，殊美赡可玩，始见其工矣。"

② 子建：即曹植。《三国志·魏书·陈思王植传》："陈思王植，字

子建。年十岁馀，诵读诗、论及辞赋数十万言，善属文。”评云：“陈思文才富艳，足以自通后业。”锺嵘推之为建安之杰，譬之为“人伦周孔，鳞羽龙凤”。言孔氏之门如用诗，则公斡升堂，思王入室。思捷：才思敏捷。俊：俊秀。诗丽：诗歌作品华丽。表逸：章表之文超逸。

③ 子桓：即曹丕。虑详：思虑周详。力缓：才力舒缓。清越：音乐响亮。《典论》：共五卷，是曹丕为太子时所作。据《三国志·魏书·明帝纪》，魏明帝太和四年二月戊子曾“以文帝《典论》刻石立于庙门之外”，今存完篇只有一篇《自叙》和这篇《论文》。馀有严可均辑本。曹丕在《论文》中批评两汉以来轻视文学的观点，指出文学应享有独立地位，提出自己的文学主张，是中国第一篇专门论述文学问题的文章。要：扼要。迭用短长：言曹丕、曹植的建树交相比较，各有高低，不必强分高下。《论文》曰：“夫人善于自见，而文非一体，鲜能备善，是以各以所长，相轻所短。”曹丕此见可称通达。懵：糊涂。

④ 减才：降低其文才。益价：抬高其身价。笃论：深至的论断。

⑤ 仲宣：即王粲。《三国志·魏书·王粲传》：“王粲，字仲宣，山阳高平人也。……著诗、赋、论、议垂六十篇。……善属文，举笔便成，无所改定，时人常以为宿构；然正复精意覃思，亦不能加也……建安二十一年，从征吴。二十二年春，道病卒，时年四十一。”后被推为“七子”之冠冕。与曹植合称“曹王”。密：思维周密。七子：建安七子。汉末建安中曹氏父子周围形成的一个邺下文人集团。曹丕《典论·论文》：“今之文人，鲁国孔融文举、广陵陈琳孔璋、山阳王粲仲宣、北海徐斡伟长、陈留阮瑀元瑜、汝南应玚德琏、东平刘桢公斡。斯七子者，于学无所遗，于辞无所假，咸以自骋骥騄于千里，仰齐足而并驰。”

⑥ 琳：陈琳，字孔璋，广陵人。七子之一。代表作为《檄豫州》。瑀：阮瑀，字元瑜，陈留人。为魏司空祭酒，七子之一，阮籍之父。符檄：符命檄文。二人都长于这种文体，然后世已无有关符命之作传世。陈琳《檄豫州》一文尤负盛名。

⑦ 徐斡：字伟长，北海人。《三国志·魏书·徐斡传》称“斡为司空

军谋祭酒掾属，五官将文学。”曹丕《与吴质书》：“伟长独怀文抱质，恬淡寡欲，有箕山之志，可谓彬彬君子者矣。著《中论》二十馀篇，成一家之言，辞义典雅，足传于后。”赋论：曹丕《论文》：“干之《玄猿》、《漏卮》、《圆扇》、《橘赋》，虽张（衡）、蔡（邕）不过也。”标美：赢得美誉。

⑧ 刘桢：字公干，东平人，为丞相椽属。曹丕《与吴质书》：“公干有逸气，但未遒耳。其五言诗之善者，妙绝时人。”情高会采：以情会文而有华采。

⑨ 应玚：字德琏，汝南人。《三国志·魏书》本传记其被太祖辟为丞相掾属。转为平原侯庶子，后为五官将文学。曹丕《与吴质书》：“德琏常斐然有述作意，其才学足以著书，美志不遂，良可痛惜。”得文：能文。

⑩ 路粹：《三国志·魏书·王粲传》裴松之注引《典略》曰：“粹后为军谋祭酒，与陈琳、阮瑀等典记室。及孔融有过，太祖使粹为奏，承指数致融罪……融诛之后，人睹粹所作，无不嘉其才而畏其笔也。”杨修：《三国志·魏志·陈思王传》裴注引《典略》曰：“杨修，字德祖，太尉彪子也。谦恭才博。建安中，举孝廉，除郎中，丞相请署仓曹属主簿。是时，军国多事，修总知外内，事皆称意。自魏太子已下，并争与交好。”复引《答临淄侯笺》一首。笔记：笔札书记。

⑪ 丁仪：丁氏兄弟陈寿未予立传，据称乃求贿不果。后人非之。《三国志·魏志·陈思王传》裴注引《魏略》曰：“丁仪，字正礼，沛郡人也。……（太祖）寻辟仪为掾，到与论议，嘉其才朗。”邯郸：指邯郸淳。《三国志·魏书·王粲传》裴注引《魏略》曰：“淳，一名竺，字子叔。博学有才章，又善苍、雅、虫、篆、许氏字指。……太祖素闻其名，召与相见，甚敬异之。时五官将博延英儒，亦宿闻淳名，因启淳欲使在文学官属中。会临菑侯植亦求淳，太祖遣淳诣植。”淳有《笑林》传世。有足算焉：足以算得上作家。

⑫ 刘劭：字孔才，邯郸人。仕魏文帝、明帝。《三国志·魏书》有传。《赵都》：《三国志·魏书·刘劭传》：“劭尝作《赵都赋》，明帝美之，

诏劭作《许都》、《洛都赋》。时外兴军旅，内营宫室，劭作二赋，皆讽谏焉。"前修：前贤。

⑬ 何晏：字平叔，南阳宛人。三国时玄学家。《三国志·魏志·诸夏侯曹传》："晏，何进孙也。母尹氏，为太祖夫人。晏长于宫省，又尚公主，少以才秀知名，好老、庄言，作《道德论》及诸文赋著述凡数十篇。"《景福》：即何晏《景福殿赋》。李善《文选注》引《典略》曰："魏明帝将东巡，恐夏热，故许昌作殿，名曰景福。既成，命人赋之，平叔遂有此作。"克光：开拓照耀。

⑭ 休琏：应玚弟应璩(qú)，字休琏，以文章显，官至侍中。裴注引《文章叙录》曰："璩字休琏，博学好属文，善为书记。文、明帝世，历官散骑常侍。齐王即位，稍迁侍中、大将军长史。"《百壹》：应璩作有《百一诗》，今存七首。载《文选》卷二一。一说本一百零一首。诗讥切时事，遍以示在位者，咸以为应焚弃之。百者，数之终，一者，数之始。士有百行，理当终始如一，故曰百一。

⑮ 吉甫：应璩子应贞，字吉甫，少以才闻，能谈论。晋武帝为抚军大将军，以应贞参军事。晋室践阼，迁太子中庶子、散骑常侍。《晋书》有传。《临丹》：《临丹赋》，全文已佚，《艺文类聚》卷八有徵引。

⑯ 嵇康：字叔夜，任中散大夫，世称嵇中散。晋文学家，有《幽愤诗》、《琴赋》、《绝交书》等，善弹奏《广陵散》，为司马氏所害。师心以遣论：随心意发表议论。阮籍：尝为晋步兵校尉，世称"阮步兵"。《晋书·阮籍传》："字嗣宗，陈留尉氏人也。……登武牢山，望京邑而叹，于是赋《豪杰诗》。……作《咏怀诗》八十馀篇，为世所重。著《达庄论》，叙无为之贵。"又著《大人先生传》。使气以命诗：凭藉郁结不平之气而操笔为诗。

⑰ 殊声而合响：阮籍与嵇康二人作品体裁与风格虽不同，但都不同凡响。异翮而同飞：两只鸟翅膀的样子虽有不同，但却都能高飞云霄。翮，鸟翅。

【分析】

本节论述曹魏时期作家及其作品的成就，并评说其写作能力。

6. 张华短章，奕奕清畅，其《鷦鷯（jiāo liáo）》寓意，即韩非之《说难》也[①]。左思奇才，业深覃（tán）思，尽锐于《三都》，拔萃于《咏史》，无遗力矣[②]。潘岳敏给，辞自和畅，钟美于《西征》，贾（gǔ）馀于哀诔，非自外也[③]，陆机才欲窥深，辞务索广，故思能入巧而不制繁[④]；士龙朗练，以识检乱，故能布采鲜净，敏于短篇[⑤]。孙楚缀思，每直置以疏通[⑥]；挚虞述怀，必循规以温雅；其品藻流别，有条理焉[⑦]。傅玄篇章，义多规镜[⑧]；长虞笔奏，世执刚中[⑨]；并桢干之实才，非群华之韡（wěi）萼也[⑩]。成公子安选赋而时美[⑪]，夏侯孝若具体而皆微[⑫]，曹摅（shū）清靡于长篇[⑬]，季鹰辨切于短韵[⑭]，各其善也。孟阳、景阳，才绮而相埒（liè），可谓鲁、卫之政，兄弟之文也[⑮]。刘琨雅壮而多风，卢谌（chén）情发而理昭，亦遇之于时势也[⑯]。

【注释】

① 张华：《晋书·张华传》："张华，字茂先，范阳方城人也。……惠帝即位，以华为太子少傅，与王戎、裴楷、和峤俱以德望为杨骏所忌，皆不与朝政。……秘书监挚虞撰定官书，皆资华之本以取正焉。天下奇秘，世所希有者，悉在华所。由是博物洽闻，世无与比。"著有《博物志》。短章：张华仅存文章如《永怀赋》、《归田赋》，皆短制。奕奕：娴雅貌。《鷦鷯》：《文选·鷦鷯赋》李善注引臧荣绪《晋书》云："虽栖处云阁，慨然有感，作《鷦鷯赋》。"序曰："鷦鷯，小鸟也，生于蒿莱之间，长于藩篱之下，翔集寻常之内，而生生之理足矣。色浅体陋，不为人用，形微处卑，物莫之害，繁滋族类，乘居匹游，翩翩然有以自乐也。"韩非《说

难》：韩非事迹见《史记·老子韩非列传》，韩诸公子，与李斯同事荀卿，秦皇迫其入秦，未之大用，为李斯谗，下狱死。有《韩非子》一书五十五篇，为法家集大成者。非虽死，其法为秦皇所用，统一全国。司马迁《太史公自序》云："韩非囚秦，《说难》《孤愤》。"《说难》专讲游说君主之难，是韩非的代表作。实为入秦之前所著。

② 左思：字太冲，临淄（今属山东）人。西晋作家，其《三都赋》深为当时称颂，人竞抄写，遂有"洛阳纸贵"之说。事见《晋书·左思传》。覃：深广。《三都》：即《三都赋》。三都为蜀都益州，即今成都；吴都建业，即今南京；魏都邺，在今临漳附近。《晋书·左思传》："复欲赋三都，会妹芬入宫，移家京师，乃诣著作郎张载，访岷邛之事。遂构思十年，门庭藩溷，皆著笔纸，偶得一句，即便疏之。"《咏史》：左思所作组诗，共八首。托古讽今，以书怀抱。因得建安之遗骨，故曰"左思风力"。

③ 潘岳：字安仁，荥阳中牟人。少以才颖见称，乡邑号为奇童。岳美姿仪，辞藻绝丽，与侄尼合称"两潘"。敏给：敏捷。钟：汇聚。《西征》：《晋书·潘岳传》："（岳）选为长安令，作《西征赋》，述所经人物山水，文清旨诣。"贾馀于哀诔：指潘岳善为哀诔之文。其《悼亡诗》为世所重。非自外：言发于内心。

④ 陆机：字士衡，吴郡人。《晋书·陆机传》："（陆）机身长七尺，其声如钟。少有异才，文章冠世，伏膺儒术，非礼不动。年二十而吴灭，退居旧里，闭门勤学，积有十年。……至太康末，与弟云俱入洛。"八王之乱参与战事失败被杀。有文章三百馀篇行于世，诗存一百〇四首。才欲窥深：言其才力可以深入钻研问题。辞务索广：言驱使文辞可以旁搜广索。陆机《文赋》："言恢之而弥广，思按之而逾深。"堪称自评。不制繁：《晋书·陆机传》："天才秀逸，辞藻宏丽，张华尝谓之曰：'人之为文，常恨才少，而子更患其多。'"《晋书·潘岳传》赞："机文喻海，韫蓬山而育芜；岳藻如江，濯美锦而增绚。"

⑤ 士龙：即陆云。《晋书·陆云传》："云字士龙，六岁能属文，性清

正，有才理。少与兄机齐名，虽文章不及机，而持论过之，号曰‘二陆’。”朗练：意境爽朗，文辞洗练。以识检乱：才识足以检束制约杂乱。布采鲜净：风格鲜明清净。陆云写作以短篇为主。

⑥ 孙楚：《晋书·孙楚传》：“孙楚字子荆，太原中都人也。……楚才藻卓绝，爽迈不群，多所陵傲，缺乡曲之誉。晋文帝遣符劭、孙郁使吴，将军石苞令楚作书遗孙皓。”缀思：构思。直置：直截了当地表述。《文镜秘府论·十体》中有“直置体”，云“直置体者，谓直书其事置之句者是”。自然而然地写出所闻，笔锋郎畅。疏通：疏通事理。指其与孙皓书，直陈厉害，深切著明，措辞率直无所隐。

⑦ 挚虞：《晋书·挚虞传》：“挚虞，字仲治，京兆长安人也。……虞少事皇甫谧，才学通博，著述不倦。……虞撰《文章志》四卷，注解《三辅决录》，又撰古文章，类聚区分为三十卷，名曰《流别集》，各为之论，辞理惬当，为世所重。”《晋书》本传载其《思游赋》，序内多直抒胸怀之语。循规以温雅：循规蹈矩而措辞温雅。品藻：品评文辞。流别：指挚虞所纂的总集《文章流别集》，原有三十卷，其论辑出单行，称《文章流别论》，今存十多条。

⑧ 傅玄：字休奕，北地郡泥阳（今陕西铜川）人，西晋初年的文学家、思想家。历任县令、太守、典农校尉、司隶校尉。赐封鹑觚子。咸宁四年(278)免官后卒于家中。著有《傅子》、《傅玄集》等，事见《晋书·傅玄传》。玄秉性刚直，重礼教，识大体。规镜：规戒鉴裁。

⑨ 长虞：傅咸之字。傅玄子，曾任车骑司马。《晋书·傅咸传》称：“好属文论，虽绮丽不足，而言成规鉴。”笔奏：劾案之奏疏。世执刚中：玄咸二代，皆刚直不阿。《易·师卦》：“象刚中而应。”《晋书·傅咸传》：“吴郡顾荣常与亲故书曰：‘傅长虞为司隶，劲直忠果，劾按惊人。虽非周才，偏亮可贵也。’……史臣曰：‘傅玄体强直之姿，怀匪躬之操，抗辞正色，补阙弼违，谔谔当朝，不忝其职者矣。及乎位居三独，弹击是司，遂能使台阁生风，贵戚敛手。虽前代鲍、葛，何以加之！’……赞曰：‘鹑觚贞谅，实惟朝望。志厉强直，性乖夷旷。长虞刚简，无亏

风尚。’”

⑩ 桢干：支柱，骨干。韡萼：明盛之花萼，喻辞藻艳丽。《诗经·小雅·常棣》：“常棣之华，萼不韡韡。”韡韡，光明貌。

⑪ 成公子安：即成公绥。《晋书·成公绥传》：“成公绥，字子安，东郡白马人也。幼而聪敏，博涉经传。性寡欲，不营资产，家贫岁饥，常晏如也。少有俊才，词赋甚丽，闲默自守，不求闻达。”撰赋而时美：《晋书·成公绥传》称：“每与（张）华受诏并为诗赋，又与贾充等参定法律。……所著诗赋杂笔十馀卷行于世。”《晋书》本传录其《天地赋》、《啸赋》。

⑫ 夏侯孝若：即夏侯湛，字孝若，谯国谯人。湛幼有盛才，文章宏富，善构新词，而美容观，与潘岳友善，每行止同舆接茵，京都谓之“连璧”。事见《晋书·夏侯湛传》。具体而皆微：夏侯模拟《尚书》作《昆弟诰》，模拟《诗经》作《笙诗》。形式具备，然比之原著，其神微乎其微。《世说新语·文学篇》载谢安评其《扬都赋》曰：“事事拟学，而不免俭狭者也。”

⑬ 曹摅：字颜远，魏大司马曹休之后，西晋谯国（今安徽亳州）人。博学善文，精于察事。其四言长篇为佳构。清靡：清新而靡丽。

⑭ 季鹰：即张季鹰。《晋书·张翰传》：“张翰，字季鹰，吴郡吴人也。翰有清才，善属文，而纵任不拘，时人号为‘江东步兵’。……齐王冏辟为大司马东曹掾。……翰因见秋风起，乃思吴中菰菜、莼羹、鲈鱼脍，曰：‘人生贵得适志，何能羁宦数千里以要名爵乎。’遂命驾而归。著《首丘赋》，文多不载。……年五十七卒。其文笔数十篇行于世。”辨切：明白而切实。短韵：指小诗，如《文选》中收录的《杂诗》，中有佳句。

⑮ 孟阳：即张载。《晋书·张载传》：“张载，字孟阳，安平人也。……载性闲雅，博学有文章。”景阳：即张协。《晋书·张协传》：“协字景阳，少有俊才，与载齐名。辟公府掾，转秘书郎，补华阴令、征北大将军从事中郎，迁中书侍郎。转河间内史，在郡清简寡欲。”史载，协作有《七命》，世以为工。鲁、卫之政：《论语·子路》：“子曰：‘鲁、卫

之政,兄弟也。'《集解》引包曰:"鲁,周公之封。卫,康叔之封。周公、康叔既为兄弟,康叔睦于周公,其国之政亦如兄弟。"兄弟之文:《晋书·张亢传》:"时人谓载、协、亢、陆机、云曰'二陆''三张'。"

⑯ 刘琨:字越石,中山魏昌(今河北无极县)人,西晋政治家、文学家。年轻时曾为金谷二十四友之一,后累迁至并州刺史。永嘉之乱后,刘琨据守晋阳近十年,抵御前赵。315年,刘琨为司空,都督并、冀、幽三州诸军事,但不久败于石勒,投奔辽东,依附段部鲜卑。318年,刘琨被鲜卑首领段匹磾杀害。刘琨善文学,通音律,《隋书·经籍志》著录《刘琨集》九卷,又有《别集》十二卷。明代张溥辑为《刘中山集》,收入《汉魏六朝百三家集》。事迹见《晋书·刘琨传》。雅壮:雅正豪壮。风:风骨。卢谌:《晋书·卢谌传》:"卢谌,字子谅,清敏有理思,好老、庄,善属文。……建兴末,随琨投段匹磾。匹磾自领幽州,取谌为别驾。匹磾既害琨,寻亦败丧。时南路阻绝,段末波在辽西,谌往投之。元帝之初,末波通使于江左,谌因其使抗表理琨,文旨甚切,于是即加吊祭。……谌名家子,早有声誉,才高行洁,为一时所推。"卢谌诗现存十馀首。理昭:情理昭明。

【分析】

本节论述西晋时期作家的文学成就,并品评其创作能力。

7. 景纯艳逸,足冠中兴,《郊赋》既穆穆以大观,《仙诗》亦飘飘而凌云矣①。庾元规之表奏,靡密以闲畅;②温太真之笔记,循理而清通,亦笔端之良工也③。孙盛、干宝,文胜为史,准的所拟,志乎典训,户牖(yǒu)虽异,而笔彩略同④。袁宏发轸(zhěn)以高骧(xiāng),故卓出而多偏⑤;孙绰规旋以矩步,故伦序而寡状⑥。殷仲文之孤兴,谢叔源之闲情,并解散辞体,缥渺浮音:虽滔滔风流,而大浇文意⑦。

【注释】

① 景纯:即郭璞,东晋文学家。《晋书·郭璞传》:“郭璞,字景纯,河东闻喜人也。……璞好经术,博学有高才,而讷于言论,词赋为中兴之冠。好古文奇字,妙于阴阳算历。……所作诗、赋、诔、颂亦数万言。”艳逸:华丽而飘逸。《郊赋》:即《南郊赋》。璞著《江赋》,其辞甚伟,为世所称。后复作《南郊赋》,帝见而嘉之,以为著作佐郎。穆穆:和美之貌。《仙诗》:即郭璞《游仙诗》。《文选》李善注曰:“凡游仙之篇,皆所以滓秽尘网,锱铢缨绂,餐霞倒景,饵玉玄都。而璞之制,文多自叙。虽志狭中区,而辞无俗累,见非前识,良有以哉!”

② 庾元规:即庾亮,字符规。颍川鄢陵(今河南鄢陵)人。晋明帝妻庾后之兄。永嘉五年(311)被镇东将军司马睿徵召任命为西曹掾,后转任丞相参军,封为都亭侯。为江东豪右,曾平王敦、苏峻之乱,为晋权臣,世秉国政。表奏:表章奏疏。指庾亮《让中书监表》。《文心雕龙·章表》:“庾公之让中书,信美于往载。”靡密以闲畅:细密而又闲雅和畅。

③ 温太真:《晋书·温峤传》:“温峤,字太真,司徒羡弟之子也。父憺,河东太守。峤性聪敏,有识量,博学能属文,少以孝悌称于邦族。风仪秀整,美于谈论,见者皆爱悦之。”曾任大将军,参与平王敦、苏峻之乱。笔记:温太真任中书,所作多笔记,即用无韵之散文写作的应用文。清通:明帝崇才,以温峤文清,引入中书。笔端:《韩诗外传》卷七:“是以君子避三端,避文士之笔端,避武士之锋端,避辩士之舌端。”

④ 孙盛、干宝:均为东晋史学家、文学家。孙盛撰《魏氏春秋》、《晋阳秋》,干宝撰《晋纪》、《搜神记》。刘勰在《史传》篇中曾详论二人在史学上的不同贡献。典训:《尚书》中《尧典》、《伊训》等篇的并称。指经典或专指《尚书》。《后汉书·桓荣传》:“庄以童蒙,学道九载,而典训不明,无所晓识。夫五经广大,圣言幽远,非天下之至精,岂能与于此!”户牖:门户之意。

⑤ 袁宏:东晋时文学家、史学家。《晋书·袁宏传》:“袁宏字彦伯,

侍中猷之孙也。父勖，临汝令。宏有逸才，文章绝美，曾为咏史诗，是其风情所寄。……太元初，卒于东阳，时年四十九。撰《后汉纪》三十卷及《竹林名士传》三卷、诗赋诔表等杂文凡三百首，传于世。”又有《东征赋》、《北征赋》、《三国明臣颂》等传世。发轸：发车，一般指马车。喻出发点。高骧：马头高昂前奔，言立意高远。卓出而多偏：气势拔擢特出但是不免偏宕激越。

⑥ 孙绰：《晋书·孙绰传》：“绰字兴公。博学善属文，少与高阳许询俱有高尚之志。居于会稽，游放山水，十有馀年，乃作《遂初赋》以致其意。……绰少以文才垂称，于时文士，绰为其冠。温、王、郗、庾诸公之薨，必须绰为碑文，然后刊于石焉。年五十八，卒。”规旋以矩步：作文循规蹈矩。伦序而寡状：有条理但质木无文。

⑦ 殷仲文：《晋书·殷仲文传》云，字仲文，陈郡人，南蛮校尉殷觊之弟。少有才藻，美容貌。附逆桓玄，伏诛。仲文善属文，为世所重，谢灵运尝云：“若殷仲文读书半袁豹，则文才不减班固。”言其文多而见识少。《宋书·谢灵运传论》：“仲文始革孙许之风。”言其诗变革前代诗风。孤兴：孤高之兴会。谢叔源：谢混。谢安子谢琰第三子，字叔源。少有美誉，善属文。闲情：一说指谢混《闲情赋》，一说谓其诗文抒写闲情，如《游西池》诗中的情趣。解散辞体：指冲击其时风行的玄风。缥渺浮音：言玄言诗的虚浮之气仍存。滔滔风流：流为一时风尚。《论语·微子》：“滔滔者，天下皆是也。”滔滔：盛大，普遍。大浇文意：言仍然使文意大为浮薄。

【分析】

本节论述东晋时期作家的文学成就，并品评其文学创作的能力。

8. 宋代逸才，辞翰鳞萃，世近易明，无劳甄序[①]。

【注释】

① 宋代：即南朝刘宋时代。逸才：俊逸之才。鳞萃：犹鳞集。辞翰鳞萃：谓文学之士比比皆是。世近易明：时代较近，容易了解。甄序：甄别评述。

【分析】

本节对刘宋时代作出简短总结。由于时代较近，不需要作出详细评述。

9. 观夫后汉才林，可参西京[①]；晋世文苑，足俪邺(yè)都[②]；然而魏时话言，必以元封为称首[③]；宋来美谈，亦以建安为口实[④]。何也？岂非崇文之盛世，招才之嘉会哉[⑤]！嗟夫，此古人所以贵乎时也[⑥]！

【注释】

① 才林：文士之林。西京：即西汉。

② 晋世：两晋时代。俪：比肩。邺都，三国曹魏都城，在今河北临漳附近，此代指曹魏。

③ 话言：谈论之话题。元封：西汉武帝年号，代指武帝时代。

④ 口实：口头资料，谈资，话柄。

⑤ 招才：招引才士。嘉会：美好的运会。

⑥ 古人所以贵乎时：时指时会、时势。《孟子·公孙丑上》："虽有知慧，不如乘势；虽有镃基(锄头)，不如待时。"

【分析】

本节对此章作出总结，认为文学与时代环境密不可分。

10. 赞曰：才难然乎，性各异禀[①]。一朝综文，千年凝锦[②]。馀采徘徊，遗风籍甚[③]。无曰纷杂，皎然可品。

【注释】

① 才难然乎：《论语·泰伯》："子曰，才难，不其然乎？"何晏《集解》："人才难得，岂不然乎？"禀：个人禀赋。

② 综文：综述成文。凝锦：文字凝结成锦绣。《西京杂记》卷二载司马相如曰："合纂组以成文，列锦绣而为质。"

③ 籍甚：益发著名。

【分析】赞语纵而论之，言文才杰出之士才略各异、然皎然可辨，历久弥新。

知音第四十八解析

【解题】“知音”一词，出于《礼记·乐记》，顾名思义，知与鉴赏音乐有关。因为乐曲的组成颇为精妙，音乐家常恨自己的乐语无人领悟，他们重视那些能够深刻理解乐曲中的深意的欣赏者，从而历史上传下了不少有关“知音”的佳话，例如锺子期领会伯牙“高山”“流水”之曲即是。

文学与音乐在本质上有相通处，所以魏晋南北朝人常用乐理说明文学问题。

陆机写作《文赋》，讨论各种不同的文章弊病，就用五类不同的音乐作为譬喻：（一）篇幅短小、内容贫乏之病，“譬偏弦之独张，含清唱而靡应”；（二）徒靡弗华、良质有瑕之病，“象下管之偏疾，故虽应而不和”；（三）徒事诡巧、中乏深情之病，“犹弦么而徽急，故虽和而不悲”；（四）浮艳放纵、趣味庸俗之病，“寤《防露》与《桑间》，又虽悲而不雅”；（五）清雅有馀、华美不足之病，“虽一唱而三叹，固既雅而不艳”。其他用乐理作说明的地方还很多。

文学理论界更深受音乐的影响。

文气说的提出与音乐有关。《淮南子·氾论》：“耳不知清浊之分者，不可令调音。”《修务》：“圣人见是非，若白黑之于目辨，清浊之于耳听。”蔡邕《月令章句》曰：“凡弦之缓急为清浊，琴紧其弦则清，缦则浊。”可见曹丕“气之清浊有体”云云，乃是借用了乐理的一种譬喻。

声律论的提出也与音乐有关。范晔《狱中与诸甥侄书》中说："性别宫商，识清浊，斯自然也。"沈约《答陆厥书》中说："宫商之声有五，文字之别累万，以累万之繁，配五声之约，高下低昂，非思力所学。"宫商即指平仄而言。可见"浮声"、"切响"云云，也是借用了乐理的一种譬喻。

齐梁以后，写作上更讲求声韵之美了，文学与音乐的关系更形密切，于是永明体作家便径称精通声韵为"知音"。《南史·王筠传》："(沈)约制《郊居赋》，构思积时，犹未都毕。示筠草，筠读至'雌霓(原注：五的反)连蜷'，约抚掌欣抃曰：'仆常恐人呼为霓(原注：五兮反)。'次至'坠石磓星'，及'冰悬掐(qiā，用指甲按)而带坻'，约皆击节称赞。约曰：'知音者希，真赏殆绝，所以相要，政在此数句耳。'"《诗品·序》则载王融欲进《知音论》未就。至是"知音"一词乃正式从音乐界移入文坛。

刘勰以"知音"命名，乃是时代风气的反映。自此以后，"知音"一词成了文学批评上的专用术语，至今仍沿用弗衰。

1. 知音其难哉！音实难知，知实难逢。逢其知音，千载其一乎！①(一)夫古来知音，多贱同而思古，所谓日进前而不御，遥闻声而相思也。②昔《储说》始出，《子虚》初成，秦皇、汉武，恨不同时；既同时矣，则韩囚而马轻，岂不明鉴同时之贱哉！③(二)至于班固、傅毅，文在伯仲，而固嗤毅云："下笔不能自休。"④及陈思论才，亦深排孔璋；敬礼请润色，叹以为美谈；季绪好诋诃，方之于田巴：意亦见矣。⑤故魏文称"文人相轻"，非虚谈也。⑥(三)至如君卿唇舌，而谬欲论文，乃称史迁著书，谘东方朔，于是桓谭之徒，相顾嗤笑。⑦彼实博徒，轻言负诮，况乎文士，可妄谈哉！⑧(四)故鉴照洞明，而贵古贱今者，二主是也；才实鸿懿，而崇己抑人者，

班，曹是也；学不逮文，而信伪迷真者，娄护是也。酱瓿(bù)之议，岂多叹哉！⑨（五）

【注释】

① 知：指知音者。

② 古来知音：自古以来的知音者，指自古以来评论文学作品的人，这里提到的不一定是高明的理论家，应当加上引号。贱同：以同时的人为贱，看不起同时的人。所谓“日进前而不御，遥闻声而相思”：见《鬼谷子·内楗(jiàn)篇》。御，用。

③ 《储说》：韩非的作品，计有《内储说》上、下，《外储说左》上、下，《外储说右》上、下，共六篇。“储说”是积储材料以备游说君主的意思。《子虚》：司马相如作《子虚赋》，文中有人名子虚而得名。秦主、汉武恨不同时；既同时矣，则韩囚而马轻：秦始皇见到韩非的作品后，以为是古人的作品，恨不得与此人同时。李斯介绍韩非与秦皇见面，后进谗言，秦王就把韩非拘囚起来。见《史记·韩非列传》。但据记载，秦始皇见到的是“《孤愤》《五蠹》之书”，不是《储说》。汉武帝读到司马相如的《子虚赋》，恨不能与作者见面，见《汉书·司马相如传》。后由狗监杨得意介绍，司马相如到朝廷任职，但汉武帝一直把他视为侍从之臣，没有加以重用。明鉴：明白看出。鉴是镜子，引申为照出。同时之贱：即贱同思古。

④ 至于班固、傅毅，文在伯仲，而固嗤毅云：“下笔不能自休。”：班固和傅毅两人是东汉初期的著名文士，文学上的成就不相上下，但班固讥讽傅毅，说他下笔不能自己停下来，意思是说傅毅不能操纵文笔，失掉控制。伯仲是指排行中第一、第二。嗤，嗤笑。休，止。

⑤ 陈思论才，亦深排孔璋：陈思即曹植。曹植封陈王，死后谥思。孔璋是陈琳的字。他是建安七子之一。曹植在《与杨德祖书》中批评他不善于辞赋，而又自以为和司马相如同风，因此讥刺他“画虎不成还为狗者也”。敬礼请润色，叹以为美谈：敬礼是丁廙(yì)的字。丁

廙是东汉末年文士，曹植好友，常请曹植替他润色文章，受到曹植的称赞。以为这是很好的态度，润色是加工修改的意思。季绪好诋诃，方之于田巴：季绪是刘修的字，刘表的儿子，汉末文士。刘修喜欢批评其他作家，挑剔他们的毛病。诋诃，指责挑剔的意思，曹植反对这样的做法，把他比之为田巴。田巴是战国时人，经常高谈阔论，目空一切。鲁连一加反驳，田巴就终身说不出口了。

⑥ 魏文称“文人相轻”，非虚谈也：曹丕是魏的开国君主，谥文帝。他在《典论·论文》中提出“文人相轻”之说，刘勰认为是有道理的，所以说是“非虚谈也”。

⑦ 君卿唇舌：君卿是楼护的字。楼护以善辩著称。唇舌，有口才的意思。《汉书·游侠传》上说：“（楼护）为人短小，精辩论议，常依名节，听之者皆竦。与谷永俱为五侯上客。长安号曰：谷子云笔札，楼君卿唇舌。”下文中的“娄护”即“楼护”。谬欲：荒谬地想。乃：于是。称史迁著书谘东方朔：史迁即司马迁，以其曾任太史令，故称史迁。谘，询问。东方朔是西汉武帝时的文士，诙谐多智。楼护称司马迁写好《史记》后，曾向东方朔请问，而《史记·太史公自序》司马贞《索隐》中记载桓谭之说，云是司马迁把所著之书“示东方朔，东方朔皆署曰太史公”。与刘勰的记载不同。桓谭：东汉初年的著名思想家和文士，著有《新论》一书，已散佚。徒：……等一辈人。

⑧ 博徒：赌棍，品格不好的人。轻言：轻率地谈论。负诮：受到讥嘲。

⑨ 照：看出。洞：透彻。二主：指秦皇、汉武。鸿：大。懿：美。班、曹：班固、曹丕。学不逮文：学识赶不上文才。酱瓿之议：盛酱的小瓮。西汉末年著名的学者刘歆担心扬雄的作品会被后人用来覆盖酱瓿。见《汉书·扬雄传》。

【分析】这一段文字可分五节：（一）伤“知音其难”；（二）言“贱同思古”之病；（三）言“文人相轻”之病；（四）言“信伪迷真”之病；

（五）总结（二）、（三）、（四）各节，末以“酱瓿之议”照应第（一）节“知音其难”。

这一段文字的主旨是“知实难逢”。

刘勰在引证历史材料的同时，还对“知实难逢”的原因作了探索。其结论是：（一）贱同思古之病由贵古贱今而起；（二）文人相轻之病由崇己抑人而起；（三）信伪迷真之病由学浅妄论而起。

刘勰举出这些历史事实，提出三种有关的议论，只是引用前人成说，不是他的创见。二主之事见《抱朴子·广譬》篇：“贵远而贱近者，常人之用情也；信耳而疑目者，古今之所患也。是以秦王叹息于韩非之书，而想见其为人；汉武慷慨于相如之文，而恨不同世。及既得之，终不能拔，或纳谗而诛之，或放之乎冗散。”班、曹之事见曹丕《典论·论文》和曹植《与杨德祖书》。楼护所言之事尚见于《史记·太史公自序》“凡百三十篇、五十二万六千五百字，为《太史公书》”句下，司马贞《索隐》以为东方朔署《史记》曰《太史公》云云乃桓谭之语，与本文记载不同，但总以刘勰之说为可信。只是史缺有间，桓氏之说已经难窥全豹，不过当时一定有较详细的评述，故有此说。可见刘勰的这些说法都有来源。他在这第1段文字中主要做了徵引前人学说的工作，但他把历史事实加以编排组织，却也下了一番综合的功夫。

2. 夫麟凤与麏（jūn）雉悬绝，珠玉与砾石超殊，白日垂其照，青眸写其形。①然鲁臣以麟为麏，楚人以雉为凤，魏民以夜光为怪石，宋客以燕砾为宝珠。②形器易徵，谬乃若是；文情难鉴，谁曰易分？③

3. 夫篇章杂沓，质文交加，知多偏好，人莫圆该。④慷慨者逆声而击节，酝藉者见密而高蹈，浮慧者观绮而跃心，爱奇者闻诡而惊听。⑤会己则嗟讽，异我则沮弃，各执一隅之解，欲拟万端之变。所谓"东向而望，不见西墙"也。⑥

【注释】

① 麟：麒麟。传说中一种神奇的动物，古人以为实有。麏：獐，象鹿而较小。悬绝：相隔极远。麟凤与麏雉悬绝：麒麟与獐子，凤凰与野鸡，差别很大。砾：瓦块。超殊：非常大的不同。白日垂其照：白天太阳照得很清楚。青眸：眼光正视。眸子即眼睛。眼光正视，则黑眼珠在正中，青是黑色。青眸写其形：用眼睛描绘它的形状，即看清楚它的形状的意思。

② 鲁臣以麟为麏：《公羊传》哀公十四年记载，鲁国有人把麒麟看作獐子。楚人以雉为凤：《尹文子·大道》记载：楚国有人挑着野鸡，有人当作凤凰，买下后献给楚王。魏民以夜光为怪石：夜光是一种美玉。《尹文子·大道》记载魏国的一个农夫得到美玉，光照一室，他以为是怪石，把它抛弃了。宋客以燕砾为宝珠：燕砾即燕石，亦即陨石。《艺文类聚》卷六引《阙子》记载，宋国有人得到陨石，以为宝贝而珍藏起来。

③ 器：具体的东西。徵：查考。

④ 杂沓：纷纭，杂乱。质文：质是质朴，文是有文彩。交加：重迭，轮流出现。知：知音的知，指欣赏和评论。圆该：全面地掌握，该有总括的意思。

⑤ 逆：迎。声：这里指高亢的声调。击节：打着拍子，欣赏的意思。酝藉者：含蓄的人。密：周密，指内容深沉的作品。高蹈：出世。心情激越的意思。浮慧者：有小聪明的人。绮：有花纹的丝织品，比喻华艳的文章。跃心：心情喜跃。奇：离奇，新奇。诡：不合常规。惊听：闻之有耸动之感。

⑥ 会：合。嗟：叹息，表示欣赏。讽：诵读。沮：阻止，抑压。一隅：一个角落，片面的意思。拟：测度。万端：千变万化的意思。所谓

“东向而望,不见西墙”:见《淮南子·氾论》篇。

【分析】第1段从三方面强调了“知实难逢”,偏于历史的考察,虽然就这些事件本身探讨了发生的原因,但还没有从文学的特点方面加以解释。在这第2、3段中则进一步探讨了“音实难知”之故。

刘勰是从作品(客)与读者(主)两方面加以说明的。就客观方面而言,“文情难鉴,谁曰易分?”就主观方面而言,“知多偏好,人莫圆该”。“音实难知”之所以成为问题,在于两方面的矛盾很难完美解决。

这两段文字的主旨是“音实难知”。

这些学说也还不能说是刘勰的创见,因为前人于此已经有所论述。《抱朴子·尚博》篇:“德行为有事,优劣易见,文章微妙,其体难识。夫易见者粗也,难识者精也。夫唯粗也,故诠衡有定焉;夫唯精也,故品藻难一矣。”此为“文情难鉴”说所从出。曹植《与杨德祖书》:“人各有好尚:兰茝荪蕙之芳,众人所好,而海畔有逐臭之夫;咸池、六茎之发,众人所共乐,而墨翟有非之之论,岂可同哉?”此为“知多偏好”说所从出。当然,刘勰比葛、曹二人说得更透彻,但从理论发展的角度来看,却有一脉相承的关系。因此,刘勰在第2、3段中主要做了发挥前人学说的工作,但他从主客观两方面加以论证,却也下了细致的分析的功夫。

综上所言,可列表以明之:

- 知音其难
  - 音实难知
    - 文情难鉴,谁曰易分
    - 知多偏好,人莫圆该
  - 知实难逢
    - 贱同思古——贵古贱今
    - 文人相轻——崇己抑人
    - 信伪迷真——学浅妄论

4. 凡操千曲而后晓声，观千剑而后识器。[①]故圆照之象，务先博观。阅乔岳以形培塿(pǒu lǒu)，酌沧波以喻畎浍(quǎn kuài)，无私于轻重，不偏于憎爱，然后能平理若衡，照辞如镜矣。[②](一)是以将阅文情，先标六观：一观位体，二观置辞，三观通变，四观奇正，五观事义，六观宫商。斯术既形，则优劣见矣。[③](二)

【注释】

① 操：弹奏。晓：懂得，明白。器：指兵器。圆照：全面地观察。圆：普遍，全面。照：观察，理解。象：表现。务：致力于。

② 阅：观察，研究。乔：高。形：衬托，比较。培塿：小土山。酌：衡量……过。沧波：沧海的波涛。喻：说明，使明白。畎浍：田间沟渠。衡：秤。

③ 标：提出。六观：指从六个方面进行观察的方法。位体：按排文体。置辞：布置辞句。通变：继承发展的意思。奇正：新创和正规。事义：使用典故或使用成语。宫商：乐调，这里指平仄等声调。术：方法。形：表现，这里是用上的意思。见：同“现”，显示。

【分析】如果说，第1段第(一)节文字相当于古人行文时所谓“冒头”或“破题”，那么“知音其难”四字便是全文的基调了。这项命题是从两方面展开论点的，“音实难知”说明“音”的方面存在着困难，“知实难逢”说明“知”的方面存在着困难。二者相合，自然会有“逢其知音，千载其一”的慨叹了。这两方面的问题在1、2、3段中作了充分的阐发，“音实难知”之故更从主客观方面作了分析。行文至此，已是题无賸义。“知音其难”之说已经发挥尽致。

但文章写作至此，还只能说是完成了任务的一半。因为知音不易，有经验的作家和批评家都深有所感，如果只是强调问题的复杂性，提不出解决的办法，那对他人也就没有什么积极的帮助，这样的文章虽勿作可也。《文心雕龙·知音》篇的可贵之处，就在既能提出问题又能解决问题。

刘勰认为，解决文学批评，考察问题时，必须要有合适的视角。

刘勰提出的办法有二：（一）提高修养，（二）树立标准。

第（一）节中提出了“博观”之说。他首先引用了桓谭等人的学说（见《意林》卷三引桓谭《新论》），认为钻研学问，必须下足苦功，经过反覆的比较和分析，培养起既全面又敏锐的观察力。“阅乔岳以形培塿，酌沧波以喻畎浍”，识见既高，自然会分清夜光与怪石，燕砾与宝珠。“无私于轻重，不偏于憎爱”，秉心既公，自然会避免“会己则嗟讽，异我则沮弃”的弊端。

他在第（二）节中创造性地提出了文学批评的标准，而这基本上又可分为三类。

《镕裁》篇中提出了“设情以位体”的要求，表明作者应该安排某种相应的风格表现文情；具体地说，即采用某种相应的体裁表达文情。反之，在批评者讲来，则首先要看文体与文情是否相应。而文体又是通过文辞表现出来的，所以一观“位体”之后，紧接着二观“置辞”，例如《颂赞》篇中说：“原夫颂惟典懿，辞必清铄，敷写似赋，而不入华侈之区；敬慎如铭，而异乎规戒之域……本其（赞）为义，事生奖叹，所以古来篇体，促而不广，必结言于四字之句，盘桓乎数韵之辞，约举以尽情，昭灼以送文，此其体也。”《铭箴》篇中说：“铭兼褒赞，故体贵弘润：其取事也必核以辨，其摛文也必简而深，此其大要也。”《哀吊》篇中说：“夫吊虽古义，而华辞末造；华过韵缓，则化而为赋。”其他各体在文辞上也都有特殊的要求，今不赘。

以上说明“体”、“辞”之间有着紧密的联系，解决文体问题之后还要解决文辞问题，所以这两项标准可以视为一组。第一、二项标准考察的是形式是否适应内容的问题。

但衡量一篇作品的优劣，还应放在一定的历史环境中考察，看它继承了前代的哪些东西,又有何种新创的成分?刘勰在《通变》篇中详细地讨论了"通"、"变"两个方面,并以此作为文学批评的标准之一,可见他对这项问题的重视。总的来说,刘勰认为文章的内容部分应该从古代经典的传统中汲取养料,文章的形式和写作技巧则应随时代的发展而不断创新。他在《定势》篇中提出要"执正以驭奇",反对"逐奇而失正"。因此,这项"奇正"的标准是随"通变"的标准而产生的,二者也可视为一组。第三、四项标准考察的是文学中的继承发展问题。

"事义"一般指典故与成语而言。南朝文人极为重视事义,他们借以显示学问,表现自己的渊博和敏慧。《体性》篇中提出"事义浅深,未闻乖其学",由此倒也可以觇测作者的学识究竟如何,所以刘勰举此作为批评标准之一。宫商指声律而言,齐梁文人讲求声韵之美,他们普遍关心这门新兴学问。尽管刘勰的看法与时流还有某些不同,并不刻意追求新声巧变,篇中曾经提出应"器写人声,声非学器",但他还是举此作为标准。可以说,刘勰特标"事义"、"声律"作为衡量作品的尺度,正反映了南朝文学重视形式美的风气。在这些地方,刘勰也有从众的一面。

刘勰解决批评问题中的难点时也是从主客观两方面着眼的。从主观方面而言,提高修养;从客观方面而言,树立标准。二者为正确评价文学作品准备了条件。刘勰为批评理论建立了完整的体系,把批评工作提高到了相当科学的程度,这是他在文学理论上的贡献之一。

综上所言,亦可列表如下:

- 披文以入情
  - 博观
    - 阅乔岳以形培塿,酌沧波以喻畎浍
    - 无私于轻重,不偏于憎爱
  - 六观
    - 位体、置辞
    - 通变、奇正
    - 事义、宫商

5. 夫缀文者情动而辞发，观文者披文以入情，沿波讨源，虽幽必显。[①]世远莫见其面，觇文辄见其心，岂成篇之足深，患识照之自浅耳。[②]夫志在山水，琴表其情，况形之笔端，理将焉匿？[③]故心之照理，譬目之照形，目瞭则形无不分，心敏则理无不达。[④]然而俗鉴之迷者，深废浅售，此庄周所以笑《折杨》，宋玉所以伤《白雪》也！[⑤]昔屈平有言："文质疏内，众不知余之异采。"见异唯知音耳。[⑥]扬雄自称"心好沈博绝丽之文"，其事浮浅，亦可知矣？[⑦]夫唯深识鉴奥，必欢然内怿（yì），譬春台之照众人，乐饵之止过客。[⑧]盖闻兰为国香，服媚弥芬；书亦国华，玩绎方美。知音君子，其垂意焉。[⑨]

【注释】

① 缀文：连结篇章，作文。披：打开，翻阅。讨：追究，追寻。幽：隐微。

② 觇：窥测，冷静地观察的意思。辄：常能。成篇：成文，已写好的作品。足：形容词，过的意思。患：怕。

③ 志在山水，琴表其情：《吕氏春秋·本味》篇上说，春秋时的音乐家伯牙善弹琴，有时志在高山，有时志在流水，琴声中表达的感情，知音者钟子期能充分领会。焉：往哪里。匿：隐藏。

④ 达：通晓，透彻地了解。

⑤ 鉴：观察，此处指观察者。深废：内容深沉的作品反而被丢掉。浅售：内容浅近的作品反而得售，即受到欣赏。此庄周所以笑《折杨》：庄周是战国时道家学派的著名思想家。《折杨》是当时一种时俗的小曲。庄子在《天地》篇中讥笑世人不能欣赏高雅的曲子，只喜欢听《折杨》一样的小曲子。宋玉所以伤《白雪》：宋玉是战国后期的著名文士。《白雪》是当时一种高雅的曲子，宋玉在《答楚王问》中说：有人唱

起通俗的《下里巴人》曲子时，跟着唱的有几千人；有人唱起高雅的《阳春白雪》时，只有几十人能跟着唱了。“伤”是悲叹的意思。

⑥ 屈平：屈原名平，战国时楚国的伟大诗人。文质疏内，众不知余之异采：见《九章·怀沙》。即文疏质内。文，外表，质，内心。疏，粗疏，不拘形迹的意思。内，通“讷”，即迟钝，引申为朴实的意思。异采，特殊的光采，指杰出的才华。意思是说：“外表随随便便，内心诚厚朴实，众人都不能懂得我那不平凡的才华。”

⑦ 扬雄：西汉末年著名的学者和文士。心好沈博绝丽之文：内心喜好深沉博大特殊美丽的文章。这话见于他的《答刘歆书》中。事：于，对于。此处采王叔岷《文心雕龙缀补》说。其事浮浅：对于浅薄的文章。

⑧ 深识鉴奥：即识深鉴奥。怿：喜悦。春台之照众人：见《老子》二十章：“众人熙熙，如春登台。”“照”字当是“熙”字之误。熙，欢乐。台是一种堆土而成的高建筑物，供人远眺赏乐。乐饵之止过客：见《老子》三十五章：“乐与饵，过客止。”说是好的音乐和食品可以使过客留下脚步。饵是食物。

⑨ 兰为国香：兰花是国内著名的香草。华：精华。玩：体味。绎：细细探索。垂意：留神。其：表示祈望的副词。焉：于此。

【分析】本段首言音本易知之理，继伤深废浅售之病，再言唯“深识鉴奥”者能鄙弃浮浅而“欢然内怿”，终劝“知音君子”涵咏于“书”而熟识其美。

就文章的结构来说，本段起了补足上文的作用。因为1、2、3段发挥“知音其难”已很透彻，第4段中提出的解决办法也已相当完美，于是在文章的最后一段，应该作更进一步的叙述，为“音实难知”说翻案。

刘勰从学理上说明了音本易知之理，其间接触到了反映论中的一些原理。

《物色》篇中说:“岁有其物,物有其容,情以物迁,辞以情发。”说明物、情、辞之间有着密切的联系:客观事物影响作家的思想感情,从而要求用文辞加以表达。《体性》篇中说:“夫情动而言形,理发而文见,盖沿隐以至显,因内而符外者也。”情理为内,言文为外,从创作的角度来说,是一个由内到外的过程;反之,读者首先接触作品的文辞,然后深入作品的文情,因此从批评的角度来说,则是一个由外到内的过程。前者是“沿隐至显”,后者也就会“虽幽必显”,这就从学理上说明了音本易知之理。本段要点在此。

其后文笔颇为曲折,有慨叹,有规劝……刘氏虽辨明音本易知之理,然仍以“知实难逢”为虑。不过从理论建设的角度来说,这些文字已非重点所在,文章极尽翻腾之能事,取其馀波荡漾而已。

6. 赞曰:洪钟万钧,夔、旷所定。良书盈箧,妙鉴乃订。①(一)流郑淫人,无或失听。独有此律,不谬蹊径。②(二)

【注释】

① 洪:大。钧:三十斤。夔:舜的乐官。旷:师旷,春秋时晋平公时的著名乐师。箧:箱子。鉴:评论。订:校正。

② 流:流荡,邪辟。郑:郑声。春秋时郑国的音乐,儒家认为很不正派。淫人:让人走上邪路。失听:听音乐时有过失。律:准则。蹊:路。

【分析】(一)言唯知音者能订文章之优劣,(二)言采取合适的视角,即掌握客观标准,始能避免错误。“六观”之说为刘氏独创,故在“赞”中再一次郑重地提出。

中国文论术语的形象性

《文心雕龙·知音》篇中提到如何分析作品时说：

……是以将阅文情，先标六观：一观位体，二观置辞，三观通变，四观奇正，五观事义，六观宫商。斯术既形，则优劣见矣。

过去的一些中国文学批评史上解释“六观”时，都认为这是刘勰提出的六条标准。我在《中国文学批评小史》中也如此说。大家都把“观”字看作“标准”。后来罗宗强撰《魏晋南北朝文学思想史》，谈到这段文字时，提出了不同意见，他说：

这六观，不是他的批评标准，而是他的评文角度，谓从此六个方面考察，即可了解作品之优劣所在。①

这种解释确是更为贴近此文原意。刘勰本来就说这是“术”，“术”应释为“方法”，不能径自解释为“标准”。

但我又想到，是否还可再推进一步，将“角度”改为“视角”，因为这与“观”字的本义更为一致。“观”与“视”为同义词。

批评者从这六种视角去看作品，衡量其优劣，分辨其高下，因为观察者本身也持一定的尺度，因而这种尺度自然寓有标准之意。只是大家不宜直接把“观”释为“标准”，这里应当顾及原意，先用现代汉语解释，称之为“视角”，然后转一关捩，引申为标准。这样做，似乎更为周密些。

---

① 载《魏晋南北朝文学思想史》第七章《刘勰的文学思想(中)》第三节《刘勰的批评观》，中华书局 1996 年版。

研讨中国文学理论的术语，经常会遇到这种情况，例如“风”“骨”二者，都是人们每天都会接触到的自然现象和自然物，而“风骨”一词在文艺理论中都已成为专用术语，其间也有一层从具体到抽象的转化过程。

刘勰论“风”时，强调“气”对“风”的支配作用。古人认为天地一气，世上万物均由气生。气之流动，则又形成风。中国古代文明产生于农业社会、人们对风的作用感受特深。春风风人，春雨雨人，万物由此而生，由此而长。因此，“气”与“风”虽系抽象之物，但人们却把这看得很具体。春风拂拂，万物生长，人也在春风中陶醉；秋风瑟瑟，万木凋零，人也感受到了凉气逼人。人在日常生活中经常会体验到风的感染作用。

文学作品是感情的产物，其作用也在以情感人。所以《风骨》中说：“情之含风，犹形之包气。”形内之气蕴蓄而后流动，外发为情与风，“是以怊怅述情，必始于风”，“意气骏爽，则文风清焉”。比较起来，“风”较抽象，若是联系古今相传的气化万物的观念，却也不难解释，不难理解。

“骨”的情况很具体，更易理解。大家都称人为骨架子，古人称之为骨骼。身材挺拔的人，腰背有毛病的人，一看就明白，这是骨架子好不好的问题。人的这种外形给人的直觉：身材挺拔的人显得意气亢爽、弯腰曲背的人显得身体不正常。犹如文章，“辞之待骨，如体之树骸”；“语言端直，则文骨成焉”。如将这种看法再推进一步，则“若瘠义肥辞，繁杂失统，则无骨之徵也”。情况显得复杂一些，但也不难理解，仍然可从“骨”的形象中捕捉到思维的脉络。

中国文字本有多义性。刘勰充分运用文字的这一特点，又与儒家诗教中六义之说联系。《风骨》篇开头就说：“《诗》总六义，风冠其首，斯乃化感之本源，志气之符契也”，把“风、雅、颂”中的“风”与“风骨”中的“风”合起来谈，将作品中的感情要素与教化作用联系起来，贯彻他那针砭时弊的意图，希望作品达到“风清骨峻，篇体光华”的境界。可知《风骨》的主旨，“盖防文滥也”。

应该看到，刘勰写作《风骨》篇追求的是一种高妙的境界。他是南朝人士，灵动洒脱，并非礼教中人。这从他举的例证中即可窥知。《风骨》中说：“潘勖《锡魏》，思摹经诰，群才韬笔，乃其骨髓峻也。相如赋《仙》，气号‘凌云’，蔚为辞宗，乃其风力遒也。”后一例证乃指司马相如的《大人赋》。汉武帝追求成仙，司马相如乃献《大人赋》，汉武读后“飘飘有凌云之志”，犹如风之撼动物类，此例可以说明该赋的感染力之强。潘勖撰《册魏公九锡文》，仿效《尚书》、《左传》中的笔法，层层推进，条例密察，犹如人的骨架子特别硬朗。人们读后，自然会产生壮重伟岸的感受。①

读者细细玩味这两个例子，就可明白“风骨”的涵义。前时曾有学者责备刘勰举例不当，因为司马相如诱导汉武帝求仙，是在提倡迷信；潘勖为曹操谋王篡位大声吆喝，是在做奸臣的帮凶，这种观点，完全站在今人立场遵循思想性第一的原则立论，虽然也能言之成理，但加在魏晋南北朝时的一位文学理论家头上，却也近于“花间喝道”。

后来的一些专家研究此文时认为刘勰提出了一种美学范畴，比之前时的解释，可以认为，这是一种更为接近事实的见解。按照我的粗浅认识，美学是介于文学理论与哲学之间的一种学问。从阅读作品而言，必须具有辨析提炼与鉴赏的视角。研究者要用更为超越的态度对待研究对象，而不要充满现代人的功利意识，专用思想性、艺术性等文学理论方面的学说去对待。

有的文学理论家将“风”“骨”都归为文学内容的范畴，有的文

① 参看拙作《潘勖〈九锡〉与刘勰崇儒》，载《社会科学战线》1989年第1期，后又收入《周勋初文集》第三册《文史知新》，江苏古籍出版社2000年版。

学理论家将“风”“骨”都归为文学形式的范畴。这样做，想是要把这两种概念都一一放在文学理论的法定框架中去具体落实，都有含混之处难以交代，结果只能是谁也说服不了谁。

其实刘勰对各种不同范畴的文学问题进行探讨时，常是分列专篇，不相错杂。以内容与形式问题而言，《情采》篇的中心议题与之比较接近，然《风骨》与《情采》有联系，又有很大的不同，理当区别对待。应该更上一层，用美学的眼光加以考察。

联系全书而辨析其文学术语，当然是必须的，也是行得通的，但读者还得在刘勰提出这些概念的专题论文中所举的例证中去发掘其义蕴，可能更为直观，更易把握。

因为汉字的多义性，又加刘勰所举的文学术语往往从一些具体事物生发，取其象徵意义，因此常是陷于仁者见仁，智者见智，以致像陈耀南那样，将“风骨”的释义分为十四组五十七种，最后仍难作出明晰的结论。[①] 这种问题似乎不必如此拘执，大家如用美学的眼光看待，分从某一种角度观察，得其一端即可把握。

中国的文学理论何以会有这样的特点，可能与本土文化的特殊性质有关。有人称中国文化产生于农业文明，因此人们观察思考问题时，一般都趋向于具体。《易·系辞下》曰：

> 古者庖羲氏之王天下也，仰则观象于天，俯则观法于地，观鸟兽之文与地之宜。近取诸身，远取诸物，于是始作八卦，以通神明之德，以类万物之情。

中国学术上的一些概念，往往就是“远取诸物，近取诸身”而产生。“风”为物，“骨”为身。讨论这类问题时，不管这种概念后来发生了多少变异，还得联系始出之物进行考虑，因为不管各种概念之

① 陈耀南《〈文心〉“风骨”群说辨疑》，载《求索》1988年第3期，又收入庆祝杨明照教授八十寿辰纪念《文心同雕集》，成都出版社1990年版。

如何引申，如何衍变，中间还是有一些脉络可循。如果脱离这种传统而作纯概念的推导，往往陷于钻牛角尖而不能自拔。

《文心雕龙》中的其他许多术语，如“神”“势”等，均可作如是观。

程器第四十九解析

【解题】“程”有衡量、评估的意思。《汉书·东方朔传》：“武帝既招英俊，程其器能，用之如不及。”颜师古注：“程谓量计之也。”“器”之一词，有多种涵义，用于此处，当作“材器”解。《论语·八佾》：“子曰：管仲之器小哉。”因为管仲不知礼，又没有度量，所以虽有大功，仍应归于“不器”者列。现代汉语中仍沿用此词，如“大器晚成”、“器量狭小”等等，大都仍指德行、器用方面而言，只是后人不明语源，常常误写成“气量狭小”。

刘勰在五十篇文章行将结束时，特设《程器》一篇，讨论道德才能方面的问题，仍是在为贯彻儒家宗旨而努力。《论语·先进》中记孔门十大弟子，分属德行、言语、政事、文学，可知儒家之视各家表现，首推德行，文学只能排在后面。这种观念，后代仍然，《世说新语》的章次，也是德行、言语、政事、文学。不过魏晋南北朝时的文学，内容不光限于文献，有的地方已经专指诗文等纯文学了，《程器》篇中也说：“《周书》论士，方之梓材，盖贵器用而兼文采也。”

曹丕在《与吴质书》中说：“观古今文人，类不护细行，鲜能以名节自立。”后世一直有“文人无行”之说。《颜氏家训·文章》篇中讨论的问题很多，许多地方与《程器》相合，文人何以如此容易陷于轻薄，则自有其解释，云是“文章之体，标举兴会，发引性灵，使人矜伐，故忽于持操，果于进取”。以为文学创作中多抒发个人独特体会，作者往往自我陶醉，自以为了不起，看不到别人的长处，这些确是文人常见的毛病。

但刘勰与颜之推在评论文人之时，对屈原的评价却大有出入。颜之推指责"屈原露才扬己，显暴君过"；刘勰则以为屈原秉性"忠贞"，文行"无玷"。比较之下，可知刘勰不是主张愚忠的一类人，比颜之推要高明一些。刘勰一直维护屈原的声名，也是在为维护风骚传统而努力。

刘勰主推崇文武全材，道德完美，所谓"摛文必在纬军国，负重必在任栋梁，穷则独善以垂文，达则奉时以骋绩"。这是"程器"的最高标准，也是他本人的奋斗目标。刘勰在信奉佛教时不忘情于在政治上求出路，正是在为实现"奉时以骋绩"这一理想而努力，而他之所以有此执着的期盼，正与他本人的家世有关。因为东莞刘氏上代之显达者如刘穆之、刘秀之等人，正是习武而又晓文的人物。然而刘勰成长之时，刘氏家族中的这一支已趋没落，世道艰难，文中时见不平之气。《程器》中说："将相以位隆特达，文士以职卑多诮，此江河所以腾涌，涓流所以寸折者也。名之抑扬，既其然矣；位之通塞，亦有以焉。"也是一种不平之鸣。因此，《程器》此文可说是在全书中最富作者本人感情色彩的一篇文章。

1.《周书》论士，方之梓(zǐ)材，盖贵器用而兼文采也[①]。是以朴斫(zhuó)成而丹雘(huò)施，垣墉(yōng)立而雕杇附[②]。而近代辞人，务华弃实，故魏文以为"古今文人，类不护细行"[③]，韦诞所评，又历诋群才[④]。后人雷同，混之一贯，吁可悲矣[⑤]！

【注释】

①《周书》：即《尚书·周书》。《尚书》分《虞》、《夏》、《商》、《周》四书，其中《周书》有三十二篇。方：比方。梓材：《梓材》为《周书》中的一篇，题意为木工制木成器。此处用《梓材》原义。器用：器之用。此处阐释“程器”之名义。《汉书·东方朔传》：“武帝既招英俊，程其器能，用之如不及。”颜师古注：“程谓量计之也。”《论衡·程材》：“世名材为名器，器大者盈物多。”《文心雕龙》始于《原道》，终于《程器》，前者陈述文人必守的最高原则，后者表明文人需要到达的道德高度。

② 朴：未成器之木。斫：砍削（木头）。《尚书·梓材》：“若作梓材，既勤朴斫，惟其涂丹雘。”丹雘：红色涂料。垣：矮墙。墉：高墙。《尚书·梓材》伪孔安国《传》引马融注：“卑曰垣，高曰庸。”雕杇：粉饰墙壁。

③ 魏文以为“古今文人，类不护细行”：古今文人大多不在意小节。类，大多。魏文：魏文帝曹丕。

④ 韦诞：《三国志·魏书·刘劭传》裴松之注引《文章叙录》：“诞，字仲将，太仆端之子。有文才，善属词章。”历诋群才：诋毁建安文人，如王粲等。《三国志·魏书·王粲传》裴松之注引《典略》，谓鱼豢问韦诞，诞云：“仲宣伤于肥戆，休伯都无格检，元瑜病于体弱，孔璋实自粗疏，文蔚性颇忿鸷。”

⑤ 雷同：即人云亦云。一贯：一样。

【分析】

本段开宗明义，指出文士不仅需要文才，也需具备一定的品德修养。

2. 略观文士之疵：相如窃妻而受金①，扬雄嗜酒而少算②，敬通之不修廉隅③，杜笃之请求无厌④，班固谄窦以作威⑤，马融党梁而黩货⑥，文举傲诞以速诛⑦，正平狂憨(hān)以致戮⑧，仲宣轻脱以躁竞⑨，孔璋偬恫(zǒng dòng)

以粗疏[10]，丁仪贪婪以乞贷[11]，路粹餔啜（chuò）而无耻[12]，潘岳诡诪（zhōu）于怀、愍[13]，陆机倾仄于贾、郭[14]，傅玄刚隘而詈（lì）台[15]，孙楚狠愎而讼府[16]，诸有此类，并文士之瑕累。文既有之，武亦宜然。古之将相，疵咎实多：至如管仲之盗窃[17]，吴起之贪淫[18]，陈平之污点[19]，绛、灌之谗嫉[20]，沿兹以下，不可胜数。孔光负衡据鼎，而仄媚董贤，况班、马之贱职，潘岳之下位哉[21]！王戎开国上秩，而鬻官嚣俗；况马、杜之磬悬，丁、路之贫薄哉[22]！然子夏无亏于名儒，浚冲不尘乎竹林者，名崇而讥减也[23]。若夫屈、贾之忠贞，邹、枚之机觉，黄香之淳孝，徐幹之沉默，岂曰文士，必其玷欤[24]！

【注释】

① 相如窃妻而受金：窃妻：指与文君私奔事。《史记·司马相如传》："是时卓王孙有女文君新寡，好音，故相如缪与令相重，而以琴心挑之。相如之临邛，从车骑，雍容闲雅甚都；及饮卓氏，弄琴，文君窃从户窥之，心悦而好之，恐不得当也。既罢，相如乃使人重赐文君侍者通殷勤。文君夜亡奔相如，相如乃与驰归成都。"受金：接受钱财贿赂，此指后人有上书言相如使蜀时受金而失官事。《史记·司马相如传》："其后人有上书言相如使时受金，失官。"

② 扬雄嗜酒而少算：扬雄，字子云，蜀郡成都人。少好学，不为章句，博览无所不见。好辞赋。作《太玄》、《法言》、《训纂》、《州箴》、《反离骚》及四赋。《汉书·扬雄传》记"家素贫，嗜酒，人希至其门。时有好事者载酒肴从游学"。少算：即少于计量。《扬雄传》说是"家产不过十金，乏无儋石之储，晏如也"。

③ 敬通之不修廉隅：即冯衍，字敬通，京兆杜陵人。东汉初期辞赋家，仕于朝。光武帝以为才浮于实，废于家，一生著述赋、诔、铭、说、策等五十篇。《显志赋》中多用典故，骈偶对仗，用前代名人的遭际，抒发

自己失官的感慨和愤懑。事见《后汉书·冯衍传》。不修廉隅:不受世俗规范。其《显志赋》自云:"有法无法,因时为业,有度无度,与物趣舍。"

④ 杜笃之请求无厌:《后汉书·文苑传》:"杜笃字季雅,京兆杜陵人也。……笃少博学,不修小节,不为乡人所礼。居美阳,与美阳令游,数从请托,不谐,颇相恨,令怒,收笃送京师。"

⑤ 班固谄窦以作威:班固,《汉书》作者,东汉著名史学家、辞赋家,有《两都赋》等名篇。著述甚多。谄窦以作威:《后汉书·班彪传》云"永元初,大将军窦宪出征匈奴,以固为中护军,与参议。……固不教学诸子,诸子多不遵法度,吏人苦之。初,洛阳令种兢尝行,固奴干其车骑,吏椎呼之,奴醉骂,兢大怒,畏宪不敢发,心衔之。及窦氏宾客皆逮考,兢因此捕系固,遂死狱中。"刘勰或据此立论。

⑥ 马融党梁而黩货:党梁,《后汉书·马融传》:"初,融惩于邓氏,不敢复违忤势家,遂为梁冀草奏李固,又作大将军西第颂,以此颇为正直所羞。"黩货:《马融传》:"先是融有事忤大将军梁冀旨,冀讽有司奏融在郡贪浊,免官,髡徙朔方。……论曰:'……(马融)奢乐恣性,党附成讥,固知识能匡欲者鲜矣。'"惠栋《后汉书训纂》引《三辅决录》云,融在郡贪浊,受主记掾岐肃钱四十万,融子又强受吏白向钱六十万,布三百匹,以肃为孝廉,向为主簿。

⑦ 文举傲诞以速诛:文举,孔融的字。傲诞以速诛,指孔融因骄傲、放诞而被曹操杀害。《后汉书·孔融传》:"初,曹操攻屠邺城,袁氏妇子多见侵略,而操子丕私纳袁熙妻甄氏。融乃与操书,称'武王伐纣,以妲己赐周公'。操不悟,后问出何经典,曰:'以今度之,想当然耳。'后操讨乌桓,又嘲之曰:'大将军远征,萧条海外。昔肃慎不贡楛矢,丁零盗苏武牛羊,可并案也。'时年饥兵兴,操表制酒禁,融频书争之,多侮慢之辞。既见操雄诈渐著,数不能堪;故发辞偏宕,多致乖忤。……曹操既积嫌忌,而郗虑复构成其罪,遂令丞相军谋祭酒路粹,枉状奏融曰:'……又前与白衣祢衡跌荡于言,云:"父之于子,当有何

亲？论其本意，实为情欲发耳。子之于母，亦复奚为？譬如寄物瓶中，出则离矣。”既而与衡更相赞扬。衡谓融曰：“仲尼不死。”融答曰：“颜回复生。”大逆不道，宜极重诛。’书奏，下狱弃市。时年五十六。妻子皆被诛。”

⑧ 正平狂憨以致戮：《后汉书·祢衡传》：“祢衡，字正平，平原般人也。少有才辩，而尚气刚傲，好矫时慢物。”后以侮慢刘表，辱骂黄祖，以致被杀。文多散逸。

⑨ 仲宣轻脱以躁竞：《三国志·魏书·王粲传》：“（刘）表以粲貌寝而体衰通脱，不甚重也。”轻脱，随便，不庄重。躁竞，狂躁，欠涵养。《后汉书·杜袭传》：“粲强识博闻，故太祖游观出入，多得骖乘，至其见敬不及洽、袭。袭尝独见，至于夜半。粲性躁竞，起坐，曰：‘不知公对杜袭道何等也？’洽笑答曰：‘天下事岂有尽邪？卿昼侍可矣，悒悒于此，欲兼之乎！’”

⑩ 孔璋偬恫以粗疏：《三国志·魏书·王粲传》：“琳字孔璋，广陵人，避难冀州，袁绍使典文章。绍败，归太祖。”偬恫：匆遽，奔竞之貌。指琳频繁游走于袁绍、曹操诸军阀之门。

⑪ 丁仪贪婪以乞贷：丁仪，《三国志》无传。与曹植善。曹操欲以爱女妻之，丁仪对此极为热衷。曹丕立为太子，欲治其罪，乃向中领军夏侯尚叩头求哀。乞贷，或指向夏侯尚叩头求生事。“贷”有豁免意。

⑫ 路粹餔啜而无耻：路粹为文陷孔融，已见上文有关孔融的注。这里或指此事。餔啜：《孟子·离娄上》：孟子谓乐正子曰：“子之从於子敖来，徒餔啜也。我不意子学古之道，而以餔啜也。”这里是说为了混口饭吃而不坚持原则，实属无耻之举。

⑬ 诪：通“筹”，筹划。潘岳诡诪于怀、愍：《晋书·愍怀太子传》：“贾后将废太子，诈称上不和，呼太子入朝。既至，后不见，置于别室，遣婢陈舞赐以酒枣，逼饮醉之。使黄门侍郎潘岳作书草，若祷神之文，有如太子素意，因醉而书之，令小婢承福以纸笔及书草使太子书之。文曰：‘陛下宜自了；不自了，吾当入了之。中宫又宜速自了；不了，吾

当手了之。……'太子醉迷不觉,遂依而写之,其字半不成。既而补成之,后以呈帝。"诡祷,指诡作祷文。

⑭ 陆机倾仄于贾、郭:《晋书·陆机传》:"然好游权门,与贾谧亲善,以进趣获讥。"贾、郭,或指贾谧、郭彰二人,为贾后死党。史传无陆机事郭彰之记载,然郭彰与权臣贾充亲善,故有此一说。

⑮ 傅玄刚隘而詈台:《晋书·傅玄传》:"……而谒者以弘训宫为殿内,制玄位在卿下。玄恚怒,厉声色而责谒者。谒者妄称尚书所处,玄对百僚而骂尚书以下。御史中丞庾纯奏玄不敬,玄又自表不以实,坐免官。然玄天性峻急,不能有所容;每有奏劾,或值日暮,捧白简,整簪带,竦踊不寐,坐而待旦。于是贵游慑伏,台阁生风。……撰论经国九流及三史故事,评断得失,各为区例,名为《傅子》,为内、外、中篇,凡有四部、六录,合百四十首,数十万言,并文集百馀卷行于世。"台:尚书台。

⑯ 孙楚狠愎而讼府:《晋书·孙楚传》:"孙楚,字子荆,太原中都人也。……楚才藻卓绝,爽迈不群,多所陵傲,缺乡曲之誉。……(后)复参石苞骠骑军事。楚既负其材气,颇侮易于苞,初至,长揖曰:'天子命我参卿军事。'因此而嫌隙遂构。苞奏楚与吴人孙世山共讪毁时政,楚亦抗表自理,纷纭经年,事未判,又与乡人郭奕忿争。武帝虽不显明其罪,然以少贱受责,遂湮废积年。初,参军不敬府主,楚既轻苞,遂制施敬,自楚始也。"

⑰ 管仲之盗窃:管仲,名夷吾。春秋时政治家。早年与鲍叔牙经商,多自取。然有才,齐桓公任为上卿,尊称"仲父",助桓公九合诸侯。事见《史记·管晏列传》。刘向《说苑·尊贤》:"邹子说梁王曰:'……管仲,故成阴之狗盗也,天下之庸夫也,齐桓公得之以为仲父。'"

⑱ 吴起之贪淫:吴起,战国时政治家、军事家。卫国左氏(今山东定陶)人,一生历仕鲁、魏、楚三国,仕鲁时曾击退齐国的入侵;仕魏时屡次破秦,尽得秦国河西之地,成就魏文侯的霸业;仕楚时主持改革,史称"吴起变法",后世将其与孙武并称为"孙吴",著有《吴子》。《史

记·孙子吴起列传》载:“文侯问李克曰:‘吴起何如人哉?’李克曰:‘起贪而好色,然用兵司马穰苴不能过也。’”《索隐》按:“李克言起贪者,起本家累千金,破产求仕,非实贪也;盖言贪者,是贪荣名耳,故母死不赴,杀妻将鲁是也。”

⑲ 陈平之污点:陈平,西汉阳武户牖乡(今河南兰考)人,以谋略见长。早期为项羽所用,后投奔刘邦,多次出策助刘,西汉建立后,任右丞相,后迁左丞相,死后谥献侯。《史记·陈丞相世家》:“绛侯、灌婴等咸谗陈平曰:‘平虽美丈夫,如冠玉耳,其中未必有也。臣闻平居家时,盗其嫂;事魏不容,亡归楚;归楚不中,又亡归汉。今日大王尊官之,令护军。臣闻平受诸将金,金多者得善处,金少者得恶处。平,反复乱臣也,愿王察之。’”

⑳ 绛、灌之谗嫉:绛、灌即西汉周勃、灌婴,二人谗陈平之事见上。绛、灌谗贾谊之事,见《史记·贾生列传》:“天子议以为贾生任公卿之位。绛、灌、东阳侯、冯敬之属尽害之,乃短贾生曰:‘洛阳之人,年少初学,专欲擅权,纷乱诸事。’”

㉑ 孔光:字子夏,鲁(今山东曲阜)人。孔子十四代孙。事见《汉书·孔光传》。负衡据鼎:衡,伊尹字阿衡,位居宰相,故后称宰相为衡宰。鼎三足,三公,象国之鼎,故称鼎臣。负衡据鼎即指位居宰相或三公。董贤:哀帝男宠,势焰绝伦,后为三公,见《汉书·佞幸传》。哀帝崩后被诛。孔光媚董贤事,见《汉书·孔光传》:“初,丞相孔光为御史大夫,时贤父恭为御史,事光。及贤为大司马,与光并为三公,上故令贤私过光。光雅恭谨,知上欲尊宠贤,及闻贤当来也,光警戒衣冠出门待,望见贤车乃却入。贤至中门,光入阁,既下车,乃出拜谒,送迎甚谨,不敢以宾客均敌之礼。贤归,上闻之喜,立拜光两兄子为谏大夫常侍。”班、马贱职:班固为中护军,马融为议郎,皆下品。潘岳下位:潘岳为太傅主簿,品位均甚低。

㉒ 王戎:西晋“竹林七贤”之一。《晋书·王戎传》:“王戎,字濬冲,琅邪临沂人也。祖雄,幽州刺史。父浑,凉州刺史、贞陵亭侯。……渡

江后迁光禄勋、吏部尚书,以母忧去职。”上秩:上等俸禄。即上等官员。嚣俗:为世俗怨尤。《晋书·王戎传》:“南郡太守刘肇赂戎筒中细布五十端,为司隶所纠,以知而未纳,故得不坐,然议者尤之。帝谓朝臣曰:‘戎之为行,岂怀私苟得,正当不欲为异耳!’帝虽以是言释之,然为清慎者所鄙,由是损名。”马、杜之磬悬:磬悬:中空无物,谓家贫无物。马,司马相如。早年家徒四壁。杜,杜笃。《后汉书·文苑传》:“笃常叹曰:‘杜氏文明善政,而笃不任为吏;辛氏秉义经武,而笃又怯于事。外内五世,至笃衰矣!’”丁、路之贫薄:丁仪、路粹,事迹见前。贫薄,贫困。丁仪、路粹之贫困,史料未载。丁仪为世家子弟,不至贫薄,路粹不详,然亦不至于陷于贫困。故此处当指彼等品德上乏善可陈。

㉓ 子夏:即孔光。事见上。亏:以为……损害。濬冲:王戎字。尘:以为……玷污。

㉔ 黄香:《后汉书·文苑传》:“黄香,字文强,江夏安陆人也。年九岁,失母,思慕憔悴,殆不免丧,乡人称其至孝。年十二,太守刘护闻而召之,署门下孝子,甚见爱敬。香家贫,内无仆妾,躬执苦勤,尽心奉养。”后世有“二十四孝”之说,黄香温席之事广传于世。淳:十分。徐幹之沉默:曹丕《与吴质书》:“伟长独怀文抱质,恬淡寡欲,有箕山之志。”

【分析】

本节论述文人人品的不足。北朝颜之推《颜氏家训·文章》篇亦列数文人无行之事。然颜氏所列举之文士中,有屈原,与刘勰看法根本不同。刘勰在列举文人道德上的污点之后,又列数历代将相的道德问题,对“文人无行”说加以反驳,持论全面而客观。

3. 盖人禀五材,修短殊用,自非上哲,难以求备①。然将相以位隆特达,文士以职卑多诮,此江河所以腾涌,涓流所以寸折者也[②]。名之抑扬，既其然矣；位之通塞，亦有以焉。盖士之登庸，以成务为用[③]。鲁之敬姜，妇人之聪明耳，然推其机综，以方治国，安有丈夫学文，而不达于政事哉[④]。彼扬、马之徒，有文无质，所以终乎下位也。昔庾元规才华清英，勋庸有声，故文艺不称，若非台岳，则正以文才也[⑤]。文武之术，左右惟宜[⑥]。郤縠(hú)敦书，故举为元帅，岂以好文而不练武哉[⑦]！孙武《兵经》，辞如珠玉，岂以习武而不晓文也[⑧]？

【注释】

① 五材：古有二说，一指五行，《左传》襄公二十七年："天生五材，民并用之，废一不可。"杜预注："金、木、水、火、土也。"古代认为世上一切物质都是此五种元素组成的。二指道德品性，《六韬·龙韬·论将》："将有五材十遇。所谓五材者，勇、智、仁、信、忠也。"修：长。上哲：具有超凡道德品质的人。求备：求全责备。

② 特达：特别显达。寸折：多转折，指文士命运多坎坷。

③ 登庸：选拔任用。《尚书·尧典》："帝曰：'畴咨若时？登庸。'"伪孔安国传："庸，用也。"成务：《易·系辞上》："夫易，开物成务。"孔颖达《正义》："言《易》能开通万物之志，成就天下之务。"

④ 敬姜：刘向《列女传·母仪》："文伯相鲁，敬姜谓之曰：'吾语汝，治国之要，尽在经矣。夫幅者，所以正曲枉也，不可不强，故幅可以为将。画者，所以均不均、服不服也。'"机综：织布机上交错综合经纬线。

⑤ 庾元规：即庾亮。勋庸：功勋。文艺：文章技艺。台岳：台，本指三台星，下应三公。岳，即四岳，指四方诸侯。刘勰以为庾亮如果不是高官，本应以文才显于世。

⑥ 左右唯宜：言"文武"兼备。

⑦ 郤縠：姬姓，春秋时期晋国中军将。敦书：《左传·僖公二十七

年》："赵衰曰：'郤縠可。臣亟闻其言矣，说礼、乐而敦《诗》《书》。'"言郤縠耽于《诗》《书》。

⑧ 孙武：春秋时齐国人，仕吴国，助阖闾破楚称霸，夫差时退隐。《兵经》：《兵法》十三篇，堪称兵家之祖。

【分析】

这一段就世俗社会"文士以职卑多诮"的现象提出不同看法，提出"文武之术，左右惟宜"，认为应该文治武功相辅相成。

4. 是以君子藏器，待时而动①。发挥事业，固宜蓄素以弸(péng)中，散采以彪外②，楩(pián)楠其质，豫章其干③。摛(chī)文必在纬军国，负重必在任栋梁④；穷则独善以垂文，达则奉时以骋绩⑤。若此文人，应梓材之士矣⑥。

【注释】

① 君子藏器，待时而动：《易·系辞下》："君子藏器于身，待时而动。"藏器：深藏利器，指君子所具有的才能与品德。

② 发挥事业：成就一番事业。素：素质，素养。弸：绷满。彪：发挥，绽放。扬雄《法言》："君子言则成文，动则成德，何以也？以其弸中而彪外也。"李轨注："弸，满也；彪，文也。机行内满，文辞外发。"

③ 楩楠：黄楩木与楠木，均为名贵木材。豫章：枕树与樟树，均为挺拔而质坚的木材。陆贾《新语·资质》："楩楠豫章，天下之名木，生于深山之中，产于溪谷之傍，立则为大山众木之宗，仆则为万世之用。"

④ 摛文：写作。纬：经纬，谋划。任：出任，胜任。

⑤ 穷则独善以垂文，达则奉时以骋绩：二语出于《孟子·尽心上》："穷则独善其身，达则兼济天下。"《论语·述而》："用之则行，舍之则藏。"亦即此意。垂文，留下诗文。《楚辞·刘向〈九叹·逢纷〉》："遭纷逢凶蹇离尤兮，垂文扬采遗将来兮。"王逸注："将垂典雅之文，扬美藻

之采，以遗将来贤君，使知己志也。”奉时，遵循天时。骋绩，建功立业。

⑥ 梓材：有用之才。本文开端即云“《周书》论士，方之梓材”。

【分析】

这一段文字提出文士应负的社会使命与责任。

5. 赞曰：瞻彼前修，有懿文德①。声昭楚南，采动梁北②。雕而不器，贞干谁则③。岂无华身，亦有光国④。

【注释】

① 前修：前代贤人，这里指古代作家。懿：美好。文德：文才与德行。

② 声昭楚南：楚南，南楚。声名昭显于南楚，代指屈、贾。采动梁北：梁北，北面的梁国。文采惊动北方的梁国，代指邹、枚。

③ 贞干：《庄子·列御寇》：“吾以仲尼为贞干，国其有瘳乎？”成玄英疏：“仲尼有忠贞干济之德。”贞干，即桢榦，骨干、根本之意。《易·乾卦·文言》：“贞者，世之干也。”则：榜样。

④ 岂无华身：为本身增加光华。亦有光国：为国家添加荣光。末二语用反问句式增加语气力度。

【分析】赞语盛赞文德俱佳之士的重要作用。

序志第五十解析

【解题】纪昀评曰:“此(指本篇)全书之总序,古人之序皆在后,《史记》、《汉书》、《法言》、《潜夫论》之类,古本尚斑斑可考。”实则纪氏所举的书可以分为两类。《法言》、《潜夫论》在书末特设专章介绍著书宗旨和篇目程序,属于《史通》中说的“序例”一类;《史记》、《汉书》以自序殿全史,陈述作书之由和篇目叙列之外,还上陈氏族所出及自少至长立身行事,属于《史通》中说的“序传”一类。古人作序的范围大都不出这二类。后代文士如曹丕、葛洪等人,仍仿班、马史书体例把自传置于书末,这种作品往往流为自媒自炫,而且与子书的体例也不太相称。《文心雕龙·序志》篇则属“序例”一类作品,只介绍著书宗旨和全书体例两方面的问题,作风很严谨。只是其中介绍早年的两个梦,虽属寓言之类,然亦含有序传性质。

1. 夫文心者,言为文之用心也。昔涓子《琴心》,王孙《巧心》,心哉美矣,故用之焉①。(一)古来文章,以雕缛成体,岂取驺奭(zōu shì)之群言雕龙也②!(二)

【注释】

① 涓子《琴心》:涓子即环渊,战国时道家学派人物,齐国的稷下学者。《史记·孟子荀卿列传》记载:环渊为楚人,著书上、下篇。《汉

书·艺文志》"诸子略·道家"著录《蜎(yuān)子》十三篇,班固注:"名渊,楚人,老子弟子。""蜎"和"环"古音相通。这里说他的著作叫《琴心》,当是一书异名,也有可能是全书十三篇中的一篇。《文选》卷五八王俭《褚渊碑文》"闲以《琴心》",李善注引《列仙传》曰:"涓子作《琴心》三篇。"谢灵运《山居赋注》:"涓子隐于宕山,好饵术,告伯阳《琴心》三篇。"但这书早已散佚。王孙《巧心》:《汉书·艺文志》"儒家"中录有《王孙子》一篇,班固注:"一曰《巧心》。"王孙是复姓,名不传。心哉美矣,故用之矣:"心"是美妙的东西,所以取它为书名。这句话承接上文而来,与第一句话"夫文心者,言为文之用心也"呼应,指出采用"文心"一词意在说明写文章时如何运用"心"(思维)的。

② 雕:修饰,刻划。缛:繁富,浓艳。体:外表。岂:难道。杨树达《词诠》卷四定"岂"的这种用法为反诘副词,云是"岂,宁也,无疑而反诘用之"。"无疑"即肯定意。驺奭之群言雕龙:驺奭是战国时阴阳家中的人物,齐国的稷下学者。《史记·孟子荀卿列传》引齐人之语,有云"谈天衍,雕龙奭",裴骃(yīn)《集解》引刘向《别录》曰:"驺奭修驺衍之文,饰若雕镂龙文(纹),故曰'雕龙'。""雕龙"一词后来成了华美文词的代名,《后汉书·崔骃传赞》言崔氏三代"世禅雕龙"、任昉《宣德皇后令》言梁王萧衍"文擅雕龙"均是。"驺奭之群",指驺奭一类文辞华美的作者。也:通"邪",疑问词。古书中常用"也"字提问,实际上表示肯定。"也"与句首之"岂"呼应,更增强了肯定的语气。"岂取驺奭之群言雕龙也",意为难道不是有取于驺奭的很多言词有如美丽的龙纹么!

【分析】这一段文字的用意是在解释书名。(一)解释"文心"二字,(二)解释"雕龙"二字。

《文心雕龙》一名实际上包含着两层意思,"文心"二字说明创作时的思维问题,"雕龙"二字说明文学作品的美感特点问题。刘勰举此二者作为文学的标识,他从这两方面着眼探讨了文学中的许多问题。这种理论还与萧统的理论有一致处。萧统在《文选序》中以"沈思"、"翰藻"作为区别文学作品的标准,"沈思"也就是指"文心"方面的问题,"翰藻"也就是指"雕龙"方面的问题。可知《文心雕龙》一名富于时代意义,反映着当时文人的认识水平。

2. 夫宇宙绵邈(miǎo),黎献纷杂,拔萃出类,智术而已①;岁月飘忽,性灵不居,腾声飞实,制作而已②。夫肖貌天地,禀性五才,拟耳目于日月,方声气乎风雷,其超出万物,亦已灵矣③。形同草木之脆,名逾金石之坚,是以君子处世,树德建言,岂好辩哉,不得已也④!

【注释】

① 宇宙:空间和时间。绵邈:久远和广阔。黎献:《尚书·益稷》:"万邦黎献。"原作"众贤"解,这里与"宇宙"相对,应作并列词组来解释。"黎"是众人,"献"是贤人。拔萃出类,智术而已:这句是说只有凭藉智能方可出群拔萃。

② 性灵:天资灵秀,指人的聪明智慧。居:停留,永守。孔融《论盛孝章书》:"岁月不居。"实:与"声"相对,指业绩。腾声飞实:即声(名望)实(事业)飞腾。制作:这里指著作。

③ 才:通"材"。肖貌天地,禀性五才,拟耳目于日月,方声气乎风雷:这是汉代思想界流行的天人合一观。"肖貌天地",即肖天地之貌;"禀性五才",即禀五材之性。这里组成倒装句,是为了让"才"与下句的"雷"押韵。"禀"是承受的意思。"方"同"仿"。《汉书·刑法志》:"夫人宵(肖)天地之貌,怀五常之性。""五材"即五常,为金、木、水、火、土,见《左传》襄公二十七年杜预注,乃古时构成万物的五行说。《春秋繁露·人副天数》:"耳目戾戾,象日月也;鼻口呼吸,象风气也。"

④ 逾:超过。树德立言:这是古代"三不朽"的理论。《左传》襄公二十四年载穆叔的话,以"立德、立功、立言"为"三不朽"。这里没有

提到“立功”，是因为骈文要求句子整齐，与上句相应，只能用四个字的缘故。岂好辩者，不得已也：这里借用《孟子·滕文公下》中的原话，说明他的写作《文心雕龙》一书，出于“立言”的信念，不得已而著书。

【分析】这一段文字说明智术之人贵立言以垂不朽。魏晋南北朝时的文人特别注意立言不朽。曹丕在《典论·论文》中说：“盖文章，经国之大业，不朽之盛事，年寿有时而尽，荣乐止乎其身，二者必至之常期，未若文章之无穷。是以古之作者，寄身于翰墨，见意于篇籍，不假良史之辞，不托飞驰之势，而声名自传于后。”他最重视学术著作一类的“篇籍”，这也就是古人所说的子书。上述《论文》中说：“（孔）融等已逝，唯（徐）幹著论，成一家言。”在《与吴质书》中说：“（徐幹）著《中论》二十馀篇，成一家之言，辞义典雅，足传于后，此子为不朽矣。”在《与王朗书》中则说：“生有七尺之形，死唯一棺之土，唯立德扬名，可以不朽，其次莫如篇籍。疫疠数起，士人凋落，余独何人，能全其寿？故论撰所著《典论》诗赋，盖百馀篇。”说明曹丕自己一心想通过著述子书永垂不朽。

这种思想在当时有很大的代表性，曹植、陆机、葛洪等人都曾为此努力。刘勰在《诸子》篇中也说：“嗟夫！身与时舛，志共道申，标心于万古之上，而送怀于千载之下，金石靡矣，声其销乎！”同样表示愿著子书以垂永久。《抱朴子·尚博》篇中说：“正经为道义之渊海，子书为增深之川流。仰而比之，则景星之佐三辰也；俯而方之，则林薄之裨嵩岳也。虽津途殊辟而进德同归，虽离于举趾而合于兴化。”刘勰的看法也类似于此。他著《文心雕龙》一书，目的在辅翼经典，成一家之言，他是把写作《文心雕龙》也当作著子书来看待的。

3. 予生七龄，乃梦彩云若锦，则攀而采之①。齿在逾

立，则尝夜梦执丹漆之礼器，随仲尼而南行，旦而寤，乃怡然而喜[②]。大哉，圣人之难见也，乃小子之垂梦欤[③]！（一）自生人以来，未有如夫子者也[④]！敷赞圣旨，莫若注经，而马、郑诸儒，弘之已精，就有深解，未足立家[⑤]。唯文章之用，实经典枝条，五礼资之以成，六典因之致用，君臣所以炳焕，军国所以昭明[⑥]。详其本源，莫非经典。（二）而去圣久远，文体解散，辞人爱奇，言贵浮诡，饰羽尚画，文绣鞶（pán）帨（shuì），离本弥甚，将遂讹（é）滥[⑦]。盖《周书》论辞，贵乎体要；尼父陈训，恶乎异端[⑧]。辞训之异，宜体于要，于是搦（nuò）笔和墨，乃始论文[⑨]。（三）

【注释】

① 予生七龄：刘勰生年不能确知，大约生于齐和帝泰始二年(466)左右。七岁时，大约在公元 472 年左右。古人八岁（虚龄）时入小学，这里是指入学前夕。

② 逾立：《论语·为政》上说“三十而立”，就是说男子三十岁时在事业上应当有所成就。“逾立”即超过三十岁。大约在公元 495 年左右。丹漆之礼器：指笾（biān）豆等盛祭品的器具。笾是圆形竹筐，豆是木做的，形状像笾。祭器上常加朱红的漆。儒家重礼乐，所以礼器有象徵儒家文化的意思。旦：天亮。寤：醒。怡然：愉快的样子。

③ 乃小子之垂梦欤：岂不是小子刘勰垂蒙圣人在梦中相见么？“小子之垂梦”即“垂梦于小子”，与前一句“圣人之难见”相对。骈文要求整齐，时常不顾语法而片面追求语句的排比。“欤”是表示疑问的句末助词，实际上只是表示惊叹。

④ 生人：即“生民”。这里当是唐朝人为避唐太宗李世民的名讳而擅改。夫子：指孔子。生人以来，未有如夫子者也：语出《孟子·公孙丑上》：“自生民以来，未有盛于孔子也。”

⑤ 敷：叙述，发挥。圣旨：圣人的旨趣。马：指马融，东汉中期的经师，《后汉书》卷九十上有传。他曾为《易》、《诗经》、《尚书》、《论语》等儒家经典作注释。郑：指郑玄。马融的学生，东汉后期的著名经师，《后汉书》卷六十五有传。他遍注群经，是汉代经学集大成的人物。一般认为马、郑属于汉代经学中的古文学派，实则不尽然，马融受道家的影响很深，郑玄注经已兼采纬书，融入今文家说。弘：发扬，发挥。就有深解，未足立家：即使有些精深的见解，也不足以成为一家之言。

⑥ 经典枝条：刘勰用树木作比喻，儒家经典犹如树木，文章则是从树干上生发出去的枝条。这种宗经的思想，在全书开头三篇文章《原道》、《徵圣》、《宗经》中有具体的阐述。五礼：指吉礼（祭祀等）、凶礼（丧吊等）、宾礼（朝觐 jìn 等）、军礼（检阅等）、嘉礼（婚冠等）。《礼记·祭统》："凡治人之道，莫急于礼，礼有五经，莫重于祭。"郑玄注："礼有五经，谓吉礼、凶礼、宾礼、军礼、嘉礼也。莫重于祭，谓以吉礼为首也。"六典：指国家六个方面的重要法制。《周礼·天官冢宰》："太宰之职，掌建邦之六典，以佐王治邦国。一曰治典……二曰教典……三曰礼典……四曰政典……五曰刑典……六曰事典……"后代受周礼影响，建立政治体制时，演变成为六部：治典近于吏部的工作，教典近于户部的工作，礼典近于礼部的工作，政典近于兵部的工作，刑典近于刑部的工作，事典近于工部的工作。君臣：指君臣之道。炳焕：灿烂。军国：指军国大事。昭明：光亮。

⑦ 文体：文章的格局。解散：指偏离正经。"解"通"懈"。辞人：指辞赋作家。奇：新异。诡：反常，怪异。饰羽尚画：在华丽的羽毛上再加彩画，过度追求形式华艳的意思。出处见《庄子·列御寇》。文绣鞶帨：出处见《法言·寡见》篇："今之学也，非独为之华藻也，又从而绣其鞶帨。"李轨注："鞶，大带也；帨，佩巾也。"佩巾犹如现在的手帕。但汪荣宝《法言义疏》中的解释不同，文曰："汉世著鞶囊者，侧在腰间，或谓之傍囊，或谓之绶囊，此皆以鞶为囊也。此鞶帨连文，鞶当为盛帨之囊，非谓大带。汉时鞶囊常绣虎头为饰。"遂：进于。讹滥：错误和

过度。

⑧ 《周书》:西汉时有七十一篇,今存者称《逸周书》,已有亡佚。这里指《尚书》中的周代部分。贵乎体要:《尚书·毕命》:"政贵有恒,辞尚体要,不惟好异。"孔安国传:"辞以体实为要,故贵尚之。若异于先王,君子所不好。""体要"是体现要点的意思。据后人考证,《毕命》属于古文《尚书》,和孔安国传都是后人伪造的。当时刘勰还不清楚,所以仍然作为经典援用。尼父陈训,恶乎异端:孔子字仲尼,"尼父"是对他的尊称。《论语·为政》记孔子曰:"攻乎异端,斯害也已。"攻,钻研。异端,不合乎儒家规范的各种学说。

⑨ 辞:与"《周书》论辞"句呼应。训:与"尼父陈训"句呼应。辞训之异:对于《周书》中指出的异于先王处和孔子所批判的异端。体:体察,领会。搦:援,拿起。

【分析】这一段文字旨在说明写作《文心雕龙》的动机。刘勰介绍了三方面的原因:(一)做了两个奇异的梦,受到圣人的启示;(二)阐述圣人宏旨,注经者已多,转而考虑论文;(三)当时文坛上浮艳之风特甚,应该从理论上加以纠正。其实在这三种原因之中还有虚实之分。刘勰所说的第一个梦目的在于说明入学伊始即与文学有缘,因为魏晋南北朝人重视文学的彩色之美,他们常将彩云与锦绣作为文学的象徵。刘勰所说的第二个梦,目的在于说明著作《文心雕龙》的旨趣。根据近代学者的研究,刘氏著书时约当三十二至三十四岁左右,正与"齿在逾立"之说相符。"丹漆之礼器"乃指笾豆之属,象徵儒家文化,刘氏自言随孔子南行,表明他将宣扬儒家教义于南土。这两个梦很有可能出于虚构,刘勰只是将梦作为一种"寓言"的手法,目的在于说明著书宗旨;刘氏利用当时的社会风气,故意把他的著书原因说得不同寻常,他为了抨击当时的不良文风,需要寻找一种理论上的支柱,儒家的文学理论最能满足要求,因此他特别强调了"宗经"、"徵圣"。这里首先提到孔子垂梦一事，表明《文心雕龙》之作乃受圣人的启示，这样也就抬高了著作的价值。他申明注经不如论文，乃承上说而来，说明他对文学的重视，希望独辟蹊径，在文学理论中成一家之言。第（三）种原因则为实写，《文心雕龙》之作确为纠正当时不良文风而作。

4. 详观近代之论文者多矣。至于魏文述《典》，陈思序《书》，应玚（yáng）《文论》，陆机《文赋》，仲治《流别》，弘范《翰林》，各照隅隙，鲜观衢路①。或臧否（pǐ）当时之才，或铨品前修之文，或泛举雅俗之旨，或撮题篇章之意②。魏《典》密而不周，陈《书》辩而无当，应《论》华而疏略，陆《赋》巧而碎乱，《流别》精而少功，《翰林》浅而寡要③。又君山、公幹之徒，吉甫、士龙之辈，泛议文意，往往间出，并未能振叶以寻根，观澜而索源。不述先哲之诰，无益后生之虑④。

【注释】

① 魏文述《典》：曹丕，曹操次子，后代汉称帝，死后谥号为“文”。生平事迹见《三国志》卷二《魏书·文帝纪》。他的著作《典论》中有《论文》一篇，讨论了文气和文体等方面的问题，对建安七子作了评价。这是我国文学理论史上最早出现的一篇专题论文。“述《典》”即在《典论·论文》中的陈述。陈思序《书》：曹植，曹丕之弟。生平事迹见《三国志》卷十九《魏书·陈思王传》。“序《书》”，指曹植在《与杨德祖书》中对文人水平高下的分析。“序”指排列次序。他在《书》中评论当代文士，还强调指出文人不能自以为是，必须听取他人的意见，但他还是把辞赋作为“小道”，对文学的价值估计不足。德祖是杨修的字，曹植好友。应玚《文论》：应玚，字德琏，建安七子之一。《三国志》卷二十一《魏书·王粲传》中有关于他的历史的简略介绍。他著有《文质论》一篇，不知是不是刘勰提到的“文论”，这篇文章见《艺文类聚》卷二十二，

里面没有专门讨论文学问题。陆机《文赋》：陆机，字士衡，西晋著名文士。生平事迹见《晋书》卷五十四本传。他写作的《文赋》是一篇总结创作经验的专题论文。仲治《流别》：挚虞，字仲治，西晋文士，《晋书》卷五十一有传，但说是字“仲洽”。生卒年不详。他曾选各家的文章，编为《文章流别集》三十卷；又对各种文体作了理论上的总结，写成《文章流别志》四卷。这是一部研究文体发展的专著。书已失传，清代严可均在《全晋文》卷七十七中有辑本。弘范《翰林》：李充，字弘范，东晋文士，《晋书》卷九十二有传，但说他字“弘度”。生卒年不详。他所著的《翰林论》，对各种文体和许多作家进行分析和评论。此书梁时存五十四卷，唐时存三卷，近人认为前者实为文章选本，后者则为理论著作，今“论”部分也已散佚，严可均《全晋文》卷五十三中有辑本。隅：角落。隙：孔穴。各照隅隙：一孔之见的意思。鲜：很少。衢路：大道。

② 臧否：褒贬。诠品：衡量和评定。前修：前贤。泛举：泛泛的提出。撮题：提要，提炼。题，通“提”。

③ 密而不周：细密但不完备。辩而无当：论点很灵活，然而不妥帖。巧而碎乱：立论很巧妙，然而嫌琐碎。精而少功：精当然而没有什么实用价值。浅而寡要：浅薄而且抓不到要点。

④ 君山：桓谭，字君山，东汉著名思想家，《后汉书》卷五十八有传。在他的著作《新论》中，有一些讨论文学问题的文字。公幹：刘桢，字公幹，建安七子之一。《三国志》卷二十一《魏书·王粲传》中有关于他的简略介绍。他的论文著作已失传，《文心雕龙》内《风骨》、《定势》篇中引用过他对文学的意见。吉甫：应贞，字吉甫，西晋文士。《晋书》卷九十二有传。他对文学问题的看法和著作已失传。士龙：陆云，字士龙，陆机之弟，西晋文士。《晋书》卷五十四有传。他在给陆机的信中表达过对文学问题的一些看法。间出：偶然出现。振叶以寻根：摇动枝叶而寻找根柢。观澜而索源：观看波澜而寻求水源。先哲之诰：古代圣哲的教导，指儒家的言论。刘勰持徵圣、宗经的观点，所以把这看作“根”“源”。

【分析】这一段文字目的仍在说明著作《文心雕龙》的动机。前一段文字表明他有感于创作界的不能令人满意而有论文之作，这一段文字表明他有感于文学理论界的不能令人满意而有论文之作。

5. 盖《文心》之作也，本乎道，师乎圣，体乎经，酌乎纬，变乎骚。文之枢纽，亦云极矣①。（一）若乃论文叙笔，则囿别区分，原始以表末，释名以章义，选文以定篇，敷理以举统，上篇以上，纲领明矣②。（二）至于剖情析采，笼圈条贯，摛（chī）神性，图风势，苞会通，阅声字，崇替于《时序》，褒贬于《才略》，怊（chāo）怅于《知音》，耿介于《程器》，长怀《序志》，以驭群篇，下篇以下，毛目显矣③。（三）位理定名，彰乎大《易》之数，其为文用，四十九篇而已④。（四）

【注释】

① 本乎道：《文心雕龙》第一篇是《原道》，说明文原于道的道理，故曰"本乎道"。刘勰依傍《易经》中有关宇宙构成的理论，阐述有其物即有其文的道理，为文的产生、特点、价值寻找理论根据。师乎圣：《文心雕龙》第二篇是《徵圣》，说明圣人与文之间的关系。圣人能够把握自然之道，他们写作的文章，或简、或博、或明、或微，都能适应不同的具体情况，所以后人写作时应"师乎圣"。体乎经：《文心雕龙》第三篇是《宗经》，说明作者应该根据儒家经典而写作。圣人所作的各种经典，不但在内容上有典范的意义，而且在文词的表达上也值得效法，所以要"体乎经"。"体"是体验、体察的意思。酌乎纬：《文心雕龙》第四篇是《正纬》。纬书是汉代今文学派的学者宣扬儒家的神异而编纂的书籍，内容荒诞，其中也有一些神话传说的遗蜕，叙述描写都很精彩，可以吸收，作为写作上的参考，所以要"酌乎纬"。变乎骚：《文心雕龙》

第五篇是《辨骚》。"骚"指《离骚》,泛指楚辞。楚辞是继《诗经》而起的又一重要流派,它有合乎经典规范的地方,也有不合乎经典规范的地方。后人可以吸收"骚"中合乎通变原则的部分,注意其写作上的新发展,这就叫做"变乎骚"。文之枢纽,亦云极矣:上举五篇文章,阐述著书原则,刘勰把这看作文章的关键所在,认为是至关重要的部分。

② 论文叙笔:"文""笔"是南朝文坛上两个重要的文学概念,对此前后看法有所不同。刘勰在《总术》篇中进行过讨论。当时称有韵的文章为"文",无韵的文章为"笔",刘勰颇不以此为然,但还是根据文笔的区分编排了文体的前后次序。自《明诗》至《谐讔》,分论有韵之文;自《史传》至《书记》,分论无韵之笔。囿:原意为园林,这里与"区"同义,都指文学的某一领域。原始以表末,释名以章义,选文以定篇,敷理以举统:追溯这种文体的源头,用以表明它的发展;解释它的名称,用以显示它的含义;选出这种文体的代表作,用作确定其性质的范例;阐发它的创作原理,藉以标明总的原则。刘勰在文体论中遵循这样的宗旨对每一种文体都作了史论结合的综合研究。上篇:《文心雕龙》全书共五十篇,刘勰又把它区分为上、下两篇,上篇指前二十五篇(古代称为二十五章)。

③ 剖情析采:"情"指文情,魏晋南北朝以抒情诗为文学大宗,刘勰常用"情"指文章的内容。"采"指文彩,魏晋南北朝人注重文辞华美,刘勰常用"采"指文章的形式。他常从"情""采"这两个重要的方面探讨创作论中的许多不同领域。"剖""析"同义,分析的意思。笼圈:概括的意思。条贯:系统化的意思。摛:阐扬。神:指《神思》篇,探讨文学中的想象问题。性:指《体性》篇,探讨作品的风格和作者的个性的问题。《神思》、《体性》重在理论上的剖析,故上加一"摛"字。图:描绘,描写。风:指《风骨》篇,描述一种刚健劲炼的文风。势:指《定势》篇,讨论作品的体裁和规范方面的问题。《风骨》、《定势》的内容抽象而难于把握,刘勰用了很多譬喻加以说明,故上加一"图"字。苞:综述。会:指《附会》篇,说明谋篇布局中的许多问题。通:指《通变》篇,

说明文学的继承和革新的问题。《附会》、《通变》二文有笼罩全局的特点，故上加一“苞”字。阅：研讨考核。声：指《声律》篇，推敲声律方面的问题。字：指《练字》篇，推敲用字方面的问题。《声律》、《练字》二文细致入微地钻研声律和用字的技巧，故上加一“阅”字。崇替：兴起和衰落。崇替于《时序》：在《时序》篇中讨论各个朝代文学的兴衰。褒贬于《才略》：在《才略》篇中对历代作家进行褒贬的评判。怊怅：失意，叹恨。怊怅于《知音》：在《知音》篇中表达了知音难遇的慨叹。《知音》是专门讨论文学批评的一篇文章。耿介：慷慨。耿介于《程器》：在《程器》篇中评论文人的德行问题，抒发了慷慨的胸怀。长怀：深深的怀抱的意思。长怀《序志》，以驭群篇：在《序志》篇中抒发了蕴蓄深厚的怀抱，用来统率所有的篇章。下篇以下，毛目显矣：刘勰把二十五篇以下的文字称为下篇。下篇之中主要包括创作论、批评论、文学史观等部分，刘勰似乎认为其价值不及讨论总纲和讨论文体的上篇部分，但也深入地一一作了讨论，所以称为“毛目显矣”。“毛目”指细小的项目。

④ 位：安排，按照。位理定名：按照各篇文章中的道理而确定名称。大《易》之数：《易·系辞上》说：“大衍之数五十，其用四十有九。”是说促成天地衍化的数，共为五十。“大《易》之数”即指“大衍之数”。这是《易经》中的一个重要问题。“五十”中包括哪些部分，汉代学者说法不一，详见《周易正义》中有关这一部分的孔颖达疏。这里可举马融之说为例证，他认为易有太极，即北辰。太极生两仪，两仪生日月，日月生四时，四时生五行，五行生十二月，十二月生二十四气。北辰居位不动，其馀四十九转运而用。北辰即浑沌未分的元气。汉代经学家大体上都采以元气说为基础的宇宙构成论释大衍之数。刘勰这里似乎就是援用了古文经学家的有关学说，说明《文心雕龙》中五十篇文章之间的关系。其为文用，四十九篇而已：刘勰认为《文心雕龙》五十篇文章中，《序志》篇总揽全局，性质有别，所以说讨论文章的专篇只有四十九篇。

【分析】这一段文字旨在说明全书体例。内分四层:(一)说明《原道》、《徵圣》、《宗经》、《正纬》、《辨骚》五篇文章中阐述的理论,它是全书的根本原则。其间又可分成两组。前三篇从正面立论,阐发儒家正统的文艺观点;第四篇文章讨论了辅经而行的纬书;第五篇文章讨论了与经齐名的楚辞。他以五经为标准,分析数者之间的同异,目的在于防止混淆,排斥不合经典的因素,明确纬书与楚辞中的新创成分,说明这些东西有"无益经典而有助文章"的地方,后代文人应持"删夷谲诡,糅其雕蔚"的态度。(二)自《明诗》至《书记》二十篇文章,分论各种不同文体,其间又依"文"、"笔"的不同分列前后,刘勰在《总术》篇中介绍了时人对"文"、"笔"的看法,尽管他于此持有不同的意见,但在这里却仍旧采用了学术界通行的学说。自《明诗》至《谐讔》,分论有韵之文,故列于前;自《史传》至《书记》,分论无韵之笔,故列于后。在讨论每一种文体时,还做到了"原始以表末"等四项要求。关于这些方面的分析,可参看黄侃《〈文心雕龙·序志〉篇札记》。(三)介绍全书下半部的篇目要点。(四)段说明本篇(《序志》)应除外,性质与前四十九篇有别。

6. 夫铨序一文为易,弥纶群言为难①。虽复轻采毛发,深极骨髓,或有曲意密源,似近而远,辞所不载,亦不胜数矣②。(一)及其品列成文,有同乎旧谈者,非雷同也,势自不可异也;有异乎前论者,非苟异也,理自不可同也③,同之与异,不屑古今;擘(bò)肌分理,唯务折衷④。按辔文雅之场,环络藻绘之府,亦几乎备矣⑤。(二)但言不尽意,圣人所难;识在瓶管,何能矩矱(huò)⑥?茫茫往代,既沈予闻;眇眇来世,倘尘彼观也⑦。(三)

【注释】

① 铨序:评论和介绍。弥纶:组织和综合。

② 轻采:比喻浅浅地接触。毛发:比喻枝干和细目,例如修辞等方面的问题。深极:比喻深入地探讨。骨髓:比喻主干和根本,例如“原道”、“徵圣”、“宗经”等问题。曲意密源,似近而远,辞所不载,亦不胜数矣:曲折的意思和深奥的根源,看似容易说明,实际上难于接触难以掌握,不能用文辞表达出来的,仍是数不胜数。苟异:故意标新立异。

③ 同之与异,不屑古今:和人家的意见相同或相反,只问这种意见正确与否,而不管它是古人说的还是今人说的。“不屑”是不顾及的意思。

④ 擘肌分理:语出张衡《西京赋》。擘,用手指分开;肌,肌肉。理,皮肤的纹理。肌理比喻文章的组织和条理。折衷:折,判断;“衷”通“中”,恰当。擘肌分理,唯务折衷:分析文章的组织和道理,只是追求一归于至当。这里暗用《史记·孔子世家》中“中国言六艺者折衷于夫子”的成说,说明《文心雕龙》中分析各种文学问题时,以孔子的学说为准则。此处与本文开端孔子垂梦和全书开端《原道》、《徵圣》、《宗经》等说呼应。

⑤ 辔:马轡绳。络:马笼头。“按辔”和“环络”是用驾驭马匹作比喻。文雅之场:内容雅正的场所。藻绘之府:辞藻美丽的仓库。这两句是巡阅于文苑的意思。

⑥ 言不尽意,圣人所难:语言、文字不能充分表达自己的意思,这是圣人都感到困难的。语出《易·系辞上》:“子曰:书不尽言,言不尽意。”这种学说对魏晋南北朝时期的哲学影响甚大。《左传》昭公七年上有“挈(qiè)瓶之智”之说,“挈”,提。提小瓶汲水,比喻智力之微。管:《庄子·秋水》中有“用管窥天”之说。在竹管里看天,比喻见识之窄。矩矱:量度用的尺子,比喻定为准则。

⑦ 茫茫往代,既沈予闻:在过去无边无际的文苑中,我已经把一

生闻见沈潜于中了。眇眇来世，倘尘彼观：在将来无穷无尽的年代里，我的意见或许会玷污他们的视听吧。这是刘勰婉转的谦辞，实际上却是充满着自信，表示《文心雕龙》一书可以永传后世，供人参考。

【分析】这一段文字可分三节。前后二节目的在于自叙著书甘苦，(一)说明理论艰深，探索不易，(三)说明语言文字表达能力有局限，不能将理解到的东西完美地表达清楚。中间第(二)节则夹叙论文的态度与方法。

7. 赞曰：生也有涯，无涯惟智。逐物实难，凭性良易①。(一)傲岸泉石，咀嚼文义。文果载心，余心有寄②。(二)

【注释】

① 生也有涯，无涯惟智：《庄子·养生主》上说："吾生也有涯，而知也无涯。"逐物实难，凭性良易：对外界事物一一地加以考核是很困难的，依靠自己的天性去判断却很容易。性指本能和良知。

② 傲岸泉石：退隐山林，啸傲自如。载：寄托。

【分析】赞语中包括两层意思。(一)说明人有辨析文章的本能，(二)说明文章之中可以安身立命。这也就说明了刘勰写作《文心雕龙》的动机和态度。

《文心雕龙》书名辨

《文心雕龙》虽用骈文书写，文字上的表达还是很清楚的，时人则每求之过深，时而流于穿凿。即以《文心雕龙》这一书名而言，就存在着这方面的问题，一些研究工作者不按原文的意思作解释，反而把简单的问题复杂化了。

一

研究历史人物，需要把他放在生活的特定年代加以考察。他和同时的人，因为生活背景一样，认识问题时也就必然会有相同之处。当然，一些伟大的人物其成就往往超出侪辈甚远，但也不可能遗世独立，与众截然有异。这就是历史人物的时代性。考察刘勰其人，亦应作如是观。

《文心雕龙》这一书名，刘勰在《序志》的开头就解释得很清楚。文曰：

> 夫"文心"者，言为文之用心也。昔涓子《琴心》，王孙《巧心》，心哉美矣，故用之焉。古来文章，以雕缛成体，岂取驺奭之群言雕龙也？

前后两层意思分得很清楚。前言"文心"，乃"言为文之用心"；后言"雕龙"，乃因自古以来之文章以雕缛成体。这就是说，他在撰述之时，常是分从构思与美文两方面着眼而进行探讨的。

这是魏晋南北朝人共同的做法，亦即反映了这一时代一些杰出学者所能达到的认识水平。

昭明太子萧统与刘勰曾有主从关系，文学见解也有很多相通的地方。他在《文选序》中阐述选择文章的原则，以为六经体制尊崇，不能芟夷剪截；诸子以立意为宗，不以能文为本，只能弃爱。言辞、史籍，与篇翰有异，也不能录取。萧统行文至此，笔锋一转，云是：

> 若其赞论之综辑辞采，序述之错比文华，事出于沉思，义归乎翰藻，故与夫篇什，杂而集之。

《文选》内选入了很多史籍中的"赞论"、"序述"，这类文字因为具有"事出于沉思，义归乎翰藻"的特点，也就有异于经、子等类文字。"沉思"与"文心"相通，"翰藻"与"雕龙"义近；前者乃言"文心"独运，后者是说灿若"雕龙"。可见萧统、刘勰讨论文学问题时，观察问题的角度与理解的程度，颇为一致。

萧统说的"综辑辞采"、"错比文华"，"综辑"、"错比"涉及"沉思"的问题，"辞采"、"文华"也就是"翰藻"的问题，萧统始终抓住文思与美感两个方面进行探讨。

魏晋南北朝人常用"事"、"义"二词。二者既可分用，又可合用。《文心雕龙·事类》曰："事类者，盖文章之外，据事以类义，援古以证今者也。"刘勰以为作家除了依靠才情写好文章外，还得援引事例为文义提供证据。这当然是这一时期的人普遍重视骈文而提出的要求，因为引用古事旧辞乃是写作骈文的要著，也是显示作者水平的一个重要方面。事类犹如作品中的重要材料。因此，"事出于沉思"乃言作品中的材料出之于深沉的构思，"义归乎翰藻"乃言文义的表达出之于华美的文辞，据此亦可觇知萧、刘二人用辞之一致。

我们再把目光扩大，推向前朝，也可看到同样的见解。汉末卞兰《赞述太子赋并上赋表》云：

> 窃见所作《典论》及诸赋颂，逸句烂然。沉思泉涌，华藻云浮，听之忘味，奉读无倦。（《艺文类聚》卷十六）

卞兰用“沉思”、“华藻”二词来形容曹丕的创作，其用语与见解和萧统之说完全一致。

范晔在《后汉书·文苑传赞》中说：

> 情志既动，篇辞为贵。抽心呈貌，非雕非蔚。

这里是把文学创作自构思到完成的整个过程作综合考察。“情志既动”是说作者萌发了创作的要求，“抽心”即言为文之用心，“呈貌”乃指文章美感之外观，因为文章之貌“非雕非蔚”，并非具体的雕琢与描绘，但都形象鲜明具体，似乎触手可及，故亦“篇辞为贵”也。

范晔在《狱中与诸甥侄书》中自称《后汉书》中的序论“笔势放纵，实天下之奇作，其中合者往往不减《过秦》篇……赞自是吾文之杰思，殆无一字空谈，奇变不穷，同合异体，乃自不知所以称之”，这又与《文选序》中的提法一致。所谓“赞论之综辑辞采，序述之错比文华”，写作这类文体，即在创作美文。文章的特点，可以“沉思”、“翰藻”标示。讨论这类文体，也可说是“言为文之用心也”；内中文字，亦可视作“群言雕龙”。

范晔之前，还可以补充《西京杂记》中的一段记载。卷二中有司马相如论赋的一段文字，自序其撰文之心得，云是：

> 合綦组以成文，列锦绣而为质，一经一纬，一宫一商，此赋之迹也。赋家之心，苞括宇宙，总览人物，斯乃得之于内，不可得而传。

此即所谓“赋心”、“赋迹”之说。赋心，即言为文之用心，因为“心哉美矣，故用之焉”；赋迹，亦即言“古来文章以雕缛成体”，而这也就是萧统所提出的“沉思”、“翰藻”。

魏晋南北朝人都很崇拜司马相如一辈文人，他们每托之前人而表达个人的看法。《西京杂记》中的这一记载，实际上是葛洪一流人物的见解。①

下面还可再举一个假托古人而抒怀的生动事例，藉与上说互证。《文选》卷十三载谢惠连《雪赋》曰：

> 岁将暮，时既昏。寒风积，愁云繁。梁王不悦，游于兔园。乃召旨酒，命宾友，召邹生，延枚叟。相如末至，居客之右。俄而微霰零，密雪下，王乃歌《北风》于卫诗，咏《南山》于周雅。授简于司马大夫，曰：“抽子秘思，骋子妍辞，侔色揣称，为寡人赋之。”

其后谢惠连在司马相如名下洋洋洒洒地写下了这篇《雪赋》。这种假托古人的做法，还是铭刻着魏晋南北朝人的深刻烙印。“秘思”即“沉思”，亦即“文心”之谓；“妍辞”即“翰藻”，亦即“雕龙”之谓。各家措辞不同，其实质则无差异。

由上可见，魏晋南北朝人探讨文学问题时大都是从构思与美感两个方面着手的。刘勰为其著作命名，正反映了时代的特点。但他由此深入阐发，完成了《文心雕龙》这一煌煌大著，这是他超越前人的地方，也是其超出侪辈之处。

二

古人认为，心是人的思维器官。《孟子·告子上》曰：“心之官则思。”刘勰以此作为书名，首先说明“文心”一词乃“言为文之用心也”。“心哉美矣，故用之矣。”这在历史上也有根据。因为涓子(环

① 参看拙作《〈西京杂记〉中的司马相如赋论质疑》，原载《文史哲》1990年第4期；后载《周勋初文集》第三分册《文史知新》，江苏古籍出版社2000年版。

渊）的著作即取名《琴心》，王孙的著作即取名《巧心》，前代已有先例。这就说明，刘勰采用"文心"一词作为书名是经过深思熟虑的。

涓子《琴心》，王孙《巧心》，刘勰用作故实，也就是《事类》中所说的"据事以类义，援古以证今者也"。其后他又说到"古来文章，以雕缛成体，岂取驺奭之群言雕龙也"。可知雕龙之说也是用的一个典故。

但有的研究者认为刘勰在"援古以证今"的做法上是有保留的。他举"驺奭"为例，只是用作反面教员，实际上是要摆脱与他的联系。例如郭晋稀《文心雕龙注译》中将上文译作：

> 从古以来的文章，都是雕章琢句文采纷披，因此书名又叫"雕龙"，难道只是由于驺奭的绰号叫做"雕龙"，所以采用了它吗？①

赵仲邑《文心雕龙译注》中译作：

> 其次是文章的写作，从来都是以精雕细刻和文采丰富为法的，这正如雕镂龙纹一般，我因而又称这本书为"雕龙"。过去大家曾以此来称赏驺奭的文采，但我难道是采取这样的用意，表示自己也富有文采么？②

刘勰的态度似乎很微妙，一方面以为文章贵修饰，一方面又坚决与驺奭划清界限，以为没有受其影响，"雕龙"之说与前代的故实无关。

这几句话中的是非曲直，问题出在对"岂"字的理解上。

"岂"字为古文中常用的词，一般作"难道"解，《序志》中此句句末加上"也"字，更加强了反诘的语气，实际上是增加了肯定的份量。因此，此句应该译作："难道不是有取于驺奭的群言雕龙么！"

① 《文心雕龙注译》，甘肃人民出版社 1982 年版。
② 见《文心雕龙译注》，漓江出版社 1982 年版。

可知刘勰于此决无轻视驺奭乃至想要与之划清界限的意思。

按《文心雕龙》中同类例句甚多，今摘引数则如下：

《诔碑》："杜笃之诔，有誉前代。《吴诔》虽工，而他篇颇疏，岂以见疏光武而改盼千金哉！"

《杂文》："唯士衡运思，理新文敏，而裁章置句，广于旧篇，岂慕朱仲四寸之珰乎！"

《才略》："王逸博识有功，而绚采无力；延寿继志，瑰颖独标，其善图物写貌，岂枚乘之遗术欤！"

这类句式，"岂"字均作"难道不是"解。这是常见的用法。郭、赵等人均以学养深厚称，为什么不能求得正解？看来这不是在词义的理解上有问题，而是受到前时学术思潮的影响，对刘勰的文学见解求之过深。他们把刘勰视作坚持唯物主义立场的思想家，因而不会去引驺奭等辩士为同调，也不可能以其主张为理论根源，实则这是不符实情的。

《史记·孟子荀卿列传》引"齐人颂曰：'谈天衍，雕龙奭，炙毂过髡"，裴骃《集解》引刘向《别录》曰："驺衍之所言五德终始，天地广大，尽言天事，故曰'谈天'。驺奭修衍之文，饰若雕镂龙文，故曰'雕龙'。"这是学术史上的一段佳话，后人很少有从负面的角度去加以接受的。

《文心雕龙·时序》曰："春秋以后，角战英雄，六经泥蟠，百家飙骇。……唯齐、楚两国，颇有文学。齐开庄衢之第，楚广兰台之宫。孟轲宾馆，荀卿宰邑，故稷下扇其清风，兰陵郁其茂俗。邹子以谈天飞誉，驺奭以雕龙驰响，屈平联藻于日月，宋玉交彩于风云。观其艳说，则笼罩《雅》《颂》，故知晔烨之奇意，出乎纵横之诡俗也。"可见刘勰之看待这一时期人物，也与他人一致。他对战国时期学术风气的介绍，与《史记》中的记叙是一致的。

魏晋南北朝人重视文学形式的华美，故而援引"雕龙"一词时，都寓赞颂之意。蔡邕《太尉乔玄碑阴》曰："威壮虓虎，文繁雕龙。"范晔《后汉书·崔骃列传》赞曰："崔为文宗，世禅雕龙。"任昉《宣德皇后令》曰："辩析天口，而似不能言；文擅雕龙，而成辄削稿。"江淹《别赋》曰："赋有凌云之称，辩有雕龙之声。"可见其时文人都把"雕龙"一词作为美文的代称。刘勰以此作为书名，正是时代风气的反映。

黄侃在《文心雕龙札记》中于"古来文章，以雕缛成体"下批曰："此与后章文绣鞶帨离本弥甚之说似有差违，实则彦和之意，以为文章本贵修饰，特去甚去泰耳。全书皆此旨。"[①]阅读《文心雕龙》，确应把握这一原则。刘勰毕竟是魏晋南北朝时期的文人，处在普遍追求美文之时，自会采择"雕龙"之说，但他又受玄学的影响，故又重视自然之说，从而反对过甚过泰。

张长青、张会恩在《文心雕龙诠释》中说：

> 刘勰认为，自古以来的文章，都是重视文采修饰的，但修饰文采是为了表现义理，而且要顺乎自然。不能像战国时代的雕龙奭那样，修饰太多，雕琢过分，流于矫揉造作。这是针对六朝浮诡讹滥的文风而发的，是富有战斗性的。[②]

这种看法，与郭、赵一致，反映了他们的共同观点，是一种现代人的意识，即以目下文学理论上的要求来要求古人，从而扭曲了刘勰的观点。郭、赵等人的看法，也是由此出发而有违《文心雕龙》原文本意的。

三

前此讨论《文心雕龙》书名的文字很多，其中当以李庆甲《〈文

---

① 见《〈序志〉第五十》，中华书局上海编辑所 1962 年版。

② 见《文心雕龙诠释》，湖南人民出版社 1982 年版。

心雕龙〉书名发微》一文用功最深，创获亦多。他把学术界在刘勰运用“雕龙奭”这一典故时究竟持肯定的态度呢，还是持否定的态度，归为三种不同意见，从而进行分析，并对其他各种异说一一作了评述。材料充分，考察全面，很有说服力，本文论述这一问题时也参考了他的意见。但他对“岂取驺奭之群言雕龙也”一句的解释实际上还有不够周密的地方。他把“岂”字的用法分为“否定副词”与“推度副词”两种，以为刘勰在这里用作“推度副词”。这一种看法，不知参考的是哪一位语言学者的意见？现在看来，似乎应当参考杨树达在《词诠》中的意见。若按该书所说，刘勰句内的“岂”字应当定为“反诘副词”。杨氏云：“岂，宁也。无疑而反诘用之。”①这样也就可以求得正解了。假如把“岂”字视作推度之意，那对刘勰是否接受驺奭“雕龙”之说仍然有存疑之意，这样也就与否定之说相去无几了。

李庆甲对此书名作出的解释，也有继续加以推敲的馀地。李文曰：

> 笔者认为“文心”与“雕龙”二者联系紧密，不是互不关连；它们之间是主从关系，不是并列关系。“文心”者，“言为文之用心也”，是探讨文章写作的用心的意思，用今天的话来说，即论述文学创作的原理之谓。“文心”一词提示了全书的内容要点，在书名中处于中心位置。“雕龙”一词出典于战国时代的驺奭，所谓“雕镂龙文”，本有两层含义：一个是形容其文采富丽，另一个是极言其功夫精深细致。刘勰是在肯定的意义上运用这个典故的，他在书名中所说的“雕龙”，主要吸取了后一层意思，用以说明自己这部书是怎么样地“言为文之用心”的。这就是说，“雕龙”二字在书名中处于从属位置，它为说明中心

① 见《词诠》卷四，中华书局1957年版。

> 词“文心”服务。如果串讲，“文心雕龙”四个字的意思就是：用雕镂龙文那样精细的功夫去分析文章写作的用心。基于这样的认识，笔者认为《文心雕龙》的书名翻译为现代汉语则是：《文术精说》。统观《文心雕龙》全书，刘勰确实当之无愧地做到了这一点，名实完全相符。①

这种解释之中，有很多可取之处，但也有不能令人首肯的地方。要说“文心”一词提示了全书的内容要点，“即论述文学创作的原理之谓”，则又从何看出？无非是在使用增字解经的方法而自创新说罢了。

滕福海在《〈文心雕龙〉这个书名是什么意思？》一文中说：

> 总之，“文心”提示了全书内容的要点，“雕龙”标明了该书形式的特点。“文心雕龙”就是以雕镂龙文般华丽的文句和精美的结构，去论说文章理论的根本性问题。因此我以为，该书书名可翻译为：华美地阐述为文之用心；或者径译成：美谈文章精义。②

李庆甲评论此文，以为作者“理解到‘文心’与‘雕龙’二者之间是紧密关联的，属主从结构，‘文心’是中心词：这一些都是正确的”。但他对“‘雕龙’标明了该书形式的特点”之说还有保留。实则李庆甲在这个问题上的论证颇有进退失据之势，因为他也承认“雕镂龙文”本有两层含义，“一个是形容其文采富丽，另一个是极言其功夫精深细致”，刘勰文中既有前一层意思，那不就承认“雕龙”具有形式的含义了么？而他强调刘勰“主要吸取了后一层意思，用以说明自己这部书是怎样地‘言为文之用心’的”，那又不像是张国光在《〈文心雕龙〉能代表我国古代文论的最高成就吗？》一文中所说的：

---

① 载《文心识隅集》，上海古籍出版社 1989 年版。

② 载《文史知识》1983 年第 6 期“文史信箱”。

“缀上‘雕龙’二字”,“简直是画蛇添足”。[①]

应该说,这些都是现代人的意识,刘勰取书名时未必如此考虑。

骈文两两相对,开合成势,光从结构上看,很难发现何者为主,何者为从。因此,骈文作者阐述一对对相应的概念,介绍其中的关系时,都要加上其他阐明作者主见的文字。

《文心雕龙·情采》中多方面地讨论了有关内容与形式方面的问题,里面的一些文字,也是两两相对,用骈文的标准格式分别阐述“情”与“采”的内涵,但当涉及二者的关系时,则又明确地说:

> 夫水性虚而沦漪结,木体实而花萼振,文附质也;虎豹无文,则鞟同犬羊;犀兕有皮,而色资丹漆:质待文也。
>
> 情者,文之经;辞者,理之纬。经正而后纬成,理定而后辞畅,此立文之本源也。

上述文质、辞情之间的有关文字,确是可以看出主从的关系,但“文心”、“雕龙”二者不同,很难归入“内容”“形式”的范畴,无法判定其为主从关系。因为解释“文心”、“雕龙”两个概念的这一段文字中再没有加入什么阐述二者之间何者为主何者为从的文字。

这里还可以附带讨论一下有关《文心雕龙》书名的翻译问题。美国西雅图华盛顿大学施友忠教授将此译为“The literary Mind and the Carving of Dragons”,即将书名直译成“文学之心与龙的雕刻”,[②]这种对号入座式的译法,几乎遭到国内学者的一致否定。实则平心而论,施氏此举不失为解决问题的一种简捷办法,也可以说是一种没有办法的办法,因为人们用当下的白话表达方式本难

---

① 载《古代文学理论研究论丛》第四辑,上海古籍出版社 1981 年版。

② 此书为第一部英语全译本,美国哥伦比亚大学出版社 1959 年版。施氏于 1970 年时又将之改为中、英文对照本,由台湾中华书局出版。

反映魏晋南北朝人行文时的神韵。如上所言，刘勰本来就是分从构思与美文两个方面着眼进行考察的。《文心雕龙》这种标题方式，采取的是骈文的标准格式，根据时人的文学观念，对举成文，这与现代人取书名时的思维方式大异其趣，自然难被信奉现代文学理论的当代学者所接受。

如何沟通古今？范晔“抽心呈貌”之说的表述方式似可考虑，因为这既不违刘勰的原意，“文心”与“雕龙”之间的关连似乎也紧密了许多。

总结上言，可知今人研究《文心雕龙》之易生误解，往往是用现代人的意识去规范古人，又不重视骈体文的写作特点，不能把问题回归到魏晋南北朝这一时期的学术环境中去考察。

（原载《文学遗产》2008 年第 1 期）

刘勰的两个梦

刘勰做过两个奇怪的梦。他在《文心雕龙·序志》篇中说：

> 予生七龄，乃梦彩云若锦，则攀而采之。齿在逾立，则尝夜梦执丹漆之礼器，随仲尼而南行；旦而寤，乃怡然而喜。大哉，圣人之难见也，乃小子之垂梦欤！

这段文字最易令人产生疑问：刘勰自叙著书旨趣时为什么要突然插入这两个梦？它与《文心雕龙》全书有什么相干？

至今似乎还未有人对此作出进一层的解释。这两个梦，倒成了一对扑朔迷离的谜，令人难以究极其奥妙。

本文试图揭穿其谜底。

下面先讨论第二个梦。

梦是一种生理现象。古人科学知识有限，不能说明梦的成因，于是转用迷信解释，结果产生了占梦等术数。《诗经》、《左传》等典籍中屡记占梦之事，《周礼》记占梦“以日月星辰，占六梦之吉凶”。说明古代很早就有了各种解释梦的说法。

孔子曰：“甚矣，吾衰也！久矣，吾不复梦见周公。”（《论语·述而》）王符解释道：“孔子生于乱世，日思周公之德，夜即梦之，此谓意精之梦也。”（《潜夫论·梦列》）刘勰梦见孔子，情况与此相似；或许有人认为：这应当也是“意精之梦”吧？

其实二者之间有很大的不同。

孔子足迹虽广，但其行踪不难考索。他曾经到过西南方的楚国，但从未到过正南方的吴越，只是令人诧异的是：刘勰为什么偏要强调“随仲尼而南行”呢？

看来奥妙就在这个“南”字上面。原来刘勰为东莞莒人，与孔子同为北地鲁人，而刘氏避乱南迁世居京口，正有一段“南行”的经历在。他之所以托言梦随孔子南行，当是巧妙地利用了与孔子的同乡关系而寓以深意。

所谓“丹漆之礼器”，乃指笾豆之属。以其用于宗庙，故为儒家所重视。《史记·儒林传序》上说：“陈涉之王也，而鲁诸儒持孔氏之礼器，往归陈王。”则是礼器一项还寓有象徵儒家文化的意义。刘勰自言梦执丹漆之礼器而南行，表示他是一个儒家学派的信徒，追随孔子之后，准备宣扬儒家教义于南土。

由此可以推断，孔子“垂梦”云云，恐怕只是一种托大的手法罢了。

第一个梦又说明了什么问题呢？

大家知道，魏晋南北朝时的文学以形式华艳著称。当时的文人无不注意藻采，这种作风从东汉末即已开始。《释名·释言语》曰：“文者，会集众采以成锦绣，会集众字以成词谊，如文绣然也。”其后许多学者也常用锦绣等物比喻文学，如《文赋》中形容为“炳若缛绣，凄若繁弦”；《世说新语·赏誉》篇中说“著文章为锦绣，蕴五经为缯帛”；孙绰言“潘（岳）文烂若披锦，无处不善”（《世说新语·文学》）；[①]鲍照评颜延之诗“若铺锦列绣，亦雕缋满眼”（《南史·颜延之传》）。

《文心雕龙》中也常用锦绣等物比喻文学，例如《总术》篇中形容道：“视之则锦绘，听之则丝簧，味之则甘腴，佩之则芬芳。”《才略》篇中说：“一朝综文，千年凝锦。”《时序》篇中说：“茂先摇笔而散珠，太冲动墨而横锦。”

有趣的是，当时许多文人也曾做过一些奇怪的梦，与若干彩色

① 《诗品》卷上以为乃谢混语。

之物发生关系。

《三国志·魏书·方技传》:"(魏文)帝复问曰:'吾梦摩钱文,欲令灭而更愈明,此何谓邪?'(周)宣怅然不对。帝重问之,宣对曰:'此自陛下家事,虽意欲尔而太后不听,是以文欲灭而明耳。'时帝欲治弟植之罪,逼于太后,但加贬爵。"

臧荣绪《晋书》:"(罗含)少时梦五色鸟入怀,遂取吞之。含觉,胸中如吞物,意谓不吉,乃告叔母朱氏。朱氏曰:'此鸟有文章,汝当善文章矣。'果如其言。"(《太平御览》卷三九八引)①

《南史·江淹传》:"淹少以文章显,晚节才思微退。云为宣城太守时,罢归,始泊禅灵寺渚,夜梦一人,自称张景阳,谓曰:'前以一匹锦相寄,今可见还。'淹探怀中,得数尺与之。此人大恚曰:'那得割截都尽。'顾见丘迟,谓曰:'馀此数尺,既无所用,以遗君。'自尔淹文章踬矣。又尝宿于冶亭,梦一丈夫,自称郭璞,谓淹曰:'吾有笔在卿处多年,可以见还。'淹乃探怀中,得五色笔一以授之。尔后为诗绝无美句,时人谓之才尽。"②

《南史·任昉传》:"遥妻河东裴氏,高明有德行。尝昼卧,梦有五色采旗盖四角悬铃,自天而坠。其一铃落入怀中,心悸。因而有娠。占者曰:'必生才子。'及生昉,身长七尺五寸,幼而聪敏,早称神悟。"

《南史·纪少瑜传》:"少瑜尝梦陆倕以一束青镂管笔授之,云:'我以此笔犹可用,卿自择其善者。'其文因此遒进。"

《陈书·徐陵传》:"母臧氏尝梦五色云化而为凤,集左肩

① 并见《罗含别传》(《太平御览》卷三九三引)、《晋书·罗含传》。

② 彩笔事并见《诗品》卷中、刘璠《梁典》(《文选》卷十六江淹《恨赋》李善注引)。

上,已而诞陵焉。”

这些奇迹的共同特点是:不论梦见彩云也好,锦绣也好,都与“文”、“采”二字有关。梦是个人在无形迹可循的微妙状态中独自完成的,旁人自然无法判断它的真伪,但依常情而言,上述许多梦中总有若干则故事出于本人自编或他人代编,则是不成问题的。因为彩色之物象徵文学,在当时的风气之下,若有文士言及梦见“文”“采”之物,也就说明了他在文学事业上得天独厚。

由此可知,刘勰自言梦攀若锦之彩云,目的可能也在暗示他从小与文学即若有宿缘。

如果上述论断可以成立的话,那就应该说,刘勰在这两个梦中寓有很深的用意:前者用以表明他自小与文学即有宿缘,后者用以表明他将宣扬儒家教义于南土。这两个梦不但与《序志》篇的内容有着紧密的联系,而且与《文心雕龙》全书总的精神也息息相通。它们不是书中可有可无的部分,而是理解全书的两把钥匙。

但这里又产生了问题,魏晋南北朝时为什么会有“文人说梦”的风气出现?

这与当时的具体历史条件有关。自魏至隋,战乱不已,人民生活在水深火热之中。他们所向往的美好生活无法实现,对变乱中的现实又无法作出解释,统治者则利用宗教宣扬宿命论的思想,由是社会上迷信的风气极为严重。过去承袭下来的各种旧有迷信更猖獗了,有关梦的各种说法也有了进一步的传播。当时占梦之风极盛。张勃《吴录》称“宋寿占梦,十不失一”(《三国志·吴书·赵达传》裴松之注引)。崔鸿《十六国春秋·前凉录》称索统“凡所占梦,莫不中验”(《太平御览》卷三九七引)。[①] 不独方技之士竞趋于是,文人学士也多染指者。谢灵运《山居赋》曰:“六艺以宣圣教,九

① 并见《晋书·索统传》。

流以判贤徒，国史以载前纪，家传以申世模。篇章以陈美刺，论难以核有无。兵技医日，龟策筮梦之法；风角冢宅，算数律历之书。或平生之所流览，并于今而弃诸。”说明他早年在占梦上也下过功夫。此时还有很多有关梦的著述出现，继前代《黄帝长柳占梦》、《甘德长柳占梦》、京房《占梦书》、崔元《占梦书》之后，迷信界还产生了几本新的占梦书，例如列名于《三国志·魏书·方技传》中的周宣就传下了一本《周宣梦书》，梁元帝萧绎曾命丁觇撰《梦书》十卷。① 他们都认为某种梦境的出现应验着某一方面的问题。上述各种梦的故事就是在这样的时代背景之下产生的。

梦的迷信有着深厚的社会基础。刘勰是个佛教信徒，当然不能超脱于迷信思想之外，如他在《梁建安王造剡山石城寺石像碑》中就曾提到沙门三人垂梦于吴郡陆咸一事，大力宣扬了佛门的“灵机”和“神证”；②但他在《文心雕龙》中提出的这两个梦却也具有某些不同于宗教迷信的意义，这从以下几个方面可以看出。

齐梁之时通行的占梦之书，其中作出的解释与文人的理解梦境不完全一样。

> 《梦书》：“锦绣为忧事，有文章。梦得锦绣，忧县官也。”（《太平御览》卷八一五引）

当时的文人都以锦绣象徵文章，刘勰的解释也是这样。他的看法显与《梦书》上的记载不同，说明《文心雕龙》中的锦绣之梦与时行的迷信解释并不一样。

梦中还留下了作者刻意虚构的痕迹。刘勰自言七岁梦攀彩云，目的在于说明入学前夕即与文学结缘，因为古人每于八岁时入小学，刘氏的情况谅亦如此。根据近代学者的考证，刘勰写作《文

① 见《金楼子·著书》篇。

② 载《会稽掇英总集》卷十六。

心雕龙》时约当三十三、四岁，正与“齿在逾立”之说相符，[①]可见梦见孔子云云，目的只在暗示他着手“论文”时的指导思想就是了。什么七岁梦攀彩云，什么三十多岁梦见孔子随之南行，言之凿凿，令人诧异何以能把迷离恍惚的梦境记叙得这样鲜明具体？今知刘勰虚构这两个奇怪的梦，介绍自己与文学的关系，既然出之于精心撰述，自然与虚无缥缈的迷信说法有所不同了。

托梦示意的风气还有它学术上的根源。

魏晋南北朝时玄风大盛。《颜氏家训·勉学》篇中说：“何晏、王弼，祖述玄宗，递相夸尚，景附草靡。……洎于梁世，兹风复阐。《庄》、《老》、《周易》，总谓三玄。”齐梁文人无不熟悉“三玄”，而“三玄”中的《庄子》一书，喜欢利用梦来说理，有如庄生梦蝶云云，通过这种巧妙的手段表达自己的观点。其后产生的另一部玄学著作《列子》，也喜欢利用奇幻的梦发表意见，在《周穆王》篇中，还提出了“梦有六候”之说。显然，魏晋南北朝时的文人在受到玄风濡染的同时，也会受到这种托梦示意的手法的影响。当时的诗歌中就常见感梦之作，小说中常有奇幻的梦境的叙述，散文中常有以梦说理的写法，而文士中如缪袭、释贞观、徐份等人都作有《梦赋》，[②]这些情况都与玄风大盛有着直接或间接的关系。

《庄子》总结创作经验时，提出了“寓言”、“重言”等说，梦是这些写作手段的一种表现形式。

> 《庄子·天下》：“……古之道术有在于是者，庄周闻其风而悦之。以谬悠之说，荒唐之言，无端崖之辞，时恣纵而不傥，不以觭见之也。以天下为沈浊，不可与庄语；以卮言为曼衍，以重言为真，以寓言为广。独与天地精神往来，而不敖倪于

---

① 参看范文澜《文心雕龙注》内《序志》篇注六。

② 缪袭作《嘉梦赋》，见《文选》卷二十沈约《别范安成诗》李善注引；释贞观、徐份作《梦赋》，分别见于《广弘明集》卷二十九与《陈书·徐陵传》。

万物。”

刘勰写这两个奇怪的梦，与上述《庄子》的作风相近。可以说，他在前一个梦中运用了“寓言”的手法，后一个梦中运用了“重言”的手法，以此表达著书旨趣，因此这两个梦是为他的文学创作服务的，它的目的并不在宣扬迷信；但他有意识地利用社会上的迷信风气，故弄玄虚，虚拟梦境，藉以取信于人，则又不能不说是文人的狡狯之笔了。

（原载《南京大学学报》1982年第1期）

《易》学中的两大流派对《文心雕龙》的不同影响

刘勰兼崇汉《易》与王弼《易》学

范文澜先生是研究《文心雕龙》的权威学者。他的名著《文心雕龙注》，数十年来一直是人们学习这部书的阶梯，因而他对《文心雕龙》学术渊源的论断，也就发生过巨大的影响。例如他在《中国通史简编》（第二编）中论述南朝文学时说：

> 刘勰撰《文心雕龙》，立论完全站在儒家古文学派的立场上。《序志篇》说，本来想注儒经，但马融、郑玄已经注得很精当，自己即使有些独到的见解，也难得自成一家；因为文章是经典的枝条，追溯本源，莫非经典，所以改注经为论文。……《文心雕龙》确是本着这个宗旨写成的，褒贬是非，确是依据经典作标准的。这是合理的主张，因为在当时，除了儒学，只有玄学和佛学，显然玄学佛学不可以作褒贬是非的标准。①

自从此说提出后，学术界就有相应的见解出现，认为刘勰排斥玄学，恪守儒家古文经学的矩矱。

近年来，在哲学和美学的领域内，人们加深了对玄学的认识。一些学者发现，刘勰在研究工作中深受玄学的影响。作为齐梁人物中的一员，不能超脱于时代思潮之外，与统治者倡导的主导思想绝缘。在《文心雕龙》的《论说》篇中，刘勰对魏晋以后学术界反复

① 见该书第五章《长江流域经济文化发展时期——东晋和南朝》第三节《南朝文化的发展》，人民出版社 1964 年 8 月第四版。

辩难的几个玄学命题都曾作过热情的介绍，并且一一加上赞誉性的评判，这也可以用来说明他曾受到玄学的影响。

实际说来，儒学和玄学并不是绝对相互排斥的。从玄学的创始人何晏、王弼的思想来看，着力之处正在调和儒道，其后玄学中人确是更为重视老庄的旨趣，但也始终没有彻底割断与儒家的联系。

《老》、《庄》、《周易》，谓之“三玄”。[①] 玄学家把《周易》看作阐发其基本理论的一部主要经典，王弼注本行世后，一扫汉儒的象数之说，代之以义理的阐发，取得了巨大的成就，在南朝的学术界一直占有重要的地位。刘勰熟悉《易》学，必然会受到王弼的影响。

《文心雕龙·论说》篇中一而再地赞扬王弼《易》学的成就：

> 详观兰石之《才性》，仲宣之《去伐》，叔夜之辨声，太初之《本玄》，辅嗣之两《例》，平叔之二《论》：并师心独见，锋颖精密，盖论之英也。
>
> 王弼之解《易》，要约明畅。

唐代之前的人治经，很讲究学派的区分，即所谓严守家法。刘勰如此推崇王弼的《易》学，按理来说，就不该同时对汉《易》予以关注。

但《文心雕龙》中却有相反的情况出现。

大家知道，汉《易》和王弼《易》学之间颇有异同，而其重要的分歧之一，则是对互体的态度有别。

汉人解《易》，继承先秦以来解《易》的传统，结合宣扬天人感应的阴阳家说，还把这部经典视为占筮之书。重象数，主五行，喜谈互体。《左传》庄公二十二年言陈敬仲之事，“其少也，周史有以《周易》见陈侯者，陈侯使筮之，遇‘观’䷓之‘否’䷋，曰：‘是谓“观国之

① 见《颜氏家训·勉学》。

光，利用宾于王。”此其代陈有国乎？不在此，其在异国。非此其身，在其子孙，光远而自他有耀者也。“坤”，土也。“巽”，风也。“乾”，天也。风为天于土上，山也；有山之材而照之以天光，于是乎居土上，故曰“观国之光，利用宾于王”。’”杜预注：“‘巽’变为‘乾’，故曰风为天。自二至四，有‘艮’象，‘艮’为山。”可见春秋之时已经出现互体之说，所以杜预进一步申述道：“《易》之为书，六爻皆有变象，又有互体，圣人随其义而论之。”孔颖达疏：“每爻各有象辞，是六爻皆有变象。二至四，三至五，两体交互，各成一卦，先儒谓之互体。‘圣人随其义而论之’，或取互体，言其取义为常也。”可知汉人之讲互体，渊源有自，正是“随其义而论之”的传统方法。

王弼的《易》学，参以老庄，着眼于哲理的阐发，对于古来相承的互体之说持否定的态度。他在《周易略例》中对汉人的象数之学作了彻底的清算，其中就有对互体的批判：

> 是故触类可为其象，合义可为其徵。义苟在健，何必马乎？类苟在顺，何必牛乎？爻苟合顺，何必“坤”乃为牛？义苟应健，何必“乾”乃为马？而或者定马于“乾”，案文责卦，有马无“乾”，则伪说滋漫，难可纪矣。互体不足，遂及卦变；变又不足，推致五行。一失其原，巧愈弥甚。纵复或值，而义无所取，盖存象忘意之由也。忘象以求其意，义斯见矣。（《明象》）

这段文字，可以说是玄学家解《易》倡导义理之说以破汉《易》象数之说的宣言。郑玄是汉《易》的大师，这里批判的互体、卦变、五行等等，正是郑玄《易》学中的重要内容。王应麟《郑氏周易序》曰：“郑康成学费氏《易》，为注九卷，多论互体。”王弼力加批判，主要目标应是郑学。

但刘勰在《文心雕龙》中，又有与王弼的意见相左的看法，在《隐秀》篇佚存的前后两段文字中，却是极力推崇互体之说。其文曰：

夫隐之为体，义生文外，秘响傍通，伏采潜发，譬爻象之变互体，川渎之韫珠玉也。故互体变爻，而化成四象，珠玉潜水，而澜表方圆。

赞曰：深文隐蔚，馀味曲包。辞生互体，有似变爻。

刘勰标举文学中之“隐”义，借用《易》学中的互体来作说明，因为二者之间有其相通或近似之处。文学中的“隐”，重在形象的深层内涵，所谓“隐以复意为工”，“文外之重旨者也”。读者看到某种“隐”的描述，可以得到多种启发，如果他有高度的理解能力和欣赏能力，也就可以一层层地深入发掘，享受到无穷情趣。《易》的卦象则本以象徵性的涵义告示读者，古人认为在简短的卦爻辞中寓有宇宙间的至理，读者沉潜其中，直是玩索不尽。互体之说，则在正常的象徵作用之外又多一层象徵作用，精于《易》学的人，可在现有卦象的卦爻辞之外又多一层联想，进一步探讨互体的卦爻辞中所含的精义。由此可见，刘勰运用《易》学中的若干成说阐发其文学理论，妥帖恰当，具有丰富的启发作用和联想作用。

由于刘勰也持《易》有互体之说，这就说明，他虽大力赞扬王弼的《易》学，但并无排斥汉《易》的意思。范文澜先生作出的论断，仍有某些可信之处。

汉《易》对刘勰的重大影响

《序志》篇中说到《文心雕龙》的总体结构时，曾用《易》学中的“大衍之数”加以说明，文曰：

盖文心之作也，本乎道，师乎圣，体乎经，酌乎纬，变乎骚，文之枢纽，亦云极矣。若乃论文叙笔，则囿别区分，原始以表末，释名以章义，选文以定篇，敷理以举统，上篇以上，纲领明矣。至于剖情析采，笼圈条贯，摛神性，图风势，苞会通，阅声字，崇替于《时序》，褒贬于《才略》，怊怅于《知音》，耿介于《程器》，长怀《序志》，以驭群篇，下篇以下，毛目显矣。位理定名，彰乎大《易》之数，其为文用，四十九篇而已。

大《易》之数乃指大衍之数。如何理解大衍之数，汉代学者和王弼之间又有不同；而在汉代学者之间，也有一些小的分歧。

按大衍之数一说，见于《易·系辞》中。所谓“大衍之数五十，其用四十有九”。韩康伯作注，引用的是王弼之说，文曰：

演天地之数，所赖者五十也；其用四十有九，则其一不用也。不用而用以之通，非数而数以之成，斯《易》之太极也。四十有九，数之极也。夫无不可以无明，必因于有，故常于有物之极，而必明其所由之宗也。

有些学者深信刘勰受到玄学的影响，又看到《论说》篇中对王弼的赞誉，也就以为这里标举的“大衍之数”采取的是王弼的学说，然而这是很难说得通的。因为王弼之释大衍之数，乃用体用一如之说，所谓“不用而用以之通，非数而数以之成”，刘勰如果采用此说，那么作为象徵太极的《序志》一篇就不能作“数”来看待，而对象徵其他四十九篇的其馀四十九数，也不会再作任何的分析和归纳，而这是与《序志》篇中的组织结构和阐述问题的方式大相径庭的。刘勰在全书总序里面并没有运用体用一如之说阐述问题。

在氏族社会中，人类遭遇到各种自然灾害和社会问题的困扰，生存下来很不容易。如何克服各种艰难困苦，却还没有积累起可靠的知识。他们常是仰仗年长的族长或巫师的指引，这些人阅历较多，有处世的经验，对事件的发展可以作出有参考价值的预测。与此一致，古人占筮时，采用一种寿命很长的蓍草，以五十根为基数，采用各种排列组合的方法得出卦象，从中觇测神意，从而作出行动的决定。

“大衍之数”，按其本来的意义而言，讲的就是占筮方法。这在

《易·系辞》中有所说明：

> 大衍之数五十，其用四十有九。分而为二以象两，挂一以象三，揲之以四以象四时，归奇于扐以象闰，五岁再闰，故再扐而后挂。天数五，地数五，五位相得而各有合，天数二十有五，地数三十，凡天地之数五十有五，此所以成变化而行鬼神也。乾之策二百一十有六，坤之策百四十有四，凡三百有六十。当期之日，二篇之策万有一千五百二十，当万物之数也。是故四营而成易，十有八变而成卦，八卦而小成。引而伸之，触类而长之，天下之能事毕矣。显道神德行，是故可与酬酢，可与祐神矣。

由此可知，所谓“大衍之数五十”，指的就是五十根蓍草。占筮之人用这五十根蓍草按照种种规定排列组合，就可求得神灵的指引。这种活动，寓有人类早期对数的神秘观念。一根根蓍草，象徵着宇宙构成的若干基本范畴。不管是这一根“不用”的蓍草，或是繁复到“二篇之策万有一千五百二十”，都象徵着相应的自然物。蓍草排列组合时数的变化，象徵着宇宙之中万事万物之间的相互作用和演变，这就可以根据卦爻辞上暗示的方向，去觇测神意。

高亨《周易大传今注》释“分而为二以象两”曰：“两谓两仪，天地也。筮时，将四十九策蓍草分为两部分，一部分横置于上方，以象天；一部分横置于下方，以象地。”释“挂一以象三”曰：“三谓三才，天地人也。筮时，在‘分二’之后，从上方之蓍草中抽出一策，竖置于上下两部分之间，以象人立于天地之间。竖置之一策若悬挂于横置之两部分之间，故曰‘挂一’。如此则三才备具，故曰‘以象三’。”释“揲之以四以象四时”曰：“揲者，手持而分数之也。筮时，在‘挂一’之后，将上方之蓍草每四策为一组分数之，是为揲之以四，揲过之策仍置于上方。揲之以四，乃象四时。”其下“归奇于扐以象闰”云云，都是说明蓍草的排列组合，象徵着自然界的何种现象。①

上述情况表明，《易·系辞》中提到的“太极”、“两仪”、“三才”、“四时”等等，原来都和占筮时蓍草的茎数有关。“大衍之数”中的数，象徵着许多重要范畴。从“其一不用”的蓍草到“其馀四十九”根蓍草的关系来说，是宇宙生成的关系；而从四十九根蓍草象徵宇宙间最基本的若干范畴而言，则是宇宙构成的理论。

可以说，刘勰采用《易》学中数的观念，依傍汉《易》中的宇宙构成论，建立了《文心雕龙》中篇目之间的结构体系。《序志》篇中提出“大衍之数”，目的之一就在解决全书的结构问题。

孔颖达在《周易正义》中曾经广泛徵引两汉、三国时的京房、马融、荀爽、郑玄、姚信、董遇诸家之说，诠释大衍之数，最后又说：“但五十之数，义有多家，各有其说，未知孰是。”要说各家之说中哪一家的诠释最符合《易系辞》中的原意，当然是很难判断的了，但把这些学说和《文心雕龙》中五十篇文章的结构相比较，则仍有可能觇测刘勰用意之所在。

刘勰在《序志》篇中，说明了《文心雕龙》中的五十篇文章分为几大部分，彼此之间的联系，以及《序志》篇和其他四十九篇文章的关系，这与《易》学中的宇宙构成论和宇宙运行说类同，下面介绍京房、马融二家之说，以供参考。

> 京房云：五十者，谓十日、十二辰、二十八宿也，凡五十。其一不用者，天之生气，将欲以虚来实，故用四十九焉。
>
> 马季长云：易有太极，谓北辰也。太极生两仪，两仪生日月，日月生四时，四时生五行，五行生十二月，十二月生二十四气。北辰居位不动，其馀四十九转运而用也。

---

① 见该书卷五《系辞上》，齐鲁书社 1979 年版。

刘勰究竟信从哪一家的学说，现在当然难以查考清楚，但京、马两家将宇宙间五十项重要的自然现象和五十根蓍草的大衍之数比类而言，犹如刘勰把《文心雕龙》中的五十篇文章比附大衍之数一样，那么认为刘勰之说乃是参照汉《易》之说而成立，应当是近乎实际的推测。两家之中，马融提到自然现象之间的关系时，强调“转运而用”，与刘勰的见解似乎更为切合。

刘勰阐述《文心雕龙》全书结构时，最后说到“长怀《序志》，以驭群篇”，也就是说最后一篇《序志》等于“大衍之数”中的太极（北辰）。其馀四十九篇文章，又可分为上下两篇。上篇之中，前面五篇文章，属于“文之枢纽”；后面二十篇文章，“论文叙笔，则囿别区分”；下篇之中的二十四篇文章，则“剖情析采，笼圈条贯”……正像“大衍之数”中的“四十九数”一样，也可依类相从而区分为若干重要范畴，这些重要范畴之间，并不是隔绝而互不相通的，它们之间，正像“其馀四十九转运而用”一样，也有相互渗透、相互影响的关系。这里刘勰运用《易》学中数的概念，阐发文学领域中若干重要范畴的安排，说明《文心雕龙》的总体结构问题。“位理定名，彰乎大《易》之数。其为文用，四十九篇而已。”这里受到的是汉《易》的影响，从数与范畴的关系上不难看出。

王弼《易》学对刘勰的重大影响

下面再以汉《易》中的宇宙生成论为参考，分析《原道》篇中的一些理论问题。

《原道》篇中第一段，从宇宙的生成叙起，说明“文”之意义重大：

> 文之为德也大矣，与天地并生者何哉！夫玄黄色杂，方圆体分。日月叠璧，以垂丽天之象；山川焕绮，以铺理地之形，此盖道之文也。仰观吐曜，俯察含章，高卑定位，故两仪既生矣；惟人参之，性灵所钟，是谓三才。为五行之秀，实天地之心。

心生而言立，言立而文明，自然之道也。

这里提到的“两仪”、“三才”、“五行”等等，如上所言，出于《易》学，但系汇辑诸说而成，情况是很复杂的。

《原道》篇中的“道”，与《易》中的“道”涵义相同，不是指具有实体意味的宇宙本根，而是指事物的本质和规律。道与天地之间，是体用一如的关系，天地即道的外化，而不是道生天地，这里既无演化中的母子关系，也无生成时的先后程序。刘勰还把这层意思生发开去，论述万物与文的关系，所谓“文之为德也大矣，与天地并生者何哉！”其后又说两仪有文、三才有文、万物有文……依物与文的关系来说，也是体用一如，道外化为物，有其物即有其文，所以刘勰又总结道：“日月叠璧，以垂丽天之象；山川焕绮，以铺理地之形，此盖道之文也。”

值得注意的是，刘勰只说文“与天地并生”，没有说是“文”“道”并生，因为天地有其具体的形体，而道是没有形体可言的。他在《夸饰》篇中曾引《易·系辞》中“形而上者谓之道，形而下者谓之器”来说明抽象的道与具体的天地的关系，孔颖达在《周易正义》中解释上二句时说：“道是无体之名，形是有质之称。凡有从无而生，形由道而立，是先道而后形；是道在形之上，形在道之下。”可见刘勰所说的“道”，实即或近似王弼所说的“无”。

但刘勰在《原道》篇中又曾说过“人文之元，肇自太极”，这当然是从《易·系辞》中“易有太极，是生两仪，两仪生四象，四象生八卦”之说移用过来的。它与上述“大衍之数”中“分而为二以象两……”之说一致，也是依傍筮法中的问题，阐述宇宙生成论。这里特别用上一个“肇”字，表明生成万物的太极，具有宇宙本根的意义。这种宇宙生成论，犹如母子之生成，而生成时有先后的程序。它与王弼《易》学中的体用一如之说不同。

《易纬·乾凿度》中说：“孔子曰：易始于太极。”郑玄注：“气象未分之时，天地之所始也。”这里他把太极视为混沌的元气，在汉《易》诸说中很有代表意义。刘歆在《三统历》中提出“太极元气，函三为一”，三指天、地、人，即所谓“三才”。至于“五行”之说，则是汉《易》各家普遍采纳的理论，郑玄以此阐述大衍之数，详见《礼记·月令》中的《正义》所引。

王元化先生在《刘勰的文学起源论与文学创作论》中说：“刘勰的宇宙构成论并没有汲取前人在自然科学方面所获得的成果，相反，他仍袭《易传》‘太极生两仪’之类的陈旧说法。《原道篇》的理论骨干是以《系辞》为主，并杂取《文言》、《说卦》、《彖辞》、《象辞》以及《大戴礼记》等一些片断拼凑而成。不管刘勰采取了怎样混乱的形式，有一点很清楚，这就是他以为天地万物来自太极。《原道篇》所谓‘人文之元，肇自太极’，显然是从‘太极生两仪’这一说法硬套出来的。这样，他就通过太极这一环节，使文学形成问题和《易传》旧有的宇宙起源假说勉强结合在一起。”[①]这里他对刘勰的宇宙观和文学观之间的关系作了精到的分析。所述的内容，实际上是指汉《易》对刘勰的影响。

如上所论，刘勰在《原道》篇中提出的一些观点，分别接受了汉《易》和王弼《易》学的影响，内容甚为复杂。“太极”、“两仪”、“三才”、“五行”等说，接受的是汉《易》的影响；“道”、“文”之说，则接受的是王弼《易》学的影响。而刘勰紧接着“道”、“两仪”、“三才”、“五行”之后，说到“心生而言立，言立而文明，自然之道也”，则明显地是受到玄学的影响了。

按“自然”之说，首先由魏晋时期的玄学家提出，杨修在《答临淄侯笺》中称颂曹植曰：“非夫体通性达，受之自然，其孰能至于此乎？”李善注：“《老子》曰：‘天法道，道法自然。’钟会曰：‘莫知所出，

① 载《文心雕龙创作论》，上海古籍出版社 1979 年版。

故曰自然。'"(《文选》卷四十)钟会关于"自然"的见解,与王弼一致。《三国志·魏书·钟会传》曰:"会尝论《易》无互体,才性同异。……初,会弱冠与山阳王弼并知名。"二人交谊颇深,学术观点多一致之处。这也说明,自然之说乃是魏晋南北朝人摆脱汉儒经学束缚而提出的一种新说。

王弼在很多著作中阐发自然之说,如在《老子》二十五章注中说:"道不违自然,乃得其性,法自然也。"二十九章注中说:"万物以自然为性,故可因而不可为也,可通而不可执也。"

刘勰"自然之道"的学说,显然是从玄学中引用过来的,这里接受的是王弼《易》学的影响。

刘勰的《易》学反映了时代的特点

《文心雕龙》中所显示的《易》学,兼采郑、王二家之说,带有时代的特点。南朝后期,《易》学界出现了两派融合的趋向,刘勰的《易》学,就是这种趋势的体现。

按理说,江左风行玄学,王弼的《易》学必然占有优势。《北史·儒林传上》中说:"江左,《周易》则王辅嗣。"孔颖达《周易正义序》曰:"魏世王辅嗣之注独冠古今,所以江左诸儒,并传其学;河北学者,罕能及之。其江南义疏十有馀家,皆辞尚虚玄,义多浮诞。"似乎郑玄的《易》学已经一蹶不振,销声匿迹了。

但事实并非如此,郑玄的《易》学,一直有人传习;南齐王朝的国学之中,也有郑学《易》博士的设置。《南齐书·陆澄传》中曾有一段记叙,对于后人了解当时的学术情况,颇有参考价值,今徵引于下:

> 永明元年,转度支尚书。寻领国子博士。时国学置郑、王《易》,杜、服《春秋》,何氏《公羊》,麋氏《穀梁》,郑玄《孝经》。澄谓尚书令王俭曰:"《孝经》,小学之类,不宜列在帝典。"乃与俭书论之曰:"《易》近取诸身,远取诸物,弥天地之道,通万物

> 之情。自商瞿至田何，其间五传。年未为远，无讹杂之失；秦所不焚，无崩坏之弊。虽有异家之学，同以象数为宗。数百年后，乃有王弼。王济云弼所悟者多，何必能顿废前儒？若谓《易》道尽于王弼，方须大论，意者无乃仁智殊见。且《易》道无体不可以一体求，屡迁不可以一迁执也。晋太兴四年，太常荀崧请置《周易》郑玄注博士，行乎前代，于时政由王、庾，皆俊神清识，能言玄远，舍辅嗣而用康成，岂其妄然？泰元立王肃《易》，当以在玄、弼之间。元嘉建学之始，玄、弼两立。逮颜延之为祭酒，黜郑置王，意在贵玄，事成败儒。今若不大弘儒风，则无所立学；众经皆儒，惟《易》独玄，玄不可弃，儒不可缺。谓宜并存，所以合无体之义。且弼于注经中已举《系辞》，故不复别注。今若专取弼《易》，则《系》说无注。……”俭答曰：“《易》体微远，实贯群籍，施、孟异闻，周、韩殊旨，岂可专据小王，便为该备？依旧存郑，高同来说。”

陆澄、王俭都是著名的文士，又是当时的达官贵人，他们的意见，自然会在学术界发生很大的影响。这也说明时至齐代，郑玄的《易》学已在学术界重新占有重要的位置。

王俭死后，张绪继任国子祭酒，《南史·张绪传》曰：“绪长于《周易》，言精理奥，见宗一时。常云‘何平叔不解《易》中七事’。……王俭为尚书令、丹阳尹，时诸令史来问讯，有一令史善俯仰，进止可观，俭赏异之。问曰：‘经与谁共事？’答云：‘十馀岁在张令门下。’俭目送之。时尹丞殷存至在坐，曰：‘是康成门人也。’”可见张绪的《易》学，也是兼综郑、王的。

南齐之时，经学上的成就，大约要以刘瓛的声誉为最高。《南齐书·刘瓛陆澄传》后，史臣曰：“刘瓛承马、郑之后，一时学徒以为师范。”《南史·刘瓛传》上也说：“瓛姿状纤小，儒业冠于当时，都下士子贵游，莫不下席受业，当世推其大儒，以比古之曹、郑。”他撰有

《易》学著作多种，据黄庆萱《魏晋南北朝〈易〉学书考佚》中的考订，刘瓛的《易》学也是兼综郑、王的。[1]

综上所言，可见南齐之时的学术界出现了新旧学术兼容并包的局面。以《易》学而言，一些有代表性的学者常取兼综郑、王的态度，刘勰在著作中也反映出了类同的倾向，可以说是时代风气的反映。

下面还可再举一个具体的例子，说明刘勰信守郑玄《易》学中的一些成说。

《文心雕龙·事类》篇中说："事类者，盖文章之外，据事以类义，援古以证今者也，昔文王繇《易》，剖判爻位，《既济》九三，远引高宗之伐；《明夷》六五，近书箕子之贞，斯略举人事以徵义者也。"范文澜先生在引用《周易正义》中有关上述二卦的疏文之后，又说："孔颖达《论爻辞谁作》曰：'武王观兵之后，箕子始被囚奴，文王不宜豫言箕子之《明夷》。'据此，彦和用事亦小误也。"这里涉及卦爻辞的作者问题，经学中本有不同的说法，这里纠正的对象，则是郑玄的说法。孔颖达在同一文字中介绍道："伏牺制卦，文王系辞，孔子作十翼，《易》历三圣，只谓此也。故史迁云：'文王囚而演《易》'，即是'作《易》者其有忧患乎？'郑学之徒，并依此说也。"可见郑玄的说法，继承古来的"《易》历三圣"之说，却也并非他的独创。

刘勰论述《易》中卦爻辞的作者时，恪遵"《易》历三圣"之说，继承的是郑玄一派的见解。《原道》篇中说："人文之元，肇自太极，幽赞神明，《易》象惟先，庖牺画其始，仲尼翼其终。"其后他又说到"文王患忧，繇辞炳曜，符采复隐，精义坚深。重以公旦多材，振其徽烈，剬《诗》缉《颂》，斧藻群言"。说明他只是把周公视为《诗》的作者和《颂》的整理人，而不像其他《易》学者那样，还把周公视为爻辞的

[1] 见该书十八《齐刘瓛〈周易乾坤义疏〉〈周易系辞义疏〉》，台湾幼狮文化事业公司1975年11月版。

作者。这种观点，和《事类》篇中的叙述是一致的。他可并不去细细辨别“箕子之《明夷》”与“文王作繇”之间有没有矛盾，这里只是依据《易》学中郑玄一派的说法而立论。范氏《注》中说他“用事小误”，那是现代人的观念，刘勰只是采用经学中的成说，看来他没有想到对史实还要作什么考证。

刘勰在《序志》篇中表示对汉儒极度敬仰，与《文心雕龙》中反映的学术观点一致。由此可见，后人固然应该研究刘勰与玄学的关系，同时也不能忽视汉儒对他的影响。

几点认识

总结以上的论述，还可以得到如下一些认识：

一、刘勰依傍《易》学中的宇宙生成论，构成《文心雕龙》中的文学起源说；依傍《易》学中的宇宙构成论，说明《文心雕龙》的总体结构问题。这种做法，表明他曾受到前代经典的启发与影响，但可不能以此为依据说明他有什么完整的经学或哲学体系。

二、刘勰继承前代遗产，有兼容并蓄的特点。他虽主张“宗经”“徵圣”，但并不墨守什么家法宗派。各种学说之中如有可资利用者，他都加以援用，作为建立个人学说的理论依据。

三、刘勰虽然尊重汉代的古文学派，但也并不排斥玄学，因此他既重视马、郑，同时也推崇王弼。这种态度，正是魏晋南北朝时一些成就卓著的文士的共同特点。因为马、郑之学总结了前此各种文献和各种学术的成就，刘勰重视学术源头的探讨，自然会对汉儒的成就予以高度评价。但南朝之时，玄学在思想界占有重要的地位，从理论思维的水平来说，比之前代有了长足的进步，刘勰思想活跃，自然不会拘守汉儒的规范。

四、汉末转入魏晋，社会极度动荡不安，天人感应的思想遭到严重削弱，老庄思想应运而起，取得了重要的地位。这时关于宇宙的统一性和变化规律的问题，引起了人们的广泛注意和思考。于是人们讨论问题时，喜欢依傍哲学而立论。然而道家偏于人生哲学，语涉浮虚；《易》讲宇宙的生成和构成，最符合时代的需要，而且《易》属儒家典籍，玄学糅合儒道，可以适应各种人物的需要，刘勰藉《易》构成自己的理论体系，也就是很自然的了。

五、但刘勰的《易》学，没有什么完整的理论体系。他在《原道》篇中掇拾《易》学十翼中的个别词句，作为自己的理论根据，目的只在用作论文之助，而不在阐述自己的宇宙观。他并不像近代西方哲学家如康德等人那样，从其完整的哲学体系中推导出文学理论来。后人要想从刘勰运用的有关《易》学的个别词句中研究其哲学属性，把他归入唯心主义者或唯物主义者的阵营，从多少年来学术界的情况来看，收获似乎不大，如果我们转而探究刘勰怎样像蜜蜂那样，采摭百花而成蜜，或许会对学习《文心雕龙》的人有更多的参考作用。

总之，刘勰不是什么经学家，也不是什么哲学家，因为他没有建立起完整的经学体系和哲学体系。目下一些研究《文心雕龙》的学者强调他是什么古文学派的信徒，或谓遵循唯物主义路线而写作云云，不太切合实际情况。但这并不是说刘勰没有建立起完整的文学理论体系。《文心雕龙》中，他总结了前此各种文体的创作经验，吸收了前人各方面的学术成果，融会贯通，构成了堂庑博大的一种理论：既有总纲，又有分论，各大范畴之间，又有严密的组织，相互补充，相互映发。“按辔文雅之场，环络藻绘之府，亦几乎备矣。”因此，我们应该根据他的独特贡献而作判断：他是一个文学理论家，他所建立的，是一个完整的文学理论体系。

（原载暨南大学《文心雕龙》1988 年国际研讨会论文集《文心雕龙研究荟萃》）

刘勰的主要研究方法——“折衷”说述评

“中国言六艺者折中于夫子”——刘勰著述的基本态度

刘勰在《文心雕龙·序志》篇中自述著书宗旨曰：

> 及其品列成文，有同乎旧谈者，非雷同也，势自不可异也；有异乎前论者，非苟异也，理自不可同也。同之与异，不屑古今，擘肌分理，唯务折衷。

“折衷（中）”之说，自然是他研究工作中的基本态度和主要方法。

按“折中”一词，古籍数见，但它作为一种基本方法和重要原则而被使用，则与儒家学派密切有关。

《史记·孔子世家》：“孔子布衣，传十馀世，学者宗之。自天子王侯，中国言六艺者折中于夫子，可谓至圣矣！”司马贞《索隐》：“《离骚》云‘明五帝以折中’，王叔师云：‘折中，正也。’①宋均云：‘折，断也。中，当也。’按：言欲折断其物而用之，与度相中当，故以言其折中也。”

司马贞从字面出发而作出的解释，看来还是符合原意的。“折断其物”，使之与“度”中当，学术思想上的“度”，也就是孔子的学说。汉代独尊儒术，孔子的学说成了折中群言的最高准则。自从

---

① “明五帝以折中”乃《惜诵》中文，古人以“骚”为楚辞通称，故此处篇名亦称《离骚》。王叔师，原文误为“王师叔”，《后汉书·文苑·王逸传》曰：“王逸，字叔师。”今据正。

司马迁在《孔子世家》中扼要地指出这点之后，后人不断加以申述，如《汉书·贡禹传》曰："孔子，匹夫之人耳，以乐道正身不解之故，四海之内，天下之君，微孔子之言亡所折中。"颜师古注："折，断也。非孔子之言，则无以为中也。"又《盐铁论·相刺》曰："孔子退而修王道，作《春秋》，垂之万载之后，天下折中焉。"都郑重地指出了这一重要事实。其他汉儒的文字或传记中提到"折中"一词时，也常寓有以孔子之言或圣贤之道为准则的意思。

王充著《论衡》，在《自纪》篇中申述著书的原则，曰：

上自黄、唐，下臻秦、汉而来，折衷以圣道，析理于通材，如衡之平，如鉴之开。幼老生死古今，罔不详该。

王充把《自纪》篇置于全书之末，和《序志》的位置相当。众所周知，中古之前的书都把自序列为最后一篇，作者在序中介绍著书宗旨和著作体例，这点《文心雕龙》和《论衡》的格局是一样的。二者的著述态度也有相通之处，都"折中以圣道"，尽管由于历史条件的差异，二人对"圣"的评价还有一些不同。

刘勰在《序志》篇中叙述自己的著书动机时曾谈到，他"齿在逾立，则尝夜梦执丹漆之礼器，随仲尼而南行"，于是受到很大的启发和鼓舞，决心写作《文心雕龙》一书，也来"敷赞圣旨"。显然，刘勰把著书的因缘追溯到孔子的垂梦，表示论文之时也要以"圣旨"为准则，这样写，意在表明著作《文心雕龙》时，继承的是儒家的传统。

由此可见，刘勰的"折中"之说上承汉儒而来，"折中"不是一个不表明任何倾向性的普通词语，而是一个表达作者个人学术见解的关键性词语。

刘勰对全书五十篇文章的内容也作了介绍。《序志》篇中说："盖《文心》之作也，本乎道，师乎圣，体乎经，酌乎纬，变乎骚：文之枢纽，亦云极矣。"这里指的是全书开端的五篇文章。刘勰在《正纬》、《辨骚》二文中，对纬书和骚体的特点作了分析，主张有分析地从中酌取有助文章的成分；他在《原道》、《徵圣》、《宗经》三文中，则着重论证了“道”、“圣”、“文”之间的关系，而这又可用《原道》中的“道沿圣以垂文，圣因文而明道”二句来概括。所谓“文”，主要指孔子整理过的五经。相传孔子整理过六经，而有文字传世者则为五经。经文中的义理，在古人看来，垂之万世而皆准，可以作为后代文人著述的准则。《原道》中说：“……至夫子继圣，独秀前哲。熔钧六经，必金声而玉振；雕琢情性，组织辞令，木铎起而千里应，席珍流而万世响，写天地之辉光，晓生民之耳目矣。”《宗经》中说：“……自夫子删述而大宝咸耀，于是《易》张十翼，《书》标七观，《诗》列四始，《礼》正五经，《春秋》五例，义既极乎性情，辞亦匠于文理，故能开学养正，昭明有融。”这就说明，刘勰论文虽从“道”谈起，但在树立准则时，强调的是“徵圣”，而“圣”中的重要一员就是孔子，孔子的思想则又体现在五经之中。

刘勰把孔子的思想树立为供人师法的最高准则。“中国言六艺者折中于夫子”，这是他著述的基本态度。

“叩其两端而竭焉”——儒家一种重要的研究方法

但“折中”可不仅是信奉儒家学说者的一种基本态度，而且是儒家人物常用的一种重要研究方法。刘勰也继承和发展了这一方法。

“折中”，作为一种方法，孔子没有从理论上加以说明，但在《论语》中却有与此相应的论述。《子罕》中说：“我有知乎哉？无知也。有鄙夫问于我，空空如也。我叩其两端而竭焉。”这就含有“折中”之意。

《先进》篇中记载，“子贡问：‘师与商也孰贤？’子曰：‘师也过，商也不及。’曰：‘然则师愈与？’子曰：‘过犹不及。’”又“子路问：‘闻斯行诸？’子曰：‘有父兄在，如之何其闻斯行之？’冉有问：‘闻斯行诸?’子曰:‘闻斯行之。’公西华曰:‘由也问闻斯行诸,子曰“有父兄在”;求也问闻斯行诸,子曰“闻斯行之”。赤也惑,敢问。’子曰:‘求也退,故进之;由也兼人,故退之。’”这两件事,可以算是“折中”说的具体运用。

孔子的这些见解,传到子思时,也就形成了影响深远的“中庸”之说。《中庸》六章言“舜好问而好察迩言,隐恶而扬善,执其两端,用其中于民,其斯以为舜乎!”就可以作为“叩其两端”说的注脚。朱熹作《四书集注》,总结《中庸》的基本精神,曰:“中者,不偏不倚,无过不及之名。”对儒家处理问题的这一重要方法和基本态度作了很好的概括。

由此可知,人们使用这一方法“折断其物”时,并非随便哪里“折”一下就可解决问题的。若要“折中”,先要“执其两端”,两端何在?先要“叩”求明白。这也就是说,试图解决问题的人,先要将研究对象本身包含着的趋于对立的两个方面明确地把握住,例如子张之“过”与子夏之“不及”,冉有之“退”与子路之“兼人”等即是。

“叩”其两端的过程,也就是分析的过程,比较的过程。只有通过分析,才能知道“端”在何方;只有通过比较,才能区分“两端”之异。这种分析和比较的方法,刘勰在书中应用得很熟练,这是他成功的诀窍,所以他要郑重地宣称:“擘肌分理,唯务折衷。”

前面已经提到,刘勰把孔子整理过的五经作为折衷群言的准则。五经为什么有这样的妙用,刘勰在《宗经》篇中作了分析,文曰:“《易》惟谈天,入神致用,故《系》称旨远辞文,言中事隐。韦编三绝,固哲人之骊渊也。《书》实记言,而训诂茫昧,通乎尔雅,则文意晓然。故子夏叹《书》昭昭若日月之明,离离如星辰之行,言昭灼也。《诗》主言志,诂训同《书》,摛风裁兴,藻辞谲喻,温柔在诵,故最附深衷矣。《礼》以立体,据事制范,章条纤曲,执而后显,采掇片言,莫非宝也。《春秋》辨理,一字见义,五石六鹢,以详略成文;雉门两观,以先后显旨,其婉章志晦,谅以邃矣。”这里除了对五经的内容加以宣扬之外,还对各种经典的表现手法也作了探讨,于是他接着又说:“《尚书》则览文如诡,而寻理即畅;《春秋》则观辞立晓,而访义方隐。此圣人之殊致,表里之异体者也。”通过比较,《尚书》和《春秋》的特点各趋于一端,也就清楚地显示出来了。《徵圣》篇中对五经的表现手法也有细致的分析,如云:“夫鉴周日月,妙极机神,文成规矩,思合符契。或简言以达旨,或博文以该情;或明理以立体,或隐义以藏用。故《春秋》一字以褒贬,《丧服》举轻以包重,此简言以达旨也;《邠诗》联章以积句,《儒行》缛说以繁辞,此博文以该情也。书契断决以象夬,文章昭晰以效离,此明理以立体也;四象精义以曲隐,五例微辞以婉晦,此隐义以藏用也。故知繁略殊形,隐显异术,抑引随时,变通适会,徵之周、孔,则文有师矣。”这里也是运用“叩其两端”的折中方法而进行分析研究的。

“繁略”、“隐显”、“抑引”、“变通”,这四对概念,正是刘勰在分析了五经的创作成就之后,通过比较而提炼出来的处于对立状态中的不同写作特点。文章的内容丰富多样,文章的形式千变万化,五经中的种种妙处,可以作为后世文人作文的典范,从中汲取取之不尽的滋养。刘勰运用“叩其两端”的方法而分析出了它们具有不同特点的各种表现手法,从而要求以圣人的述作为楷模,这里又是“中国言六艺者折中于夫子”的意思,只是这种研究方法已是紧紧结合文艺特点而进行探讨的了。

“理定而物易割也”——玄学提高了人们分析事物的能力

孔子运用了“叩其两端”的方法,认识事物的能力大为提高,就在他所关心的伦理道德范围内,也就分析出了许多处于对立统一状态中的社会观念,例如仁义、礼乐、忠恕、圣智等。[①] 他在阐述自

① 参看庞朴《儒家辩证法论纲》,载《中华学术论文集》,中华书局1981年版。

己的学说时，常是借助于分析这些重要范畴而深入地掌握社会现象的本质。

大家知道，先秦道家学派中人对发展朴素辩证法曾作出过很大的贡献。成书于战国时期的《老子》一书中，提出了很多对对立统一的概念，例如牝牡、雌雄、刚柔、善恶、美丑、祸福、利害、曲直、盈洼、虚实、强弱、兴废、与夺、厚薄、进退、得亡、贵贱、智愚、生死、大小等。《老子》二章中说："有无相生，难易相成，长短相形，高下相倾，音声相和，前后相随。"说明这些概念之间有着对立而又同一的关系。假如一方不存在，则另一方也就失去了存在的条件。这些问题的提出，说明道家学派中人对事物的观察更深入了，他们对事物本质的辨析已经有了更为科学的方法。这是人类认识能力的很大进步。

韩非在《解老》篇中也讨论到了这个问题。他说："凡物之有形者易裁也，易割也。何以论之？有形，则有短长；有短长，则有小大；有小大，则有方圆；有方圆，则有坚脆；有坚脆，则有轻重；有轻重，则有白黑。短长、大小、方圆、坚脆、轻重、白黑之谓理，理定而物易割也。"人们的认识能力由浅入深，由具体到抽象。他们分析具体事物时，分析它们内部所固有的各种不同方面的属性，然后把握这一特殊事物。所以韩非又说："凡理者，方圆、短长、粗靡、坚脆之分也，故理定而后可得道也。"韩非的"解老"，可谓深得其精髓，这里对道家学派在认识论上作出的贡献，在理论上作了很好的说明。当然，道家学派对客观事物的分析，已经不限于具体事物，但他们对抽象事物的认识过程，则与上述原理一致。

魏晋时期的一些哲学家，受到先秦道家的影响，也在"理"上深入钻研，由此博得了"名理"家的称誉。

我国古来"名""法"并称，因为这两大学派都重视辨析事理。处在先秦名辩思潮之下的学术环境中，各人学派都有这样的特点。尤其是名家，对概念的分析，逻辑的探讨，更是取得了可贵的成绩。

时至魏晋,名辩思潮又起,《晋书·傅玄传》载玄上晋武帝疏曰:“近者魏武好法术,而天下贵刑名。”这是由于政治形势的改变,学术思想也发生了变化。

魏晋时期的文人习惯于用老庄的观点阐述儒家学说,随之兴起了玄学。玄学与名理学有关。从思想史的角度来看,前者正是由后者发展起来的,所以有些人就径称名理学为玄学。玄学以《老》、《庄》、《易》这三部典籍为基本读物。魏晋南北朝时的文人受玄风的濡染,无不熟悉这三部典籍。因此,这三部典籍中所包含的朴素辩证法,也就给了这一时期的文人以很多滋养。《老子》中多对立统一的范畴,《庄子》中也多辩证法,只是其中夹杂着很多相对主义的东西。《易经》中多辩证的观点,也是学术界所一致公认的。它以天地为基础,解释寒暑、昼夜、生死、刚柔、进退等一系列的自然现象和社会现象。这种观察问题和分析问题的方法,对当时的文人也必然会产生影响。

玄学之祖王弼固然推重老子,但尤为推尊孔子。《三国志·魏书·王弼传》上说他“好论儒道”,他的学说重视综合儒道两家。后来研究玄学的人当然也会注意到孔子思想中的“折中”之说。《世说新语·言语》载“王中郎令伏玄度、习凿齿论青、楚人物。临成,以示韩康伯。康伯都无言,王曰:‘何故不言?’韩曰:‘无可无不可。’”刘孝标引马融《论语注》曰:“唯义所在。”这里引用的是《论语·微子》中的一段话,“逸民:伯夷、叔齐、虞仲、夷逸、朱张、柳下惠、少连。子曰:‘不降其志,不辱其身,伯夷、叔齐与!’谓‘柳下惠、少连,降志辱身矣,言中伦,行中虑,其斯而已矣’。谓‘虞仲、夷逸,隐居放言,身中清,废中权。我则异于是,无可无不可’。”何晏《集解》引马融曰:“亦不必进,亦不必退,惟义所在。”这种灵活而又有原则的态度,也是孔子“叩其两端”的方法在政治上的运用。

魏晋南北朝的文人对哲学领域中的几对基本范畴进行了深入的探讨,当时陆续兴起的“名实”、“本末”、“有无”、“言意”、“形神”

以及才性四本(同、异、合、离)等学术辩难,其规模之大,争辩之烈,见解之深入,方法之细致,都已远超前代。总的看来,这一时期的文人探讨学术时可谓雍容大度,他们进行辩难时,不以势凌人,不作意气之争,一般说来,也不大用政治手段强行压制。他们认真地追求真理。尽管这一时期的文人语涉浮虚,实则他们的研究方法已经不大像先秦时期的思想家那样总是想把结论直接归结到政治伦理的运用上。他们的研究方法更具有思辨的性质,总是围绕着论题而作深入的探讨,针锋相对,层层剖析。这种风气的出现,说明魏晋南北朝时期的思想家分析事物的能力已经达到了新的高度。

刘勰对此予以很高的评价,他在《论说》篇中说:

> 魏之初霸,术兼名法,傅嘏、王粲,校练名理。迄至正始,务欲守文,何晏之徒,始盛玄论,于是聃、周当路,与尼父争途矣。详观兰石之《才性》,仲宣之《去伐》,叔夜之辨声,太初之《本玄》,辅嗣之两《例》,平叔之二《论》:并师心独见,锋颖精密,盖人伦之英也。至如李康《运命》,同《论衡》而过之;陆机《辨亡》,效《过秦》而不及,然亦其美矣。次及宋岱、郭象,锐思于几神之区;夷甫、裴颀,交辨于有无之域:并独步当时,流声后代。……逮江左群谈,惟玄是务,虽有日新,而多抽前绪矣。

刘勰对此加以称颂,说明他也接受了玄学的影响。作为这一时期的文人,他对《老》、《庄》、《易》中的内容和思辨方式不会不加以注意。

当时的文人喜欢辨析名理,他们受到玄风的影响,对钻研理论的兴趣也大为提高。《颜氏家训·勉学》篇中说:“夫老庄之书,盖全真养性,不肯以物累己也。……何晏、王弼,祖述玄宗,递相夸尚,景附草靡。……直取其清谈雅论,辞锋理窟,剖玄析微,妙得入神。”《世说新语·赏誉》“王汝南既除所生服”条刘孝标注引邓粲《晋纪》记王湛与王济“因共谈《易》，剖析入微”。足见这一时期的玄学在提高人们的思辨能力上起过促进的作用。

这一时期的学术是在摆脱汉代正统学风的束缚下向前发展的。自汉末起，文学更重视彩色之美；学术论文的写作，更重视论证的精密和逻辑的谨严。《文心雕龙·定势》篇载曹植之言曰：“世之作者，或好烦文博采，深沉其旨者；或好离言辨白，分毫析厘者：所习不同，所务各异。”这是时代思潮激荡的结果。大势所趋，天下文士莫不皆然。这样的风气，不论在主观方面或客观方面，都为刘勰的理论总结工作准备了良好的条件。

随着文学的发展，人们对作品中的形式要素分析得更细致了，《文心雕龙·丽辞》篇中说：“至魏晋群才，析句弥密，联字合趣，剖毫析厘。”而他在《声律》、《章句》、《丽辞》、《比兴》、《事类》、《练字》等篇章中，也就对此作了细致的剖析和全面的总结。

刘勰在《体性》篇中曾把文章的风貌分为八类。其中“精约”一类，其特点是“核字省句，剖析毫厘”。具有这种风格的作品，表现为分析事理的透辟和用字造句的精炼。《文心雕龙》一书，如以学术论文的风格而言，也可以称之为“精约”。这与魏晋南北朝时期的文人思辨能力的提高有关。刘勰在理论上的成就，正是时代孕育的结果。

在《文心雕龙》中，刘勰也提出了许多对对立统一的概念，如文质、情采、意辞、华实、风骨、奇正、通变、隐秀、繁约、镕裁……他在明确这些概念时，有时沿用前人的思想资料，有的则出之以新创。这些地方也可看出刘勰运用了“叩其两端”的研究方法。他对文学问题至为精熟，对文学的特点，不论内容、形式、风格等方面，都曾作过剖析入微的研究，因此才能区别出这么多处于对立统一状态中的概念，并在这基础上进行研究。

刘勰运用“折中”这一手段进行剖析，常用下述三种手法。

（一）裁中

这种手法，与汉代以来所说的折中之说最为接近。它以孔子的学说或与此有关的作品为标准，然后拿研究的对象和它比较，从而评判其得失。例如刘勰在《史传》中分析历史记载中的两种错误倾向，一伤于讹，一伤于枉，这些都是由材料和人事等复杂的因素构成的。“若夫追述远代，代远多伪，公羊高云‘传闻异辞’，荀况称‘录远略近’，盖文疑则阙，贵信史也。然俗皆爱奇，莫顾实理。传闻而欲伟其事，录远而欲详其迹，于是弃同即异，穿凿傍说，旧史所无，我书则传，此讹滥之本源，而述远之巨蠹也。至于记编同时，时同多诡，虽定、哀微辞，而世情利害。勋荣之家，虽庸夫而尽饰；迍败之士，虽令德而嗤埋。吹霜煦露，寒暑笔端，此又同时之枉，可为叹息者也。故述远则诬矫如彼，记近则回邪如此，析理居正，唯素心乎！”这里提出要以深得孔子心传的左丘明作为史书著述的榜样，也就是依傍《春秋》而立论，把《左传》作为史书折中之“度”的意思。

《春秋》笔法的精髓，在于褒贬的运用，所谓“褒见一字，贵逾轩冕；贬在片言，诛深斧钺”。这也是孔子在史学领域中立下的准则，后人自当遵循弗渝。《史传·赞》中说：“腾褒裁贬，万古魂动。”不管是批判还是表扬，目的都在归于正道。

政治上斗争激烈之时，言词常是陷于过激，《奏启》中说：“是以世人为文，竞于诋诃，吹毛取瑕，次骨为戾，复似善骂，多失折衷。若能辟礼门以悬规，标义路以植矩，然后逾垣者折肱，捷径者灭趾，何必躁言丑句，诟病为切哉！”这里悬礼义为奏启时立言的准则，也就是“折之以圣道”的意思。

刘勰在《铭箴》篇中还讨论了历代文人写作铭文的得失，凡是模经为式的文字就有可观，如果不遵从前人的规范而随波逐流，文字也就不可能妥帖。“敬通杂器，准矱戒铭，而事非其物，繁略违中。”则是由于冯衍所作的刀、杖等铭，虽说模仿传为周武王所作的铭文而成,然而事不称物,详略失当,陷于失败。致误之由,就是由于偏于一端而不能归之于正的缘故。

(二)比较

刘勰善于运用比较的方法,达到"叩其两端"的目的。他在分析文学问题时,更是经常采用这种手段论证文学创作中相反相成的现象,取得了很好的效果。例如他在《章表》中说:"至于文举之荐祢衡,气扬采飞;孔明之辞后主,志尽文畅。虽华实异旨,并表之英也。"这里他把两种不同类型的作品归入"华"、"实"这一对范畴之中,二者并不偏废,故各有其长处。

魏晋南北朝时骈文大盛,文人趋向于追求华彩。当时的文学作品,大都"句句相衔","字字相俪",形式特别整齐划一。由于我国的方块汉字容易组成对仗工整的外观形式,而有声调的语言又容易组成"左宫右徵"的声音特徵,这就更容易把文章内容中的对立统一关系呈现出来。假如在"丽辞"的手法中采用了"反对"的形式,那么文章中的这些特点更会显得突出。"叩其两端"的研究方法自然地会以"左提右挈"的方式表现出来。

刘勰在《总术》篇中对当时文学界竞趋新丽的倾向作了分析批判。这种潮流中涌现出来的作品,有成功的精品,也有粗糙的劣作,这种良莠不齐的情况,往往夹杂而不易识别。刘勰通过比较的方法,"叩其两端",作了细致的分析,从而将二者之间的不同之点和混淆之处区分了开来。"落落之玉,或乱乎石;碌碌之石,时似乎玉。"在文学中,也就出现了如下的情况:

> 精者要约,匮者亦鲜。博者该赡,芜者亦繁。辩者昭晰,浅者亦露。奥者复隐,诡者亦曲。[①]

① 曲,原文作"典",形近而误,今改。参看刘永济《文心雕龙校释》中《总术》第四十四内校语,中华书局上海编辑所 1962 年版。

这里出现了复杂的情况。文章之“精”者与“匮”者经常混淆不清而引起人们的迷惑，这就构成了一对矛盾，刘勰加以区别，说明“精”者的特点是“要约”，“匮”者的特点是“鲜”；这也就是说：那些精炼的文章，简明扼要，而那些内容贫乏的文章，外貌虽很类似，实际却正相反。“博”和“芜”的文章也经常混淆而引起人们的迷惑，实则“博”的特点是“该赡”，“芜”的特点是“繁”，芜杂决不是丰富，二者不能混为一谈。“辩浅”、“奥诡”两对矛盾的情况也是如此。读者决不要把“露”看成“昭晰”，“曲”看成“复隐”。

这四句句子，也就是四对矛盾。刘勰将同一类型的文字作了精细的区分，“叩其两端”，找到了对立面之所在，这就把文学现象的复杂内容作了充分的揭露，有助于读者的鉴赏，有益于作者的写作。但刘勰的分析工作并不仅限于此，这四句句子，又可重新组合为四对矛盾：“精者要约”与“博者该赡”又很自然地组成了一对矛盾，“辩者昭晰”与“奥者复隐”也很自然地组成了一对矛盾，这些都是成功的例子。相反，“匮者亦鲜”与“芜者亦繁”，“浅者亦露”与“诡者亦曲”，也都构成了矛盾，失败的作品也可以从各趋极端的缺陷中找到原因。这种分析研究的工作，是细致的，有价值的。

《文心雕龙》中的这类文字，可以称得上是“擘肌分理，唯务折衷”的典范之作。与前相较，刘勰的研究能力和分析水平确已青出于蓝而胜于蓝。

这里还可一提的是：刘勰在评论作家的成就时，也常采用比较的方法，借以突出各家的写作特点和创作成就。例如《才略》篇中说：“嵇康师心以遣论，阮籍使气以命诗，殊声而合响，异翮而同飞。”“魏文之才，洋洋清绮，旧谈抑之，谓去植千里，然子建思捷而才俊，诗丽而表逸；子桓虑详而力缓，故不竞于先鸣，而乐府清越，《典论》辩要，迭用短长，亦无懵焉。但俗情抑扬，雷同一响，遂令文帝以位尊减才，思王以势窘益价，未为笃论也。”这些精辟的见解，无不得力于比较研究的科学方法。

（三）兼及

儒家的折衷之说，要求平稳妥帖，不偏于一端。在它的影响下，人们评论某一现象时，常是既说优点又说缺点，或是既说缺点又说优点，不作过激之论。这种两头兼顾的方法，我们就可以把它叫做“兼及”，这是因为刘勰常用“然”、“但”、“而”……表示语气的转折，从而达到兼顾两头的目的。

在《史记》、《汉书》论学术的文章中，就可以看到这种方法的运用。司马谈论六家要旨，里面提到“……法家严而少恩，然其正君臣上下之分，不可改矣。名家使人俭而善失真，然其正名实，不可不察也。……”《汉书·艺文志》中也说：“法家者流，盖出于理官。信赏必罚，以辅礼制。《易》曰‘先王以明罚饬法’，此其所长也。及刻者为之，则无教化，去仁爱，专任刑法，而欲以致治，至于残害至亲，伤恩薄厚。”“名家者流，盖出于礼官。古者名位不同，礼亦异数。孔子曰‘必也正名乎！名不正则言不顺，言不顺则事不成’，此其所长也。及警者为之，则苟钩𨱔析乱而已。”诸说论证之时肯定与否定的编排次序虽有不同，然而语气的转折，兼及两端，正反论证，却有一致之处。

《文心雕龙·封禅》中说：“秦皇铭岱，文自李斯，法家辞气，体乏弘润，然疏而能壮，亦彼时之绝采也。”可以看出，刘勰对李斯这位法家的创作特点的分析，和司马迁、班固对法家思想特点的分析，采用的是同样的方法。

《知音》篇中说：“夫篇章杂沓，质文交加，知多偏好，人莫圆该。慷慨者逆声而击节，酝藉者见密而高蹈，浮慧者观绮而跃心，爱奇者闻诡而惊听。会己则嗟讽，异我则沮弃，各执一隅之解，欲拟万端之变，所谓‘东向而望，不见西墙’也。”这一组文字，也是用两两相对的方式写成的。刘勰反对主观武断，要求全面考察，不作一偏之论。这对于克服观察问题时的简单片面之弊，确有可供参考之处。

“剖情析采”——刘勰对文学的横向研究

刘勰在《序志》篇中介绍《文心雕龙》一书的体例时说：“若乃论文叙笔，则囿别区分，原始以表末，释名以章义，选文以定篇，敷理以举统，上篇以上，纲领明矣。至于剖情析采，笼圈条贯，摛神性，图风势，苞会通，阅声字，崇替于《时序》，褒贬于《才略》，怊怅于《知音》，耿介于《程器》，长怀《序志》，以驭群篇，下篇以下，毛目显矣。”说明此书的结构：上面二十篇有关文体论的文章，他是抓住“有韵为文，无韵为笔”的原则而编排次序的；后面一些文章，则是紧紧抓住“情”“采”两个方面而展开论证的。

就从“下篇”开端几篇文章的名字来看，“情采”、“风骨”、“体性”、“镕裁”……都与文学作品中“情采”这一对基本范畴密切有关。“风”、“性”、“镕”……是从“情”中生发出去的；“骨”、“体”、“裁”……是从“采”中生发出去的。犹如《易经》中的“阴阳”这一对基本范畴一样，书中其他的对等概念，如牝牡、生死、昼夜、寒暑……都是由此生发出去的。

因此，刘勰研究文学的内部规律时，总是紧紧抓住“情”“采”二者而展开论证。解剖刘勰文学理论的体系，也得从此着手。

魏晋南北朝时五言诗趋于成熟，并且得到了前所未有的发展。在文学领域内，这种文体很有代表意义。五言诗的主要特点是洋溢着作者的主观感情，所谓“诗缘情而绮靡”，因此刘勰常用“情”字代表诗篇或文章的内容。随着文学事业的发展，形式技巧等方面的经验不断积累，而且受到浮华的社会风气的影响，作品更讲求彩色之美了。因此，刘勰又常用“采”字来代表形式方面的主要特徵。他在《情采》篇中深入地讨论了内容和形式之间的关系。

夫水性虚而沦漪结，木体实而花萼振，文附质也。虎豹无文，则鞟同犬羊；犀兕有皮，而色资丹漆，质待文也。

质与情是属于同一范畴的概念，文与采是属于同一范畴的概念。用现在的话来阐释，也就是说：内容和形式是紧密联结着的，二者互为依存，不可分割，这样也就牢固地把握住了文学的特徵。可贵的是，刘勰还认识到了二者之间有主从之分。

> 故情者，文之经；辞者，理之纬。经正而后纬成，理定而后辞畅，此立文之本源也。

他认为文学内部所包含着的这两种主要成分，内容是矛盾的主导方面，居于支配的地位，这就抵制了齐梁文学中的形式主义潮流。这样也就说明了他的“折中”之说不是什么无原则的折中主义。

刘勰还对“情”“辞”二者分别提出了要求。前者应该“述情必显”，“意气骏爽”，“结响凝而不滞”；后者应该“析辞必精”，“结言端直”，“捶字坚而难移”。“风”“骨”二者，既可分别标举，因为这些写作上的要求，如同上述，原是以“情”“辞”二者为基础而构成的，但二者一经融合，也就形成了文学领域中一个崭新的概念，作为一种新的美学标准，要求于创作界。它是为纠正萎靡柔弱的齐梁文学而提出的。

从作者方面来说，“情”的表现，与他本人的个性有关，从作品方面来看，“采”或“辞”的表达，也就外现为风格的问题。当然，风格不完全是形式方面的问题，但它总是由创作个性所决定，而通过一定的形式表现出来。《体性》成了讨论作家创作个性和风格之间的关系的专篇。按照刘勰一贯的命名方式来看，此文应当正称之曰《性体》，文字上所以有此颠倒，则是为了协调声律的缘故。

“性”“体”二词，代表作家、作品两个方面。作品是由作家写成的，因此前者居于主导的地位。作品中的内容（情理）没有表达出来之前，深藏作者胸中，故与性有关。发为言文（形式）之后，也就成了“体”的问题。性决定体，这是他对作品风格成因的基本看法。

“性”是什么东西决定的呢？刘勰又从两个方面进行考察。他认为作家创作个性的形成，有先天的条件，也有后天的条件；前者可以归结为“情性”问题，后者可以归结为“陶染”问题。“情性”之中又可分为“才”“气”两项因素，“陶染”之中又可分为“学”“习”两项因素。“才”决定“辞理庸俊”，“气”决定“风趣刚柔”，“学”决定“事义浅深”，“习”决定“体式雅郑”。“辞理”、“风趣”、“事义”、“体式”等不同条件也就决定了作家的不同风格。由于每个作家先天、后天方面的条件千差万别，所以文章的风格也就极为多样。

刘勰又把各种文章的不同风格作了理论上的归纳，分为八类；他还根据风格中的矛盾对立现象作了区分，归为四组。所谓“雅与奇反，奥与显殊，繁与约舛，壮与轻乖”。这种研究方法，犹如抽丝剥茧，层层深化。此中关键，也就是后来的人常说的一分为二。而这正是运用了“叩其两端”的方法。任何一个问题到手，先找出它处在矛盾对立状态中的两个侧面，掌握其不同的内涵，然后再把其中一个侧面作为研究对象，找出它处在矛盾对立状态中的两个侧面……这样不断分析下去，事物的本质也就越来越清楚。人们的认识也就通过这样的过程而不断得到深化。

刘勰的主要研究方法是“折衷”，所以经他不断剖析而得出的成果，常是以对称的形式出现。《体性》一文的结构，显得那么整齐，甚至可以用图表的方式显示出来。

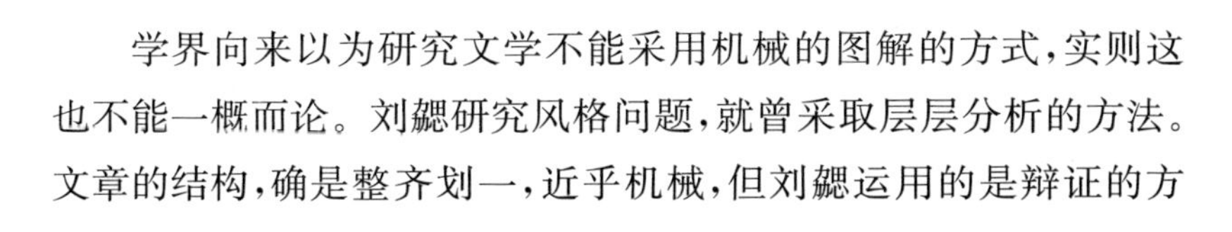

学界向来以为研究文学不能采用机械的图解的方式，实则这也不能一概而论。刘勰研究风格问题，就曾采取层层分析的方法。文章的结构，确是整齐划一，近乎机械，但刘勰运用的是辩证的方

法，所取的态度，当然也是灵活的。“八体屡迁”，风格是可以改变的。如果决定风格的原因发生了变化，那么“表里必符”，作品的风格自然也会跟着发生变化。这就提示人们应该培植那些能够影响风格向健康道路发展的因素。

刘勰的风格论也有他的局限。他已认识到后天学习的重要性，这是可贵的卓识，问题在于决定作家风格的因素，究以何者为先，这在《体性》篇中就没有作出明确的答复。他在论证过程中总是左提右挈，不分轩轾。但他对此也并不持折中主义的态度，在《事类》篇中还是作出了答复。文章中说：“夫姜桂同地，辛在本性，文章由学，能在天资。才自内发，学以外成。……是以属意立文，心与笔谋。才为盟主，学为辅佐，主佐合德，文采必霸；才学偏狭，虽美少功。”才、学虽然同占重要地位，但毕竟有主佐之分。刘勰还是偏重先天的因素，这就不可避免地在他的理论上盖下了唯心主义的标记。这也说明，方法和世界观毕竟不能等同起来，有人能够采用先进的方法进行研究，但并不足以说明他的世界观也一定很先进，尽管其中可以包含有许多先进的成分。

按照近代文学理论的研究来说，作品的独特风格首先是由作家的生活道路所决定的。这里牵涉到作家的社会实践问题。刘勰提出“学”、“习”两项因素，也是社会实践中的重要方面，但决不是作家社会实践的全部内容。因此，从现代人的眼光来看，刘勰的风格论有待于补充的地方尚多。

文章写成之后，还应仔细推敲，为此刘勰又写下了《镕裁》篇。“镕”与“情”有关，“裁”与“采”有关，他也是分别从两个方面立论的。由于骈文注重对称，《镕裁》篇中阐述原理的第一段，文字也整齐划一，两两作对，开合成势。“规范本体谓之镕，剪截浮词谓之裁。裁则芜秽不生，镕则纲领昭畅，譬绳墨之审分，斧斤之斫削矣。”为了解决“镕”的问题，他提出了“三准”说；为了解决“裁”的问题，他讨论了字句。“字有可削，足见其疏；字不得减，乃知其密。……谓繁与略，随分所好。”显然，这里又是折衷法的运用。但刘勰有见于齐梁文学的日趋繁芜，因而批判了以陆机为代表的“缀辞尤繁”的倾向，可见刘勰运用的是辩证方法，处处地方自有其主见。

在《情采》篇开端时，刘勰就论证了“文”“质”相互依存的道理，“文附质也”，“质待文也”，这样也就对文学的内容和形式这一对基本范畴的相互关系作了简明扼要的介绍。文章结束时又说：“夫能设谟以位理，拟地以置心，心定而后结音，理正而后摛藻，使文不灭质，博不溺心，正采耀乎朱蓝，间色屏于红紫，乃可谓雕琢其章，彬彬君子矣。”则显然是从孔子有关文质的理论中发展出来的。

> 《论语·雍也》：“子曰：质胜文则野，文胜质则史，文质彬彬，然后君子。”

按孔子的原意来说，并非针对文学问题而发，但在主张“原道”、“徵圣”、“宗经”的刘勰来说，必须依经立论，“徵之周孔，则文有师矣。”因此《文心雕龙》中有关“文质”问题的一系列论点，都可上溯到这种理论。这也是“折中于夫子”的意思。

《镕裁》篇中还说：“夫百节成体，共资荣卫；万趣会文，不离辞情。”这种认识，在儒家学派的典籍中也可找到根据，《礼记·表记》中说：“子曰：‘情欲信，辞欲巧。’”也是从“情”“辞”二者着眼而分别提出要求的。“信”、“巧”二者，又正是刘勰所追求的目标。《章表》篇中说：“恳恻者辞为心使，浮侈者情为文使。必使繁约得正，华实相胜，唇吻不滞，则中律矣。子贡云：‘心以制之，言以结之。’盖一辞意也。”这里刘勰援引了《左传》哀公十二年中的一段话，而又断章取义地作了解释，目的也在重申“辞”“意”二者的结合不可分割。他之所以借重子贡的言论，无非此人乃是孔子高足的缘故。

“观通变于当今”——刘勰对文学的纵向研究

研究刘勰的文学思想，还应注意他所处的时代。齐梁时期，我国古代的文学正处在重要的转变阶段。世代相传的几种主要文体，发展至此，都在发生急剧的变化，随之创作界也出现了各种不同的倾向，有的守旧，有的趋新。这在理论界也有充分的反映。①

刘勰在这过程中采取的立场，正像他所采取的方法一样，也持折衷的态度。按照当时文学界出现的三大流派来说，他是属于以萧统为首的折中一派。这一派的观点，在其他人的文章中，也有与刘勰的论点相似的表达。萧统《答湘东王求文集及〈诗苑英华〉书》曰：“夫文典则累野，丽亦伤浮，能丽而不浮，典而不野，文质彬彬，有君子之致，吾尝欲为之，但恨未逮耳！”刘孝绰奉命纂录《昭明太子集》，序中也说：“窃以属文之体，鲜能周备：长卿徒善，既累为迟；少孺虽疾，俳优而已。子渊淫靡，若女工之蠹；子云侈靡，异诗人之则。孔璋词赋，曹祖劝其修今；伯喈答赠，挚虞知其颇古。孟坚之颂，尚有似赞之讥；士衡之碑，犹闻类赋之贬。深乎文者，兼而善之，能使典而不野，远而不放，丽而不淫，约而不俭，独善众美，斯文在斯。”不难看出，这里的一些见解和刘勰的理论如出一辙。

作为这一流派的理论家，刘勰注意的是如何克服守旧派和趋新派的局限，在继承优秀传统的基础上吸收创作界的新成果。

为此刘勰提出了著名的“通变”说。

> 《通变·赞》：“文律运周，日新其业。变则其久，通则不乏。趋时必果，乘机无怯。望今制奇，参古定法。”

既重继承，又重创新，这里也是两面都照顾，不偏于一端。

---

① 参看拙作《梁代文论三派述要》，原载《中华文史论丛》第五辑，1964年6月。

《通变》一开始就说:"夫设文之体有常,变文之数无方,何以明其然耶？凡诗赋书记,名理相因,此有常之体也。文辞气力,通变则久,此无方之数也。名理有常,体必资于故实;通变无方,数必酌于新声:故能骋无穷之路,饮不竭之源。"下面可以就"有常之体"与"无方之数"、"不竭之源"与"无穷之路"这些基本范畴作些分析。

刘勰把《文心雕龙》上篇的前面五篇文章称为"文之枢纽"。"文之枢纽"不能都看作"不竭之源",因为"经"与"纬"、"骚"之间还有区别。《原道》、《徵圣》、《宗经》系正面立论,发挥儒家正统的文艺观点,《正纬》讨论辅经而行的纬书,《辨骚》讨论与经齐名的楚辞,意在区别同异,有选择地从中汲取创作上的养料。因为纬书"乖道谬典",不容与经混淆,但"无益经典而有助文章",也足资借鉴。楚辞更是文学上的重要源头,但与《诗》比较,亦复有同有异。细析起来,其间同于风雅者有四事,即"典诰之体"、"规讽之旨"、"比兴之义"、"忠怨之辞";而异乎经典者也有四事,即"诡异之辞"、"谲怪之谈"、"狷狭之志"、"荒淫之意"。从四异来说,因其杂有战国"夸诞"之风,故贬之为"雅颂之博徒";从四同来说,因其远承三代典诰之体,故褒之为"词赋之英杰"。何者可取,何者可弃,前提已经解决,于是刘勰提出了如下的处理意见:

> 若能凭轼以倚雅颂,悬辔以驭楚篇,酌奇而不失其贞(正),玩华而不坠其实,则顾盼可以驱辞力,咳唾可以穷文致,亦不复乞灵于长卿,假宠于子渊矣。(《辨骚》)

刘勰对诗、骚二者仔细地加以考核,从而提出了"奇正"结合、"华实"结合的要求,这也就是"通变"观点的具体运用和具体说明。要使奇特的新创不流于诡奇,华美的文辞不流于浮靡,这自然是文学上的完美境界。

刘勰对文学的特点有清楚的认识。他也明白,光是学习古人的传统,甚至唯质朴是慕,那也写不出什么好文章来。因此他在

《定势》篇中说：“渊乎文者，并总群势。奇正虽反，必兼解以俱通；刚柔虽殊，必随时而适用。若爱典而恶华，则兼通之理偏，似夏人争弓矢，执一不可以独射也。”若要写好美文，必须吸收创作界新的成果。

魏晋南北朝时的文人最重视的形式问题，是声律、对偶、事义等要素，刘勰对此提出了自己的看法。

刘勰讨论对偶时，也曾条分缕析，比较优劣，然后作出结论。根据当时的创作实践，刘勰把“丽辞”归为四类，《丽辞》中说：“丽辞之体，凡有四对。言对为易，事对为难，反对为优，正对为劣。”其中反对一项尤称上乘，例如王粲《登楼赋》中说的“钟仪幽而楚奏，庄舄显而越吟”，“理殊趣合”，相反相成，从正反两方面说明问题，就把作者复杂的内心世界阐发得更为突出和具体。

处理事类问题，刘勰是从“博”“约”这两方面着眼的。《事类》篇中说：“综学在博，取事贵约，校练务精，捃理须核。”只有在“博”的基础上求“精”，才能做到“众美辐辏，表里发挥”。仅就应用事义的方法而言，这样的处理也是恰当的。

永明文人发明声律，影响后代文学至巨。如果正确地利用声调规律，确是有助于提高文学的音乐性；但如不顾文章的内容，只是玩弄技巧，那也会坠入形式主义的邪路上去。刘勰写作《文心雕龙》时，学术界废本逐末的风气还没有像锺嵘在《诗品序》中所批判的那么严重。刘勰认为“标情务远，比音则近”，思想感情只有通过语言文字来宣泄，才能把抽象的东西变成具体的东西。音律一项，也有助于思想感情的表达，因此他是赞成音律学说的，“古之佩玉，左宫右徵，以节其步，声不失序。音以律文，其可忽哉！”而他又认识到，“音律所始，本于人声”，人为的音律，应该适应自然的语言节奏，这种认识自然是很可贵的。

我国的语言具有很多特点，声调有平、上、去、入之分，由此可以构成双声叠韵；再作安排，可以构成复杂的骈俪文句。《声律》篇中说:“凡声有飞沉,响有双叠;双声隔字而每舛,叠韵杂句而必睽。沉则响发而断,飞则声飏不还;并辘轳交往,逆鳞相比,迂其际会,则往蹇来连,其为疾病,亦文家之吃也。”这种说法,开了后代骈文中所谓马蹄韵的先声。

再以押韵而言,各家的习惯用法不同,如何掌握也费斟酌。刘勰在《章句》篇中提出:“两韵辄易,则声韵微躁;百句不迁,则唇吻告劳。妙才激扬,虽触思利贞,曷若折之中和,庶保无咎。”可见他在研究这一问题时也采用了折衷的方法,并得出了以自然音律为重的结论。

刘勰在讨论形式技巧中的这些具体问题时,很注意用实践去加以检验。音韵问题本是口耳之学,必须通过实际运用才能掌握。刘勰同意陆云的意见,以为“四言转句,以四句为佳”。这种意见自然是可取的。不但四言,其他的五、七言句等,写作长诗时也常以四句为一单位。这是通过长期的经验积累之后才获得的认识。他在《章句》篇中还讨论了文章中的字数问题。“若夫笔句无常,而字有条数。四字密而不促,六字格而非缓,或变之以三、五,盖应机之权节也。”这也是通过实践的检验而得出的经验之谈。散文中句子的字数虽然不受什么限制,但在日常运用中,短句和长句,因为和语言差距太远,总是不能常用,而文字总要和语言暗合,才能经受得起人们讽诵的考验。四字句和六字句,在人们日常写作的文字中确占多数,尤其是在双音节词越来越多的情况下,这项结论更有其普遍意义。

总结以上所言,可知刘勰在“酌于新声”的工作中也作了许多细致的分析。他在研究问题时,时时不忘运用折衷的方法。

“资故实”,“酌新声”,这种“通变”理论,也出于儒家的学说。追查这种理论的源头,则与三玄之一的《易经》有关。

《易·系辞》中多次提到“通变”之说。它一则说:“一阖一辟谓之变,往来不穷谓之通。”二则说:“化而裁之谓之变,推而行之谓之通。”三则说：“易穷则变，变则通，通则久。”韩康伯注：“通变则无穷，故可久也。”这种学说体现了《易经》的基本思想，即变易的观点。它首先强调的是一个“变”字，说明事物在不得不变的形势下，只有在变了之后才能适应新的情况，以致维持永久。它叫人用发展的眼光观察外物，反对一切保守的停滞的观点。刘勰的“通变”说，从理论的继承而言，就是从《易经》中发展出来的。不论是所用的名词，还是论证的方式，不难发现二者之间的渊源关系。

这种“通变”理论，平稳妥帖，它不像守旧派的只重继承，拒绝接受创作界的新成果；也反对趋新派的一味求新，排斥优秀传统中的可取之处。刘勰的文学见解，既强调继承，又重视创新，于是他在“通变”说的指导下提出了一系列可取的见解。

> 构位之始，宜明大体。树骨于训典之区，选言于宏富之路，使意古而不晦于深，文今而不坠于浅，义吐光芒，辞成廉锷，则为伟矣。(《封禅》)
>
> 是以章式炳贲，志在典谟，使要而非略，明而不浅。表体多包，情伪屡迁，必雅义以扇其风，清文以驰其丽。(《章表》)
>
> 若夫熔铸经典之范，翔集子史之术，洞晓情变，曲昭文体，然后能孚甲新意，雕画奇辞。昭体故意新而不乱，晓变故辞奇而不黩。(《风骨》)

正像《辨骚》中所揭示的那样，他把思想内容方面的继承称之为“正”，把形式方面的创新称之为“奇”，《定势》中说：“旧练之才，则执正以驭奇；新学之锐，则逐奇而失正。”为了让学子从小走上正路，不误入歧途，他在《体性》篇中又强调指出：“夫才有天资，学慎始习，斫梓染丝，功在初化，器成彩定，难可翻移。故童子雕琢，必先雅制，沿根讨叶，思转自圆，八体虽殊，会通合数，得其环中，则辐辏相成。”这里牵涉到了很多方面的问题。从儿童的学习来说，要求从小注意继承和创新的关系，合适地予以解决。从作家的创作而言，要求注意风格的多样化，结合自己主观和客观、先天和后天等方面的条件，掌握合适的尺度，写出既适合自己的个性特点，又不偏于一端的完美之作。

刘勰之所以能取得巨大的成就，看来就与这种“折衷”方法有着很大的关系。他能运用对立统一的观点分析一切文学现象，将之区分为若干对重要范畴，并用两点论的眼光加以考察，这就掌握到了辩证法的要领。他的观察能力堪称敏锐，他的分析能力可谓深入，这自然与他学识深邃有关，但主要的原因之一，怕是通过“折中”法的运用而获得了朴素辩证法的效益。

辩证法是一种发展的科学。人们剖析事物的内部矛盾，从对立物的矛盾中观察事物发展的动力，分析其发展的方向，这才是辩证法的精髓。从这方面来看，刘勰的思想还有其不足之处。他处在文学转变的重要时期，固然也重发展，但总觉得当前的倾向是“离本弥甚，将遂讹滥”，于是他在《通变》这一对范畴中，强调的是一个“通”字，所谓“练青濯绛，必归蓝蒨；矫讹翻浅，还宗经诰”。他对“变”的问题也曾予以注意，并且作了很多有益的探讨，但比较之下，似乎不如“通”的问题更受重视。因此，尽管刘勰的宗经自有其用意，然而悬此作为最高准则，则总是会给人以复古的印象。阅读《文心雕龙》时，常是觉得有一种保守的气氛，这与儒家思想的特点也是一致的。儒家思想中有很多可取的东西，但其基本倾向却不免趋于保守，刘勰的学说源出于此，自然无法摆脱这一缺陷。

“唯务折衷”——刘勰在《文心雕龙》中使用的主要研究方法

《通变》中提出的总结性意见是：“斟酌乎质文之间，而檃括乎雅俗之际，可与言通变矣。”这也就是说：掌握通变的原则，先得对文学中内容与形式这一对范畴中的许多问题进行分析：哪些东西可以汲取，哪些东西应该舍弃，首先要有明确的认识。古雅的东西也并非全然可取，新创的成分也并非一无所是，这些也要通过辩证而得出科学的结论。只有在对这些问题有了正确的认识之后,才能正确地解决继承和创新之间的关系。

由此可见,在刘勰所提出的一系列概念中,“情采”、“通变”这两大范畴最为重要,前者把文学中的许多问题作横向的研究,后者将许多问题作纵向的研究,《文心雕龙》中的许多文章,里面所牵涉到的理论问题,在《情采》和《通变》二文中大都有所说明。

如上所言,他在《情采》和《通变》中运用的方法,就是“折衷”。他注意到各种文学要素之间存在着广泛的联系,而在一对对的文学要素之间,又存在着相互依赖、相互制约、相互影响、相互作用的关系。刘勰能从大处着眼,又能从小处着手,分析各种文学要素之间的对立统一关系,然后衡量得失,处之以权,提出一种平稳可取的方案。他在许多文章中常是采用这种方法研究问题和处理问题的。

刘勰在《序志》篇中明确地宣布,他在写作《文心雕龙》时采取的是“折衷”的方法,可惜大家对于他的自白没有给予充分的注意。

研究《文心雕龙》的人似乎都有这么一种看法,以为此书“体大虑周”,我国过去的理论著作中从未出现过同样的作品,因此大家都以为刘勰采用了不同于前人的研究方法。他本是一个佛教信徒,博通经论,人们也就想到:《文心雕龙》之成,刘勰怕是得力于对佛经的学习。

佛学中有研究因明学的一派。因明学着重逻辑推理的研究,注意理论体系的完整,刘勰如果有这方面的修养,则《文心雕龙》之成,也就不难作出解释了。但过去的记载都说因明学至唐代才传入中国,南朝之时究竟有没有这方面的典籍传入,没有什么明确的记载。现在大家正在努力向这方面进行探索,我们期望着这方面的研究取得成果,这样对《文心雕龙》的成书或许能够作出更有说服力的解释。

但是这种倾向又引起了我的疑问:如果大家一时找不到刘勰

接触过因明学的材料，研究工作者难道就不能说明《文心雕龙》的成因了么?

目前研究《文心雕龙》的人中似乎还有一种看法，以为儒家只能侈谈仁义，研究问题和辨析事物的能力很差，因此刘勰在研究方法上不可能从儒家学派中接受什么东西。有人根据《灭惑论》等材料，从刘勰的佛徒身份着眼，以为他是否信奉儒术还有疑问，《原道》、《徵圣》、《宗经》云云，可能只是行文之需而树立的一种幌子罢了。

刘勰是否接受过玄风的濡染，学术界也有不同的看法。这当然与他的佛徒身份有关。齐梁之时，信奉佛学的人中已有一些人超越于玄学而与之分道扬镳了。

在我看来，刘勰的主要研究方法，正是从儒家学术和玄学中得来的。“唯务折衷”，由此建立起了严整的体系，这不但见之于刘勰的自白，而且核之《文心雕龙》全书，都是信而有徵的。儒家学派采用“叩其两端”的方法，玄学中人辨析概念分析问题的辩难方法，都曾给他以滋养，只是他在使用这些方法上有发展，因而观察问题更深入，分析问题更细致，使用这项方法更熟练罢了。这就说明，他所继承的主要是先秦两汉以来的优秀传统，在我国古代哲人提供的思想资料的基础上，取得了新的成就，作出了新的贡献。我国历史悠久，学术资源丰富，刘勰生活在这样的园地上，完全可以产生出《文心雕龙》这样一部体大虑周的杰作。当然，这并不是说刘勰不可能受到佛教典籍的影响。作为一个精通佛家经典的学者，刘勰在长期的钻研过程中，在研究和写作等方法上受到某种影响，不但是可能的，而且是自然的。但他运用的主要研究方法，则应当如《序志》篇中所说的，出之于儒家。

人们也曾发生过疑问，刘勰为什么在书中很少透露他作为一个佛教信徒的踪迹?他为什么会有这样的能耐，对于佛家的东西，倒像有意排斥似的，这样做是不是近于矫饰?实际看来，《文心雕龙》中出现这种情况，也很自然。因为截止齐梁之时，输入我国的佛经之中，没有什么可以直接用来论文的材料，刘勰就是想多方徵引，也无法生硬地将之纳入。但刘勰对于介绍佛家学说还是有兴趣的，一有机会，也不轻易放过。前面已经提到，《论说》篇中叙及“有无之辩”时，他就曾下判断道：“然滞有者全系于形用，贵无者专守于寂寥，徒锐偏解，莫诣正理，动极神源，其般若之绝境乎！”也就及时地提出佛家之说来压倒前此的玄学命题了。

但是这种情况毕竟少见，因此《文心雕龙》中确是说不上有多少佛家教义的濡染。《论说》篇中的材料反而可以用来说明，他不是不想引用佛家的材料，只是没有机会援引罢了。因此，刘勰在《文心雕龙》中不用佛家的教义，并不是什么矫饰，而在当时来说，他也用不到出此一着。他在论文时，确是热衷地皈依于儒家的教义。不论从他树立的标准来看，或是使用的方法来看，都与儒家学派密切有关。后人研究《文心雕龙》，应该开拓视野，研究刘勰与佛学或玄学的关系，但首要的还是应该研究他和儒家学派的关系。我们没有理由不尊重他自己的意见。如果大家沿着他自己指出的方向走去，自然可以找到打开《文心雕龙》奥秘的钥匙。

（原载《古代文学理论研究论丛》第十一辑，1985 年）

“折衷”＝儒家谱系≠大乘空宗中道观
——读《文心雕龙·序志》篇札记

《序志》篇是刘勰为《文心雕龙》所作的自序。他在文中阐明了书名寓意、撰述动机、全书体例和所使用的研究方法，于此可见这一篇文章在全书中的位置。由于学术界对刘勰的思想与学术成就颇多争议，我为表明自己的看法，先后曾撰《〈文心雕龙〉书名辨》、《刘勰的两个梦》、《〈易〉学中的两大流派对〈文心雕龙〉的不同影响》、《刘勰的主要研究方法——“折衷”说述评》等文阐发《序志》篇中的思想。今为探讨刘勰研究方法方面的一些不同意见，特作进一步申述如下：

“折衷”一词在《序志》中之本义

上一世纪八十年代，学术界普遍关注方法论的研究，所谓系统论、控制论、信息论的新三论之说正风行一时，前后也已产生过好几篇用系统论的观点分析刘勰文学思想的论文。我在1984年11月复旦大学举办的中日学者《文心雕龙》讨论会上，提交了一篇《刘勰的主要研究方法——“折衷”说述评》的论文，其后发表在《古代文学理论研究丛刊》第十一辑上，还曾得到学术界一些好评。这篇文章也属于方法论研究的范畴，但与学术界的风气显然有异。处在那种既注重苏联文艺理论旧模式又正推重欧美文艺理论新模式的形势下，我就感到自己的论证方式不太可能满足大家的期望。何况中国学术界早就存在着一种根深柢固的看法，以为儒家所关注的，只是一些政治教化方面的道理，而从方法论的角度来说，既无系统的理论可称，又无精妙的说法可言，大家一定会认为，像《文心雕龙》这么一种“体大虑周”的著作，不能依靠儒家的理论资源就能完成。

实则我在考虑刘勰服膺儒术时也已注意到了情况的复杂性。儒家向来处于传统文化的中心位置，但其思想也在不断变化之中。我从分析孔子“叩其两端”的方法始，进行过一些具体的论证，且顺流而下，叙及后世的衍变。汉末社会发生剧烈震荡，老庄思想逐渐上升至重要地位，玄学应运而生，内中可也并不排斥儒家思想要素的存在。即以正始玄风的代表人物何晏、王弼而言，即曾致力于沟通儒道两家的学理。据《隋书·经籍志》记载，何晏有《集解论语》十卷，王弼有《论语释疑》三卷，后者虽已散佚，然仍可知何、王都在利用老庄的思想诠释孔子的学说。南朝有关《论语》的类似著作甚多，而皇侃的《论语义疏》十卷则流传至今，业已成为研究玄学的一部重要著作。

南朝玄风固然风靡朝野，而礼学亦大盛。一些沐浴玄风的人，同时关注儒家礼教方面的一些原则。《梁书·刘勰传》上说：“时七庙飨荐已用蔬果，而二郊农社犹有牺牲，勰乃表言二郊宜与七庙同改，诏付尚书议，依刘勰所陈。”可见他对朝廷礼制的关切。此举固可看出刘勰受佛家的影响很深，故有以蔬果替代牺牲的建议，然亦可见其维护儒家礼制的根本立场。刘勰与萧梁王朝调和儒释的祈向是一致的。

关于玄学的兴起与发展，以及它与佛教的关系，学术界论之者已多，今不再重述。刘勰对玄风之影响创作，时而表示异议，然而在《论说》篇中，则又列举名篇一一予以好评，文曰：

> 魏之初霸，术兼名法；傅嘏、王粲，校练名理。迄至正始，务欲守文；何晏之徒，始盛玄论，于是聃、周当路，与尼父争途矣。详观兰石之《才性》，仲宣之《去伐》，叔夜之《辨声》，太初之《本无》，辅嗣之两《例》，平叔之二《论》：并师心独见，锋颖精

> 密，盖论之英也。至如李康《运命》，同《论衡》而过之；陆机《辨亡》，效《过秦》而不及，然亦其美矣。次及宋岱、郭象，锐思于几神之区；夷甫、裴頠，交辨于有无之域，并独步当时，流声后代。然滞“有”者全系于形用，贵“无”者专守于寂寥，徒锐偏解，莫诣正理；动极神源，其般若之绝境乎？

这一段话，引起了学术界的关注，因为刘勰写作这么一部篇幅巨大的著作，几乎没有应用什么佛家词汇，范文澜先生说刘勰“严格保持儒家的立场，拒绝佛教思想混进来，就是文字上也避免用佛书中语（全书只有《论说》篇偶用‘般若’‘圆通’二词，是佛书中语），可以看出刘勰著书态度的严肃。”①范氏此说虽似过于绝对，却是符合事实的。后人虽想尽量多找一些反例来破此说，却也只能说是“圆通”一词不止用过一次而已。

刘勰使用“圆通”等词，到底是严格按佛家之说应用的呢，还是作为一般词汇使用的？似难截然判断。他使用的“般若”一词，却是佛教用语无疑。刘勰用此压倒玄学中的“有”“无”二说，故称之为“般若绝境”，在这一点上，表明了他信从佛学的立场，那是明白无误的。后人自不必将此释作“智慧”的同义词而视为普通语词。

“有无”之辨，是玄学中最受人关注的一个命题。自王弼提出以“无”为本以“有”为末，遭到裴頠挑战起，其后一直争论不歇。许多佛教中人也卷入了进来。

佛教传入中国之后，僧人为了适应中国的国情，每取附和玄学中人的做法。他们采取“格义”手段，讨论本体论中的问题时，也取“有”“无”等说。因为佛学中的“空”，与玄学中的“无”，内有相通之处，因而自东晋时起，一些持不同观点的僧人根据个人的理解，对

---

① 《中国通史简编》修订本第二编第五章《长江流域经济文化发展时期——东晋和南朝》，人民出版社 1964 年 8 月第 4 版。

"有""无"之说作出了不同的解释，于是佛学中有所谓"六家七宗"之说。又因其时全面阐明"空"观的《大智度论》等经典还未完美地译出，各家却也难于依据原典明确地进行阐说，于是这些佛教中的不同流派与玄学之间都还未能作出明确的切割，学术界一般也就称南朝初期的人所总结的"六家七宗"为玄学化的佛学。

这里可举一时影响颇巨的"心无义"来加以考察。《世说新语 · 假谲》篇曰：

> 愍度道人始欲过江，与一伧道人为侣。谋曰："用旧义在江东，恐不办得食。"便共立"心无义"。既而此道人不成渡，愍度果讲义积年。后有伧人来，先道人寄语云："为我致意愍度，无义那可立？治此计，权救饥尔，无为遂负如来也！"

支愍度为了谋生，不得不向风行南土的玄学中的显学靠拢，创"心无义"，但这与佛家性空之说实际上是不合的，因此后来伧道人带信给支愍度，提醒他不能为了衣食而违背佛家的基本教义。可知他们当初创立"心无义"时，就在有意识地利用《老子》、《庄子》与《易 · 系辞》中的成说，原因就在"空""无"之间存在着相通之处。①

南方皇朝的一些人士，往往保持这么一种态度，他们在学术的层面上承认佛家中说理论上有很高的成就，但在现实面前，他们还得经营事业，藉此谋生或在政治上求得发展。刘勰的事主，萧梁王室中人莫不如此。他们一方面热诚地皈依佛教，一方面仍然依仗儒家的教义经营帝国。刘勰的态度也一样，一方面称颂"般若""绝境"，一方面仍不忘情于仕进，渴望建功立业。《文心雕龙 · 程器》篇曰："摛文必在纬军国，负重必在任栋梁。穷则独善以垂文，达则奉时以骋绩。"他还想通过著作子书扬名于后。《序志》篇中慷慨陈

---

① 参看陈寅恪《支愍度学说考》，载《金明馆丛稿初编》，上海古籍出版社1980年8月版。

言："是以君子处世，树德立言。岂好辩哉，不得已也。"援用孟子之说自明心志，在人生态度上不见一丝"空"观的踪影，可见他在现实生活中，也是偏于"有"而拒绝"无"的。

这里我们可以明白地看到，刘勰在《文心雕龙》中信从儒家学说以立论，与他当时的人生态度完全一致。《序志》篇中，可谓一以贯之。他在第一段中宣称将走"树德建言"之路以后，第二段中假托梦境表明将随孔子之后宣扬儒家教义于南土，第三段中说到前代文论各家"并未能振叶以寻根，观澜而索源。不述先哲之诰，无益后生之虑。"强调其自家的"根""源"就是儒家的"先哲之诰"，其后也就亮出他的著述宗旨，介绍全书的结构，说明也是依据大《易》之数而设计的。到了最后一段，提到自己的治学态度与研究方法，当然也会紧紧扣住儒家之说而立论了。

综观《序志》，细察行文的脉络，探求刘勰的宗旨，正像范文澜所说的，《序志》篇中也"严格保持了儒家的主场，拒绝佛教思想混进来"。

我们阅读《文心雕龙》时，还得注意骈文的写作特点。即以"擘肌分理，唯务折衷"二语而言，二者就在使用典故成语表达宗旨。"擘肌分理"，语出张衡《西京赋》；"唯务折衷"，当然用的是《史记·孔子世家》中所说的"中国言六艺者折衷于夫子"的成说了。前者用张衡语，后者用司马迁语，可称用典精当，文意通顺畅达。而且"中国言六艺者折衷于夫子"之说代表的是汉儒的普遍看法。《汉书·贡禹传》曰："孔子，匹夫之人耳，以乐道正身不解之故，四海之内，天下之君，微孔子之言亡所折中。"颜师古注："折，断也。非孔子之言，则无以为中也。"又《盐铁论·相刺》曰："（孔子）退而修王道，作《春秋》，垂之万载之后，天下折中焉。"贡禹为经学博士，《盐铁论》中的文学为儒生，均为儒家中的代表人物，故有申述"折衷以圣道"的言词。刘勰用"折衷"之说表示自己论文的基本态度，藉与前此欲随马、郑诸儒注经的素愿呼应，也与"本乎道、师乎圣、体乎经”的宗旨密切一致。可知刘勰的“折衷”之说，应该从他恪遵儒家宗旨的基本态度去理解，不能用其他学派的观念去调换这一概念。因此，我在《刘勰的主要研究方法——“折衷”说述评》中说：“折衷(中)之说，自然是他研究工作中的基本态度和主要方法。”其中基本态度一点，读者自不应忽视。

近年来，学术界已有不少人注意对儒家的研究方法进行探讨。由于玄学的基本著作中就有《易经》一书，《易》为儒家经典，内含丰富的辩证法，六朝时人喜言《易》，因此其时的一些论者对儒学的理论成就均无异议。因为儒家中人也有“剖析毫厘，擘肌分理”的能力。

刘勰在《定势》篇中引曹植之语，以为有“好离言辨句，分毫析厘者”，足见时人受名理学的影响，颇为重视思辨水平的提高。颜之推在《颜氏家训·勉学》篇中说：“洎于梁世，兹风复阐。《庄》、《老》、《周易》，总谓三玄。武皇、简文，躬自讲论。”而前此玄学中的一些代表人物，已是“辞锋理窟，剖玄析微，妙得入微，宾主往复”，说明魏晋南北朝人沐浴玄风的结果，思辨能力已达很高的水平。

刘勰为齐梁时人，自然会受到这种风气的影响，因此他的学术成就，应该放在上述氛围中加以考察。他的特点是突出强调儒家的主导作用，以之作为论文的准则。信从某一学派的学者，每举该学派中的首创者为代表，也是常见的做法。

《文心雕龙》研究者对佛学的关注

目下一些《文心雕龙》研究者在论及刘勰与儒家的关系时，每对儒家学说的发展存而不论，仅对孔子的学说进行考察，以为刘勰据此无法形成撰述这一伟大著作的研究能力。因此他们总想扩展刘勰思想的源头，强调儒、释、道三家对他的影响；他们尤其看重刘勰最后遁入空门的这一特殊身份，从而强调佛家之说所起的决定性作用。

就在拙作发表后不久，张少康先生就发表了《擘肌分理，唯务折衷——刘勰论〈文心雕龙〉的研究方法》一文①，以为“刘勰的‘折衷’论与儒家的‘折中’论是有很大差别的，其丰富内容远非儒家传统的‘折中’论所能包括。”为此他多方寻找源头，就在儒家人物中，又发掘出荀子《解蔽》篇中的一段论述，因为“刘勰批评前代文学批评家‘各照隅隙，鲜观衢路’，和荀子批评先秦诸子‘蔽于一曲，而暗于大理’，是完全一致的。”这样分析问题，似乎流于比附，想要藉此证实“刘勰的‘折衷’论和荀子《解蔽》篇中这种认识方法有着深刻的历史渊源关系”，则还显得不够，因为《序志》篇中的“唯务折衷”明示其基本态度是要折衷于夫子，不能将其含义视作要以荀子的见解为指归。

少康先生还从“中”字着眼，扩展到“环中”等词，从而与道家联系起来。这样做，能不能一一将之归入“唯务折衷”中去？这种论证方式，与上述有关荀子的情况相同，刘勰在《序志》篇中从头到尾申述宗尚儒家之说时，是否会把《庄子·齐物论》中“枢始得其环中，以应无穷”之说包容进去？

“中”与“圆”密切相关，“圆通”之说早就引起一些专从佛学方面观察《文心雕龙》内涵的学者的关注，马宏山先生也是其中有代表性的一员，就很关注“圆通”一词的出现。只是根据专攻佛学的孔繁先生的研究，“圆通”等词实际上是当时思想界通用的一个词汇，他说：“《刘勰传》说他长于佛理，其实他亦精通玄学，他所笃信的佛理就是玄学化的佛学。当时佛学与玄学都属本体之学，注重体用、本末之辨，其理论体系和思维方法是一致的。”他还说：

在《文心雕龙》中，只在《论说》篇中提到“般若”和“圆通”

① 载《学术月刊》1986年第2期。此外他在《文心雕龙新探》一书的《二、〈《文心雕龙》的文学理论体系及其思想渊源〉（十四）“折衷论——论〈文心雕龙〉的研究方法”》中发表了同样的见解，齐鲁书社1987年4月版。

一次，刘勰说，“动极神源，其般若之绝境乎?”又说，“故其义贵圆通，辞忌枝碎”。前者是指关于本末、有无之义理以般若学最为精深；后者则指作文之要领应当圆满通达，防止支离破碎。在《文心雕龙》一部洋洋大书中只出现这样两个佛学名词，值不得惊奇。可是马宏山同志却加以发挥，说“圆通”就是“觉慧周圆，通入法性之意”。其实刘勰这里引用“圆通”，主要是说作文要领，并非宣传佛法。至于这里是否像马宏山同志所说刘勰将“圆通”一词只作佛学术语也很难说，因为“圆通”一词是佛家由道家演义而来，并非佛家专用，玄学家亦不乏用者，如东晋玄学家张湛即曾说，“神心独运，不假形器，圆通玄照，寂然凝虚。”(《列子·周穆王》注)在张湛那时候，虽有名僧与名士互相标榜，然而那时名士懂佛学的却很少，张湛所说的“圆通”乃玄学语言，而非佛理。[①]

《文心雕龙·练字》篇中说：“是以缀字属篇，必须练择：一避诡异，二省联边，三权重出，四调单复。”其中“联边”一说，刘勰下定义曰：“联边者，半字同文者也。状貌山川，古今咸用，施于常文，则龃龉为瑕。”这里所说的，也就是偏旁相同的字累累出现，如司马相如在《上林赋》中形容山之高峻，则曰“巃嵷崔巍”；描述水中之物，则曰“鰅鳙鰬魠”，可知这里所说的“半字”，就是指那些用作偏旁的“山”字与“鱼”字，涵义本是很清楚的。后人不必转弯抹角地另作解释。但王利器先生在《文心雕龙新书·序录》[②]、饶宗颐先生在《刘勰文艺思想与佛教》[③]、兴膳宏先生在《〈文心雕龙〉与〈出三藏记〉》中说

① 《刘勰与佛学》，载《中国社会科学》1983年第4期。文中提到的马宏山之说，见《论〈文心雕龙〉的纲》一文，载《中国社会科学》1980年第4期；后收入其《文心雕龙散论》一书，新疆人民出版社1982年5月版。

② 巴黎大学北京汉学研究所通检丛刊之十五，1951年版。

③ 载《香港中文大学学会年刊·〈文心雕龙〉研究专号》，1962年12月版。

这里的“半字”一词亦可认为“佛教中语”，然而后者随之也指出，刘向的《战国策书录》中就曾提到“本字多脱误为半字，以趙为肖，以齐为立”，“可知此语的来历直可追溯到佛教传入中国之前”。[①]

由此可知，学术界想要说明《文心雕龙》之成书，乃受佛学的巨大影响，光从一些两可的词汇着眼进行论证，看来开拓的空间还是很有限的。

刘勰“长于佛理”，他在写作《文心雕龙》时，必然会受到佛学的影响，这是不言而喻的事。只是刘勰在《文心雕龙》一书中没有留下什么明显的踪迹，这就给人带来很大的困惑。大家一直在为此努力，例如上述饶宗颐先生和兴膳宏先生就曾作过多方面的探索，颇能给人以启发，我们期待着有人继此作出既具体又可信的论述。

《文心雕龙》思绪细密，而佛学中有因明一派，大家自然会想起这层关系。王元化先生在《文心雕龙创作论》的《后记》中说：

> 需要说明的是本书上篇在阐述刘勰的思想体系时，没有涉及佛家的因明学对于《文心雕龙》的一定影响。这种影响并不表现在刘勰的具体文学观点上。就刘勰的文学观来说，我认为他是恪守儒学的立场风范的。有些论者用刘勰后来站在佛学立场所写的《灭惑论》中的某些概念和观点来诠释《文心雕龙》，我至今仍认为是牵强的。可是，如果说作为当时儒释道三家并衡的时代思潮对刘勰撰《文心雕龙》竟未产生过任何影响，那也未免太偏颇。……佛家的重逻辑精神，特别是在理论的体系化或系统化方面，不能不对他起着潜移默化的作用。六朝前，我国的理论著作，只有散篇，没有一部系统完整的专著。直到刘勰的《文心雕龙》问世，才出现了第一部有着完整

① 载彭恩华编译《兴膳宏〈文心雕龙〉论文集》，齐鲁书社 1984 年 6 月版。

> 周密体系的理论著作。因此，章学诚称之为“勒为成书之初祖”。这一情况，倘撇开佛家的因明学对刘勰所产生的一定影响，那就很难加以解释。然而我在本书上篇中并未说明《文心雕龙》的结撰方法是在一定程度上吸取了佛家因明学的某些成分。今后我希望在这方面能作出一点研究成果，以弥补本书上篇中的不足。①

其后黄广华先生就此问题作了深入的研究，提出了一些新的看法，如云“‘体大而虑周’结构宏伟而严谨的《文心雕龙》，就是仿照因明学五分作法的结构形式，把各篇有机地联结起来，成为一部有论旨，有论证，有论据，层次井然、主次分明又结构完整的著作。”然而这种研究方法，也只是将二者作了一些形式上的比对，中间找不到一点可以直接作为实证的材料，因而说服力还是很有限的。何况据黄氏考证：“刘勰的时代还没有因明学专著的翻译，更没有新因明的传入，他是从佛经间接受到因明学的影响的。尤其是古因明的影响。”②可知这也是一种推论。或许有此可能，然无法作为定论。

于是研究《文心雕龙》的专家们只能把目光投向“折衷”之说。他们把《序志》篇中的“折衷”之说与《论说》篇中的“般若”之说联系起来，以之作为一种内证，再与“般若”学中有关“中”的学说联系起来，这样“中观”学派便受到了特别重视。

《中论》又称《中观论》，为古印度龙树所著，后人据此演绎而发展成中观派。自后秦鸠摩罗什译出这部经典后，中国学人对此学派的论点始有完整的理解。龙树一系所阐明的“诸法因缘生，故无自性，无自性故空”的理论是大乘性空般若学说的思想基础。僧肇在鸠摩

① 《文心雕龙创作论·后记》，上海古籍出版社 1979 年 10 月版。

② 《〈文心雕龙〉与因明学》，载《学术月刊》1984 年第 7 期。

罗什众多弟子中被称为“解空第一”，他写下了《不真空论》、《物不迁论》、《般若无知论》等许多文字，阐述中道学说，而在《不真空论》中对“六家七宗”中的“心无”、“即色”、“本无”等说作了批判，从而对“有”“无”之辨重新作了解说。僧肇运用“缘起”说分析“有”“无”之辨，以为有非真实之有，无非绝对空无，因为外界事物既已呈现于前，那就不能断然言其无；但外界事物虽然呈现在前，却只是随缘而起，本身并无实性，故可名之曰“不真空”。由此可见，僧肇此说比之前此的“有”“无”之辨，从佛徒的眼光来看，确是前进了一步，体系要完美得多。僧祐编《出三藏记集》时就收入了这一著名论文。刘勰曾经帮助僧祐整理过佛典，应当读到过僧肇的著作，但也无法肯定刘勰在《论说》篇中赞颂的“般若绝境”就是指僧肇的这一著作。

阅读《文心雕龙》时，应该尊重刘勰本人的自述。他在书中明确表示执着于现世的事业，这里看不到一丝“不真空”的踪迹。《序志》中自首至尾反覆申明崇奉儒家学说以立论，那在自述其基本态度与基本方法时，怎能说是他暗地里说的却是佛家之说？“唯务折衷”中的“折衷”一词，怎能暗用“中道”去替换？

自从上一世纪八十年代起，从佛学中发掘“不落双边”之说去阐释“折衷”之说的文章不断出现，其中具有代表性的学术论文，如陶礼天先生在《试论〈文心雕龙〉“折中”精神的主要体现》[①]、《儒道释尚“中”论与〈文心雕龙〉之折“中”精神——刘勰“折中”方法论新探》[②]等文中又增加了诸如“圆机”“辨正”“玄中”“不二”等学说，汪春泓先生在《佛教的顿悟和渐悟之争与刘勰的“唯务折衷”》[③]中增

① 载中国文心雕龙学会编《论刘勰及其〈文心雕龙〉》，学苑出版社 2002 年 2 月版。

② 载中国文心雕龙学会编《文心雕龙研究》第五辑，2002 年 1 月版。

③ 载葛晓音主编《汉魏六朝文学与宗教》，上海古籍出版社 2005 年 9 月版。

加了"顿渐"之说，这里都有很多精彩的分析；而在2003年12月，张少康先生于香港浸会大学"汉魏六朝文学与宗教"第五次会议所作的主题讲演《南朝的佛教和文艺理论——从宗炳、谢灵运和刘勰说起》中又进一步介绍了《龙树的〈中论〉和刘勰的"折衷论"》，把他以前提出的观点作了更全面的申述，对"中道"说的重要作用作了特别提示。少康先生说：

> 刘勰毫无疑问是非常熟悉龙树的《中论》的，他协助僧祐编撰的《出三藏记集》卷十一中曾收入僧叡的《中论序》和昙影法师的《中论序》，在卷十四的《鸠摩罗什传》中也说他曾翻译《中论》等龙树的著作。我认为龙树《中论》中的"中道观"对刘勰《文心雕龙》中的文学批评方法论有着十分深刻的影响。
>
> 刘勰之所以能写出这部伟大的著作，能够提出那么多深刻而有价值的见解，是和他所采取的科学的批评方法有直接关系的。他的批评方法就是他自己在《文心雕龙·序志》篇中所说的"折衷"论。他的这种方法论自然也和儒家、道家、玄学的方法论有关，但更为重要的是，他所接受的以龙树《中论》为代表的佛学方法论的影响。①

应该说，上述文章都对佛家中含有辩证观点的文字作了广泛的发掘和深入的阐发，可惜的是，因为他们不注意《序志》篇中"折衷"一词的特定含义，因此他们想把中道之说与之联系，甚至合为一说，不免显得牵强。刘勰的学说本来是很实在的，但阅读上述文字，反而会让人感到"折衷"一词倒像一个大箩筐，凡与"中""二""圆"等有关的说法都可以尽量装进去，只是持新说者不去注意这箩筐上却是明白地盖有"儒家谱系"的标记，这样也就难免使人产

① 载葛晓音主编《汉魏六朝文学与宗教》，上海古籍出版社2005年9月版。

生一种凭“空”立论的感受(此指大乘空宗之“空”)。

应该说,上述各家的文章如果不要生硬地与“折衷”一词挂钩,只是视作儒、释、道中的学说对刘勰可能发生过影响,那说服力就要强得多。只是这么做,也很容易流为一种比附与推论,在徵实方面尚需再下功夫。

读《文心雕龙·序志》篇,应该综括全文,体会刘勰一以贯之的精神。对其行文遣辞,应该注意骈文的特点,对其中的典实求得正解,不能为了个人行文之需而不顾文字的原义,也不能将之从全文中孤立出来另作新解。

般若学中的复杂情况

魏晋南北朝时期,玄学在思想界一直占有重要位置,就是那些佛教中的高僧,各个流派所倡导的教义,无不与玄学有关,因此自汤用彤先生等人始,一直把六朝的佛学称作佛教玄学或玄学化了的佛学。

许抗生先生在论述东晋十六国时期有关大乘般若学的内部纷争时说:

> 其时不论在南方东晋朝,还是在北方十六国,皆掀起了佛教般若学的热潮。在这一佛学热潮中,由于这些般若学者,各自对《般若经》的理解不一,而形成了众多的般若学说,使得当时“众论竞作”,学派林立,有所谓“长安本有三家义”之说,亦有所谓“六家七宗,爰及十二”之说,在般若学内部展开了“百家争鸣”。但不论是“三家”,还是“六家七宗,爰及十二”,大都是试图用老庄玄学思想来对般若空观的解释,由于解释不同而产生的分歧而已。①

① 《僧肇评传》第二章《僧肇所处时代的社会环境与文化思想氛围》第三节《东晋十六国时期大乘般若学的勃兴》,南京大学出版社 1998 年 12 月版。

考察其时佛学界，可知其情况之复杂，例如名僧道安立本无宗，按照许抗生的分析，认为“道安的本无思想和他关于有无问题的辩论，显然是揉合了从老子到何晏、王弼的玄学贵无论、郭象的崇有论和传统哲学的元气论三者思想的产物。然而这样的本无论，显然是中国传统的玄学哲学，而不是印度的佛学。”①

大乘般若的独树一帜，要到鸠摩罗什引入大乘中观佛学思想之后，才告成功。中观佛学以为一切诸法皆是因缘和合而成，是假非真故空。空又不是什么都没有的断灭空，仍有其假有之名的存在。鸠摩罗什用这种所谓不落两边“非有非无”的中观思想来解释般若学的性空幻有说，比之前此般若学者，思辨水平要高上一筹。

大乘空宗的般若学固然风靡一时，鸠摩罗什及其弟子僧肇等人对中观学派又有很多精密的阐发，只是佛教界并未全然统一于这一佛学流派，例如名僧慧远就曾与鸠摩罗什就般若学中的若干问题反复商讨。二人之间既相互尊重，又反复诘难。他们在佛学上的交往，在宗教史上传下了很多嘉话。

鸠摩罗什译出《大智度论》一百卷之后，后秦君主姚兴命人送往庐山，请慧远撰写序文。这样做，当然是看重慧远在佛学界的地位。慧远对此甚为重视，反复披寻后，认为此论全文过繁，故加以压缩，抄集为二十卷，然后为之作序。可知慧远对于龙树的学说曾下很大的功夫加以钻研。他在佛学上的修养，鸠摩罗什等人也是尊重的。

但慧远在通读《大智度论》之后，提出了不少疑问，向鸠摩罗什讨教，后者一一作了解答，此即所谓《慧远问大乘中深义十八科合三卷并罗什答》，后人又称之为《大乘大义章》。二人商讨的问题很

---

①《僧肇评传》第二章《僧肇所处时代的社会环境与文化思想氛围》第三节《东晋十六国时期大乘般若学的勃兴》，南京大学出版社 1998 年 12 月版。

多，今仅就有关有无之辨的问题略作徵引。

慧远在《问实法有》中首先就“《大智论》以色、香、味、触为实法有，乳酪为因缘有”提出了疑问，以为世上万事万物固为变幻不定的“因缘有”，但支持这种“因缘有”，使事物得以发生的本体却是真实不变的“实法有”。慧远随后又以氎为喻，讨论了“分破空”与“极微”的问题，氎应属“因缘有”，“极微”应属“实法有”。《次问分破空》中云：

> 《大智论》推氎求本，以至毛分。推毛分以求原，是极微。极微即色香味触是也。此四于体有之，色香味触则不得，谓之假名。然则极微之说，将何所据？为有也，为无也？

按照慧远的理解，《大智度论》中说“极微”仍属“色法”，也须有“色香味触”这些色法的共性，“极微”也要由“四法”构成，这样岂不反而成了假名无实的东西？慧远认为这些说法矛盾太多，说“有”说“无”都不圆满，因而说是“不有不无，义可明矣”。

鸠摩罗什的答复甚为干脆，认为“色等为实有，乳等为因缘有”，本是“小乘论意，非甚深论法”。但为宣传佛法计，小乘的这种说法仍可允许。佛教“或时说有，或时说无”，全看具体情况而定，不可执着。至于“微尘”（极微）之说，鸠摩罗什以为佛法中都无此名，只是外道中某些派别的概念，佛弟子中也有人使用，不能认以为实。他最后指出：

> 佛意欲令（众生）出有无故，说非有非无，更无有法。不知佛意者，便著非有非无。是故佛复破非有非无。若非有非无能破有无见，更不贪非有非无者，不须破非有非无也。若非有非无虽破有无，还戏论非有非无者，尔时佛言，舍非有非无，亦如舍有无。一切法不受不贪，是我佛法。如人药以治病，药若为患，复以药治药，若无患则止。佛法中智慧药亦如是。以此药故，破所贪著。若于智慧中，复生贪著者，当行治法。若智

慧中,无所贪著者,不须重治也。

由上可见,慧远与鸠摩罗什之间在研讨《大智度论》时所以会发生这么大的分歧,原因很多。印度宗教哲学采用不断正反双边否定的思辨方式,破除人们认识上的执着,不能以"非有非无"的思辨为极致,还要"复破非有非无",即进一步还要有非非有非无的思辨能力。这种"是遮非表"(不断指摘论敌所说的矛盾性,从而否定一切实有自性)的论证方式,中土学人往往难于领会,所以任继愈先生等人在分析了二人的辩难后总结道:

慧远一直想在"有、无"之间找出一条界限来,说明他还是以"有"、"无"为实的,所以始终未出"有"境。这条路走不通了,又想在"不有不无"中找条出路;实际上"非有非无"也只有否定的意义,而不是肯定另有"非有非无"的实在性存在。"一切法不受不贪,是我佛法",这算是鸠摩罗什对慧远的"执着"的无可奈何的忠告。①

慧远与鸠摩罗什的这段交往,还可以用来说明中土佛教学者常见的一些特点,梁释慧皎《高僧传》卷六《晋庐山释慧远传》上说:"少为诸生,博综六经,尤善《庄》《老》。"这与刘勰的情况甚为相似。研究慧远佛学思想的学者都认为:慧远在接受鸠摩罗什的开导之后,思想上没有起多大变化,这"是因为他更立足于中国土地的社会基础,自觉或不自觉地从传统文化的角度去考察外来的思想。中国的传统文化,特别是魏晋玄学的本体论是慧远的佛教宗教哲学的思想基础,使他不同于印度中观派那种怀疑一切,否定一切的虚无教义。也还要看到,魏晋玄学并不是出世主义,它对中国传统

① 载任继愈主编《中国佛学史》第二卷第三章《东晋时期南方的佛教》第六节《慧远的佛教思想体系》(四)《同鸠摩罗什僧团的佛学交流及其分歧》,中国社会科学出版社 1985 年 11 月版。

的封建宗法制度是拥护、支持的，对忠、孝等封建伦理观念是支持的。在这一点上，慧远也有类似的地方。出家人对礼法丧服关心研究，这也是他不同于印度僧人的地方。”①

荷兰的佛教学者许理和从另一种角度总结两位高僧之间的问难时说：

> 有趣的是，这两位法师彼此不断地误解对方。鸠摩罗什并不能抓住慧远问题的关键，在回答时总是大量地引经据典，还罗列了相互冲突的理论和学术观点，这益发让人糊涂。而慧远对这些抽象的解释并不满意，总是追问：法身最终应由某种“要素”(stuff)构成，尽管这种要素可能非常精微；由于人们能看见、听见，所以法身一定具有感觉能力，等等。追求某种具体的东西，这是慧远及其倡导的教义的典型风格。②

我们如以慧远为参照进而考察刘勰的思想，那或许可以认为，刘勰未必就能无所疑滞地全然接受龙树的“中观”学说。因为慧远的身份为僧徒，表示他早就皈依佛门，而刘勰虽寄身佛寺，然仍保持俗家身份，在《文心雕龙》中秉承儒家宗旨，再三强调欲垂声名于后的抱负。他的思路，比之慧远更为执着于世俗的一切，那他对龙树的佛学思想是否会比慧远更完整地把握？刘勰在佛学上固然修养很高，但未必就能高过慧远，慧远对龙树的学说还难于全然领会，那刘勰是否就能迅速而透彻地加以把握？这些都是疑莫能明之事。

实际说来，后人考察《文心雕龙·论说》篇中有关有无之辨“般

---

① 载任继愈主编《中国佛学史》第二卷第三章《东晋时期南方的佛教》第六节《慧远的佛教思想体系》(四)《同鸠摩罗什僧团的佛学交流及其分歧》，中国社会科学出版社 1985 年 11 月版。

② 许理和著，李四龙、裴勇等译《佛教征服中国——佛教在中国中古早期的传播与适应》第四章《襄阳、江陵和庐山的佛教中心及北方佛教的影响》，江苏人民出版社 2003 年 8 月版。

若”之说时，似乎不能这么急促地就下结论，不作任何论证，就断言刘勰信奉的是龙树的中观学说。作为佛家基本教义中的二谛说，研究佛学义理者无不首先触及，而当年佛徒即依魏晋玄学的思想和范畴加以比附，用以探讨“有”“无（空）”问题。人们如果联系这种说法而对刘勰的有无之辨进行考察，似乎更要合乎常情。

昭明太子萧统与刘勰关系深切，即以阐发二谛义而享盛誉。《梁书》卷八本传中说“于宫内别立慧义殿，专为法集之所。招引名僧，谈论不绝。太子自立二谛、法身义，并有新意。”其《解二谛义令旨》一文收录在《广弘明集》卷二一《法义篇》中，中云：

> 真谛离有离无，俗谛即有即无。即有即无，斯是假名；离有离无，此为中道。真是中道，以不生为体；俗即假名，以生法为体。

萧统以为真谛超越“有”“无”二者，与刘勰在《论说》篇中的阐述似乎更为接近。萧统又云“此为中道”，佛家各种宗派均有其中道观，这里说的“中道”，也未必就是指龙树的中道观。[①]

自陈、隋入唐的三论宗大师释吉藏在《二谛义》等著作中指出，萧统的这种学说属于“成实”师说。[②] 佛教教派林立，教义纷繁，吾人虽然难以穷究上述学说的深义，但从吉藏的指陈中，却是可以发现南朝佛教学说的递嬗。

东晋至宋初，佛教界经历着“六家七宗”的纷争，中观学说亦于其时兴起，《中论》、《百论》、《十二门论》以及《大智度论》等重要经典均于其时译出，并且得到庐山僧团的关注。只是这一教派的学

---

① 参看姚卫群《佛教般若思想发展源流》第三章《般若思想的形成——〈般若经〉及其思想》第三节《般若经中的“中道”思想》第五章《般若思想在中后期佛教中的影响》，北京大学出版社1996年10月版。

② 参看任继愈主编《中国佛学史》第三卷第三章《南北朝时期的佛教学派》第四节《三论学与二谛义》，中国社会科学出版社1988年4月版。

说在都城建康的具体情况如何，是否已经札根于学界？仍有探讨的必要。

按照研习中国佛教史者的考证，自南齐起，至梁武帝时，都城建康的佛学界一直风行“成实”学的教义。《成实论》为鸠摩罗什应后秦尚书令姚显之命而译出，然并不为译者所重视，只是以之作为小乘空宗的论典。这一流派到了南朝齐永明时，经文宣王萧子良大力倡导后，却风行于佛学界。梁武帝一门也一直崇信《成实》。这种情况，要到僧朗自北入南驻锡摄山栖霞寺，梁武帝于天监十一年遣中寺释僧怀、灵根寺释慧令等十人诣山咨受中观大义后，“三论”教义才慢慢取代了“成实”学的地位。

唐代天台宗的湛然在《法华玄义释签》卷十九中说：

> 自宋朝以来，“三论”相承，其师非一，并宗罗什。但年代淹久，文疏零落，至齐朝以来，玄纲殆绝。江南咸弘《成实》，河北偏尚《毗昙》。于是高丽朗公，至齐建武来至江南，难《成实》师，结舌无对。因兹朗公自弘“三论”。至梁武帝，敕十人止观诠等令学“三论”。

上云僧朗为高丽人，实指籍贯辽东。他早年在凉地出家。北凉沮渠氏信奉佛法，本是鸠摩罗什早期于此传教之区，因而僧朗早年即谙“中观”大义。北魏攻灭北凉时，僧朗曾被迫登城防御，随之被俘，几遭不测。魏军东还，僧朗与同学中道共叛，事见唐释道宣所撰《续高僧传》卷二十五《魏凉州释僧朗传》。其后僧朗自北南下，辗转进入建康，得到梁武帝的器重，派遣众多僧人前去学习，“三论”义学于是风行南土，逐渐取代了《成实》一派的地位。有关此事，江总《摄山栖霞寺碑》中亦有记叙，不难考查。

齐梁之时，《成实》学大师众多，今仅徵引与刘勰关系深切者数人以说明之。僧祐撰《出三藏记集》卷十一新撰《略成实论记》曰：“齐永明七年十月，文宣王招集京师硕学名僧五百馀人，请定林僧柔法师、谢寺慧次法师于普弘寺迭讲；欲使研核幽微，学通疑执。即座仍请祐及安乐智称法师，更集尼众二部名德七百馀人，续讲《十诵律》……故即于律座，令柔、次等诸论师抄比《成实》，简繁存要，略为九卷，使辞约理举，易以研寻。”僧柔后即栖止定林寺中，殁后葬于山南。慧皎《高僧传》卷八《齐上定林寺释僧柔传》曰：“沙门释僧祐与柔少长山栖，同止岁久。亟挹道心，预闻法味，为立碑墓所，东莞刘勰制文。”又道宣《续高僧传》卷五《梁扬都庄严寺沙门释僧旻传》曰：“永明十年，始于兴福寺讲《成实论》。先辈法师高视当世，排竞下筵，其会如市。山栖邑寺，莫不掩扉毕集；衣冠士子，四衢辐凑。坐皆重膝，不谓为迮。言虽竟日，无起疲倦，皆仰之如日月矣。……（梁武帝）仍选才学道俗释僧智、僧晃、临川王记室东莞刘勰等三十人，同集上定林寺，抄一切经论，以类相从，凡八十（八）卷，皆令取衷于旻。”凡此均足表明刘勰栖身的上定林寺中先后屡有《成实》义学大师驻锡。而据考证，刘勰参与抄经时在天监七年至八年，[①]其时《文心雕龙》应已完成。这也就是说，刘勰写作《文心雕龙》之日，正值《成实》学风行朝野之时。由于刘勰与《成实》师关系深切，本人也参加了抄集经论包括《成实》经论且为其义学大师撰碑等工作，吾人研究刘勰的佛学思想时，固然应该扩大视野，注意他与其他派别的关系，但对他与《成实》学的关系，似尤应注意。

进一步说，刘勰固然推崇“般若绝境”，然而这里说的“般若”只是一个泛指的概念，他究竟受到哪些宗派的影响，史未明言，也难以究诘。《梁书》本传上说他“博通经论”，这里当然有此可能仅通过阅读《中论》而掌握其要领，然按古时宗教界的一般情况而言，一种教派的风行朝野，往往由于若干高僧大德的宣讲与传播，才使各界信众宗从此说。刘勰著书的年代，“三论”义学尚未风行；因此，

---

① 参看牟世金《刘勰年谱汇考》，巴蜀书社 1988 年 1 月版。

刘勰是否能够超越时代，只是依靠自行阅读其中个别经卷而领会、掌握并且娴熟地运用这种教理，也属未明之事。

再进一步说，《文心雕龙·论说》篇中所说的“夷甫、裴頠，交辨于有无之域。……然滞‘有’者全系于形用，贵‘无’者专守于寂寥，徒锐偏解，莫诣正理，动极神源，其般若之绝境乎？逮江左群谈，惟玄是务。虽有日新，而多抽前绪矣。”自首至尾，讨论的是有无本末之辨，从现在的学科分类来说，属于本体论方面的探讨，少康先生等则为之另立界限，认为刘勰只是作为方法论运用，由此发挥出了巨大的力量，完成了《文心雕龙》这部巨著。这种论证方式，似乎流为越俎代庖，是在代替刘勰另作处理，不涉义理而只取其方法供使用。然而考察当时学术界，似乎还没有看到过有哪一个人在学习某一佛教宗派时，可以撇开思想体系而不论，仅从其经典中汲取一点作为方法而应用者。因此，这种处理问题的方式，未必切合刘勰讨论有无本末之辨的初衷。

上一世纪五十年代，吕澂先生在讲中国佛学源流时，于《三论宗——隋代佛家两宗学说略述之一》中扼要地介绍了“成实宗”至“三论宗”的发展过程，中云：“三论宗以证得中道为标准，建立‘中观’法门，而入手处便采取《中论》篇首缘起颂所说的‘八不’看法。这是要从不生、不灭、不断、不常、不一、不异、不来、不出的八方面去体会缘起的意义，从而认清诸缘起法的实际，在离染趋净的过程里能正确地运用它们，以达到究竟。‘八不’的看法可以有种种安排，扼要地说，不外于五句、三式，也就是联系着二谛、中道来作区别。”[①]可知彼时的高僧都是在探讨“八不”、“二谛”、“中道”等基本教义的过程中求得佛学发展的。而据少康先生的观察，刘勰正是在学习《中论》第一偈中的“八不”时受到启发，用作观察事物的

① 《中国佛学源流略讲》附录，中华书局1988年2月版。

方法论,从而取得成功的。只是每一位学者都在特定的社会环境中生活,很难脱离共同的思维轨迹。一些重要派别的基本范畴,宗教界都是有共识的,刘勰也是一位佛教学者,难道就能做到与众截然有异?他在学习《中论》时,可以彻底摆脱当时语境,剥离"八不"的宗教内容,将印度宗教哲学中纷纭复杂的多组概念提炼后注入一个土生土长涵义固定的名词——折衷,用之于文学批评,结果开辟了一条新路?这与当时的佛学环境似颇扞格,且嫌突兀。[①] 何况刘勰的思想是否处在从"成实"发展至"三论"的过程中,亦属未明之事。

小 结

刘勰在《文心雕龙·序志》篇中介绍自己治学时,云是"擘肌分理,唯务折衷",本与《论说》篇中所说的"般若绝境"无关。因为前者指的是态度与方法,后者指的是本体论的探讨。后人研究刘勰的研究态度与研究方法,自应尊重他本人的自述,深入探讨"折衷"说的内涵。读者自应通读《序志》全文,从他的自述中探讨其与儒家的渊源关系,由此把握其思想的实质,而不能自作主张,以今人的观点帮他与"低层次的儒家思想"拉开距离。这里固然表现出当代《文心雕龙》研究者的爱护之心,以为这样的文学理论大家一定要用上齐梁时期宗教思辨哲学内的顶尖理论《中论》,才不致埋没刘勰的英名,然而这里使用的论证方法,却是流于比附,尚还缺乏细致的论证。他们先对"折衷"一词进行加工,不顾其本义,将之无限扩大,纳入儒(荀子)、释、道等说;再将《论说》篇中的"有""无"之辨注入,不顾这种学说的复杂内容,说成定然是龙树之说。这样做,主观的成分嫌多,说服力就很不够。"折衷"说与"中道"观均重

① 有关"八不中道""八不缘起"等命题,可参考吴汝钧编著《佛教思想大辞典》中的解释,台湾商务印书馆 1994 年 5 月初版第二次印刷。

辨析，然而二者的论证方式和追求的结果完全不同，前者用以解决具体问题，后者破而不立，一切归于空无。如果仅视其字面上的相似而无视其实质上的相异，也就只能强行捏合，勉为疏通。因此，后人对之如欲继续进行研究，尚需进行更为深入的剖析，如对刘勰所处时代佛学界的情况，刘勰的佛学思想特点何在，刘勰使用的“方法”究竟如何操作？均需作出具体的说明。

我在重读《序志》篇时的想法，仍与前此一样。研究刘勰的学说，首先应该注意他与儒家的关系；生当玄风大盛之时，还得注意他与玄学的关系。当然，刘勰信奉佛教，后且出家而成为一名正式的僧徒，因此也得注意他与佛学的关系，但得从《文心雕龙》阅读出发，尊重刘勰本人的自白，分清主次，不能只是根据现代人的认识，代之构拟一种新的体系。

（原载《中国文化》第二十九期〔2009 年春之卷〕）

后　记

我在二十世纪六十年代前期教过两个学期的《文心雕龙》，编了这份讲义，共收十三篇，内分“解题”和正文的“分析”两大部分，未附“注释”，油印后分发给学生先行阅读。八十年代初期改为选修课，又教了三遍，由本校印刷厂用铅字排印，取名《〈文心雕龙〉解析十三篇》，仍未加入“注释”部分。其后我就忙于其他事务，再无馀力从事此书的教学与研究了。看到“注释”稿纸质日渐变黄，圆珠笔油日渐散开，不忍让其自生自灭。想到其中确也投入了不少精力，弃之可惜，遂由妻子誊清了一份。进入下一世纪之后，其他科研项目陆续收尾，与《文心雕龙》一书的缘分却又突然加深起来，因而写下了好几篇研究论文，这时始有将此讲义加工成一定本的想法。

《文心雕龙》全书五十篇，我的讲义只有十三篇，虽然敝帚自珍，2000 年时印入了《周勋初文集》，但总觉得有些不伦不类，只能算是一件半成品。不过一些读过此书的朋友与博士生说，这份材料还是有其特点，方便自学，也有些独特思路。凤凰出版社的朋友多次表示，希望我加工成完整的定本，单独发行，随后我就作了认真的思考，决定将此加工成一部具有个人特点的著作。这番设想，我在 2011 年 2 月接受徐雁平君的采访时作了比较完整的陈述，今将这篇访谈录《在研究中国传统学术的新途径上摸索前进》中的有关章节引述如下：

徐雁平：您的第一篇《文心雕龙》研究论文《刘勰的两个梦》发表于1982年，至今将近三十馀年。您好像一直以单篇论文发表您的学术见解，而且近几年论文比以前多，请问您是否对《文心雕龙》有一较有规模的著作？我去年曾听凤凰出版社姜小青社长说，他们社里向您约了一本《文心雕龙》注释方面的著作，而从您近年发表论文的情况来看，似乎还有一个研究系列，将来是有两种《文心雕龙》研究著作出版吗？

周勋初：我作研究，往往从自己有心得的具体问题入手，写成单篇论文，而不是先去构想一个体系。我的《文心雕龙》研究是如此，李白研究也是如此。做研究工作，实际上体现一个人的智力。我非常重视单篇论文，一个人真正的才力体现在这上面。

其实，我研究《文心雕龙》比第一篇正式论文要早好多年，在六十年代上课，就编有讲义。八十年代初期，我开过三次《文心雕龙》的选修课，就将旧讲义重新捡出，挑取《原道》等十三篇有代表意义的文章，编成一种取名为《文心雕龙解析》的教学用书。《文心雕龙解析》只解析了十三篇，我准备再作《诠赋》、《丽辞》两篇，因为精力有限，不想多做了，只想写本自己觉得有些心得的《文心雕龙》研究。

我要在这本书的体例上创新，充分反映我读书与思考的过程。该书共十五篇，每篇大致包括三部分：首先是“阅读”正文，包括“解题”、“注释”与“分析”。“解题”重在对刘勰每一篇文章命名的涵义与意图予以辨析，然后是正文的注释与分析，其中“注释”逐段进行，解释字词；“分析”是在疏通字词的基础上讲各句、前后文之间的关联与转合，探究刘勰行文的层次。然后是“思考”，提出该篇中存在的重要问题，我是如何看待这些问题的，希望能对读者有所启发。第三是“研究”，收录我已发表的专题研究论文，如在《辨骚》篇下收录我最近写的《〈文心雕龙·辨骚〉篇属性之再检讨》一文，《序志》篇下会收录我早年写的《刘勰的两个梦》，还有有关“折衷”说的几篇论文。这一体例与我教学的方式有很大关系，其中有一个思路：从培养自学能力到引导大家作初步研究，再提高到专题的深入研究，形成论文。(《文艺研究》2011 年第 6 期)

我在重新操笔写作《文心雕龙》专题论文时，学术界的形势已经发生了很大的变化，这对我有所触动，也是我重操旧业的原因之一。恰在这时，《古典文学知识》约我写作一组治学经验谈，在该刊连载。其中的第八篇《寻根求柢，务实求真——〈文心雕龙〉研究感言》把我近期的一些思考表达得比较完整，今亦附下，供大家参考。

我在“文化大革命”前教过四年《中国文学批评史》(后两年只教上半段)，两个学期《文心雕龙》，“文革”之后，又教过三个学期《文心雕龙》，因此一共只有五个学期左右的时间投入精力较为集中。目下年事日高，已难再去图书馆借书来读，也难在馆内读上一段时间的书，于是又重新回头来读《文心雕龙》。因为这书牵涉到的典籍家中大都具备，有关的研究论文，可从镇江图书馆制作的光盘上找到，个别难以看到的资料，则可让学生帮着寻找。就是依靠这些条件，我又开始写作《文心雕龙》方面的论文。

2006 年时，我写下了进入二十一世纪后的第一篇论文《〈文心雕龙〉书名辨》，这是应学会的邀请而动笔的。次年四月，中山陵管理局承办《文心雕龙》年会，我因长期在南京工作，学会就请我去做一次演讲，于是我把文章提交大会，且在开幕式上宣读。

2007 年时，我又写了一篇文章《“折衷”＝儒家谱系≠大乘空宗中道观》，本拟提交次年首都师范大学举办的《文心雕龙》会议，后因病未能前往，改在《中国文化》2009 年春之卷上发表。

就在这一年，《文心雕龙》学术研讨会在安徽师范大学举行，也邀请我前往，为此我又写下了一篇《〈文心雕龙·辨骚〉篇属性之再检讨》，然亦因病未能前去，后来他们还是编进会议论文集中去了。

2009 年时，我还写了一篇小文《西河王济非王武子辨》，发表在南京大学古典文献研究所主办的《古典文献研究》第十三辑上。

2010 年时，我应《文学遗产》之邀，写了一篇《刘勰是站在汉代经学“古文学派”立场上的信徒么?》发表在 2011 年第 2 期上。

读者若是对我有所了解的话，可能会对最近的行动感到诧异，似乎有些一反常态。以往我写文章时，一般不大喜欢批评他人，人家批评我时，我也不大答辩。这些地方受到一些前辈学者的影响，像陈寅恪、钱钟书等人，不大喜欢在书面上与人争执。我还觉得，自己在《文心雕龙》领域中实际上没有多少发言权。建国之后，这门学问已成显学，我与之商讨问题的这些人，都是专家，有的甚至终身投入。与他们相比，实在差得太远。但我于此虽涉足至浅，先后还是参加过多次高规格的学术研讨会。因此，我与其中的一些朋友都有交往，对一些前辈素抱敬意，那么我又为什么要接二连三地写文章与之商榷呢?

这是有感于《文心雕龙》研究领域中出现了一些值得忧虑的新情况。

上一世纪八九十年代，《文心雕龙》出现过一个高潮，发表的论文多，专著也多。学会成立，名家辈出，专业会议多次举办，《文心雕龙学刊》出版多期，一派欣欣向荣的气象。然盛极则衰，到了世纪之末，已呈难乎为继之势。进入新世纪后，随着老一代专家的退出，以往活跃于《龙》学界的专家不断趋于老龄化，新的一代成长的态势似乎不太明显，于是一些后学逐渐发出哀叹，以为《文心雕龙》这块阵地已经开发殆尽，后人再难措手。据说在一次《文心雕龙》的会议上甚至有一位前辈学者的再传弟子哀叹，像他祖师那样的水平犹如泰山北斗，后人无法企及;像他这一辈人，已成残废。这种过度自我贬损的言论，据说颇引起他人的反感，但那些持异议的人，实际上也奉他们的师辈为泰山北斗，以为无法超越。我虽已难出席各地的专业会议，本人也非专业人员，但我还是感到，应该和大家一起，寻找摆脱困境的道路。

在我看来，他们提到的那些前辈学者学问固然好，但都有其不足，并非无懈可击。若从他们的局限中寻找原因，似乎也可看到其间还有很多道路可走。

于是我在写作有关《文心雕龙》的文章时，势必要对各家提出商榷。

早在上一世纪六十年代，我编的《原道第一解析》讲义中，解释《文心雕龙·序志》篇中一段说明此书命名的文字时，就曾列举与刘勰同时的各家之说，说明魏晋南北朝人都是从构思与美文两个方面探讨文学特点的。今将诸文列表如下：

途径 作品	构思	美文
刘勰《文心雕龙》	言为文之用心也	古来文章以雕缛成体
萧统《文选序》	事出于沉思	义归乎翰藻
卞兰《赞述太子赋并上赋表》	沉思泉涌	华藻云浮
范晔《后汉书·文苑传赞》	情志既动(抽心)	篇辞为贵(呈貌)
《西京杂记》卷二(托名司马相如)	(赋家之心)苞括宇宙，总览人物……	(赋之迹)合纂组以成文，列锦绣而为质
谢惠连《雪赋》(托名梁王命司马相如之词)	抽子秘思	骋子妍辞

我以为，一种理论的提出，都有其时代性。一些伟大的理论家水平固然远超侪辈，但也不可能遗世独立。他的理论，与其他人的观点必然会有相同之处。情况表明，魏晋南北朝人都是分从构思与美文两方面着眼探讨文学特点的。

当代的《文心雕龙》专家探讨刘勰所拟的这一书名时，则无不从内容与形式这一范畴下手进行分析。滕福海在《文史知识》1983年第6期上发表的《〈文心雕龙〉这个书名是什么意思?》中就是这么解释的。

李庆甲作《〈文心雕龙〉书名发微》,阐释更为细致,然仍未离窠臼。他以为"'文心'一词提示了全书的内容要点",但对滕福海提出的"'雕龙'标明了该书形式的特点"之说则有保留,而他也认为"雕龙"本有"形容其文采富丽"的一面,因而实际上与滕说相去不远。李庆甲以为"文心"与"雕龙"之间乃主从关系,不是并列关系,这也就是说,"文心"支配"雕龙",而这也就是近代文学理论家一直强调的内容决定形式。

一些《文心雕龙》的专家,如郭晋稀在《文心雕龙注译》、赵仲邑在《文心雕龙译注》等今译本中,都把"岂取驺奭之群言雕龙也"一句译成否定句,认为刘勰是在批判驺奭的过度追求雕琢,我则引用杨树达在《词诠》中的分析,以为"岂"字应释为"宁也,无疑而反诘用之","无疑"即肯定意。因此,《序志》篇中的这句应译作"难道不是有取于驺奭所说的群言雕龙么!"魏晋南北朝时文士的笔下,提及驺奭雕龙这一典故时,从不用作负面的例证,凡此均可说明当代一些学者理解方面有错误。他们都对刘勰反对六朝文学形式华艳的态度强调得过了头。

刘勰把《文心雕龙·辨骚》篇称为文章的枢纽,有的学者,如范文澜、陆侃如、杨明照等,认为该文应列入文体论的范畴,有的学者则不同意此说,二者争执甚烈,一直不能取得共识。

牟世金在《文心雕龙研究》中特辟专章,再作深考。他补充了新的材料,以为《乐府》篇中已有"骚体"一词,可证刘勰本把"楚辞"视作一种文体,我则举《汉书·礼乐志》为说,说明"骚体"只是"乐府"中的一种腔调。刘汉王室起于楚地,故重楚声,汉武帝闻朱买臣善楚辞,朱遂得幸,刘勰《乐府》篇中举此事为例而不再在《辨骚》篇中讨论,正可反证《辨骚》篇不属文体论的范畴。与此类同,《文心》中提到《惜诵》、《招魂》等文时也不放在《辨骚》中讨论。

《汉书·艺文志》中将辞赋归为一目,亦即视楚辞与赋同类,汉人一直这样看待楚辞。从魏晋南北朝时残存的目录来看,无不沿袭刘向有关文体的归类,刘勰尊重刘向,在楚辞的文体归属问题上也持同样观点。

魏晋南北朝时已经形成了“风骚”传统。刘勰对此至为珍视,故在《宗经》之后还要加上《辨骚》一篇,为这一传统作出新的界说,可知该文所言纯属理论上的辨析,而非文体方面的探讨。

刘勰在《镕裁》篇中举西河文士谢艾、王济为例,说明文辞的繁简问题。谢艾其人,《晋书》有载,王济其人,情况难明,于是异说纷呈,莫衷一是。

祖保泉等人将西河定在陕西华阴一带,那是根据战国初期吴起守西河一事而立论的,古史上记载如此,辞书上都有此说;周振甫等人将西河定在山西西北部,那是从《晋书·郡国志》上查出来的;张立斋、詹锳、牟世金等人以为王济就是晋初的王武子,则是错上加错:王武子为太原王氏,那是指他的郡望,太原属河中,与西河又怎能混为一谈?上述各家,都是龙学界的一流专家,在这小问题上暴露的问题,是由教育上的分科过细而产生的。这种问题,不可能发生在清代一流的朴学家身上,因为他们的文史知识都是在读经史时逐渐积累下来的,近代的专家专攻文学,遇到复杂一些的文史知识,就得靠查各种辞书来解决了。对一件事、一个典故,不能了解其前因后果,不能掌握其产生的背景,必然产生混乱。

考张轨建立的前凉政权,文化甚为发达,史书的记载也很完备。刘知幾《史通》外篇《古今正史》曰:“前凉张骏十五年,命其西曹边浏集内外事以付秀才索绥,作《凉国春秋》五十卷。又张重华护军参军刘庆,在东苑专修国史二十馀年,著《凉记》十二卷。建康太守索晖,从事中郎刘昞,又各著《凉书》。”《隋书·经籍志》史部中即有《凉记》、《凉书》、《西河记》等著作多种。《旧唐书》“乙部、史录、杂伪国史类”载《凉记》十卷，张谘撰；《西河记》二卷，段龟龙撰。《新唐书》“乙部、史录、伪国史类”载段龟龙《凉记》十卷，《西河记》二卷，张谘《凉记》十卷，刘昞《凉书》十卷；“乙部、史录、地理类”载《西河旧事》一卷。从中可知，彼时史家记录该地情事时，均以“凉”“西河”指称。“西河”一词的内涵，实指凉地。唐、宋类书中，还多见《西河记》、《西河语》等书名，说明直到宋代，“西河”一词仍然常见，所以胡三省注《资治通鉴》卷三四中的扬雄《谏勿许匈奴朝》曰：“若西河，则汉武威、张掖、敦煌、酒泉县是也。”这就与《文心雕龙》中提到的王济为西河文士之说完全切合了。

考南北朝之时，“西河”“河西”二名实际上是通用的，《隋书·经籍志》“史部·霸史类”载“《西河记》二卷，记张重华事，晋侍御史喻归撰”。张重华死后，前凉陷于内乱，迨其弟天赐重掌政权，十多年后即为前秦所灭。淝水之战，张天赐乘机逃归东晋。《世说新语·言语》载天赐言北地（指凉地）风物之美，曰：“桑椹甘香，鸱鸮革响。淳酪养性，人无嫉心。”刘孝标注引《西河旧事》，曰：“河西牛羊肥，酪过精好，但写酪置革上，都不解散也。”而沈约《宋书·氐胡列传》记景平元年进大且渠蒙逊“河西王”，“元嘉元年枹罕虏乞佛炽槃出貂渠谷攻河西白草岭”，可知西河、河西实为一地。只是唐、宋之后的人逐渐多用“河西”一词，少用“西河”一词。时至近代，人们习见“河西走廊”之说，偶尔见到“西河”一名，反而会起摸不着头脑之感了。

我写佛学方面的文章，似出偶然，实则有很深的因缘。1984 年复旦大学举办的中日学者《文心雕龙》研讨会上，我提交了一篇论文《刘勰的主要研究方法——“折衷”说述评》，得到过一些好评。1991 年新加坡国立大学举办的《汉学研究之回顾与前瞻》国际会议上，罗宗强在介绍中国大陆文论界的现状时，曾将此文作为从阅读出发研究问题的例证而提出。但在我提出这篇文章的隔年，张少康在《学术月刊》第 2 期上发表了《擘肌分理，唯务折衷——刘勰论

〈文心雕龙〉的研究方法》一文，不同意将“折衷”之说局限于儒家之说，而是认为应该扩大视野，考虑到刘勰深通佛理的这一特点，强调“折衷”的核心应该是佛家学说内大乘空宗龙树的中道观。我一直认为，朋友一辈中，张少康是继牟世金之后对《龙》学贡献最大的一位。这次他或许是顾及我的面子，文中不提我的名字，但文章批评的对象是谁，不难看出。随后徐季子也发表了《刘勰文论中的中道观》一文，载《文心雕龙学刊》第六辑，同样标举佛家中道说来加以批评。后来持同样观点而立论的还很多，不过其时我的研究中心已经转移，对此已趋漠然。

我很清楚，这一问题极为复杂，不是我能彻底解决的。平时我因业务所需，也读过一些有关佛教的书籍，但佛学湛深，不是我这样一种浅尝辄止的人所能穷究的。我还注意到，一些精通佛学的前辈，如吕澂、汤用彤等人，都对这一问题三缄其口。吕、汤二位，前者早年写过有关美学的著作，后者晚年写过玄学与文论的专题论文，但都避免涉及刘勰的《文心雕龙》与佛学的关系，可知《文心雕龙》之与佛学，看似容易联类而反，但要作出具体论证，谈何容易。

然而当我再次投入《文心雕龙》的研究时，发现这一问题已是无可回避，必须明确表态，进一步阐明我的观点，于是才有《“折衷”＝儒家谱系≠大乘空宗中道观》这一文章的出现。

我认为，研究《文心雕龙》首先必须尊重刘勰的自白，看他是怎么说的。《序志》篇中明白表示，刘勰抱着虔诚的心情宣扬儒家的教义，“折衷”一词又属儒家思想体系中的一项重要范畴，从孔子的学说，到汉儒的阐发，一系相承，均无异说相羼，那么后人又怎能弃之不顾，另立新说？马宏山等人认为刘勰说的是儒家的话头，暗地里用的是佛家的教义，那是否表示刘勰是那样一种人：说的是一套，做的又是一套，他是那种人么？

主张大乘空宗中道观的人使用的方法，是比附，将龙树《中论》

八不偈中的一些字句抽出来与“折衷”挂钩，进行形式上的比对，因此他们的研究限于推论，看不到他们对两种思想体系有什么完整的把握。

佛教东传，早期的僧徒或信众为了宣传这种异质的教义，大都采取“格义”的手法，援用中国固有的哲学特别是玄学中的一些名词术语，来表达他们的教理，这就让后人在判断上造成许多困难，不知道他们到底是在宣扬佛教思想呢？还是仍然在阐释本国固有的道理？范文澜说，刘勰在《文心雕龙》中固守中国文士的立场，排斥外来的名词，除了偶用“般若”等个别词汇外，几乎找不到其他例子，尽管近人费了大力企图打破范氏之说，可至今收获甚微。

印度佛教哲学与中国的固有思想有很大的不同。我举慧远为鸠摩罗什翻译的《大智度论》作序为例，介绍鸠摩罗什与慧远之间的问难，说明中国的高僧或佛教信徒接受印度佛学时，往往难于全盘接受其彻底的“空”观。况且历史上也从未见到过某人仅因读了佛学典籍中的某些篇章就从根本上改变了自己的世界观与研究方法的先例，大家要想证成此说，还得进行更具体更深入的论证。

刘勰生活于齐梁之时，当时佛学盛行的是成实说，齐勰与成实师多所交往，后人研究刘勰的佛学思想时，自应对成实说在彼时的作用多所顾及。

刘勰深通佛理。他在研究印度宗教哲学时，受其影响，在思想方法上有些变化，这是完全有其可能的，但我希望大家对此进行史深入的研究，而不希望只是举出《中论》中的一些偈语或是读了一些有关因明学的著作就匆促地作结论。

我在论证“折衷”之说时，从孔子的学说谈起，这是追溯思想的源头，并不是说刘勰仅以《论语》为唯一的思想资源。汉代的儒家在学理上已有很多发展，到了魏晋以后，更多地与道家思想融合，形成玄学。玄学辨析名理，在思辨能力上有了很大的提高，好些典籍上提到其时人们在辨难或行文时，都已达到了“剖析毫厘”的高度。况且南朝人士在玄学的基础上大都兼习佛学，他们的思辨能力又有了进一步的提高。因此，齐梁时期那些植根在中国本土文化基础上的理论家，完全有其可能写出博大精深的著作。刘勰奉儒家为宗，这是南朝人的儒学。后人对此研究时，自应尊重刘勰的自白，结合时代特点，进行具体论证，而不能把他再三强调的主导思想视作遮人耳目的门面话，从而自己另说一套。

我在发表这篇论文之前，先把文章寄给有关各位，他们感到惊讶，想不到近二十多年之后始有回应。事情确是如此，我本不想写这方面的文章，但看到主张以佛学来全面解释刘勰理论的人越来越多，而像我这样以儒家谱系解释刘勰思想的人，似乎已经沦为时代落伍者，这让我感到，此事有关研究刘勰的方向问题，不可不辩。这就是文章产生的缘起。

我写经学方面的文章，也是勉强执笔的。我对经学所知甚浅，而我与之辩诘的人，如范文澜等，都是老师宿儒；范氏早年即有经学著作行世，那我又为什么要去冒犯权威，谈我不熟悉的东西呢？

我总觉得，这一说法有些凭空（意识形态）立论，不符合魏晋南北朝时的实际情况。古文经学与今文经学之争，在汉代确是壁垒分明，这是因为与仕途有关。朝廷规定，学子通一经者即可入仕，因此那些掌握经典解释权的经师便以自已熟悉的那一种经典为私有财产，从而形成了师法、家法等说，社会上产生了很多世代传经位致通显的世族大家。时至魏晋以后，朝廷以九品中正制选拔官僚，士人通经无法稳得职位，于是经学的重要地位下降，古、今文的冲突也就不再重现。东汉之末郑玄即已遍注群经，兼采纬候，后人一直沿此途径向前发展，阅读《晋书》与《南史》中的《儒林传》，已经看不到有什么固守古文或今文的学者。刘勰既非经师，又不墨守，那他又怎能“完全”或“基本”上站在古文学派的立场上去呢？

我还在《文心雕龙》中发掘内证，请大家注意刘勰在《论说》与《时序》篇中再三强调的汉代两次经学会议的重大影响。西汉宣帝时的石渠阁会议，纯为今文的一家之言，东汉章帝时的白虎观会议，亦为今文家所主导，这两次会议，决定了汉代文学的动向与风貌，刘勰再三予以褒扬，那又怎能说刘勰是站在古文学派的立场上排斥今文的呢？刘勰在"枢纽"部分还写下了《正纬》一篇，以为谶纬之说"无益经典而有助于文章"，而这正是魏晋南北朝时文坛动向的确切概括与合适指导。刘勰在《封禅》篇中举张纯之文为例，说明其援用钩谶典籍之的当，那又怎能说刘勰纯主古文家说呢？刘勰在《史传》篇中对《左传》、《公羊》、《穀梁》一一表扬，正体现了南朝学界融通三《传》的特点，那后人又怎能对此视而不见？

每一个人生活在其特定的年代，总会受到时代风气的影响，范文澜、杨明照、王元化等一代学人，思辨能力很高，但还是不能摆脱其时主流思潮的影响。建国之后，大家都奉马克思主义为最高准则，而据恩格斯的论断，在哲学上，不属于唯物主义，就属于唯心主义，他们三人信奉历史唯物主义史观，以为历史上的一些大理论家都应具备唯物主义的因素，始能站在时代前列；而从经学来说，古文学派重训诂，举大义，具有唯物主义因素，今文经学则与阴阳家相混杂，谶纬等说更多迷信，因而必须严加批判。因此，在范文澜等人看来，刘勰作为进步的大思想家必然偏于古文学派，而与今文绝缘。范氏的生活年代更早，承清末馀风，受到老师刘师培、黄侃等人的影响，故重古文经学的态度更为坚决。

由此可知，习俗可以移人，每一个人都会受到时代与师承的影响。今人研究刘勰，虽远隔千年，研究者却都会受到当前时代的限制，而不能正确地去了解齐梁时期的学术环境，从而也会对刘勰的学说产生误解。杨、王等人的学生一辈，或是他们的再传弟子，对经学上的问题或更感陌生，从而代代相传，信之不疑了。

由上可知，刘勰在《序志》篇中提到"马、郑诸儒，阐之已精，就有深解，未足立家”，只是举例性质。魏晋南北朝时学人均以郑玄为经学领域中的代表，不能据此进一步推论到刘勰本人在经学上的归属。

研究刘勰的《文心雕龙》，要有一个总体的把握。历史上出现的一个个伟大人物，犹如历史长河中闪耀的一个个明星，我们就应为他们正确定位，不能拿后人的信仰或基本价值观粘附到他们身上。所谓内容决定形式，唯物主义优于唯心主义，寒族胜于士族等说，也是同样的问题；这些理论先入为主，再去观察刘勰的学说，无意之间，也就导致以古为今，把古人的理论现代化了。

现在看来，《文心雕龙》中还有很多问题有待于澄清，很多问题有待于重新探讨，即使是在传统学术的研究领域内，也有很多工作要做，很多地方可以开拓。只是我们的工作要从源头上做起，全面了解刘勰的学术背景，再来考察他的许多新创，多方探求，深入辨析，那么必然会有许多新问题浮现出来。后人的研究和探索将永无止境。我们只有在全面了解刘勰的生活环境之后，将《文心雕龙》中的各种学说放在中国学术的发展长河中加以考察，再来探讨他的理论，他的创新，才能贴近主题，步步深入。（《古典文学知识》2012 年第 6 期）

所谓放在历史长河中考察，并非只是强调历史发展的先后顺序，而是认为研究者应从时代思潮、政治制度、文坛风气、历史演变等多种角度进行考察，才能避免偏颇之弊。

进入新世纪十年之后，条件逐渐成熟，新增加的两篇《诠赋》、《丽辞》的注释稿已经完成，心想可以立即付印了，但王华宝编审再三建议，还是把五十篇都注完的好，如果精力尚可，可以慢慢地干。这事我过去一直不敢想，觉得已是年过八旬，无法从事繁剧的工作，然而有的学生听到后，立即表示可以帮我做，这倒又鼓起了我的勇气，想到此书可以完整的格局问世，自然要比残缺的本子好得多。思考再三，决定采用另一种方式操作。没有完成的三十五篇“解题”由我自己写，这样可以写法一致，不致出现多人执笔容易产生的混乱。这些文章与《刘勰传》的“注释”与“分析”，则请几位学生分头帮助完成。他们都治魏晋南北朝文学，已经有了一二十年的治学经验，由他们执笔，水平有保证，也可以增加不少新鲜成分，匡我不逮。过去我一直不愿让学生帮着干活，一直鼓励他们不断探讨新的课题开疆拓土，他们也一直很忙，自己的研究工作还干不过来，不能增加他们的负担。因此，我的集子中从无与学生合作的东西。这次情况特殊，只能接受他们的好意了。步入晚年，还能在学生一辈的帮助下完成这一著作，不致半途而废，自属幸运之至。欣慰之馀，书此志感。

今将参加注释的学者名单附下：

姓　名	分　担　篇　名			
郝润华	刘勰传	史传	才略	程器
俞士玲	杂文	议对	比兴	总术
王　青	正纬	铭箴	论说	封禅
高华平	祝盟	诏策	诸子	声律
徐国荣	颂赞	诔碑	哀吊	奏启
吴正岚	乐府	檄移	章表	夸饰
赵　益	徵圣	定势	隐秀	养气
余历雄	明诗	谐讔	书记	附会
王华宝	章句	事类	练字	指瑕

他们的注释工作做得都很好，我本拟略作整理，统一一下体例与写法，俾使全书风貌一致，然略一动手，发现工作很难做。各人性能不同，观察问题与考虑问题的方式也会不同，强行统一，可能没有必要。既然如此，那就不如保留注释稿个人原貌，或许也可以

增加一些多样化的色彩，补充我之不足。

还应说明的是，书中收入了台湾学者陈恬仪的《论南北朝的“谢启”：以赐物谢启为观察中心》一文。作者借助文化人类学的研究成果，分析《文心雕龙·奏启》篇中的“启”类，视角新，分析细，得出了一些新的结论。我一直主张研究古代文史者要重视文献学与综合研究。当我初涉学林时，即以神话、民俗、宗教等新兴学科为手段，研究《楚辞·九歌》，取得了一些新的成果。由此想到，研究《文心雕龙》也可以各种新兴学科为利器，剖析其中问题，自能有所收获。只是我已年老，已无可能再作开拓。而我早在1998年于台湾清华大学任教时，陈恬仪还在辅仁大学读博士班，前来旁听，此后联系不断。她毕业后留校任教，专攻魏晋南北朝文学，创获很多。这篇研究《文心雕龙》中某一文类的论文，正是我想做而无力再行开拓的新天地，故附此以示一端，供大家参考。上一世纪六十年代南京大学学生李湛渠的《读〈文心雕龙〉札记》内有关“体性”的部分所制表格甚好，今亦附于相关文章之内，供读者参考。